哈代 文集

Selected Stories
by Thomas Hardy

中短篇小说选

哈代中短篇小说选

张玲 张扬 译

人民文学出版社

托马斯·哈代 (1840-1928)

英国诗人、小说家。他是横跨两个世纪的作家,早期和中期的创作以小说为主,继承和发扬了维多利亚时代的文学传统,晚年以其出色的诗歌开拓了英国20世纪的文学。哈代一生共发表了近20部长篇小说,其中最著名的当推《德伯家的苔丝》、《无名的裘德》、《还乡》和《卡斯特桥市长》,诗8集,共918首,此外,还有许多以"威塞克斯故事"为总名的中短篇小说,以及长篇史诗剧《列王》。

哈代不但以长篇小说闻名于世,其中短篇小说也极有特色,深刻反映了人性外在和内在的多重性和复杂性,以及人与社会的种种冲突,涉及人与社会及自然环境的关系、人与人之间的关系,包括男女两性之间,父子、母子两代之间的关系。哈代的中短篇小说具有很强的故事性和可读性,文字简洁、凝练,风格自然、轻松。本书精选他最有代表性的中短篇小说佳作十七篇,全面反映作者的艺术风格和文学价值。

图书在版编目（CIP）数据

哈代中短篇小说选/（英）哈代（Hardy，T.）著；张玲，张扬译.—北京：人民文学出版社，2003
（哈代文集）
ISBN 978-7-02-004108-4

Ⅰ.①哈… Ⅱ.①哈…②张…③张… Ⅲ.①中篇小说—作品集—英国—近代②短篇小说—作品集—英国—近代 Ⅳ.①I516.44

中国版本图书馆 CIP 数据核字（2003）第 001509 号

责任编辑　马爱农
装帧设计　陶　雷
责任印制　徐　冉

出版发行　人民文学出版社
社　　址　北京市朝内大街 166 号
邮政编码　100705
网　　址　http://www.rw-cn.com

印　　刷　河北新华第一印刷有限责任公司
经　　销　全国新华书店等

字　　数　340 千字
开　　本　880 毫米×1230 毫米　1/32
印　　张　14.25　插页 2
印　　数　3001—6000
版　　次　2018 年 6 月北京第 1 版
印　　次　2019 年 6 月第 2 次印刷

书　　号　978-7-02-004108-4
定　　价　59.00 元

如有印装质量问题,请与本社图书销售中心调换。电话:010-65233595

目　录

总序 …………………………………………… 001
前言 …………………………………………… 001

汉普顿郡公爵夫人 …………………………… 001
神魂颠倒的传道士 …………………………… 016
忠贞的劳拉 …………………………………… 078
羊倌所见 ……………………………………… 103
一八〇四年传说 ……………………………… 127
三怪客 ………………………………………… 135
古堡夜会 ……………………………………… 160
萎缩的胳臂 …………………………………… 173
婚宴空设 ……………………………………… 205
德国兵团郁郁寡欢的轻骑兵 ………………… 260
格瑞布府上的巴巴拉 ………………………… 280
悬石坛侯爵夫人 ……………………………… 315
儿子的否决权 ………………………………… 330
瑞乐舞琴师 …………………………………… 347
耽于幻想的女人 ……………………………… 367
路标边的坟墓 ………………………………… 395
浪子回头 ……………………………………… 409

总　序

常言:人生能有几回搏?

一个人,在生命的途程做了几次精彩的拼搏,那必定是伟人。

距今一百六十三至七十五年间,在大西洋北部那座地理位置偏远的小岛英格兰的西南海疆,就有过这样一个人。一个乡村手艺人的儿子和孙子,一个以建筑行学徒为谋生起点的少年,一辈子在生命之途寻求、探索,始终按捺不住心头怦然躁动的创作欲火,先以诗歌敲击文学之门而不得入,继以小说——再试,终于打开通途;于是他奋笔急进,经历近三十度寒暑,建造出一座座赏心景点,曲径深处,他却又戛然转向,重振夙志,迈向坦荡荡诗歌之路,奋进不停,直至最后一息。在他生命的尽头,他曾欣然直面公众,仿佛在说:"看,这就是托马斯·哈代!"

在作为人类文明一个重要组成部分的文学领域之内,哈代属于大家之列,他以自己创作体裁之众多、题材之广泛、思想之深远、艺术之高妙而拥有不没的历史地位。由于他本身是以小说家出道,也由于他主要是以《德伯家的苔丝》《还乡》《三怪客》等长、短篇小说而引荐给中国读者,长期以来,在中国,哈代就是小说家哈代;而小说家哈代,就是写《德伯家的苔丝》《还乡》《三怪客》等几部小说的哈代。近二十余年,研究哈代、翻译哈代、出版哈代的同好同行大有增长,哈代,作为十四部长篇小说、近五十帧中短篇小说、近千首短诗、一部巨制史诗剧和一部幕面诗剧作家的全貌,才在我们面前逐步展现。

小说——晶体的众多棱面

正如中国读者最熟悉哈代的《德伯家的苔丝》《三怪客》等三五种小说一样,即使在哈代本国或与其同种、同语的一些国家和地区,从哈代生前,直至身后四五十年间,阅读、研究哈代小说的重点,主要也只在《德伯家的苔丝》(1891)、《无名的裘德》(1896)、《还乡》(1878)、《卡斯特桥市长》(1886)、《远离尘嚣》(1874)、《林居人》(1887)、《绿林荫下》(1872)等七部长篇,也就是哈代为自己的小说分类时所说的"性格与环境的小说";其余七部,即哈代所称"罗曼斯与幻想作品"的《一双湛蓝的秋波》(又译《一双蓝眼睛》,1873)、《司号长》(1880)、《塔中恋人》(1882)、《意中人》(1898)和"精于结构的小说"《枉费心机》(又译《非常手段》,1871)、《贝妲的婚事》(1876)、《冷淡女子》(1881)以及他的中短篇,多被视为哈代的"次要作品",其中有些甚至被列为"游戏之作"或谓"怪异之作"。二十世纪后半期,特别是在哈代逝世五十年前后,随着时日前进,接受与研究方法和视野大为拓展,对哈代生平的相关资料又已得出具有重大意义的发现,哈代身后的形象也日趋多样。在欧美普通读者印象中,哈代首先是写地方色彩的小说家,欧美和我国三十年代的批评家称他为自然派;马克思主义的批评家将他归入批判现实主义作家之列;女权主义批评家特别关注哈代身为男性作家对女性人物性格、心理、行为和命运深切的兴趣和同情;精神分析派从哈代的小说中发掘出大量心理构成和潜意识因子;也有些学者坚持认为哈代完全属于维多利亚时代,或从哲学、社会学角度探讨哈代的不可知论、唯意志论、悲观主义以及环境—动物保护主义……种种方面做研究,这不仅说明早期人们焦注的"性格与环境的小说"经受住了时间的检验,而且他那些久被视为另类的作品,也被换了时代眼光的人们所理解、领悟和发现,小说家哈代也愈益崭露他那晶体般多层面、多棱角的全貌。

哈代将他的小说按前述三类划分并见诸文字,是在他的威塞克斯版《小说与诗歌集总序》中,发表于一九一二年。其时,哈代已封笔小说创作,分类,是他对自己这一门类小说样式创作的一种回顾和总结;但也正如他在该序言中所说:"不能设想,在每一部作品的每一页上,都可以一清二楚地辨认出这些区别。完全可能发生混淆不清和可此可彼的情况,这是不可避免的。"原因很简单:文学艺术创作的成果,不是科学技术生产的产品。哈代只在完成全部小说创作后回溯反思自己的创作过程中才做此分类,而不是预先设定自己创作成果的类别,这也恰与文学艺术创作的普遍规律相符。哈代对自己小说的这三种界定,这也有明确的解说,其中最易于顾名思义的,自然是"罗曼斯与幻想作品",那应是属于浪漫主义之作。我们从用词上看,哈代只称它为 Romances and Fantasies,而不是像对第一类 Novels of Character and Enviroment 和第三类 Novels of Ingenuity,称之为 Novels of Romance and Fantasy,虽然只是小小的一字之差,却也可悟出语义有别,暗示着这类作品中带有轻松之作、游戏之作的性质,特别是其中的一些中短篇,诸如《贵妇群像》等等。对于哈代小说的第三类,按作家本人的解释,应是"其兴趣主要在于情节本身","它们含有实验性质"。显然,这是按其实验性的创作方式所做的分类,而不是按其内容划分,因此也似乎不宜译作"阴谋与爱情"的小说。

哈代小说的第一类,**性格与环境的小说**,如前所述,是哈代小说的重头,代表了作家创作思想、艺术和风格的最高成就,迄今仍是读书评论界最为关注的部分。"性格"和"环境"已是含有文艺和科学双重意义的名词,在当今媒体和口头出现率颇高,它们的产生和发展,却是源远流长。性格,通常指人处世为人所表现出来的精神素质特征,属于人性的范畴,在文学上,更是直接指代人物。作品中,关于人物性格的表达与剖析,至少可以追溯到千年前的古希腊时代。十六世纪的文艺复兴,冲破中世纪封建、宗教的蒙昧,人文精神大大彰显,随之也带来人性的复兴,文学艺术作品对性格的表现,也达到空前的成就,从莎士比亚的戏剧,可见一斑。十七世纪,英国更出现了"性格特写"一类作品,以托马斯·欧弗伯利(1581—1613)为代表,尤可见文学家对人性中此一重要部分的特别关注。这类作品,也给英国十八世纪和十九世纪写实小说的性格刻画开凿了先河。

环境——人所赖以生存的环境,包含自然的和社会的两个方面,本来也是人类文明史上一个古老的命题,十九世纪哲学和自然科学,特别是达尔文和赫胥黎的生物学新论,则将对它的研究推升到一个更加理性、科学的地步。哈代小说创作大致起止于这个世纪的末叶,这也正是《物种起源》(1859)和《天演论》(成书出版于一八九三年,但此前早以讲座形式问世)等伟大生物学著作问世的年代,哈代身为求知若渴的小说家,研习并接受了他们的学说,将这种时代的新知融入了他的创作思想。他的性格与环境的小说,重点就在探讨人与环境的关系——磨合与冲突。他的人物,总是在这种强烈的动感中显现艺术特性,也总是在这种磨合与冲突中完成自己的命运。哈代在他自己的文学论文和前述序言中曾明确表示,自己是"真实坦率"地"反映人生、暴露人生、批判人生"的作家,那么,表现人与环境的磨合与冲突以及在此过程中命运的完成,就是区别哈代与其他写实小说家最主要的特色。

哈代小说中的环境,也包含了自然的和社会的两个方面,而从总体看,归根结底,还是表现人与社会环境之间的关系,后期作品如《德伯家的苔丝》《无名的裘德》《卡斯特桥市长》,在表现人与社会环境冲突方面所承载的震撼力,也是向来少有。只有较前期的作品,如《远离尘嚣》《还乡》《林居人》当中,自然环境才成为小说中也是相当重要的组成部分;但是其中表现人与环境关系时,又多是自然与社会环境交互作用。不论是在表现人与自然还是与社会冲突、磨合等关系当中,这些性格与环境的小说往往表现的是人的卑弱与无奈,虽几曾挣扎、对峙,最终不得不悲怆地屈服甚至湮灭。这也反映了从哈代自身经历和时代哲学中获得的理念,带有世纪末的宿命的悲剧色彩。

哈代小说的创作道路,也正如其人生的道路,充满坎坷、崎岖、回旋和奋争。身为出身下层、无资历、无财产、无举荐提携的刚刚出道的青年建筑师,他早年的诗作被拒之于诗坛阶下;他的第一部小说,也是真正属于哈代风格的社会讽刺小说《穷汉与淑女》又遭出版商漠视而流产。在这种文学事业出师不利的情势下,他才不得已而改弦更张,创作了《枉费心机》这部以阴谋、爱情、凶杀、侦破为内容的通俗情节小说,成为他首部问世的处女作。这部作品固然情节紧张,结构精巧,富有悬念,人物刻画、景色描写等方面也都已初现哈代的水准,而且也确定了哈代小说创作社会批判性的主流趋势,但是此后哈代并没有沿着这条通俗小说的道路继续前行。从第二部小说《绿林荫下》开始,在他近三十年的小说创作生涯中,他始终坚持着严肃的、社会批判小说的主道。他创作那三种不同类别的小说,也总是穿插进行,这更说明他不囿于单一创作方面,而是在不断摸索、实验中力求艺术创新。不过,无论哈代是运用写实、浪漫还是其它创新手法,地方色彩确实还是哈代小说一个贯串始终的特色,这也正是至今读书评论界喜欢称他为写地方色彩小说家的原因。

哈代**地方色彩**所表现的"地方",是指以他故乡多塞特郡及其周边的哈代故乡为中心的英格兰西南部一带地区,北起泰晤士河,南至英吉利海峡,东以温莎至海灵岛一线为界,西达康沃尔海岸止,恰正相当于英格兰中古威塞克斯王国的版图,因此哈代在小说中称这里为威塞克斯,并以这里为地理背景和人文背景,最后还以"威塞克斯小说"标明他的地方色彩的具体特征。这一带本属英格兰偏僻的牧区,在哈代的时代,还少受工业化所带来的自然与人文环境的污染,至今也仍保存了山清水秀、空气明净、民风淳朴的风貌;但是哈代不是仅仅表现自然美的风景画家和民俗画家,他没有忽略作为偏僻落后地区,这里愚昧保守、因循苟且的种种痼疾。在创作中,他表现出的是爱恨交织、褒贬并施的乡情。这说明,哈代也不是抱残守缺的狭隘地方主义者,他的社会批判性,主要也是在这一地区范围之内完成的。

哈代小说中大大小小的人物,绝大多数都是他那威塞克斯土生土长的土著,但是,在机器开进田间,普及教育扩展到乡镇的情势下,他们的平静已经打破,一些人随旧时代而被淘汰,一些人——特别是其中的俊杰之士,起而迎接时代的挑战,追求和创造自己的发展和幸福,只不过他(她)们的起步点尚嫌太低(特别是那些来自下层社会的青年男女),新旧两种时代潮流的冲击令他们浮沉升落难以自持,往往酝酿、上演悲剧。哈代小说中的人物—性格,是带有"威塞克斯"地方特色的,但也正如他自己所说:"在威塞克斯也有十分丰富的人类本性,足够一个人用于文学";而且"虽然表面看来,这些人的思想感情都带有地方色彩,而实际上却是四海皆然。"从这层意义上说,哈代更不是狭隘的、猎奇的地方色彩小说家,他是寓世界于地方,通过地方,表现世界。这更加说明,哈代绝非狭隘的地方主义作家。

依哈代的身世和气质来说,他成为写乡土文学的作家本是顺理成章之事。他自幼生长在多切斯特近郊的偏僻乡村,住所紧邻荒凉的"大荒原",也就是爱敦荒原的原型;本人又生性淳朴慈善、亲近自然,一生中除早年有五年时间在伦敦寻求发展,大部分时间都是在他的故乡一带乡镇度过,因此在他从事小说创作的过程中,始终能够不断从故乡的泥土中汲取营养。

不过,哈代虽然长期生活在远离尘嚣的乡间,但他绝非孤陋寡闻的乡曲腐儒,伴随着他那紧凑多彩的创作生活,他终生都在研习、探索、游历并参与社交,从故乡之外的广大世界吸取新知并用于创作,他是以哲人的胸怀,预言家的眼光观照人生,并在自己的小说中注入了事实证明本应属于二十世纪的意识。他的小说中,常常出现现代或现代人(modern)一词,就是裘德、淑、游苔莎、苔丝、安玑·克莱等或多或少具有时代先进思想的一代二十世纪现代人的雏形。哈代通过这些人物的超前思想言行,他们的想望追求,自觉地呼唤着新世纪的到来,但在当时毕竟和之者寡,甚至招来物议和非难,时至今日,这些小说已经出版超过一个世纪,我们在阅读时却能生种种现实之感。而哈代小说中这种思想的超前性,也是决定他身为跨时代作家的重要因素。

诗歌——才情的尽兴抒发

文学作品形式的分类,韵文与散文,犹可说也;如果论及小说、诗歌、剧本等等,其实从来并无明显界限。中外古今很多文学大师,都是说部、诗部、戏部等等的双栖或多栖人物。有些人单一写小说,但他们的小说中包含了诗意、剧情;有些单一写诗,但他们的长篇叙事诗也可视作韵文体小说,在这两方面,哈代都是最具说服力的作家之一。

他少年时代就立志为诗人。他当时的习作,也是从诗歌开始。只是因为时之不利,他才改择小说之路起步文坛,因此我们能从他每一部作品,不论是写实的、浪漫的,还是情节的,体味到他那诗的激情与意境,因此在他从小说的战场上挂甲休歇,重整诗旗的时候,更似驾轻就熟,如鱼得水;另方面,因为哈代又是天才的小说家,他在自己二十余年小说创作的实践中,无疑也有这种自我发现,因此,在他从小说转营诗歌的初期,小说创作意犹未尽,从他那些短篇幅的叙事诗中,我们仍可发现他那些小说创作的思想风貌。因此我们可以说,哈代总是这样诗中有文,文中有诗,诗与文浑然天成。至今各国哈代学的同行们仍常作争论,诗人哈代与小说家哈代究竟孰高孰低,似乎并无必需。

他的第一部诗集名《威塞克斯诗集》,出版于一八九八年,是在最后一部长篇小说《意中人》(又译《挚爱者》)成书出版后一年。从此,历经又三十余年,至一九二八年逝世,在与史诗剧《列王》创作出版并进期间,他又出版了《昔今诗集》(1901)、《时光的笑柄》(1909)、《境遇的嘲讽》(又译《命运的讽刺》,1914)、《瞬间幻影》(又译《瞬间一瞥》,1917)、《晚近与早年抒情诗》(又译《早年与晚期抒情诗》,1922)、《人世杂览》(1925)、《冬日之言》(1928,逝后),总共八部,加上日后陆续收集发现的二三十首逸诗,总共约千首。公众接受他的诗作,并非盲从于他那小说家的盛誉,而是这些诗作内在的品质。哈代将这些诗作的第一部送交出版人时更特加说明:如果预估这些诗上市不火,作者可以自费承担其风险——以其当时已稳立文坛,成为虽有争议但确名闻遐迩的小说家身份,却仍像他早年呈《枉费心机》试涉文坛时一样谨慎、谦和,亦足可见这位文学大师的君子之风!

上述哈代诗集的这些中文译名,其实大多是一些缩写版。如译全名,很多都有后缀或前缀的一串文字,诸如《威塞克斯诗集及其他》《境遇的嘲讽,抒情诗和幻想曲》《瞬间幻影及杂诗》《人世杂览、遐思、歌曲及小调》《各种调门与节拍的冬日之言》,如此等等,由此即可见哈代各部诗集中,都有不同内容、不同形式作品辑录。这些诗集虽然出版时序明晰,但是其中写作时序,却杂错纷然,而且很多写于早年的诗,经长久尘封,出版前多有修改,再加上哈代诗个人性极强,涉及隐私,发表时往往是真事隐去,因此,像他的小说那样,按通常采用的依时序着手编排研习,确属不易。其实,依作品内容和形式给哈代诗分类,也不顺畅,因为一方面,诗也如小说一样,都并非科技产品;另方面,哈代诗内容形式丰富多彩,各类诗中的不同诗组常呈杂错、重叠,界限划分难以明晰确定。仅从哈代自编自辑各部诗集目录,我们可以大致看出,他对自己的诗,有些是按题材或谓内容分类,如爱情诗、战争诗、杂诗等;有些是按写作时间分类,如昔今之诗、一九一二至一九一三年诗;有些是依诗歌采用的样式分类,如抒情诗、叙事诗、歌谣体诗等。为方便解说,我们仅从叙事诗、抒情诗、战争诗、感悟哲理诗等方面略说一二。

在哈代的第一部诗集《威塞克斯诗集》中,**叙事诗**占有很大比重,在随后几部诗集中收集的早岁诗作,也多有此类。从性质上说,叙事诗本来就是浓缩的韵文体小说,哈代这类诗,更是如此。其中有些篇幅稍长,有景物描写,有情节叙述,有人物对话,表达的是一个完整的故事;如《贵妇人的故事》《替身》等。有些恰与他小说的内容呼应,如《苔丝的哀歌》《植松人——玛蒂幻想曲》(玛蒂是小说《林中人》中的次女主人公);或者就是他小说中的插曲,如《军士之歌》(用于《司号长》)、《生客之歌》(用于《三怪客》)。这些诗除具有通常叙事诗的特质之外,又有哈代叙事诗别具的特点,就是借事抒情,通篇可以完全只用平常表意的中性词,但在娓娓道来之中,却传达出强烈的爱恨情仇。

哈代的**抒情诗**,包括爱情诗、悼亡诗、友情诗以及亲情诗。这些诗虽归做一类,却又各具风格。大体说,他的悼亡诗、亲情诗和友情诗更接近传统上的同类诗作,只是在表达上,更显得善于抓住现实中的细微事物构成意境。一九一二年其前妻爱玛逝世后他写的大量悼亡诗,以及《威塞克斯高地》《最后的手势——悼念威廉·巴恩斯》等友情诗即是。但是他那些纯写男女情爱的诗,却明显地反传统:少有浪漫、激情和对美好幸福的憧憬,而多现实、低沉和对阴暗冷峻的直面,如《灰调》(或译《灰暗的色调》)、《她之死及身后》《怀念费娜》以及《常春藤老婆》等等。在这类诗与哈代本人感情生活的悲欢遭际之间,大有蛛丝马迹可循,也比小说中更直露、更充分地表达了哈代那种超前的、现代人的阴郁、无奈以及玩世不恭或愤世嫉俗。这类诗固然是非常个人化的抒情,然而它们抒发的那种浓烈、强化的情感却又具有十分通常普遍的性质，令人并不感到陌生；而对历经沧桑的人，则更易生肺腑之感。这也正是哈代这位五十八岁方出道的诗人不同凡响之处。

在《昔今诗集》《瞬间幻影》《威塞克斯诗集》等集中，都有标题或不标题的组诗或独立的**战争诗**。这类诗从内容说，基本主调有二：其一，反战——这是哈代身为人道主义者、环境保护的先驱者终生不贰的立场，也就是坚决反对涂炭生灵、破坏自然和人类文明的不义战争。《昔今诗集》中的战争组诗，直接针对英帝国入侵南非的"布尔战争"，显而易见是这类诗的典型。但是，对于愤然而起以暴抗暴的战争，他则表现了明确的关注、支持和热烈的颂扬以至参与——这就是哈代战争诗的基本主调之二。《瞬间幻影》中的《战争与爱国主义组诗》发表于第一次世界大战期间，是一组艺术性极强而又具有强烈爱国情绪和昂扬斗志的战歌。《威塞克斯诗集》中追忆、缅怀历史上英国反拿破仑战争的百余行叙事诗《警报》和史诗剧《列王》，也属于贯串这种爱国情结的作品。另有一些与战争相关的诗，诸如《他杀的那个人》《海峡炮声》《一九二四年圣诞节》等，可见哈代这位跨世纪的时代见证人，对战争这一大规模杀伤性、毁灭性、非理性暴行的日趋否定和厌恶以及他身处第一次大战硝烟甫散之际，又听到为另一次大战磨刀霍霍之声时，那种痛心疾首的悲愤。

哈代诗中另有一类，这里姑且称之为**感兴诗**。所谓感兴，是指诗人日常对于或触目所及，或回首偶忆某人某物某事或某种内心活动有所感悟而生发的诗作，包括诗人对人生、对命运、对自然、对宇宙、对自我的臆想和哲理性的认识。诸如哈代第一部出版的诗集中那首著名的《运数》(又译《偶然》)，写于二十六岁，是青年哈代对自我和人生命运的思考；《大自然的询问》，是诗人对宇宙的思考，也可谓英国的《天问》；《昔今诗集》中《健忘的上帝》是对基督教中万物主宰上帝的质疑，它们所表达的基本思绪，是怀疑、否定、不知所之的无可奈何。这种思绪,与哈代小说所表达,一脉相承,上通古人,下贯二十世纪以来的现代人,至今仍能引发我们强烈的震撼和共鸣。

又有一些哈代写于中老年的诗,如《暮色苍茫听画眉》(又译《黑暗中的画眉》)、《身后》是哈代对自我人生的感悟或总结。也像他的《运数》等诗一样,哈代善于运用人们平素熟悉的普通事与物做比喻、隐喻,构成一种鲜明的意象,表达一种强烈的哲理性思绪,类似中国古代的讽喻诗。那首著名的《两强相遇》(又译《会合》),副题"写于泰坦尼克号失事",也与早年的《运数》《健忘的上帝》等遥相应和,但已更进一层,不仅从个人主观立场出发诘问大自然和质疑上帝,而且更客观,也更宏观、更全面地诘问和质疑宇宙,表达了一种对人类与自然和宇宙关系深切而又冷峻的观照,富有叔本华式的唯意志论色彩。这在他的史诗剧《列王》中,更有具体、强烈的表现。从这类诗,我们可以看出,哈代是以意象发言的哲人。再读他那些讽刺诗,我们更会发现,他又是以意象表情达意的讽刺家。

讽喻装配了锋芒,就成了讽刺。哈代的讽刺性,犹如他的哲理讽喻性,在他的小说中,早就频崭峥嵘,而他讽刺的客体,也不是局促于一人一物的凡庸之属,而是同样深蕴哲理,只不过由于锋芒锐利而更加透辟淋漓,更易发人猛醒,诸如《时光的笑柄》和《境遇的嘲讽》等集中的讽刺诗,均属此类,其中那首《啊,是你在我坟上刨土》(又译《咳,是不是你在我坟上刨?》),对世态炎凉的讥讽,虽不敢妄称绝后,也可谓英国讽刺诗的空前之笔。

哈代的诗,有些模仿民歌,有些试用古老的十四行诗体,但从总体看,也像他的小说,是不拘一格,不断创新。身为建筑师出身的诗人,他用语俭约,言之凿凿,仿佛文字就是砖石,行文就是踏踏实实地用砖石一块块地堆砌房舍;他在安排诗段、摆布诗行时,也像写小说时讲究并创新结构一样,也常别做新样,以娱观瞻。我们仅以他那首杰出的悼亡诗《石上倩影》和《两强相遇》为例,早有评论者发现:前者,三段,共二十四行,各段诗行起止错落有致,从视觉上说,颇似欧洲和英国古典建筑的造型;后者,十一段,每段三行,各段相应诗行均有相同的起止位置和相等的音节,每个诗段形成一艘船形,和诗的主题一致,在阅读时,首先从视觉上,就引起一种特殊效果,这与一百年后我们这个新千年之交的一些创新诗作,也不无相似之处。

纵览哈代的全部诗歌创作生涯,也可见他是一位天生赋有诗人气质和才能的人。从少年时代起,他就在不知不觉中默默试笔写诗,迄今发现他写作最早的一首诗,题名《居所》,写于大约十七岁。他的八部诗集,虽都是五十八岁以后结集出版,但从各篇的写作年代可见,他是在求学、谋生和小说创作的四十年漫漫人生长途中,始终在试笔和积累诗作。早年,遭漠视而转为小说创作,中年以后,小说创作出版渐入佳境,在遭争议中取得稳定的社会承认后,他也从未放弃诗歌这一自己酷爱的文学形式。所以,如果说哈代的小说写作含有权宜的、功利的目的,他的诗歌写作,则更为发自天然,更少功利之心。大多数文学圈内人士,可能自幼都涂抹过所谓诗的长短句,其中一些人,一路顺风,少年成名;另一些,改弦更张,另谋它途,老大后甚至与诗绝缘,因此给人一种印象:诗是青少年人之事。像哈代这样,连续发表小说佳作二十余年,在其生活的当日,已令人瞩目,却又戛然转轨,奋而找回自己的诗歌之路,以近花甲之年,却像毛头小子一样从头推出一部部诗作,而且仍然表现出才思泉涌的态势,细顾古今中外文学史上,这样的文学家,曾有几何?如果哈代不是生就的诗人之才,不是骨血里具有世情俗物腐蚀不尽、剥离不开的诗气诗魂,这种晚年起步的诗歌事业,怎能成为现实?反而观之,哈代写诗,始于十余岁,一直坚持至八十有二,其"诗寿"竟达近七十年,也可谓长矣!正是这种长期磨炼而成的道行,造就了哈代那种深沉、醇厚、老到、隽永的诗品,绝非平常猛浪、虚浮的少年诗作所堪比附。

史诗剧——诗文创作之集大成者

英国文学史上,历来不乏文学(广义的)与戏剧双栖的作家。文艺复兴以来,早有莎士比亚、本·江森(又译琼生)、约翰·弥尔顿、亨利·菲尔丁,到哈代的十九世纪,专写小说的前辈狄更斯晚年自编自演由自己的小说改编的朗诵、说书脚本,也是一种戏剧参与;稍晚于哈代的王尔德,也是多栖的重要作家。哈代由于天赋多种文学艺术才能,且具有强烈的挑战精神,再加上自早年深受古希腊和英国戏剧的哺育,晚年参与戏剧写作,自然也不是勉力而为。他的小说创作事业结束不久,他即亲自改编自己的作品,如《德伯家的苔丝》《还乡》《三怪客》等,先在自己家乡多切斯特上演,自然不在话下;他的小说在他生前以至今日,也不断为专业戏剧作家改编,搬上舞台、银幕和荧屏,这也只说明他的小说在情节构思、语言对话等方面富有戏剧因素;而他本人在创作出版洋洋长短篇小说和诗歌的同时,又推出了长、短两种戏剧作品,史诗剧《列王》和《康沃尔王后著名的悲剧》,则也是他全部创作不可忽略的一个有机构成。

《康沃尔王后著名的悲剧》是一部幕面剧。这是英国一种古老的诗体(韵文体)民间戏剧形式,题材多为古代英雄故事,从小说《还乡》第二卷四、五、六节对此种剧上演断断续续的描述,即可见其一斑。《康沃尔王后著名的悲剧》故事情节,选自欧洲古老的民间传说,是英格兰康沃尔的王后伊秀特、国王马克、国王之侄骑士垂斯川以及爱尔兰公主伊秀特之间的四角恋爱悲剧。在哈代之前,德国大音乐家瓦格纳曾编剧、作曲创作了三幕歌剧《垂斯坦与伊棱德》,于一八六五年首次公演于慕尼黑,是作曲家晚年的作品。哈代自幼具有音乐天赋,一生喜爱音乐,一九〇六年在伦敦欣赏过瓦格纳的几次音乐会后,曾在自传中记下他特别喜爱瓦格纳晚期的音乐作品,他的这出幕面剧,恐怕也不会不从这位音乐大师处获得灵感。

《康沃尔王后著名的悲剧》出版于一九二二年,四年后哈代与世长辞,作者先前曾见到它在多切斯特由非专业剧团演出。全剧不分幕,共十四场,另附序幕和尾声,由民间传说中家喻户晓的术士莫林以精灵的形象出现,充当"致词人",为剧情增添了神秘气氛。整个戏剧进行当中四个主要人物的爱情、龃龉、误杀、殉情,则充满阴错阳差的失误和偶然的巧合,弥漫着宿命的悲剧色彩——这也与他的小说和诗歌中的一种情调恰相吻合。这部剧作也曾由专业戏剧家搬上舞台和屏幕,但在哈代浩繁的诗文作品中,只能算是小品一帧。恰巧,也是与他的第一部通俗小说遥相对称。

当今的哈代普通读者对待**《列王》**,显然远不如对他的小说和诗歌那样热切、关注,但是从它的第一部出版至今的百余年中,它始终在陆续以节选或改编的形式被人移植上舞台。

按这部皇皇巨制扉页标题下的作者说明,即可对其性质略知大概:

> 对抗拿破仑战争的一部史诗剧
> 三部,十九幕
> 一百三十场暨
> 情节所跨越的时间约十年

哈代从青少年时代起就从故乡亲人口中听到有关刚刚过去不久的这场战争的一些故事,稍长又开始有意识地收集、积累有关的素材,孕育、构想自己的主题。十九世纪九十年代停笔小说创作,与编辑、创作、出版诗歌同步,他开始动笔起草这部巨作,三部陆续成书出版于一九〇四年、一九〇六年和一九〇八年。剧中时间跨度为一八〇五至一八一五年,从拿破仑乘在欧陆战场所向披靡的威势向英国宣战开始,到在特拉法加和奥斯特里茨海陆两个战场一负一胜,随后渐趋由盛而衰,最后节节败溃。第一部突出法英两国政治军事的对垒;第二部主写拿破仑与英、德、奥地利、俄、西班牙的政治交锋和军事行动,以及拿破仑在军事渐渐失利后为政治目的而休妻,并与奥地利皇室联姻;第三部写拿破仑困陷俄罗斯腹地几近全军覆没,在欧洲各国节节败退,直至滑铁卢决战后彻底崩溃。作为史诗,哈代以高视角、全景观的大制作,面对十九世纪初欧洲近代史上这场空前的大震荡、大灾难,通篇响彻人道、正义的主旋律。

哈代不是史家,也没有对这一历史阶段的整个进程全面负责,而只是撷取这一历史过程中一连串关键性的要事和细节加以艺术的敷陈、演义和剖析,所涉及的人物、事件及细节,都是以最接近历史真实的文献记录为据——这是哈代长期查找资料、研读典籍、寻访古迹和遗民以至尚存的英国参加滑铁卢战役老兵的收获,而不是凭作家一时心血来潮,信笔戏说,这是哈代学术地(academic)对待历史题材的方法,也正是哈代从事文学创作时学者式(scholarly)态度之一斑。

哈代身为文学巨擘,拥有较通常文学家更丰厚的资质:首先,他是精于结构,善于刻画,天赋诗情和同样驾驭散文与韵文的全才和高手,这是他能小说、诗歌、戏剧并举的先决条件;其次,他性格内向深沉,乐于思索探究而又视野开阔,具有悲天悯人的心地,这又为从事具有哲学意味创作所必不可少;再次,他从不自我满足,勇于艺术创新和擅做自我挑战。另外,岁寿绵长、体魄康健也给了他在漫长一生不断选择和转换创作方向、充分展示个人艺术才能和宇宙人生见解更多的机会。人至晚年,作为小说家他早已功成名就,作为诗人也充分实现了发自少年时代的宿愿;但是,作为一个见证世事沧桑、遍尝生活苦乐的老人,一个博览经史、饱经内省的哲人,他那些对宇宙人生独特而又超前的见解,虽在他的小说和诗歌中屡屡表露,但终似嫌意犹未尽,采用一种长篇巨制的形式,尽兴表达自己复杂的宇宙观和人生观,则成为势在必行。

按文学体裁分类,哈代将《列王》称之为剧,但以它这样的高视角、全景观、多幕场、多人物,其实并不适用于传统的戏剧舞台和导演手法。哈代自己对这点并非无所知觉。他在这部剧作的前言中早有交代:他当初的创作意图,并非为舞台演出提供脚本,而只是供人案头阅读时在心里演出。把握哈代的此一创作意图,恰可以更好地欣赏这部巨作的精要与魅力。

他将剧作的场景人物分为上下两界,下界是人间凡尘,上界,借用古希腊戏剧的格式,是超然人世的另一个境界;不过哈代是以一个"意志"(will)代替"众神的主宰",其下有岁月精灵、怜悯精灵、传谣精灵、凶险精灵、地球之魂、书记天使等虚无缥缈的人物和它们的合唱队。下界则是以拿破仑为主角的欧洲参战国双方的帝王将相、后妃命妇、各路将领、军士和市民、军人妻子、情妇、流浪汉、娼妓等等五花八门的苍生,以至战马、战场上的狗、兔、田鼠、蜗牛、蝴蝶等小小有生之物的芸芸众生。全剧所用语言,主要有无韵诗、格律诗以及散文。正如哈代小说中包含诸多诗歌、戏剧成分,诗歌中包含诸多小说、戏剧成分,他的戏剧中,也包含诸多小说、诗歌成分;但是在主题上,比起哈代诗的重于个人情感抒发和小说的重于个人命运阐述,这部剧作则更重于在重大历史政治事件,兼及个人命运——拿破仑以及奈尔森、约瑟芬和玛丽·路易丝两个皇后等具代表性个人命运的演绎,而且也恰正应和哈代创作当时,即第一次世界大战前的时代主旋律;同时也表达了英国人哈代的爱国立场。因此,这部本来仅供案头阅读时在心中演出的剧作,也曾在第一次世界大战期间为配合时事而部分地登上舞台。

在哈代的诗歌小说中,特别是那类哲理性的感兴诗中,明显地表达了作家本人那种颇受叔本华唯意志论哲学思想影响的宇宙观,而在这部高视角、全景观的史诗剧中,这种宇宙观则表达得更为淋漓尽致。他借用古希腊戏剧合唱队的形式将上界的主角意志和众精灵具体化、拟人化,贯串全剧的始终,操纵着下界帝王后妃、将相命妇、士兵平民以至鸟兽昆虫等芸芸众生的行为、思想和命运,给历史上叱咤一时,至今为之聚讼纷纭的乱世枭雄拿破仑及其相关人物,以哈代式的诠释。我们所说的"哈代式",其实际意义就是:茫茫宇宙之中,沧海一粟的地球之上,区区个体之人,本来十分渺小,就人类自己看来,不论伟大渺小、贵贱高低,总受意志支配,个人则往往表现得无能为力,无可奈何。这就是哈代站在二十世纪之初唱出的并不轻快的报春之曲。像这样以历史上的拿破仑战争为题材,状写宇宙尘世包罗万象的景物,预示二十世纪现代人的思路,正是哈代文学创作总体风格的主要之点。

作为戏剧,《列王》的艺术特点,也与哈代的小说、诗歌同出一辙。在传统意义和标准上,《列王》不能算是典型的剧作,但是它也具备了优秀戏剧作品的众多特质,诸如紧张动人的场面冲突、精细点睛的人物心理、机智俏皮的对白独白,其中特拉法加海战、奥斯特里茨战役、滑铁卢战役等场景、拿破仑和他的两个皇后、奈尔森等各国将士以及普通百姓有关战争的对话,都因此而给人留下深刻印象。因此,从总体艺术效果来说,它是和哈代的小说、诗歌处于同一的平台上,它是集哈代散文、韵文艺术的之大成的作品。不过迄至今日,在我国除三十年代中有过杜衡的一种难得但不十分理想的《列王》中译本之外,尚未见它的新译。

哈代以其小说、诗歌、戏剧作品的数量和它们所显现的思想艺术的品位而被称为文学全才和大师,自然当之无愧。但是,正如他在小说《贝妲的婚事》和《意中人》的自序,以及借《无名的裘德》女主人公淑·布莱德赫之口所一再表示,他出版的作品和创作的小说人物,早出了五十年,他的小说《德伯家的苔丝》《无名的裘德》《意中人》等屡遭出版龃龉的情况，恰在这一层意义上得到了最好的解释。然而即使在他晚年已享誉海内外，荣获来自著名大学阿伯丁、剑桥、牛津、布列斯特等的荣誉学位和国家功勋勋章、多切斯特荣誉市民称号，并荣任英国作家协会主席，但他的诗歌与诗剧在实质上也尚未获得读书评论界的充分理解和赏识。是时代的步步前进和文明的点点丰富，才使他在一代代的后来读者和学者中拥有了不断增多的知音——这正是真正的文学大师特有的幸运。在哈代一九二八年逝世后不久的三十年代、逝世五十周年前后的七八十年代以及他诞生一百五十周年的九十年代前后，都曾出现过研究、接受哈代的高潮，再版他的作品，出版研究他的新作，将哈代学步步推向更深、更广的层次，对哈代全部作品，包括小说中的次要作品，诗歌和戏剧以及哈代生平的研究，已都不断出现新突破。至今，哈代的图书、音像等作品，始终在公共图书馆、书店和家庭私人收藏中占有相当显著的席位，以雅俗共享的方式阅读、研究、交流哈代学的组织托马斯·哈代学会（T. Hardy Society）和主要在网上联络的托马斯·哈代协会（T. Hardy Association）已经拥有英国、欧洲、美洲、澳洲、亚洲、非洲等世界范围的覆盖面，哈代的作品，已译成五十种以上文字在世界各地流通。哈代，作为文学家，是英国和西欧文明发展到特定时期的产物，也是世界文化宝库中一份永远的珍藏。

我国接受哈代，始自二十世纪三十年代对哈代的翻译和引荐，《德伯家的苔丝》《还乡》和他的《三怪客》等小说以及抗日战争胜利后出版的中译本《无名的裘德》《卡斯特桥市长》等，数十年流行不没。八十年代以后，又添上了小说、诗歌新译，中国学者研究哈代的论文和专著，也陆续出版，并与世界建立起沟通渠道。哈代的创作和生平，对中国读者以至现当代文学创作者，也已有过不小的影响。本文集所录各部诗文，仅及或不足哈代全部创作（自传、笔记、书信等文献类除外)之半,毕竟尚难领略哈代这位文学巨人之全貌,确信今后会有更丰厚的哈代文集、全集问世,方不辜负这位宽厚、仁爱的文学家对我们的慷慨遗赠和读者对他的厚爱与厚望。

张　玲

二〇〇三年一月十四日定稿于北京双榆斋

前　言

哈代于小说创作中后期,亦为其小说创作成熟期,孜孜于长篇巨作之余,小试中短篇,多供报章贺岁消闲,后陆续结集,共成四册,写来既嫌匆匆,成章亦属急就;惟其身为小说大家,诚如白氏乐天形容浔阳江上琵琶女所云:"转轴拨弦三两声,未成曲调先有情。"哈代此类作品,虽向为人视做"次要",且非篇篇珍稀,字字珠玑,却大多章法有致,抑扬杂错,余韵不绝,与其著名长篇《德伯家的苔丝》、《无名的裘德》、《还乡》、《卡斯特桥市长》、《远离尘嚣》、《林居人》等异曲而同工。

哈代长篇小说,工于人物剖析,精于故事结构,富于地方色彩,擅写聚散欢悲,喜作兴亡慨叹。其中短篇小说,或谓之"长篇浓缩",以陈述故事为主,辄曲折奇幻,妙趣横生;于人物、风光、评说、慨叹方面,虽笔墨大有减省,而其十之八九,以本集所选十七种为例,则仍不乏哈代长篇小说中上述素质。已稔哈代长篇读者,读此中短篇,可做参照对比,反复追味;尚未涉其长篇者,亦可从中略窥哈代小说创作之一斑。

哈代擅讲故事,其中短篇小说发表首集,名《威塞克斯故事集》(1888年,本选集中《神魂颠倒的传道士》、《一八〇四年传说》、《三怪客》、《萎缩的胳臂》、《德国兵团郁郁寡欢的轻骑兵》属之),顾名思义,系中古为威塞克斯王国领土即英格兰西南部地区民间故事汇集;其余三部,曰《贵妇群像》(1891年,即本选集中《汉普顿郡公爵夫人》、《忠贞的劳拉》、《格瑞布府上的巴巴拉》、《悬石坛侯爵夫人》属之),曰《人生的小嘲讽》(1894,本选集中

《瑞乐舞琴师》、《耽于幻想的女人》、《儿子的否决权》属之),曰《浪子回头》(1913年,本选集中《婚宴空设》、《路标边的坟墓》、《古堡夜会》、《羊倌所见》、《浪子回头》属之),其中作品,亦多以作家自幼耳熟能详的故乡民间传奇为梗概。《三怪客》(1883)一篇,本以其悬念恍惚隐约,地方色彩斑斓而脍炙人口,更在其反映其时英国司法之严酷以及庶民与之周旋抗衡所显现机智、坚韧、生命力、幽默感之余,又寓深层隐喻:牧人孑然兀立之村舍,喻人生驿站,人行生活之途,可于此处邂逅同席,酬对唱和,推杯换盏,却不仅未必真有沟通,且恰为冤家路窄,从而崭露作家颇具"现代"意识之哲人眼光;且篇中对逃犯举手投足、眼神歌声之轻描淡写,浸入潜意识、潜对话诸多成分,虽稍纵即逝,终令人过目难忘,大有印象主义风味。如此寓哲思与理念于有趣故事之深层,似更可视为此短篇堪称英国短篇小说经典,令人百读而不厌之根蒂。《神魂颠倒的传道士》(1879)与《一八〇四年传说》(1882)二篇,故事发生既非久远,又兼与哈代祖上营生、经历密切相关,可谓素材直接源自家族传说。前者,述海疆边地良民穷极无路,世代法外营生,境遇之艰险、凄切。女主人公年轻孀妇纽伯瑞太太之娇好、多情、机敏、果敢、干练,则为哈代女性形象册页又添一帧佳作。按作家哈代原意,纽伯瑞太太与年轻俊雅传道士之恋情,本以悲离告终,而一八七九年小说初版,则织成"有情人终成眷属",哈代一九一二年编此作入威塞克斯版《小说与诗歌集》时,特为此篇附加后记,云此结局"纯为……符合当时礼数",从中亦可见作家创作途中徘徊于求真与从众间用心之苦!《一八〇四年传说》一篇,题材涉及欧洲拿破仑战争,海战交通要枢地带英格兰居民言称曾亲见波拿巴秘密登陆英伦,虽属无稽之谈,但则以轻松描述毕现村野草民对战争国运之关切和参与意识,以及丰富想像力。

哈代长篇小说,主写婚恋、人生、命运,此集各篇主题,大致不出此范围。《忠贞的劳拉》(1881)、《格瑞布府上的巴巴拉》

(1890)、《汉普顿郡公爵夫人》(1878)、《悬石坛侯爵夫人》(1890)四篇同涉贵族少女私恋、婚变、命运,而故事发展、结局则悲欢迥异。劳拉故事可一言以蔽之曰始乱终合。哈代以"忠贞"为之定性,盖劳拉之忠,忠于真情,故能鄙弃邪恶,翻然悔悟,其始初虽有朝秦暮楚之瑕,终不掩其情之忠贞,犹如苔丝之虽二度失贞,因其忠于真情,仍不失其纯洁,故哈代亦以"纯洁女人"为其同名长篇作副题。巴巴拉故事则更可见为贵为富者暴虐贪婪之占有欲,写男性贵族之虐妻行为,更具特色。篇中多心理描述探索,富哥特小说式浪漫恐怖情节气氛,或认为《贵妇群像》中之上乘。《汉普顿郡公爵夫人》及《悬石坛侯爵夫人》两篇,在与前两篇同写女性虽贵及公侯,仍难逃厄运之余,意在讴歌人间真情——而此真情,则于下层民众中较上层显贵中更易求得。此四篇中爱德蒙·威娄斯、埃文·希尔等位卑而人格高尚之男主人公,则与哈代长篇小说中著名男性人物文特伯恩(见《林居人》)、欧克(见《远离尘嚣》)、文恩(见《还乡》)等堪为伯仲。

《婚宴空设》(1888)虽亦以爱情、婚配为主题,却侧重于婚姻龃龉、蹉跎所决定之人生命运,作品中流露出作家半似无可奈何、半似嘲讽玩世态度。此篇后虽收入《浪子回头》一集,实际仍为一"人生之嘲讽",其中多处情节,诸如婚期耽延于婚仪现场;情人久别重逢于途中;失足女人之悔过乞恕,均可于哈代多部长篇中寻得对应,而其于本篇中,又均能顺应情节发展,与前后具体场景榫接,不落斧凿痕。其中男女主人公一对凡俗情侣,初始若即若离,中经苦难磨砺,终于超越普通情欲、物质利害、以致时空局限,升华出富有诗意及哲理之情谊,已远远胜于普通爱情作品,亦可视作哈代为世俗失败婚姻指示之出路及作家对爱情婚姻之最高理想。《德国兵团郁郁寡欢的轻骑兵》(1889)一篇,虽写"涉外"、"军民"恋情,其中透露作家对人类为杀伐征战而扼杀真性情之深恶痛绝,亦在《路标边的坟墓》(1897)、《一八〇四年传说》中,有或直白或委婉之表达；而《路标边的坟墓》一篇于此含义之余，又涉父子亲情、代沟，机缘舛误莫测等人生悲剧，亦属文学创作之永恒主题。《儿子的否决权》(1891)揭示儿子受社会等级偏见驱使，横加干涉寡母再婚，于当今中国读者，当可生强烈共鸣。

　　哈代于小说创作近三十年漫长途程，虽始终把握写实主线，亦常另辟蹊径，做浪漫、象征、心理描写分析等诸多探索。《萎缩的胳臂》(1888)、《瑞乐舞琴师》(1893)、《耽于幻想的女人》(1893)、《羊倌所见》(1881)，虽题材仍不出婚恋情仇，其艺术手法则带有实验创新意味，从而将想象、隐喻及心理探索成分注入传奇旧套，赋离奇荒诞古事旧闻以新意，既脍炙人口，又与二十世纪现代小说遥相呼应，且于音乐、诗歌都有相当精彩描绘、论说；《羊倌所见》曾为哈代列入"精于结构小说"之类，盖作家在其小说创作中，曾作戏剧手法尝试，颇类《枉费心机》（又译《非常手段》）、《贝妲白婚事》等长篇，也是别出心裁。《古堡夜会》(1885)，虽为借一地方博古学家行止所做"人生小嘲讽"，篇中十之八九文字，尽写作家夜访美登古堡见闻感受，声情并茂，实为写景散文极品。

　　《浪子回头》(1900)中，孟布瑞上尉弃武而从神职，其舍己救人善举，源自哈代同乡挚友之父莫尔牧师大疫年事迹，此篇为哈代发表小说倒数之二。作者毕生借艺术创作探究人生，从其最后小说作品似可读出：最有价值之人生，仍在利人。此篇艺术特色，似显平平，而哈代最后中短篇集偏偏以之命名，则足可见其中用意矣！

张　玲

二〇〇二年四月一日

据一九九七年旧文增删

汉普顿郡公爵夫人

大约五十年前,第五代汉普顿郡公爵在他自己的那个郡里,特别是在巴顿一带,毫无争议算得上是个领袖群伦的人物。他出身于门第古老、忠心耿耿的撒克塞比家族。这个家族还未册封为公爵之前,就出过许多行侠仗义、笃信基督、大名鼎鼎的男儿。那些作为纪念而挂在教区教堂走廊里的黄铜雕刻和匾额,以及祭坛墓地上不计其数的画图肖像和宗谱纹章,要是让郡里哪位不惮劳苦的历史学家都一一拓摹下来,恐怕得花整整一个下午。然而公爵本人却是个不大能对石头或金属制作的古代编年史发生兴趣的人物,即使涉及到他本人事业的开端发轫,情况也是如此。他凭借自己拥有的地位,一味沉溺于许多粗俗鄙陋、不登大雅之堂的娱乐享受。他有时用平地惊雷似的渎神咒骂封住扈从们的嘴巴,并且固执地同牧师争辩斗公鸡和逗公牛①这种种戏耍有些什么好处。

这位贵族老爷个人的外表倒是有点引人注目。他的肤色呈铜红山毛榉的颜色②,体格粗大壮实,虽然略微有点驼背。他的嘴很大,常带着一根未经打磨过的树苗当做手杖,不过有时也带一把砍刀,走路的时候碰到蓟刺就用刀砍掉。他那座城堡矗立在一片园囿中间,除了朝南的那一边以外,周围都是郁郁葱葱的榆树,在明月的清辉照耀下,从远处大道上望去,那闪着银光的石墙正面,由沉重的树枝映衬着,就像是在一团漆黑当中露出的一个白点。这

---

① 英国古代有用狗逗惹公牛的娱乐,现已禁止。
② 为一种类似深紫的颜色。

幢建筑虽然叫做城堡,可是并没有什么固若金汤的守备,修建的时候,更多着眼于内部的方便舒适,而不大看重紧扣城堡这个名称的种种防御设施。这是一座城堡式的大厦,它的地面布局就和棋盘一样整整齐齐,建有许多模拟的棱堡和雉堞枪眼作为装饰,背后则是一垛垛雉堞烟囱。在寂静的清晨炉子点火的时刻,那些幽灵一般的使女在走道里蹑手蹑脚地走动,从百叶窗的缝隙透进去的一窄条一窄条的光线照射到画布上,让那些先祖的肖像显出眨眼微笑的样子,这时从这些烟囱口上升起十二道或者十五道青烟,在上空聚成一个扁平的华盖。城堡的周围,分布着上万公顷土质优良、丰饶肥沃、无可挑剔的土地。从城堡的窗口向四面望去,到处都是阡陌纵横、芳草芊芊,它们与单调的耕地连成一片,纯粹人工规划的林地罗列其间,使过分好奇的人无缘窥见全貌。

地位次于这位庄主、但同他还有段距离的,则是本教区的第二号人物,令人敬重的教区长奥德本先生。他妻子已经去世,作为牧师,他为人过分执拗和严厉。他的服饰洁白无瑕,灰白的头发整整齐齐,再加上那线条笔直、表情严峻的脸膛,显示出他的性格缺乏同情,而一个牧师在自己的同胞中施恩行善的能力,正有赖于这种性格。这一系列人物中关系最疏远的一位——当地首脑人物中不折不扣的海王星[1],就是副牧师埃文·希尔。他是一个年轻俊秀的副主祭,生着卷曲的头发和一对梦幻般的眼睛。他的眼睛是那样地充满幻想,使注视它的人不免有飞升九天之上、在夏日的云端翱翔的感觉。他的皮肤宛如鲜花一般娇嫩,下巴没有一点儿胡须,以至于已经是二十五岁的年龄了,还常常被人认为好像刚过十九。

教区长有个女儿名叫埃默琳,性格温柔单纯。教区内几乎人人都发现了她的娇艳容貌,都在那儿打量、琢磨,而她却对自己的美丽浑然不觉。她是在相当孤独的环境中长大的,碰到男性就感

---

[1] 太阳系九大行星中离太阳最远的行星之一,喻其离群索居。

到为难,不知如何是好。一旦有生人来拜访她父亲,她就溜进果园,待在那里等客人离去。她常自语嘲笑自己的缺点,可是又无法克服。她的美德并不在于她的性格对坏事有抵抗力,而在于自然而然不能接受。她对坏事根本无法理解,就像草食动物不能吃大块大块的肉一样。她的为人、仪表和心智让人怜爱。这一点牧师群中那位安提诺俄斯①早就一清二楚,而那位公爵也并不逊色,虽然他不知优美言词为何物,而且一向对妇女举止粗鲁令人反感,总而言之,根本不是一个喜欢在太太小姐堆中厮混的人,可是他在埃默琳刚满十七岁不久突然见到她以后,也在心中燃起了激情,那股热劲还真有点吓人。

事情发生在一个下午。在城堡和教区长住宅之间那片灌木丛的一个角落里,公爵当时正站在那儿看一个田鼠拱土打洞,这位娇艳的姑娘在几码远的地方一闪而过,那时阳光普照,她头上什么帽子也没戴。公爵回家的时候就像是一个中了邪的人,独自在城堡里那座肖像画廊前待了很长时间,注视着他家族中那些早已物故的美女的肖像,好像他以前从未考虑过,这些女辈中的人物在撒克塞比家族的繁衍进化方面起过多么重要的作用。之后,他独自用了餐,喝了不少酒,自己对自己宣告:埃默琳·奥德本一定得成为他的妻子。

说来不幸,与此同时,在副牧师和这位姑娘之间却发生了一些甜蜜而且秘密的交好,十分情投意合。这种恋慕的具体情节在当时和以后一直没有人知道。可是事情很清楚,她父亲不同意这件事儿。他待人处世冷漠无情,态度严峻,铁面无私。有天傍晚,有人听到副牧师和教区长在花园里发生了言词激烈的争吵,其中还夹杂着一个女人的哭泣哀求,宛如战争喧嚣中垂死者的号叫。事

---

① 此处指埃文·希尔。安提诺俄斯为希腊神话中一美少年,俄狄修斯(奥德赛)在外流浪期间,在他王宫中有一群人向他妻子求婚,为首者为安提诺俄斯。

情过后,这位副牧师几乎无影无踪地突然在这个教区消失了。以后不久就宣布了公爵同奥德本小姐即将举行婚礼的消息,时间快得令人惊讶。

婚礼这一天到了,又很快地过去了,她成了公爵夫人。在那一天中,好像没有人想到那个给赶走了的人,要不然就是有些人想到了他,可是藏在心里没有说出来。有些不那么服服帖帖的人则喜欢用那种打趣逗乐的方式,谈到这对威风凛凛的夫妇,至于其他人,则根据自己的性别和性情说了一些得体的恭维话。可是到了黄昏时分,那些一直喜欢埃文的敲钟人,又在钟楼中谈起那位温文尔雅的年轻人,以及他钟爱的那个女人可能会有的悔恨,心里不免略微舒畅了一点儿。

"难道你们看不出,这整个事情有点不大对头?"第三个敲钟人一边擦自己的脸一边说。"我知道得很清楚,他们走完了他们那段路以后,她今天晚上愿意把她的马拴在什么地方的马厩里。"

"这就是说,要是你能够说的话,你是知道年轻的希尔先生这会儿住在哪儿的喽,教区里可是谁都不知道呀。"

"只有那位夫人除外,她有福气戴上的这个戒指,比她祖先戴的重两倍。"

然而,这些友好的村民这时候根本无法想象,埃默琳的实际苦难该有多大,甚至那些同她交往十分密切的人也不清楚,因为她把自己内心的痛苦掩盖得严严实实。但是,新娘和新郎在城堡里居住为时不久,年轻妻子的不幸就变得十分明显,大家都觉察到了。她的使女和男仆说,她常常不知不觉对着护墙板热泪双垂,而这种时候一个精神正常的夫人本来是应该翻检自己的衣橱的。她在教堂里那个巨大的专座上热诚祈祷,独自坐在那儿像一只洞里的老鼠一样无足轻重,默默无闻,而不是像这个家族以往那些美貌佳人当年那样自寻消遣,数数自己的戒指,打打瞌睡,或者偷偷暗笑会众那些古怪的老年人。她使用水晶或银制器皿吃饭喝水,并不比使用土陶器皿更加留心在意。说真的,她脑子里想的是其它东西。她这些情况,她的丈夫公爵看得再明白不过了。开头他只不过嘲笑她,说她糊涂,要去想那个淡而无味的牧师,可是时间一久,他的指责也就更加严厉了。她向他保证,自从他们当着她父亲的面分开之后,她从来没有跟她过去的情人有过任何交道,他也没有和她有过任何交道。可是公爵并不相信。这就使他们夫妻间出现了某些奇怪的场面。这些都用不着一一细表,结果不久就造成了一场灾难。

婚礼后大约两个月,一个黢黑、寂静的夜晚,一个男人从大道上走进了庄园的大门,并且一直向通往园囿和房屋的那条林荫道走去。在离墙不到两百码的地方,他离开碎石铺砌的车道,沿着一条弯曲的小径向城堡靠近,这条小径一直伸进一片灌木丛中。他静静地站在那里。没过几分钟,城堡里的钟声敲响了,接着一个女人的身影从对面的方向也走进了这条小径。只见那两个模模糊糊的人影就像一片树叶上的两颗露珠,一下就靠在一起了;然后他们又站开了一点儿,互相面对面,女的低着头。

"埃默琳,你央求我来,我现在来了,上帝宽恕我!"那男人嗓音嘶哑地说。

"你就要移居国外了,埃文,"她唉声叹气地说,"我已经听说了!再过三天,你就要从普利茅斯乘坐'西方光荣'号航海去啦?"

"是的,我在英国再也待不下去了。我在这里活着就跟死了一样。"他说。

"我的生活更糟——甚至比死还糟糕。死也不会把我驱赶得要走这种极端。听我说,埃文——我请你来,是求你带我一起走,或者至少能靠近你——干什么都行,只要能不留在这儿。"

"和我一起离开这儿?"他说话的声调像是吓坏了的样子。

"是的,是的——或者是听从你的指导,或者是在某些方面接受你的帮助!不要一想到我就害怕——我向你请求这件事,你一定得原谅我。事情如果不是这样残酷,是不会逼得我这样做的。

如果我不是一直受到折磨,我是会默默地容忍我注定的噩运的;但是他不断地折磨我,如果我逃不掉,不久就得进坟墓了。"

他大为震惊,问公爵夫人,她丈夫怎样折磨她,她说,那是出于嫉妒。"他想方设法要逼我承认同你有关的事情。"她说,"而且不相信,自从我被迫同意父亲包办的与他订婚的事之后,我同你一直没有来往。"

可怜的副牧师说,这是最严重不过的消息了。"他在人身方面对你没有虐待吧?"他问道。

"有!"她低声说。

"他都干什么来着?"

她满怀恐惧地向四周看了看,一边哭一边说:"他想强迫我承认我没有做过的事,就采取了我连说都不敢说的办法,吓唬我,让我变得心虚体弱,好让我对任何事情都承认!我决心给你写信,因为我没有任何其他的朋友。"她接着说了一句泄气的讽刺话,"他老是怀疑,我得给他送点证据,免得他判断错了丢脸。"

"埃默琳,难道你的意思真的是说,"他战战兢兢地问道,"是说你——你想同我一起远走高飞?"

"难道你会认为,此时此刻我除了这样做之外还会有别的办法吗?"

他一言不发,待了一两分钟。"你绝不可和我一起走。"他说。

"为什么?"

"那是罪过。"

"那绝不是罪过,因为我一生从来没想过要犯任何罪过,而且现在我每天都祷告早点死,好脱离眼前的不幸,去到天国。我怎么会想到要去犯罪呢!"

"可是那是错误的,埃默琳,怎么说都一样。"

"大火要烧死你,你逃开也是错误?"

"在这种情况下,无论如何,看起来都是错误的。"

有时他想,如果他当初不听从良心的谆谆教导,便会出现何种情境,于是这种幻想的情境时时产生着种种强烈的憾意,使他激动不已。为了把这种种憾意降低到比较和缓能够忍受的程度,他在旅途中制订了几条行为规范。他每天花好多个钟头,集中思想考虑他随身携带的那几部书中有关哲学思想的段落,只让自己不时花上几分钟来思念埃默琳,像一个嗜饮成痾的人那样,固然严格不苟却又无可奈何地吝惜省俭,把造成痼疾的那种鲸吸牛饮加以节制平衡。旅程中注定要有在那个年月海上航行常常发生的种种事情,比如狂风暴雨,浪静风平,有人落水,有婴儿诞生,有人安葬。在最后那件事上,因为他是船上仅有的牧师,于是由他主持葬礼,为此宣读祭文。轮船在第二个月的月初准时到达波士顿,从那里他动身到普罗维登斯去寻一个远亲。

他在普罗维登斯作短期逗留,然后又回到波士顿,并且由于专心从事一项严肃的工作,得以相当成功地摆脱了甚至直到此刻都还缠绕着他的那种令人怏怏的忧郁心情。新近的经历使他心烦意乱,信心减弱,他于是断定,他一刻也不能再胜任教会牧师的职务了。于是他申请到一个学校当校长。虽然还没有开展具体的工作,但由于对他作的一些推荐介绍起了作用,不久他便以受人尊敬的学者与绅士的身份在某个学院的评议员中闻名。这使他最后脱离了那所中学,进入这个学院,成了演说修辞学教授。

他就这样在这个地方生活了下去,诚心诚意决心从事研究。冬日的晚上,他吟诵着十四行诗和哀歌,常常把自己的思想赋形为《献给一位不幸女郎的诗》,而在夏日黄昏那些闲暇的时刻,则久久凝视逐渐在他室内伸长的窗影,浮想联翩,把它们同自己生活中的幽独寂寞相互比较。即使在外面散步,他也常在内心自问,这片景物的东边是什么,他想到东方那两千英里的水域①,想到那水域

---

① 指大西洋。

"埃文,埃文,带我走吧,我恳求你!"她突然声泪俱下□通常说来,那样做是不对的,可这件事是一种例外的情□这一种难熬的痛苦要加在我头上?我并没有做什么坏事□害任何人,我帮助过许多人,我指望得到幸福,然而得到□恼。难道上帝真地要嘲弄我吗?我没有得到任何人支持□让步。而现在我的生命对我已经成了一种负担,一种耻辱□要是你知道,我向你提的这个请求,对我来说是多么重要□生命又是怎样寄托在这上面,那么你就绝不会拒绝我了!"

"这几乎是无法承受的——上帝支持我们吧!"他呻□"埃米,你现在是汉普顿郡公爵夫人,汉普顿郡公爵的妻□不能和我一起走!"

"那么说,我遭到拒绝了?——啊,我遭到拒绝了?"她□地放声痛哭,"埃文,埃文,你对我确实是这样说的吗?"

"是的,我是这样说的,我亲爱的,温柔的心肝!我确□样说的,虽然怀着满腹悲愁。你是绝不能走的。原谅我吧,□绝,再也没有别的办法。即使我要死,即使你要死,我们也绝□一起远走高飞。上帝的法规是禁止这样做的。再见吧,永别□"

他忍痛走开,匆匆忙忙离开了那片灌木丛,然后在树林□失了。

这次会见和别离,在埃文那柔和、俊秀的脸庞上刻下了人世□哪怕十年辛苦磨难也难以造成的印记。三天后的一个细雨霏霏□清晨,他乘坐那艘"西方光荣"号客轮,从普利茅斯启航了。当□地在身后逐渐消失的时候,他才勉强约束自己进入一种不以苦□为意的淡泊心境。埃默琳曾经不顾一切真诚相待,对他透露了□烈的感情,而他运用道义上强大的自持力量,终于顶住了这种□惑,他以这种道义力量为后盾的努力,取得了某种程度的成功,□而他一天又一天地凝视着大海,那汪洋一片的低声细语却总是在□用她那让人永难忘怀的声音,清晰地向他倾诉心曲。

后面的地方①。总之一句话,他一有闲暇就想象起她来,虽然她对他来说不过是记忆中的人物,而且大概从来也不过如此。

九年过去了,由于岁月的消磨,埃文·希尔的脸上失去了许多昔日曾经使它显得出类拔萃的特点。他对学生和蔼可亲,对所有同他交往的人都和颜悦色,但是他生命的核心,他的秘密,他却守口如瓶,好像是个哑巴。谈起他在英国的友好和他在那里的生活,他绝口不提巴顿城堡和埃默琳那段往事,好像在他的人生历程中,这些从来都没有存在过似的。那段经历虽然对他来说意义越来越重大,可是却只占了微小短暂的一段时间,一段转瞬逝去的时间,如果不是有那件刻骨铭心的事情,那么,像那样遥隔天外,即使对他几乎也会是难以理会的。

正在这个时候,有一天他草草浏览一份英国旧报,注意到了上面的一小段消息,它虽然简短,对他来说却含有一大堆惊人的信息——回响着那么多激动心弦的韵律,比所有诗人的诗选加起来还要丰富热烈。它是一则讣告,宣告汉普顿郡公爵去世,身后留有一位寡妻,并无子嗣。

埃文的思路这时完全改变了。他重新看了看这份报纸,发现这是很久以前送来的,当时他粗心大意扔到了一边。如果不是整理书房里的废旧报纸,他也许再过多少年也不会知道这件事情。当读到这则消息的时候,公爵已经去世七个月了。埃文此时再也不能让自己受到人们造出来的那些举隅法、对比法和渐进法②的束缚了,因为他心中充溢着所有这些修辞形式的自然而然的实例,而过去他是不敢声张的。他的思想沉浸在许多年来第一次展现出来的温馨前景的幸福梦想之中,又有谁会觉得奇怪呢?因为埃默琳现在对他来说同以往一样,又成了世界上至亲至爱的人了。他

---

① 指英国。
② 修辞学中的一些术语。

这种默默无语的潜心爱慕，结果使他下定决心，一有机会就返回她的身边。

但是眼前他还不能抛开他的专业工作。他要在四个月以后才能真正完全摆脱他承担的一些任务。不过，虽然一直处于心急如焚的痛苦之中，他每天都还是自言自语："如果她始终如一地爱了我九年，那么她也会爱我十年的；她目前这种寂寥孤独的时刻一定会起作用，使她怀着更多柔情来思念我；她新近的经历一中断，往日的回忆就会复活，而每过一天对我的归去都会有好处。"

那强使他逗留的时间终于很快过去了，于是他马上回到英国，在公爵去世后一年多一点的时间到达巴顿村。

天色已是黄昏，然而埃文那样迫不及待，不顾已经这样晚，就要去那座十年前让埃默琳一进门就成了不幸的女主人的城堡看上一眼。穿过园囿中的那些树，他不禁感慨万端，凝神注视在昏暗天空下矗立着的那些早就熟悉的轮廓，不久他就满有兴趣地看到，许多活泼愉快的村民，三三两两成群结队地在他前前后后走着，沿着那些纵横交错的林荫道，走向城堡的大门。埃文知道别人认不出他来，于是就向路上的一个行人打听，究竟有什么事情。

"公爵夫人今天晚上给自己的佃户开跳舞晚会，她这是遵照公爵和公爵的父亲的老习惯行事，她不希望打破这种习惯。"

"的确是。公爵去世以后，她一直是完全独自一人住在这儿吗？"

"完完全全独自一人。不过，虽然她本人并不要招待朋友，可她喜欢让村里的人玩得高高兴兴，所以常常让他们到这儿来。"

"心地善良，还是和以前一样！"埃文心想。

他走到城堡跟前，发现工匠进出的那几扇大门都推开靠到了墙边，好像再也不打算关上似的；城堡另一翼的过道和屋子里都点满了蜡烛，灯火辉煌，摇曳的烛光照在用做装饰的绿叶上，许多快快活活的农妇,挽着丈夫的胳臂从下面经过,烛光也照在她们的丝绸衣服上。这座城堡今天晚上成了一个便厅①。埃文毫无困难地同其他人一起走了进去。他站在准备用做舞厅的那间大屋子的一个角落里,别人都没有注意他。

"公爵夫人差不多一直都在居丧,不过她今天保准儿会下来,同附近的贝茨跳舞,来为舞会开场。"一个人说。

"附近的贝茨是谁?"埃文问。

"她非常敬重的一个老头儿——她那些佃户里面年纪最大的一个。他已经过了七十八岁的生日了。"

"噢,一点不错!"埃文安下心来,"我还记得。"

跳舞的人站成一行,等在那儿。大厅那一头的一扇门打开了,一位身穿黑色绸衣的夫人走了出来。她一面鞠躬,一面微笑,走到那队跳舞人的顶头。

"那位夫人是谁?"埃文用一种大惑不解的声调问道,"我想,你刚才告诉过我,汉普顿郡公爵夫人——"

"那就是公爵夫人。"刚才告诉他情况的那个人说。

"但是还有另外一位。"

"不,没有另外的。"

"可是,她并不是汉普顿郡公爵夫人——夫人原来一直是——"埃文的舌头堵住了嘴,再也说不出话来了。

"怎么回事?"同他搭讪的那个人问。原来埃文这时倒退了几步,靠墙站着支撑住身体。

这位可怜的埃文嘴里小声说了句,因为路走多了,肋条骨疼得厉害。这时音乐响起来了,跳舞开始,站在他旁边的那位,于是津津有味地看着这位奇怪的公爵夫人翩翩起舞,穿过曲曲折折的队形,所以把埃文忘了一会儿。

---

① 客人可在其中自由行止、不拘礼节的房间。

这就使他有机会振作起来。他是一个经受过苦难的人,所以还可以再经受得起。"那个人是怎么成了你们的公爵夫人的呢?"他完全恢复了自持以后,就用一种坚定而又清晰的声音问道,"另一位汉普顿郡公爵夫人到哪儿去了?的的确确还有另一位。这我知道。"

"噢,那前面的一位呀!就是,就是,好多好多年以前,她就和那个年轻的牧师一起私奔了。那位年轻人姓希尔,要是我记得不错的话。"

"不对,她绝没有那样做。你这样说是什么意思?"他说。

"就是,她的确是私奔了。她和公爵结婚以后过了几个月,在那个灌木丛里和那个牧师会了面。有几个人看见了他们那次会面,而且还听到了他们说的几句话。他们那时安排好准备走,而且在那以后一两天,她就和牧师一起从普利茅斯坐船走了。"

"可那不是事实。"

"是吗,那可真是有史以来最奇怪的谎言了。她爸爸可相信这件事,而且一直到死的那天都以为,她是和他一起走了;公爵也是这样以为的,而且这儿所有的人都这样以为。嘿,那个时候,为这件事还大大地忙活了一通呢。公爵追到了普利茅斯。"

"追她追到了普利茅斯?"

"他追她追到了普利茅斯,还派了几个探子跟踪;他们发现,她到过航运办事处,打听埃文·希尔先生是不是订购了'西方光荣'号的客票;她知道他订购了,于是她也订购了同一条船的客票,不过不是用她的真名。轮船开航以后,公爵收到她寄来的一封信,把她的所作所为都告诉了他。她再也没有回到这儿来。公爵老爷单身过了好多年,后来娶了这位夫人,可是只过了一年就去世了。"

埃文陷入了一种不知所措的状态,简直无法形容。可是,尽管他已经泄气,还是在第二天去访问了那位对他来说是假冒的汉普顿郡公爵夫人。她听了他的话，起初大吃一惊，后来表现冷淡，再后来他的情况感动了她，于是以信任报答信任，她把从已故公爵的文件书信中找到的一封信给他看，证实了把详情告诉埃文的那个人讲的是真话。这封信是埃默琳写的，上面盖有"西方光荣"号启航那天的邮戳，信上简短说明，她已经坐那条船移居到美国去了。

埃文投入全身心去揭开剩下的秘密。大家告诉他的事情全都一模一样："她和牧师一起私奔了。"他更进一步打听的时候，又多得到一条不可思议的旁证材料。他打听到普利茅斯一个船工的姓名，她失踪以后她丈夫寻找她的时候，这个船工曾经出面，并且说，就在"西方光荣"号启航的那天傍晚天色暗下来的时候，他把她送上了那条船。

埃文在普利茅斯外城的小巷和码头寻找了几天，这几个根本不可能的大字"她和那个牧师一起私奔了"，在他脑子里打上了烙印，后来他终于找到了这个有重要意义的船工。他对他讲的事肯定无疑，对那时发生的事记得清清楚楚，而且他还描述了那位夫人衣着的细枝末节，就像他很久以前向她丈夫讲的那样，同他和埃默琳分手那天晚上她穿的衣服毫厘不爽。

这位疑惑不安、心迷意乱的埃文，在回大西洋彼岸之前，又去弄清了惠勒船长的住址。因为，在埃文乘船远航的那些年头，惠勒正是"西方光荣"号的船长；他立即就这件事给他写了一封信。

这位海员能够回忆起来或者翻阅文件能够发现的情况只有这样一些：一个女人用了埃文说是假名的名字，的确在大约与他远航的同时登上了那艘船，她同最穷的移民一起坐的是统舱，船离开普利茅斯大约航行了五天就死在船上了，从她的举止和教养看来，她好像是一个贵妇人。她为什么不买头等舱，她为什么没带箱子，他们猜不出来，因为，虽然她口袋里没有什么钱，可是她身上有可以弄到钱的东西。"我们在海上把她安葬了，"船长接着说，"头等舱乘客中有一位年轻的牧师,我记得很清楚,是他给她念的祈祷词。"

埃文的脑海里马上回忆起当时的整个情景和情节。那是很久以前的那次航海途中,一个微风习习的清晨,人家告诉他,他们那时每天航行一百多英里。有消息说,在轮船的那一头有一个可怜的年轻女子害着热病,直说胡话。这种消息在乘客中间引起了不小的惊恐,因为船上的卫生条件很难令人满意。在这以后不久,医生宣布她死了。后来埃文听说,大家匆匆忙忙地准备为她举行葬礼,因为稍有迟延就会引起危险。接着在他眼前出现了葬礼的场面,还有这个仪式中发生的特别突出的事情。船长来到他跟前,要求他主持葬礼,因为船上没有随船牧师。他答应了这个要求;黄昏落日火红的余辉照在他脸上,他站在所有出席的人中间念了祷词:"因此我们把她送交深深的大海,让她腐化,盼望大海有朝一日奉还死者之时,尸体得以复活。"

船长还把那艘船的女监护长和当时在船上工作的其他一些人的地址告诉他。埃文在那段时间里对他们一一走访。他们明确描述了那个已逝的逃亡者穿的衣服,她头发的颜色和其它种种情况,他原来总希望是别人弄错了,直到此时,这一切希望才归于破灭。

于是,事情的经过终于都一清二楚了。在那个不幸的晚上,他离开了那片树丛,不让她跟他走,因为那是罪过。可是她肯定没有按照他的意见办,她一定是在黑夜里跟在他身后,就像一只可怜的小猫小狗一样,不肯让人赶走。除了她随身带的东西以外,她没有为那趟旅行准备任何东西,所以她上船的时候手头一定十分拮据。毫无疑问,她是打算在她有了足够勇气的时候再让他知道她也在船上的。

这样,埃文·希尔为期十年的一段恋情就在自己的眼前结束了。乘坐统舱的那位可怜的年轻女子就是年轻的汉普顿郡公爵夫人,这一点从来都未当众揭开过。希尔再也没有任何理由留在英国了，不久就离开英国的海岸，而且不打算重返。他离去之前把他这段故事告诉了他家乡那个小镇上的一个老朋友，他就是现在向你们讲这个故事的这个人的祖父。

(1878)

神魂颠倒的传道士

一 他着凉是怎么治好的

那位威斯利教派①牧师因为有事耽搁没有来,于是来了一个年轻人暂时代替。那是一八三一年一月十三日,刚才提到的那个年轻人斯托克达先生悄无声息地进了村,没有人认识他,也几乎没有谁看见他。但是等到村民中有些和他攀上关系的人跟他混熟了,他们倒是宁愿来了这个代理人,而不是那个牧师本人了。尽管他还谈不上已经博得声望,足以让目前住在内瑟—莫因顿那一百四十位纯正循道派教徒坚定信念,同时却又额外对那批杂处人群给以支持;那伙人清晨上国教教堂,晚上又去国教分离派的礼拜堂,要是遇到有茶会,那就总共多达百十来人,而在冬季天色太晚牧师难以分辨究竟有谁在七点钟上街的时候,还包括了教区执事;应当为牧师说句公道话,他是从来也没有急于想干这种事。

由于两个教派相互交叉重叠,所以在内瑟—莫因顿一带这个居民稠密的地区,出现了那个尽人皆知的人口之谜:这么一个教区里,拥有三百名成年圣公会②教徒,又有将近二百六十名非国教派教徒,而成年人却怎么只有四百四十人呢?

那个年轻人就个人来说是很有趣的,那些和他接触的人也就

---

① 这是基督教英国国教圣公会的一个教派,由约翰和查理·韦斯利兄弟创办于十八世纪,又称循道派,后渐独立。
② 英国国教。

满足于暂时不去过问他能力如何这个更为重大的问题了。据说在他一生的这个时期,他那双眼睛顾盼含情,不过并无丝毫轻浮之态;而他头发卷曲,身材高挑;总而言之,他是一个非常可爱的青年。那些女听众一见到他,听到他讲道,马上就说:"他来以前,为啥咱们都不知道呀,要不,咱们就会给他来个更热烈的欢迎了!"

而事实上她们和内瑟—莫因顿那伙人因为知道他不过是来暂时顶替的,而且对他本人或者他的教义也没有什么特别的指望,所以对他的到来几乎是漠不关心,仿佛他们一向都是本乡最规矩正派、勤上教堂的教民,他也真是给他们派来的牧师。于是,斯托克达刚踏进这个地方的时候,谁也就没有给他准备住处。而且尽管他在路上着凉患了头疼,还是不得不亲自张罗这件事。他打听了一下,知道在这个村子里惟一可能找到的留宿处就是那条街尽头的丽琪·纽伯瑞太太家。

告诉他这一信息的是个年轻人,于是斯托克达又问他,纽伯瑞太太是何许人。

那个孩子说,她是个寡妇,已经没了丈夫,因为他死了。他还说,听说纽伯瑞先生原本混得不错,是个农场主;但是他一直在走下坡路。至于纽伯瑞太太的宗教信仰,斯托克达了解到,她属于那种脚踏两只船的人,国教派的教堂和不信国教派的礼拜堂两处她都去。

"我就去那儿吧。"斯托克达说,他心想,既然没有虔信单个儿教派的住处,这也就是最好的办法了。

"她这个人有点儿个别,不爱招公家人,什么教区牧师呀,牧师的朋友呀,等等那伙人。"那小伙子又含含糊糊地说了一句。

"啊,那可能还有些希望;我去看看吧,啊,不;还是你先去问问,看她能不能给我找个地方,我还得找一两个人谈谈另外的事情。你可以到车把式那边来找我。"

过了一刻钟,那小伙子回来了,说纽伯瑞太太没什么不肯给他安排个住处的,于是乎斯托克达就去看那所房子。房子坐落在圈着树篱的园子里,看起来宽敞而且舒适。他见到一位上岁数的妇人,和她讲妥当天晚上就搬过来。因为这地方没有客栈,他希望尽快安顿下来;这个村子是当地的一个中心,他从这里还可以很快去到附近四面八方那些各式各样的教堂去。他当即让人把他的行李从他原来暂时落脚的车把式那里送到纽伯瑞太太这儿来。到了傍晚,他就朝着他这个临时的家走去。

斯托克达现在住在那儿了,所以他觉得没有必要敲门。他悄悄地进了门,听到自己快速的脚步声就像老鼠登堂入室,心里觉得很有趣。他走到起居室,大家这样称呼这间前排的房子,虽然它的石地板上简直没有铺多少地毯,只不过在走路的部分铺了一点,家具下面露出粗糙的沙石①。但是屋子里显得温暖舒服,令人欢快。炉火烧得亮堂堂的,在桌子腿鼓出来的地方火光突突直跳,和铜制的门把拉手相映成趣,还在壁炉架后部的表面下暗藏着巨大的潜力。一把深深的扶手椅拉在了壁炉的一边,椅子上铺着马毛呢,密密麻麻地钉着数不清的铜钉。茶具摆在桌子上,茶壶盖开着,一个小小的手摇铃早已摆在那儿,坐在那把大扶手椅上的人随意伸手就能够着。

斯托克达坐了下来,对自己到此为止在屋子里感受到的毫无反感,于是就以摇铃开始了他在这里的寓居。一个小姑娘应声悄悄溜了进来,给他备茶。她说,她名叫玛瑟儿·萨瑞②,住在那边,她一边说一边向大路和村子那边泛泛地点了点头。斯托克达的东西还没吃多少,他身后传来一下敲门声,他让那位求见者进来,一阵衣装的窸窣声让他转过头去。他看到面前是一位标致而又身材极其匀称的年轻女子,深色的头发,宽阔、聪敏、美丽的前额,那对

---

① 旧时,英国乡间普通人家常以沙子铺地,以代地毯。
② 女仆本名玛瑟·萨瑞,但当地人土音念作玛瑟儿·萨瑞。

眼睛让他还没有意识到,就已经浑身发热了,而单就她的那张嘴,一切有鉴赏力的人都会把它看做一幅画儿。

"我可以给你点儿别的什么来就茶吗?"她说着又向前走了一两步,脸上表情生动,一只手把着门边摇晃着。

"什么也不要,谢谢。"斯托克达回答,并没多想自己回答什么,而是更多地在想她和这户人家可能是什么关系。

"你敢保是吗?"那位年轻女子说,显然觉察到,他没有仔细考虑自己的回答。

他认认真真地察看了自己的茶点,觉得不缺什么。"敢保,纽伯瑞小姐。"他说。

"是纽伯瑞太太,"她说,"丽琪·纽伯瑞。我原名丽琪·辛普金斯。"

"噢,请你原谅,纽伯瑞太太。"还没等他来得及再说什么,她就离开那间屋子了。

斯托克达待在那儿感到大惑不解,直到玛瑟·萨瑞进来收拾桌子。"这是谁的房子,小姑娘?"他问她。

"丽琪·纽伯瑞太太的,先生。"

"那么,纽伯瑞太太不是我今天下午见到的那位老太太?"

"不是,那是纽伯瑞太太的母亲,纽伯瑞太太是刚才进来看你的那位,因为她想看看你好看不好看。"

天色又晚了一些,斯托克达正要开始吃晚饭,她又来了,"我亲自来了,斯托克达先生,"她说。牧师站起身来表示感谢。"我怕小玛瑟儿可能让你听不明白,你晚饭吃些什么?——有冷盘兔肉,还有那块没切开的火腿。"

斯托克达说,他可以美美地品尝这些佳肴。晚餐这时摆好了。他刚切下一片,又传来哒哒的敲门声。这位牧师早已知道了,这敲门的独特节奏表明是来自他那位煽情的居停主人的纤指,于是这位在劫难逃的年轻人心领神会,不动声色地咽下了他的第一口美味。

"我们家里还有只鸡,斯托克达先生——我刚才还真忘了说。也许你愿意让玛瑟儿·萨瑞把它端上来吧?"

斯托克达已经修炼得足以能用青年男人的技艺说出:她要是不亲自把那只鸡端上来,他就不想要了;但是,这话刚一出口,他就因为自己的言词这样大胆殷勤而面红耳赤,或许它的色彩对一个正经男人和牧师来说是过于强烈了吧。不到三分钟,那只鸡就端上来了,但是,让他大出意料之外的是,它不过是端在玛瑟·萨瑞的手上。斯托克达大失所望,这也许正是觉得他理应如此而有意安排的吧。

他用罢晚餐,丝毫也没有料到当晚还会再见到纽伯瑞太太,可这时候她却像刚才一样敲敲门又进来了。斯托克达满脸高兴的样子说明,在盼望她的时候她没来,她却是什么也没错过。这时正赶上夜幕降临,这个年轻人的着凉头疼更加重了,她还没来得及说话,他就让一阵死命的嚏喷卡住了,怎么忍也忍不住。

纽伯瑞太太满心怜惜地看着他。"今儿晚上你的着凉很厉害,斯托克达先生。"

斯托克达回应说,是挺麻烦。

"我倒有个好主意——"此时这位饮食有度的牧师正要抓起桌子上那杯水来喝,她一边盯着那杯淡而无味的白水,一边狡黠地接着说。

"是吗,纽伯瑞太太?"

"我有个好主意,你应该来点别的什么,很可能比那杯冷玩意儿能更有效地治好你的着凉。"

"嗯,"斯托克达低头看着那个玻璃杯说,"这儿没有客栈,在村子里也找不到什么更好的东西,当然,它还是可以的。"

她答复说:"有更好的东西,虽然不在这所房子里,也不太远。我真是这样想,你应该试一试,要不,你会病倒的。真的,斯托克达先生,你应该试试。"她见他正要开口,就伸出一根手指头,"别问那是什么;等着瞧。"

丽琪去了,斯托克达心情愉快地等着。不一会儿她就回来了,戴着帽子,披着大氅,还说:"我很抱歉,可是你得帮我去取。母亲上床睡了。你把自己裹严实,走这条路,请把那个杯子带上,好吗?"

斯托克达这个单身年轻人,几个星期以来就一直非常渴望找个什么人,打发掉自己过剩的兴趣,甚至温情,也就毫无憾意地跟上她,于是随着自己这位向导穿过后门,经过花园,一直走到头,那边地界上是一堵墙。这堵墙很矮,墙外边,斯托克达在夜影憧憧中隐隐约约感觉到有几块灰色的墓石,以及教堂屋顶和高塔的轮廓。

"从这条道儿很容易上来。"她一边说,一边跨上紧靠这堵墙的一个斜坡;然后把脚放在一个石墩顶上,再踏着里边拱底石下去,里边的地高得多,一般墓地都是这样。斯托克达也照她的样子做,在昏暗中跟着她越过那块不规整的地面,一直走到塔楼门口,进了门,然后她就把门轻轻关上了。

"你能严守秘密吗?"她用唱歌般的声音问。

"守口如瓶!"他热切地说。

这时她从大氅下面掏出了一盏点着的小灯笼,牧师一直都没注意到她带着的。灯光照出来,他们来到了唱诗廊的楼梯口旁边,楼梯下面放着一堆乱七八糟的木料,不过主要都是一些腐朽的架子、条凳、板条和一块块地板,这些东西都是随时从建筑物原来的地方撤换下来的,然后好再换上新材料。

"也许你可以把那几块木板拖到一边去?"她说着把灯笼举过了头顶,以便更好地为他照亮,"要不,你来拿灯笼,我来搬?"

"这我能办。"年轻人说,于是按照她的指点干起来。他惊奇地揭出来一排小木桶,每个桶上都箍着木圈,大小就像一辆载重马车的车毂。这些桶翻出来的时候,丽琪用眼睛死盯着他,仿佛在捉摸,他会说些什么。

"你知道这是些什么吗?"她发现他没有开口就问他。

"知道,是些木桶。"斯托克达简简单单地回答。他是在内地生长的,父母都是非常体面的人,他从小到大都是一个心眼要当牧师,这番景象对他来说,也不过是这些东西在那里而已。

"你说得很对,它们是些木桶。"她说,加重语气坦率直言的声调,不能说没有带点嘲弄。

斯托克达这时用一种疑惑不安的眼神直直地望着她,"该不是走私酒吧?"他说。

"是,"她说,"它们是在黑夜里偶然从法国漂过来的一桶桶的酒。"

在内瑟—莫因顿和附近这一带,那个时候人们总是对这种外界称之为非法贸易的罪恶勾当一笑置之;这种装有杜松子酒和白兰地的小桶,对当地居民来说,就像些萝卜白菜一样,谁都知道。所以斯托克达那种天真无知,还有他猜到这种邪恶不可思议的事情时那种惊慌的样子,开头让丽琪觉得简直荒唐可笑,接着就显得非常尴尬,因为她本来是希望让他产生个好印象的。

"这里有些人在干走私,"她用一种柔和抱歉的声调说,"他们几代人都干这种营生,他们认为这也没有什么害处。得了,你能从里面滚出一桶来吗?"

"要它干吗?"牧师问。

"从里面倒一点出来,好治你的着凉呀,"她回答,"这酒厉害得不得了,一转眼的工夫,它就可以把你那种病驱赶跑。噢,我们弄一点没事儿。我可以想要多少就倒多少;这些酒的主人老这样跟我说。我本来应该放一点在家里,那样我们就不会遇上这种麻烦了;可是我自己并不喝酒,所以我就常常忘了在屋子里留一点。"

"人家允许你自己随便取,我这么想,不过你不能透露它们藏的地方,是吗?"

"嗯,不能;特别不能那样;但是我如果想要多少都行。所以,你自己拿吧。"

"既然你有这个权利,那就谢谢你,我来拿吧,"牧师喃喃说道;虽然他对自己参与这件事并不怎么满意,他还是把其中一桶从塔楼的犄角里滚到地板中间来,"你想要我怎样把它弄出来——用把螺丝刀吧,我想?"

"不,我来做给你看,"他那位兴致勃勃的伙伴说;她另一只手上拿着一个鞋匠用的锥子和一把锤子,"你千万不要用一把螺丝刀来干这种事儿,因为木头渣子会掉进去;等到买主把白兰地倒出来的时候,就会让他们知道,这桶酒是开过的。用锥子就不会弄出木头渣子来,而且这个洞眼儿差不多又能完全封死。好啦,把那一道箍向前推推。"

斯托克达拿过锤子,照她说的做。

"好,就在那道箍原来遮着的地方钻个洞眼儿。"

他按她教的那样钻了个洞眼儿。"酒流不出来。"他说。

"噢,它会流出来的,"她说,"把酒桶夹在你两膝中间,用劲挤压桶的两头;我来接着杯子。"

斯托克达遵命行事;桶壁好像很薄,用力一挤就起了作用,酒喷出一股细流。杯子装满了,他就不再使劲,酒马上不流了。"好了,我们得用水把酒桶灌满,"丽琪说,"要不,等到搬动的时候,它就会像四十六只母鸡似地咕咕叫,而且让人知道它不满了。"

"可是,他们告诉你,你可以拿呀?"

"是,那是走私的人呀;不过那些买主可绝不能知道,走私的人是拿买主吃亏来让我受惠啊。"

"原来如此,"斯托克达满腹狐疑,"我怀疑这种做法是否诚实。"

他按她说的,让那个洞眼儿朝上把酒桶抓住。就在他把桶一挤一停的时候,她拿出一瓶水来,从水瓶里啜一口水,然后把她那漂亮的小嘴对着那个洞眼儿把水往桶里灌,桶每次不受压力复原的时候就把水吸了进去。酒桶又灌满了。他把洞眼儿堵住,把桶箍敲回原位,再把酒桶像先前一样塞进废料堆里去。

"那些走私贩子不怕你会把这事儿捅出去吗?"他们又走过墓地的时候,他问她。

"不,他们并不怕。我不可能做那种事。"

"他们让你陷入了一种很尴尬的境地,"斯托克达加重语气说,"当然,作为一个老实正派的人,你有时候一定会觉得,有责任要去报告——你真的一定会。"

"嗯,我从来没有特别感觉到有那么一种责任;另外,我第一个丈夫——"她打住没往下说,她的声音里透出了某种心慌。斯托克达那么老实正派,那么不懂世故,一时还弄不明白,她为什么打住了。但是最后他总算觉察到了,那句话是说漏了嘴,而且没有哪个女人会漫不经心地说出"第一个丈夫",除非她相当经常地想到第二个。他同情她这种心慌,留给她时间让她回过神来再往下讲。"我的丈夫,"她用一种自我改正的腔调接着说,"一向知道他们的所作所为,我父亲也是一样,而且保守秘密。事实上,我不能报告他们任何人的事。"

"我明白了这件事的难处,"他像一个看得透事物寓意的人那样接着说,"你夹在自己的记忆和良心之间翻来覆去,困惑苦恼,这是非常残酷的。我真希望,纽伯瑞太太,你会很快看到一条出路,摆脱这种不愉快的境地。"

"嗯,我眼下还没有。"她嘟囔了一句。

这时他们已经翻过了那道墙,进了屋子。她给他拿来了一个玻璃杯还有热水,然后让他自己去思量。他望着她逐渐消失的身影,反躬自问:他,作为一个品行端正的人,一个牧师,一个头面人物,尽管现在还不值几文钱,做这种事情是不是正当有理呢。一阵嚏喷解决了这个问题；那桶烈酒由于加了两三次水而变稀了，可这却是他所知道的这种着凉头疼最妙的疗法之一，特别是在一年里面这个寒冷的时节。

斯托克达在那把深深的椅子里坐了大约二十分钟，喝着，想着，最后对事情采取了比较温情的看法，而且渴望着明天，那时他就又可以见到纽伯瑞太太了。这时他觉得，固然从时间的角度来说并不很远，可是从感情的意义来看要挨到明天到来却又很长，于是他在屋子里不停地团团转。他的眼睛被一个装了镜框的绣花图样吸引住了，上面连绵不断的冷杉和孔雀的装饰环绕着下面这段美妙的铭文：

  玫瑰花盛开的日子，花瓣散香味儿，
  我活着的时候，这就是我的活儿，
  玫瑰花凋谢的日子，花瓣散香味儿，
  我死了的时候，这就是我的活儿。
    丽琪·辛普金斯 敬畏上帝 尊崇国王
        时年十一岁

"这是她的，"他自言自语，"天啊，我多么喜欢那个名字呀！"

他心想，按字母表从 A 排到 Z，把女人名字数一遍，也没有任何一个别的名字能这样美妙地适合他这位年轻的女房东。他正想着还没想完，又传来哒哒的敲门声；牧师猛地一惊，这时她那张脸又一次出现了，脸上那股冷淡的表情，叫任何聪明绝顶的人也不会想到，她来是想用她那双勾魂摄魄的眼睛影响他的感情。

"你愿意在你屋子里生个火吗，斯托克达先生，因为你着凉了？"

牧师因为刚才默认她给酒里兑水而感到良心有点不安，这时觉得是个惩罚自己一下的机会。"不要，谢谢你，"他说得很坚定，"这并不需要。我这辈子还从来不惯于生火，生火好像有点过头，近于奢侈了。"

"那么我就不坚持了。"她说,于是马上走了,把他弄得不知所措。

他思来想去,不知道他这样拒绝是不是让她恼了,所以又希望他要是挑选生个火就好了,哪怕那会烤得他睡不着觉,危害他的严于律己达十来天之久呢。然而,他聊可自慰的是,他与丽琪同住在一个屋顶之下,这对一个情窦初开的情人来说,的确是个珍贵难得的安慰;她的这位客人事实上是对房客这个词儿抱有一种诗意的见解,而且他明天肯定会见到她。

第二天清晨,斯托克达早早就起了床。他的着凉差不多完全好了。他生平从来没有像他那天一样,那么渴望早餐的时刻。他略微散散步勘察了这所院落以后,在八点钟准时又进了他住处的门。早餐端来了,玛瑟·萨瑞侍候着,但是没有人像头天夜晚那样不请自到,来询问是否还需要其它一些他原来没嘱咐过的东西,她尽力想讨他喜欢的东西。他感到失望,于是走了出去,希望在正餐的时候见到她。正餐的时间到了,他坐下就餐,吃完了,他又待了整整一个小时,尽管这个时刻有两位新来的老师约定在礼拜堂门口等着和他谈话。再等下去也毫无用处,于是他缓慢地走进那条小巷,心想反正傍晚总可以看到她,也许还可以在附近教堂的塔楼重温凿桶取酒的乐事,想到这些他又高兴起来。他决心给这件事增添一点道德观念,坚决主张不要添水,哪怕那个酒桶像基督教世界所有的母鸡都一起咯咯叫唤。但是什么也无法掩盖这个事实,这总是件邪门歪道的事;而等他想到,他内心对这件事比他自己那严肃的职责感到的兴趣还要大得多多,他不禁黯然失色了。

然而他良心上所受的谴责,随着白日的消逝而消散了。夜晚来临,还有他的茶点和晚饭;但是没有丽琪·纽伯瑞的人影,没有种种甜蜜的诱惑。最后,这位牧师再也按捺不住,就问那个古怪的小侍女:"纽伯瑞太太今天去哪儿了?"在说话的同时还不失机宜地递给她一个便士。

"她很忙。"玛瑟说。

"遇到什么严重的事吗?"他问她,又递上一个便士,同时还在后面露出另外一些便士。

"啊,没——根本没有!"她憋住气说得很有把握,"她什么事也没遇到。她不过是待在楼上,待在床上,因为她有时候就那样。"

他是个体面的年轻男子,也就不便多问了;尽管那个姑娘那么说,他以为丽琪一定是得了很厉害的头痛,或者是别的什么轻微的病痛,他对辛普金斯老太太连一眼都没看,很不满意地上了床。"昨天晚上我对她说过明天见,"他回想起来,"可是却见不着!"

第二天他运气好点,或者更糟,清早在楼梯口上碰见了她,白天她赏光来看过一两次——一次是表示好意问问他是否觉得舒服,就像第一天晚上那样,另一次是给他桌子上送来一把冬季紫罗兰,还应许等花蔫了再换新鲜的。在这几个场合,她的笑容含有某种意味,表示她意识到她所产生的效果,虽然必须说,这是一种富于幽默感而非工于心计的意识,含有更多自尊而非虚荣的意味。

至于斯托克达,他明显地觉察到,他拥有无限的余地可以打退堂鼓,并且希望那些不相信国教的人也可以得到保护神。他给自己的舌头和眼睛加了一道岗,死守了一个半小时以后,他发现继续挣扎也丝毫无济于事,于是向这种情势举手投降。"一个月之内就会有另一位牧师来这儿,"他坐在壁炉前自言自语,"那时候我就走了,她就再也不会弄得我神魂颠倒了!……那么,我是不是要永远过独身生活呢?不!等我两年试用期满了,就可以得到一所设备齐全的房子住了,大门油漆一新,配有门环;等到最后一份餐具在橱柜里一摆好,我就会回来径直走到她跟前,干干脆脆地求她!"

斯托克达这样搔首踟蹰地度过了两个星期,在这段时间,事情很像有史以来这类事情那样地发展着。他有一天几次看见那爱慕的对象,第二天又根本见不到她,在他最没有预料会见到她的时候却见到了,有种种暗示和迹象表明她哪个钟头要出现在哪个地方,简直就像个约会一样,可是还是错过了机会。他们那么近地同住在一所房子里,在这种环境中这种不文不火的挑逗也许可以说是十分公平合理的,而斯托克达也尽量隐忍,沉着应付。她是在自己家里,所以当面让他恼火或者不满之后,在房东的身份力所能及的范围内对他略施小小的关怀照应,又可以轻而易举地让他回心转意。有时他在屋子里等了半天想见她一面,最后发现还是见不着,于是怒气冲冲地走开,去做他也能发现是极其沉闷、丧气的散步,她这时又会来恢复平衡,到了傍晚会对他说:"斯托克达先生,我一直琢磨着,你一定感觉到晚上你卧室窗户里吹进来的过堂风,所以今天下午趁你出门的时候,我挂上了比较厚实的窗帘";或者,"我注意到,今天早上你打了两次嚏喷,斯托克达先生,准保是,着凉还缠着你没完呢;我敢肯定是这么回事——我老是不断地想着这件事;你得让我给你做点奶酒①喝喝。"

有时回到家里的时候,他发现他的起居室重新布置了,椅子搬到原来放桌子的地方,桌子上装饰了几朵在那个季节能够弄到的鲜花和绿叶,让屋子里增添了几丝新意。有时她会站在房子外边一把椅子上,想用钉子把被冬天的风刮倒了的一棵月季花固定住;当然他走上前去帮助她。这时候他们的手在传递布条和钉子的时候就会混在一起。于是在不和之后他们又成了朋友。在这种时候她会说两句又要麻烦他之类美妙动听、表示歉意的话;而他就会马上回答,只要她提出要求,他会为她百干不厌。

---

① 用热牛奶和酒制作的饮料,加糖和其它配料,旧时常用以治疗感冒。

二　他如何见到另外两个男人

事情就像这样发展着,一个多云的黄昏,斯托克达坐在自己的屋子里,听到她在门口用一种劝导的口气低声对什么人说话,不觉有点惊讶。天时已近昏黑,不过百叶窗还未放下,蜡烛也还未点上;斯托克达觉得好奇,忍不住把头伸向窗口。他看到门外有一个年轻男子,穿着灰白的衣服,他仔细想想,判断出那就是住在下首的那位身材匀称、面目英俊的磨坊主。磨坊主的声音时而低沉坚定,时而又表露出恳请祈求;不过究竟说的是什么,斯托克达根本听不出来。

谈话还没结束,牧师的注意力又让第二件事吸引了过去。在丽琪家的对面,长着一丛月桂树,形成一片浓密不变的阴影。在天空浅淡的背景映衬下,一根月桂的枝条这时摇晃起来,过了一会儿探出一个男人的头来,定在那儿一动不动。看来他对门前的谈话也很感兴趣,分明是待在那儿偷看偷听。如果斯托克达和丽琪不是情人,而是别的什么关系,他就会出去把这件事情调查清楚;可是现在他还不过是个享受不到什么特权的盟友,所以他只是站起身来,借助炉火把自己的身影映照出来,于是偷听的人就溜走了,磨坊主讲话的声音也放得更低了。

斯托克达让这件事情搅得十分不安,所以磨坊主一走,他就说:"纽伯瑞太太,你觉出来刚才有人盯着你们,听到你们谈话了吗?"

"什么时候?"

"你和那位磨坊主谈话的时候。一个男的从月桂树那儿注视着你们,嫉妒得好像要把你吃了似的。"

她表现出来的关切神态,好像比这件鸡毛蒜皮的小事应该引起的更甚,于是他又添了一句:"也许你们谈的事情是你不希望让人偷听到的?"

"我只是谈了些生意上的事。"她说。

"丽琪,坦白说吧!"这位年轻人说,"如果只是生意上的事,为什么别人要偷听你们的谈话呢?"

她感到很奇怪,盯着他看。"那么,你以为谈的能是些什么呢?"

"嗯——年轻的男女之间只要一谈话,就大有可能让一个窃听者觉得很有意思。"

"啊,是呀,"她尽管心不在焉微笑着说,"对了,奥利特时不时对我谈起婚姻问题,这是事实,不过,他那会儿并没谈到这件事儿。我真心真意希望,他要谈到了该多好,那就会让我不那么认真了。"

"啊,纽伯瑞太太!"

"是会那样的。当然,这并不是说我会和他的想法一样。我那样希望是由于别的一些原因。我很高兴,斯托克达先生,你把那个偷听的事告诉我了。这是一个及时的警告,所以我必须再见见我表兄。"

"可是你等我说完了再走,"牧师说,"我要马上弄个水落石出,不再煞费苦心了。我们俩人的事,丽琪,摆明是行还是不行吧;劳驾了!"说着他伸出一只手来,于是她大大方方地把自己的手安放在他手心里,不过一言未发。

"你这样是说行?"他等了一会儿又问她。

"你可以当我的情人,如果你愿意的话。"

"为什么不马上说,你愿意等着我,一直等到我有了房子,然后能回来娶你呢。"

"因为我在想——在想别的事儿,"她觉得很为难,"事情一下子都落在我身上,我得一件一件地逐个解决呀。"

"无论如何,亲爱的丽琪,你可以向我保证,除了谈生意,不让他再谈别的事儿,行吗?你从来没有直接鼓励过他吧?"

她避开了这个问题,只是说:"你知道,他和他那伙人一向总是这样,有时把东西放在我的宅院里,因为我从来没有拒绝过,这弄得他总是鲁莽从事。"

"东西——什么东西?"

"是些桶——在这儿大家叫做桶。"

"可是你为什么不拒绝他呢,我亲爱的丽琪?"

"我可不能。"

"你太怯懦了。他这样强加于你,并且用他那走私的阴谋诡计危及你的好名声,这是不公平的。答应我,下次他想把他那些桶放在这儿,你就让我把它们都滚到街上去,好吗?"

她摇摇头。"我可不敢那么厉害地得罪那些邻居,"她说,"或者做任何很可能会让可怜的奥利特落到那帮海关上的人手里去的事情。"

斯托克达叹了口气,说他认为:她慷慨大度以至于帮助那些欺骗国王逃避交税的人,那是错误的。"无论如何,你可以同意我去让他离你远一点,别想当什么情人,直截了当告诉他,你不赞成他,好吗?"

"在眼下,请别这样,"她说,"我不希望冒犯我那些老邻居。这事儿不仅关系到奥利特先生。"

"这可太糟糕了。"斯托克达不耐烦地说。

"我保证,我不会鼓励他当我的情人,"丽琪急切地回答,"一个通情达理的人对这点是会满意的。"

"好了,我也满意了。"斯托克达说,他的满面愁云一扫而光。

三 那件神秘莫测的大衣

斯托克达现在更加仔细地注意了他那位美丽的房东生活中的一种特点,这是他偶然观察到的,以前却几乎从来没有想到过。这就是她起床时间很明显地毫无规律。她有一两个星期还算准时,在七点半过不了几分钟就下楼来。然后又突然连续三四天的时间不到中午十二点见不到人影;还有两次他有确切的证明,直到下午三点半她才离开自己的屋子。第二次极晚下楼是有一天他自己注意才知道的。那天他特别希望听听她对他未来行动的意见;当时他像常常想过的那样,得出的结论是她得了感冒、头痛或是别的什么病痛,除非她是故意不肯露面,避免见他和他说话,而这一点他是难以相信的。然而,前面那个假设给否定了,因为过了几天他们谈论健康问题的时候,她自己无意中说出,自从一月份,也就是一年前到现在,她从来没有一刻感到抑郁、头疼或其它任何疾病。

"听你这么说,我很高兴,"他说,"我原来还以为你不是这样呢。"

"怎么,我看起来有病态吗?"她一边说,一边抬起脸来,表示他那种凝视而且还曾经一时有过那么一种想法是不可能的。

"一点儿也不是;我那么想,不过是因为有时白天里大半时光你都得待在自己的屋子里。"

"噢,至于那个吗——那根本算不上什么,"她嘟囔了一句,那副神气有人可能称做冷淡,而他则是最不愿意在她脸上看到的,"纯粹是昏昏欲睡,斯托克达先生。"

"从来没病!"

"是这样的,我告诉你,我在屋子里一直待到下午三点半钟的时候,你总可以有这样的把握,我是一直沉睡到三点钟,要不,我就不会待在那儿了。"

"那可糟透了。"斯托克达一边说,一边想着:那要是成了习惯,天天都如此,那样自由放纵就会给一个牧师的家庭带来灾难一般的影响了。

"不过,"她看透了他那些好心而又有预见的想法,于是说,"只有在我整个夜晚清醒不睡的时候才会发生这种事。有时不到大清早五六点钟,我都不去睡觉。"

"啊,那就是另外一回事啦,"斯托克达说,"失眠到了那种令人担心的程度真是一种病态了。你对医生说过吗?"

"啊,不——没有必要那么做——这对我来说完全是自然的。"说完她就走了,没有再说什么。

要不是事有凑巧,斯托克达可能要等很久才能知道她不能睡觉的真正原因。有一个黑沉沉的夜晚,他坐在卧室里为一次讲道写几条要点,在这所房子里其余的人休息以后,他还漫不经心地工作了好长一段时间。一直干到一点钟才上床。还没等他睡着,就听见前门传来一阵敲门声,先是敲得很小心,后来声音大了点。没有人应声,那人又敲了起来,房子里毫无动静,于是斯托克达翻身起床,走到窗口,这个窗户俯临大门,他打开窗户,问谁在那儿。

一个年轻女人的声音应道,她是苏珊·威利斯,说她本来是想问问纽伯瑞太太可不可以给她一点芥末好调一份芥末软膏,因为她父亲的肺病得很重。

牧师手头没有铃,身边又没有仆役,只好自己去办了。"我去叫纽伯瑞太太。"他说。他穿上一点衣服,沿着走廊走过去,轻敲丽琪的房门。她没有答话。他想起她在睡眠上那些没有规律的习惯,就用力不停地大敲,把门都敲开了一条小缝,他这才发现门是虚掩上的。这时声音足以能够传进去,所以他不再敲门,而是用坚定的口气说:"纽伯瑞太太,有人想见你。"

屋里十分安静,无论什么地方都没有一声喘息,一点动静。这时斯托克达对着那条门缝儿向屋里大叫了一声:"纽伯瑞太太。"——依然没人回应;里面也没有一点动静。正在这时,他听到对面丽琪母亲的屋里传来了声音,仿佛丽琪没听见他的大声叫嚷而她却被吵醒了,而且正急忙穿衣服,斯托克达轻轻关好那位年轻女人的屋门,朝另外那个屋门走去,还没走到,辛普金斯太太就打开了屋门,她身穿家常穿的衣服,手里拿着一盏灯。

"那个人来叫门干什么?"她又惊又怕地问。

斯托克达告诉她那姑娘来干什么,还一本正经地加了一句,"我叫不醒纽伯瑞太太。"

"那没关系,"她母亲说,"我能像我女儿一样,给那姑娘她想要的东西。"说着她走出她那间屋子,到楼下去了。

斯托克达向他自己的住屋走去,不过仿佛转念一想,在楼梯口又向辛普金斯太太说,"我想,我无法叫醒纽伯瑞太太,该不是她出了什么事吧?"

"啊,不是,"这位老太太急忙说,"根本没事。"

牧师仍然不放心,"你进去看看好吗?"他说,"那样我就会放心多了。"

辛普金斯太太又上楼来,去到她女儿的屋子,几乎是立刻又出来了。"丽琪根本什么事也没有。"她说,接着又下楼去招呼来人。那姑娘看见了灯光以后,在这段时间一直悄悄地待在那儿。

斯托克达走进自己的卧室,又像刚才那样躺下了。他听见丽琪的母亲打开了前门,让姑娘进来,两人一边小声说着话,一边走向储藏室的橱柜,去取她要的药物。姑娘走了,大门关好了,辛普金斯太太上了楼,整所房子又重归寂静。牧师一直没有入睡。他怎么也摆脱不掉一种让他越来越心烦意乱的奇怪猜疑,假如他的猜疑果然不错,这就成了他生平所见最难以理喻的事了。尽管他确确实实听到,丽琪·纽伯瑞在通常那个时候上楼回到她自己的屋子里,然后又自己把门关好了,可是他怎么也无法让自己相信,他在她卧室门口大喊大叫的时候,她是在自己的屋子里。然而,所有的理由又是那么不能让自己信服,她是在别的地方,所以他只好又回到认为她睡得太沉的那个不大可能的想法上来,尽管他那样大敲大喊,连"七睡人①"也足以吵醒,可是他还是既没听到她的喘

---

① 小亚细亚古都以弗所有七个年轻基督徒,在公元三〇三年狄奥克勒特迫害时期,逃往山洞中躲藏,据说在洞中酣睡达三百年之久,人称"七睡人"。

息,也没听到任何动静。

  他还没来得及得出任何明确的结论,就堕入睡乡,一直睡到大白天。他喜欢在天气晴朗的时节到户外去迎接朝阳,他在早上出门以前根本没见到纽伯瑞太太;不过这也不是什么不同寻常的事儿,所以他并没注意。早餐的时候,他听到她在厨房里,知道她并没走远;房子的后部紧紧关着,他什么也看不见,不过他知道她好像在说话,在吩咐,在锅碗瓢盆中间忙来忙去,这种事情十分平常,所以没有什么理由要他浪费更多时间去毫无结果地猜想。

  这位牧师给搅得神魂颠倒,所以他的即席讲道没有什么改进。在讲道坛上他常常把科林斯人说成罗马人,唱赞美诗常常唱错节拍,弄得只好跳过去了事,因为会众没法唱得合拍。他完全下了决心,在他几个星期的逗留即将结束的时候,要快刀斩乱麻,明确提出订婚,好有个约定;如果必要,再从从容容去反悔吧。

  他怀着这种目的,在她那场神秘莫测的睡眠后那个傍晚提出,他们在天黑以前一起出去散散步,他提议这个时候是为了使他们回家的时候不会让人看见。她同意去散步。他们越过围栏,走向一条适于这种场合的人行浓荫小道。可是尽管双方都怀有某些打算,他们却未能给这次散步注入多少兴致。她看起来脸色比平日苍白,有时还把头掉过去。

  "丽琪。"斯托克达在他们俩闷声不响走了很长一段路以后带着责备的口吻说。

  "嗯。"她说。

  "你打哈欠了——我差不多完全是为陪你!"他以这种方式把话说了出来。不过,他的确闹不清楚,她打哈欠究竟更多是因为与头天夜晚的身体疲劳有关,还是与当前这个时刻的心情厌倦有关。丽琪连忙道歉,并且承认她相当困乏,这刚好给了他一个直截了当提出问题的机会;可是他一向谦虚谨慎不肯直接向她提出,于是他很不痛快地决定继续等着。

二月过去了,这个月一时是泥泞,一时是冰冻,一时下雨,一时又雨夹雪,一时是东风,一时又是西北狂风,就这样变来变去。犁过的地里,垄沟里是一洼洼积水,那都是从较高的垄背流下而积起来的,还没来得及渗下去。小鸟慢慢活跃起来了,每天日落之前总有单独一只画眉飞来,在紧靠纽伯瑞太太房子边上那棵高大的榆树上满怀希望地歌唱。凛冽的寒风和冰冷易碎的冻土,已经让位于缓缓渗来的潮气了,这比冰冻更令人难受;不过它表明春天正在来临,况且那种难过劲儿还属于尚能忍受的那一类。

斯托克达至少有五六次了,总在设法和丽琪取得实事求是的体谅;但是,在邻居来敲门那天夜里她显然不在家的那种神秘莫测的情况,还有她无数次高卧不起那种奇怪的方式,都让他一想开口,心里总觉得有障碍。这样一来,他们就老是像没有明确订婚的情人那样,谁都不承认对方有权拥有这个意中人。斯托克达让自己认为,他迟疑不前是因为那位受到任命的牧师推迟了到来的日期,结果他自己的离去也延迟了,也就完全没有必要急忙求婚了;但是也许只是因为他那种小心谨慎又重新抬了头,告诉他最好先对丽琪了解得更清楚一些,然后再安排把她与他的生活结合在一起的庄严婚约。而在她那方面,她总是好像已经准备在这个问题上比他至今为止打算走的步子迈得更远;可是无论如何,她还是独立不倚,而且只达到这样一种程度,不对一个尚且远未拿定主意的男子煽情。

三月一日傍晚,他在昏暗朦胧中随便走进自己的卧室,注意到椅子上搁着一件厚大衣,一顶帽子和一条马裤。他不记得曾经把自己的任何衣物搁在那里,就走过去,借着晦暗的微光尽量仔细查看,他发现这些东西并不是他自己的。他待了一会,思量它们会是怎么放到那里去的。他是这所房子里独一无二的男人,可是这些又不是他的衣物,要么是他弄错了,不对,这不是他的。他召唤玛瑟·萨瑞。

"这些东西怎么到我的屋子里来啦?"他说着就把那些不顺眼的物件扔到了地上。

玛瑟说,纽伯瑞太太原先把它们交给她,让她刷刷,她以为一定是斯托克达先生的,就放在那儿了,因为没有别的绅士在这儿寄寓。

"当然是你干的,"斯托克达说,"现在把它们拿下去交给你的女主人,并且说,这是我在这里发现的衣服,而且不知道是怎么回事。"

门是敞开着的,所以他听见了楼下说的话。"真笨!"纽伯瑞太太说,声调透着慌乱。"嘻,玛瑟·萨瑞,我并没告诉你把它们送到斯托克达先生的屋子里去呀?"

"我想,它们保准是他的,因为上面有那么多泥。"玛瑟低声下气地说。

"你本来该把它们放在晒衣架上嘛。"那位年轻的女主人严厉地说;随后她把那些衣物搭在胳臂上,上了楼,快速走过斯托克达的屋子,把它们狠狠地扔进走廊尽头的一个壁橱里。这样,这件偶然的事情结束了,整幢房子里又安静下来了。

在一个寡妇家里发现这样的衣物,如果是干干净净的,或者给虫蛀过,或者有油腻,或者搁的时间太久发了霉,本来也算不上值得大惊小怪的事儿;可是,衣物上面新溅上了泥,这就让斯托克达大伤脑筋了。一个年轻的精神领路人正当动了真情却又举棋不定,而且又每每因为鸡毛蒜皮的事儿就焦躁不安,在这种复杂局面下,某种真正实实在在不对头的情况,就成了一种搅得人心烦的事情。不过,在那个时候并没有接着出什么事;然而,他变得更加警觉,容易起疑,对事情的细枝末节难以忘怀。

一天早晨,他从自己的窗户向外眺望的时候,看见纽伯瑞太太本人在刷一件淡褐色厚呢大衣后身,要是他没有弄错的话,这件大衣正是那天摆在他卧室椅子上的那一件。上面溅满了泥浆,一直溅到后背束紧的腰上,从颜色来看,正是内瑟—莫因顿附近的泥土,在阳光下面,他可以把密密麻麻的泥点看得清清楚楚。前一两天下过雨,完全可以推断,穿这件大衣的人不久前曾经在一些小巷和野地里走过相当长的路。斯托克达打开窗户,向外面仔细察看。这时纽伯瑞太太扭过头来,她的脸慢慢泛红了,她看起来从来没有比这更美,或者说更高深莫测。他满怀深情地向她招呼,并且对她说早安;她不知所措回了他一声,就在她看到他的那一瞬间把自己手上的活儿停下,只清理了一半就把大衣卷了起来。

斯托克达关上了窗户。对她这种行为做出某种简单的解释完全是可能的;但是他本人连一种也想不出来;他多么希望,她当时当地就这件事自动地说点什么,免得让人满腹狐疑。

但是,丽琪虽然当时没有提供任何解释,在他们下一次碰上的时候,她还是把这个问题摆出来了。她同他闲扯到别的事情,并且说,那件事刚好发生在她给她去世的丈夫原来一些旧衣服打扫尘土的时候。

"你让它们保持干净,是出于看重纪念他吧?"斯托克达试探性地问她。

"我有时把它们晾一晾,掸掸土。"她说,同时摆出一副天真无邪娇媚无比的样子来。

"难道死人可以从坟墓里钻出来,在泥浆里走路吗?"牧师面对她表演的这套伎俩直出冷汗,嘟囔着说。

"你说什么?"丽琪问。

"没什么,没什么,"他垂头丧气地说,"不过几个字而已——星期天我讲道会说的一个成语。"看来十分清楚,丽琪没意识到,他看见了那件因为穿着走路后摆上新溅上泥浆而露了马脚的大衣;并且想象他还相信那是从搁衣服的哪个箱子或抽屉沾上的。

这桩公案现在看来是更加晦暗得可以了。斯托克达让它弄得那么沮丧,甚至也不想硬要她解释清楚,或是吓唬她说,要到未开化的海岛居民那里去传道,或是用随便什么方式责备她。他只是等她说完话以后就走开了,还是继续感到困惑不安,最后他日常的举止态度也一步一步变得忧愁郁闷了。

四　新月升起的时候

接着来的星期四天气变化无常,潮湿而又阴暗;夜晚像是要刮风,而且让人很不痛快的样子。斯托克达早上去了诺西,参加那儿的纪念仪式,回来的时候在过道里遇见了楚楚动人的丽琪。不知是那一整天都在欢快的节期当中还是在野外驱车让他受到影响,也不知是否出于既往不咎这种自然的天性,他让自己又着了迷,忘了那桩大衣事件,总的说来,过了一个愉快的晚上,这倒不是近在身边听到她的曼语轻声,因为她一直坐在后客厅里和她母亲说话,一直到她母亲去睡觉。在这以后,她也很快回自己的屋子去了,于是斯托克达自己也准备上楼,但是在离开那间屋子之前,他在那就要完全熄灭的火烬前面站了一会儿,思考一些这样那样的事情;他的烛台插孔里的蜡烛突然暗淡下来,闪了一下亮,然后熄灭了,这才惊动了他。他知道他卧室里有个火绒盒,还有火绳和另外一支蜡烛,于是没有烛光摸着黑上了楼。他到了自己的屋子,用手尽量触摸每一个壁架和角落寻找火绒盒,可是找了很久也没找到。最后他总算找到了,打出一个火花,点燃硫磺石,这时他自己觉着听到过道里有点动静。他用力吹棉绒,火绳着了,门一直是开着的,他借了那点蓝光,从门框里看见一个男人的身影,沿着楼梯口转过去,就不见了,显然是想不让人看见。那个人穿的是丽琪刷过的那身衣服,轮廓和步态有点什么提示牧师,穿着那身衣服的就是丽琪本人。

不过他对这点并没有把握,而且斯托克达还感到非常刺激,所以决心要把这桩秘密调查一番,而且要按自己的方式去干。他把火绳吹灭,没点蜡烛,走进过道,踮着脚儿走向丽琪的屋子。等他走近一看,屋子里窗户的方向有一个方形灰色的微弱亮光,这让他知道门虚掩着,而且立刻提示他,住在里面的人不在。他掉转身来,在楼梯的扶手上砸了一拳:"那就是她;穿着她死去丈夫的大衣,戴着他的礼帽!"

他多少松了一口气,知道没有其他人闯进这桩公案里来,但是他依然感到惊诧。于是牧师溜下楼梯,轻轻穿上靴子和大衣,戴上帽子,试了试前门。它像平常一样锁紧了;他走到后门,发现后门没上锁,于是走进花园。夜色柔和,没有月亮,前一阵曾经下过雨,现在早已停了。每当有风吹过摇动树枝的时候,大树和灌木上时不时地突然落下一阵水珠。在这些水滴声中,斯托克达听见轻轻的脚步踏在外面的大路上,而且从脚步声猜出那是丽琪。他循着这声音走,风是朝着行人迎面吹过来的,所以他走得和她靠近了,而且还一直保持着这个距离,也没有让她听见的危险。他就这样跟着她走过那些分别称做大街或者小巷却都是两边房屋少而树篱多的地方,一个人影从一所小农舍的门口向她走过来。丽琪站住了;牧师把脚踏在草地上也停了下来。

"是纽伯瑞太太吗?"走出来的那个男人问,斯托克达从声音认出来,他就是自己的所有教堂信徒里最虔诚的信徒当中的一个。

"是我。"丽琪回答。

"俺都准备好了——这一刻钟俺一直在这儿。"

"喂,约翰,"她说,"我有个坏消息;今天夜里我们的生意有危险。"

"你也这么说呀!俺梦见了会有这种事儿。"

"是有,"她急匆匆地说道,"你马上到伙计们等着的那些地方去跑一圈,告诉他们,今天不用他们,要等到明天夜里同一个时间。我去点着烽火让帆船避避。"

"俺这就去。"他说着就立即穿过一座大门走了。丽琪继续往前走。

她加快了脚步往前一直走到小巷拐弯上了税卡路,横穿过这条大路,跨上通往灵斯沃斯的小路。她从这里毫不耽搁地往山丘上爬,经过那座孤零零的小村子霍沃斯,然后下到对面的山沟。斯托克达从来没有朝这个方向走过这么远,但是他清楚,她要是沿着这条路再多走一段,就会靠近海岸了,那里距离内瑟—莫因顿总有两三英里;他们动身的时候大约是十一点一刻,所以她好像是想在午夜时分到达海边。

丽琪很快又上了一个小山丘,斯托克达在这同时则灵巧地绕到了左边;于是一种沉闷单调的轰鸣闯进了他的耳朵。小丘离悬崖顶上大约有五十码,白天里它显然可以对这整个海湾一览无遗。天空还有足够的光亮,她爬到山丘顶上的时候,可以把她乔装的身影衬托出来,她在山顶上停下,后来又坐下来。斯托克达无论如何也不愿意在这个时刻惊动她,然而又想和她靠近,所以就低下头,双膝跪下,向高处爬了一点,然后悄悄地待在那儿。

风很冷,地又潮,他不愿意保持这种姿势时间太长。然而还没等这个年轻人决定换个地方,他就听见身后有说话的声音。他们说的是什么意思,他并不知道;不过,他担心丽琪处于危险当中,所以正准备跑上前去,警告她有人可能看见她了,这时候,她向一小丛无遮无拦地长在那个暴露无遗的地点的灌木丛爬过去藏了起来。她的形体掺和进那幽暗黢黑而又长势不好的树丛之中,仿佛她也变成了灌木丛的一部分。她显然和他一样也听见了那几个人的声音。他们从她近旁走过去,高谈阔论,满不在乎,尽管海水拍岸的声音不断,谈话还能听得清楚,他们的谈话说明,他们干的并不是对自己有任何风险的事情。事实也正是如此,他们有些话吹送到他的耳边,让他立刻忘掉了他当时处境的寒冷。

"船是啥样的?"

"一条小帆船,载重约摸五十吨。"

"从瑟堡开来的吧,俺猜?"

"对,俺相信。"

"可它不全是奥利特的吧?"

"噢,不全是。他只有一股。另外还有一两股——归一个农场主还是个啥家伙,可姓名俺不知道。"

谈话的声音渐渐听不见了,那几个人的头和肩膀越靠近悬崖就越小,最后看不出来了。

"我那位宝贝儿还一直受引诱,要经那个不信教的奥利特之手买一个股份呢,"牧师哼哼着,他对丽琪的纯真高尚的感情,在她的人身和名誉面临危险的时刻迅速达到了最高潮,"那就是她到这里来的原因,"他自言自语,"啊,这会毁了她的!"

他的焦虑不安给突然爆出的一道明亮的、而且越来越亮的火光打断了,那是从丽琪藏身的地方升起来的。过了几秒钟,还没等火光着到最旺,他听到她从他身边一直冲向凹地,像是扔出去的一块石头飞往家的那个方向。火光这时着得又高又大,清清楚楚照出了它的位置。她刚才点燃了一把常青棘,把它塞进了她曾经蹲在下面的那个灌木丛里;风扇起了火焰,劈劈啪啪地猛烧起来,像是要把灌木丛和树枝全都烧光。斯托克达待在那儿的那个时间,刚好看到了这么多,随后就顺着那个年轻女人的路赶快追。他本想追上她,显示出他是自己人;可是他跑了一会儿,却没有见到她的一点踪影。于是他飞速跑过霍沃斯周围的那片开阔地,还让那些突兀的小沟和斜坡拐了腿和踝骨,一直跑到丘陵草原通向大道的栅栏门,才不得不停下来喘口气。在他前面和后面都听不到什么动静,这时他才断定,她并没有跑在他前面,而是听见他在自己身后追赶,以为他是行动队里的什么人,于是就在路上什么地方藏起来,让他跑了过去。

他现在迈着一种比较轻松的步子向村子走去,快到那所房子的时候,他发现他的推测是对的,因为大门还是闩着,后门没有锁,正和他走的时候一样,斯托克达随身把门关上,悄悄地在过道里等着。大约过了十分钟,他听见了同样轻轻的脚步声,和他出去的时候听见的一样;脚步声在大门口停下,门轻轻打开又关上了,然后屋门闩拉开,丽琪走了进来。

斯托克达走上前来,并且马上说,"丽琪,别吓着,我一直在等你。"

尽管已经听出了他的声音,她还是一惊,"是斯托克达先生,是不是?"她说。

"是我,"他回答,这时见她安然无恙回到家里而且并不惊惧,他生起气来,"我还发现,今天夜里你出去耍了一个漂亮的花招,你穿着男人的衣服,我为你害羞!"

丽琪简直找不出一句话来回答他这突如其来的责备。

"我不过穿了一部分男人的衣服,"她一边支支吾吾地说,一边缩回到墙边,"我穿的不过是他的大衣和礼帽,还有马裤,这有什么关系呢,他原先就是我自己的丈夫嘛。我这样穿戴不过是因为大衣可以撑得很大,你总不能用胳臂撑吧。而且我还在里面照样穿上了我自己的衣服——那也不过是套在外面!你走开到楼上去,让我走过去好吗?我不想让你在这样一种时候看见我这种样子!"

"可是我有权利看你!你是怎么想的,难道现在我们之间还能隔着什么东西吗?"丽琪沉默不语。"你是一个走私贩。"他接着又伤心地说了一句。

"在这个买卖里面,我只有一股。"她说。

"那并没有任何区别。你参加那样一种行当究竟是为了什么,而且在整个这段时间都瞒着我?"

"我并不是总干这个。我只是到了冬天有新月的时候才干。"

"得了,我想那是因为在别的时候没法干……你真让我心烦,丽琪。"

"我为这件事很抱歉。"丽琪温顺地说。

"那么好了,"他比较温和地说,"反正到现在为止还没有什么损害。你愿意为了我的缘故,完全放弃这种该受谴责而且又很危险的生意吗?"

"我得尽最大努力去挽救这笔生意,"她说话的时候嗓子里显得有些干哑,"我不想放弃你——这你是知道的;但是我也不想丢下我的冒险买卖。我现在不知道怎么办才好!我为什么一直对你隐瞒,是因为我怕你如果知道了会生气。"

"我想是这样的!我推测,如果我没发现这件事就娶了你,你会照样继续干下去吧?"

"我不知道。我没有往前想得那么远。我今天夜晚只是去点起火,把那伙人烧跑,因为我们发现,缉私队员知道了那些酒要在哪里靠岸。"

"这事儿整个都弄得一团糟,是不是?"这位神魂颠倒的年轻牧师说,"那么,你现在怎么办?"

丽琪慢慢地悄悄说出了他们计划的一些细节,其中主要的是他们打算第二天夜里在这沿海一带另找一个什么地点去碰碰运气;在打算干这趟生意之前,有三个靠岸的地点总是早就商量妥了;他们知道,第一个地点是灵沃斯,就是她今天夜里去的那个地方,要是那艘船在那里给"烧跑了",就像今天夜晚让她给弄的那样,那船上的人就要在第二天夜晚设法去第二个地点,就是卢温角;如果那里也有危险的迹象,他们在第三天夜晚就要去试第三个地点,那是再往西的一个地岬背后。

"假如那些稽查员也在那里让他们靠不了岸呢?"他说,这时他的注意力已经是针对这个有趣的计划,暂时顶替了他对她在其中还有一股的担心。

"那么我们在这整个黑黢黢的时候——我们就是这样称呼从这次有月亮到下次有月亮的这整段时间——就不再找什么别的地

方了,也许他们会把酒桶都吊在一根漂绳上,把它们都沉到离岸稍远一点的地方,然后记好方位,等到有机会的时候,再用探海钩去取。"

"那是怎么个办法?"

"哦,他们划条船出海,带一根探海钩——那就是一个四爪锚——沿着海底捞,一直到捞着那根漂绳。"

牧师站在那儿沉思,除了楼道上的大钟滴答滴答地响,再加上丽琪半是因为走了那么多路,半是因为心情激动的喘息,屋子里没有一点声音。她当时不是处在一片黑暗之中,而是靠墙很近站着,牧师可以借着粉刷过的墙面的映衬,辨认出她披在身上的大衣和戴在头上的宽边帽。

"丽琪,所有这一切都是非常错误的,"他说,"难道你不记得上税的钱①这个教训吗?'该撒的物当归给该撒'。肯定不错,你长这么大,听诵读这段经文的次数一定够多了吧?"

"他死了。"她噘着嘴说。

"但是经文的精神还是同样有效的。"

"我父亲干过这一行,我祖父也干过,内瑟—莫因顿差不多每个人都靠这个过活,而且要不是还有这个,生活就太枯燥了,那我也就根本不愿意活了。"

"当然,那样我活着也就没有什么意思了,"他满怀辛酸地回答,"难道你就不想想,放弃这种疯狂的营生,仅仅为我而活着,是值得的吗?"

"我还从来没有像那样看待过这件事呢。"

"那么你不愿意答应一直等我安排好?"

"我今儿个夜晚没法给你回话,"她心事重重,眼睛看着地上,

---

① 指臣民应当给国王交纳税款,见《圣经·新约全书·马太福音》第22章第19—21节。引文中该撒即罗马皇帝恺撒。

一点点移动着脚步走开,进到紧邻的那间屋子里,关上门,隔开了他俩。她摸黑待在那儿,一直到他等累了,上楼回到自己的卧室。

可怜的斯托克达整个第二天都是让头天夜晚发现的事情弄得垂头丧气,提不起一点精神。丽琪不折不扣是个让人着迷的年轻女人,但是,要做牧师的妻子,却很难对她加以考虑。"要是我仅仅守着父亲的那个小小的杂货生意,而不是努力要当个牧师,她对我就真是合适得完美无缺了!"他悲伤地说,后来才想起来,如果是那种情况,他就绝不会从自己家里大老远跑到内瑟—莫因顿来,也就绝不会认识她了。

他们之间的生分还并不是绝路一条,但是却足以让他们避免常相伴随了。那天他在花园的小路上遇见她,他一边向她投去责备的目光,一边说:"你应许吗,丽琪?"但是她并未回答。黄昏快到了,他知道得很清楚,丽琪到了夜晚会再去远行——她那多少像是给人得罪了的态度表明:她目前根本无意改变自己的计划。他本不希望在这种冒险中再做自己的那一份;可是他要是这样做,他那由她引起的焦急不安,就会随着时间的流逝而不断增加。试想一下,如果她遭到什么不幸的事故,那他就会因为自己没在现场帮助她而永远不会宽恕自己,正如他厌恶那种好像是支持这类逃税行为的想法一样。

五　他们如何去的卢温角

正如他所预料,她在晚上同一个时刻离开了家,这一次走过他的屋门不是偷偷摸摸的,仿佛她知道得很清楚,他在监视,因而决心对他的不快听之任之。他早有准备,迅速打开屋门,几乎是同时和她走到后门的。

"那么你是要去了,丽琪?"他说,这时和她并排站在台阶上。她再次装扮得像个小个子的男人,那张脸和那身打扮完全不相配。

"我得去。"看到他态度严峻,她压着嗓门说。

"那么我也去。"他说。

"我敢保,你会觉得很有意思的!"她用比较轻快活泼的腔调喊着,"谁一干都觉得有意思。"

"上帝不许我这样!"他说,"可是我必须照看你。"

他们推开便门,并排走到路上,不过彼此隔开一点距离,相互之间也不大说话。这天晚上的天气对走私这个行当来说,比头一天更加不利。风刮得比较低,靠北面的天空又有那么点亮。

"天空好像太亮了一点。"斯托克达说。

"是呀,真倒霉,"她说,"可是,那不过是上面那几颗星星照的。今天是新月,要到四点钟才会出来,我料想还会有云。我希望我们能趁这么黑就干完,因为把它们沉在海里,时间长了就会让它们带上一股咸卤味,人家就不那么喜欢了。"

她走的这条路和头天夜里的不一样,他们一走出小巷就跨上爵爷丘向左拐,然后穿过大路。他们走到了夏勒顿草原丘陵。斯托克达开始一直拿不定主意,不知道对她说什么好。他这时决定在她为这场冒险激动不已的时刻,不要想去劝告她,而是要等到这件事情过去以后,再努力去让她在将来摆脱这种营生。有一两次他忽然想到,如果他们遭到缉私队的突袭,他的处境会比她的更加狼狈,因为很难证明他到这种地方来的真正动机;但是这种危险比起他想和她待在一起的愿望,就显得不在话下了。

这时他们走进了夏勒顿近郊的一条山沟,那里的一个村子离他们要去的海边那个地点还有两英里。这次丽琪打破了沉默:"我得等在这里见见那些扛东西的人。我还不知道,他们是不是已经来了。我告诉过你,我们今天晚上去卢温角,比灵沃思要远两英里。"

原来那些人早已来了,因为就在她说话的时候,大约有三十来个人头在山坡顶上露出来。丽琪和其他几个业主经常雇用这些扛夫,把一桶桶的酒从船上运到内地的藏酒处。他们全都是内瑟—莫因顿、夏勒顿和附近一带的年轻小伙子,寡言少语,不爱惹是生非,尽管有些人还随手带着粗重的棒子,他们只是受到雇佣来给丽琪和她的奥利特表兄运货,正像他们也受雇去干其它报酬很高的活儿一样。

她一声召唤,他们就一齐靠拢过来。"你们最好现在就收下。"她一边对他们说,一边递给每个人一个小包。包里装着六个先令,是他们今天夜晚干活儿的报酬。不管事情成功或是失败,这都是预付的工资;不过除此以外,事情成功了,他们还可以有权利当代销商。交接完毕,她对他们说:"还是老地方,匕首窖,靠近卢温。"道理很明白,一直到这时候才告诉他们是要去哪儿。"奥利特先生在那里和你们会合,"丽琪又加了一句,"我要跟在后面,得看着没有人盯梢。"

扛夫们往前走了,斯托克达和纽伯瑞太太离他们有一箭之遥,在后面跟着。"这些人白天干什么?"他问。

"他们中间有一打来人是干苦力活的。有些是砖匠,有些是木匠,有些是鞋匠,有些是铺草房顶的。我对他们都了解得很清楚。其中有九个还是听你讲道的人。"

"那我可管不着。"斯托克达说。

"哦,我知道你管不了。我不过是告诉你罢了。其他一些人更愿意上教堂,因为他们供应教区牧师所有他要的酒,而且也不愿意对一个主顾显得不友好。"

"你怎么挑选他们呢?"斯托克达问。

"我们挑选的是那些接近我们的人,还因为他们身强力壮,脚步稳健,能扛很重的东西走很远的路都不觉着累。"

她历数这些特点的时候,斯托克达叹了一口气,因为一个女人对这种行当的情况和要求这样了如指掌,也就说明她卷进去该有多深了。然而此时此刻他对她的柔情蜜意,却比以往所有的时日都更加深厚,也许正是因为这个缘故,她那经验丰富的神气和满不在乎的胆量不知不觉激起了他的钦佩。

"挽住我的胳臂,丽琪。"他悄悄对她说。

"我不想那样,"她说,"再说,我们彼此也许再也不会是我们有一度那样的了。"

"这就全在你了。"他说,于是他们还是像刚才那样继续往前走。

雇来的那些扛夫毫不迟疑地沿着夏勒顿草原丘陵向前走,就像是在大白天一样,他们避开大车走的路,把东夏勒顿村抛在左面,爬到了山顶上那个荒无人迹的地方,那里离人们称做圆丘的那种古代土堡不远。经过一刻多钟的轻快疾行,他们来到了一个叫做匕首窖的地方,这里离卢温角不过几百码,可以听见海涛声。他们大家在这里停下,丽琪和斯托克达也上前和他们会合,大家一起走到悬崖边上。这时一个人拿出一根铁棒,在离崖边一码远的地方,把它实实地敲进地里再解下绕在自己身上的那根粗绳子,把它拴在铁棒上。他们大家都开始下崖,一边用脚顶着,一边用手拽着,顺着绳子往下縋,绳子就从他们手中滑过去。

"你不到顶下面去吧,丽琪?"斯托克达焦急地问。

"不去,我留在这儿放哨,"她说,"奥利特在下面。"

那些扛夫下到海边的时候都十分安静;接着在崖顶的这两个人听到的就是沉重的桨声,海浪冲击船头的响声。过了一会儿,船的龙骨轻轻擦过岸边砂石,斯托克达听到了那三十六个扛夫在卵石上向靠岸地点跑过去的脚步声。

水中传来一阵扑通声,就像一窝鸭子潜下水去的声音,表示那些人并不在乎自己的腿甚至腰是不是会让海水浸湿;不过还是根本不可能看出他们究竟在干什么;又过了几分钟,又有了脚踏砂石的声音。斯托克达的手扶着的那根系着绳子的铁棒开始有点摇晃起来,扛夫又露面了,一个又一个爬上了略微倾斜的悬崖,可以听见他们上来的时候身上滴水的声音,他们都紧靠着那根纤绳,每个人爬到崖顶的时候就可以看得到他们都带着两个桶,一个在背后,一个在胸前,两个桶用穿过套环①的绳子拴在一起,挂在扛夫的肩上。有几个力气更大的汉子还在脊背上半部加挂了一桶,不过一般还是扛两桶。就这两桶也够沉的,让你扛着它们走上四五英里就觉得前胸和脊梁骨紧贴在一起了。

"奥利特先生在哪儿?"丽琪问一个扛夫。

"他不走这条路上来,"那个扛夫说,"他要躲在海岸边,一直等我们安全离开。"这时候走在最前面的人没有等待其余的人,已经跨过了草原;丽琪等到最后一个人上来以后,把绳子拉了上来,挽在胳臂上,再把铁棒从地下拔出来,然后转身跟上那些扛夫。

"你非常担心奥利特的安全。"牧师说。

"是个难得的人!"她说,"嗯,难道他不是我表兄吗?"

"是的,噢,这是在一个糟糕的夜间干活,"斯托克达沉闷地说,"不过,我可以帮你拿铁棒和绳子。"

"感谢上帝,这些酒到现在为止总算平安无事。"她说。

斯托克达摇摇头,拿起铁棒,跟在她身边走向草原丘陵地;大海的呻吟再也听不见了。

"这就是那天你说和奥利特有些事儿的意思吗?"这个年轻人问她。

"正是这个,"她回答,"我从来没有为别的事儿见他。"

"和一个年轻男人干这样一种合伙生意是很怪的。"

"这是我父亲和他父亲一起干开的,他们是姻兄弟。"

有她相伴并没有让他盲目,看不见眼前的事实,既然像丽琪和奥利特这样兴趣和追求如此相近,既然他们俩每一趟生意都是安危与共,那么她答复奥利特长久以来一直在提的婚姻问题要采取

---

① 指酒桶底板的突出部分两头装上的铁环。

肯定的态度，也可以算是一种特别合情合理的事了。这种想法并没有安抚住斯托克达，反倒刺激他更加努力，尽量要让这一对儿显得尽可能不合情理，要把她从这些夜间作业的一伙人中抢出来，让她循规蹈矩，安坐在遥远内陆某个郡里一间牧师的起居室里。

他们一直紧跟那些扛夫向前走，靠得很近足以让斯托克达看得出来，他们走上通向村子的大路时，分成了人数不等的两股，每一股都朝自己的方向走。人数少的一股走向教堂，等到丽琪和斯托克达走到他们自己那幢房子的时候，这伙人已经爬过了教堂墓地的围墙，正在静悄悄地穿过墙里的草地。

"我看得出来，奥利特先生已经安排好要把一批货又放在教堂里，"丽琪说，"你还记得你来这里的第一天夜里我带你到那里去的事吗？"

"当然记得，"斯托克达说，"毫不奇怪，你早已得到允许可以打开酒桶——那些酒都是他的吧，我想？"

"不，它们不是他的——它们都是我的；我得到了我自己的允许。第二天把那些桶酒就给装在运肥料的马车里送到内地几英里远的地方去，卖了个很好的价钱。"

正在这个时候，刚才那会儿走了左边一条路的那一伙人，开始一个接一个地从丽琪家房子对面的树篱中跳出来，为首的那个人肩上没扛酒桶，他走上前来。

"是纽伯瑞太太吗？"他急匆匆地问。

"是的，吉姆，"她说，"怎么回事儿？"

"俺发现，俺们今天夜晚不能把酒放在狗獾丛林，丽琪，"奥利特说，"那地方有人守着。要是有时间，俺们得把那棵苹果树安在果园里。俺们送到教堂去的酒很多，没法全都塞在木料下面啦。俺那个垃圾堆早放满了，再放就不保险啦。"

"那很好，"她说，"赶快干吧——就这样。我能做点什么？"

"请吧，什么也不用。啊，这是牧师！——你们二位啥也干不了,最好进屋里去,别让人家看见。"

奥利特说话完全是干非法活动那种忧心忡忡的声调,丝毫也没有情人的那种嫉妒,在他说话的时候,跟着他的那伙扛夫一个个从树篱上翻下来,这时不幸发生了一件事故,走在最后的那个人跳下来的时候,吊着他那两个酒桶的绳子滑脱了:结果两个酒桶都摔在大路上,其中一个摔破了。

"真他妈倒霉!"奥利特一边说,一边冲回去。

"这值好大一笔钱吧,我想?"斯托克达说。

"啊,不——大概两个畿尼,而现在对我们来说也就值一半的价钱,"丽琪激动地说,"这倒没什么——问题是那酒味儿。现在还没有用水冲稀,它味儿大极了,像那样打翻在路上,那味儿闻起来太厉害!我真希望,在酒味吹散以前,拉提默别从这儿过。"

奥利特和另外两个人把酒桶的碎片拾起来,然后在那块地上刮,刮了又踩,想尽可能让酒的味儿跑掉;他们大家随后都进了奥利特家果园的园门,那果园就在右边紧靠丽琪的花园。斯托克达不愿意跟着他们去,因为有几个人认出他来,就满脸诧异地盯着他看,尽管他们什么话也没说。丽琪离开他,走到花园的尽头,隔着树篱向果园望过去,隐隐约约看见那些人忙作一团,显然是在埋藏那些桶酒,大家都闷声不响地干着,连个灯亮也没有;等事情干完,他们就纷纷四散,那些把货送到教堂去的人则早已各自回了家。

丽琪回到花园门口,斯托克达还恍恍忽忽地靠在门上。"事儿都办完了,我现在回屋里去,"丽琪轻声说,"我给你把门留个缝。"

"啊,不用——你用不着留,"斯托克达说,"我也进去。"

可是他们俩谁都还没有举步,隐隐约约的马蹄声已经传到耳边,好像是从穿过草原的小路和大路连接的地方传来的。

"他们来得太晚了一点儿!"丽琪欣喜若狂地大叫了一声。

"谁?"斯托克达说。

"拉提默,那个骑着马的差官,还有他的一些手下人。我们最好回屋里去。"

他们进了屋,丽琪插上门。"请别点灯,斯托克达先生,"她说。

"当然,我不会。"他说。

"我想,你可能站在国王一边吧。"丽琪说,带了一点挖苦的味道。

"我是,"斯托克达说,"不过,丽琪·纽伯瑞,我爱你,这你知道得一清二楚;而且如果你还不知道的话,你也应该知道,为了你,我最近这几天在良心上受了多大的折磨!"

"我全猜着了,"她急忙说,"然而,我不懂为什么。啊,你比我强!"

马蹄的得得声好像又在远处消失了,于是这一对倾耳细听的人,由于在某些事情上有严重分歧,冷淡地说了声"晚安",手指头相互触摸了一下。他们走上了楼梯顶,但是还没等他们分头走出三步远,那些骑马人的马蹄声突然之间又响了起来,几乎就在他们的房子旁边。丽琪转身走向楼梯上的窗口,把活动窗开了大约一英寸,把脸凑近那条缝。"是的,其中一个就是拉提默,"她小声说,"他总是骑一匹白马,大家都以为,这是干那一行的人最不该有的那一种颜色了。"

斯托克达望过去,看见了那匹走过去的牲口白色的亮影;不过拉提默走过去还不到十码远,就勒住了他那匹马的缰绳,对和他一起来的那个同伙说了点什么,无论是斯托克达还是丽琪都听不清楚。可是这话的意思马上就清楚了,因为另外那个人也让马站住了;他们猛地勒转马头,小心地往回走,又走到正对纽伯瑞太太花园的那个地方,拉提默翻身下马,骑在黑马上的那个人也照样下了马。

丽琪和斯托克达都聚精会神仔细听着，观察着他们的行动，自然而然地尽量把头凑向开了一点的那个活动窗上的小缝儿，最后他们俩的脸正好贴到了一起。他们继续倾耳细听，仿佛谁也不知道发生在他们脸蛋上的那个异乎寻常的事情，而且随着时间慢慢地过去，相互之间是靠得更紧，而不是放松了。

他们可以听见这两个海关人员一步一步缓慢前进的时候像猎犬一样嗅着味儿的声音。他们快到刚才摔碎酒桶那地方的时候，两个人都马上停下了。

"嘿，嘿，这儿的味儿很重，"另外那个海关关员说，"我们去敲敲门？"

"啊，不要去，"拉提默说，"也许这不过是一条诡计，想把我们骗得离开真正的地方。他们不会在靠近他们藏酒的地方弄出这种味道来。这种事儿我以前见到可多了。"

"不管怎么样，那些货，或者一部分货，一定是经过这儿弄走的。"另一个说。

"那是，"拉提默一边想一边说，"除非是他们想哄骗我们走错路。我倒有个想法，我们今天夜里各自回家，一声别吭，明天清早第一件事就是带上更多人一起来。我知道，他们在这附近有些藏酒的地方；可是在夜里，只有这么一点儿亮光，我们啥也干不了。我们在这个教区四处转转，看看是不是大家全都上床睡觉了，约翰，要是什么都安安静静的，我们就按我刚才说的办。"

他们向前走了，窗户里面那两个人可以听见他们悠悠闲闲地把整个村子转了一圈，在这个村子的街道尽那头从另一个交叉点拐上了税卡路。两个差官沿着那条路走去，他们的马蹄声慢慢消逝了。

"你想怎么办？"斯托克达问，从原来那个位置抽身出来。

她心里明白，他是暗示差官就要开始的搜查，好把她的注意力从他们自己刚才在活动窗前那一温情事件上转移开来，他是希望它转眼即逝,变成一件梦寐以求的未来,而不是已经做过的往事。"噢,啥也不干,"她回答,她对他这种态度感到失望,而却尽可能显得不动声色,"干这种买卖,我们时常碰到这种风暴。你要是知道他们是什么样的糊涂虫,你就不会害怕了。你想想,他们骑在马上经过那些地方,弄出那么大的声音,他们当然什么也听不见,什么人也看不见;但是他们又老是害怕从马上下来,他们一下马,我们的人就会冲出来对付他们,把他们绑在大门的柱子上,就像他们从前干过的那样。晚安,斯托克达先生。"

她关好窗户,返回自己的卧室。在卧室里,她流下了眼泪;可那并不是因为那骑马差官的警觉。

六　内瑟—莫因顿的大搜查

斯托克达由于晚上的种种事情,同时由于自己夹在良心与爱情之间左右为难,心中极其激动,弄得不能入睡,甚至连打个盹都不能,但是一直十分清醒,仿佛在大青白天一样。直到灰蒙蒙的光线还只刚刚照到他卧室里比较白的东西上,他就起了床,穿上衣服,下了楼,走上了大路。

村子里早已惊动起来了。有几个扛夫头天夜里在黑暗中脱衣上床的时候,就听到了拉提默那匹马的慢跑声,并且早已就这件事相互之间,同时也和奥利特传送过消息。惟一的疑虑好像只是不放心藏在教堂唱诗廊楼梯下面的那些酒,大家在磨坊犄角上做过一番简短的讨论,全都认为应当在天色没有大亮以前把它们转移出来,藏在靠近附近野地边上的那双排树篱中间。可是还没等他们动手,就听到许多人从大路向小巷这边来的脚步声。

"该死的,他们已经到这儿来了。"奥利特一边说,一边拉开了放水经过的那道闸门,干起磨坊当天的活儿,他牢牢实实地站在落了一层面粉的磨坊门口,仿佛他一心一意关注的仅限于那正在震动的几堵墙壁之中。

刚才同他谈话的那两三个人都已经散去,干他们日常的活儿了,等到海关差官和他们雇用的很大一批人马,来到磨坊和纽伯瑞太太家之间的村中十字路口,村子里显出上午活儿正开始的那种自自然然的样子。

"喂,"拉提默对他那伙总共十三人的帮手说,"我知道,那批东西现在就在这个地方。现在已经是大白天了,如果咱们不能在天黑以前找到它们,把它们弄到蓓口海关去,那就很难办了。首先咱们要查燃料房,然后再查到住房里去,再往后就查干草堆和牲口棚,就这样到处爬,慢慢看。你们没有啥东西来指引你们,就靠你们的鼻子,注意啦,要是你们这一辈子都还没这样用过鼻子,那么今天就用用吧。"

接着搜查就开始了。起初,奥利特从他磨坊的窗户向外察看,丽琪则是从她家的门口,完全是一副若无其事的神气。住在下头的一个农夫,在这桩买卖中也有一股,骑在马上四处转悠,一只眼睛盯着自己的地,另一只眼睛盯着拉提默和他那伙迈密登①,随时准备着,如果他们问他什么问题,就诱骗他们离开目前的线索。斯托克达本人根本不是走私贩,却比那伙最着急的人还着急,并且心情沉重地在自己的书房里来回转,还一次次地走到门口去问丽琪这样那样的问题:如果酒桶被发现了,会对她产生哪些后果之类。

"后果嘛,"她态度平静地说,"也不过是我会遭到这笔损失。我家里和花园里一桶酒也没有,他们对我本人不能怎么样。"

"可是你在果园里有一些呀?"

"奥利特先生租了我的果园,他又把它借给别人了。这样,要是那些酒被查出来了,也很难说究竟是谁把它们放在那儿的。"

---

① 指职业暴徒和杀手,原意为希腊神话中一个武士部落,曾追随除脚踵外全身刀枪不入的勇士阿基里斯进军特洛伊城。

在内瑟—莫因顿教区和附近地区,像那天那样大动干戈东闻西嗅,还是从来没有听说过的。一切都进行得有条不紊,多数都是手脚并用在地上爬来爬去。在那天不同的时间,他们有不同的方案。从天刚破晓到早饭期间,那些差官还是直截了当地利用他们的嗅觉,别处不停专停在按照猜想那些桶酒可能暂时秘密藏匿的地方,想不等到在第二天晚上转移到别处去以前就把它们截住。测试检查的地方有:

树上的空洞　　碗柜　　阴沟　　土豆窖　　挂钟的大匣子　　栽成树篱的灌木丛　　燃料房　　壁炉烟道　　柴火房①卧室　　接雨水的大桶　　干草堆　　储存苹果的阁楼　　猪圈　　铜罐和烤箱

早饭以后,他们开始加油大干,采取新的方针;也就是说,把注意力集中到根据猜想从海边搬运酒桶回来时可能发生接触的种种衣物,由于酒桶板渗漏,这些衣物通常会沾上酒。这时候他们嗅了这样一些东西:

罩衫　　铁匠和鞋匠用的围裙　　旧衬衣和背心　　花匠膝垫和树篱工手套　　外衣和帽子　　雨衣雨帽　　马裤和绑腿　　大斗篷　　妇女头巾长袍　　稻草人

等到一吃过午饭,他们又把搜查扩大到可能在惊慌失措中把酒扔掉的地方:

饮马池　　粪堆　　庭院里的水槽　　牲口棚排水沟　　水沟　　路边的碎渣　　煤渣堆　　污水坑　　后门口的阴沟

但是这些不知疲倦的海关人员所发现的,也不过是丽琪家对面路上原来泄露了隐情的那股酒味,那味儿直到那时也还没有

---

① 专门用来储藏细小树枝准备升炉子点火之用。

散完。

"俺得告诉你们咋办,伙计们,"拉提默在下午三点左右对他们说,"咱们得重新来一遍。俺一定得找到那些酒。"

那些伙计是当天雇来干这活的,他们看着自己的双手和膝盖,因为老得手腿并用爬来爬去,弄得到处都是泥;他们还搓搓自己的鼻子,仿佛再也受不了啦,因为每个人的鼻子里呼吸过大量污浊的空气,已经弄得成了烟道,几乎什么味儿也嗅不出来了。然而,他们犹豫了一小会儿,又准备重新开始,只有三个人除外,他们这一天给折腾得精疲力竭,嗅觉完全失灵了。

整个教区这时候一个男性村民都看不见。奥利特不在自己的磨坊里,农夫也不在自己的地里,牧师不在自己的花园里,铁匠离开了自己的熔铁炉,轮匠铺里悄无声息。

"老百姓跑到什么鬼地方去啦?"拉提默说,这时他看出了这种情况,四处张望。"为这事儿我得把他们找来!他们干吗不来帮帮咱们?这地方除了那个卫理公会牧师,一个男的也没有,可他还像个老太太。我用国王的名义,要求援助!"

"咱们得先找到老百姓,然后才能要求援助呀。"他的副手说。

"对,对,咱们不用老百姓,可以干得更好,"拉提默说,他一转眼的工夫又改变了主意,"可是这么静悄悄的,又不见一个人影,那可大大值得怀疑,我得好好把它记牢。咱们这会儿就到对过奥利特的果园去。看看在那儿能找到些啥。"

斯托克达靠在花园的门边,听到了他们的这番讨论,着实感到惊慌,心想村子里的人这样完全不露面是犯了个错误。他自己也像那些缉私队员一样,刚才那半个钟头一直在琢磨他们究竟会出了什么事情。有些人确实要在远处地里干活,但是那些工头应当待在家里;尽管每个人在铺面上露过一下面,显然在大白天里都走了。他进屋去找丽琪,见她坐在后窗口缝东西,于是问她:"丽琪,那些男人都到哪儿去啦?"

丽琪笑了。"他们让人追得这么紧,多数人都上哪儿去了呢。"她把眼睛向头顶上一翻。"上那儿去了。"她说。

斯托克达向上面一看。"怎么——在教堂塔楼顶上?"他看了看她目光所指的方向,又问她。

"是呀。"

"噢,我盼着他们马上都下来,"他脸色阴沉地说,"我一直听着那些差官说话,他们就要再去搜查果园,然后再去搜教堂里那些偏僻的旮旯。"

丽琪第一次显得神色惊慌。"你愿意去告诉我们的人吗?"她说,"应该让他们知道。"她觉察到他的良心像一壶开水在那里翻腾,于是又赶紧加了一句,"不,没关系,我自己去吧。"

她出了门,下到花园,就在缉私队员上路去果园的同时,翻过了教堂的围墙。斯托克达岂能不立即跟着她,等她到达塔楼的入口,他也走到了她的身边,他们于是一起进去了。

内瑟—莫因顿教堂的高塔,和许多村子里的一样,并没有旋梯,上到塔顶的惟一通路是先上唱诗席,然后再靠一把梯子通到钟楼地板上一个方形活动板门上去,钟楼地板上有一个固定的梯子,穿过那些钟,经过一个洞口才上到塔顶。丽琪和斯托克达上到唱诗席抬头一望,只见到那个活动板门和为了那五根敲钟绳穿过而留下的五个小洞眼儿。梯子不见了。

"没法儿上去啦。"斯托克达说。

"啊,不,有办法,"她说,"有一只眼睛就在这当口从那个活动板门的一个小洞眼儿里盯着我们瞧呢。"

正在她说这番话的时候,活动板门打开了,衬着粉刷过的白墙可以看见正往下放着的那把梯子的黑影。梯子落地的时候,丽琪把它拽到它原来的地方,她说,"你先上去,我随后跟着。"

这个年轻人上去了,此时他发现自己有生以来第一次站在了这些神圣的钟当中。斯托克达的血亲中有几代人都是非国教派的。他心神不安地看着那些钟,环顾四周想找丽琪。奥利特站在那儿,扶着梯子的顶头。

"怎么,你真是咱们一伙的?"那个磨坊主问。

"看来是这样。"斯托克达很丧气地说。

"他不是,"丽琪说,她在下面听见了他们的对话,"他既不赞成我们,也不反对我们。他不会做对我们有害的事。"

她上来,到了他们中间,然后他们又继续走上第二段。他们已经爬过了布满尘土的钟架,这一段就比较容易上去了。它通向一个洞口,从洞口露出了暗淡的天空,上去就是露天了。奥利特在后面待了一会儿,把下面那把梯子拖上去。

"把你们的头低下来。"他们的脚刚一踏上平台,就听见一个人这么说。

斯托克达在这儿看到了所有那些失踪的教民趴在塔顶,只有几个人身子较高,用手支着跪在地上,从护墙的洞眼儿向外面窥探。斯托克达也照他们的样儿做,他看见村子在下面就像一幅地图,面上移动着海关人员的身影,每个人都缩小得像只螃蟹一样,帽子的圆顶成了一个圆盘嵌在身体中间。年轻牧师的身影在那伙人中间出现的时候,有几个人把头转了过来。

"怎么,斯托克达先生?"马特·格雷说,带着一种惊讶的声调。

"俺倒宁愿他没来,"吉姆·克拉克说,"要是教区牧师看见他在这儿侵犯了他的塔楼,那对咱们可没啥好事,看看咱们教民都得怎样遭忌恨吧,他就再也不会买咱们一桶酒啦。在咱们沃姆勒这块儿,他可是咱们最好的主顾。"

"教区牧师在哪儿?"丽琪问。

"在他自己家里,保准不差。他兴许看不见现在这些事儿——所有好人都一定在这儿,这个年轻人也同样是。"

"喂,他带来了一些消息,"丽琪说,"他们要搜查果园和教堂;要是他们搜到了,咱们还能怎么办?"

"是呀,"她表兄奥利特说,"这就是咱们正在谈论的事儿;咱们已经定好了咱们的方针。哼,该死的!"

他大声咒骂是因为看到有几个搜查的人进了果园,弯着腰在这边走着,在那边爬着,这时正停在果园正中间,那里长着一棵树比别的树都小。他们越靠越紧,都在那块地上更低地弯下身去。

"啊,我那些酒。"丽琪从洞眼儿里窥视着他们,有气无力地叫了一声。

"他们找到酒了,我相信。"奥利特说。

大家这个时候都集中注意紧紧盯着那些差官的动作,没有一个人的眼睛在看其它的地方。但是就在这个时刻,从他们身下的教堂下面发出的呼喊,也和原来在果园里的那批人一样,吸引了这伙走私者的注意,塔顶这些人站起身来,向靠墓地的那堵墙走过去。正在这同一个时刻,趁走私者没有注意到而进了教堂的政府人员,突然大声叫了起来:"到底在这里找到一些啦。"

走私者待在那里一声没吭,因为弄不清"找到一些"指的是酒还是人;但是他们再小心翼翼地从塔边偷偷向下一看,就懂得了那指的是酒;很快那些注定要完蛋的酒,给一桶一桶地从教堂楼座楼梯下面藏放的地方搬到了墓地中间。

"他们要把它们放在辛顿地窖,一直到他们把其余的都找到。"丽琪感到绝望地说。事实上,海关人员已经开始把那些桶酒码放在固定在那儿的一块石板上;等塔楼里的酒全部搬出来以后,他们留下两三个人看守,其余的人又到果园去了。

这伙走私者对敌人的这下一步行动的关注变得紧张得要死。仅仅三十桶酒暗藏在塔楼下的废旧木头中间,但是却有七十桶藏在果园里,这两项就是他们已经从海边运回的总数,剩下的货都系在一个坠子上从船上沉下去,等待另一个夜晚再去操办。缉私队员又进了果园,他们好像很有把握,认为其余的酒都藏在那里,而且下了决心,一定要在天黑以前查出来。他们在果园里四处散开,又像以前那样手脚并用匍匐前进,重新在园子里围着每一棵苹果树转。果园正中那棵小树又引得他们停下来,最后全部人马又围在那里,那种样子表示第二轮思考推断的结果和第一轮完全一样。

他们对附近的土壤查看了几分钟,这时一个人站起来,跑到教堂里一个废弃不用只放了些工具的地方,拿回教堂司事用的鹤嘴锄和铁锹,用它们挖掘起来。

"难道它们真是埋藏在那儿吗?"牧师问道,因为那里的草都那么绿,丝毫未受到破坏,叫人很难相信曾经有人动过。那些走私者都非常聚精会神,没有回答,并且他们这时又很懊丧,看见那棵小树的每一边都有几个差官站在那儿,而且他们还弯下腰去,用手试了试那儿的泥土,亲自把树拔了起来,树根上还带着周围的泥土。现在看得出来,那棵苹果树是栽在一个很浅的匣子里,匣子四周每边都有一个把手好抬上抬下,在树下面露出了一个方洞,一个差官走过去朝下面看。

"现在啥都完了,"奥利特不动声色地说,"现在趁他们还没注意到咱们在这儿,你们大伙儿全都下去吧;并且为咱们的下一步行动做好准备。俺最好待在这儿,一直守到天黑,要不,他们会拿俺当嫌疑犯,因为这是在俺的地界上。等天一擦黑,俺就去和你们会合。"

"那么我呢?"丽琪问。

"请你照料制轮楔和螺丝钉;然后就回家里去,什么事也不知道,别的事儿有小伙子们去干。"

那把梯子又放回原处,除了奥利特,大家都下去,然后在教堂背后一个接一个地分散开,去忙各自的任务。丽琪大胆地沿着街走回去,牧师紧跟在后面。

"你要回家里去,纽伯瑞太太?"他问。

她从"纽伯瑞太太"这个字眼懂得,他们之间的隔膜又深了一层。

"我不是回家,"她说,"我回去以前还有点事情要做。玛瑟·萨瑞会给你准备茶。"

"噢,我不是指的这个意思,"斯托克达说,"在这件亵渎神明的事情上,你又能再干点什么呢?"

"只是一点点儿。"她说。

"那是什么呢?我要和你一起去。"

"不,我自己一个人去。请你回家去,好吗?我不到一个钟头就会回去的。"

"你不是去冒什么险吧,丽琪?"这个年轻人说,他的柔情又重行表露了。

"不管是什么,都不值得一提。"她回答说,接着就向十字路口走去。

斯托克达进了花园门,站在门后继续看着。缉私队员仍然在果园里忙着,最后他忍不住要进去看看他们在怎么干。等他走得靠近一些,他才发现,他原来一无所知的那个秘密的地窖,是用木料从一边到另一边搭着盖起来的,离地面一英尺,上面盖有草皮。

差官们抬头看看斯托克达白皙柔和的面容,显然认为他不在嫌疑之列,于是又继续他们的工作。等到所有的酒桶一取出来,他们就立刻连根拔掉草皮,把木料拖上来,把酒窖四边捣毁,一直把它破坏得不成样子,那棵苹果树倒在一边,树根向空中翘着。但是那时装了那么多非法商品的地窖,不论是在当时还是以后,从来都没有填平,直到如今还是葱绿草坪中的一块凹地,标明它是当年的现场。

七　走到沃默尔十字路口及以后

因为那批货全都得在当天夜里运到蓓口,所以那些海关差官的下一个目标就是为这趟行程找到马匹和大车。他们为了这个目的在村子里四处找。拉提默迈开大步东奔西走,手里抓着一根粉笔,在他碰上的每一辆大车和每一套挽具上都那么狠狠地画上个粗大的箭头,这样就仿佛他也可以用粉笔给那些特别的树篱和大路都画上粗大的箭头似的。每一辆打上这种标记的运输工具,都得由主人交给政府使用。斯托克达对这个现场已经看够了,于是心事重重、无精打采地转身返回屋里。丽琪已经到家了,她是从后门进来的,连帽子还都没摘下来。她显得很疲倦,情绪并不比他好多少。他们相互之间也没有什么可说的;牧师走开了,想去看看书,可是连这也做不到,于是他摇摇那个小铃铛要茶。

丽琪自己给他端来了茶盘,那个姑娘下午出去跑到村子里去,看到那些事情感到过度兴奋,把自己的身份地位也忘了。然而,这对忧伤的情侣彼此还没来得及谈任何事情,玛瑟就兴冲冲地跑了进来。

"噢,外面那么乱哄哄的,纽伯瑞太太、斯托克达先生!国王的那些差官任凭咋样都没法儿把那些大车套好!他们把托马斯·阿特奈的、威廉·罗杰斯的和斯蒂芬·斯普拉克的车都拉到大路上,可那些车轱辘都脱了,车也倒了;他们发现轮辐上的刹车没了;后来他们又想拉塞缪尔·薛恩的运货大马车,可又发现螺丝都没了,最后他们查找奶场主的大车,啥也没找到!他们又去铁匠铺,要他给做几个,可哪儿也找不到他的人影儿!"

斯托克达看着丽琪,她脸上微微有点发红,并且走出了这间屋子。玛瑟·萨瑞跟着出去了。可是他们还没有穿过过道,就有人紧急地敲前门,斯托克达听出了拉提默招呼纽伯瑞太太的声音,她已经转身回来了。

"看在上帝分上,纽伯瑞太太,你看见哈德曼,那个铁匠,往这边来了吗?要是咱们逮住他,咱们简直就要抓住他的头发,把他拖回他那个铁砧上去,他本来就该待在那儿。"

"他是个懒汉,拉提默先生,"丽琪满脸诡诈地说,"你找他干什么?"

"咳,这地方没有一匹马是钉够了四个马掌儿的,有的还只有两个,车轮上没有轮箍,大车上也没有刹车。一方面是因为这些,另一方面又因为每套车具都弄得乱七八糟,咱们天黑以前都动不了身——的的确确,咱们动不了身。这可太糟糕了,纽伯瑞太太,你也让你在这儿扯进去了;不过这种把戏他们玩过了头,记住我的话吧,还会有他们好玩的!这个教区没有哪一个男人不该挨鞭子抽。"

真不巧,哈德曼正好这个时候就在这条小巷前面一点的地方,在冬青树丛后面抽着烟斗。拉提默说完那番话朝那个方向走去,哈德曼听见了这个骑马的海关差官的脚步声,好奇心太强也顾不得小心谨慎了,他从树丛里正偷偷往外瞧,刚好这个当口拉提默的眼睛扫在树丛上。他没有别的办法只好走出来,一副满不在乎的样子。

"俺一直在找你,都找了一个钟头啦!"拉提默直直地瞪着他说。

"听你这么说,真对不起,"哈德曼说,"俺是出来走走,想找找是不是还有更多私藏的酒,好交给政府。"

"噢,是呀,哈德曼,这俺们知道,"拉提默狠狠地挖苦说,"俺们知道,你会把它们上交给政府。俺们知道,整个教区都在帮助俺们,整天都一直是这样。好了,请你跟俺一起回你的铁匠铺吧,发发善心让俺用国王的名义雇你干活。"

他们一起沿着小巷走下去,然后铁匠铺里响起了不是非常轻快地抡铁锤的声音。不过,大车和马毕竟凑合起来,总算还可以上路了,但是这一直拖到时钟敲了六点,泥泞的道路反射着黄昏落日的余晖。那一桶桶走私的酒很快就装上了大车,拉提默还有他的那三个助手,缓慢地赶着车出了村,往蓓口港那个方向走,那还是一段很不短的距离呢。缉私队其余的人留下来监守剩下的货物,他们知道,剩下的货物早已沉在灵沃斯和卢温角之间的海里,还知道已经暴露出来的奥利特,因为发现了酒窖,他显然是惟一有牵连的人。

女人和孩子们站在门口,看着那些大车在越来越黑的薄暮中驶过去,每辆车上都用粉笔画着政府那些鬼叉子①。他们站在那儿盯着那些没收的财产,脸上带着一种闷闷不乐的表情,这极其清楚地说明了他们同这种生意的牵连。

"好了,丽琪,"斯托克达说,这时车轮的咕隆声差不多完全消失了,"这对你的冒险是一个合适的了结。我真是感到高兴,你没有遭到任何怀疑就脱身了,不过是损失了那点酒。你愿意坐下来,让我跟你谈谈吗?"

"过一会儿吧,"她说,"我现在必须出去一下。"

"该不是又去那可怕的海边吧?"他茫然若失地说。

"不,不是那儿。我只是要去看看今天的事情怎么收场。"

他对这句话没有答理,于是她慢慢向门口走去,仿佛在等待他再说点什么。

"你没有提出要和我一起去,"她最后又加了一句,"我猜想,那是因为经过了所有这一切以后,你讨厌我了!"

"你怎么能这样说呢,丽琪,你知道,我不过是想把你从这种营生里挽救出来呀!和你一起去——当然我要去,如果这只是为了照顾你。但是,你为什么还要出去呢?"

---

① 指乡民把缉私队在征用车辆上画的箭头比做魔鬼的叉子。

"因为我不能够在家里歇着。有些事情正在发生,我必须知道是怎么回事。好了,来吧!"于是他们一起走进了苍茫暮色之中。

他们走到了税卡路。她转向右边,他很快发觉,他们是在跟踪缉私队和他们运的东西。他让她挽着他的胳臂,她时不时突然把它往后一拉,表示他得停一下,好仔细听听。头一个四分之一英里,他们走得相当快,后来在第二次或第三次站住不走的时候,她说,"我听见他们就在前面——你听得见吗?"

"是,"他说,"我听得见车轮的声音。但是,那又怎么样?"

"我不过是想知道,他们是不是完全离开了这个地区?"

"啊,"他说,心里一下豁亮了,"正在打算干一场不顾死活的事儿!——现在我想起来了,我们离开的时候,村子里一个男人都没有。"

"听。"她小声说。大车的嘈杂声停了,换成了另外一种吵嚷声。

"打起来了!"斯托克达说,"会出人命的!丽琪,别抓住我的胳臂;我这就上去。凭我的良心,我不应该待在这儿无所事事。"

"不会发生杀人的事儿,甚至也不会打破脑袋,"她说,"我们是三十个人对付他们四个!根本不会发生什么伤人害命的事。"

"那么,是在攻击吧!"斯托克达大叫,"你知道要出事的。你为什么要和这样一些破坏法律的人站在一边?"

"你为什么要和那样一些拿村子里生意人东西的人站在一边呢?这些东西都是他们用自己的钱诚实不欺地从法国买来的呀。"她坚定不移地说。

"那些东西不是诚实无欺地买的。"他说。

"是诚实无欺,"她反驳他,"我和奥利特先生还有别的人花钱买的,酒在瑟堡装船以前每桶酒付三十先令,如果那个对我们一文不值的国王派人来偷抢我们的财产,我们就有权利把它再抢回来。"

斯托克达并没有站在那儿和她辩论这件事,而是迅速朝传来吵闹声音的地方走去,丽琪也跟在他身边。"你不要干涉,行吗？亲爱的理查德？"他们走近现场的时候,她焦急地说,"我们别再靠近啦;这儿是沃默勒十字路口,就是他们抓住他们的地方。你什么好事都干不了的,你还会狠狠地挨一顿揍！"

"我们先看看情况怎么样。"他说,但是,还没等他们走多远,大车轮子又开始咕隆隆响起来了;很快斯托克达就发现,它们是朝他这个方向走过来了。三辆大车不到一分钟就到了他们跟前,斯托克达和丽琪站在沟里让它们过去。

大车出村的时候本来是四个人赶着的,这时跟着马和大车的却是一大帮人,有二十到三十个,让斯托克达见了大吃一惊的是,所有这些人全都把脸涂黑了,走在这伙人中间的还有七八个是体形高大的女人模样。斯托克达猜想是男扮女装。

这伙人一认出丽琪和她一个同伴在一起,就有四五个人等大车一过去就来到他们跟前。

"这条路现在过不去啦,"一个瘦干巴女人说,她留着一英尺长的鬈发,披散在她的脸边,这是当时时兴的发式。斯托克达听出了这位太太的声音是奥利特。

"为什么过不去？"斯托克达问,"这是公用的大路呀。"

"那么,看看这儿吧,年轻人,"奥利特说,"啊,你是那位卫理公会牧师！——怎么,和纽伯瑞太太在一起！好啦,你们最好别走这条路,丽琪。他们全都跑了,村里人又把他们自个儿的东西弄回来啦。"

磨坊主说完就匆匆走了,赶上了他那些伙伴,斯托克达和丽琪也转过身来。"我真希望,要是这一切没有强加在我们头上该多好,"她表示歉意说,"可是如果海岸缉私队真把那些酒拿走了,教区的人有一半都会在下一两个月里缺吃少穿啦。"

斯托克达对她这番话没有多加注意,他说:"我想,我不能就这样回去。说不定那四个可怜的缉私队员都给杀害了。"

"杀害了!"丽琪不耐烦地说,"我们这儿不干杀人的事儿。"

"好吧,我要走到沃姆勒十字路口去看看。"斯托克达毅然决然地说;而且牧师没说祝她平安回家或是别的什么话,掉转头就走了。丽琪站在那儿一直望着他,直到他的身影融合在暗夜里看不见了,这时候她才满怀悲伤地朝内瑟—莫因顿方向走去。

路上人迹稀少,在一年的这个季节,天黑以后常常几个钟头都没有一个行人路过。斯托克达一路走去,除了自己的脚步声外,什么声音也没听见;走了一段时间,他从环绕沃姆勒十字路口人造林的树下面经过,还没走到交叉路口那个地点,就听到了树林深处有人喊叫。

"嗨——嗨——嗨!救命呀,救命!"

那声音一点也不显得微弱或者泄气,但是明确无误地急切。斯托克达没带武器,于是他在闯进黢黑的树林深处以前,就先从树篱上抽出一根桩子,作为防身之用。他走进树林中,大声叫道:"是什么事儿呀——你们在哪儿?"

"在这儿。"几个人的声音回答;他推开那个方向的荆棘,来到他寻找的那几个人附近。

"你们为什么不出来?"斯托克达问。

"我们给绑在树上啦!"

"你们是谁?"

"可怜的海关差官威鲁·拉提默!"一个人哭诉着,"是个好人,快过来把这些绳子割断吧。咱们还害怕今儿晚上不会有人路过呢。"

斯托克达给他们松了绑。这时他们伸伸胳臂腿儿,放心地站在那儿。

"那帮无赖!"拉提默说,虽然斯托克达刚刚走过来的时候,他好像还很胆怯,这时候却发起火来。"还是那同一批家伙,俺知道,他们一个个都是莫因顿那帮里的家伙。"

"可咱们没法断定是他们呀,"另外一个人说,"他们谁都没吭声儿。"

"你们要怎么办呢?"斯托克达问。

"俺愿意再回莫因顿,和他们再干一场!"拉提默说。

"俺们都愿意去!"他那些伙伴说。

"跟他们拼个你死我活!"拉提默说。

"俺们愿意,俺们愿意!"他手下的那些人说。

"可是,"他们走出了那片林子的时候,拉提默又蔫下来了,说,"咱们可并不知道那帮把脸涂黑了的家伙是莫因顿的人吧?要找到证据可是件困难的事。"

"是这样。"其余的人都说。

"所以咱们根本什么也干不了,"拉提默说,这时完全冷静下来了,"就俺自个儿来说,俺立马就愿意当他们,不愿意当咱们了。俺的两只胳臂弯火烧火燎,都是那两个捆俺的女人用绳子勒的。现在俺有时间把这事想了想,俺的意见是,你可以为你的政府干事儿,那代价也太高了。这两天两夜,俺一个钟头都没歇着;上帝开恩,这就回家吧。"

其余的差官都衷心同意他的这一套;于是他们谢了斯托克达及时的帮助,在十字路口和他分手,往西边的道上走了,斯托克达则返回内瑟—莫因顿去。

往回走的路上,牧师陷入了最为头疼的胡思乱想。他一进家门,还没回到自己的屋子,就径直走向后面那个小客厅的门前,丽琪通常总是同她母亲坐在那儿的。他发现只她一个人坐在那儿。斯托克达走上前去,像一个梦游的人一样,向下看着那张摆放在他和那个年轻女人之间的桌子。因为他没说话,她坐在椅子上抬头看着他。

"他们都去哪儿啦?"他于是有气无力地说。

"谁?——我不知道。后来我就没看见他们了,我直接回这儿来啦。"

"如果你们的人能够拿回那些酒,平安无事,我想,这对你就是笔很大的利润了。"

"一股归我,一股是我表兄奥利特的,那两个农场主每人一股。还有一股由帮过我们的那些人平分。"

"那么你还是认为,"他慢吞吞地说,"你不会放弃这种买卖?"

丽琪站起身来,把一只手放在他的肩上。"别问我这个,"她低声说,"你不知道你问的是什么,我必须告诉你,虽然这并不是说还要这样做。我用来养活我母亲和我自己的,全靠那种买卖挣来的钱。"

他大吃一惊。"我做梦也没想到这件事,"他说,"如果我是你,我宁愿去扫马路。和良心清白相比,钱算得了什么?"

"我良心是清白的。我只认我母亲,但是国王嘛,我可从没见过。他的税收对我来说毫无意义。但是我母亲和我要活命,这对我可是件大事。"

"嫁给我,并且答应放弃这个生意,我愿意赡养你母亲。"

"这是你的好意,"她说,有些感动,"让我自己想想这件事,我不大愿意现在答复。"

她把她的答复保留到了第二天,她满面严肃地来到他的屋子。"我做不到你所希望的!"她感情激烈地说,"要求的太多了。我这一辈子都是这样过的。"她的言词和方式表明,她进屋以前一直在私下里和自己斗争,而且斗得很激烈。

斯托克达脸色变得煞白,但是他很平静地说:"那么,丽琪,我们必须分手了。在这件事情上,我不能违反自己的原则,我也不能把我的职业变成一件愚弄人的事。你知道我多么爱你,还有我愿意为你做些什么;可是就是这件事,我做不到。"

"可是,你为什么要干那种职业呢?"她一下子冲出口来,"我有这么大一幢房子;你为什么不能娶我,在这儿和我们住在一起,不要再当什么卫理公会传道士呢?我向你保证,理查德,这没有什么害处,而且我希望,我干的时候,你就只在一边看着!我们只在冬天干这个营生,夏天一点也不干这个。在一年的这个时节,它可以让一个人枯燥的生活活泛起来,带来兴奋。我现在已经对它那么习惯了,没有它,我简直不知道该怎么办。在晚上,外面刮风的时候,你的心不再麻木迟钝,也不再管外面是不是刮风,它都在外边,即使你自己并不在外边;你在捉摸,那些小伙子干得怎么样了;你在屋子里来回走,向窗户外面张望,然后你自己走了出去,不管是黑夜还是白天,你都清清楚楚认识你的路,千钧一发,从拉提默和他那一伙人的手里逃脱,他们那伙人都太愚蠢,从来也没真正吓倒我们,不过是让我们更机伶了。"

"无论如何,他昨天晚上可有点把你们吓着了;我愿意对你提出忠告,放弃它吧,别等到更糟的时候。"

她摇摇头,"不,我既然已经开了头,就得接着干。我生来就是干这个的。它渗在我的血液里,没法儿治。啊,理查德,你没法想象,你要求的是多么困难的一件事,你把我夹在这件事和我对你的爱情中间,是在多么残酷地折磨我!"

斯托克达的胳臂肘靠在壁炉架上,两只手蒙着眼睛。"我们不该相遇来的,丽琪,"他说,"那是我们一个倒霉的日子!我简直没想到,在我们缔结婚姻方面,还会有什么像这样毫无希望、毫无可能的事。得啦,像这样对后果懊悔,现在已经太晚了。见到了你,而且至少了解了你,我还是感到很幸福。"

"你叛离国教,我叛离国家,"她说,"这样我看不出为什么我们就不是很般配。"

他凄然地笑了笑。丽琪一直还是向下看着,两眼开始泪如涌泉。

那是他们俩的一个不幸的晚上,随后那些日子也是不幸的日子。她和他都是勉勉强强地干着自己的事情,村子里他那个教派和他有接触的人里面,不只个别人注意到他情绪沮丧,不过丽琪老在家里打发自己的时间,人们并未猜疑她是其中的缘由:因为尽人皆知,她和她表兄奥利特之间存在着不事声张的婚约,而且已经存在一段时间了。

这样踌躇不定地过了一个星期,有一天早晨斯托克达对她说:"我收到一封信,丽琪,我走以前一定要见你。"

"走?"她茫然问道。

"是的,"他说,"我就要从这个地方走了。我觉得,在发生了那些事情以后,我不再留下,这样对我们双方都会更好。事实上,我也不能留在这儿,眼睁睁地一天又一天看着你,而不使自己在生活道路上变得软弱无力、畏缩不前。我刚刚听到了这样一种安排:另一位牧师一周左右就要到这儿来,让我去别的地方。"

原来他整个这段时间都继续下定决心坚定不移,这让她大出意料而又悲痛万分。"你从来都没爱过我!"她酸楚地说。

"我也可以说同样的话,"他回了她一句,"不过我不愿意。赏我一次光吧。在我离开这里的前一天,来听听我最后一次传道。"

丽琪每个星期天早晨上教堂,也经常同其他一些不大较真的人在傍晚去斯托克达的礼拜堂;于是她答应了。

斯托克达要离开,大家都知道了这个消息,很多不是他那个教派的人听到了也觉得惋惜。他动身以前的那些日子飞快地过去了。星期日晚上,也就是他离开的前夕,丽琪坐在他那个礼拜堂里,去听他最后一次讲道。那小小的建筑被大家挤得满满当当的,他讲的题目正如大家所预料的,是他们中间许多人从事的非法贸易。听他讲道的那些人,把他的话都听进心里去了,直到他讲得越来越有热情,差不多为感情所压倒以前,谁也没觉察到它们是特别针对丽琪的。说真的,他本人的那份激情,还有丽琪的充满凄楚,向上看着他的那双眼睛,都让这个年轻人觉得承受不了,再也无法保持自己沉着镇定的态度。他简直不知道,他的讲道是如何结束的,他仿佛通过迷雾看见丽琪转身和其他教友一起走了;过了不久,他跟随她回家了。

她请他吃晚饭,他们俩单独坐在一起,她母亲像往常星期天那样,早早就上了床。

"我们分别了也是朋友,是不是?"丽琪说,勉强装出一副愉快的神情,对他的讲道根本不提!这种保持沉默矢口不提的态度让他有些失望。

"我们会的。"他说,也保持一副勉为其难的笑容;他们于是坐下了。

这是他们生平第一次在一起用餐,或许也是他们最后的一次。用餐已毕,再也无法继续那种冷漠的谈话了,他站起身来,握住她的手。"丽琪,"他说,"你是说我们必须分手吗——你说呢?"

"你说吧,"她一本正经地说,"我没法儿再说了。"

"我也一样,"他说,"如果这就是你的回答,那么,再见了!"

斯托克达向她弯下身来,亲了她一下,她也情不自禁地亲了他一下。"我动身很早,"他慌慌张张地说,"我就不再见你了。"

他果真很早就动身走了,他踏进灰濛濛的晨曦之中,准备去搭那辆要载他离去的大马车,这时他心里想,他看见丽琪窗户上打开的窗帘中间有一张脸,但是光线昏暗而且窗户玻璃因为潮湿闪着亮光,所以他没有把握。斯托克达上车走了。下一个星期天,在莫因顿卫理公会礼拜堂讲道的是那位新来的牧师。

那次分别两年以后,已经在内陆一个城镇安顿下来的斯托克达,有一天像原先那样搭运输行的车又进了内瑟—莫因顿。他那天下午在马车上一路颠簸着,同时又问了车夫几个问题,车夫的回答是这位牧师深深关切的。结果就是他不带丝毫顾虑走向他原来房东的门口。这正是傍晚六点钟左右,也正是他那年离开时的同一个季节;这时地上也是湿漉漉的,闪着亮光,西方是明亮的,在墙边花坛里,丽琪的雪球花正在抽出新芽。

丽琪一定是从窗户里看见了他,因为他刚走到门口,她已经开着门站在那儿了;然后,她仿佛并未充分考虑自己出来的这个动作似的,抽身退后,有点不大自然地说:"斯托克达先生!"

"你知道是我,"斯托克达握住她的手说,"我写过信,说我要来拜访。"

"是的,可是你没说什么时候呀。"她回答。

"我是没说,我那时候还不太拿得准,我的事务什么时候会让我到这一带地方来。"

"那么,你只是因为有事务要在附近办理,才来这儿的?"

"嗯,这是事实;但是我经常想到,我要特意来看看你……可是发生的这一切又都如何?我告诉过你,事情会怎么样,可你不愿意听我的呀。"

"我不愿意,"她悲伤地说,"但是我是在这种生活中长大的,它成了我的第二天性啦。然而,现在这一切都完了。那些差官逮住一个人,不论死活,都可以得到一笔要命钱①,所以这个买卖都要完蛋了。这些时候我们一直像老鼠一样让别人到处追捕。"

"奥利特远走高飞了,我听说。"

"是的,他现在在美国。上次他们想逮住他的时候,我们曾经有过一场可怕的搏斗。他能够活着逃掉,那完全是一次奇迹;而且我没给打死,也是件想不到的事。我手上中了一枪。这一枪本来不是朝我开的,它确实是要打死我表兄;不过我在后面,像以往那样正在瞭望。子弹射中我了,血流得吓人,不过我没有晕倒,还是回到家里来了。过了一段时间,伤口愈合了。你知道他遭了多大

---

① 一个目击证人提出指证而使疑犯判处死刑,即可获得一笔奖金,人称要命钱。

的罪吗?"

"不知道,"斯托克达说,"我只听说,他真是捡了一条命。"

"他背上中了枪;可是一根肋骨把子弹弹回去了。他伤得很重。我们绝不让他给逮住。我们的人整个夜晚抬着他,穿过草地去到王牌,把他藏在一个谷仓里,尽他们的一切力量给他的伤口敷药,又包扎起来,一直到他恢复得能够活动。后来他被抓住了,和别的人一起在巡回法庭①受审;但是他们全都给放了。他把他的磨坊丢开了一段时间;最后他去了布里斯托尔,又坐船去了美国,在那里安顿下来。"

"你现在对走私怎么想?"牧师认真地问她。

"我承认,我们那时候错了,"她说,"但是我为它吃了苦。我现在很穷,我母亲已经死了有一年啦……可是,你不进来吗,斯托克达先生?"

斯托克达进了门。大家认为,他们达成了谅解。两个星期以后,丽琪的家具办了一次拍卖。在那之后在附近一个教堂举行了婚礼。

他把她带走了,离开她的老家,去到他在故乡的那个郡里已经为自己安下的家。她以令人称道的勤恳学习牧师妻子的种种职责。据说在随后几年,她写出了一本杰出的小册子,书名是《报答恺撒,或,悔过自新的村民们》,她在书中隐去姓名,用自己的经历作为开讲的故事。斯托克达略加修改并且加了他自己的几句铿锵有力的警语,把这本小册子出版了。在他们的婚后岁月中,这一对夫妇把这本书散发了成千上万册。

(1879)

---

① 当时英国法院定期在每一个郡流动开庭审判犯人,其中包括民事犯和刑事犯。

作者附注——本篇以丽琪与牧师结婚结尾,几乎纯系当年为一英语杂志写作时符合当时礼数①之故。但时至今日,三十年岁月业已逝去,结局按作者原意而不迎合当年世俗之见,亦并无不妥。不仅如此,且可更加切合所述故事真貌之蛛丝马迹。丽琪实际并未嫁予牧师,而与走私者吉姆信守前盟,婚后由于吉姆前此之冒险生涯而被迫相偕移居异乡,依作者愚见,此当更能为女主人公增色。此二人于一八五〇至一八六〇期间在威斯康辛州逝世。

一九一二年五月

---

① 原文为法文。

忠贞的劳拉

　　那是一个寒冷阴沉的圣诞节前夕。头顶上那大片乌云,流连未去的阳光简直就穿不透。地上的积雪已经有几英寸厚了,而纷纷扬扬的雪花还在下个不停,看势头不到明天早晨积雪就得大大增厚。在靠近下威塞克斯粗犷荒凉的北部海岸,有家胜景旅馆,那座建筑此刻显得孤零零的毫无生气。路过那里的行人也许会忘记它夏季里车水马龙的情景,心里纳闷;大家都爱好风光如画的景色,怎么还会有人有那么大做生意的勇气,在一个能有这样沉寂凄凉季节的地方投资。这个地区在八月份游人如织,这看来竟像是在气象方面的一种模糊的传说,完全不像是那种能够把人从家里吸引出来的样子。然而,这家旅馆在那里岿然不动,那些悬崖峭壁,那些溪流山岬,耸立在河谷对岸,历历在目。它们是这个地方最吸引人的景致,如今却只呈现出严峻而又轮廓分明的线条,面前的那座小镇,则涂上了一层肮脏灰污的色调,而不是那种在夏天使它的外貌显得那么美丽的银灰色。

　　住在这家旅馆里,这种景色可以一览无余,旅馆老板把两只手插在口袋里,懒洋洋地在室内到处走动,根本没有指望会有客人到来,可是他又没法转营别的生意,以便在某种程度上补偿一下冬季生意清淡给他的正规业务带来的损失。的确,谁也没有指望会来客人,所以咖啡厅的那个跑堂,现在就到后院扫雪去了;在夏天,这个温文有礼的侍者穿上他那件短上衣,胸前那些包有金属的纽扣,一颗紧挨着一颗,就像豌豆荚里的豌豆一样,而现在则身穿灯心绒衣服,脚登钉有平头钉的靴子,变成了大家认不出来的一个乡下粗小伙,说的是地地道道的土话,把夏天从举止高雅的顾客那里新学来的客客气气的语调忘了个一干二净。正门关着,而且好像是为了要更充分地表示出这家旅馆在过渡季节关门闭户的状况,门下边还堆放了一个沙袋,用来挡住风偷偷摸摸地直接往里吹的积雪。

旅馆老板走进自己的接待室,来到那个巨大的火炉跟前。要想让自己舒舒服服,没有火炉根本不行,在咖啡厅和其它地方都没有这熊熊燃烧的旺火。他把火拨了一下,然后转到门厅的桌子旁边,桌上那本来客登记簿现在合着,扔在墙边。他漫不经心地打开登记簿,从十一月十九号以来,上面就没登过一个客人的名字,而那一天也不过是登记了一个骑三轮车的人,说实在的,根本就没有请他进来。

在他做这些事情的时候,天色也越来越暗了,但还没有暗到看不清悬崖后面曲折盘旋的道路上的各种东西,这时旅馆老板在一片雪白的远方看出了一个小黑点,黑点很快变大,并且越来越近。很有可能,这辆车——看起来是像一辆什么车——会像另外的一些车那样,从这里经过,沿着这条路继续前进,到离火车站那个最近的小镇上去。可是当旅馆老板站在还没关上的窗户前边向外眺望并且暗自盘算的时候,这辆孤零零的车与他的想法相反,赶到拐角上转了个弯,进了旅馆的大门,一直来到正门口。

这不过是一辆柳条车身的敞篷马车,由一匹马拉着,这样的一辆车在这种季节和这种天气里是特别不相宜的。车里面坐着两个人,尽管他们都裹得严严实实,可是立刻就可以辨认出来,这是一男一女。男的抓着缰绳,女的紧紧偎在他的身边,以便在暴风雪中得到一点点庇护。旅馆老板拉响呼唤旅馆马夫的铃,让他出来侍候,因为积雪使得客人到达的时候没有发出一点声息,等到马夫到了马头前面,那男女两位乘客已经下了车,旅馆老板在大厅里迎接他们。

男客人像个外国人,大约二十八岁。他脸上刮得精光,只在嘴唇上面留了一小撮胡子。他面貌端正,甚至可以说是俊美。那位女士则怯生生地站在他的后面,虽然当时她身上到处都包裹着,很难判断她的年龄和外表,可是看来年轻得多,很可能不超过十八岁。

那位先生表示想留宿到明天早晨,多少有点没有必要地解释说,想到这是一家旅馆,而且他们没有料到自己赶路会赶到天黑。在这样天气阴沉、生意萧条的季节,老板对他们表示了他能表示的一切欢迎,他下令把客厅和咖啡厅的炉子都生起来,又到院子里去叫那个跑堂的,跑堂的马上把自己洗刷一番,从箱子里拉出他那件好久没穿的上衣,用袖子把纽扣擦了擦,然后文质彬彬地出现在大厅里。那位女士被带进一个房间,她在那里可以把给雪打湿了的衣服脱下,让他们拿去烤干。这个时候,她那位同伴则把一对金镑放在桌子上,好像是急于在一开头就把一切事情都弄得妥妥帖帖,他请求给他们准备一间专用的起居室。旅馆老板向他保证,楼上那间最好的休息室——一向是公用的——今天晚上可以由他们专用,又派侍女去把蜡烛点起来,还为他们准备了正餐,而且按照那位先生的意思在同一个套间里开饭。那位女士这时也来到那个套间同他会合,他们就留在那里休息,恢复精神,看来他们是很需要这样。

这一对男女的关系,让旅馆老板不止一次地感觉到,总有点什么特别,固然很难说清这种特别之处究竟在哪儿。但是他那位客人的行动证明,他是个慷慨解囊绝不欠情的人,于是旅馆老板也就打消猜想,干具体的事务去了。

大约九点钟,他重新回到大厅,当天的一切事情都在进行,所以他又踱来踱去,偶尔透过玻璃门看看外面的景色,想弄清天气在怎样变化。和预先的征兆相反,雪已经不下了,随着月亮上升,天空有一部分已经晴朗了,轻柔如絮的片片厚云缓缓掠过银盘。所有的征候都表明,过一会儿会发生冰冻。正是由于这些原因,远处高耸着的道路,甚至显得更加清晰。沿着这条道路铺展开的白白的表层还没有遭到过践踏,上面没有一点痕迹和车辙,不久前到来的旅客留下的一切标记,已经给刚才纷纷扬扬的雪花迅速地掩盖得无影无踪了。

现在旅馆老板借着月光看到的景色,同他白天借着阳光看到的几乎一模一样。此时又有一个小点沿着紧靠海岸的大路奔来,一眨眼的工夫他就可以看得出来,眼前这辆车比刚才到的那辆车来势更猛,看得出来,这是一辆四轮轿式马车,由两匹壮马拉着,也正冲着旅馆大门驶来。两辆马车这种令人高兴的相似,使老板再一次搬开沙袋,走进门廊。

先下车的是一位老先生,后面跟着一个年轻的先生,两个人都毫不迟疑地走上前来。

"刚才是不是有一位年轻的小姐,由一个比她大几岁的男人陪着,到这里来了?"老先生匆匆忙忙问道,"那个男人脸上大部分都刮得很光,外表看来像个歌剧演员,自称史密托济?"

"最近我们这儿来过一些客人。"旅馆老板答道,他那副腔调就像至少来了二十位客人——不愿意承认胜景旅馆冬季生意清淡。

"在他们中间,你能想得起来,有我说的那样两个人吗?——那个男的是一副男中音的嗓子。"

"确实有一对年轻人来过,或者还住在旅馆里;可是我可没法说,那位先生的嗓子属于哪个音域。"

"是呀,是呀,当然不会。我都弄糊涂了。他们是坐一辆柳条车身敞篷马车来的,车上简直没有什么设备,是吗?"

"我相信,他们是坐马车来的,我们的客人多半都是那样。"

"对了,对了,我必须马上见到他们。请原谅我没有礼貌,带我们进去,到他们那儿去。"

"可是,先生,你忘了,要是我说的那位小姐和那位先生不是你说的那位小姐和先生呢？他们现在正在用餐,这个时候让你们冲进去找他们,不是有点很不得体吗？而且会使我将来失掉这对主顾。"

"对,对。他们也许不是那两个人。我看,忧心忡忡使我过早匆忙下结论啦!"

"总的看来,昆托克舅舅,我想他们一定是那两个人。"那位年轻人说道。在这以前他一直没有开口。他转向旅馆老板说:"在这种天气有点险恶的晚上,你可能并没有那么多客人住在这儿,让你想不起来这一对是怎么来的,那位小姐又是穿的什么衣服吧?"他对老板说话的口吻显得沉着镇定,冷淡生硬,其中还不无讽刺的意味。

"啊,她穿的什么衣服;詹姆斯,是呀!她穿的什么衣服?"

"我一般不打量我的客人的衣着,"老板冷冰冰地说,因为先头来的客人花钱花得大方,肯定使他有了偏心,向着那位先生,"如果你想知道,你肯定可以看到一些,"他漫不经心地加了一句,"衣服就在厨房炉子边上烤着呢。"

他的话出口还不过一半,那位老先生就大喊一声:"哦!"沿着好像是通向厨房的一条道猛冲过去;可是那只是通向黑洞洞的瓷器储藏柜的进口,他向那些盘盘罐罐猛撞了一下才知道弄错了,又匆匆忙忙走出来。

"一定得请你原谅。要是你知道我的感情——我现在没法解释清楚——你就会体谅我了。我撞坏了什么,我都乐意赔偿。"

"请别客气,先生。"老板说。他领着路,他们于是没再说话就转到厨房去了。他们三个人中间那位最年长的立刻就抓住挂在衣架上的那位小姐的大氅,大叫起来:"哦!就是,詹姆斯,这是她的!我知道,我们真是跟着他们的车辙走的。"

"就是,这是她的。"那位外甥安安静静地回答,因为他还没有他那位同伴那样激动。

"马上带我们到他们的房间去。"那位舅舅说。

"威廉,前面起居室的小姐和先生用完餐了吗?"

"完了,先生,早完了。"那位衣服上有上百个镶金纽扣的小跑堂说。

"那么,马上把这两位先生领到他们那儿去。先生们,我想,你们今天晚上要留在这儿吧? 要把那两匹马卸下来吗?"

"把马喂好,给它们洗洗嘴。我们是不是留下,得看情况。"那个安静的年轻人,一边跟着他舅舅和跑堂的向楼梯口走去,一边这样说。

"詹姆斯外甥,我想,"老先生这时候一只脚已经跨上了第一层楼梯磴,又停下来说,"——我想,我们最好不通报,对他们来一个突然袭击。要不然,她可能自己从窗户里跳出去,或者做出什么同样不顾死活的事情来!"

"当然是的,我们不通报就进去。"于是他把走在他们前面的那个小伙子叫回来。

"詹姆斯,我都无法充分对你表示感谢,因为在这场追赶当中,你给了我那么有效的帮助!"老先生拉住年轻人的手大声说,"要不是你及时帮助我,我越来越犹豫不定,那么我今天夜晚就追不上她了。"

"舅舅,在这件事情或者在其他事情上,能够给你效劳,我真是太高兴了。我惟一的希望是,如果是陪伴你做一次比这愉快的旅行,那就好了。不过,最好还是立刻上去找他们,否则他们会听见我们的。"于是他们轻轻地走上楼去。

房门打开后,里面是一间大得令人不舒服的屋子,点着旅馆里最好的一些枝形烛台,逃跑的那一对正坐在壁炉前面,懵里懵懂地翻阅着剪贴簿和嵌着附近风景照片的相册。老先生一走进去,那位年轻小姐——她现在看来确实像所说的那样年轻,而且外表特别招人喜爱——脸色显然变得苍白了。等到他的外甥走进去,她的脸色就更加苍白,好像就要晕倒似的。那位让人形容为歌剧演员的年轻人,脸色阴沉,显出一副彬彬有礼的样子,为来访的客人搬过来两把椅子。

"谢天谢地,总算追上你们啦!"老先生上气不接下气地说。

"是呀,老天爷,运气不好!"史密托济先生小声嘟囔着,他说的英语是一口地道的伦敦音,这位气度不凡的意大利人,事实上初见天日的时候是住在市中心大道附近的史密斯夫妇①的婴儿。"她明天就会成为我的人了。而且我想,在这种特别的环境下,考虑到多么迅速就会出现风言风语,糟蹋一位小姐的名誉,最好同样还是在明天让她成为我的吧。"

"决不允许!"老人说,"她还是一位尚未成年的小姐,毫无经验,她还像孩子一样保持着少女的天真烂漫,纯洁无瑕,你一直用卑劣的手段纠缠她,直到今天早晨天还没亮的时候——"

"昆托克勋爵,难道要我不尊重你白发苍苍的——"

"直到今天早晨天还没亮的时候,你把她从她父亲家里拐骗走了。她的举止行为要招来哪些罪名,把事情解释清楚之后,哪一样不能从她身上轻而易举地洗刷干净,而完完全全扣到你的头上?劳拉,你马上和我一起回去。要不是你表兄诺思布茹克上尉这么大公无私,我毕竟不可能及时赶来救你了;我今天早晨一发现你跑掉了,他就自告奋勇,表现得机敏果断,要陪我上路,对他这种表现,我的感激是永远也难以尽述的,而他是在我身边的亲属中惟一的男人。来吧,你听见了吗?把你的衣服穿好;我们马上就动身。"

"我不愿意走!"年轻小姐噘着嘴说。

"我想,你是不愿意,"她父亲冷冰冰地说,"可是小孩子从来

---

① 史密斯为英国最普通的姓氏,此处含有他是冒充意大利人的意味。

都不知道,什么对他们是最好的。那么走吧,相信我的意见吧。"

劳拉一声不响,而且一动也不动,唱歌剧的那位先生无能为力,死盯着炉火,那位小姐的表兄,安安静静地坐在一旁沉思,在这四个人中间,惟有他的地位使他可以采用相对说来属于局外人的冷静批判态度,来观察这整个的逃亡事件。

"劳拉,作为一个未成年的女儿的父亲,我对你说,你马上和我一起走吧,怎么?你要强迫我用武力把你拉回来吗?"

"我不愿意回去!"劳拉又说了一句。

"我告诉你,不管怎样,你有义务回去,而且得马上跟我回去。"

"我不愿意。"

"好啦,劳拉,请听我说,安安静静地与我和你表兄詹姆斯一起回去,像个好姑娘那样,知过必改的姑娘,别人什么也不会说的。现在谁都还不知道发生了什么事,如果我们马上动身,明早天亮以前,我们就可以到家了。来吧。"

"父亲,我没有必要按照你的吩咐回去,而且我更愿意不回去!"

现在可以看出来,表兄詹姆斯变得越来越焦躁不安,甚至有点急不可耐了。刚才他不止一次张开嘴想说话,但是每次都重新考虑一下,又缩了回来。现在时机到了,他再也不能保持缄默了。

"来吧,女士!"他说话了,"我看,你与你父亲的这场滑稽剧演得够长的了。不要再胡闹了,和我们一起下楼去吧。"

她倔强地将身子略微扭了一下,没有回答。

"肯定无疑,劳拉,我不会吃这一套!"他气冲冲地说,"别等我来强迫你,自己把衣服穿好吧。如果硬要强迫从事,那么这一番谈话就成了儿戏了。来吧,女士——我说,马上来!"

那位老贵族转向自己的外甥,温言软语地说:"詹姆斯,让我来说服她。你这样说不合适。如果我愿意,我可以对她说得足够尖锐的。"

然而,詹姆斯不听他舅舅说的,继续对那个难以管教的年轻女人说:"确实,你说你不愿意过来!可别跟我来胡说这一套啦!来吧,马上离开这个房间,然后让我来对付那个笨重的家伙。赶快,快过来!"他说着就向她走过去,好像要用手去拖她。

"不要这样,不要这样,"劳拉的父亲劝解道,他外甥这种突然的举动让他大吃一惊,"你自己做得太过分了。把她交给我吧。"

"我再也不愿意把她交给你啦!"

"詹姆斯,你没有权利对我,也没有权利对她这样说话;你还是住嘴吧。来吧,我亲爱的。"

"我有一切权利!"詹姆斯坚持说。

"你怎么说出这种话来了?"

"我有做丈夫的权利。"

"谁的丈夫?"

"她的。"

"什么?"

"她是我妻子。"

"詹姆斯!"

"好吧,长话短说,我可以说,尽管你阁下禁止,她大约在三个月之前同我偷偷结婚了。而且我必须加一句:虽然她很快就冷下来,可是我们之间在一段时间内过得还是足够融洽的,尽管情况很尴尬,只能偷偷会面。我们不过是在等待一个合适的时机,好把事情告诉你。就在这个时候,这个游手好闲的花花公子来了,他毒害她的心,反对我,然后让她陷进了这种丢人现眼的丑事中间。"

那位歌剧明星一直心不在焉地坐着,有气无力,等到那位表兄讲出这一番话,突然跳了起来,大声叫道:"我对天发誓,在刚才这一会儿之前,我一直不知道她是个有夫之妇!我原来发现,她在她父亲家里是个闷闷不乐的姑娘——闷闷不乐,我相信,是由于孤独,厌倦那个家庭,希望有社交活动,而不是因为其它任何事情。你说她是你妻子,我简直不能理解,这是什么意思。劳拉,你真的嫁给他了吗?"

劳拉用泪水濡湿了的手绢捂着眼睛,点了点头。"我暗地里嫁给他了,正因为我这种反常的情况,我在家里闷闷不乐,而且——而且我不像刚开始那样喜欢他了——而且我多么希望,我能摆脱我陷进去的那种困境啊!后来我见过你几次,你说,'我们可以逃走',那时我就想,我看到摆脱这整个困境的出路了,于是我就同意跟你——你一起来了!"

"好啦,好啦,好啦。"那位给弄得晕头转向的老贵族喃喃说道,他的眼神从詹姆斯转向劳拉,又从劳拉转向詹姆斯,好像他在幻想,他们都是想象中虚构的人物似的,"那么,詹姆斯,你对你年迈舅父的一番好意,帮他去找他女儿,原来就是因为这个?我的老天!一个人居然还得领教,口是心非竟然可以达到这种田地!"

"昆托克舅舅,我说了,我已经同她结婚了。"詹姆斯冷冷地回答,"这件事已经做了,在这里谈来谈去,也不能把它倒回去。"

"你们在哪里结婚的?"

"在托尼郡圣玛丽教堂。"

"什么时候?"

"九月二十九,她访问那里的时候。"

"谁给你们主持婚礼的?"

"我不认识。是教区的一个牧师——那个地方我们都很生疏。所以,不是我帮助你把她找回来,而是你可以帮助我把她找回来。"

"决不,决不!"昆托克勋爵说,"女士和先生,请让我告诉你们,我对整个这件事都撒手不管了。如果你们真是夫妻,看来你们好像是的,那么你们就尽可能和解吧。对你们任何一个人,我都无话可说,无事可做了。劳拉,我把你交到你丈夫的手里,愿你给他带来很多欢乐,虽然这个局面,我得承认,并不令人欢欣鼓舞。"

说这话的人怒气冲冲,一边说一边用力把椅子向桌子推过去,桌上的几座烛台都摇晃起来,于是他离开了这个房间。

劳拉的泪眼从这个年轻人转到另一个年轻人。他们俩站在那里,面对面互相盯着。她看着他们的样子感到非常害怕,于是在她父亲走后,溜出了房间。然而,她听到她父亲从前门走出去了,她不知道在哪里可以找到庇身之处,于是就溜进了隔壁一间没有灯火的卧室。

这时,那两个留在起居室的男人,相互逼近,越来越近,歌剧演员打破沉寂说:"你怎么敢那样侮辱我,把我称做一个家伙,骂我毒害她对你的心,而你明明知道得很清楚,我对你与她的关系,原来根本一无所知。"

"啊,是的,你是一无所知;我可以乐于相信。"劳拉的丈夫冷笑道。

"我在此对天盟誓,我从来不知道!"

"真是朗诵一般——抑扬顿挫,腔调铿锵。任何一个男人,既然能赢得像她那样年轻的一个傻瓜的信任,可是却不能把她那件事套出来,难道有这种可能吗?荒谬绝伦!把这一套拿去告诉你那些最有水平的池座新观众吧。"

"诺思布茹克上尉,你的这些嘲弄,同你这个可怜的人一样卑劣!"那位男中音失去了一切耐心叫嚷起来。他纵身向前,给了上尉脸上一个耳光。

诺思布茹克只是略微退缩了一下,平静地拿出手绢来擦了擦,看自己的鼻子是否在流血,然后说:"我早料到这种侮辱,所以我是做好准备才来的。"于是他从提在手上的一个军用黑背包抽出一小匣子手枪来。

那位男中音没有料到这一点,看见这些东西吓了一跳,不过马上恢复正常,并且说:"很好,随你的意思办吧。"不过他的声调大概表现出略微缺少了一点信心。

"那好,"那位丈夫完全相信地接着说,"我们不需要摆样子,不需要说废话,这你知道。因此我们也可以免掉帮手吧?"

男中音轻轻点了点头。

"你对这块地方很熟悉吗?"詹姆斯表兄用同样冷漠而又平静的方式接着说,"如果说你不熟悉,我可是熟悉的。在那边那片岩石下边,就在从岩石上面流过泻向海边的那条小溪那边,有一块平坦的沙地,月光照得见的地方比照不见的地方大;从这边往下到那儿去,要走悬崖上凿出来的那些石阶,我们不用费力就可以找到我们下去的路;不过我们两个人中间只有一个可以找路上来,你明白吗?"

"完全明白。"

"那么咱们就动身吧;这事儿过去得越快越好。我们出去之前可以订好晚餐——两份晚餐;因为,虽然我们现在有三个人——"

"三个?"

"是的;你和我,还有她——"

"嗯,对了。"

"——待一会儿就只有两个了;所以就像我说的,我们可以订两份晚餐:一份给那位太太,还有一份给某一位先生。不管是谁活着回来,他都可以去敲她的门,请她进来同他共进晚餐——她没有离开这幢房子,不过我们现在绝不要去惊动她;而最重要的是,我们必须不让旅馆的人看见我们走出去;两个人出去,只有一个人进来,那看起来显得太奇怪了。哈!哈!"

"哈!哈!确实如此。"

"你准备好了吗?"

"噢——好了。"

"那么我就带路。"

他轻轻走到门口,下了楼,像他说的那样订了两份晚餐,要求在一小时之内准备好,然后假装要重新回到房间里去;他朝歌唱家打了个招呼,然后他们两个人就一起从旁门溜出了这座房子。

现在天空十分晴朗,那辆把劳拉的父亲昆托克勋爵拉走的四轮轿车的车辙,仍然历历可见。很快他们就到达下坡的地方,上尉在前领路,男中音默默地跟在后面,鬼鬼祟祟地看看自己的同伴,又越过他看看前面的地方。过了一段时候,他们来到悬崖边的峡谷,瀑布就是在这里形成的。这里的景象粗犷别致达到极点,充分说明,就这个地点所做的种种赞美、绘画、风光摄影,果真是名不虚传。夏季带来的令人迷恋的绿色和灰色,现在由于白雪变得令人不可思议,有如幻景一般。

瀑布几乎是垂直地从他们脚下泻落八十或者一百英尺,最后消失在沙中。这条溪流虽小,可是它下泻的时候撞在突出的岩石上发出的力量,使它粉碎成了成百道冲击飞溅的水花,在空中激起一片水雾。边缘上的几条流水结成了冰柱,但是中间的则毫无阻滞地奔流不息。

那位歌剧艺术家停下来向下面观看,但是他的心思明摆着并不在美景上。他的同伴带着几支手枪,紧靠着他走在前面;通向峡谷的那一边没有栏杆。他听命于一闪的冲动伸出自己的胳臂,用超人的猛力一推,把劳拉的丈夫推得摇摇晃晃,翻倒过去,一个不断旋转的人形在月光下向下跌落,越来越小,直到最后看不见了,它与突出的岩石不断碰撞发出的嘭——嘭声——开头比溪流的声音响亮,沉重,后来简直就无法分辨——后来停止了,然后流水又像以前那样飞溅,与大海低声细语伴奏合鸣;那打扰了这一贯流泻的高悬瀑布的所有情节,就是这些。

歌唱家一动不动地等了几分钟,然后转身循着原来的踪迹迅速越过中间的高地,走向大道,不到一刻钟就回到了旅馆门口。钟

敲十点的时候,他悄悄地溜进去,越过酒吧的柜台对老板说:

"账单,请你尽快交给我,其中包括我们预定的晚餐的费用,虽然我很抱歉,我们不能留下吃晚餐了。"他还故作潇洒地添了一句,"那位小姐的父亲和表兄一直在想,最好阻止这场婚事,可是他们互相争吵了一番之后,就各自回家去了。"

"干得好,先生,"旅馆老板说,他仍然站在这位顾客一边,而不同情那两位招来麻烦而且仅仅付了喂马费的客人,"'爱情总会找到出路的!'那句名言就这么说的。祝你愉快,先生。"

史密托济先生上了楼,走进起居室的时候,发现劳拉在他出去的时候,偷偷从隔壁那间没掌灯的房间溜出来了。她抬起头来,用那双哭红了的眼睛望着他,带着惊恐的神气。

"怎么样啦?他在哪儿?"她恐惧地说。

"诺思布诺克上尉已经回去了。他说,他再不和你打什么交道了。"

"那么,我完全被他们抛弃了!——而且他们会忘掉我,再也没有人关心我了!"她又开始哭起来。

"可是在一切可能发生的事情当中,这是最幸运的事情啦。一切都同他们来打扰我们以前完全一样。可是,劳拉,你本来应该把私下里结婚的事儿告诉我的,虽然现在反正全都一样啦。当然,婚约要解除,你现在成了一个寡——实际上成了一个寡妇啦。"

"为了过去的事情,现在来责备我,没有什么用处。我现在该怎么办呢?"

"我们立刻到马丁断崖去。那匹马在刚才这三个钟头休息得很彻底,所以它再拉上五六英里,不会有什么困难。我们十二点以前可以到那儿,毫无疑问,在那个地方一定有很晚不关门的小旅馆。明天早晨我们在那里把马和马车全卖掉,然后坐驿车到当斯太普。一坐上火车,我们就安全了。"

"无论干什么,我都同意。"她无精打采地说。

大约十分钟的工夫,马驾好了,账付清了,小姐那身烤干了的外套把她裹严了,于是又继续赶路。

大约走了一英里,他们看见前面有一盏闪耀的亮光。"我在寻思,那是什么?"男中音说,他的举止现在变得有些神经质,每听见一个声音,每看到一个东西,他都要回头看看。

"那不过是大路上的税卡,"她说,"那个亮光是一直在门上点着的那盏灯。"

"当然是,我最亲爱的,当然是,我该多么愚蠢呀!"

他们到达税卡大门的时候,看到一个步行的人已经到了那儿,他显然是抄了近路,比他们走的大路要直一些。他们走到跟前的时候,他正站在那里和守门人说话。

"像这样一个有月亮光的夜晚,他完全不可能因为偶然的失误或者上帝的意志而摔下来,"步行的人刚好说到这儿,"我告诉你的那两个孩子,看见两个人沿着小路往瀑布那儿走,可是十分钟以后,两个人中间只有一个人回来,他走得很快,就像是一个什么人,因为干了什么奇怪的事儿,想要避开那个地方。根本不用怀疑,是他把另外那个人推下去的。注意听着吧,这不久就会引起一场对那个人的大张旗鼓的追捕。"

烛光照在那位意大利先生的脸上,照出他脸上满是一种鬼鬼祟祟的可怕神色。劳拉对他看了一会儿,看出了这种情况,后来守门人呆板地打开了栅栏门,她的同伴把车赶过去,于是他们很快又给包围在白茫茫一片静寂之中了。

刚才这位领着劳拉的人还对她说过,他要在税卡问路;可是他却没有这么做。

他们没有问路——不管是有心还是无意——就朝前走,走了不远,就给他们带来了麻烦:他们走的这个偏僻地区外边,横着一条有更多人走过的大道,来来往往的行人车辆大概已经把那儿的雪压平了一些,所以走起来就比较容易;可是他们还没有到那儿,没有人给他们指路。他们这趟旅程逐渐显得走不通了,不像他们动身前想的那样。后来他们走上一条小路,是通向另一座山丘的,似乎是弯弯曲曲地转向了同他们原来想去的马丁断崖相反的方向,这时问题就变得严重了。自从在税卡偶然听到那番谈话以后,劳拉就一直保持沉默,一言未发,而且甚至退缩,离开她爱人的身边远一点儿了。

"你干吗不说话,劳拉,"他勉强打起精神说,"而且也不提醒一下,我们该走哪条路?"

"啊,是的,我说。"她赶紧回答,听得出她声音里含有某种特别恐惧的意味。

在这以后,她偶尔说上一两句话,好像是在说服他,她对他丝毫也没有怀疑。最后他把缰绳勒住,那匹疲倦不堪的马就一动不动地站住了。

"我们陷入了困境。"他说。

她热心地回答说:"我抓住缰绳,你向前跑,跑到这个山脊的顶上去,看看这条路再往前走,是不是往我们想去的方向拐,这样可以让马休息几分钟,要是你看到这个方向还保持不变,那么我们就沿着这条小路返回去,在另外的地方拐弯。"

在目前的情况下这似乎是一个好办法,尤其是她一用特别热情的口气提出来,就显得更是如此。于是他把缰绳放在她手里——从他们那匹老马的状况来说,这种小心谨慎是完全没有必要的——然后下了车,踏着积雪向前走去,一直到她再也看不见他。

他刚刚一走,劳拉就一反她刚才那种一动不动的状态,那样迅速地把缰绳紧紧捆在马车的边角上,然后从另一面溜下来,使尽全力下山往回跑,一直跑到栅栏的缺口,便爬了过去,钻进这段小路两旁丛生的灌木林。她躲在灌木林里,站在一丛大灌木下,紧靠着茂密的枝叶,看起来就像整个灌木的一部分似的。她聚精会神地听着哪怕是最微弱的追逐声,但是除了积雪偶尔从枝头滑落,或者某个野生动物爬过沾上了雪花的易碎草木的沙沙声以外,没有任何声响打破那一片沉寂。最后她显然确信,她刚才的那个同伴或者是找不到她,或者是在目前这种特殊情况下并不急于找她,所以她从灌木丛中爬出来,不到一个钟头,又走近那家胜景旅馆的大门了。

劳拉往大门跟前走的时候,可以看得出来,那里远不像她原来预料的那样笼罩在一片黑暗之中,相反,有许多征象,说明所有的居民都处在戒备的状态,前面空地上许多灯火在晃来晃去。等她弄清楚,这场激动并不是她那位男中音和他的小马车重新出现引起的,她的脸上就现出了高兴的神色。不过等她借着灯光看到,一个男子的形体躺在一副担架上,由另外两个人抬进旅馆的门廊,她那种高兴很快就变成悲伤和沮丧了。

"是我造成了所有这一切,"她嘴唇发抖喃喃自语,"他暗害他了!"她向前跑到门口。她遇见了一个人,就匆匆忙忙地问担架上的那个男的是不是死了。

"没死,小姐,"她问到的那个工人一边回答,一边还以为她是一个突然出现的幽灵,用眼睛上上下下打量她,"他们说,他还活着,可是人事不省。他要不是从瀑布上摔下去的,就是给人推下去的;大家认为,他是给推下去的。他就是刚才和那位老勋爵一起来到这儿的那位先生,(大家认为)他是和比他们早到一会儿的那个陌生人一起出去的。不管怎样,反正我听说的就是这样。"

劳拉走进屋子,毫无保留地承认,她自己就是那个受伤男人的妻子,于是马上守在他躺下的那张床旁边,自己担任起护士长来了。等到请的两位外科医生来了,她从他们那里知道,他的伤势十分严重,只有一丝微弱的希望可以恢复,只是因为奇迹,他才没有当场被害死,而他的敌人显然盘算着他会死的。她知道那个敌人是谁,不禁直打哆嗦。

劳拉整夜看守着,可是她丈夫根本不知道她在身边。到第二天,他略微认出她来了,到晚上就能说话了。他告诉两位医生,正像大家所推测的,他是被史密托济先生从瀑布上面推下去的,但是对她这个看护他的人,他却什么也不讲,甚至对她的话也不答理;对于她表示关心他的任何举动,他都出于礼节点点头,而且也仅此而已。

过了一两天,医生就宣布,尽管他伤势严重,可是一切情况都有利于他复原。对史密托济,进行了全面的搜索,可是,尽管悔过自新的劳拉讲出了她所知道的一切,还是一直没有他究竟在何处的消息。大家所能推断的情况是这样的:他搜寻道路以后回到马车旁边,发现年轻小姐不见了,就四处寻找,找得困乏不堪,后来就继续赶车到马丁断崖,第二天早晨把那匹马和那辆马车卖掉,然后消失得无影无踪。大概是乘哪一班正要出发的驿车去到最近的一个火车站,和他原来的计划惟一不同的是,他独自一个人走了。

在那段一天又一天,一个星期又一个星期漫长而又单调的养伤期间,劳拉热切辛勤地守候在她丈夫的病床边服侍他,除了像她那样大的过失外,任何过失都是能大大得到宽宥的。她的丈夫没有宽恕她,这不久就很明显了。她所做的任何事情,像平整枕头让他躺得舒服一点,更换绷带,或者侍候吃药,都只能从他那里赢得寥寥几个经过仔细斟酌的感谢之词,世界上其他任何女子为他这样具体效劳,他大概也会同样表示这类感谢的。

"亲爱的,亲爱的詹姆斯,"有一天她充满激情忍禁不住将脸俯向病床说,"你受了多少苦啊!这太残忍啦。你一天天地好起来,我高兴得简直无法形容。我一直为你的康复祈祷——而且为我做过的事情感到内疚。我对那件最坏的恶事毫不知情,而且——我希望你不会把我想得那样非常坏,詹姆斯!"

"噢,不会。相反,我还会把你想得非常好——作为一个护士。"他回答说。他声音很弱,可是那尖刻严厉的语气则是显而易见的。

劳拉那天默默地流了两三次眼泪,再没有说什么。

不知是什么缘故,史密托济先生似乎一直在逃。有人透露说,虽然他确实离开了那个郡,但并不是搭乘人们猜想的那一班驿车;总之,找到他的机会是很渺茫的。

诺思布茹克上尉受伤之后不仅活了下来,而且很快就看得出来,几个星期之内,他就可以恢复到使这场灾难几乎不会给他留下什么后遗症的状况。同时也可以看得出来,劳拉一天天更加明白,那桩愚蠢的行为实在罪大恶极,她固然暗地里希望她丈夫能宽恕这件事,却非常怀疑,她和他将来的关系究竟会怎么样。不仅如此,使事情更加复杂的是:她作为一个私奔的妻子,得不到她丈夫的宽恕;而她和她丈夫作为一对私订终身的夫妇,又得不到她父亲的宽恕;自从那天离开这家旅馆之后,父亲再也没有同他们两人中间的任何一个人互通音信。但是她眼前忧心的事是求得她丈夫的原谅,他现在躺在病床上,很可能牢记着勃拉班修那句大家熟悉的话:"她已经欺骗了她的父亲,可能还会欺骗你。"①

事情依然如故,直到后来诺思布茹克上尉能够走动了。那时他和他的妻子一起迁到南部海岸一所僻静的带家具的出租住宅,他在这里迅速康复。有一天攀登悬崖,她像以往一样用胳臂扶着他,她开门见山地对他说:"詹姆斯,如果我像现在这样继续下去,老是无微不至地照顾你,绝不再想别的任何事情,只是全心全意侍候你,你会——努力喜欢我一些吗?"

"这件事我得仔细考虑。"他用同样闷闷不乐、冷酷无情的态度说,近来他对她讲话全都是这种态度。

---

① 勃拉班修为莎士比亚《奥瑟罗》中人物,他是威尼斯公国元老,剧中女主角苔丝狄蒙娜之父。他发现女儿同奥瑟罗私下结婚后对他说了这句话(见第一幕第三场)。

那天晚上他没有告诉她,虽然她继续干她经常做的工作,把时间拖得很长,尽量把他的卧室布置得舒适一点,安排灯火不让亮光直照他的眼睛,看着他睡着了,然后一声不响地回到她自己的屋子里去。第二天早晨吃早饭的时候,他们见面了,她像以往一样问他晚上过得怎样,然后在他答话以后那段沉默无语的时刻,又怯生生地添了一句:"你考虑过了吗?"

"没有,我还没有充分考虑,不能给你答复。"

劳拉叹了一口气,可是毫无结果。这一天拖过去了,对她来说可真是极其沉重,而对他来说则是照常增长了一分精力。

第二天早晨,她又提出了同样的问题,她抬起头来失望地看着他的脸,仿佛她的整个生命都取决于他的回答似的。

"是,我考虑过了。"他说。

"噢!"

"我们必须分手。"

"啊,詹姆斯!"

"我不能宽恕你,没有一个男人会宽恕你的。不管你父亲会怎么处理,你有足够的遗产,可以让你舒舒服服地过活。我要把一切典卖一空,离开这半个地球。"

"你决定了,毫无通融余地吗?"她悲哀地问道,"我现在没有任何人可关——关心的了——"

"我已经决定了,毫无通融余地,"他立即回答说,"我们最好就在这里分手。你可以回到你父亲身边去。没有任何理由要我陪你回去。因为我在场只会起妨碍作用,如果你一个人出现在他面前,他很可能要宽恕你的。从现在起,三天之内我们就互相道别。我已经盘算好了,到那天我就可以安排就绪准备动身。"

她因为苦恼而无精打采,就躺回自己的屋里去,在这三天里,她丈夫写了一封信,处理了一些具体事务,对她几乎一言不发。临别的那天早晨终于来了,刚要驾好辕,让那几匹马拉着这已经分开的一对驶向不同的方向,互相谁也见不到谁,而且可能永远不再相见了。就在这时候,邮差来了,送来了早班信件。

上尉有一封信,她没有——她从来也没有。可是这一次,在他的信里附了一点什么是给她的,他把它递给她。她看完之后就孤苦无告地仰望上苍。

"我亲爱的父亲——去世了!"她说。过了一会儿,她又低声添了一句:"我得回府第去埋葬他……詹姆斯,你愿意和我一起去吗?"

他沉思起来,望着窗外。"我想,一个女人单独去料理这种事是很不方便而且令人伤感的,"他冷冷地说,"好吧,好吧——我可怜的舅舅!——行,我和你一起去,帮你把这件事料理完。"

于是他们一起动身,而不是像原来计划的那样分道扬镳。一路之上的种种细节,或者到达她父亲寓所之后那一星期的悲哀凄楚,都不必详谈。昆托克勋爵的住处是一座优美古老的大厦。坐落在自己拥有的一片园囿之中,所以丈夫和妻子有充分的机会,或者彼此避免见面,或者如果他们有意也可互相和解,而他们两人至少有一个是有意和解的。宣读遗嘱的场合,诺思布诺克没有出席。她后来去找他,发现他正在收拾他的文件信函,准备第二天早晨动身离去,因为他已经帮着她度过了由于她父亲去世而引起的那一场混乱。

"他把他所能留下的一切东西都留给我了,"她对她丈夫说,"詹姆斯,现在你愿意宽恕我,留下来不走吗?"

"我不能留下。"

"为什么不能?"

"我不能留下。"他重复了一句。

"可是为什么呀?"

"我不喜欢你。"

他说到做到。第二天早晨她从楼上下来的时候,大家告诉她,他走了。

劳拉尽力忍受了她双重的丧亲之恸。她以前住过的那座巨大的府第,连同它所有具有历史意义的东西,都归了继承他父亲爵位的人,可是她自己得到的那一份也并不菲薄。周围是高低起伏的园囿,到处装点着比她年龄要大十多倍的古树,在园囿外面是一片树林,树林外面则是农庄。所有这些美好安静的景物都归她所有。然而她却依然是终日孤苦伶仃,追悔莫及,心情沮丧。她愿意在她拥有的一切中,拿出大部分来换取和她丈夫朝夕相处,换取他的感情。从前他的那些简朴古板和感情淡漠的性格,曾经使他们感情疏远,而现在却似乎成为他品格中值得赞美的特点了。

她盼了又盼,可是一切都成了泡影。诺思布诺克上尉并没有回心转意,重新归来。他可完全不是那种朝三暮四的人,她最后也感到绝望,不得不承认这一点。由于她放弃希望,安定下来,过起按部就班的家常日子,这在某种程度上减轻了她的悲痛,但是却扼杀了她那出自天然的朝气和生气勃勃的性格,这些曾经让认识她的人都十分喜爱,虽然这些也许始终都是给她制造不幸的因素。

要说由于岁月飞驰而使她的美貌凋损,那未免过分夸大事实。我们大家都知道,时间老人并不是一个冷酷无情的主宰,对于这样一个女人,既有自己心灵上的负担,又有一般岁月的压力,他大概是不会特别加重摧残的。情况可能就是如此,又过去了十一个寒暑,而劳拉·诺思布诺克依然是拥有那些房地产的孤苦伶仃的女主人,依然丝毫没有听到她丈夫的音讯。种种可能的猜测似乎都近于这种说法,他死在国外什么地方了。随着漫长岁月的流逝,这种猜测几乎成了确切的事实。于是也有些人向她求婚,但是再婚的想法似乎在她的头脑里没有片刻缘分,即使至今也难以明确肯定,她是否还在希望他归来。可是不管怎样,她现在的生活同他离去以后头六个月的生活一样,丝毫没有改变。

劳拉独守空房的第十二年,同时也是她的三十周岁,迅速地临近了,而且又快到发生那件令她如此长期遭受痛苦的不幸事件的季节。圣诞节肯定像是一种潮湿而不是干冷的天气,劳拉那座庄园外围的树木,一天又一天照例让树叶飘落在邻近的大道上。在那个星期中的一天下午,大约三四点钟时分,或许有人看到了,一辆出租的轻便旅行马车沿着大道朝这个地点驶来,到山顶就停住,一位中年先生从车上下来了。

"你不用再向前赶了,"他对车夫说,"这场雨看来差不多已经停了。我要散散步,吃晚饭的时候我步行回旅店去。"

旅行马车车夫用手触了一下帽子行礼,拨转马头,按照吩咐把车往回赶去了。这位先生等他走得看不见了,就继续往前步行,还没等他走出多远,雨又劈头盖脑地下起来,可这个步行的人几乎没有注意到下雨,仍然不慌不忙地朝前走,一直走到劳拉园围的大门,并走了进去。云层很厚,加上白天很短,他走到大厦前面的时候,天色已经昏黑。除此以外,他的外表在下车的时候本来还是整洁的,现在却像一个境遇不佳徒步赶路的人,淋得落汤鸡似的。他在正门口停留片刻,就拐到仆人住的下房去,他这样做好像是有预定的目的,接着门铃响了。一个小听差走上前来,他请求他们是不是可以行行好,让他在厨房的火炉旁边把身上烤干。

小听差转回去,小声商量之后,又同厨娘一起出来。厨娘说,她一般不让生人进来,可是夜里这么潮湿,又这么阴暗,所以她不应该特别反对他去把身上烤干。于是行路的人进了厨房,坐在火炉旁边。

"毫无疑问,这幢宅院主人一定是位非常富有的先生吧?"他一边看着在铁钎上的烤肉,一边问道。

"那不是一位先生,是一位太太。"厨娘说。

"一个寡妇吧,我以为?"

"某一种寡妇吧。可怜的人,她丈夫到国外去了,多年来一直没有消息。"

"她一定常和许多同伴聚会,对他离家外出做一点补偿吧?"

"没有,真是——连一个人影儿也没有。在这里干活就和在尼姑庵一样糟糕。"

总而言之,大家开头对这个步行的人非常冷淡,可是他态度坦诚,风度喜人,引得厨房里的那些女人谈起最隐秘的事情来了,她们详详细细地谈到劳拉过去的生活,从她丈夫离家的那天直到现在。她们所有谈话的突出特点就是:她对他始终不渝忠贞怀念。

这个旅客显然知道了他想知道的一切情况——其中包括她此刻,一如既往,还是孤身一人——于是说,他已经完全烤干了,他感谢这些仆人的好意,然后像他来的时候一样,又离开了。然而等他到了外面黑地里,他并没有沿着他来的那条路走去。他直截了当地走到正门,按了那里的门铃,一个男仆给他开了门,他在这座房子的另一头逗留的时候没有看见过这个男仆。

男仆问他贵姓,他十分客气地回答说,"可否劳驾告诉诺思布诺克夫人,多年以前在一次可怕的事故以后她照顾过的那位先生,特地前来感谢她。"

仆人进去了,过了相当长一段时间,才显出对他更加隆重对待的迹象。于是他被引进客厅,刚一进去,门就关上了。

劳拉在躺椅上,浑身哆嗦,脸色苍白。她张开嘴唇,向他伸出双手,一句话也说不出来,可是他并不需要听到任何言词,一转眼的工夫,他们就互相拥抱在一起了。

第二天和随后几天,这件不同平常的消息就传遍那座府第和邻近的小镇。可是这个世界自有习惯种种事情的方式,诺思布茹克夫人长期离家的丈夫归来,这消息人们不久就比较习以为常了。

没过几天,圣诞节到了,劳拉·诺思布茹克那个冷冷清清的家,从地下室到顶楼都灯火辉煌,喜气洋洋。府第里不仅挤满了客人,而且有许多人还受到引见。十二年的死气沉沉终于结束。旧岁告终的时候,因丈夫归家而带来的蓬勃朝气,新年降临也并未失色,时序更新,同于以往,又过了十二个月的时候,诺思布茹克这个已经式微的家族新添了一个儿子。

(1881)

羊倌所见 四个月夜的故事

第 一 夜

那位和蔼可亲的治安推事①——可惜他眼下已经过世了——保证这个故事的种种事实都是确有其事,他在故事开头一向都是采用很好的老式办法,先讲在某个晴朗的月明之夜,有一个神秘的身影;甚至到现在,这都是故事开场的得意之笔,如果随后铺叙得当的话。

圣诞节的月亮(他会这样讲)正在高地上展现出她清冷的面庞,高地则把她的清辉那么精密细致地反射在霜花上,只有在近旁的眼睛才能辨认清楚。而这对眼睛,他说,就是一个羊倌小男孩儿的眼睛,他干这种活儿还是刚开始不久,当时他站在一个可以移动的小棚子里(牧羊人在早期产羔季节一般都使用这种小棚子),通过小棚的瞭望孔呆呆地看着外面的景物。

这个地点叫做接羔角,在大家知道的马勒伯若丘陵草原那片崎岖不平、宽阔荒凉的牧场上,它是其中一个有遮荫的部分。你要是从伦敦沿着税卡大道路过中威塞克斯,朝着巴思和布里斯托的方向穿过阿德布瑞肯,就可以直接走过那片丘陵草原。小棚子所在的这个地方,地势很高,气候干燥,除了北面以外,视野辽阔,高地起伏,数英里之内一览无余。北面长着高高的一片粗硬的常青

---

① 一种基层行政官员,多由乡间有声望的绅士担任。

棘,枝杆粗大繁茂,在这一大片常青棘前面,又单独长出了一丛,中间有个凹窝,前面提到的那间小棚子,就巧妙地利用了中间这块空地支立在那儿,这样就完全挡住了四面吹来的风,除了通过那个狭窄的进出口以外,几乎谁都看不见。但是小棚子的两扇小窗前的常青棘,小枝条都给砍掉了,好使棚子里边的人注意看管他的羊群。

这片有常青棘丛荫庇的地方,四周围起了一排直立的桩子,桩子上还盘着这种多刺的常青植物的枝条,在这道围栏中间就是有名的马勒伯瑞丘陵草原,放养着八百只母羊。

南面,就是小羊倌懒洋洋凝望的方向,一个引人注目的东西耸立在那月光照耀着的一成不变的高原上,而且只有一个。它就是祭司所用的三巨石结构,由三块长方形石条构成一个门形,两块直立着,一块横在顶上像是一条门楣。每块巨石都有破损,凿刻,冲刷,敲打的裂纹以及千变万化的岁月的侵蚀留下的痕迹,但在此刻,寒月的清辉给这组巨石裹上了银装,极其优美动人,安排有致,看不出有什么毁损的痕迹。这个历史遗迹当地称为魔鬼之门。

一个老羊倌从母羊那个方向走过来,进了小棚子,在昏暗中打量了一下,便用不大高兴的口气问那个男孩儿:"你在打瞌睡吗?"

小小子有点怯生生地回答说,没有。

"那么,"老羊倌说,"俺这就回家去歇上几个钟头。俺看,眼下这里没有啥事儿要干了。天亮以前,母羊不需要多照管啦——它们要是需要照管,那也太出格了。可是上头的命令是要俺们俩有一个人得留下,那么俺就把你留下啦,你听见了吗?你白天可以睡觉,俺可不行。要是出了什么事儿,你跑下去,十分钟就可以到俺家。俺供不起你蜡烛,可这个礼拜是圣诞节,大家都放假,你也快活快活,坐在椅子上打个盹,不用老睁着眼睛守着,不过得留神,每次都别睡得太长,别等那魔鬼之门的影子挪过了几尺长都还不醒,你得留神一下那些母羊。"

男孩儿并没有肯定地回答,老人用他那根钩杖捅了捅炉子里边的火,给他那个小伙伴关上门就走了。

自从产羔季节开始以来,每天晚上的事情多多少少总是这么个样,所以男孩儿对这一番叮嘱一点也不感到惊奇,拿起几根干草在炉子上点着,自己耍乐了一阵,然后出去,到母羊和新接产的羊羔那儿转了转,又回来坐下,最后睡着了。他一向都是这样执行他的看守任务,虽然这个星期才特许他打打瞌睡,可是事实上他以前每个星期都是这样办的,睡起觉来,常常是直到早晨三四点钟那个老人的钩杖敲在他肩头的时候才醒。

那天他醒来的时候大概是十一点钟了。他很惊讶,显然没有人叫他或者敲他就醒了,他再想想,他就认为一定是有人叫过他,尽管这个人并没有进来。他透过窗户看看那边的羊群,它们都静静地卧在那儿,和他刚才看它们的时候一样,只听得见有一点点轻微的咩咩声,并没有谁来这里打扰。他然后又从对面的窗口望出来,这边情况却不同。霜花像以前一样,在月光下晶莹闪亮,偶尔有棵常青棘照旧显得像一个黑点,远处现出三巨石门那阴森可怖的形象。但是在三巨石前面却站着一个人。

只需稍微观察一下,就看得很清楚,那个人不是那个羊倌,也不是农场里的哪个工人,因为他身穿一套深色的衣服,身条细瘦,姿态优雅。他在三巨石前面来回踱步。

小羊倌还没来得及猜想,这个陌生人此刻在这里出现究竟是什么蹊跷事儿,却又看见第二个人影穿过空旷的草地,朝着三巨石所在的地方和遮挡着小棚子的常青棘丛走来。第二个人是个女人,那个陌生男人,一看见她,就急忙赶上前来,刚好在小棚子的窗前和她碰上了。她好像还没有注意到他打算干什么,他就用双臂把她抱住了。

那位夫人挣脱了身子,带着庄严的神情倒退了几步。

"哈丽特,你来了——就为这个祝福你!"他感情炽烈地喊道。

"可是不要为了这个,"她回答道,带着生气的口吻,然后语气变得温和了一些说,"弗瑞德,我来了,是因为你恳求我来!你写这样一封信,究竟是抱的什么目的?我害怕我不来会给你造成不幸。你怎么到这里来了?"

"我是从我父亲的家里一直走到这里来的。"

"嗯,怎么回事?我们上次见面以后,你是怎么过的?"

"只简单说几句吧;你不用问也许都知道了。自从上次我走过这块丘陵草原以后,我到过许多国家,见过许多人,可是我想念的却只有你。"

"你这样莫名其妙地把我请到这儿来,难道就只是为了告诉我这个?"

一阵清风把他小声的回答和随后几句话吹散了,等到又能听到那个男人说话,他说的是:"哈丽特——说句真心话,只有我们两个人知道。我听说,公爵对你并不太好。"

"他性子急躁,可他是一个好丈夫。"

"他对你说话粗鲁,有时甚至威胁说要把你关在屋子外面。"

"弗瑞德,只有一次!我以名誉担保,只有一次。我再说一遍,公爵是个非常好的丈夫。可是你施展诡计,深更半夜把我叫到外面来,应当受到惩罚。你这究竟是什么意思?"

"哈丽特,我最亲爱的,这难道公正,或者合理吗?你和他一起生活是很可怜的,尽管你脾气柔和,可是他那刁钻古怪的性格让你日子过得很痛苦,难道这不是尽人皆知的吗?我来是想知道,我能不能帮帮你。你是一位公爵夫人,可我不过是弗瑞德·奥斯本而已;可是我也许能够帮助你,这并不是不可能的……看在上帝的分上,一个温柔可爱的声音是应当能使他懂得文明礼貌的,特别是除此以外还有一个温柔可爱的面庞呢!"

"奥斯本上尉,"她带着开玩笑的味道叫道,"我年轻时代的伙伴怎么会像你这样对待我呢?不要这样说,不要这样死盯着我!

难道你要说的,果真只有这一点吗?我看我的确不应该来。我这样做太欠考虑了。"

又一阵清风把这场谈话吹走了一段。

"很好,我看得出来,对我来说,你是死了,没了,"接着又听见他这样说,"你那声'奥斯本上尉'就是证明。我过去爱过你,现在也同样爱你,哈丽特,没有减少一分一毫;可是你却不是过去那个样子了——以前你对我是诚实的;而现在你却用装模作样的话把你的心掩盖起来。就让它这样吧;我决不会再来看你了。"

"你这个傻瓜,你不用拿这种悲剧腔讲话。你可以用普通的方式来见我——你为什么不那样呢?当然,可不是现在这种方式。如果不是刚好公爵离家出门去了,我现在是不会到这儿来的,他走了就没有人来检查我这跳得不规律的脉搏了。"

"他什么时候回来?"

"后天,也许是大后天。"

"那么,明天晚上再来和我会面吧。"

"不行,弗瑞德,我不能来。"

"如果明天晚上你不能来,你可以后天来;他回来以前的这两天,请你留一天给我吧。好了,你保证来吧!明天或者后天晚上,你来看我,同我告别!"他抓住了公爵夫人的手。

"不行,弗瑞德,可是——放开我的手吧!你把我这样抓住,你这是什么意思?如果说,爱情使一个人只想到一个女人的过去,而忘了好好尊重她现在的地位,那么,弗瑞德瑞克,你的情况可能就是这样。你哄我,让我怜悯你而到这个地方来,然后又在这里紧紧抓住我,你这是太不安好心也太不讲礼数了。"

"可是再来看我一次吧!为了请求这个,我走了两千英里啦。"

"啊,我决不能来!会有人造谣污蔑的——只有天知道!我不能和你会面。看在往日的情分上,别这么要求吧!"

"那么，对我承认两件事：你曾经爱过我，你丈夫现在经常对你不好，足以使你想起你老想着我的那个时候。"

"好吧——这两件我都承认，"她有气无力地说，"可是这样承认是违背我的良心的；我发誓，这种推论是不对的。"

"别这么说，既然你已经来了——就让我对你来了这件事，爱怎么想就怎么想吧。这对你一点损害也没有呀。再来一次吧。"

他仍然抓住她的手，搂着她的腰。"那么，好吧，"她说，"到此为止，我不让你再多说啦。明天晚上或者后天晚上我愿意跟你见面。好了，让我走吧。"

他放开了她，他们就分开走了。公爵夫人迅速跑下山，朝着远处那座谢克法城堡大厦跑去，他望着她直到看不见了，才转过身来，大步流星地朝着相反的方向走去。于是一切又重归沉寂，阒无一人。

然而，这只有一会儿工夫。等他们全都离开很远以后，又有一个人影在那个地方出现了。他是从那个三巨石门后面走出来的。他比前面那个男的魁梧，脚登皮靴，上着马刺。这个景象立刻说明了两件事情：他监视过上尉和公爵夫人的会晤；他虽然很有可能看到了这对男女的一举一动，包括拥抱在内，但是离得太远，听不见那位夫人说的那些不太情愿的话——说真的，甚至根本听不见任何话——因此这场会面让他看来就像是一对情人预先约好的幽会。可是这却需要再过几年，这个小羊倌才能长大到足以做出这种推断。

这第三个人站了一会儿，好像陷入了沉思。他走到那位夫人和那位先生待过的地方，朝地上看了一会儿，然后也转过身，尽量离开前两个交谈的人所走的方向，朝第三个方向走了。他走的那条路通向大道，过了几分钟，就可以听到，在霜冻的路面上传来一匹马小跑的声音，声音越来越小，最后听不见了。

那个男孩儿还待在小棚子里，对着三巨石门看着，好像还在等待在那块地方出现更多人物似的,但是再也没有谁出来了。他几乎不知道他把小脸挨着瞭望口在那里站了多久,一直到他肩上挨了一下,才猛地从胡思乱想中惊醒过来,他感觉到了这一下,就很习惯地认出了这是老羊倌的钩杖。

"比勒·米勒斯,你这个该死的小崽子,懒骨头——你把火弄灭了,你明明知道,俺要它烧着! 俺早想到了,你这儿会出毛病,俺就安不下心,在床上待不住了,待不住了! 哼,去你的,出什么事儿啦?"

"没事儿。"

"母羊都跟俺走的那会儿一样?"

"就是。"

"有哪些母羊要下羔了?"

"没有。"

老羊倌又把火生起来,提了盏灯出去看羊群,因为月亮正在下落。很快他又回来了。

"都该死啦——你不是说,啥事也没有吗,可一只母羊下了双羔,好像要昏死过去了;另一只,没有人给它一点点照料,都快死了! 比勒·米勒斯,俺告诉过你,出了什么事儿,快下来叫俺;可瞧瞧你干的。"

"你说过,现在放假,可以睡觉,俺就睡了。"

"小东西,对你长辈,可别这么说话,要不,你就得在树上吊死! 你别一直死睡,得从那边那个洞里时不时朝外瞧瞧呀! 好了,你可以回家去了,吃早饭的时候,再来这儿。俺是个老头子啦,世界上这些老头子有得受的;可是不行——俺得尽量歇着点儿!"

老羊倌于是在小棚子里躺下,小男孩儿下山回到他住的那个小村子去了。

第 二 夜

第二天晚上到来的时候,这个小男孩儿的种种行动,差不多完全可以说明,他一直想着他亲眼看到的那次会面,想着硬从那位夫人口中逼出来的诺言:说她会再来。至于那些看羊的安排,今天晚上不过是照例行事而已。到了十点多还不到十一点的时候,老羊倌跟以往一样走了。回家去睡上一觉,免得中间给打断,好补上白天什么时候应该睡的那几个钟头,男孩儿一个人留在那儿。

霜冻和头一天晚上一样,不过也许还更厉害一点儿。月亮同往常一样照着,不过它运行得比头一天晚了三刻钟;男孩儿的情况大体一样,不过他无论如何也没有一点儿睡意,他也感到相当害怕。不过总的说来,他宁愿冒着危险,让老羊倌发现他没有精心照看羊群,也还是愿意看看那几个陌生人的会晤。

还没有等到远处谢克法城堡的大钟敲响十一下,他就看到这出午夜戏剧的第二幕开场了。这时出场的既不是情人,又不是公爵夫人,而是那第三个人——那个脚登马靴,上着马刺,体格魁梧的人——他从东边的方向上来,头一天晚上他就是朝那个方向走的。他围着三巨石门走了一圈,然后就向掩藏着小棚子的这片树丛走过来,月光正照在他的脸上,原来他是公爵。小羊倌感到十分害怕,在农村居民中,公爵就是天神,谁冒犯了他,就会没有饭吃,无家可归,一命归阴;谁正眼看他,就会魂飞魄散,目瞪口呆。他把炉子盖住,好不让一点火光露出来,然后赶忙把自己埋到旮旯里那堆草里面去。

公爵走到那丛常青棘跟前,站在他妻子和上尉原来在那儿谈话的地方,他查看常青棘丛,像是要找个藏身的处所,忽然,他发现了那个小棚子。他围着小棚子走了一圈,后来又朝里面看,发现里面完全像是空的,于是便走了进去,随即把门关上,在那个圆形小窗户前面站定,刚才这个男孩儿就曾经把脸贴在那儿观望。

　　如果公爵的目的只是要隐藏不露,他是不会过快地采取他那些措施的。他几乎刚一站定,远处的钟就敲响了十一下,先前曾经光临过的那个瘦挑个儿的年轻人,就在牧场北边那部分准时出现了。约会地点由于头天晚上他偶然向前跑了一点儿,于是就从魔鬼之门移到常青棘丛这里了,他本能地朝那里走去,到他昨天会见公爵夫人的地方去等她。

　　但是一件可怕的意外今天在等待他,也在等待那个直打哆嗦的少年。他一出现,公爵的呼吸就越来越急促,蜷伏在那儿的男孩儿都能清清楚楚地听到他的呼吸了。那个年轻人几乎还没站定,这位严阵以待的贵族就轻轻推开小棚子的门,绕过常青棘丛,迎面碰上弗瑞德上尉。

　　"你侮辱了她,你该怎样死,就得怎样死!"这句粗厉刺耳、瓮声瓮气的话,透过小棚子的板壁传到了小羊倌的耳边。

　　这个不动感情、寡言罕语的男孩儿十分兴奋,不惜冒险站起来,从窗口向外看,但是那两个人已经转到一边去,给常青棘枝条挡着,他什么也看不见。随后那一小会儿究竟发生了些什么事,他一直也不十分清楚。他看出一个人影的一部分迅速有力地动了一下,接着是什么东西摔倒在草地上的声音,然后就一切归于沉寂。

　　过了两三分钟,可以看见公爵走过小房儿的那个角落,拖着现在已经一动不动的那第二个男人的身上的衣领。公爵拖着他越过那片空地,走向三巨石门。在这个古迹的后面,有一片不成形状的凹地,长满了常青棘和矮小的荆棘,到处都是獾打的洞,此时这些獾要不是死了,就是走了。公爵拖着他那个沉重的东西,消失在那块凹地里,过了一会儿又出现了。等他走出来的时候,他身后就没有拖任何东西了。

　　他又走回小棚子的那一边,擦掉草地上什么东西,然后又开始守候起来,这一回不像刚才那样,不是守在小棚子里,而是守在外面,站在月亮照不到的那边。"现在等第二个!"他说了一句。

甚至连这个还不懂事的男孩儿也很清楚,现在他在等约会中的另一方——他的妻子公爵夫人——他等待的目的,想想也真可怕。看来他是那样一种性格果断的人,报仇雪恨要至死方休,中途不大会犹豫手软,而且——尽管那个小羊倌想不到——这种事情更加大有可能,是因为这位喜怒无常的公爵是在一种夸大了的印象之下行事的,他看见了那次会晤而听不见说话,使他产生了这种夸大了的印象。

这个妒火中烧的守候者等了许久,却是白等一场。那个男孩儿在小棚子里可以听见他偶尔发出表示惊讶的声音,好像是由于自己的假设落了空,感到失望。他本来以为,他那位犯了罪的公爵夫人肯定会来践约的。时不时他走出常青棘的阴影,来到月光下面,举起表来看时间。

大约到了十一点半钟,他好像打消了等她来的希望。他再一次走到三巨石门后面的凹地里,在那里待了将近一刻钟。他从那个地方快步前行,越过山坡上一个耸起来的地方,略微拐向左面,然后立刻骑着马回来了。这可以证明,他那匹马是拴在那下面一个隐蔽的地方。他重新穿过小棚子和三巨石门之间的草场,对周围仔细审视了一番,好像是要最后肯定一下,她确实没来,然后就骑在马上,朝着谢克法城堡的方向,缓缓向山下走去。

小羊倌一想到躺在那边凹地里的东西,尽管他的顶头上司的那根钩杖很可怕,也不足以让他一个人在那座小山上再停留片刻了。和任何活人做伴,即使是最可怕的人,也比和一个死人做伴强。所以他就像一只野兔一样,飞快地朝着骑马人走的方向一溜烟跑了。他在第二道下坡的地方追上了那位一心报仇的公爵。

等走到能听到马蹄声的地方,比勒·米勒斯才觉得比较放心了,因为他虽然由于公爵的地位而存有畏惧之心,可是同他做伴却并没有道德上的反感,这是因为公爵固然干出了那种可恶的事情,可是这位有权有势的贵族,在他自己的土地上是有权利干他要干的任何事情的。公爵在他的那些古老的大树下,骑着马稳步前行,现在已经来到府第车道的坚实路面,马蹄发出清脆的响声,不久就靠近他的大厦前门了。这座大厦四周围有围墙,上面有方形的城垛,给铺着石块的庭院投下了一片有缺口的阴影。这些轮廓都是小比勒·米勒斯十分熟悉的,不过在它们界线之内的任何东西,他却从未见过。

骑马人走近府第的时候,城堡的一扇小门马上打开了,出来一个女人。她一看到骑马人的样子,就立刻冲到月光下来迎接他。

"啊,亲爱的——原来是你回来了?"她说,"你骑着马一翻过小山,我就听到了'英雄'的马蹄声,我马上就听出是它了。我本来会走更远来接你的,如果早知道——"

"高兴看到我,呃?"

"你怎能这样问呢?"

"好啦!相会晤谈,这可是一个愉快的夜晚。"

"这是一个愉快的夜晚。"

公爵下了马,站在她的身边。"为什么你在夜晚这个时候还在倾耳谛听,然而又不是在等我回来?"他问她。

"嘿,真的,这里面可有一个奇怪的故事,我得马上告诉你。可是为什么你比原来说的时间要提前一个晚上回来呢?我觉得挺可惜的——我真觉得可惜,"(她开玩笑地摇着头),"因为要使你感到出乎意料之外,我已经命令他们搭好了点祝火的柴堆,准备等你明天回来的时候点燃;可现在这都白费了。你可以看到,它就堆在那儿。"

公爵朝那块隆起的空地望过去,看见许多树枝码成了一堆。他于是低下头去,态度温和而且带有不知如何是好的神气看着地上。"你要告诉我的那个让你一直没睡的故事,究竟是什么?"他低声问道。

"它是这么回事——而且那真不是开玩笑的事儿。我表弟弗瑞德·奥斯本——他现在是奥斯本上尉啦——还是一个孩子的时候,对我十分仰慕,虽然我比他大六岁,我想我早就告诉你了,一丝一毫也不假,可真是荒唐,他居然喜欢上我了。"

"这件事你以前从来没有告诉过我。"

"那么,我是告诉你妹妹了——对了,是告诉她了。嗯,你知道,我已经有好多年没有见到他了,所以我把他往日对我的仰慕,几乎早都忘掉了,这也是自然而然的事情。可是前天我收到一封信,上面没有发信人的地址,我拆开一看,原来是他写的,你想想,我该多么惊讶。信里的话都把我吓糊涂了。他从加拿大回国,回到他父亲的家里,他想尽一切办法祈求我立刻和他会面。我想,我可以一字不差地把它们念出来,我们进屋子里的时候,我还可以给你看。

"'……我亲爱的哈丽特表姐,'信里这样说,'经过这么长一段时间以后,我又突然出现,你会感到意外吧,而且对于我要提出的问题,你会更加感到意外的。可是如果你对我的生活和前途毕竟还有点儿关心的话,我请求你答应我的祈求。亲爱的哈丽特,我对你的祈求是:请你今晚十一点左右务必到马勒伯若丘陵草原上祭坛石旁来同我会面,那里离你的家约有一英里或略多一点。除了请求你来之外,我别无它话可说。你到那里以后,我会把一切向你说明。惟一的事情就是我想见你。一个人来吧。如果我的幸福不是有赖于此的话,我是不会提出这种请求的——上帝知道它是如何完完全全有赖于此!我过分激动,无法再多写了。

你的弗瑞德'

"信的全部内容就是这些。唉,当然,后来的情况说明,我是不应该去的,可是我当时并没想到呀。我记得他那轻举妄动的性子,害怕他有什么悲惨的事情迫在临头,而他在这个世界上没有一个朋友帮助他,除了我以外,他不愿意向任何人倾诉他的苦恼。所以我穿上外衣,在他指定的时间去到马勒伯若丘陵草原。难道你不认为,我是很勇敢的吗?"

"非常勇敢。"

"等我到了那儿——可是,我们是不是往前走走,这天气越来越冷了?"可是公爵一动不动。"等我到了那儿,他来了,当然已经长成大人,成了军官,不是我熟悉的那个小小子了。等我看到他的时候,我就懊悔了,我不该去。我简直没法告诉你,他有些什么样的行为。他究竟想要干什么,直到现在我也不知道;看来好像只不过是要和我见见面而已。他拉着我的手,搂着我的腰——啊,那么紧——直到我答应再去和他会面,他才放了我。他的行为那么奇怪,那么热烈,在那么一个荒僻无人的地方,我对他都害怕了,于是我答应再去。这样我才脱了身——然后我就跑回家来——这就是事情的全部经过,今天傍晚,约定的时间快到的时候——当然,我根本没有打算去赴约——我感到不安,害怕他发现我是要使他失望,就找到家里来;我没法睡觉,就是这个原因。可是,你怎么那样一声不响就悄悄回来了?"

"我走了很长一段路。"

"那么我们进屋子里面去吧。你为什么像这样一个人回来,没有带人侍候你?"

"这就是我的脾气。"

他们沉默了一会儿,一边往屋子里走,她说:"我想到了个办法,可我都不大愿意对你说。他说过,如果我今天晚上没能去,他明天晚上再去等我。那么,我们明天晚上可以一起到小山上去吗?——只是去看看,他是不是在那儿,如果他在那儿,就教训他一番,让他懂得,怀抱往日的那种热情,不到家里来,而要那么奇怪地邀请我去,他该是多么愚蠢?"

"为什么我们要去看他在不在那儿?"她丈夫阴沉沉地问道。

"因为我想,我们应当在这当中做点什么。可怜的弗瑞德!他会听你的意见的,如果你和他讲道理,把我们的情况在他面前如实地表现出来的话。对他这样一个由于某种原因毫无疑问非常不幸的人,这不过是一种基督徒应有的亲切关怀。他的神经看来有些毛病了。"

这时候他们走到了门口,打了铃,等在那儿。整个大厦好像都睡着了;不过很快就有一个男仆向他们走来,把马牵走了,公爵和公爵夫人于是进了屋子。

第 三 夜

比勒·米勒斯这天晚上实在想不出什么办法,只好和以前一样,在老羊倌不在的时候留下来值班,要不就得丢掉工作和饭碗。他想起躺在魔鬼之门背后的东西,尽量壮起胆子来,可是没有多大用处,因此他看到公爵和公爵夫人大踏步地走过结了霜的草地的时候,尽管万分恐惧,反而在一定程度上觉得安心了。公爵夫人走在她丈夫前面几码远的地方,而且走得很轻快。

"我告诉你,他不会以为还值得再来一趟的!"公爵坚持说,这时他站住,不愿再往前走了。

"他更有可能要来,而且整整等一个晚上;让他第二次再这样做,那可就太苛待他了。"

"他不在这儿;所以我们还是转身回家吧。"

"的确,他好像不在这儿;我怀疑,他是不是出了什么事情。如果真是那样,我就永远不会宽恕自己了!"

公爵心神不安地说:"哦,不会,他有别的约会。"

"那完全不可能。"

"或者他也许觉得,这段距离太远。"

"那也不大可能。"

"那么,他可能更好地想了想这件事儿。"

"是的,他可能更好地想了想这件事儿;的确,如果他不是所有时间都待在这儿——那么就是在魔鬼之门背后那片凹地里什么地方。我们去看看吧;吓他一跳也是活该。"

"哦,他不在那儿。"

"他也许非常安静地躺在那儿,因为你的缘故。"她顽皮地说。

"哦,不——不是因为我!"

"那么,来吧。我说,我最亲爱的,今天晚上你一直落在后面,就像个不愿上学的小学生,你对什么都无动于衷!你连那个可怜的小小子都嫉妒,这可是太荒唐啦。"

"我就来,我就来!哈丽特,别再说啦!"于是他们走过了草地。

小羊倌想知道他们要干什么,就离开小棚子,躲到那片常青棘丛后面,想神不知鬼不觉地站到离三巨石门近一些的地方去。可是,他穿过那几码空地的时候,有一会儿工夫让人看见了。

"啊,我到底看见他了!"公爵夫人说。

"看见他了,"公爵说,"在哪儿?"

"在魔鬼之门旁边;你没看见那儿有个人影吗?啊,我可怜又可爱的表弟!你现在看见那个人影了吗?"于是她半带怜惜地笑了起来。"可是怎么啦?"她转向她丈夫问道。

"那不是他,"公爵粗声粗气地说,"那不可能是他!"

"是的,那不是他。那个人影比他小多啦。那是个男孩儿。"

"啊,我想也是这样。小孩儿,过来。"

这个年纪轻轻的羊倌心怀忐忑地走上前来。

"你在这儿干什么?"

"看羊,大人。"

"啊,你认识我!你每天晚上都在这儿看羊吗?"

"有时看,有时不看,公爵老爷。"

"那么你今天晚上或者昨天晚上看到了什么啦?"公爵夫人问道,"有什么人在这儿等待或者溜达吗?"

男孩儿一声不响。

"他什么也没有看见,"她丈夫插嘴说,同时两只眼睛那么恶狠狠地盯着这个男孩儿,看起来就像两团火在放光,"来,我们走吧。天气太冷,没法多待。"

他们走了以后,男孩儿就回到小棚子和羊群那儿,他现在不像开头那样害怕了——他对周围环境是那样熟悉了解,这就逐渐使他克制住自己,不再去想埋掉的那个人了。可是他一个人待在那儿的时间并不长。过了一段时间,大概也就是够到谢克法城堡走一趟来回吧,在那个方向又出现了公爵结实沉重的身影。他现在是一个人来的。

这位贵族本人那对眼睛的锐利,似乎并不下于这个男孩儿,因为他有一种本能,能立刻在那些母羊中把他认出来,并且径直朝他走来。

"你就是刚才和我说过话的那个小羊倌吗?"

"我就是,公爵老爷。"

"那么听我说,公爵夫人刚才问你,这一两天晚上你在这儿看见了什么,可你没有回答。我现在问你这同样的事儿,你回答,不要害怕。这几天晚上你在这儿看羊的时候,看到什么奇怪的事情了吗?"

"公爵老爷,俺是一个可怜巴巴马马虎虎的孩子,俺看见啥,都不往心里去。"

"我再问你一次,"公爵一边说,一边走得更近,"这几天晚上你在这儿看羊的时候,看见什么奇怪的事情了吗?"

"啊,公爵老爷!俺不过是个给羊倌儿打下手的孩子,俺爹不过是从前给你修树篱的,俺娘也不过是在后院烧火的!把俺一个人留下的时候,俺倒头就睡着啦,俺啥都没瞧见!"

公爵抓住男孩儿的肩膀,直接从头顶上逼过来,两眼朝下死死盯住他的脸:"我说,昨天晚上你在这儿看见什么奇怪的事情了吗?"

"啊,公爵老爷,饶了俺吧,别用刀捅俺!"小羊倌大喊着跪倒在地,"俺可从没看见你走到这儿来,或者骑马到这儿来,或者躺着等一个人,或者拖一个重东西!"

"哼!"盘问他的人阴沉可怕地哼了一声,就把他放了,"你应该彻底明白,你从来没有看见那些事情。好了,你现在愿意怎么办——是看到我做那些事情呢,还是一辈子保守秘密?"

"保守秘密,公爵老爷。"

"你敢保能做到吗?"

"啊,大人,考验我吧!"

"很好。我问你,你喜欢看羊吗?"

"根本不喜欢。老想起精灵鬼怪的人,干这种活儿就觉得孤单。俺干不惯。"

"你这话我相信。你干这个活儿还太小呢。我一定要为你做点事情,让你过得舒服点儿。我要给你换掉这件罩衣,穿一件真正的料子上衣,换掉你那双厚靴子,穿上擦得发亮的皮鞋,你要学你从来都没听说过的东西,还要送你上学,放了假打棒球,成为一个真正的人。可是你决不能说,你当过小羊倌,晚上在山上守夜,因为有地位的人是不喜欢小羊倌的。"

"相信我吧,公爵老爷。"

"什么时候你自己忘了,说到你当羊倌的时候——不管是今年,明年,在学校里,出了学校,或者二十年以后你坐在你的马车里——我立刻就不帮助你了,把你打下来,马上就回来看羊。你有父母吧,我想你刚才说过?"

"只有一个寡妇娘,公爵老爷。"

"我要把她养起来,让她过得舒舒服服的,只要你不说出——

什么?"

"俺看羊的事儿,和俺在这儿看到的事儿。"

"好。如果你真地说出了呢?"

"把她打下来,马上又去过寡妇的苦日子!"

"那就好——很好。可是那还不够,到这儿来。"他把男孩儿领过去,到三巨石门那儿,让他跪下。

"你看,以前这是一个神圣的地方,"公爵又接着说,"这里立了一座祭坛,祭祀古老的天神家族,在我们现在知道的这个上帝以前很久,大家就知道他们、谈论他们了。所以在这里起的誓就加倍地重。跟着我起誓:'如果我说出我曾经当过小羊倌,或者说出我看到在这马勒伯若丘陵草原上发生的事情,就请所有的天神——众天使和天使长和各级天神和各路神灵——惩罚我,不管我在什么地方——在屋子里或者在花园里,在地里或者在路上,在大教堂里或者在小教堂里,在国内或者在国外,在陆地上或者在大海里,都请折磨我吧;在吃饭和喝水的时候,在长大成人和成为老人的时候,在活着和要死的时候,在心灵上和在物质上,永远永远,让我受到痛苦吧。诚心所望,但愿如此。阿门,阿门。'现在亲一下这个石门吧。"

男孩儿浑身哆嗦,按照他的希望跟着他念了这些话,吻了石门。

公爵牵着他的手走了。那天晚上,小羊倌睡在谢克法城堡里,第二天就被送到远远的一个村子里去上学了。从那里,他去了一个预备学校,过了相当一段时间,又上了公学。

第 四 夜

上面提到的那些事情发生后许多年,在一个冬天的黄昏时分,从前的那个羊倌,一身受过教育的事务人员的打扮,坐在谢克法城堡北侧楼一间家具讲究的办公室里。他这时看来像是一个三十八九岁或者四十岁的人了,而实际上却要年轻几岁。他抬起头来,寻找他搁忘了的一封信或是一份文件,他不时流露出疲乏不堪、烦乱不宁的眼神,这似乎表明,他的心境并不像他周围的环境让人认为的那样,是完完全全平静安宁的。他苍白的脸色,对于一个乡下人来说,也显得很扎眼。他表面上是在写字,可是一个字也没写出来。他搁下笔,把椅子向后推了推,心神不安地把手搁在椅子两边的扶手上,眼睛看着地上,就这样坐在那儿待了不过几分钟。

他很快站起来,离开屋子,沿着一条走廊走过去,走廊尽头是一个八边形的大厅;他走过大厅,在一扇门上敲门。一个深沉但是虚弱的声音,让他进去。他进的这间屋子是间书房,只有一个人用这间书房,这就是他的恩主公爵本人。

在这漫长的岁月里,公爵的体格已经完全不是以前那样厚重结实了。的确,他差不多成了一个骷髅架子;他的头发斑白而又疏稀,两只手几乎成了透明的。"噢,米勒斯?"他小声地说,"坐下,有什么事?"

"没有什么新的事情,大人。没有熟人写信来,也没有人来拜访。"

"噢,那又是什么呢?你看起来有些担心。"

"过去的那些岁月又复活了,因为有某种事情把它们搅醒了。"

"过去的那些岁月真该死——你指的是哪些岁月?"

"二十二年前的那个圣诞周,已经过世的公爵夫人的表弟弗瑞德瑞克,那个时候请求她到马勒伯若丘陵草原去和他见面。我看见了这次会面——那是和今天一样的一个晚上——而且你知道,我还看到了更多事情。她和他见过一次面,但是没有见第二次。"

"米勒斯,我可以帮你回忆几句话吗?它们是一个小羊倌在那个小山上起的誓。"

"没有必要。他一直努力遵守那个誓言和承诺。自从那个晚上以后,他的嘴从来没有漏过一句话,说起他那段羊倌生活——甚至对你本人也没有。可是你是愿意再多听一点儿,还是不愿意呢,大人?"

"我不愿意再多听。"公爵阴沉着脸说。

"很好,那就这样吧。可是看来时候到了——也许就近在眼前——到了那时候,尽管我缄口不语,那件事情也不会继续秘而不宣了。"

"我不愿意再多听!"公爵重说了一遍。

"你不用害怕我会背叛,"管家多少有些痛苦地说,"对我这个人,你一直那么仁慈——没有哪一位恩主可以更仁慈的了。你一直供我衣食,供我受教育;把我安排在这里工作;而且我并不健忘。可是那又怎样呢——难道大人因为我坚定不移就得到了许多好处吗?我想,没有。奥斯本上尉失踪,群情激昂,议论纷纷,可是我一言未发。而且他的尸体从未发现。二十二年来,我一直纳闷,你那时究竟把他怎么了,现在我知道了。今天下午发生的情况,最能使我想起那个时候。为了使我自己相信,这一切都不是一场梦,我带了一把锹到那儿去;我查找一番,看到一些东西,足够让我知道,有些东西在一个封死的獾洞里慢慢腐烂。"

"米勒斯,你认为公爵夫人猜到了吗?"

"我敢肯定,直到她去世的那一天,她从未猜到。"

"你把所有的东西,都像你找到的时候一样,留在小山上了吗?"

"我是那样做的。"

"是什么让你想起来,在今天这样一个下午,要上山到那里去?"

"那就是大人说过的,你不愿意让人说出去。"

公爵沉默不语:这个黄昏时分显得特别寂静,外面响起一阵阵钟声,传到他们的耳朵里。

"敲钟是为了什么?"这位贵族问道。

"大人,就是为了我要告诉你的那件事。"

"你是在折磨我——这就是你的方式!"公爵抱怨道,"村子里谁死了?"

"岁数最大的那个人——那个老羊倌。"

"终于死了——他多大岁数?"

"九十四。"

"可我还只有七十岁。我还有二十四年好活呢!"

"我在马勒伯若丘陵草原看羊,就是在这位老头儿手下干活儿。那第二天晚上,我第一次和大人说话的那天晚上,他在山上。他整个时间都在山上;可是当时我不知道他在那儿——你也不知道。"

"哦!"公爵吓了一跳,"接着说吧——这点我让步了——你可以说。"

"今天下午我听说,他马上就要死了。正是这件事,使我想到过去那个时候,促使我到小山上去探索我刚才告诉你的那些事情。我回来的时候听说,他希望见到牧师,向他忏悔,坦白他保守了二十多年的一个秘密——保密是'出于对我的公爵老爷的尊敬'——那是他在二十二年以前十二月的某个晚上返回羊群的时候,在马勒伯若丘陵草原亲眼看见犯下的事儿。我仔细回想了一下。那天晚上他把任务交给我了;但是他一向爱突然返回来,怕我睡着了。那天夜里我根本没有见到他,然而他答应过要返回来的。他一定是回来了,而且——有理由要躲着。一切都很明白。接下去的事情就是:两个钟头以前,牧师去看他了。后来的事我还没听到。"

"这就足够了。明天清早我要见见牧师。"

"干什么?"

"把他的嘴巴再封上二十四年——等我像老羊倌一样,到九十四岁死去的时候为止。"

"大人——你要我保持缄默,我就不会说,哪怕我的脖子因此要受惩罚。我答应属于你,而且我确实属于你。可是我这种毫不动摇有什么用处呢?"

"我说,我要封住他的嘴!"公爵大喊起来,又带上几分他昔日那种粗鲁劲头,"行了,你回去睡觉,米勒斯,让我来对付他。"

谈话结束了,管家于是退出来。这天夜晚,正如他刚才说的,和二十二年前那个夜晚一样,而傍晚发生的一些事情,则破坏了他把这段时日看做是愉快和善良的一切想法。他去到园囿旁边自己的那所房子;他独自在那儿生活,很少与别人交往。十一点钟,他准备去睡觉——但并没有去。他坐下来,回忆往事。钟敲十二点了;他看着外面苍白的月亮,不知道是受到什么东西的刺激,他戴上帽子,走到露天里去。比勒·米勒斯在这里大步朝前走,继续朝前走,一直走到马勒伯若丘陵草原的最高处,在过去这二十多年里,他从来没有在深夜这个时候到这个地方来过。

他根据自己的猜想,尽量靠近羊倌的小棚子原来所在的地方。现在不再在那里接羊羔了,曾经那样粗暴地使唤过他的那个老羊倌,就在那一天终止了他那种种操劳。可是那座三巨石门依然矗立在那里,和从前一样白;管家走过那片草地,忽然异想天开,把嘴贴在石门上。他怀着焦躁不安和自我谴责的心情,想起在异教神庙的石门上用亲吻而定下的那个令人惊惧的约定誓言,不禁微笑起来。但是他从未失信,与其说是遵守正式的誓言,还不如说是遵守自己的许诺,这样做使他自己得到了许多世俗的好处,虽然并未得到许多幸福;直到后来,岁月的增长培育出逆反的感觉,使他怀着类似解脱的感情来接受今天晚上的种种消息。

他靠在魔鬼之门上想到这些事情的时候,忽然感觉到,在丘陵草原上并不是只有他一个人。一个穿着白色衣服的身影，正在不声不响地跨着大步在他前面移动。米勒斯站在那里一动不动，等到那个身影走到相当近的地方，他认出来，原来是身穿睡衣的公爵本人，显然是在梦游。米勒斯为了不惊动这位老人，身子紧贴着石门的阴影。公爵径直走进那片凹地。他在那里跪下来，像一只獾似的用双手刨地。过了几分钟，他站起来，沉重地叹了一口气，又循着他来的路回去了。

管家担心他伤着他自己，同时又不愿意惊醒他，于是就一声不响地跟在他后面。公爵走的路丝毫不错，他进了园围，直接走向大厦，他从一扇开着的窗户爬进去，刚才他大概就是从那个窗户里出来的。米勒斯在他的恩主进去后轻轻地关上窗户，他认为没有必要惊动屋子里的人，于是就回到他自己的家里去，等待那些秘密在早晨揭开。

然而，在那天夜晚剩下的时间里，他觉得焦急不安，这固然是因为第二天立刻就要发生的事情，同样也是因为公爵本人的情况。第二天一早，他就到谢克法城堡去看望。百叶窗都关着，门房开门的时候，脸上显得有些异样。管家探询公爵的情况。

门房答话的时候，声音压得很低："先生，说来很抱歉，大人死啦！他在夜里什么时候离开自己的屋子，谁也不知道是去哪儿游荡。上楼回去的时候，他失了平衡，摔到楼下来了。"

管家在牧师说出之前，就讲出了在丘陵草原上发生的事情。公爵去世之后，他总是打算说这些事儿。他高高兴兴地承受了这件事对他的种种后果。但是他并没有活得很久。他死的时候是海岬那边的一个农夫，当时还不到四十九岁。

马勒伯若饲养的繁盛羊群，还是和以往一样遐迩闻名，而且极目四望，每一样特定的景物似乎都和早先那些日子一模一样；但是在那些事件——治安推事收集了那些事件的情况——发生时刻的那个羊群中的羊,和目前这个羊群中的羊,中间却隔了好多代。接羔角早已不用于接羔了,但是这个名字依然保留下来用于称呼那个地方。不用那个地方接羔,一部分原因是砍掉了当年曾经在那里提供方便隐蔽处的高大常青棘丛,还有一部分原因也可能是由于其它情况。因为如今那个地区的羊倌纷纷传说,在圣诞周的那些夜晚,可以看见一些幽灵在三巨石门附近的空地上飞掠,并伴有刀光剑影,还可以看见一个男人的影子,拖着一件沉重的东西往凹地走去。但是所有这些事情,并没有确切的证明。

(1881)

一八〇四年传说

　　大家纷纷谈论有的国家可能通过海峡地道侵犯英国,这件事不止一次让我想起年迈的所罗门·塞鲁比讲的那个故事。

　　我听他讲故事,是在一天的傍晚,那时他坐在客店厨房里那个张着大口似的壁炉前的座位上,当时聚在那儿的还有几个人,我进去是为了避雨。他把烟斗从一向咬着它的牙齿豁口中抽了出来,背向后靠了靠,望着炉火微笑着。那种微笑既不是高兴,也不是忧愁,严格说来也不是诙谐,当然根本也谈不上是沉思。我们这些了解他的人,立刻就看出来,这是他准备讲故事的笑容。他突然打断我们东拉西扯的闲聊,就这样开始了:

　　"我父亲,你们大伙儿可能都知道,一辈子都是个放羊的,住在离这儿四英里那个小海湾那边,我就是在那儿生的,在那儿长的,一直到我准备结婚,才搬到这儿来。我出生的那所小房子,就立在高地牧场的顶上,靠海不远。附近一英里半以内,没有别的什么房子,那所小房子是专门为了放羊的牧场盖的,没有别的用场。别人告诉我,小房子现在已经推倒了,可是从还留在那儿的几个土堆和破砖什么的,你们还可以看出来,它原先在哪儿。冬天的时候,那是一处荒凉的地方,冷冷清清;不过在夏天,那儿可真是够好的,虽然说,园子一直没有大收成。那儿的风大,我们没办法给蔬菜和醋栗丛搭起一个像样的棚子;因此这些东西也就长不好。

　　"在我长大成人的那些年月,我记得最清楚的就是一八〇三、一八〇四和一八〇五年。这有两个道理:我那时刚好长到那个岁数,到了那个时候,小孩儿的眼睛和耳朵就可以懂事儿啦,能把他周围的样样事情都记住。当然从我出世以来,那个年月要记的事儿也比以前要多。我不用对你们多说,那正是第一次和平以后。波拿巴①正在耍阴谋诡计,想突然袭击英国,他已经跨过了雄伟的阿尔卑斯山,在埃及打过仗,打败了土耳其人、奥地利人和普罗斯人②,正想着他可以干我们一下啦。一个人站在我们英国海岸不见得看不到听不见的海峡的那一边,法国十六万大军和一万五千匹战马从全国各地集合起来,每天都在操练。拿破仑已经准备了三年啦。为了要把这些军队、大炮和战马运过海峡,他造了几千艘平底战船,都是些小玩意儿,可是造得真巧妙。有些船上还给那两匹马造了个小马厩,好让它们拉那尊装在船后舱里的大炮。为了备好所有这些战船还有其它必要的东西,他在那儿召集了五六千人,他们来自各行各业,有木匠、铁匠、造车匠、马具匠等等。嚄,那可是个希奇古怪的时候!

"每天早晨,我们那位邻居波拿③把他那一大伙士兵集合在沙滩上,让他们演习上船骑马等等,直到他们能毫无障碍顺利操作才算完。那一年,我父亲赶了一群母羊上苏塞克斯去,他沿着高地牧场一带赶羊的路往前走,一路上可以看到这种训练正在实地里干着呢——那些大兵的装备,太阳一照,银光闪闪。我叔叔约伯是步兵中士,对所有这些事情,一向都懂,他这样想,也常常这样说:波拿巴的确打算在哪个平静的夜里划船过海。对我们来说,重要的问题只是:那家伙在哪儿登陆?老百姓有许多人以为,会在多佛④登陆;另外有一些人懂得,不会有一个内行的将军,会在别人等着他的地方搞什么登陆的事儿,所以他们说,他要不就向东,从泰晤

---

① 拿破仑的名字。
② 指普鲁士人,此处为讲故事人的方言土语说得不大准确。
③ 原为波拿巴的昵称,此处表示讲故事人的诙谐与不恭。
④ 多佛为英格兰东南部一港口,与法国的加莱隔海相望,是英吉利海峡最窄处。

士河往里去,要不就向西,找个什么方便的地方,最可能是波特兰岛①那个小小的海湾,在地岬②和圣奥尔本滩头中间——选择那个小小的海湾,三面由陆地环抱,就像故意造出来的一样,谁的眼睛都给挡住看不见。我们就住在那儿,我小时候总有几十次在黑乎乎的夜里肩上挎着两桶白兰地酒,爬上那儿的山坡③。有些人还听说,法国海军有一部分要沿着苏格兰航行,直上海峡去找一个合适的港口。对这件事当然疑问很多,这没有什么可奇怪的,因为以后的年月证明,那个重大而且非常具体的问题:究竟在哪儿登陆,拿破仑本人也难下决心。他之所以犹豫不决,是这样造成的:我们的军队布置在哪儿等他们,怎样等他们,他得不到任何消息;还有,有哪些可能登陆的地点,一些平底船可以静悄悄地在那里靠岸,船上运送的士兵可以整整齐齐地在那里集合,这些事儿他也一概糊里糊涂。既然是些平底船,它们就不需要什么港口来卸下装载的士兵,只要有个隐蔽的海滩,别让人看见,又有一条相当畅通无阻的大道通往伦敦,这就行了。这个问题怎样难住了那位伟大的科西嘉暴君(就按我们惯常称呼他的那样叫他吧),他费了多少心血想解决它,特别重要的是,他在某一个夜晚设法这么干的时候要冒多么大的危险,所有这些,在这里在那里都仅仅只有个把人知道。说实在的,也没有任何编报的人或者印书的人知道,要不然,我讲的这件事儿就不会引得那么多人像绅士老爷们一样摇头了,那些人只相信他们看到的白纸黑字上的东西。

"我父亲照管的那些羊,都在我们家附近的牧场上吃草,我们家从每个方向朝大海和海岸望去,都可以看出几英里远。在冬天,还有在春天刚来的时候,父亲很多次都在夜里起来,照看母羊产

---

① 波特兰为突出于英格兰南海岸的一个半岛。半岛东岸与英格兰相联处形成一个小小的内海。
② 指波特兰地岬。
③ 当时该地常有走私贩酒活动。私酒在黑夜运到,由人背上岸去藏匿。

羔。他常常很早就上床睡觉,到夜里十二点或者一点再出去;可有时候他又一直待到夜里十二点或者一点,然后才回来上床睡觉。等我刚刚长大一点可以干点事儿,我就老是帮他干活儿,主要是在他回家休息的时候看住那些母羊。不是在一八〇四年就是在一八〇五年哪一个月份里,我就是在干这种活计——我确定不了究竟是哪一年了,不过那一定是在不要我放羊、而要我当学徒学手艺去以前很久的事儿。那个时候,我每天晚上都在羊圈里,离我们那所小房子大概有半英里,或者可能稍远一点儿,那儿除了母羊和小羊羔以外,根本没有什么活物,害怕吗?不,那时候我一个人待着也从来不害怕,因为我就是在那种没有人影儿的地方长大的。晚上没有人反而好,看见他们更叫人害怕,天黑以后,我要是在一个荒凉的地方看到了一个人的影子,我简直吓得马上就要晕过去。

"就在那个月,我叔叔约伯出其不意地来看我们。他是六十一步兵团的中士,那时刚好驻扎在西边离我们几英里的乔治王海水浴场①上面的牧场里。约伯叔叔大约在天擦黑的时候来的,和父亲一起上山在羊圈里待了一两个钟头后才回来,从酒桶里舀出点儿酒喝了,走私贩酒的人让我们老有酒喝,因为他们贩运的时候把酒存放在我们这儿,而且一到有危险的时候,我们就点起火来,警告他们别来。喝罢酒后,他就在高背长靠椅上伸长身子睡觉了,我也上床睡了。两点钟的时候,父亲回来了,按照老习惯把我叫醒,让我去给他换班,然后他自己去睡觉了。我出门的时候,经过约伯叔叔睡觉的长靠椅旁边。他睁开眼睛,我告诉他,我要到哪儿去,他说,让一个像我那样大小的孩子一个人去那儿,太不应该了。他系好宽领带,勒紧腰带,从角柜旁边的酒桶里舀出一点酒来,装在一个扁平的小瓶儿里,就和我一起出发了。

"不久我们到了羊圈,看见一切都很正常,就钻进一堆草里暖

---

① 指韦默斯。

暖身子。我们原先搭了个有顶的小棚子,有风的日子可以挡挡风,那堆草就堆在小棚子里。可是那天晚上没有风,是那种非常安静的夜晚。要是站在离海两三英里的那些高凸的山丘上,你就可以听到海岸边上潮涨潮落的声音,像酣睡的人大声打呼噜。低处的地面,蒙上了一层薄薄的雾,可是我们躺着的那座小山上,空气却很清朗,那时正是下弦月,月光还挺亮,照到青草上,也洒落在干草上。

"我们躺在那儿,约伯叔叔为了让我开心,就给我讲他参加过的那些战争中发生的希奇古怪的故事,还讲了他受过多少伤。他曾经在低地国家①同法国人打过仗,还希望再和他们打。他那些故事拉得那么长,让我差不多都相信,我自己也是个当兵的,而且亲身经历过他告诉我的那些事儿了。他讲的故事非常奇妙,把我都讲糊涂了,直到后来我睡着了,还梦见打仗、硝烟和飞翔的士兵,所有的一切都是他讲给我听的那些事儿。

"我这一觉睡了多长,我现在就不用说啦。可是有些轻微的响声,压住了母羊在干草堆里弄出来的沙沙声,小羊咩咩的叫声和羊脖子上铃儿的叮当声,让我慢慢清醒过来。约伯叔叔还在我身边,可是他也睡着了。我从草堆里朝外看,才知道究竟是什么把我闹醒的。原来有两个人,身披船上穿的大斗篷,头戴水兵戴的三角帽,都带着剑,就站在大约二十码远的那道篱笆旁边。

"我把耳朵转向那边,想听听他们在说什么,可是我虽然每一个字儿都听得见,却一个字也不懂。他们说的不是我们说的这种话,我后来才知道,那是法国话。要是说一个字儿的意思我都听不懂吧,可是我那个时候真是个机伶孩子,竟然弄清了那两个谈话的人许多事儿。我借着月光看得出来,其中一个人一只手里拿着一个纸卷,每次他很快地对他的伙伴说话的时候,他都用另外那只手

---

① 指荷兰、比利时、卢森堡等国。

一会儿向左,一会儿向右指点海岸边的那些地点。没有问题,他是在对第二位先生解释海岸的情况和特点。紧接着发生的事情,使我对这一点看得更清楚了。

"我一直没有叫醒约伯叔叔,可那时我开始害怕起来了,怕他们会发现我们,因为叔叔的鼻子出气那么粗,我把嘴对着他的耳朵,小声叫道:'约伯叔叔!'

"'什么事,孩子?'他说起话来,好像他根本没有睡着似的。

"'嘘!'我说。'两个法国将军——'

"'法国人?'他问道。

"'是的,'我回答说。'来看看,他们的军队要在什么地方登陆!'

"我把他们指出来,可是我没法再说了,因为这两个人这时候正在走过来,离我们躺着的地方更近了。走到离我们还有八到十码的地方,那个手上拿着一个纸卷的军官就朝一道歪歪斜斜的篱笆弯下身去,把那个纸卷打开铺在上面。然后他突然把一个用罩子遮住的提灯照在纸上,原来那是一张地图。

"'他们在看什么?'我悄悄问约伯叔叔。

"'海峡地图。'中士说(他懂得这些玩意儿)。

"另外那个军官这时也同样弯下身去,他们趴在地图上,用手在图上指指这儿指指那儿,然后又朝着我们下面的海岸指指这个地方指指那个地方,这样商量了很久。我注意到,其中一个军官对另一个军官态度非常尊敬,看来另一个比他地位高得多,官阶低的那个用一种我不懂是什么意思的名号称呼他,可另一方面,领头的那个对和他一起的那位却十分随便,而且不止一次拍拍他的肩膀。

"约伯叔叔和我一样仔细盯着他们,但是,地图上虽然一直照着灯光,他们的脸却老是在阴影里。等到他们从地图上直起身来的时候,灯光向上一晃,正好照在其中一个人的脸上。这一下马上让约伯叔叔倒抽了一口气,他忽然瘫倒,像是抽筋似的。

"'怎么啦——怎么啦,约伯叔叔?'我赶紧问。

"'啊,我的上帝!'他趴在草下面说。

"'怎么?'我问。

"'波拿!'他哼哼道。

"'谁?'我又问。

"'波拿巴,'他说,'那个科西嘉恶魔。我要是有一支新装了火石的枪,那个人就没命啦!可是我没有一支新装了火石的枪,所以那个人就有命啦。好了,趴下吧,要是你还看重你那条命的话!'

"就像你们想的那样,我真的趴下了。可是我还是忍不住要偷偷看。就这么着,尽管我还是个小男孩儿,我也知道啦,那张脸可是波拿巴的。不知道波拿吗?我应该认为,我确实知道波拿。有那盏提灯一半的亮光,我就会认出他来。要是说我看过他的脸一次,那也就等于看过一百次啦。那就是他那个圆脑袋,他那个短脖子,他那个带点棕黄色的圆脸蛋儿、圆下巴,他那张苦脸,还有他那双又大又亮的眼睛。他摘掉帽子透风,露出他脑门儿中间那绺头发,就像所有他画像里的那样。他走动的时候,他的斗篷张开了一点儿,让我看到了他那件胸口是白色的上衣,还看到了一个肩章。

"可是这没有待多长。一会儿工夫,他和他那位将军就卷起了那张地图,挡住了提灯,转身下山朝海岸边走去了。

"这时约伯叔叔才缓过来一点儿。'在黑夜里溜过来看看,怎么让他的士兵登陆,'他说。'任何人也决不可能再看到像那个人那样沉着冷静的了!小侄儿,对这件事我得行动,而且得马上行动,要不然,英国就完蛋啦!'

"他们越过山脊的时候,我们就爬出来了,向前走了一小段追在后面看他们,他们向下走了一半路,又有两个人同他们会合,六七分钟,他们就到了岸边。于是从岩石后面过来一条小船,来到淡淡的月光照着的海湾,他们跳上船去,小船马上开走了,没过几分钟,它就在两块大岩石之间消失了;我们谁都知道,那两块岩石峙立的地方就在海湾口上。我们又回到我们原来待的地方,我可以看见,略微远一点的地方还有一条比较大一点儿的船,虽然也不是很大。小船靠上了大船,我想是牢牢捆在船尾上了,因为大船开走了,我们就再也看不见了。

"约伯叔叔一回到兵营,就告诉那些军官了;可是他们是怎么想的,我从来没听说过——他也没听说过。波拿的军队一直没来,这对我来说也是件好事儿,因为我父亲那所房子下面的海湾,就像那次秘密查访所表明的,正是他想要登陆的地方。要不然,我们住在海边的人,早就给砍得一个不剩啦,我也就不会坐在这里来给你们大伙儿讲这个故事啦。"

我们这些在那天晚上听塞鲁比讲故事的人,这十来年对他那块简单的墓碑早就习以为常了。多亏现在大家都不相信了,所以他这个故事就很少有人再讲。不过,如果说一个没有亲眼得见实情的人,听了故事就能相信波拿巴为了让登陆能够实现,果真亲自到这一带海岸来查看过,那还都是因为所罗门·塞鲁比当年把他在高地牧场亲身经历的那件事讲得活灵活现。

(1882)

三　怪　客

英格兰农业区有几处地方虽经岁月流逝，但却原封不动，几乎丝毫未生沧桑之变，其中包括南部和西南部几个郡里幅员辽阔，牧草繁茂，荆棘丛生的丘陵、山沟和高地牧羊场。在那里，如果偶尔见到人类活动的痕迹，通常也就是个前不着村后不着店的羊倌家的房子。

五十年前，在那一带丘陵上有这么一所孑然兀立的房子，如今可能依然兀立在那儿。尽管那所房子孑然独处，真正测量一下，离开郡城其实不过三英里之遥。然而这却于事无补。这三英里崎岖不平的高地，再加上一年四季接连不断下霰，下雪，下雨，多雾的坏天气，也足以令人望而却步，让随便哪个泰门①或尼布甲尼撒②与世隔绝；在天气晴和的时节，对于那些比较合群的人、诗人、哲学家、艺术家和其他一些"一心向往赏心悦目事物"的人来说，这一路能勾起他们兴致的东西就更加少得多了。

某一座土筑的营地或是古冢，某一簇树丛，至少是某一溜稀稀落落的古老树篱，通常都派上用场，依势搭盖起这些孤零零的住所。不过，此处所讲的这么一种安身之地却与此无关。这所名叫高鸦坡的房子独居一方，没遮没拦。它盖在这个地方，惟一的理由

---

① 泰门为公元前五世纪希腊豪富贵族，乐善好施，家财尽失，遂遭朋友遗弃，愤而厌世，离群索居。希腊作家鲁西安（生于公元前120年）根据此事著有《诸神对谈录》；莎士比亚也著有《雅典的泰门》一剧。
② 尼布甲尼撒为巴比伦王（公元前605—公元前562年），据《圣经·旧约·但以理书》第4章，他因狂妄渎神而受惩，"被逐离世人，吃草如牛，身被天露滴湿，头发长长，类似鹰毛，指甲长长，如同鸟爪。"

看来就是这里靠近两条小路的十字路口,这两条路在这里交叉,或许已足有五百年之久,从古至今,这所房子的四面八方一直都在大自然的威力面前暴露无遗。不过,尽管刮风时一定躲不过风吹,下雨时又准遭雨打,可是冬天在高地上所经历的各式各样天气,却不像下面低处住的人所想的那么可怕。阴冷的白霜不像在凹地里的那样伤身,黑霜也很少有那样厉害。租住这所房子的羊倌和他的家人遭受这种没遮没拦之苦,有人对他们心生怜悯,他们却说,总的说来,比起原先住在附近气候温和的山谷里溪水边上的那阵子,他们"嗓子肿痛、咳嗽痰盛"的苦楚倒还少了。

一八二五年三月二十八日那天夜晚,正是人们惯常表示这类怜悯的时刻。狂风暴雨猛打在墙上、房顶斜坡上和树篱上,就像在森拉克和克勒西①使用的长达一码的长箭一样。那些羊和户外养的牲畜因为没有藏身之处,只好调过屁股来迎风而立。使劲栖在干枯荆棘条上的小鸟,尾巴给风吹得翻起来,就像张开的伞。小房子山墙的顶部都湿透了,房檐下的滴水直往墙上拍打。不过要是对那位羊倌表示怜悯,那可就大错特错了。因为那位兴高采烈的乡下佬正在举行盛大的庆祝会,为他的第二个女儿施洗命名。

客人在开始下雨之前就到齐了,现在他们都汇聚在房子的正堂或者说起居室里。在这个了不起的晚上八点钟时分,朝这个房子打量上一眼就会觉得,在这种风狂雨骤的时刻,这儿可真是一个不可多得的安乐窝。这户人家的行业,从那许多不带木把、抛得锃亮的牧羊杖钩就可一目了然。杖钩都当做摆设挂在壁炉上方,光闪闪的杖钩的弯头各式各样,从旧时家庭用的大部头《圣经》上画

---

① 森拉克为英格兰南部黑斯廷斯附近一座小山,黑斯廷斯之战(1066年)以此为战场。克勒西为英法百年战争初期英王爱德华三世在法国北部克勒西战役(1346年)重创法军之地,也是最早使用长箭的战役之一。但是在黑斯廷斯之战时,尚未使用这种武器。

着的那类老式的,到近时当地羊市上最流行的时新的,应有尽有。屋子里点了六根蜡烛,烛芯比裹着它们的蜡油略小一点,都插在只有节假日、宗教节日和家宴才会使用的烛台上。这些蜡烛在屋子里的各处点着,有两根放在壁炉架上。蜡烛放在这个位置上,是有讲究的。蜡烛放在壁炉架上总是表明有聚会。

壁炉里面有根耐烧的粗大木头垫底,木头前面是着得通亮的荆棘,爆烈的声音恰似"愚昧人的笑声"①。

有十九个人聚在这儿。其中有五个妇人,穿着各种颜色鲜亮的长袍,一溜坐在沿墙的椅子上;怕羞的和不怕羞的姑娘们坐在窗前的凳子上;四个男的包括修篱工查雷·杰克、教堂执事伊莱加·牛、附近牛奶场主、羊倌的岳父约翰·皮切,懒洋洋地靠在长靠背椅里;一个小伙子和一个姑娘坐在墙角碗柜跟前,满脸羞红相互试探,商量着终身大事;一个年逾半百才订婚的老汉,这一处那一处心神不定地转悠着,目的是朝他未婚妻待着的地方蹭过去。大家都很愉快,因为无拘无束不受传统习俗的限制而更加高兴。相互的信赖和彼此的善意使大家心情十分舒畅,大多数人并没有任何表现和迹象希望在世上发迹,大展宏图,或者从事任何有损声誉的事情(眼下,这些通常都会破坏除社会两极以外所有人的风华和温良),因而都彬彬有礼,尊贵从容。

羊倌芬内娶了份好亲,他媳妇是相隔不太远一条山谷里那个牛奶场主的女儿,她过门时,口袋里装着五十个畿尼②,准备应付那个未来家庭的不时之需。这位节俭的太太对于聚会的方式真是煞费苦心。大家安坐不动自有它的好处,可是安坐在椅子上或者高背长靠椅里一动不动,很容易让男士们不知不觉就纵饮起来,有时会把家里的酒喝得一干二净。举行舞会是另外一个办法,这固

---

① 《圣经·旧约·传道书》第7章第6节:"愚昧人的笑声,好像锅下烧荆棘的爆声,这也是虚空。"
② 英国当时的一种金币。

然可以避免上面所说开怀畅饮的缺点,可是对于佳肴美味又有相应的不利之处:活动过分胃口大开,可要给配餐间招来劫难。羊倌芬内的媳妇只好求助于那种交叉进行的计划:一会儿跳舞,一会儿聊天,一会儿唱歌这样轮流着来。这一来,哪样儿也不会热火得不可收拾。不过这个谋略只限于她自己心知肚明;羊倌本人却是毫不在乎,一心只管慷慨款待客人。

拉提琴的是那块地方上的一个男孩儿,十二岁上下的年纪①,拉起捷格舞曲②和瑞乐舞曲③来,尽管他的手指过短,拉高音得经常移动指位,然后又缩回第一把位,弄得声音不是那么纯正,但却出奇地熟练,七点钟,小家伙就开始奏出他那尖厉的高音来了,教区执事伊莱加·牛事先考虑周到,早把他心爱的乐器蛇形管带来了,这时也用那嗡嗡的低音伴奏着。大家立即闻声起舞,于是芬内太太私下吩咐那两位演奏的人,决不要让舞曲超过一刻钟。

可是伊莱加和小男孩吹拉得非常起劲儿,把这个叮嘱早忘得一干二净。另外,跳舞的人中间还有那个十七岁的小伙儿奥利弗·贾尔斯,给他那位舞伴、芳龄三十有三的漂亮姑娘迷住了,毫不犹豫地把一枚崭新的五先令硬币塞给那两位乐师,为的是买嘱笼络他们只要还有气力就别停止。芬内太太看到客人脸上冒起热气来了,马上穿过人群去杵了杵提琴手的胳膊肘,又把手按在蛇形管的喇叭口上。可是他们俩都没理睬。她担心如果干涉过于明显,有损她这女主人和蔼可亲的声誉,也只好无可奈何地退回来坐下。于是舞曲越奏越狂热,跳舞的人也像天上的行星似地团团旋

---

① 作家哈代本人在此年纪时即常充任此种舞会伴奏。
② 捷格舞为一种古老的三拍子舞蹈,轻松快速,曾广泛流行于英格兰、苏格兰和爱尔兰,在爱尔兰流行最久。
③ 瑞乐舞为苏格兰与爱尔兰一种三拍子的民间舞蹈,节奏很快,音乐流畅,而爱尔兰的节奏更快。通常由两对舞伴对舞,有时多对参加。十八世纪末在英国舞厅颇为流行。

转起来,一会儿前进,一会儿后退,一会儿跳到最远点,一会儿舞到最近点①,一直跳到屋子尽头那座走得很好的钟上那根长针转了一小时的一个圆周。

就在芬内那所乡村房舍舞乐正欢的时候,房子外面苍茫的夜色中发生了一件对这场聚会颇有影响的事情。正在芬内太太对这场舞越来越热烈关切的当口,一个人影远远地从郡城那个方向朝高鸦坡这座孤零零的小山爬上来。这个人不停歇地冒着风雨大步疾走,他走的那条有些破损的小路刚好沿着羊倌的房子旁边迂回而过。

已经快到月圆的时候了,所以尽管天上布满雨云,户外一般的东西还是看得清楚。惨淡的月光照出这个孤单的行人体格柔韧;他的步履则显出他已经或多或少过了那种矫健敏捷的时期,不过情势需要的时候也还能够迅速动作。粗略估计,他可能四十岁左右。他身材显得高大,不过招兵的军士或是惯用肉眼测人高矮的人会看得出来,这主要是因为他身体瘦削,而他身高并不会超过五英尺八九英寸。

他的步子整齐匀称,可是走得小心翼翼,好像是在内心里摸索着通路似的;他穿的尽管不是黑色或者什么暗色的衣服,可是他身上总有点儿什么让人觉得,他自然而然属于那种身穿黑衣的族类②。他的衣服是粗斜纹布的,靴子底上钉有平头钉,可是从他走路的样子看,他倒不像个穿带钉子的鞋和粗斜纹布走惯了泥巴路的农夫。

他走到羊倌住处跟前的时候,雨下得或者说追他追得更急更猛了。房子周围的环境让风威雨势稍微减刹了一点,他于是停住

---

① 此处为借用月亮、卫星等运行在轨道上离其环行中心最远和最近地点的天文学名词。
② 当时英国和世界其它许多地方,城市中公务员、技术工人、教士等一般都穿着深色或黑色服装。

不走了。羊倌住宅最触目的是它那座没有树篱的花园前面犄角里那个空空的猪圈,因为在这一带地方,一般人都不在屋前弄点普通的东西把不大雅观的部分遮掩一下。小猪圈顶上铺的石板瓦给雨水淋湿发出的灰光,把旅客的目光吸引住了。他转过身去一看,见里面是空的,便站在那单坡屋顶下避雨。

  他站在那里的时候,近在眼前的房子里蛇形管的轰鸣声和提琴较轻的鸣奏声传了出来,瓢泼大雨飒飒地冲刷着草地,噼噼啪啪地敲打着小路边隐约可见八九十来个蜂箱上参差不齐的草顶和花园里的白菜叶子,雨水从房檐哗哗啦啦地流进并排摆在房子墙边的水桶和水盆里,这些声音和音乐交响共鸣。因为在高鸦坡和像所有这类位于高地上的住所一样,住家最大的困难就是缺水,所以每逢下雨就把屋子里所有能贮水的家什都找出来贮水。有些奇怪的故事还讲到,在夏天干旱时节,高地居民想方设法节约使用肥皂水和洗碗水,这是绝对必要的。但是在目前这个季节,就没有这种迫切的需要,只要把上天赐予的接受下来,就有充足的储备了。

  终于蛇形管的声音止住了,屋子里也安静下来。活动中断就把这个独行人从苦思冥想中唤醒,他好像有了新的打算,从猪圈中出来,沿着小路向屋门口走去。一到门口,他第一个动作是在那排装水的容器旁边一块大石头上跪下来,从一个容器里牛饮了一通。解了渴以后,他站起身来举手正要敲门,可是又停下了,眼睛对着门瞧着。木门黑黢黢的板面上根本什么也看不出来,所以很显然他是从心眼里在往里面看,似乎是希望估量一下,这样一所房子究竟包含着多少可能性,这些对他进去又会发生什么影响。

  他迟疑不决,于是转身看了看周围的情况,到处都见不到人。他脚下的园中小路通到下面,像蜗牛爬过的痕迹一样闪着微光。一口小井(几乎全干了)架上的盖板和门框顶上的板面也闪着同样暗淡的水光;而在山谷远处,露出比平常更甚的一缕微弱的白色,这表明草场上的河水上涨了。再往前去,则有不多几盏昏暗的灯火在急雨中闪烁——灯光指示了他离开的那座郡城所在的位置。那个方向是毫无声息,这似乎使他下了决心,于是他才敲门。

屋子里,东拉西扯的聊天已经取代了乐声舞步。修篱工正向伙伴们提议唱个歌,可是谁也没有响应的意思,所以这一敲门正好转移了目标。

"进来吧!"羊倌应声回答。

门闩咔哒一声打开了,我们那位行人走出夜色出现在擦脚门垫上。羊倌站起身来,随手剪去身边两根蜡烛的烛花,转身注视着他。

烛光照出的这位不速之客肤色深暗,面貌不能说不引人注目。他起始并未脱帽,帽子低低地压着,但并没有把眼睛遮住。这对眼睛大而坦诚,坚决果断,不是匆匆一瞥,而是炯炯一闪掠过整个屋子,他巡视了一遍,好像感到很高兴,随即摘掉帽子,露出他乱蓬蓬的头发,用深沉响亮的声音说:"雨下得太大,所以我请求让我进来,歇息一会儿。"

"当然可以,你这位生客。"羊倌说,"的确,你运气好,选了个好时候,我们因为办喜事,所以来了点儿跳跳蹦蹦的玩艺儿——当然,话虽这么说,一个人也不大会愿意这种喜事一年当中多过一次。"

"也不能少过一次。"一个妇人提高嗓门说,"因为顶好是早早成家立业,生儿养女,你越是能早早了了这桩差事,也就能早早了了这份儿劳苦啦。"

"那么是什么喜事呀?"那位生客问道。

"生了个孩子,受洗礼呢。"羊倌说。

这位生客表示希望主人在这种事情上不论孩子太多或是太少,都不要感到有什么不痛快,主人则示意请他喝杯酒,他立即接受了。他进门以前的态度一直是犹犹豫豫,现在可是完全不同,变得又随意又干脆了。

"横穿过这个山沟溜达晚了吧——嗯?"那位五十岁刚订婚的人说。

"正像你说的,师父,是晚了——如果你没有什么要反对的话,太太,我想坐在壁炉旁边;因为我让雨淋过的那一边全湿透了。"

羊倌芬内太太同意了,给这位不请自来的人让了个地方。他到壁炉旁边坐好了,就无拘无束大模大样地把四肢完全摊开。

"不错,我的鞋帮子都裂开了,"他看到羊倌媳妇的眼光落在他的皮靴上,就坦率地说,"而且大小也不合适。近来我日子不大好过,所以也只好将就着点儿,抓到什么就穿什么了,不过等我到了家,就得找身适合平常穿的衣着了。"

"住在附近吗?"她问。

"不太近——还要往上走呢。"

"我也这么想——我也不是附近的人;听口音,你是从我老家附近来的。"

"不过,你大概不会听人说起过我,"他马上说,"你看,太太,我比你岁数大多了。"

这样声言女主人年轻,就把她堵住不再刨根问底了。

"这儿只要有一件事就会让我高兴了,"新来的人接下来又说,"就是来点儿烟叶,说来抱歉,我的烟叶抽完了。"

"我可以给你装满烟斗。"羊倌说。

"我还得请你借个烟斗给我。"

"抽烟的人,咋不随手带着烟斗?"

"我在路上什么地方把它弄丢了。"

羊倌在一个新的陶土烟斗里装满了烟叶,一边递给他,一边说:"把你的烟盒递给我——我也把它装满吧,反正我也要装烟。"

这人把自己的口袋儿统统搜了一遍。

"也弄丢了?"主人有点惊讶地问道。

"恐怕也丢了吧,"这人回答,显得有点狼狈,"就用卷烟纸卷一点给我吧。"他就着蜡烛点着了烟斗,猛吸一口,把火苗都吸进了烟斗,然后又坐回壁炉旁边,把眼睛盯着湿裤腿上轻轻冒起的一股热气儿,好像不愿再说什么。

这时候一般客人都不大注意这位来访的人了,因为他们已经聚精会神地和乐队讨论起下一场舞奏什么曲子。问题解决以后,他们正要站起身来,这时门口传来一阵敲门声,把他们打断了。

听到这阵敲门声,壁炉边那个人立刻抄起拨火棍,拨弄起烧着的木头来,好像专心致志地那样干,就是他在那里的目的似的。羊倌第二次又这么说:"进来吧!"另一个人立刻出现在草编的擦脚垫上。他又是一位不速之客。

这个人和第一个人根本不是同一个类型的。他的言谈举止比头一个更为普通,他的脸带有一种快快活活四海为家那种人的神情。他比先来的那位大几岁,头发略显灰白,眉毛竖立,腮帮上的络腮胡子一直刮到耳根。他的脸膛相当丰满,有些虚松,但是整个看来却并非没有气势。鼻子周围有点"酒糟"的痕迹。他把他那宽大的灰褐色厚呢大衣向后一掀,露出里面从上到下穿的是一套浅灰色的衣服,表袋里吊着用某种金属或者可以打磨的材料制作的几个又大又沉的印章,作为自己惟一的装饰。他一边把光闪闪的浅顶礼帽上的水珠抖掉,一边说:"我得请你们让我在这儿暂避几分钟,伙计们,要不,我还没到卡斯特桥①,里里外外就得湿透了。"

"请你自便,师父。"羊倌说,大概有点不像第一次那样热心了,这倒不是芬内为人有丝毫的小气,而是屋子太小,空椅子又不多,身上湿漉漉的客人和穿鲜艳长袍的太太小姐们紧紧凑在一起太别扭了。

---

① 卡斯特桥,以哈代故乡多塞特郡城多切斯特为底本的市镇。

然而第二位来人脱掉大衣,把帽子挂在横梁上的一个钉子上,就像他是特地应邀把它挂在那儿似的。然后他走过来,坐在桌子旁边。为了把所有的空地方让给跳舞的人,桌子早已经推到壁炉紧跟前,所以桌子靠里的一边蹭着了稳坐在壁炉旁边那个人的胳膊肘;这样这两位不速之客就紧紧挨在一起了。他们互相点了点头,打破互不相识的隔膜,先来的那位把家用的大酒缸子递给自己的邻座。这是一只棕色的大杯,经过世世代代血肉之躯嗜饮成性的唇齿碰撞摩擦,它的上缘像门槛似的出现了磨损,圆形的杯身上还烧制着这样几个黄色的字迹:

我不来

这儿没趣

后来的那位很高兴地把缸子举到嘴边,喝了又喝,喝了又喝——直喝到羊倌媳妇整个脸上莫名其妙地发青;她一直看着这头一个生人随随便便地对那第二个借花献佛,心中不无惊讶。

"我早就知道!"这个好酒贪杯的人非常满意地对羊倌说,"我走到你的花园还没进来,就看见了那一大排蜂箱,那时候我就自言自语,'哪里有蜂,哪里就有蜂蜜;哪里有蜂蜜,哪里就有蜂蜜酒。'不过像这种真正让人陶醉的蜂蜜酒,我从前倒是从来没尝过。"接着他又举杯痛饮,直喝得缸子里所剩无几。

"你爱喝它,我真高兴!"羊倌热情地说。

"这是挺不错的蜂蜜酒,"芬内太太随声附和,不过缺乏那份热情,这好像是说,让地窖里藏的酒赢得赞美,可能代价花得太高了,"造这种酒太麻烦了——老实说,我简直不想再造了,因为蜂蜜好卖;我们自己嘛,有一丁点儿蜂蜜酒,再用洗蜂箱的水酿点儿淡蜜酒,凑凑合合通常也就行了。"

"哦,不过那样你就再也赢不得大家的心了!"身穿灰衣服的生客第三次举起缸子来一饮而尽,放下空缸子,然后带着责备的口气说,"我喜欢像这样的陈年蜜酒,这就像我每个星期天喜欢上教堂做礼拜,或是平时一周哪天都为人排忧解难一样。"

"哈,哈,哈!"坐在壁炉旁边那个人大笑起来,尽管那个装满烟的烟斗让他一直保持沉默,可是对这位伙伴小小流露的兴致,却不能够,或者说不愿意一声不吭。

那年月酿造的那种陈年蜜酒,用的是最纯的头年蜜或者头茬蜜,一加仑用四磅蜜——再加蛋清、肉桂、丁香、豆蔻、迷迭香、酵母等配料,经过酿造、装瓶、下窖储藏这些程序制成的,口味极其醇厚,可是喝起来并不像它实际上的那么有劲儿,所以坐在桌子边上那位身穿灰衣服的生客慢慢觉出了它那股偷偷上来的劲头儿,解开了背心上的纽扣,仰靠在椅背上,伸开两腿,使自己受到全面的瞩目。

"嗯,嗯,我说过,"他又说起来,"我是去卡斯特桥的,我必须去卡斯特桥。这时候我本来都差不多应该到那儿了,可是这场雨把我赶进了你们的家门;不过我可并不觉得后悔。"

"你并不住在卡斯特桥?"羊倌问道。

"现在还没有,不过我很快就会搬到那儿去了。"

"去那儿开个买卖吧,也许?"

"不会,不会,"羊倌媳妇说,"一眼就看得出来,这位先生挺阔,啥也不用干。"

穿灰衣服的生客打住了,好像在考虑是不是要同意她说他的这番话。他随即就反驳说:"说我阔,太太,这可不大合适。我干活儿,我还必须干活儿。甚至只要我半夜赶到了卡斯特桥,明天早晨八点我就得开始干活儿。是的,管它是天热还是下雨,刮风还是下雪,饥荒还是战乱,我明天一天的活儿也非得干完不可。"

"可怜的人呀!那么说,要是不看表面,你可比我们还孬呀!"羊倌媳妇应声说。

"我那个行当,性质就是这样,弟兄闺女们,因为我的那个行当性质就是这样,倒不是因为我穷。……不过,说句忠诚老实的话,我得起身走了,要不,我在城里就找不着住处啦。"不过,说这话的人并没有动,而且紧接着又加了一句,"我走以前还有时间为友谊再干一杯;要是缸子还没空,我立刻就干啦。"

"这儿还有一缸子淡酒,"芬内太太说,"我们把它叫淡酒,说实在的,它还是洗蜂箱的头一过水酿的呢。"

"不啦,"这位不速之客带着一副不屑一顾的神气说,"我不愿意喝你们这第二杯,免得破坏了你们这第一杯的盛情。"

"当然不用啦,"芬内插进来说,"我们又不是每天都生儿育女添丁加口的,我去再满一缸子。"他走到楼梯底下放酒桶的暗处。女羊倌也跟着他下去了。

"你干吗非要这样干?"等到只有他们俩,她就埋怨他说,"他已经喝完一大缸子啦,那里面盛的,本来十个人喝也够了;而且他对淡酒还不过瘾,一定要这种劲头足的! 还是我们谁也不认识的生人。我打心眼儿里就不喜欢那个人的样子。"

"可他是在咱们家,亲爱的,又在雨天晚上,还碰上命名洗礼。去他的吧,不过是一杯蜂蜜酒,又算得了个啥呢? 等到下一回熏蜂①,还会有更多呢。"

"那好——就这一次啦。"她回答道,还恋恋不舍地朝酒桶望了一眼,"可是,这个人究竟是干什么的,他从哪儿来,怎么偏偏这样跑来和我们掺和?"

"我不知道,我再问问他。"

芬内太太这一次可是稳稳当当地提防着那种倒霉事,不让穿灰衣服的那位生客一口气又把那大缸子酒喝得精光。她把准备让他喝的酒倒在一个小杯里,把大缸子搁得远远的,让他够不着。等他把那一小杯一饮而尽,羊倌又问起这个生客的职业。

---

① 熏蜂:昔日养蜂是以烧木柴冒出的烟把蜜蜂熏跑的办法取蜜。

他没有立刻回答,可坐在壁炉旁边的那一位却突然变得外向,说道:"谁都可以知道我的行业——我是造轮子的。"

"谁也可以知道我的——如果他们有眼力,能够看得出来的话。"穿灰衣服的生客说。

"要知道谁是干啥的,通常说来,看看他的手爪子就成,"修篱工一边说,一边看着他自己那双手,"我的指头上扎满了刺,就像旧针插上扎满了针似的。"

坐在壁炉旁边的那位生客的两只手这时不由自主地就藏到了暗处。他死盯着炉火,又抽起烟斗来。坐在桌子旁边的那位接上修篱工的话茬儿,说了句俏皮话:"说得对;不过我的行当有点怪,它的记号不是打在我身上,而是打在顾客的身上。"

谁也没有开口来解答这个哑谜,于是羊倌的媳妇又要求大家唱歌。这一次又和前一次一样,遇到了同样的障碍——一个人嗓子不行,另一个忘了第一行歌词,桌子旁边的那位不速之客这时精神抖擞,情绪高昂,出来打破了僵局,大声宣告:他愿意先唱一曲来给大家起个头。他把一只手的大拇指塞进自己背心的袖口,另一只手在空中摆动着,对壁炉架上那些闪闪发光的杖钩看了一眼,就唱了起来:

噢,纯朴的羊倌大伙听——
我的行当世上少,
我的行当真好瞧;
我把顾客牢牢捆,高高扯起往上吊,
送他们一个个上云霄!

他唱完了这一段,屋子里鸦雀无声——惟一的例外是坐在壁炉旁边的那个人,他一听到唱歌的人说了声:"帮腔!"就用深沉而又富有韵味的男低音随声唱道:

送他们一个个上云霄!

奥利弗·贾尔斯、牛奶厂主约翰·皮切、教区执事、五十岁刚订婚的老汉,靠在墙边的那一排年轻女子,似乎都沉浸在了并不是十分欢快的思绪里。羊倌若有所思地看着地下,女羊倌一双锐眼紧盯着那个唱歌的人,满腹狐疑。她琢磨不透,那位不速之客仅仅是凭记性唱一首老歌,还是根据此时此地的情景现编了一首新歌。所有的人都像伯沙撒盛宴①上的客人一样,对这个晦涩的启示大惑不解,只有坐在壁炉旁边的那个人安然不动地说:"第二段,生客。"又继续抽烟。

唱歌的人咂了咂嘴润润嗓子,照要求又唱下一段:

> 纯朴的羊倌大伙听——
> 我的家伙很普通,
> 我的家伙煞风景;
> 小小麻绳吊绳柱,
> 足够让我干营生!

羊倌向周围看了看,再也没有疑问了,这位不速之客是在用唱歌来回答他的问题。客人一个个都吓傻了,强压住惊叫。同五十岁老汉订了婚的那位年轻妇人走在半路上直发晕,本来她是可以一直走过去的,可是发现未婚夫没有那么敏捷的身手把她接住,就一下子坐在了地下,浑身哆嗦。

"啊,他就是那个——"后面的那个人低声说道,提到了一种不吉利的公职的名称。"他就是来干那个的!明天就在卡斯特桥监狱——那个人因为偷羊②——我们听说过那个可怜的钟表匠,他本来住在绍茨福德,没有活儿干——那个蒂摩西·萨默斯,全家

---

① 伯沙撒盛宴,巴比伦王伯沙设盛宴与群臣欢饮,因渎神而遭神谴,在粉墙上出现神示,但群臣中无人能解。事见《圣经·旧约·但以理书》第5章。
② 当时英国有两百种罪行须判死刑,偷羊即其中之一,直到二十世纪初其刑法才对这种罪行免去死刑。

都在挨饿,所以他就索性出了绍茨福德,在光天化日之下牵走了一只公羊,公然反对那个农场主和农场主太太和农场主的那个小子和他们中间的不管是谁。他(这时他们都朝那个从事要命行当的不速之客点了一下头)从他老家那边来这儿干这个活儿,因为他在那个郡城里没有多少活儿可干,我们郡城里干这个活儿的人死了,他现在补了那个缺;他去了还是住在监狱大墙下面的那所房子里。"

  穿灰衣服的生客并没有注意这番悄悄的议论,只是又舔了舔嘴唇。他见到只有坐在壁炉旁边的那位朋友还算对他愉快的心情表示了回应,就对这位很有眼力的朋友举起酒杯,这位朋友也举起了自己的酒杯。他们碰了碰杯,屋子里其余的人目光都注视着唱歌人的动作,他开口正要唱第三段,可是这时候门口又一次响起了敲门声。这一次敲得很轻,而且有些迟迟疑疑的。

  大家好像都给吓住了。羊倌带着惊慌的神气向门口望去,他费了些劲儿才抗住他媳妇那不大赞成的眼神,第三次说出了表示欢迎的话:"进来!"

  门轻轻地推开了,又一个人站在擦脚垫上,他和前面两个人一样,也是个生客,这一次来的是个瘦小个儿,白皮肤,穿一套还算像样的深色衣服。

  "劳驾能告诉我去到——"他这样开口,可是等他对屋子周围扫视了一遍,弄清他遇到的这一伙人正在做什么的时候,他的目光就落在穿灰衣服的生客身上。在这个当口,那个人正全心全意投入他那首歌,那么专心致志,简直没有注意到这突如其来的打扰,他大声唱起了第三段歌词,一下子把窃窃私语和追询探问全都压得无声无息了。

    纯朴的羊倌大伙听——
    明天是我的工作日,
    明天我就要上工;

> 有人宰了庄户人的羊，又有人逮着了偷羊人，
> 愿他的灵魂上帝能怜悯！

坐在壁炉旁边的那位不速之客情绪激昂地举起杯来，和唱歌人相互致意。他那么激动，把蜜酒都洒到壁炉里了。像以前两次一样，他又用他那男低音附和着：

> 愿他的灵魂上帝能怜悯！

这段时间，那第三位不速之客一直站在门口，因为他既没进来，又没把话说下去，那些客人就特别关注到了他。他们不禁大吃一惊，因为他站在那儿，吓得魂飞魄散——两个膝盖直打哆嗦，扶着门闩的手颤抖得那么厉害，震得让人都听见它嘎吱嘎吱的响声了；他张着惨红的嘴唇，两眼死死盯住站在屋子中间的那个高高兴兴的行刑官，又过了一会儿，他调转身来，把门关上就逃走了。

"这能是个什么人呢？"羊倌问。

其余的客人一方面觉得刚发生的事很可怕，另一方面又觉得这第三位来客行为古怪，看来好像都不知作何感想。大家都一言不发。他们不由自主地往后缩，离他们中间的那位阴森可怕的先生越来越远。他们中间还有人好像把他看做是恶魔一般，后来他们围成了一个大圆圈，把他远远地留在中间——

……一个圆圈，把魔鬼围在中央①。

屋子里寂静无声——虽然里面足有二十多人——什么也听不到，只有雨打护窗板的嗒嗒声，偶尔伴有零星落入烟囱掉在炉火上的雨滴的嗞嗞声，还有就是坐在壁炉旁边又抽起他那长杆烟斗的来客喷烟的声音。

沉寂出人意外地给打破了。远处传来一声枪响，在空中回荡——显然是从郡城那个方向传来的。

---

① 原文为拉丁文。

"糟了!"唱歌的不速之客一跃而起,喊了一声。

"那是什么意思?"几个人异口同声地问。

"犯人越狱了——就是这个意思。"

大家都仔细地听。枪声又响了,大家都没说话,只有坐在壁炉旁边的那个人平静地说:"我常常听说,在这个郡里碰到这种场合,他们总是开枪;可是我以前还从没听到过呢。"

"我不清楚,这是不是我的那个人?"穿浅灰色衣服的那个人嘴里咕噜着。

"一定是的!"羊倌不禁说了出来,"我们确实看见了他!那个小个子,他在门口朝屋里张望,等到他看见了你,听见了你唱的歌,他就浑身哆嗦啦!"

"还有,他的牙直打战,连气儿都喘不过来了。"牛奶场主说。

"还有,他的心在他的腔子里边像块石头一样沉下来了。"奥利弗·贾尔斯说。

"还有,他一溜烟就跑了,好像挨了枪子儿似的。"修篱工说。

"不错,他的牙直打战;还有,他的心好像沉下去了;还有,他一溜烟儿就跑了,好像挨了枪子儿似的。"坐在壁炉边的人慢条斯理地下了结论。

"我倒没注意到。"那个刽子手说。

"我们大家都很纳闷,他干吗那么害怕,一下子就溜了?"靠墙坐着的那些女人中间有一个畏畏缩缩地说,"现在可都清楚了。"

报警的枪声隔一会儿就传来一声,声音又低又沉,于是他们怀疑的事也就确定无疑了。穿灰衣服的那位不吉利的先生站起身来。"这儿有警察吗?"他瓮声瓮气地问,"如果有,请他站出来。"

那位五十岁刚订婚的汉子哆哆嗦嗦地从墙边站了出来,他的未婚妻则扶着椅背哭了起来。

"你是宣过誓的警察①吗?"

"是,先生。"

"那么带几个帮手立刻去追那个罪犯,把他带回这儿来。他走不了多远。"

"我就去,先生,我就去,等我拿了警棍。我先回家去取警棍,立刻就回这儿,然后和大伙一齐出发。"

"警棍!——别管你的什么警棍啦,那家伙就要跑得没影儿了!"

"不过没有警棍,我可啥也干不了——威廉,还有约翰,还有查理斯·杰克,是不是?不行;因为上面有漆着黄色和金色的王冠,还有狮子和独角兽的像,所以我举起警棍打犯人的时候,打得合法。我可不愿意没有警棍去抓人——不行,我不行。如果没有法律来给我壮胆,嘿,别说我抓不了他,他反倒可以抓我呢!"

"得了,我自己就是官家的人,可以给你充分的权力去干。"穿灰衣服的这位令人生畏的差官说,"快,你们全体,准备。你们有灯笼吗?"

"是——你们有灯笼吗?——我要一盏!"警察说。

"你们其余那些身强力壮的——"

"身强力壮的男人——是——你们其余的!"警察说。

"你们有什么结结实实的棍棒和堆草的叉子——"

"棍棒和叉子——以法律的名义!你们把它们拿在手里,去搜索,和我们一样,按照法律的命令去行动!"

那些男人经过这样一招呼,准备去追了。证据嘛,虽然是根据情况推测的,不过确也令人信服,根本不需要什么证据来向羊倌的那些客人证明。他们亲眼见到了这些,如果还不去追捕那个倒霉

---

① 旧时英国各教区都可任命警察,经宣誓即算正式就职,通常素质不高。直到一八七三年才由现代化郡警取代。

的第三个不速之客,那就很像是默认纵容①了,而他在这山路崎岖的地带,那时也不过逃出了几百码而已。

羊倌总都是备有灯笼的,于是他们匆匆点起灯笼,手持搭篱笆的木棍,拥出大门,朝着郡城相反的方向,沿着山脊追去。这时幸好雨已经小了一点。

刚刚受过命名洗礼的孩子让嘈杂的声音吵醒,也许是让洗礼的噩梦惊醒,这时在楼上的屋子里撕肝裂肺地大哭起来。悲痛的哭声从楼板缝中间传到了楼下那些女人的耳朵里,她们就一个接一个地飞奔上楼,好像很高兴得到这个借口,能上楼去哄哄那个婴儿,因为刚才那半个钟头里发生的种种事情让她们感到憋闷得慌。这样,楼下那间屋子里有两三分钟就空无一人了。

可是这种情况为时不久。杂沓的脚步声刚刚走远,从追踪的人去的那个方向,有一个人绕过房子犄角又转回来了。他从门口偷偷往里瞧了一眼,看见里面没有人,就从容不迫地走了进来。原来他就是坐在壁炉旁边的那位不速之客;他本来是和那些人一起追出去的。他的举动说明了他返回的目的:他从刚坐过的壁炉旁边的架子上切下一块面饼吃了起来,显然刚才他忘了带一块走。他又从剩下的蜂蜜酒里倒出了半杯酒,然后站在那里狼吞虎咽。他还没吃喝完,另外一个人同样悄悄地进来了——是他那位穿浅灰色衣服的朋友。

"啊——你在这儿?"后来的那位笑着说,"我还以为你带他们追捕逃犯去了呢。"说话人也显露出了他返回的目的:他急切地扫视四周,寻找盛着甘醇诱人的蜂蜜酒的大缸子。

"我以为你走了呢。"另一位一边说,一边继续使劲吞咽他那块面饼。

"我回头一想,觉得没有我,人手也足够啦,"穿浅灰衣服的人

---

① 默认纵容罪犯,依法也是重罪。

推心置腹地说,"而且又是这样一个大黑夜里。另外,管理犯人是政府的事儿,又不是我们的事儿。"

"不错,是这么回事儿。我也和你想的一样,没有我,人手也足够啦。"

"我可不想在这种荒山野岭东跑西颠,摔断胳臂摔断腿的。"

"咱们说句知心话,我也不想。"

"这些放羊的人都干得习惯了——这些头脑简单的人,你知道的,只要吆喝一声,立刻就会去干任何事情。天亮以前,他们就会替我把他抓回来,根本用不着我去麻烦。"

"他们会把他抓住的,我们在这种事情上丝毫不用费力气。"

"不错,不错。好啦,我是去卡斯特桥;我这两条腿也就只能走那么远啦。走同一条路吗?"

"不,我很抱歉!我得走那边回家啦,"(他说着含含糊糊朝右边点了点头)"我也和你的感觉一样,上床睡觉以前,这也够我这两条腿走的。"

另一位这时候也刚好喝干了大酒缸子的蜂蜜酒,于是他们在门口互相热烈握手,互相祝好,然后就各奔东西了。

这个时候,那追人的一伙已经追到雄踞这片高地牧场那座猪背岭的尽头了。他们本来就没有确定什么特别的行动方案;而且发现那个倒霉行当的人又不在自己一伙当中,这时似乎就不大能够做出这种方案了。他们朝着四面八方向山下走,马上就有几个人落进大自然专为夜间迷路的人在这个白垩地质构造区①设下的陷阱里。围着山头斜坡上的那些"尖突",或者说斜插着的石片,每隔十来码就有一处,让那些不大小心的人不知不觉就中了它的埋伏,踩在有这种碎石头的陡坡上,一失足就径直滑了下去,灯笼

---

① 白垩地质构造区,此种地质构造区土质结构松软,易受风雨侵蚀,形成坑洼不平的地表。

也就从他们手中掉进山谷,撂在那儿直到羊角架子烧掉了事。

等到他们再次聚到一起,对这一带最为熟悉的羊倌就出来领头,带着大家绕过这些凶险的山坡。灯笼好像有些晃眼,而且不但无助于他们搜索,反而让逃犯警惕起来,所以干脆都吹灭了。这样一来倒也清静;于是就这样更有秩序地下到了山谷里。这里杂草遍地,荆棘丛生,羊肠小道潮湿泥泞。谁都可以在那儿找到栖身藏匿之处;但是这伙人在那里搜寻一番一无所获,于是又从另一面上山。他们散开往前走,走了一段又聚在一起报告进展。第二次集合的时候,他们发现身边不远有一棵孤零零的榉树,在这条山沟一带,这是惟一的一棵树,大有可能是五十年前一只飞过这儿的鸟儿撒下的种子。就在这里,树干的一边站着一个小小的身影,和树干本身一样也一动不动,看来像是他们正在搜寻的那个人,他的轮廓在天幕下映衬得清清楚楚。这帮人于是不声不响地包抄过去,正面对着他。

"拿钱,还是拿命!"警察厉声对那个一动不动的人说。

"不对,不对,"约翰·皮切小声说,"我们这边的不该这么说。这是他那帮流氓无赖的规矩,可我们是站在法律一边的。"

"得啦,得啦,"警察不耐烦地说,"我总得说点啥呀,对不对?要是你心上整个压着那么重的任务,兴许你也会说句把错话的!——法庭的逃犯,快投降,以圣父的名义——我意思是说,以国王的名义!"

站在树下的那个人好像到这时才第一次注意到他们,他并没有给他们任何显示勇气的机会,反倒慢慢地向他们走过来。他确实是那个矮个儿,第三位不速之客;但是他已经不像刚才那样吓得发抖了。

"喂,过路人,我刚才听见的是你们对我说话吗?"

"一点不错。你得过来,我们要立刻逮捕你!"警察说,"我们抓你的罪名是不好好服从卡斯特桥监狱明天早晨对你执行绞刑的命令。乡亲们,执行任务,把罪犯给我抓起来!"

听到这个罪状,那个人倒好像轻松了,而且二话不说,表现出不可思议的礼貌,面对这个搜索队俯首就擒。搜查人员则手持棍棒四面八方把他团团围住,簇拥着他转回来,朝羊倌的房子走去。

他们回到那儿已经十一点了。他们走近房子的时候,就看见亮光从大开的门里照出来,里面传出一些男人的声音。这就是说,他们不在的时候又出了些新事儿。一进门他们就看见,羊倌的起居室里闯进了从卡斯特桥监狱来的两位差官,还有一位住在离他们最近的庄园里著名的治安推事,因为越狱的信息早已传开了。

"先生们,"警察说,"我已经把你们的犯人抓回来了——可不是没冒种种危险;不过人人都必须尽自己的职责!他现在给这伙身强力壮的男子汉包围起来了,尽管他们对官家的工作一窍不通,还是给我帮了大忙。弟兄们,把你们抓的犯人带上来!"于是那第三位不速之客给领到灯光前面来了。

"这是谁?"三位差官中有一位问道。

"那个人。"警察说。

"肯定不是。"监狱看守说,而且前面那一位证实了他的说法。

"可是,怎么会不是呢?"警察问,"要不然,他干吗一看见坐在那儿唱歌的那位行刑官就吓成那个样儿呢?"他在这儿又把绞刑吏唱歌的时候这第三位不速之客进屋的奇怪举止讲说了一番。

"没法明白,"那位差官冷言冷语地说,"我只知道,这不是那个判了刑的罪犯。他和这个人根本就不是一码事儿;那家伙瘦瘦的,黑头发,黑眼睛,相当漂亮,还有一副很好听的男低音嗓子,只要你听过一次,你一辈子也不会弄错的。"

"啊,伙计们——那就是坐在壁炉跟前的那个人呀!"

"嘿——什么?"治安推事走上前来问道,他刚刚向站在后面的羊倌催问过一些细节,"难道你到现在还没弄清楚那个犯人吗?"

"嗯,先生,"警察说,"他就是我们要追的那个人,一点不错;可是他又不是我们要追的那个人。因为我们追的那个人,并不是我们想要的那个人,先生,要是你明白我这普普通通的道理,那就好了;因为那是坐在壁炉跟前儿的那个人!"

"真是一锅糊涂粥!"治安推事说,"你最好马上动手去抓另外那个人。"

抓到的那个人此时头一次开口说话了。刚才他们提到壁炉旁边的那个人,这可比别的什么都让他动心。"先生,"他走向治安推事说,"别再在我身上找麻烦啦。现在到了我也可以说说话的时候了。我啥都没干;我的罪过就是:那判了刑的人是我哥哥。今天下午我离开家从绍茨福德一路走向卡斯特桥,要去和他永别。我一直走到天黑才到了这儿,想来歇息一下,再问问路。我一开门就看见那个人,我的哥哥,在我面前,他正是我想到卡斯特桥死囚牢去见的那个人呀。他坐在壁炉跟前儿;紧挨着他的就是那个死刑执行人,所以我哥哥如果想要逃也逃不出来;行刑人是来要他的命的,而且还在就这件事唱一首歌,可是并不知道坐在他身边参加帮腔装样子的,居然就是他的牺牲品。我哥哥给我丢过来一个难过极了的眼色,我懂得他的意思:'可别泄露你所见到的,这与我性命交关。'我吓得站都站不住了;也不知道我都干了些什么,转身赶快就跑。"

谈话人的态度和语气说明他说的是真话,他说的这件事让周围的所有人都留下非常深刻的印象。

"那么你知道你哥哥现在这个时刻在哪儿?"治安推事问。

"我不知道。我把这扇门关上以后就再也没见到他了。"

"这一点我可以证明,因为从那以后我们还一直在一搭儿。"

"他想朝哪儿远走高飞?——他的职业是什么?"

"他是个钟表匠,先生。"

"可他说是造轮子的——可恶的骗子。"警察说。

"他指的是钟表齿轮,没问题,"羊倌芬内说,"我想,干这一行,他的手一定是白白的。"

"嗯,依我看,把这个可怜人扣留在这儿,没有任何好处,"治安推事说,"无可怀疑,你们的任务是抓另外那一个。"

于是那个小个子立刻就给放了,可是看来这丝毫也不能消减他的忧愁。他现在比对他自己还衷心关怀的另外那个人,正是治安推事和警察密切注意的,而平息铭刻在他脑子里的愁烦,正是治安推事或警察权限范围以外的事。等到事情一完,那个小个子走了,已经是深夜了。到明天清晨以前这段时间再继续去搜查,并没有什么用处。

第二天,为了追捕那个聪明的偷羊贼,展开了全面紧张的行动,至少在整个表面上是如此。但是,打算施加的刑罚和所犯的罪行极不相称,所以当地很多老乡都对逃犯深深同情。不仅如此,他在羊倌家酒会上那种前所未见的环境里和绞刑吏紧密周旋所表现的不可思议的沉着果敢,也赢得了他们的赞美。因此,所有那些人在搜索树林、田野和街巷的时候装得那么忙忙碌碌,可是在私下盘查自己的阁楼和外屋①的时候,是不是十分彻底,也大可怀疑。有些故事传说,在远离大道某些树林丛生的古老小道附近,有时看见一个神秘人物;可是等到搜查任何一个这种可疑地点的时候,却又找不到任何人。这样多少天、多少星期过去了,也没有一点消息。

简单一句话,壁炉旁边那个嗓音深厚的人,从来没给逮住。有人说他渡海走了;另外一些人说他没有,只不过是隐身在稠人广众的城市之中。总而言之,穿浅灰色衣服的那位先生,既没在卡斯特桥完成原定他在翌日清晨要干的活儿,也从来没和在沟坡上那所孤零零的房子里共同歇息过一小时的那位亲切伙伴为了公务在任何地方碰过面。

---

① 指欧式建筑独立于主房或主楼之外的房屋、建筑。

羊倌芬内和他节俭成性的妻子坟墓上的草早已青青；参加洗礼庆会的客人大都追随招待他们的主人进了坟墓。在他们大家参加的那次洗礼中受洗的婴儿，现在已是老妪，像一片凋零的黄叶①，但是三位不速之客那天晚上到羊倌家里，以及后来与此有关的故事，在高鸦坡周围那一带地方仍然和以往一样家喻户晓。

(1883)

---

① 引自莎士比亚《麦克白》第五幕第三场。

古 堡 夜 会①

在蓝天的衬托之下,每向前跨进一步,古堡就显得更加雄浑高大,带着一副咄咄逼人的神气,强使人对它瞩目,并陷入沉思。目光固然可以转往另一个方向,可是决不会感觉不到它那沉重结实、赫然存在的威势。从古堡那边吹过来的飓风,径直穿过中间的平地迅速扑来,仿佛是它向这里呼出来的气息。由于流云的飘移浮动,悬岩绝壁的面貌也不断变换着它们的色彩和形状,原来笼罩在茫茫浓雾中的地方,豁然开朗大放光明,随后又依次化为令人黯然神伤的一片灰暗,这片灰暗逐渐扩展开来,把那些明亮耀眼的断崖峭壁又笼罩在阴暗之中。人们本以为这是万古如斯的景观,而实际上其中一切却都瞬息万变。

另一边是看不见的海洋地区,许多鸟儿从那里突然冲向天空,高悬在高地之顶,对这些早就习以为常的景色,无动于衷。在云层形成的茶色苍穹衬托之下,飞鸟的形体是白色的,它们飞掠的弧线说明,这是一群海鸥,由于预感到气候的压力,才飞向内地。鸟儿在古堡的后面飞升,流云又在鸟儿的后面升起,看来几乎就像是在用它那囊括一切的胸怀,抚慰那些升得最高的飞鸟。

这一硕大无朋的遗迹,从东面一英里的地方看去,整个轮廓清清楚楚,就像一座镶嵌的大理石雕塑。由于附带有那些突出部分,它的形状多种多样,从这附近看去,这些部分显出动物的小肉瘤、

---

① 此即美登堡,在多切斯特西南二英里,为英国现存最大古代土堡,面积逾一百英亩,有两道城墙环绕,有些地方更有三道,城墙高六十英尺。

粉刺、骨节和臀部的种种模样。它的确很像远古时代一个巨大的多肢体动物——外形有点像乌贼之类——毫无生气地待在那儿,上面覆盖着一层薄薄的绿衣,把实体掩盖起来,只露出外表。这种油绿色植被形成的暗淡外衣,向下延伸,直达平地。多少世纪以来,犁锄一直试图往上爬,近一点,更近一点,想爬到碉堡的基座,可是总在接近基座之前就突然停下了。为了完成包围而屡次耕出的犁垄,显得清清楚楚,它们要冲上斜坡,却总在下面弯过去,以更陡的曲线向上爬,直到陡峭的山坡挡住它们,它们那一道道平行线,看来就像是波浪的条纹,在翻起来的时候突然停住了。具有这样一些特点的奇特地方,就是"美登",意思是"大山堡",据说它就是托勒密著作中的达尼姆①,是杜若垂基人②的首府;它终于落入罗马的侵占之地,最后由于罗马人撤出不列颠而被遗弃。

黄昏过后是一个看不见月亮的黑夜,月亮没有放射光芒,但是也并非漆黑一片,只有一种暗淡而又四处漫延的微光,我安坐在一个离古堡一英里的小房子里,这时候从这儿已经看不见古堡了;然而,如同在白天一样,任何人只要一心想着它和它的伟大,它在过去时光那带有蛮荒粗野意味的伟大,这形体就在夜间薄雾后面坚持不懈地宣告它的存在,就仿佛它确实有声音在那样说似的。不仅如此,西南风③还径直从它的两侧吹过来,用水汽连续不断地滋润着夹在中间的这些已耕的平地。

专诚等待的午夜时分终于到了,于是遵照朋友白天向我提出的请求,向那座要塞走去。这是去赴一个约会。现在深夜降临,我

---

① 公元前二世纪古希腊天文学家、地理学家托勒密,在《地理》一书中论及罗马统治下的不列颠时总提到这一城市。
② 杜若垂基人为撒克逊人到达前在不列颠西南部地区生活的土著部落,首府在今多切斯特或附近。
③ 在英国,西南风来自大西洋,是湿润的海洋风。

倒有点后悔,不该前来践约。往那里去,一路上没有树篱①,也没有树——不必说,是一片荒凉。这条路在一大片一大片显得更黑的休闲地里向前延伸,月光可以照出淡淡的像一条丝带似的路面。道路从碉堡附近通过,可是并没有直接通向它的正面。这个地方没有人住,所以也就没有人行小道。于是离开碎石铺砌的大路,另行择路前进。我跨进休闲地里,跄跄跟跟拖着沉重的脚步走过去。古堡逐渐从暗夜中显现出来,好像一个刚刚醒来的巨人,问我要在那里干什么。由于距离近,它现在显得十分庞大,一眼都看不到全貌了。那耕过的地,坡度越来越大,最后就到了尽头,接着,开始是长着青草的斜坡基座了,于是我向上攀登,直犯美登古堡。

作为王国②境内古代英国最大的建筑,无疑在白天能给人以深刻印象,而此时则使人印象更加深刻。我站定下来,花了几分钟的时间,从它那久远年代,想到它那巨大规模,又从它那巨大规模,想到它那孤寂处境,同它相距越来越近,不禁使人怦然心动,无限悲怆。暴风雨的风头迎面扑来,宣告今晚夜空的水汽游动得很低。我十分吃力才爬上那斜坡,风却闹着玩儿似地一跃而下,甚至在这样的月色之下,也可以从枯萎芦草的一起一伏,看出它吹过的路径——在这块高地的绝顶,除了苔藓以外也就只长这种草了。攀登了四分钟,终于上到了一处有利的地形。这还不过是外城的城头。紧靠内侧的斜坡并不太陡,如果小心翼翼,是可以滑下去的。我就这样下到了又潮湿又寒冷的阴暗沟底,并且看出,这条沟本身像是一条曲曲折折的小巷,宽度容得下一辆大马车走过,地上密密麻麻长着草本植物,沿着两道同样弯曲的土墙,向左右两边伸出去,通向黑暗的远处。这条沟的两侧都这样紧逼高耸的土墙,它们森严壁垒,无比沉重,使人感到一种实实在在的压力。现在的路是

---

① 英国乡间道路两旁和农家周围多种植灌木,形成篱墙。
② 指大不列颠及北爱尔兰联合王国。

向上登堡垒的第二层,这第二层比第一层更陡更高,正如基督徒的同伴离开那样一座困难山一样。① 向旁边拐过去本来是比较自然的趋向,可是通向内部的路却是向上攀登。当然有一座通向古堡的大门,可是很远,在另一边。比较聪明的办法当然可能是到那里去寻找入口。

不过,既然到了这里,我就攀登第二道斜坡。一撮撮草梗像是山的灰色胡须,在我俯向地面的脸旁摇曳。这些各种各类的草——酥油草、狗尾草、稞麦——枯死的穗头一磕一点、一抽一抖,好像地下有根绳子牵动着它们。不多的几丛蓟草发出口哨般的呼啸,甚至苔藓,在狂风的摧压下,也在以它那谦卑的方式碎语低言。

我突然明白,已经到达第二道防线的顶端,因为从一个新的方向,顺着一道瀑布式的曲线,吹过来一股逆风。这一阵阵奇特的大风,仿佛拨弄竖琴似地触动整个古堡,从整个营垒或者说城堡里引发出一种声音。这大风一阵阵扫过,要站稳脚跟都有点困难。我抬头向上看了一下,发觉天空比刚才更加阴沉,顷刻之间,就在眼前这股疾风过后,突然令人惊异地出现了一阵死一般的沉寂。我利用这个机会侧身滑下第二道壕沟的外崖,一到达沟底,就发现这暂时的沉寂不过是一场暴风雨的前奏。我刚刚在第二道城壕站定,暴风雨就开始了,最先是整个大气层都翻腾起来,像一个精疲力尽的壮汉重整旗鼓,再显神威时的一声长啸。现在从天空射到这个场景上来的光线,已经同虚无飘渺的磷光相差无几了。

狂风加快了速度,离开原来在开阔高地上的自然路线,取道城壕,长驱直入,在里面东奔西窜,身后还带着一阵急雨,随着急雨又袭来冰雹,成群结队的冰雹掠过壕沟,又滚、又跳、又蹦、又飞,噼噼啪啪冲下壕沟两边的斜坡,那样狼藉不堪,一派混沌。在倾盆大雨

---

① 英国散文作家 J·班扬(1628—1688)的《天路历程》,叙述一个基督徒及其同伴受传播福音的人的指引,离开"毁灭之城"前往"天国之城"。途中历经艰险,包括翻越困难山。

和飞溅冰雹轰击之下,两边的土坡好像都在颤抖,其实这也不过是色厄在敲打周坦国度①的巨人而已。不等到暴风雨多少停息一点,是不可能继续前进了,于是我就停在壕沟内侧的一个小岔口上,很可能两千年前正是在这个地方,曾经树立过一道路障;我就这样等待着情势发展。

可以听见暴风雨像步兵巡逻队似的,不时围着古堡一圈又一圈——每圈足有一英里——呼啸着飞掠过去。毫无疑问,当年的确有这样的队伍在这条路上通过,可是在最近这段时期,进到这里来的却只有羊群和牛群的队伍,在这里,如今有时还能够见到它们,惟有它们发出的声音和正在穿过峡谷沟壑的一阵阵风声,这两种强烈洪亮的声音才有相似之处。

原在意料之中的闪电把周围照亮了,从那些隐蔽的穹隆中——如果确有穹隆的话——发出一阵阵隆隆声,响彻整个古堡。闪电忽隐忽现,从前面提到过的有关军人的想象出发,闪电与战斗中刀光剑影简直相似得出奇。它具有昔日在这里挥舞过的古代兵器那种同样的黄铜色调。这种具有金属色泽的火焰,如此突如其来走进现场,就像一位展览会的主持人走了进来,翻开地图,揭开图表,打开展柜,仅在揭示以前还一直莫测高深地遮盖着的他那一学科的材料,就顿时全部改观了。悬岩峭壁和土阜圆丘那轮廓分明的形状,现在第一次清清楚楚地展现出来——毫无疑问,在那些土丘上,经常有长枪和盾牌弃置于地,而它们的那些主人则在阳光照耀之下,松开鞋子,张开大嘴,伸开胳臂,永世长眠了。同样也是第一次,当年占据古堡的人使用过的真正大门突然一闪,就在前面不远的地方。

在那里,一座几乎是直上直下的门脸矗立着,好像万夫难开,

---

① 色厄为北欧神话中的雷神,周坦为北欧神话中的巨人族。

一道道护墙交叉重叠,宛如松松扣在一起的手指,而其中则有一条曲曲折折的小路——这种灵巧的构造,会使一个不明底细的人眼花缭乱,可是这种灵巧,即使是在那些还没有由于崩塌陷落而黯然失色的地方,现在也由于少数獾兔打出的几个洞穴而废毁了。当年的士兵一定在早晨走出这些大门去迎战韦帕辛①统帅下的罗马军团,晚上有些人不再返回,另一些人则带着他们的英雄业绩,鼓噪归来。可是也没有青史一页,也没有石碑一块来保存他们的英名伟业。

　　这天夜晚的听觉是多种多样的。我们几乎可以听到,岁月之流带着那些英雄业绩离开我们流向远方。在那个地点,那个门洞里,空中似乎飘荡着种种奇怪的发音;当年人们在那里进进出出的时候一定常常是笑语喧哗,群情振奋。还有一种无法消除的奇思妙想:它们就是人的声音;如果是,那么它们一定是至少十五个世纪以前人们谈话的时候振动空气产生的音波,滞留未逝。附近有个什么东西真在活动,吸引了注意力,使人不再对那个地方作只是渺茫的遐想。

　　闪电现在成了白色的,而且几乎连续不断,借着闪电不大强烈的光亮,我认出来,那是一个越来越高的小土堆。起初不过有一个人的拳头大小,后来达到一顶帽子的大小,然后下沉了一点儿,并且静止不动。原来不过是只鼹鼠在向上拱,它凭着某种本能,知道上边不会有人打扰它,才选择了这样一种天气在里面干活。随着细土一点点拱起来,拱起来,然后松松地落在一边,一些烧过的陶土碎片从土里边滚落出来,从前住在碉堡里的人使用的杯碗或其它容器,正是用陶土制成的。

---

① 韦帕辛为罗马皇帝(公元70—79年在位),继位前曾在克劳狄麾下任将军,参加远征。此次远征使不列颠于公元43年沦为罗马帝国之一省。

暴风雨来得猛烈，去得也突然，也算是两相抵消了。刚才几乎是牢牢实实地陷身于云雾弥漫、冰雹轰击之中，更有雷鸣电闪，而此刻我发现自己脱掉了潮湿的衣衫，赤身露体，面对明月柔媚的顾盼，每一片带有水汽的草叶和宛如雾凇的苔藓表面，都有月光晶莹闪耀。

可是我还没有到达堡垒的内部，于是此时就来攀登那迟迟没有登上的第三道，也就是最后一道壕沟的内岸，它比前两道都陡峭。第一道是一个斜坡，可以缓步走上来，第二道可以蹒跚登上来，可是这第三道却要手脚并用了。爬到顶上，就有一件东西闯入眼帘，它是进入古堡区域之后，说明目前确实已经到了十九世纪的第一个证据；这是立在一根杆子上的白色告示牌，借着西沉月亮的微光，刚刚能辨认出上面的字迹：

注意：——任何人如取走本土堡内之遗物、骸骨、砖瓦、石块、陶器或其它物品，或进行挖掘，一经发现，将依法予以检举起诉。

人到了这里就可以看得出来，现在脚下走过的地方和刚才的不一样：古罗马的断瓦残石虽然数量不多，但在草丛中仍然历历可见，足以证明这里确实曾有大厦矗立。在月光下，堡垒内部展现眼前，它如此宽敞，如此辽阔，仿佛真是一座山地高原，然而，它的范围却又全部在可以称作一座建筑的围墙之内。这是一个长久遭人进犯的残址；它的基石、柱础、门窗楣枋，甚至早在中世纪或现代历史开始之前就被搬运一空，用去建筑邻近的村落了。以前用来建造此地某个碉堡的石料，有许多现在都破开或凿小，成为周围远远近近的羊倌小房子壁炉架的一部分，这座异教祭坛的基石，也许垒成了附近某个村庄教堂的底层。

然而，这些内院和广场一概空空荡荡，它们只能作为牧场使用,这种情况却把残留的一切都保护起来,而这并非任何防御工事所能做到的。看不到留有任何人手可以攫取,气候可以侵蚀的东西,因此结果至少造成了亘古不变的大致轮廓,而这是其它任何条件都肯定无法达到的。

  这座古堡建在这样一座孑然独立的山丘上,说明远古有那么一个智力超群的人物,能够透视遥远的未来,做出深思熟虑,高瞻远瞩的战略决策。这周围田野的天然形胜和它同这样一座堡垒结成浑然一体,在这座古堡的宏伟设计付诸实现之前,显然早已在他的心中反复推敲,成竹在胸了。"把它建在这儿!"——不是在那边那个山丘上,也不是在后面那个山梁上,而是在超越一切、无与伦比的这个优胜的地点——说出这句话的是什么人呢?他究竟是柏尔吉族①或是杜若垂基族的一个伟大人物,还是不列颠联合部落②哪个萍踪浪迹的能工巧匠,这一定会永远是一个不解之谜;不可能知道他的模样,或是他的相貌,他把脚在地上砰地跺了一下,说"把它建在这儿",那时候他说的是哪种语言,也不可能知道了。

  古堡连最里面的一层也是那样宽阔,一个人粗略看上一眼,只会有一种仿佛站在一个微风习习的开阔高地之上的感觉;然而置身其中,孤独之感不禁油然而生,而一旦想到:深更半夜在这里面逗留的人,同任何亲朋同类都为这三道同心的土墙所隔断,而且想到:假使有个人遭到鬼魂追逐,从这里发出惨绝人寰的号叫,即使有谁听见了,也决不会想要在这样一个黑夜里攀登这几道土墙,那么孤苦伶仃之感就会更加沉重了。我走到一个中央的小丘或者说讲坛,这里是整个建筑的绝顶和主轴。如果是在白天,从这里举目四望,那一定几乎是无边无际。在这座隆起的高地、高台或检阅台上,一些竖琴大概拨出过优美的音调,对英勇、力量和残酷表示过

---

① 柏尔吉族为罗马人征服不列颠以前的当地土著民族。
② 不列颠联合部落为罗马人征服不列颠以前的当地部落。

祝贺,对威严、迷信、爱情、生和死表示过庆祝,而对于单纯的仁爱,则也许从未表示过庆贺。国王或者首脑,也一定曾经多次把他那锐利的目光,转向今日在远处依然可见的伊斯宁大路①这一条古道,守望着那些或是为了增援或是为了进攻而逐渐逼进的武装部队。

突然,一个声音叫出我的名字,使我大吃一惊。由这个地方而生的怀古幽情和思今遐想,一直使我茫然若失,竟然忘记了,这个小丘正是我前面谈到的那个约会的地点。我转过身来,看见了我那位朋友。他站在那儿,手里提着一盏带有遮光罩的提灯,肩上扛着一把锹和一把轻便鹤嘴锄。他见我真地来了,表示出高兴和惊讶。我告诉他还没变天以前,我就动身了。

恶劣天气,一团黢黑或者困难重重,对他来说好像都毫无关系,毫无意义,因为他整个身心都沉浸在他自己的深切意向中了。他请我拿着提灯,陪着他走。我拿过提灯,走在他的身边。他约摸六十岁,小小个子,老式的灰白络腮胡修剪成一对扫面包屑用的刷子模样。他全身穿着黑色绒面呢的衣服——此刻不如说是黑褐色,因为他从脚上直到那顶低顶帽子的顶上,都沾满了泥浆。他并没有注意到这些,除了他要做的事情以外,他什么都感觉不到,他为了他那件事热情洋溢,连眼睛里都闪着光亮,就像是山猫的眼睛,而且使他动作灵活,完全同运动员一样。

"在夜里这个时候,没有人来打扰我们!"他高兴得要命,咯咯大笑起来。

我们向后走了不远,发现了一个拐角,比周围的草地高出一点,在周围这一堆不成形状的东西中间,现出方方的模样。他告诉我,如果要有的话,这里就是国王原来的宫室所在的地方。后来经过三个月的测量和计算,他的这个结论得到了确证。

---

① 伊斯宁大路是罗马帝国占领不列颠时修建的大道,北起诺福克,南达海岸。

他现在让我揭开提灯的遮光罩，我照办了，于是灯光便照射在湿漉漉的草地上。我终于识破了他的行径，我说，我守约前来，根本没有想到，他在这样一个不同寻常的时刻和我会面，除了在这个古堡中一边漫步一边冥想以外，他还打算做别的事情。我问他，既然有了切切实实的目标，他为什么刚才还要顾虑扰不扰，而且不挑选白天的时间呢？他不动声色地指了指他那把锹，然后告诉我，他的目的是要挖掘，随后又皱着眉头对那边那个反衬在天空下显得萧瑟憔悴的告示牌点了一下头。我问他，作为一个专业的而且远近闻名的考古家，有学位有地位，而且这样干又得受严厉的处罚，那么他为什么不去获取必要的批准呢？他按捺不住高兴，又咯咯大笑起来，并且说："因为他们一向总是不肯通融！"

他说着立刻就挖起草皮来，等他拿起鹤嘴锄接着干的时候，又向我保证，处罚也罢，不处罚也罢，老实人也罢，强盗也罢，他反正相信一件事：天亮以前没有人会来打搅我们的工作。

我记得曾经听说过有这样一些人，他们因为热衷某种特别的科学、艺术或嗜好，丧失了道德感，而这种道德感本来是可以限制他们，使他们不至于沉湎其中达到非法程度的；我猜想，此时此地终于有了一个这样的实例。他现在或许在推测我的思路，因为他站了起来，郑重其事地声称，在这件事情上，他的意图是明明白白无可非议的；这就是发掘、研究、证实某种理论，或者放弃这种理论，然后重新掩埋起来。他的意思是说，不拿走任何东西——哪怕是一粒沙子。他说，他认为这不是什么十恶不赦的罪过。我问他，这真是对我作出的诺言吗？他重复我的话说，这是一个诺言。然后又接着挖起来。我在这件活儿上要出的力，就是让灯光老是照着他挖的那个洞。挖到约摸一英尺深的时候，他显得更加小心翼翼，并且说，不管东西是多是少，都不会离地面很深；这种东西从来都不是很深的。过了几秒钟，鹤嘴锄锄尖"咔哒"一声碰上一种像是石头的东西。他把这件工具抽回来，仿佛它已经创进一个人的躯体里似地动情。他拿起锹,小心翼翼地铲土,很快就露出了一块同祭坛一样平平的地面。他的眼睛中又一闪一闪地发起亮来,他抓了几把草,把那块地面擦干净,最后又用他自己的手绢儿擦了擦。他把我手中的提灯一下抓过去,让它紧靠着地面,这时灯光照出了一整幅镶嵌画——由一块块色彩斑斓、图案精美的细致方砖铺砌起来的地面,一件不惜手艺,不惜时间,不惜气力制作出来的作品。他大叫一声,说他早就知道,这不仅是一座凯尔特人①的堡垒,而且也是一座古罗马人的堡垒;很可能凯尔特人原来不过建造了一个大致的轮廓,罗马人占领后加以改建,才使它成为眼前这种堂皇壮丽的建筑。

我问他,如果是古罗马人的,那又怎样呢?

照他看来,那就大有讲究了。这证明在这场重大争论中,大家全都错了,而只有他一个人是对的!他要继续挖掘,问我能等等吗?

我同意了——虽然不大情愿,不过他并没有注意到我不情愿。他在紧靠洞口的旁边,又抢起他那些工具。这位有学问,有地位,受人尊敬的学者,干起活来就像一个壮工一样熟练。有时他跪下来用双手刨挖,好像兔子打洞,他那身老式的绒面呢衣服蹭到洞口的地方,沾上了湿土。他不断地低声自言自语,说这次发现是多么重要,多么了不起!他取出了一件东西,用同样原始的办法——用湿草把它擦洗了一遍,原来是一个半透明的瓶子,艳如彩虹。看到这个彩瓶,我的朋友不禁大为感伤地沉吟起来,他一点一点继续向前仔细搜寻,又发现了一件武器。说来真是奇怪,我们只不过剥离了现代沉积的一层外壳,竟然就看到了一个古老的世界。最后发掘出一具骷髅,相当完整,他把它摆在草上,一根骨头对一根骨头,

---

① 凯尔特人为英国古代居民,撒克逊人迁居不列颠后,被迫退居北部和西南部的威尔斯、苏格兰、爱尔兰等地。

原封不动。

  我的朋友告诉我,这个人一定是战死在这儿的,因为这里并不是埋葬死人的地方。他又转向那道壕沟,又挖又摸,后来从一个角落里掏出一个沉重的东西——一个四五英寸高的小像。我们像以前那样把它擦干净。这是一尊雕像,大概是金像,或者更有可能是镀金铜像——显然是尊墨丘利①神像,头上戴着带边帽,也就是那个有翅膀的帽子,墨丘利神通常都戴那样的帽子。更仔细察看一下,发现做工精美细致,而且因为保存在石灰质的土中,所以每一根线条都和它刚刚离开制作它的能工巧匠手中的时候一样崭新。

  我们看来好像站在古罗马城镇的广场上,而不是站在威塞克斯的一座山丘上。我们聚精会神注视古罗马帝国——甚至这个遥远的地方都曾经是它的一个组成部分——这个真正宝贵的遗物,根本没有注意当今世界上正在发生的事情,直到后来暴风雨又突然重新袭来,才提醒了我们。我抬头观望,看见乌云形成一个巨大的灭烛器②,从这个城池堡垒上空压下来,好像落在内城的边缘上,把月亮阻隔在外面,我把背转过去朝向暴风,仍然把灯光向洞里照。我的同伴在继续挖掘,对周围的一切无动于衷。他现在生活在两千年前,看不见当前的一切东西,把它们全都视做幻梦。直到最后,他精疲力竭地在我身边站起来,环视周围,看着他所做的一切。提灯的光线越过内槽,照在摊放在对面的那具高大的骷髅上,倾盆大雨把骸骨冲刷得又干净又光滑,额头、颧骨和骷髅上的三十二颗牙齿,在烛光下闪着微光。

  这场暴风雨和刚才一样,也是雨骤风狂,雹雨交加,而且也同刚才一样,突然停止。我们没有再挖。我这位朋友说,已经足够了——他已经证明了他的论点。他回过头去,准备把那堆骨头放

---

 ① 据罗马神话,墨丘利为诸神的信使,工匠和盗贼等的保护神。
 ② 指灭烛器的圆锥形状。

进沟槽里掩埋起来。可是他刚一碰,那些骨头立刻成了碎块,空气风化使它们解体了,他只得扫起那些碎块。他计划中的下一个行动则更加困难,可是他执行了。那些珍宝又分别埋进它们原来的小洞里:它们并不是我们的。每放一样东西都好像使他感到一阵刺痛,有一瞬间,我似乎看见,他把手插进他上衣的口袋里去了。

"我们一定得把它们全部都重新埋进去。"我说。

"哦,是的,"他大义凛然地说,"我在擦手。"

堡垒统帅府第那片镶嵌地板的绝美花砖,再次沉入黑暗之中;那条沟槽也填平了,湿土平展地铺在上面。他擦了擦额头上的汗,用的就是他曾经把刚才那具骷髅和铺地花砖擦拭干净的那条手绢儿。然后我们就朝城堡的东门走去。

我们到达开口处的时候,黎明突然展现在面前,它随着乌云逐渐消散,逐渐稀薄,姗姗而来,很快地我们全身都沐浴在粉红色的一片光明之中。他回家的路和我的不同,我们就在古堡外面那个斜坡下面分道扬镳。

我一边快步走着好使身体暖和起来,一边寻思着我那位行为古怪的朋友,心里不禁向自己提出这样一个问题:他真地把那个镀金的墨丘利神像,和其它一些珍宝一起,又放进去了吗?看来他好像放进去了;可是我证明不了这件事。无论怎样,他很可能是言行一致的吧。

我自言自语着,这件奇遇也就这样结束了。

可是还有一件事要说一说,那是七年以后的事了。我那位朋友去世的时候留下一批动产,其中有一件精心保存的镀金小铜像——墨丘利神像,上面标着"罗马衰败时期"。它何时为他所有,未附记录加以说明。神像遗赠卡斯特桥博物馆。

(1885)

萎缩的胳臂

一 遭遗弃的挤奶姑娘

这是一个有八十头奶牛的牛奶场,一群挤奶工,正式的和临时的,都在干活;季节虽然还不过是四月初,可放牧全在那些水浇地牧场上,所以那些奶牛个个都"奶水胀得鼓鼓的"。时间大约到了傍晚六点钟,那些大个头,红颜色,长方块的畜牲,有四分之三已经挤完了奶,这样大家就有机会聊聊天了。

"我听说,他明天真要把新娘子带回家来啦。他们今天已经从安格伯里动身了。"

声音仿佛发自那头叫做樱桃的母牛的肚子,不过说话的人可是一个挤奶妇,她的脸埋在那头一动不动的母牛肋条上。

"有谁瞧见过她吗?"另一个人问。

先说话的那个人说,没有。"可他们说,她真够得上是玫瑰脸蛋儿,樱草花球小身段儿。"她又这样加了一句。这个挤奶妇一边说,一边转过脸去,这样,她就可以从她那头母牛的尾巴旁边对场院的那一边瞟上一眼。那里有一个姿色渐衰的瘦削女人,大约三十岁模样,和别人多少分开了一点,正在挤奶。

"他们说,比他小好些岁呢。"第二个人接着说,也对那个方向投去意味深长的一瞥。

"那么,你说他多大岁数了?"

"三十上下吧。"

"更像四十岁,"旁边一个年岁大的挤奶男工插了一句,他罩了一件大围裙或者说"工作罩衣",帽檐向下耷拉着,看起来像是一个女人,"他出世的时候,水坝还没筑,我在那里提水的时候,还没拿大人的工资呢。"

议论越来越热闹,牛奶往下流的声音变得断断续续的了,这时从另一头母牛肚子那儿传来颇有权威的声音:"嗨,嗨,农场主洛奇的年纪,或者洛奇的新太太,究竟和咱们有啥关系?不管他或者她是多大岁数,反正我租他的这些奶牛,每头牛每年都得交他九镑。接着干你们的活儿吧,要不,咱们干不完天就黑了。晚霞已经把天都照红啦。"说这话的人是牛奶场的老板,这些挤奶的女工和男工都是他雇的。

谁也没有再公然大声议论农场主洛奇的婚事了,不过第一个说话的女工仍在她那头牛肚子后面对她的紧邻嘀咕:"她可不好受啦。"她指的是刚才提到的那个瘦削憔悴的挤奶女工。

"啊,不会的,"第二个说,"他已经有几年没同若达·布茹克说话了。"

挤完了奶,他们刷净了自己的奶桶,把它们挂在奶桶架上。它像通常的奶桶架一样,是用一根剥了皮的橡树枝做的,上面装着许多钩子,直直地竖在地上,像一盘巨大的鹿角。大多数人都朝着四面八方回家去了。那个一言未发的瘦女人,和一个约摸十二岁的男孩走到一起,他们俩也顺着那块场地走了。

他们走的路和别人不同,通向水浇牧场上面一块高出来的孤零零的地方,离爱敦荒原的边缘不远,当他们走到家门附近的时候,可以远远看见荒原那黑乎乎的影子。

"他们刚才在场院里说,你爸爸明天要把他那个年轻的媳妇儿从安格伯里带回来了,"那个女人说,"我想打发你到市场上去卖点东西,你准保可以碰见他们。"

"好吧,妈妈,"男孩儿说,"那么爸爸结婚了吗?"

"是……你可以看她一眼。要是你真看到她了,就告诉我她什么样。"

"好吧,妈妈。"

"她是长得黑还是白,个儿高不高——是不是跟我一样高。还有,她看起来是不是像一个靠干活儿吃饭的女人,或者是一个富裕惯了的人,从来没有干过什么活儿,显出一副太太的样子,就像我想的那样。"

"好。"

他们在苍茫暮色中爬上那座小山,走进自己的小屋。小屋四面是土墙,多次雨水冲刷,已经把墙面冲出一道道的沟纹和凹洼,原来那种平整的墙面,一点也看不见了,而上面铺草的房顶,时而露出一根椽子,像是一根骨头戳破了皮肤露在外面。

她跪在炉灶旁边,两块泥煤架在前面,煤块中间放着石楠的干枝,她用力吹那堆红热的余烬,一直吹到泥煤燃起了火苗。火光照亮了她苍白的脸颊,使她那对曾经看起来很漂亮的眼睛,好像又漂亮起来了。"是的,"她接着又说起来,"看她长得是黑还是白,还有,要是能够看得到,注意一下她那双手白不白,要是不白,就看看它们是不是做过家务活,或者是像我这双挤奶的手。"

男孩儿照样答应了,这次有点心不在焉,他母亲没有注意到,他正在用一把小刀,在山毛榉木靠背椅上刻一道槽子。

二 年轻媳妇儿

从安格伯里到霍姆斯托克的大道,基本都是平路,只有一个地方有个很陡的上坡道,使它显得不那么单调。赶集回家的农夫,一路都是小跑着,到了这段短短的陡坡,才牵着马步行爬坡。

第二天黄昏,太阳还挺亮,一辆崭新漂亮的轻便双轮马车,由一匹健壮的牝马拉着,沿着那条平川大道向西飞跑。这辆车车身是柠檬色的,车轮是红色的。赶车人是个年富力强的自耕农,胡子刮得干干净净,像个演戏的,脸色红润,略微发青。一个兴旺发达的农夫,在镇上做了几笔顺手的买卖回家,常常就是这样满面生辉。他身旁坐着一个女人,比他年轻得多,简直可以说还是一个女孩儿。她的脸上也很光鲜,但那完全是另外一种——柔媚缥缈,像是从一堆玫瑰花瓣透过来的光辉。

没有什么人这样赶路,因为这不是一条主要的大道。在这条沙砾铺成的白色长带上,他们前面空空荡荡,只有一个几乎并不活动的小黑点,它渐渐地变成了一个男孩儿的模样,好似一只蜗牛正在慢慢向上爬,而且不断地回过头来朝后面张望,他背的那个沉重的包,如果说不是他步履缓慢的理由,也可以说是某种借口。那辆欢腾跳跃的轻便马车,来到前面提到的那个陡坡下面,放慢了速度,这时那个步行的男孩儿在前面不过几码的地方。他一只手放在屁股上托着那个大包,和马并排走着,同时回过头来,死死盯住农场主的媳妇儿,好像要把她仔仔细细捉摸个透似地。

落得很低的太阳,迎面照在她的脸上,把她五官的每一个部分,从她那小巧鼻孔的曲线直到她那双眼睛的颜色都照得一清二楚。那个农场主,对男孩儿这样死乞白赖地盯着看,似乎感到恼火,可是并没有赶他走,吩咐他让路,因此这个小小子一直走在他们前面,他的眼睛一直盯着她,等到他们到达坡顶,农场主脸上露出放下心来的神情,撒开马小跑起来——从外表上看,不再注意那个男孩儿究竟怎样了。

"你注意到那可怜的男孩盯着我看的那副神气吗?"年轻媳妇儿说。

"是呀,亲爱的,我看见他是在盯着你瞧。"

"他是村里的人吧,我想?"

"是附近的一个人。我想,他和他妈妈住在一两英里远的地方。"

"毫无疑问,他知道我们是谁吧?"

"啊,是的,你一定得有准备,刚开始,人家会盯着你瞧的,我可爱的格楚德。"

"我有准备——不过我以为,这个可怜的男孩儿盯着我们瞧,可能是想让我们帮他带一下他背的那个沉重的大包,而不是出于好奇。"

"啊,不对,"她丈夫脱口而出,"这些乡下小小子,只要他们一上肩,就可以背上一英担①,另外,他那个包看起来很大,实际上并不那么重,好啦,再走上一英里,我就可以指给你看我们住的那所房子——要是我们赶到那儿天还不太黑的话。"

车轮滚滚向前,又像以前那样把砂土碾得向四周乱飞,终于出现了一所很大的白房子,房后还有专为干农活儿用的房子和干草堆。

这时候,那个男孩儿加快了脚步,在离这所白色农庄还有大约一英里半的地方,拐到一条小路上,向着那些比较贫瘠的草场爬上去,一直走到他母亲的那所小房子。

她干完了她当天在外面奶场上挤奶的活儿,已经回到家里,正借着逐渐昏暗的光线,在门洞里洗菜。"把这个网兜拿一会儿。"男孩儿刚一走进来,她没有先打招呼就这样说。

他赶忙扔下他那个大包袱,抓住盛菜网兜的边,她一边往兜里放正在滴水的卷心菜,一边继续说话:"嗯,你看见她了吗?"

"嗯,挺清楚的。"

"她像个太太吗?"

"嘿,不仅这样,还是个不折不扣的太太呢。"

"她年轻吗?"

"嗯,她已经是个大人啦。她那样子,十足是个女人的样子。"

---

① 一英担约合五十公斤。

"当然。她的头发和脸蛋儿是什么颜色?"

"她头发是浅色的,脸蛋儿就像一个活的玩具娃娃一样好看。"

"她的眼睛,那么,不是像我的眼睛这样深颜色的吧?"

"不,是浅蓝色的,她的嘴长得挺俏,笑起来露出一口白牙。"

"她个儿高吗?"她酸溜溜地问道。

"我看不见。她坐着呢。"

"那么,明天早晨你到霍姆斯托克教堂去,她一定要去那儿的。早点去,看着她走进去,回家来告诉我,她是不是比我高。"

"那好吧,妈妈。可是你干吗不自己去看看呢?"

"我去看她!她就是这会儿从我窗户前面走过去,我也不会抬头去看她。当然,她是同洛奇先生在一起。他说了些什么?做了些什么?"

"和平常一样。"

"没有注意你?"

"没有。"

第二天,母亲给孩子穿了一件干净的衬衫,打发他到霍姆斯托克教堂去。他到达这座古老小教堂的时候,教堂刚好开门,他就第一个走了进去。他在洗礼盘旁边坐下,看着教区所有的教民鱼贯而入。农场主洛奇几乎是最后一个走进来的,伴随他的那个年轻的媳妇儿,走进教堂走廊,脸上带着羞涩的神情,这对于一个第一次在众人面前露面的端庄淑静的女人来说,也是自然而然的事。大家的目光都盯着她,所以这个年轻人的注视,现在也就没有引起人们的注意了。

他到达家门口的时候,还没等走进屋子,他母亲就问了:"嗯?"

"她个儿并不高,还有点儿矮呢!"他回答说。

"啊!"他母亲满意地叫了一声。

"可是她很漂亮——很漂亮。说实话,她挺可爱。"自耕农的媳妇儿那种年轻鲜艳的神情,甚至对这个秉性多少有点严峻的男孩儿,显然留下了深刻的印象。

"这就是我想要听到的,"他母亲很快地说,"好啦,把桌布铺上。你用铁丝网抓住的兔子嫩得很,可是要小心,别让谁抓住你——你一直还没告诉我,她的手是什么样的。"

"我根本没见到。她一直没有脱下手套。"

"她今天早晨穿戴的什么?"

"一顶白帽子和一身银灰色的袍子。袍子蹭到教堂条凳上刺啦刺啦地响,声音那么大,那位太太自己听到这声音感到不好意思,脸红得比原先更厉害了,她把衣服拉起来,好让它别再蹭,可是她猛一下坐到她位子上,那刺拉声更大了。洛奇先生好像给逗乐了,他的背心露了出来,他那几颗金晃晃的大印吊着,就像一个大老爷的,可是她好像是希望她那件吵人的袍子放在哪里都成,就是别穿在她身上。"

"是吗! 不管怎么说,现在这就够啦!"

以后,这个男孩儿每次偶然碰见这对新婚夫妇,他母亲都要他陆续把他们的情况再讲一遍。若达·布茹克固然只要走上一两英里就可以很容易地亲自见到年轻的洛奇太太,但是她从没打算走这一点儿路,到农庄房舍所在的地方去。牛奶场的场院就在洛奇的第二个农场里,她每天在场院挤奶的时候,也从来不提最近办的这桩婚事。牛奶场老板租了洛奇的奶牛,对这个高挑挤奶女工的身世也知道得清清楚楚,他怀着男子汉的善意,总是不让奶场场院里的这些流言蜚语引起若达苦恼。但是洛奇太太到达以后最初那些日子,周围的环境老是充满这个话题。而若达·布茹克从她孩子的描述和其他挤奶工人偶尔露出的只言片语,也能够在心里描绘出对这个一无所知的洛奇太太的图像,就像照片那样逼真。

三 幻 象

新人回家两三个星期后一天晚上,男孩儿上床睡了,若达把泥煤灰耙出来放在面前,好让它们熄灭,她在那堆泥煤余火前面坐了很长时间。她就着那些余烬,按照她想象的模样,心里想着那个新媳妇儿,思考得那样聚精会神,竟忘记时间过去了多久,最后,由于一天工作的疲累,她也去睡觉了。

但是,这一天和前些天来一直萦回在她心中的形象,即使在夜晚也无法赶开。梦中,那个取她的地位而代之的格楚德·洛奇第一次来看她了。若达·布茹克在睡着以前确信自己真看见她了,而这是不足信的。她梦见这个年轻媳妇儿穿了一身浅灰色的衣服,戴着一顶白帽子,但是面容却歪歪扭扭,一塌胡涂,好像年纪很大,满脸皱纹。她躺在那儿,这个新媳妇儿就坐在她的胸脯上。洛奇太太的身体压得越来越重,那双蓝眼睛冷酷无情地死盯着她的脸,然后这个影子又嘲弄地向前伸出左手,好让她戴的那个结婚戒指在若达的眼前熠熠闪耀。睡觉的人精神上发疯了。身上那股压力直压得她几乎透不过气来,她拼命挣扎。一会儿压在她身上的那个梦魇退到床脚去了,可是仍然死盯着她,随后又逐渐移上前来,重新坐在她胸脯上,又像刚才那样晃着左手。

若达使劲喘着气,最后拼命挣扎,抽出自己的右手,猛地抓住面前这个影子伸出的左臂,迅速把它向后拧着朝地上摔,她自己一下坐起来,同时发出一声低沉的叫喊。

"啊,慈悲的上帝呀!"她叫着,坐到床边,出了一身冷汗,"这不是做梦——她到这儿来过了!"

甚至到现在,她都能感觉到她的胳臂在她紧握的手掌中挣扎——好像真是有骨头有肉似的。她看看地上,她曾经把鬼影摔在那儿,但是地上什么也看不见。

若达·布茹克那天夜里再也没睡。第二天清早她去挤牛奶的时候，大家注意到，她的脸色惨白，显得疲乏不堪。她挤出的牛奶颤颤悠悠地流进牛奶桶，她的手到那时还没有平静下来，仍然感觉得到那只胳臂。她回家吃早饭，就好像是到了吃晚饭的时候那样困。

"妈妈，昨天晚上你屋子里有声音，怎么啦？"她儿子问她，"你真从床上滚下来了吧？"

"你听见什么东西摔下来吗？什么时候？"

"刚好钟敲两点的时候。"

她无法解释，吃过早饭就一声不响地干起家务活来，男孩儿帮着她干，因为他讨厌到外面农场地里去，他不愿去，她也就惯着他。十一二点钟的时候，院子的门咔嚓一响，院门口站着她幻觉中的那个女人。若达好像一下吓呆了。

"啊，她说过她要来的！"男孩儿也看到了这个女人，大叫起来。

"这样说过——什么时候？她怎么知道我们？"

"我见过她，和她说过话。我昨天和她说过话。"

"我不是告诉过你了吗，"妈妈满脸通红愤怒地说，"不要和那所房子里的什么人说话，也不要走到那所房子跟前去。"

"我没和她说话，是她先和我说的。我也没有走到那所房子跟前。我在大路上碰到她的。"

"你告诉她什么啦？"

"什么也没有。她说，'你就是那天从市场上背回那么重一包东西的那个可怜的孩子吗？'她看了看我的靴子，并且说，要是走在湿地上，这靴子没法儿让我的脚不湿，因为靴子都那么破了。我告诉她，我和妈妈一起过，我们自己生活得够可以的了，事情就是这样。那时候她就说了，'我要去的，给你带双好点儿的靴子去，并且看看你妈妈。'不光给我们，她还给牧场上别的人送东西呢。"

洛奇太太这时已经接近屋门口了——不是满身绫罗绸缎,像梦中在若达卧室里那样,而是戴了一顶晨帽,穿了一件普通薄料子的袍子,而这比绸缎对她更合适。她胳臂上挎着一只篮子。

头天夜里所经历的事情,留下的印象仍然很强烈。布茹克差不多还以为可以从来访客人的脸上看到那些皱纹,那种蔑视,那种冷酷。如果能够躲开,她就会躲开,不和她见面。然而,这所小房子并没有后门,洛奇太太轻轻一敲门,孩子就立刻把门闩拨开了。

"我说呢,我找这所房子是找对了,"她一边说,一边瞅了一眼这个小小子,满脸含笑,"可是不到你开门,我还是没有把握呢。"

这种形象和举止行动同幻梦中的影子一模一样,但是她的声音那么甜,甜得简直没法形容,她的一顾一盼都那么逗人喜欢,她的笑容那么温柔,完全不像若达夜半梦中那个来访的贵人,若达简直无法相信自己的感觉是否正确了。她本来因为非常讨厌而想一躲了事,这时她却真正感到高兴,她幸好没有躲开。洛奇太太篮子里带来了她原来答应给孩子的一双靴子,还有别的一些有用的东西。

面对这些,证明她对别人有视同她的亲人一般的亲切友善的感情,若达的心不觉痛苦地责备自己。这个天真无辜的年轻人儿,应该得到她的祝福,而不是她的诅咒。她离开他们以后,屋子里好像少了一种光辉。两天以后,她又来了,想知道那双靴子是不是合脚;在那以后不到两个星期,她又来看了若达一次。这一次男孩儿不在家。

"我经常出来走走,"洛奇太太说,"你们的房子是我们自己那个教区以外离我们最近的了。我希望你身体很好。可是你看起来好像不太好。"

若达说她很好,的确,两个人比起来,她脸色比较苍白,可是她身体结实,身材高大,比起站在她面前的这位面容娇柔的年轻女人来,更有力量,更能耐劳。谈起谁强壮谁柔弱,谈话也就越来越亲密了。洛奇太太动身离开的时候,若达说:"我希望这里的空气对你合适,太太,希望水浇牧场的潮气对你没有害处。"

年纪轻的这位回答说,这倒没有多大的疑问,她总的健康状况通常都是很好的。"不过,你现在提醒我了,"她又接着说下去,"我有点小毛病,叫我闹不明白。它也并不是什么大不了的事儿,可是我就是弄不清楚。"

她露出她的左手和左胳臂,若达一看,就是她在梦中看见过并且猛地抓住的那只胳臂的样子。胳臂粉红圆润的表皮上,现出几个颜色不大健康的淡淡的痕迹,像是给猛力抓住过而留下的手印。若达的眼睛死盯在这些变了颜色的痕迹上。在想象中,她以为她从中辨认出来了她的四根手指头的形状。

"这是怎么弄的?"她不禁顺口问道。

"我也说不上来,"洛奇太太一边摇头,一边说,"有一天晚上,我睡得很熟,梦见我去到一个有些陌生的地方,突然我的胳臂猛地一疼,疼得很厉害,把我疼醒了。我想,大概是我白天里撞了一下,可是我也记不得这样撞过。"她微笑着又加了一句,"我对我亲爱的丈夫开玩笑说,看起来好像是他突然大发雷霆,在那儿打了我一下。噢,我敢说,很快就会过去的。"

"哈,哈!是呀……那是哪一天夜里有的?"

洛奇太太想了想,然后说,那是两个星期以前的一个夜晚。"我醒过来的时候,记不清我到过哪里,"她又加了一句,"一直到钟敲了两点,这才提醒了我。"

她说出了若达与幻影相遇的那天夜晚和具体钟点,若达觉得好像成了一个罪人。这样没有一点矫饰伪造就透露了真情,使她大为惊恐,但她并不把它设想为奇怪的偶合,闹鬼那天夜里的一切景象,都重新更加生动地出现在她心里了。

"啊,难道说,"客人走了以后,她自言自语道,"我能违反自己的意志,对别人施加邪恶的力量吗?"她知道,她失身以后,有人一直偷偷地把她叫做妖精；但是她从来不明白，为什么要把这恶名加在她头上，不去管它也就过去了。难道这就是原因吗？难道像这样的事儿果真以前也发生过吗？

四　建　议

夏天越来越近了，若达·布茹克几乎害怕再见到洛奇太太，尽管她对这个年轻的媳妇儿差不多可以说很有感情了。若达个人品格上的某些东西似乎要把她自己判为有罪。然而出于命运的安排，她有时离开家门不是为了上班，走着走着就走到霍姆斯托克附近去了；因此她们下一次会面也就到了户外。若达想避也避不开那个使她感到神秘的话题，说了不多几句话，她就吞吞吐吐地说，"我想，你的——胳臂已经复原了吧，太太？"其实她早已惊愕地发现，格楚德·洛奇的左胳臂有些直挺挺的。

"不，还没怎么见好。说实在的，根本就没有见好，倒不如说是更坏了。有时候痛得要命。"

"也许你最好还是去找个医生看看吧，太太。"

她回答说，她已经找过医生了。她丈夫坚持要她去找一个医生。但是那位外科大夫好像根本不懂那只有病的胳臂是怎么回事；他告诉她用热水浸泡；她也泡过了，但是这种治疗一点用处也没有。

"让我看看，好吗？"挤奶妇问道。

洛奇太太把袖子卷上去，露出有毛病的地方，就在手腕上面几英寸。若达·布茹克一看见它，几乎都无法保持镇静了。那并不是像伤口一样的什么东西，但是胳臂上那个地方现出干瘪的样子，那四根手指头的轮廓比前一次显得更清楚了。不仅如此，她还想象出，这些指印刚好就在她精神恍惚的那个时候使劲抓住的位置：第一根指头朝着格楚德的手腕，第四根指头朝向她的胳臂肘。

格楚德自己在她们上次会面之后,好像也感到这些印痕和什么相像。"看起来几乎就像手指印,"她说,接着淡淡一笑,"我丈夫说,好像是什么女巫,或者魔鬼抓住过我这个地方,把肌肉毁了。"

若达打了一个冷战。"那是胡思乱想,"她匆匆忙忙地说,"我要是你,我就不会在乎它。"

"我本来不应该那样在乎它,"年轻的那位迟迟疑疑地说,"要是——要是我没有一种印象,觉得它使我丈夫——讨厌我,不,不那样爱我。男人都那样喜欢考虑一个人的外表。"

"有些人是那样的——他就是一个。"

"是的;而且最初的时候,他对我的外表非常得意。"

"把你的胳臂遮着,别让他瞧见。"

"唉——他知道那儿破相了!"她竭力想不让人看见她眼里噙满泪水。

"好了,太太,我真心诚意希望这事儿马上就过去。"

就这样,这个挤奶妇回家的时候,又让一种可怕的魔力把自己的心同这件事情牢牢地拴在一起了。她宁愿嘲笑自己迷信,可是做了某种坏事的犯罪感还是增强了。若达在内心深处,并不完全反对她那位后任的花容月貌略微有点减损,不管是出于什么方式;但是她不希望使她遭受肉体上的痛苦,因为,虽然有了这个年轻漂亮的女人,洛奇再也不可能就他自己过去对若达的所作所为给予任何补偿,但是在这个年长女人的心里,对别人完全出于无心的篡夺行为所怀有的任何愤恨,都早已烟消云散了。

如果这位温柔善良的格楚德·洛奇知道了卧房里的那场梦,她会怎么想呢?和她保存友谊,而又不把这件事告诉她,好像就是不仁不义;但是她自己又不愿意主动地去告诉她——而且她也想不出什么补救的办法。

那天晚上她大部分时间都在思索这件事情,第二天,挤完了早晨那班牛奶之后,由于有一种可怕的魅力把她拉向洛奇太太那里,她就动身出去,想看看是不是能够再见格楚德·洛奇一面。挤奶妇从远处遥望那所房子,终于能够辨认出农场主的妻子独自一人骑马外出——大概是到远处的农场和她丈夫碰头。洛奇太太看见了她,就策马朝她这个方向慢慢跑来。

"早上好,若达!"格楚德跑过来的时候说,"我正要去看你呢。"

若达注意到,洛奇太太握住缰绳都有些困难。

"我希望——那只有毛病的胳臂。"若达说。

"他们告诉我,可能有一种办法,我可以找出它的原因,这样就可以把它治好,"另一位忧心忡忡地说,"那是去找爱敦荒原上的一位聪明人。他们不知道他是否还活着——这会儿我一下想不起他的名字来了。但是他们说,你比附近不管谁都更了解他的情况,可以告诉我,是不是还可以找他请教。哎呀——他叫什么名字?可你是知道的。"

"不是纯德法师吗?"她瘦削的脸变得惨白了。

"纯德——对了。他还活着吗?"

"我相信他还活着。"若达勉勉强强地说。

"你为什么把他称作法师?"

"嗯——他们说——他们一向说,他是个——他有别人没有的魔法。"

"唉,我们那些人怎么那样迷信,要介绍这种人?我原来以为他们说的是个什么行医的人呢。我不想再找他了。"

若达看来松了一口气,洛奇太太骑马走了。挤奶妇听说别人提出向她打听这个法师,这时,她就从内心感到,工友中间一定有某种冷言冷语,说一个女巫会知道那个魔法师的下落。那么,他们是在怀疑她。不久以前,这种事不会让她这个明理的女人在意。但是,现在她可有一个死死纠缠她让她迷信的理由了。她感到突然恐惧起来,害怕这个法师会指名道姓,说她是那个正在摧毁格楚德美貌的恶人,因而使她那位朋友永远恨她,把她看成是化作人形的魔鬼。

但是所有一切都还没有完结。过了两天,午后的太阳透过窗户照进来,在若达·布茹克家的地上照出了一个黑影。这个女人立刻开了门,几乎都喘不出气了。

"你一个人在家吗?"格楚德问道。她看来也同若达·布茹克本人一样焦虑急躁。

"是的。"罗达说。

"我胳臂上那块地方看来好像更糟了,这让我很苦恼!"这个年轻的农场主太太继续说,"它是多么神秘呀!我真希望它不会是一种不治之症。我一直又在考虑他们所说的纯德法师的事。我并不真信那种人,但是我觉得,只是去看看他并不碍事,出于好奇吧——不过决不应该让我的丈夫知道。到他住的地方去远吗?"

"是的——有五英里地呢,"若达迟迟疑疑地说,"在爱敦荒原尽里边。"

"嗯,我应该步行去。你能和我一起去,帮我带带路吗?——比如说,明天下午?"

"啊,我不行;那是——"挤奶妇低声咕哝着,感到惊恐起来。她突然觉得很恐惧,害怕她在梦中采取那种猛烈行动的事会泄露出来,那样,在她那些最肯帮忙的朋友们眼中,她的人格就完了,再也没救了。

洛奇太太催促她,若达虽然非常担心,最后还是同意了。这条道路对她说来固然很伤心,可是她的恩人那种奇怪的病有可能治好,她不能够蓄意挡她的道呀。最后两人同意,为了避免别人对她们这种不可思议的意图产生怀疑,她们决定在荒原边沿一块林地的角落上会合。从她们现在站着的地方就可以看见那个角落。

五　纯德法师

在第二天下午以前,若达本来可以做出一些事情来,好逃避这次寻访。但是她已经答应了要去。不仅如此,如果真能有助于找到一种可能的方法,弄清她自己的究竟,也许可以发现她在那个神秘莫测的世界里还是一个人物,比她过去对她自己设想过的更加了不起,这本身有时就具有一种可怕的诱惑力。

快到她们约定的那个时间,她出发了,经过半小时轻快的步行,她走到了爱敦荒原向东南伸展的地方,那里有一片枞树林。一个身材娇小的人,穿着外套,戴着面罩,早已到了那里。若达一看到洛奇太太用吊带把左胳臂吊着,几乎全身打了一个哆嗦。

她们两个人几乎没有讲什么话,就立即开始爬坡,朝这片森严肃穆的荒野腹地走去。这片地方居高临下,俯视她们半小时之前刚刚离开的那片冲积而成的富饶土地。这是一次长途跋涉;乌云使整个环境显得阴暗,虽然这时还不过刚到下午。风在荒原的斜坡上凄厉地嚎叫,这个荒原未必就不是那个目睹过威塞克斯国王伊那的痛苦的荒原,而后世则把伊那描述为李尔①。格楚德·洛奇说话最多,若达只是用简单几个现成的字眼回答。她有一种奇怪的厌恶心理,不愿走在这个同伴吊着那条有毛病的胳臂的那一边,一不小心靠近那条胳臂了,她就转身走到另一边去。下坡走向一条车道的时候,她们的脚扫着了许多石楠。她们要寻找的那个人的房子就在路旁。

他并不承认他开业治病,或者关心与此相关的任何事情。他直接关心的是经营常青棘、泥煤、"粗砂"等土特产品。的确,他假

---

① 李尔为传说中的大不列颠国王,英国许多史学家和诗人都作如是说,莎士比亚并写有悲剧"李尔王"。后来历史学家凯敦(1551—1623)把李尔王说成是威塞克斯国王伊那(678—726 年在位)。哈代此处是引用这一说法。

装并不相信自己的神力,人们请他治疗瘊子,这些瘊子奇迹一般地消失了——必须承认,的确是消失了——他会轻描淡写地说:"噢,我不过沾了你的光,为了它们喝了一杯烈酒而已,也许这不过是机缘吧。"而且马上就转换话题。

她们到达的时候,他正好在家,事实上是看着她们下到他这条山谷里来的。他胡须灰白,脸色红润。他一见到若达,就用一种奇特的眼神盯着她。洛奇太太告诉他,她来是干什么的。他一边嘴里叨唠着说着自己不行,一边又检查她的胳臂。

"药可治不了它,"他立刻说,"这是一个仇人干的。"

若达缩作一团,倒退了两步。

"一个仇人?什么仇人?"洛奇太太问道。

他摇摇头。"那你自己最清楚,"他说,"要是你愿意,我可以把那个人给你指出来。不过我自己并不会知道那是谁。别的我干不了,也不想干。"

她催着他干。于是他告诉若达,让她在外面她现在站的地方等着,然后把洛奇太太领进屋里。屋门马上开了,而且后来一直留着一道缝儿,因此若达没有跟在他们一起,也可以看见他们在干些什么。他从食具柜里拿出一只平底酒杯,装上大半杯水,并且拿出一个蛋,用某种不让别人知道的办法摆弄了一番,然后就着玻璃杯的边缘把蛋敲破,让蛋清流进去,蛋黄留在蛋壳里。因为天越来越暗了,他就把酒杯和酒杯里的东西一起拿到窗前,告诉格楚德仔细地观察水里的东西。他们俩一起靠在桌子上,挤奶妇能够看见蛋清在水里下沉的时候形状不断变化泛起的乳白色,但是她离得不够近,看不出它成了什么形状。

"你看的时候,能够看得出像什么人的脸或者模样吗?"法师对年轻的女人说。

她小声回答,声音轻得若达听不见,并且还继续全神贯注地看着杯子里面。若达转过身去,向远处走了几步。

洛奇太太出来了,阳光照在她脸上,在荒原景物忧郁暗淡的色调衬托之下,她的脸显得特别惨白——和若达的脸一样惨白。纯德在她走出之后把门关上了,她们立刻一起回家。但是若达看得出来,她的同伴完全变了。

"他收费很多吗?"她试探性地问道。

"啊——不——没花钱。他分文不取。"格楚德说。

"那么,你看到什么啦?"若达问道。

"什么——什么我也不乐意说。"她那种小心谨慎的样子很明显。她的脸板着,一下变老了,有点像若达卧室中的那张脸。

"是你首先建议到这里来的吗?"洛奇太太停了很久以后突然问道,"如果是你首先建议的,那该多怪呀!"

"不是。但是把一切都考虑在内,我们来这里,我并不觉得抱歉。"她回答。她忽然第一次有了一种胜利感,她一点也不悔恨,她身边的这个小东西该知道,并不是她们自己,而是别的什么有影响力的东西,使他们不相容。

在回家去的这条漫长而又累人的路上,再也没有提到这个话题了。但是,那年冬天在那片有很多牛奶场的低地上,以这种或那种方式悄悄流传着这样一个故事:洛奇太太的左胳臂慢慢不中用了,是因为若达·布茹克用"目光震慑"住了。若达对于那场梦魇保有她自己的想法,但是她的面容越来越愁苦,越来越消瘦。到了春天在霍姆斯托克附近就再也见不到她和她那个男孩儿了。

六 第二次尝试

大约过了五六年,洛奇先生和太太的婚后生活平淡乏味,而且更糟。农场主常常闷闷不乐,沉默寡言;而那个女人,以前由于风度和美貌而受到他热烈追求,这时左臂已经变形,不成样子。不仅如此,她也并没有给他生孩子,这就大有可能使他在大约二百年来占有这个河谷的家族中,成为末代子孙了。他想起若达·布茹克和她的儿子,害怕这可能就是上天对他的判决。

过去一向心情轻快、头脑开明的格楚德,逐渐变成了一个容易激动、思想迷信的女人,她全部时间都用来为治她的病痛做试验,采用她碰上的任何一个江湖医生的药方。她暗怀着痴心梦想,希望至少挽回她身上原有的某些美貌,来赢得他回心转意,因此她的私室里摆满了各式各样的瓶瓶、包包、药盒、药罐——不仅这些,还有一包包神秘的草药、种种小装饰品和宣讲妖术的书籍,要是在学生时代,她一定会嘲笑说这些东西都是愚蠢胡闹。

"见鬼。看吧,这些药房乱配的药和巫婆胡弄的水,哪一天不把你自己毒死才怪呢。"她丈夫偶尔看到那一排又一排的玩意儿就这样说。

她并不回答,只是用那样一种痛心的责备神情,向他投去悲哀而又温情的一瞥,所以他对自己的话感到歉意,又加了一句:"你知道,我这不过是为了你好,格楚德。"

"我要把这些劳什子一古脑儿都清理出来,全部毁掉,"她哑着嗓子说,"再也不试那种药方了!"

"你得有个什么人,让你高兴起来,"他说,"我曾经想抱养一个男孩儿,可是他现在岁数太大了。而且他走了,我也不知道,现在他在什么地方。"

她猜到了他指的是谁;因为这些年来,她已经知道了若达·布茹克的事儿,虽然她丈夫从来没有就这件事和她交谈过一个字。她也从来没有对他说过,她曾经去拜访过纯德法师,也没说过那个孤零零地住在荒原上的人给她透露过什么,或者她以为给她透露过什么。

她现在二十五岁,但是她看起来要老得多。"六年的婚姻,不过几个月的爱情。"有时她这样自言自语,于是她想到那个显而易见的原因,看看自己那条日益萎缩的胳臂,满怀悲哀地说,"要是我能够再变回原来的模样,就像他第一次见到过的那样,那该多好呀!"

她顺从地毁掉了那些丹方符咒,但是仍然保留着一种热切追求的愿望,想试试另外的东西——完全不同的另一种疗法。自从若达并不心甘情愿地领着她去拜访过那位离群索居的人以后,她再也没有重访纯德。但格楚德现在突然想起,她可以再作最后一次绝望的努力,来废除这种看来像是受人诅咒的灾祸,如果他还活着,就再去找找他。他应该得到某种信任,因为他在酒杯中造出的那个不大清晰的形象,毫无疑问是和一个女人相像,虽然那时她还不知道,可是她现在知道了,世界上只有那个女人能够有理由对她不怀好意。是应该再去拜访一次。

这一次她是一个人去的,不过她在荒原上几乎迷了路,比她应该走的路多绕了很远的一段。然而,最后总算到达了纯德的那所房子。他不在家,不是在屋子里等她。他那伛偻的身影,指明他在那个地方干活儿,她走了过去。纯德还记得她。他把他收集的常青棘根放下,堆成一堆,提出要陪着她朝她回家的路上走走,因为路程很远,而天时又不早了。这样他们就一起走着,他的头几乎都要够到地面了,而且他的外表和地面是一个颜色。

"我知道,你可以把瘊子、瘤子消掉,"她说,"为什么不能把这个消掉呢?"她说着就露出了胳臂。

"你把我的力量想得太大了!"纯德说,"我现在是年纪又老,身体又弱。不行,不行。我亲自干,干不了。你试过些什么办法?"

她时时变换,用过上百种治病的药物和驱邪的符咒,她给他举出了几种,他摇了摇头。

"有一些是够好的,"他用赞成的口气说,"可是其中有许多不是这样。这种病是一种萎缩性的,不是创伤性的,而且只要你一下把它摆脱了,那马上就会完全好了。"

"要是我能那样该多好！"

"我所知道的，只有惟一一种机遇能行。治疗类似的病痛，这个办法从来没有不灵的——我完全可以这样说。不过，可不容易实行，特别是一个女人。"

"告诉我吧！"她说。

"你必须用那条胳臂去接触一下上了绞刑的人的脖子。"

他讲的这种办法，把她吓了一跳。

"要在刚从绞刑架上放下来尸体还没有冰凉的时候。"法师无动于衷地继续说。

"那样做有什么好处呢？"

"它可以调理血脉，改变体质。不过，我刚说过，这是很难的。你得在有绞刑的时候到监狱去，在那里等着把人从绞刑架上放下来，好多人都那样干过，不过也许没有像你这样漂亮的女人。我一向打发皮肤有毛病的人去，总有几十人了。不过，那都是以前的事儿，我打发去的最后一个人，是在一八一三年——都差不多有十二年啦。"

他再没有对她说什么，然后把她送上一条笔直回家去的路，就转身离开了她，和第一次一样，一文钱也不肯收。

七　骑马赶路

这番话深深地印在格楚德的心里了。她的性格有点怯弱，大概这个术士所能够推荐的一切疗法中，没有任何一种能像这种办法那样，使她充满反感，更不用说实行起来会遇到那不计其数的障碍了。

到郡城所在地卡斯特桥有十二英里或十五英里。虽然在那个年月，犯盗马罪、纵火罪、夜盗罪的人都要处死刑，一场巡回审判很少有不判绞刑的，但是，没有别人帮忙，她大概没法接近犯人的尸体。而她又害怕她丈夫会大发雷霆,所以不愿意把纯德的建议向他或他周围的人透露一个字。

她等了几个月,什么也没做,只是像以前一样,耐心地忍受着破相的痛苦。但是,她毕竟是一个女人,从天性来说,总想恢复自己的秀美姿容,重新得到爱情(她还不过二十五岁呀),这种渴望不断地刺激她,要她尝试一下这种无论如何也不大可能使她受到任何伤害的办法。"用魔法降临的,也一定得用魔法赶走,"她会这样说,可是她的想象里一出现这种行动,她就恐惧退缩,不敢正视这种可能性。随后,法师讲的"它可以调理血脉"这句话又来了,好像它能够变成一种符合科学的解释,而不是一派胡言乱语。同时想克服病痛的愿望也催促她去尝试尝试。

那个时候,郡里只有一家报纸,她丈夫也只是偶尔借阅一下。但是过去也有过去的办法。人们广泛使用口舌传递消息,从一个市场到另一个市场,从一个集市到另一个集市,所以一有执行死刑这类事情快要发生,方圆二十英里之内,几乎没有人不知道这种马上要来的热闹场面,哪怕远在霍姆斯托克,也有些热心的人,据大家所知道的,步行去到卡斯特桥,一天之内走个来回,就是为了看看那场热闹。下一次巡回审判定在三月;格楚德听说审判已经举行了,一找到机会就偷偷地向酒馆客店打听审判的结果。

然而,她已经太迟了。行刑的时间已经到了,走那么一段路,还要在那样短的时间内就能获准进去,那至少要得到她丈夫的帮助。她可不敢告诉他,因为她刚稍微一试探就已经发现,农村中此类迷信的念头,只要一提就使他火冒三丈,一半原因是他自己对这类念头也半疑半信,因此她只好再等另一次机会。

她听说,就在霍姆斯托克的这个村子里,多年以前有两个患癫痫病的孩子曾经去过,而且效果很好,尽管附近的教会人士强烈谴责这种作法,这种事情还是使她的决心得到鼓舞。

四月、五月、六月都过去了,可以毫不夸张地说,到了六月底的时候,格楚德简直是在热切希望把什么人处死。她平时每天晚上都做常规的祈祷,这时她却不知不觉地这样祈祷起来了:"啊,上帝,快把一个什么人绞死吧,管他有罪还是无辜!"

这一次她更早就开始打听,她的作法也更加按部就班。不仅如此,当时正是夏季,处在储草和收获之间,她丈夫有空闲时间,常常离家在外度假。

巡回审判是在七月份,她又像以前那样到客店去打听。只判了一个死刑——仅仅一个——罪名是纵火。

她最大的问题倒不是如何去卡斯特桥,而是采用什么办法可以获准进入监狱。虽然为了这种目的而提出进入监狱,这种申请以前从来没有遭到过拒绝,可是这种习俗现在已经不时兴了。她考虑到可能遇到的困难,差不多又要迫不得已只好回过头来去依靠她丈夫了。但是,她对巡回审判的事情稍微一试探,他就显得很不愿谈论,比以前更加冷淡,所以她没往下再说,决定不管要做什么,她都自己一个人去做。

一向冷酷无情的命运,对她出乎意外地好转了。死刑定在星期六,星期四的时候,洛奇先生对她说,他要再离家一两天,到集市上去做点生意,并且说他很抱歉,不能带她一起去。

这次她表示非常乐意留在家里,这使他感到惊讶,盯着她直看。她以前对于失去这种短途旅游的机会,总是表现出强烈不满的。然而,他慢慢恢复了他一向沉默寡言的态度,到了所说的那一天,就离开了霍姆斯托克。

现在该轮到她了。她最初想赶车去,可是仔细一想,又觉得不行,因为那样她就得走税卡路,她那鬼鬼祟祟的使命让人发觉的可能性就要增加十倍了。本来在结婚之前,她丈夫答应过要经常留一匹牝马供她骑用,而这时在她丈夫的几个马厩里,却找不出这样一匹牲口,无论想象多么出格,也难以认为适用女人骑乘,尽管如此,她还是决心骑马,并且避开人们常走的路。她丈夫有许多拉车的马,很好的驭马,留下的马匹中间有一匹可以使唤,这是一匹体型高大的亚马逊牝马,马背宽得像一只沙发,她小有不适的时候,偶尔也骑过出去换换空气。她挑上了这匹马。

星期五下午,马夫把它牵来了。她已经穿戴停当,临走前她看着那条干瘪的胳臂。"唉呀!"她说,"如果不是为了你,我就不会去受这一趟可怕的罪啦!"

她带了几件衣物,打了一个小包,趁这个机会对仆人说:"我去看一个朋友,怕今天晚上回不来,所以带了这些东西。要是我十点钟还没回来,不要惊慌,像平日一样把家门关好。明天我肯定会回来。"她打算在以后私下告诉她丈夫,做完了的事就不像计划要做的事了,他差不多肯定会宽恕她的。

于是,这个多少有些忐忑的格楚德·洛奇离开了丈夫的宅院。但是,尽管她的目的地是卡斯特桥,她却没有走直路经过斯蒂克福到那里去。她耍诡计最初走的路刚好是相反的方向。然而,她一走到人们看不见她的地方,就向左拐,走上去爱敦荒原的路,刚要走上荒原的时候,又拐一个弯,走上真正要走的路,向正西方走去。很难想象出,到郡城去还有比这更隐秘的路了;至于方向,她只需要把马头牢牢对准太阳右边一点就行。她懂得,她随时可以遇到砍常青棘的人或者村里人,问问他们就可以使自己不会走错了路。

虽然说来那时离现在还不太久远,可是远远不像现在这个样子把地面都分成了小块小块的,人们想在低坡上开垦,不管结果是成功还是失败,都把原来的荒原分割成许多互不相连的小荒原。而那时候,这些不太盛行,那时还没实现圈地法,田埂和树篱都还没建立起来;不像现在这样,村民的牲口不能享有从前在公有地上放牧的权利,那些享有泥煤开采特权的人自己的大车也不能随便到处走,保证他们一年到头都有东西烧。因此格楚德骑马走去,除了带刺的常青棘丛、一片片石楠、白色的渠道、地表上自然的悬崖和斜坡以外,并没有别的什么障碍。

她那匹马,虽然是一匹驭马,脚步很重,走得也很慢,但却从容不迫,步子很稳。如果不是这样,她就不敢端着一条萎缩半死的胳臂,骑上它走这样一片村野荒地了。因此,她快要离开荒原下到满是耕地的山谷之前,走到了荒原通向卡斯特桥的路上最后一块边远的高地,勒住缰绳让她的坐骑喘口气。这时候,已经快到八点钟了。

她停在一个叫做灯草池的水塘边,池的两侧是两道围篱的尽头,一道围栏通过池的中心,把水池分为两半。从围栏上面望过去,则是市镇上房屋的顶,房顶中有一道平平的白墙,那就是郡监狱的入口。这道白墙墙头上,有几个小黑点在移动;看来他们像是几个工人在竖一个什么东西。她觉得毛骨悚然。她缓慢地下山,不久就走到玉米地和牧场中间了。半个小时以后,格楚德走到城市这一边的第一个客店白鹿客店,这时差不多已是暮色苍茫了。

她到达这里并没有激起什么人感到惊讶。那个年月,农夫的妻子骑马赶路,比现在要多,虽然别人根本想象不出洛奇太太已经身为人妻了。客店老板以为她是一个轻率莽撞的年轻女人,到这里来看第二天的"绞刑盛会",她丈夫和她本人都没有在卡斯特桥市场上做过买卖,所以没有人认识她。下马的时候她看到一群男孩儿就在客店前面围在一个马具店的大门口,兴趣盎然地在朝里面看。

"那儿在干什么?"她问客店的马夫。

"搓绳子明天好用。"

她马上有了反应,心猛地跳了起来,并且把胳臂缩回来了。

"事情完了以后,这根绳子要一寸一寸地卖,"那个马夫接着说,"要是你想要,小姐,我可以给你弄一段。"

她赶紧打消了任何念头,主要是因为她不知道怎么忽然有了一种奇怪的感觉,好像那个判了死刑的可怜人的命运,和她自己的命运交织在一起了。她订了一个房间准备过夜,然后坐下寻思。

究竟应该用什么办法获得允许进入监狱,一直到现在她连哪怕是最模糊的一点概念也没有。她忽然想起那个神通广大的人说过的那番话。他曾经暗示过,她可以利用她的美貌——尽管遭到了损害——作为开门的钥匙。她没有经验,狱卒、狱吏她都不认识。她曾经听人讲起过一个郡长和副郡长,但是也只是模糊地提到。然而她知道,一定有一个绞刑吏,于是她决定去找绞刑吏。

八　水边隐士

　　在那个年月以及几年以后,几乎每个监狱都有一个绞刑吏。格楚德经过打听才知道,卡斯特桥的那个官吏住在悬崖下面那条很深、很缓的河流旁边一个孤独的小房子里,悬崖上面就是监狱的所在。而那条河,虽然她并不知道,就是灌溉下游斯蒂克福和霍姆斯托克那一带草场的同一条河。

　　格楚德换了衣服,没吃没喝就出发了,因为不把某些具体事情定下来,她是吃不进,喝不下的。她沿着河边的一条小路走向所说的那所房子。走过监狱附近,在天空的映衬下,可以看得出来,在门道上面的平房顶上,有三个长方形,她远远望去,有几个黑影在那里活动,她认出了竖起的东西是什么,于是快步走过去。再走了一百码,她就到了执刑人的房子,这是一个男孩儿指给她的。房子就在同一条河流的旁边,靠近一座堤坝,河水流过堤坝不断发出轰隆的声响。

　　她站在那儿犹豫不决,这时门开了,一个老人走了出来,用一只手遮住一根蜡烛。他从外面把门锁上,转身登上一座木踏板楼梯,楼梯固定在那所房子的边上,他开始上楼,显然这是通往他卧室的楼梯。格楚德赶忙上前,但是等赶到楼梯下面,他已经上到楼梯顶上了。她高声叫他,声音很响,可以盖过堤坝那边的轰鸣,好让他听见,他俯视下面问道:"你来这儿有什么事?"

"和你说一分钟。"

烛光这时照在她仰面朝上颜色惨白而且带着乞求神情的脸上,戴维斯(大家都这样称呼这个绞刑吏)又走下楼梯。"我正要睡觉去了,"他说。"'早睡早起'嘛,可是为了像你这样的一位,耽搁一分钟,我是不会在乎的。进屋里来吧。"他重新打开门,把她领到屋子里面。

他平常干活的工具,也就是短工花匠的工具,摆在墙角,他大概看出了她像个乡下人,于是说道:"要是你想找我去干乡下的活儿,我可不能去,因为我从来没有离开过卡斯特桥,为高贵的或是低微的人去干——别找我吧。我真正的职业是执法官。"他正式地加了一句。

"是呀,是!是那样。明天!"

"啊,我想是这么回事。好吧,那怎么办呢?关于绞索的事儿,到这儿来没有用——一些人不断到这儿来,可是我告诉他们,这根绞索也好,那根绞索也好,只要是套在耳朵下面,都是一样仁慈的。那个不幸的人是个亲戚吗?或者我该说,也许是(他看了看她的装束)你雇用的一个人?"

"不是的。绞刑在什么时候执行?"

"和以前一样——十二点,或者说只等伦敦来的邮车一到就执行。我们总是等邮车到,准备等缓刑令。"

"噢——缓刑令——我希望没有!"她不知不觉这样说了出来。

"好吧——嘻——嘻!——当做公事办,我也这么希望!可是不管怎样,如果说一个年轻小伙子应该得到从轻发落的话,这个小伙子就应该,才刚刚十八岁嘛,而且只是碰巧在草垛着火的时候在那儿。不管怎——么说,缓刑并没有多大的危险,因为他们是不得已,拿他来杀一儆百,这些日子像那样破坏财产的事儿太多啦。"

"我的意思是,"她解释说,"我想摸摸他,作为治病的法术,治一种病痛,有一个人证明,这种疗法很灵,是他出的主意。"

"噢,是的,小姐!现在我懂了。前几年有这种人来找过我。可是我想不到,你会是个需要调理血脉的那种人。是怎么不好?这种事搞错了,我可担着责任呢。"

"我的胳臂。"她很不情愿地露出那块干瘪的皮肤来。

"啊,这就是胳臂萎缩!"绞刑吏一边观察一边说。

"是。"她说。

"好吧,"他很感兴趣地接着说,"我不得不承认,这真是个很好的病例!我喜欢这种伤的样子,就我所见过的来比较,这确实真正适合作这种治疗。告诉你来这儿的,不管他是谁,可真是一个有见识的人。"

"你能费心帮我把要办的都办好吗?"她屏住呼吸问。

"你应该去找监狱长,和你的医生一起去,说出你的名字和住址——要是我记得不错,一向都是这么办的。不过,也许我能帮你办,只要很少一点费用。"

"噢,谢谢你!我宁愿这么办,因为我愿意保密。"

"不让情人知道,嗯?"

"不是,是不让丈夫知道。"

"哈哈!好极了。我一定让你摸摸尸体。"

"它现在在哪儿?"她一边说一边颤抖。

"它?你意思是说他吧,他现在还活着。在上面那个暗处,就在那个小矮窗后面。"他指着悬崖上面的那个监狱。

她想起她丈夫和她那些朋友。"是的,当然啰,"她说,"那么,我怎么进行呢?"

他把她领到门口。"看,你可以等在那堵墙上的小门旁边,你往上走,在那个小巷里就可以找到,不要迟过一点钟。我从里边把那个小门打开,因为不把他放下来,我是不会回家吃饭的。晚安。

要准时到;要是你不想让别人看见你,你就罩块面纱。嗯——我有一阵子有过你这么个女儿!"

她走了,爬上上面的那条小路,想自己先去弄清楚,好在第二天能够找到那扇小门。小门的轮廓,她很快就看得见了——是在监狱外面围墙上的一个小缺口。这是很高的一个陡坡,她爬到小门旁边,停下喘了一会儿气,她朝后面望了一下水边的那所小房子,看见绞刑吏又在爬他户外的楼梯。他进了楼梯顶上的那个阁楼,或者屋子,过了几分钟,他的烛光就灭了。

郡城的钟敲了十点,她像她刚到的时候那样,回到了白鹿客店。

九 不期而遇

星期六中午一点钟。格楚德·洛奇像前面说过的那样,得到允许进入监狱,坐在第二道门里面一个会客室里,这道门建在条石砌成的古典式拱廊下面,在当时看来,拱廊还是比较新式的,门上有几个字:"郡监狱;1793 年"。这就是她前一天从荒原上看到的那面墙。旁边有一个通道,通向竖着绞刑架的房顶。

城里面人山人海,市场暂时停业了,但是格楚德几乎没有见到一个人,她在屋子里一直待到约定的时刻,然后就动身去到指定的地点,她走的那条路避开了悬崖下面那片开阔地带,观众那时都汇集在那里,但是她甚至能听得见那里人声鼎沸。喧嚣声停顿的时候,一个沙哑的粗嗓子大叫了一声:"临死前最后说话,认罪!"并没来缓刑令,绞刑已经执行了,但是大伙还在等着,想看看尸体怎样卸下来。

不久,这个苦苦等待的女人听到头顶上有脚步声,然后就有一只手招呼她,她随着这只手的牵引,走了出去,穿过门房外面铺平了的院子,她的双膝发抖,简直走不动了。她一只胳臂露在袖子外面,只用披肩盖着。

她现在来到的地方,有两个支架,她还没来得及想这两个支架是干什么用的,就听见沉重的脚步在她背后什么地方下楼。她没有转过头去,或者无法转过头去,就用这种姿势僵在那里,她模模糊糊感到有四个人抬着一个粗糙的棺材和她擦肩而过。棺材敞开着,里面躺着一个年轻小伙子的尸体,身上穿着一件农民干活穿的长罩衫和一条粗斜纹布马裤。尸体是匆匆忙忙扔进棺材的,所以罩衫的下摆吊在上面。这副沉重的东西暂时搁在支架上。

这个年轻女人现在处于这样一种状态:好像有一阵灰色的雾在她眼前浮动,因为这个缘故,再加上她又戴着面纱,她简直分辨不出任何东西,她好像已经快要死了,只是由于某种电流刺激才支撑着缓着没有断气。

"来吧!"紧靠她身边有个声音,她刚刚能意识到,这句话是对她说的。

她拚命使出最后的一点气力,向前走去,就在这个时候,她听见背后有人向她走过来。她露出她那只倒霉该死的胳臂,于是戴维斯揭开罩在尸体脸上的布,拉过格楚德的手举着,好让她的胳臂绕过死者的脖子(脖子周围有一圈印痕,像还没熟透的黑莓果那种颜色的一道线),把胳臂贴在这圈线上面。

格楚德尖叫了一声:法师预言的"调理血脉"实现了。但是就在这个当口,第二声尖叫响彻这个围墙里面的整个空间,它不是格楚德的喊叫。这一声尖叫使她大吃一惊,不禁往四处看。

紧靠她身后,站着若达·布茹克,她的脸歪扭着,两只眼睛因为哭泣而红肿起来了。若达身后站着格楚德自己的丈夫,他的脸上布满皱纹,两眼黯然无光,但是并没有眼泪。

"见鬼!你来这里干什么?"他声音沙哑地问道。

"臭婊子——现在到我们和我们孩子中间来了!"若达大叫,"这就是魔鬼在幻梦中显示给我的意思!到头来你还是像她!"她一把抓住这个年轻女人袒露出来的那只胳臂,把她死命地向后拉,一直把她顶到墙上。布茹克刚一松手,年轻虚弱的格楚德就滑溜下来,瘫靠在她丈夫的脚上,他把她抱起来的时候,她已经不省人事了。

一看见那一对,就足以提醒她,死去的年轻人是若达的儿子。在那个时代,罪犯处死之后,他的亲属只要愿意就有权要求领回尸体下葬,因此洛奇同若达一起在等待验尸。这个年轻人被拘留之后,若达就把他叫去了,以后又在不同的时候叫去过几次,而且审判期间,他还曾经在法庭出席。这就是他近来经常沉迷其中的"度假"。这一对可怜的父母原来希望避免事情暴露,因此他们亲自来收尸,运尸的马车和盖尸的单子都放在外面等着呢。

格楚德的病情十分严重,所以最好还是给她请附近的外科医生。她被抬出监狱送往市内,但是她再也没有活着回家。她娇弱的身体,由于胳臂瘫痪也许一直在逐渐受到损害。而在这以前的二十四小时内,她的身体和精神方面都受到非常紧张的压力,于是一受到双重的震惊就彻底垮了。她的血脉的确得到了"调理"——但是太过头了。三天以后,她就在市内死去。

她的丈夫再也没有在卡斯特桥露过面,仅仅在他一向经常光顾的安格伯里市场曾经露过一次面。而在任何公开场合,他都很少出现。他最初由于郁郁寡欢和悔恨交加,心情沉重,后来逐渐好转,看来像是一个经过磨炼和细心体贴的人了。他参加了他那可怜年轻妻子的葬礼之后,立即采取步骤放弃霍姆斯托克和邻近教区的农场,并且把他拥有的全部牲口都卖掉,然后离开,去到这个郡的另一头波特布瑞迪,在孤零零的公寓中生活,直到最后由于衰老无疾而终,毫无痛苦。直到那个时候,大家才知道,他早已把他那笔数目相当可观的财产,全部遗赠给一家儿童感化院,惟一的附带条件是,如果能找到若达·布茹克,就给她一小笔年金。

有一段时间,并没有找到她。但是她终于在她那个老教区重新出现了,不过她坚决拒绝与为她准备的规定年金有什么瓜葛。她又恢复了在牛奶场挤奶那种毫无变化的活儿,一直干了很多年,直到最后身体变得佝偻了,原来那一头浓密的头发变成了银丝,前额也脱发变成秃顶——也许是因为挤奶长期用脑门儿顶着奶牛的缘故。这里一些了解她身世的人,有时会站住看着她,并且寻思:随着那交错流下的条条奶流的节奏,在那个无动于衷、满布皱纹的脑门儿后面,有些什么阴沉忧郁的思想在那儿翻腾悸动呢?

(1888)

婚宴空设

一

五十年前那个十月份的傍晚,那位自耕农暮色苍茫中站在乡绅埃沃若德家的草地上,任何人发觉了,乍一见都会说,他是出于好奇在那儿闲逛。他面前的庄园住宅那扇五个格子的大窗户,没有关上百叶窗,也没拉上窗帘,所以那间点了灯的屋子里面几乎四个犄角都可以看得很清楚。显然,人们不会想到,夜色降临以后,还有人待在这块地方。

就这样,眼睛从外面往里一扫,可以看到有两个人待在屋里;他们面前摆着餐后用的水果,按照老式的规矩,桌上的台布已经撤下来了。那都是些当地的水果,有苹果、梨、干果,还有其它一些看来是自家园子里夏天的出产。桌上摆着烈性浓啤酒和朗姆酒,没有什么葡萄酒。不仅如此,餐厅的家具即使按那个年代来说,也太简单朴素了,说明这是比较小的那种土里土气的乡绅人家,既没有多少家产资财,也没有什么雄心壮志——这种乡绅原来是人多势众的一个阶级,可是现在在很大一片地区都给当地的大地主排挤掉了。

坐在那儿的两个人,一个是身穿白色细布衣服的小姐,她有点不大耐烦地静听着和她一起的那位脸色红润的长者说话,哪怕一个毫不相干的陌生人也能够断定那是她父亲。守候在那儿的那个人毫无要走开的迹象,很显然,事情并不像看上去的那么简单。那个高个儿的农夫事实上并不是个偶然到这儿来看热闹的人。他预先就想好了紧靠那棵树站着,这样如果有什么人沿着大路在园圃大门外路过,或者甚至绕过草地向门口走去,尽管大门离得很近,园圃比一个练马的围场也大不了多少,可是也很难注意到还有另外一个人在这里。西边天空仍然亮着,足够照出那个男子的半边脸,让他优美身条的轮廓在身后树干的衬托下显出来,也露出这所庄园住宅的前脸,看来房子虽然很小,却是按照英格兰乡间住宅那种永不过时的风格,用石头牢固建造起来的——门窗都有伊丽莎白时代那种竖框和横档。

草地尽管无人照管,依然像草地保龄球场一样平整——从前可能也做过这种用场;窗前那些绿草的叶片给烛光照得一抹平,烛光在上面远远射过来,一直照到前面那个农夫的脸上。

在餐厅里面,俩人之一也同那个自耕农一样有暗中谋算的迹象。那位年轻小姐的心思明明白白是迷失在憧憧阴影之中,正如那个在外面闲呆着的人的心思明明白白是定在这间屋子里——不,可以说她明明知道他就在外面。她很不耐烦,用脚悄无声息地轻轻点着地毯,而且不止一次站起身来离开桌子。她父亲会把手放在她肩上,不客气地把她按下来坐回她的椅子上,不让她走开,要她等他把话说完。她的回答十分简短,还装出假笑来同意他的意见。窗户的两个竖框之间的小铁格开着,所以在外面偶尔可以听见一点谈话的内容。

"说到下水道——我怎么装得了下水道?管子并不太贵,这是不假;可是挖沟开渠的花费得叫人毁家破产。还有那大门,那是该固定在石头柱子上的,要不,过了秋收就架不住了。"那位地主有很重的地方口音,所以他说成了"下水淘"和"大蒙",就像他庄园里的乡巴佬一样。

外面的景色越来越暗了,那个年轻人的身影好像都化到那棵树干里面去了。大星星之间出现了小星星,小星星之间出现了云雾,树木都变得无声无息了;如果还有什么声响,那就是流过围绕草地北面那片树林的一条河上的瀑布发出来的。

最后那位年轻姑娘总算站起身来,得以告退了。"我有点事情要做,爸爸,"她说,"我现在就不去客厅了。"

"很好,"他回答道,"那我就不必着忙了。"他等她一走就关上门,把玻璃塞子塞好,又坐在他那把椅子上。

三分钟以后,一个女人的身影出现在客厅的窗户里,接着穿过正门,走过草地。她稳稳当当避开餐厅的窗户,不过又让足够的光亮照在她身上,从她穿的那件有暗色兜帽的大斗篷里,露出她刚刚在餐桌上穿在外面的那同一身浅淡长袍忽隐忽现的边缘。兜帽用一根拉绳紧紧系在她的脸周围,让她那张脸显得很小,像婴儿一般,而且显得比以前甚至更加漂亮。

她毫不犹豫地掠过青草,跑向年轻男子躲藏的那棵树下。她一跑到他身边,他就把她的身子拥在自己的怀里,这次见面和拥抱尽管根本不是出于礼仪,却也并不热情奔放;整个过程正是经常反复这样做的那些人之间的样子,以致对这种动作都没有什么特别的感受了。她在他怀里转过身来,和他面对着同一个方向,也就是都朝向窗户;他们这样站着,谁也没有说话,她的后脑勺靠在他的肩上。他们这样待了一会儿,好像谁都在思考截然不同的想法。

"你让我等了好长时间,亲爱的克瑞斯汀,"他终于开口了,"我特意想和你个人谈谈,要不,我就不会一直等着了。你们怎么晚上这个时候还在吃饭?"

"父亲出去了一整天,正餐一直推迟到六点。我知道我把你拖住了,可是,尼古拉斯,如果我想要不冒任何危险,那么有时我又有什么办法呢?我那可怜的父亲一定要我把他要说的话听完;自从我哥哥走了以后,就没有别的什么人听他说话了;今天晚上他特别令人厌烦,老要谈他经常谈的问题——下水道呀,佃农呀,村里人呀。我一定得带爸去伦敦;老待在这儿,他变得那么狭隘。"

"你对这件事都说了些什么啦?"

"嗯,作为一个受到宠爱的人,当然,我也谈了谈佃农的事。"接着是一阵小小的停顿或者喘气,意味着把一声叹息压下去了。

"你曾经给宠你心爱的人打了气,又觉得后悔了?"

"啊,不,尼古拉斯……你想见我,究竟是专门为了什么?"

"我知道,你肯定觉得后悔,时间越来越长,每件事情都成了死结,没有改变的希望,而且你这位乡巴佬情人又越来越没有那股新鲜劲儿了!只要想想看,我们俩这种秘而未宣的默契,自从你还是个十六岁的小姑娘那时算起,已经快有三年啦。"

"是的,已经有很长的时间了。"

"而我又是个野性未驯,没有教养的人,从来没有见过伦敦,对于社交根本一窍不通。"

"不是没有教养,亲爱的尼古拉斯,如果你要说的话,是没有出去旅行过,没有社交经验,"她微笑着说,"嗯,我确实叹气了;不过,不是因为我答应过要做你的未婚妻觉得悔恨。有时我确实觉得悔恨,那是因为那项计划,我和你见面只是计划的一部分,那项计划还没有完全实现。你说过,尼古拉斯,如果我同意发誓对你忠贞不渝,你就可以离开,出去旅行,去看看别的一些国家、民族、城市,还要带一位老师和你一起去,要念书,学习艺术,同时还要学习待人接物;过完两年再回来,那时候我就会看出来,我父亲决不会不愿意接受你当女婿了。你说过,你希望我在你动身以前就答应,是因为这样就可以让你远在他乡的时候更加安心,因此就可以更加专心学习,如果你走的时候不过是我的一个尚未被接受的情人,回来的时候内心满怀疑虑不知道我究竟会怎样,你就不会那么安心、专心了。我觉得这番话多么合情合理;于是最后我就发了誓对你忠贞。但是你并没有出去见世面,而只是老待在这里不走要来见我。"

"那么你不愿意我来见你?"

"是的——不——不是那么回事,事情是这样的,这些日子你不是真在我面前的时候,我对我做的事老觉得害怕。不告诉我父亲,说我有个情人近在身边,而我们俩又都够得着,看得见,这总好像太卑下了;然而,如果你走了,我的所作所为就好像不会那样奸滑。现实情况就不会那样死盯着人不放。那样你就会是叫我高兴的一个美梦,我就可以纵情享受这场美梦而不会受到良心的谴责;我就可以满怀希望地期待你回来,那时你完全有资格放心大胆地向我的父亲要求娶我。那样,我知道,我就会一直是完全坦白无讳了。"

　　现在倒轮到他觉得泄气了。"我的确像你说的那样订好了计划,"他回答,"我的确是要一等到你答应了立刻就走的。但是,亲爱的克瑞斯汀,有两三件事我原先没预料到。我原来不知道,要把我和你分开会有多么大的痛苦。而且我也不知道,我那位小气鬼伯父——老天爷原谅我这么叫他!——居然会一口回绝,不肯借钱给我去完成我的计划——带一位第一流的教师一起游历要花的钱多得不得了。你根本不知道要花多大一笔钱!"

　　"但是我说了,我要给你弄这笔钱。"

　　"唉,真是,"他回答她,"你打到我的痛处了。老实告诉你,亲爱的,我宁愿这样没有修养过上一百年,也不愿意动用你的钱。"

　　"可是为什么?男人总是不断地用他们娶的女人的钱的。"

　　"是的;但是到以后就不会了。现在没有一个男人愿意动你的钱,如果我在当今的情况下要那么做,我就会觉得太卑鄙了。这就让我要向你提出一个建议。可是,不行——总的来说,我现在还不愿意提。"

　　"唉!我愿意保证你的花费,可你又不让我这么做!这钱是我的私房钱:它是从我过世的祖父那儿得来的,根本不是从我父亲那儿来的。"

　　他勉强笑了笑,紧紧握住她的手。"我不能和你分开,还有更多的缘由,"他又说,"我伯父的那些地会怎么办?这个教区有六百英亩,在旁边那个教区还有五百英亩——老得从一个农庄到另一个农庄跑来跑去;他没法一个人同时分待在两个地方。然而,要是没有别的问题,这也还是可以克服的。还有,亲爱的,即使你答应了我,可我还是有点心神不安,老怕有个什么人会把你从我这儿抢走。"

"唉,你以前就该想到这种事呀,这不,我赌咒发誓也都是白费劲。"

"我是该早就想到的,"他严肃认真地回答,"可是我就是没有,这是我的过错,我坦率承认。唉,如果你只要再多承担一点责任,那么我至少可以渡过难关!可是我不愿意请求你,你一点儿也不了解,你对我仍然多么重要;如果你了解,你就不会这样冷静地和我辩论了,什么财产属于你呀,我讨厌这一套;我关心的是你。我希望你根本一分钱也没有,有的只是我为你挣下的!"

"我可完全不希望那样。"她嘟囔着。

"我希望那样,那样就会让我提出我要提的意见来,比现在这样容易得多。的确我来这儿是有目的的,可是听了你刚才坦率说出的那番话,我就不打算提了。"

"废话,尼克。快告诉我吧,你怎么这样一说就火?"

"那么你看看这个吧,克瑞斯汀,亲爱的。"他说着就从上衣口袋里掏出一张纸来,把它打开,等看得出来的时候,纸的下方晃着的原来是盖的一个印。

"这是什么?"她把那张纸拿着伸向旁边,好让窗户里射出的光亮照在纸面上,"我只会念古体英文字——怎么——我们的名字!肯定这不是一张结婚证吧?"

"这是。"

她发抖了。"啊,尼克!你怎么能做这种事——而且没有告诉我!"

"我为什么要想到必须告诉你呢?你那时候说话并没有像你刚才这样坦白呀。我们俩不分彼此都不止两年了,我想我可以提出,咱们秘密结婚,而且我一结了婚就走,离开你。我会带上我的旅行包去教堂,完了你可以独自回家。我不必按照我们原来的计划堂堂皇皇地动身出去历险,而是在开始的时候简单一点辛苦一点,这样我得到的很大的好处,就是完全拥有你,可以让我情绪高昂、目的明确地去干事儿,别的任何办法都做不到这一点。但是我现在也不敢请求你——因为你刚才那样坦率。"

她没有回答。他拿出来的这个文书给这个冒险活动展现了如此重大而且出乎意料的意义,她本来一直是在把它仅仅作为一场美梦玩弄着,因此现在她觉得,说句老实话,有点害怕了,"我——不知道这件事呀!"她说。

"也许是不知道。啊,我可怜的小姐,你对我觉得厌烦了!"

"不,尼克,"她回答,悄悄向他靠拢,"我没有,我保证,说实话,以荣誉担保。我没有,尼克。"

"我不过是,就像人家应该叫我的那样,一个种地的庄稼汉,"他继续说,根本不听她那一套,"而你呢——嗯,一个家族——我不说最古老的家族,因为那样很荒唐,因为所有的家族都有同样的年代——一个在此地有最长的历史记载的家族的女儿,你们这个家族的名字实际上就是这个地方的名字。"

"那并没有多大的意义,我很抱歉地说!我可怜的哥哥——可是我不愿意说起这件事……好吧,"她停了一会儿,带点恶意地嘟囔着,"如果我要按你要我做的这样,做了这件事,你是肯定不需要感到不安的。你愿意让我稳稳地落进你的陷阱里;我根本逃不掉!"

"正是这样,"他激烈地说,"这的确是一个陷阱——你觉得它是,而且虽然你没法从我这里逃掉,你可能正希望这样呢!唉,如果我两年前请求你,你会马上同意的。但是我想,我不得不等着,由你这个地位优越的人来提出求婚!"

"现在你生气了,把我纯粹是开玩笑的话当了真。你甚至到现在都还不了解我!为了表示你一直没把我看错,我真的提出去履行这个手续。我嫁给你,尼古拉斯,就在明天早晨。"

"啊,克瑞斯汀!我害怕是我刺痛了你才让你这样做,所以我不能——"

"不,不,不!"她急忙又说,话音里透出她的热情,勇气是给激出来的,而且她也不会临阵退缩,"趁我还高兴的时候就娶我,办结婚证上哪个教堂?"

"我还没顾得上去找——嗯,当然就在这里我们教区的教堂。啊,那样我们就不能用它了!我们不敢就在这里结婚呀。"

"我们就敢,"她说,"我们也就要在这里结婚,如果到时候你去那儿的话。"

"如果我去那儿!"

他们很快就商量好了:第二天早晨七点五十分他到教堂门廊等她;等他们共结连理的仪式一结束,尼古拉斯就立即动身去开始他那拖了很久的游学旅行,至于游学费用,她决定把一大笔资助他的钱随身带到教堂。然后她悄悄离开他,从她刚才出来的原路回到屋里,尼古拉斯也转身回家去了。

二

他离开那个地方并没有经过园门,而是翻过围栏,在那些树下面向河边走去。他独自一人向前走着,现在他是第一次表现出来,他并不是完全配不上她。他穿着过膝的防水长靴,所以没有绕一个大弯去找一座桥来过芙仑河——以前讲过的那条河——而是径直走向发出低沉吼声的地点,在这个时候,这个声音才是说明这条河流存在的惟一证明。他很快站到了发出声响的这道瀑布的边缘,在瀑布的上头把脚伸进水中,迈着有把握的步子蹚过河去,这只有那种即使浓密的树冠把这儿罩得一片漆黑,也能了解脚下每一寸河底的人,才能迈出这么有把握的步子,而且稍有闪失就会有坠入瀑布下面深潭的危险。很快他就到达了河岸,然后继续沿着同一个方向,涉过这条河的沟溪支流密布的冲积谷地——以前很难走得过去,而如今到了冬天也走不过去,有时候他要在一块宽不过一掌的木板上跨过一道深沟,另外的时候他又拨开针茅趔趄前行,偏右或者偏左两步就会陷入泥沼。最后他到达了河对岸这个水网地区坚硬的实地,回到后面埃森福德那座小坡上他自己的家——一座普通的农舍,农舍后面传来呼吸声、打嗝声、打鼾声、笼头碰撞声和农家常有的那种熟悉的声响。

正当尼古拉斯·朗在这所房子楼上的一间屋子里收拾行装的时候,克瑞斯汀·埃沃若德则坐在芙仑-埃沃若德庄园住宅她自己屋子里的一张桌子面前,脸色苍白,神情凝重地注视着烛光。

"我应该——现在我必须!"她小声自言自语,"我要是不打算贯彻始终,这件事我就不会开头!我想,它是在我们的血液里流传下来的。"她暗指的是她情人不知道的一件事,她一位姑姑在有些类似目前情况下的那次秘密结婚。几分钟后她就写出了下面这封便笺:

亲爱的比兰德先生,

  你能否得便明天清晨八点在教堂见我?我提出这一较早的时间是因为这比当天较晚的时间对我更为适宜。如你能到,可在圣坛找到我。请将可否告知来人即可。

克瑞斯汀·埃沃若德
一八三五年十月十三日

她立即派人把这一简信送给教区长,然后等在住宅的一道小侧门旁边,等她听到仆人沿着小路返回的脚步声,她就过去在走道里迎上他。教区长不辞烦劳写了一行回信,答应很高兴见她。

随着次日清晨而来的水淋淋的浓雾,对这一双情人的谋划是十分有利的。在本世纪①的那个年代,芙仑-埃沃若德大厦尚未改建扩大;那条公用小路紧靠大厦的墙边,从古老的客厅之一——大家称为南客厅——有一道门直接开向通往村子里去的这条小路。克瑞斯汀从这边出来,沿着这条路走了一小段,然后走上人工林里一条小路,从这条小路就可以隐秘地走到教堂。她甚至可以避开教堂墓地的大门,走到一处地方,那里的草地在那低矮的墙外逐渐向上成了一个小山丘,她在那里就可以跨上围墙的顶盖,跳到里面去。她穿过那些潮湿的坟墓,转过去走到门口。他已经到了那儿,手里拿着旅行包。他带着一种惊讶的神情亲吻她,仿佛他原来预料,她在最后一刻又打退堂鼓了。

她虽然没有打退堂鼓,然而她的举止也并没有多大的热情——只不过是趁着原先那股冲动的劲头而已。他们在这种气氛中一起走到侧廊,那些古老的菱形玻璃窗上深绿色的玻璃在那个时候还透不进多少亮光。他们一声不响地站在圣坛栏杆旁边,可以看得出来克瑞斯汀的心每跳动一次她的裙子就抖动一下。

这时传来一阵快速的脚步踏着砂石的声音,比兰德先生绕着前沿走过来。他是一位文静的单身汉,对克瑞斯汀彬彬有礼,但开头没认出这个邻近的自耕农尼古拉斯(因为他孤零零地住在紧邻的那个教区),他向她走过去,对她非同寻常的要求并未流露出任何惊讶的神色,但是他却真是感到惊讶,因为在那个时候还没听说过许多年轻的乡间女人对教堂的装饰和节日的庆典像当今这样兴趣浓厚。

"早上好。"他说,还更加无心地对尼古拉斯又说了一遍。

"早上好,"她郑重其事地回答,"比兰德先生,我有严肃认真

---

① 本世纪指十九世纪。

的理由请求你见我——我可以说,见我们,我们希望你为我们举行婚仪式。"

牧区长的目光凝滞不动了,并没看着他们任何一个人,而是定在[?]人中间,他待了好一会儿,既没动弹一下,也没做任何答复。

"[?]!"他最后发出了这么一声。

"而[?]我们都准备好了。"

"我[?]儿也不明白——"

"这[?]一直保守得严密。"她平平静静地说。

"你们[?]人都是谁?"

"他们[?]门到草场上去了,先生。我可以马上去叫他们。"尼[古]拉斯说[。]

"噢——[知]道这是——尼古拉斯·朗先生,"比兰德先生说着[转]向克瑞[斯汀],"你父亲知道这件事吗?"

"我必须回[答这]个问题吗,比兰德先生?"

"[恐]怕这是[绝对]非常必要的。"

[克瑞]斯汀开[始显]得担心。

"[证]书在哪儿[?]牧区长问,"因为一直没有结婚预告。"

尼[古]拉斯取出[证]书,比兰德先生念起证书来,他念了几分钟——[或]者至少他[好]像念了几分钟;直到后来克瑞斯汀不耐烦地说:"我们[都准备好]了,比兰德先生。你可以举行仪式吗?朗先生今天还得赶[很]多英里的路程呢。"

"你也要?"

"不。我留下。"

比兰德先生态度坚定。"这件事有点儿不对头,"他说,"你父亲不在场,我不能为你举行结婚仪式。"

"可是,你有权利拒绝我们吗?"尼古拉斯插进来表示反对,"我相信我们处在一种地位,可以要求你履行我们提出的请求。"

"不,你们并不是!埃沃若德小姐到年龄了吗?我想还没有。

我想她还差几个月。嗯,埃沃若德小姐?"

"我非说不可吗?"

"一定。无论如何,你非得把它写下来不可。不到时候,我不同意为你们举行仪式。让我恳求你们这两个年轻人,不要做这种轻率的事情,哪怕是去某个外地的陌生教堂,你们可能干这种事不让人发现。婚姻的悲剧——"

"悲剧?"

"肯定。这种事充满了危机和灾难,总是以当事人一方死亡告终。婚姻的悲剧,就像我所说的,是这样一种事情,我决不参加你们这种率意的行动,而我还会觉得,必须让你父亲多加提防,埃沃若德小姐。我恳求你,好好想想吧!记住那句谚语:'一时匆忙结婚,终身懊悔不迭。'"

克瑞斯汀遭到反对深受刺激,简直对他大发雷霆。而尼古拉斯则苦苦哀求;但是说什么也打动不了那位顽固不化的教区长。克瑞斯汀坐下来仔细思考。过了一会儿,她又朝向比兰德先生。

"我看,今天早晨我们就不举行婚礼了,"她说,"现在请给我一点儿照顾,作为回报,我答应你,决不匆忙行事。在这儿发生的事,一个字儿也别对我父亲说。"

"我同意——如果你答应决不私奔。"

她看着尼古拉斯,他也看着她。"你希望我私奔吗,尼克?"她问。

"不。"他回答。

于是协议商定了,他们分头离开,尼古拉斯留到最后,把门关上了。回家的路上,他带着那个塞得满满的旅行包,眼下,他不用再往前走了,那两个在草场上修理引水沟的人向树篱这边走过来,好像他们一直是在守望着。

"你说过,你可能要我们干点啥,先生?"

"很好——没事儿,"他在树篱那边回答,"我终于不用请你们了。"

三

在不远的地方有一所庄园住宅,住着一对古怪纯朴的夫妇,他们最近喜添了一个儿子,有了继承人,发了通知在那一周举行命名典礼,紧接着设宴招待教区的居民。克瑞斯汀的父亲,是那同一个家族的同一代人,应邀驱车前往参加并且帮助招待,克瑞斯汀当然也陪他前往。

他们到达人们称为阿瑟大厦的那所庄园住宅的时候,发现那个通常很安静的偏僻地方一片欢腾。整所大厦都以它得名的那套宴会套房里都摆满了桌子,大厅顶上罩着一座精致敞开的木屋顶,它的支柱、檩条和椽子在上空构成的一个棕色橡木架纵横交错。各种不同年龄的佃农和他们的妻小和家人都坐在那里,主人的朋友和邻居的儿子女儿都来帮助仆人办事,克瑞斯汀也在其中帮忙。

她每只手都拿了一个盘子,朝一个盛着烤好了的大米布丁的巨大棕色盘子走去;一个男仆正一大勺一大勺地从里面舀着,这时一个声音从她背后传来:"让我来帮你拿这些盘子。"

克瑞斯汀回头一看,认出说话人是东道主的侄子,从伦敦来的一个年轻男子,她以前见过他两三次。她接受了他自告奋勇提出的帮助,自那以后,他在其余的服务时间每次来来回回走动经过她面前的时候,总是以微笑表示相互认识。等他们的事干完了以后,他把寥寥数语的招呼升级成为交谈:他明摆着是让她的美貌给吸引住了。

贝鲁斯顿是个自信的年轻人,并不特别好看,他皮肤的颜色甚至比尼古拉斯的还深。他吸引她注意的时候有点脸红,然而完全不是紧张不安——那股神气让人莫名其妙地联想到因为愤怒而面红耳赤;而且甚至在他笑的时候也很难打消那种想象。

晚秋的阳光穿过窗玻璃射进来,照在这个村子里那些年高德劭的族长们的肩膀和头上,也照到那些中年人和青年人,照在那些男男女女的身上,他们在那个文明的村子里刚刚演完,或者马上就要演出悲剧或者悲喜剧,这些演出从实质上来看,丝毫不亚于在那些位于更加中心的剧场进行,吸引了全世界注意力的演出。到场的人中间还有尼古拉斯·朗的一个远亲,她同她丈夫和孩子们坐在一起。

贝鲁斯顿先生想要尽量和当地融洽一致,便和在场的一个伙伴说了一番话。

"看到这些简单的农民自娱自乐,"他说,"真叫人心旷神怡。"

"啊,贝鲁斯顿先生!"克瑞斯汀喊了起来,"用'简单'这个字,可别那样过分有把握了!你根本想不到,他们看到的和思考的是些什么!他们的推理和感情和我们的一样复杂!"

她怀着一种激烈的情绪说了这番话,要不是因为她自己和尼古拉斯的关系,通常在她的言谈话语中是难以出现这种情绪的。这种情绪随后又让她产生了无可名状的沮丧心情。然而那个年轻人却依然紧跟不舍。

"我很高兴听到你说了这番话,"他热情地回答她,"我不过是想让我自己和你的情绪协调一致,这就是我当时的想法。真实的情况是:我对帕提亚人和米提亚人①以及美索不达米亚②居民——确实,几乎对任何地方的居民——都比对英格兰农村的居民了解得更多。我的职业是游历和考察,不是研究英国农民。"

游历。他所说的和她敦促她的情人去采取的道路之间有足够多的巧合,这就让贝鲁斯顿讲到他自己的那番话,在克瑞斯汀听来颇有兴趣了。他也许能够告诉她一些事情,如果要实现她和尼古

---

① 帕提亚即安息,为伊朗北部古国;米提亚为伊朗西北部古国。
② 美索不达米亚为两河流域的平原,今伊拉克所在地。

拉斯的梦想,这些事情对他会有用处。从大厅通向花园的一道门开着,她不知道为什么发现自己出了大厅,和贝鲁斯顿谈起这个话题,直到后来她觉得,总的说来她喜欢上这个年轻人了。这座花园是他叔叔的,他带着一种花园主人的神气领着她在园里转;他们在紫菀和菊花丛中走着,又穿过一道门进了果园。暖房的门开着,他走进去摘给她一串葡萄。

"你胆子真大!这是你叔叔的。"

"啊,他才不管呢——我在这儿爱干啥就干啥。他是个粗鲁的老家伙,是不是?"

她这时正在想她的尼克,并且感到:和她目前认识的这个人比较起来,那个自耕农作为一个优秀聪明的人来说,很有自己的见解;但是她发觉,在这里有种种在细枝末节的事情上都能和她自己的生活和谐一致的东西,现在这让她对尼古拉斯有了某种生疏的感觉。尼古拉斯,由于清宵月夜或者由于千里万里关山阻隔而被理想化,对于一个女人的美梦来说,当然比眼前这个时髦潇洒、刚刚镀过金的青年,具有更多浪漫的情调;但是在午后斜阳和宾朋环绕之中,贝鲁斯顿先生却是一个非常合意的良伴。

他们再进大厅的时候,贝鲁斯顿请求她同他一起登上那道由厚墙围起的螺旋梯,通往一个过道和游廊,他们从那里可以俯视下面的情景。人们已经用完了酒宴,刚受过命名洗礼的婴儿已经让大家见过了,一些感谢话已经对大家说过了,于是他们在喧嚣扰嚷中向外面的草地挪动,尼古拉斯的远亲和远亲的妻子儿女也在其中。他们鱼贯而出,这时听见一声呼叫:

"喂!——喂,吉姆,你在哪儿?"贝鲁斯顿的叔父在叫他。那个年轻人下来了,克瑞斯汀从从容容地跟在后面。

"嗯,你好好地,"这位乡绅继续说,"把他们领出去跳跳舞,或者他们懂得的别的些啥玩意,行吗?我简直累死了,而且在我们去和他们会合之前,我还要跟埃沃若德先生聊聊——嘿,埃沃若德?

他们羞羞答答,得有谁给带带头,然后他们就会痛痛快快地跳起来了。"

"对,他们就是这样。"乡绅埃沃若德说。

他们跟着到了草坪;原来詹姆斯·贝鲁斯顿也和那里的随便哪一个佃农一样羞羞答答,或者倒不如说一样不愿意担任带头的角色。出席宴会的只有本教区的人,但是现在左邻右舍附近一带的人也都赶来跳舞了。

"他们想跳《加快耕犁》,"贝鲁斯顿气喘吁吁地走上来说,"我想,这一定是支乡村舞曲吧?来吧,埃沃若德小姐,可怜可怜我吧。他们想要我带头;可是我确实是一窍不通,就像要一个刚出世的婴儿去赶快耕地一样!你愿意带上一个村里人吗?——只是给他们开个头,我叔叔这样说的。你是不是带上那边的那个年轻漂亮的农夫——我不知道他的名字,可是我相信你知道——我可以和那个奶场老板的女儿一起跟上来作第二对。"

克瑞斯汀向他指的那个方向转过头去,脸色一下变了——虽然在阴影下,谁也没注意到。"嗯,是的——我认识他,"她冷冷地说,"他是从靠近我们的那个地方来的——尼古拉斯·朗先生。"

"那太棒了——那么你可很容易让他和你作第一对了。现在我得去找我的舞伴。"

"我——我想和你一起跳,贝鲁斯顿先生,"她有点哆嗦地说,"因为,你看,"她急切地解释说,"我懂得舞步的花样,而你不懂——所以我可以帮你;同时尼古拉斯·朗,我知道,很熟悉这种舞步的花样,这样就可以有两对懂得了——至少必须这样。"

贝鲁斯顿用他那种或喜或怒都面红耳赤的样子,对她表示感激——他简直不敢问她为什么这样豪爽慷慨地自告奋勇;他请求尼古拉斯带上奶场老板的女儿,然后就领克瑞斯汀站到她的位置上,朗也立时和舞伴站到第二对的位置。尼克的性格具有深度,严峻坚强,沉默寡言。他的眼睛对上克瑞斯汀的眼睛那时候闪出的那一点闪闪的小火星,就是表明他心中有她的全部表情。这时那些小提琴手演奏开了——那些鼎鼎大名的麦斯托克小提琴手,只要让他们自由演奏,他们就可以丝毫不差地从黄昏一直拉到黎明。一对对舞伴摇摆着,旋转着,在变换花样的动作过程中,尼古拉斯抓起克瑞斯汀的手来,她等着他轻轻用劲握她一下;但是他并没有这样做。

克瑞斯汀领着自己的舞伴穿过令人眼花缭乱的阵式十分费劲,因为他老是自作主张,等到他们终于舞到那长排最后的时候,这趟沉重的苦活儿把她都累得上气不接下气了。她在那儿一边休息,一边盯着尼克和他那位小姐;虽然最近这几个月她一直果断地冷淡下来,还是重新对他产生了爱慕之情。根本没有任何人像他这样懂得这些舞蹈,或者做这类事情做得这样好。他和奶场老板的女儿的表演让她倾倒,所以《加快耕犁》这支舞曲完了以后,她就想方设法和他搭上了话。

"尼克,你下一场和我跳。"

他说他愿意,于是这时他就按照公开正式的礼节,潇洒大方地举起他的帽子邀请她。她显出了那么一点儿退缩,这点是他很理解的,然后她就让他领着自己走到头上,在他们后面站出来很长很长的一行,仿佛有魔力一般,他们马上就各就各位了。那位乡绅的确说得一点不错,他们只要有人带头发动就行。

"要演奏什么?"尼古拉斯悄悄问。

她转身对着乐队,"《蜜月》。"她说。

于是他们踩着那支曲子的上一个世纪那种欢欣的节拍跳了起来。如果说以前人们跳这支曲子曾经跳得更加优美,那也绝不会跳得更加热情,他们温柔亲切的交往,使尼古拉斯和他那位舞伴的动作能够得心应手相互呼应,于是他们的旋转就像一部机器的两个互动的部件一样,变得完全协调,天衣无缝。运动造成的兴奋把克瑞斯汀又带回到过去那段时光——大约两年以前那段义无反顾,热情洋溢的时光——那时她和尼克还只是初恋的情人;这样她就忘掉了忧心焦虑,看不见生活中隐藏在前面的重重暗礁,正是这种景象,开始让她裹足不前;而在尼古拉斯这方面,则从未停步,一直愿作情人。至今为止,没有任何个人的焦虑让他觉得他对克瑞斯汀的钦佩歆羡已经失去新鲜感,觉得平淡无奇,或者觉得没有任何益处。

"别跳得那么猛,尼克,"她悄悄说,"我自己并不反对;可是他们都会盯着咱们的。你是怎么来的?"

"我听说你赶着马车过来了,于是就动身了——特意为这个来的。"

"什么——你是走着的?"

"是呀。我要是等我叔叔的那匹马,就会迟到了。"

"五英里来,五英里去——用脚来回走十英里——只是为了跳跳舞!"

"和你跳呀。是什么让你想到这支古老的《蜜月》的?"

"啊!我一看见你,脑子里就想到了。如果你办那个结婚证没有那么犯傻气,到一个远处的教堂弄一份,那么这就早成了真的了。"

"咱们可以再试试吗?"

"不——我说不清。我要再想想。"

村里人夸奖他们俩优美的舞姿,熟练的舞技,这对跳舞的人自己觉得也是这样;但是他们俩无论如何也不知道,那种夸奖有一处还带着另外的事儿。

"那些人纳闷儿他们一起跳起来步子怎么那样的洒脱漂亮,要是他们知道,另外有的人是咋想的,那么他们就不会那样大惊小怪的了。"一个船工对他旁边的一个人说。

他那个伙伴问他是怎么回事。

"嗯——俺也不大信——可是据说,他们已经是两口子了。"

就是,没错儿——一天早晨天都差不多还没亮呢,就去了教堂,把那事儿办了。不过可得留神,一个字儿也不能露;因为,俺要是传了这么个消息,它可又不是真的,俺这一个冬天的活儿可就丢了。"

等到这场舞跳完了,她又回到她自己那一伙人中间,她父亲和老贝鲁斯顿先生这时已经从屋子里走出来,正在草地尽头上抽烟。这时她发现她父亲就在她旁边。

"克瑞斯汀,别和那个年轻的朗在一起跳舞跳得太多——我的意思只不过是说要谨慎一点儿,因为有些人会把事情想歪了。他是靠咱们很近的一个庄稼人。他要只是一个普普通通的年轻人,俺也就不会对你提这些了;可是他比别的人强,所以你就得小心点儿了。"

"正是,爸爸。"克瑞斯汀说。

但是她又一次感到,她是在欺骗他,这给她的情绪泼了一瓢冷水。"但是,"她暗自思量,"他毕竟是埃森福德的一个年轻人,英俊,能干,而且是个体面人;而我又是相邻教区的一个年轻女子,一直经常有机会和他来来往往。我嫁给他,根据自然的规律,这难道不是人世间最正当不过的事吗,要说这种结合是错误的,难道这不是荒唐的陈规陋习在那儿作怪吗?"

可以肯定,克瑞斯汀这种思想开通的论断,从牵涉到的感情来说,与其说是证明它的强大有力,还不如说是证明它软弱无能,因为感情在绽芽萌发的时候,是精力充沛,朝气蓬勃的,根本不需要任何论断和推理来对它加以维护。

她在暮色苍茫中赶车回家的时候,陷入了静默无言的沉思。她在挂念尼古拉斯,他在草坪上使尽力量跳了一通之后,又得徒步走那么多英里的路程回家。这时埃沃若德先生突然从瞌睡中惊醒过来,"俺有件事儿要给你提提,真的——俺是有件事,克瑞斯汀!

你八成知道,这是件啥事儿吧?"

她心里琢磨,是不是她父亲发现了一点她的秘密,于是表示一无所知。

"好吧,照他本人说,你知道这事儿。可俺还是告诉你吧,也许你注意到,那个年轻的吉姆·贝鲁斯顿要俺和他一起散步到草地那头去了吧?——不管咋样,俺们在一起走了好一会儿;他告诉俺,他想向你献殷勤。俺当然说,这得看你自己;他却回答说,你很愿意;你还给了他具体的鼓励——你特别选了他做你的舞伴,表示你喜欢他——呃?'情况既然如此,'俺说,'那就继续,争取成功吧——和她去解决——俺不反对。'那个可怜的家伙感激不尽,总之一句话,俺们就把事情撂在那儿了。他明天要来求婚。"

詹姆斯·贝鲁斯顿把那当成了鼓励,她现在觉得很不高兴。"他完全误解我了,"她说,"我并没有想到那种事。"

"怎么,你不想要他?"

"确实,我不能!"

"克瑞绥①,"埃沃若德先生着重地说,"没有什么人像那个年轻小伙子那样,让俺那么愿意你嫁给他。他是个聪明透顶的人,而且家里丰衣足食的,他游历过世界上所有天气好的地方,可是他说,他一结婚,马上就要放弃所有那些,要做一个安安分分守在家里的人。你要是嫁了他,就没有比这更安妥的地方了。"

"这是真的,"她回答说,"他的确是个非常合意的伴侣,而且我生活条件肯定会很好,嫁了他十之八九会很保险。"

"那么就别羞羞答答,咬住别放。"

她是凭着理智和判断说话,并不是要讨好她父亲。她是个深思熟虑的女人,相信这样一件婚事是件明智的事情。在大事情上,尼古拉斯最接近她的本性;在小事情上,贝鲁斯顿则分毫不爽地比

---

① 克瑞斯汀的爱称。

尼克更接近;而生活是由许多小事构成的。

尽管看见尼古拉斯·朗和奶场老板的女儿跳舞的时候,她对他有了半个钟头的热情,可是总的看来,他的上空看起来是一片乌云。巨大的热情,种种运动和信仰——个人的和民族的——多数都在他们衰亡的时候,爆发出昙花一现的闪光,能和原来的灿烂光辉媲美;然后迅即消亡了。或许这次舞会让克瑞斯汀的爱情发出了最后的闪光。看来这是因为一时的心血来潮而耗尽了她从此以后全部的激情,因此留给未来的就只有冷漠了。

尼古拉斯当初在结婚证那件事上肯定是犯了傻!

四

这种感情疏远的情况由于一件偶然的事情又进一步发展了;那是在两天以后,她和尼古拉斯在柳岸有一次约会。柳岸是芙仑河沿岸那些灌木丛和人工林带的边缘,除非在瀑布附近或者别的什么地方涉水渡河,否则就只有经过芙仑——埃沃若德庄园住宅的草地才能到达。靠近河边有一块林间空场,地上横着一根树干。他们曾经在这里幽会过一两次,尽管这并不是一个保险的地方;现在她就是在这里等着他。

河流的喧闹声把任何脚步声都盖过听不见了,她还没意识到他正在走过来,一抬头就看见他正在瀑布上游涉水过河。

正午的阳光和照矮了的影子,总是打消她对尼古拉斯的爱情中的浪漫情调。除此之外又新出了某种打扰她的东西。如果说以前她曾懊悔过,不该对他温情脉脉——那也许是并非清清楚楚感觉到的——而现在她是感到懊悔了。然而在这两个人的心灵深处,他们还是完全般配的,就像珠联璧合的一对构成了一个完美的整体;而且他们的爱也是纯洁无瑕的;但是此时此刻,那些表面上华而不实的东西,却使内心深处变得懵懂了。她的懊悔十之八九呈现在她的脸上。

他向她走了过来,一言未发,水从他的长统靴上流下来;他用自己的两只手分别握着她的两只手,仔细地看着她的眼睛。

"你好好想过了吗?"

"想什么?"

"我们是不是要再试一次;你记得吗,你在跳舞的时候说愿意再想想?"

"啊,我都把它忘了!"

"你还是为我们试过后悔啦!"

"我倒不是为那件事后悔,而是为那些闲言碎语。"她说。

"啊!闲言碎语?"

"他们说,我们已经结婚了。"

"谁说的?"

"我也说不准。我听到过这种悄悄话。我相信,村子里有人告诉了一个仆人。那个人说,就在那个倒霉的有雾的早晨,他一大清早经过教堂墓地,听见圣坛那儿有说话的声音,他透过窗户和昏暗得勉强可以看进去的玻璃,朝里边偷偷瞧了瞧,看到了你和我还有比兰德先生,诸如此类吧。但是想到他这些猜测可能会是很危险的想法,他就匆匆走了。于是这个故事就不胫而走了。后来你的婶婶也——"

"老天爷!她干什么来着?"

"这种说法传到她耳朵里了,她扬扬得意地说:'啊,是呀,这可是真的。我见过那结婚证。可是现在还不是让大家知道的时候。'"

"看见过那结婚证?那怎么——"

"我相信,出于偶然吧,你把上衣挂在什么地方的时候。"

这个消息,再加上"扬扬得意"那个不得当的字眼,让尼古拉斯羞愧得面红耳赤。他知道,他婶婶的性子就是这样,喜欢这样吹牛,可是比吹牛这种事更糟的是,这是克瑞斯汀第一次摆出屈尊的架势,表示她感觉到了,这门婚事会成为他的亲戚——他在世界上仅有的两个亲戚——感到得意的根源。

"那么你甚至一想到要做我的妻子,更不用说真的成了我的妻子,就觉得后悔了。"他放开她的手,那手就像死人手似地耷拉下来。

"说后悔并不确切,亲爱的尼克,我好不容易鼓起足够的勇气,表现出足够的忠诚,去了教堂,可是你却糊里糊涂——把事情弄得一团糟,结果落得既不是这样,又不是那样,我觉得很不自在,非常懊恼。我都不知道我认识的那些人在怎样看待我,我怎么见人呀?"

"那么,亲爱的克瑞斯汀,让我们来补救这乱糟糟的局面吧。我出去几天,再去另外弄一个结婚证,你可以到我这儿来吗?"

看得出来,她对这个主意表示退缩。"我鼓不起第二次的勇气来做这件事,"她说,"我完全相信,我鼓不起来!另外,我答应过比兰德先生。现在有了这种闲言碎语,我怎么还好继续和你见面?可以肯定,现在大家都盯着咱们呢。"

"那么就不见我了?"

"恐怕在目前必须不见。总之——"

"什么?"

"我很泄气。"

按尼古拉斯的理解,这些情况对他来说是很难令人鼓舞的。他确实可能是理解错了,应该坚持要她把流言变成事实。很不幸的是,他刚才劈开荆棘,涉水渡河,走过杂草丛生的荒原,匆匆忙忙来到她的身边,正在一天中这个美好恰当的时刻,这些经历都在他身上留下痕迹,让他带上一副不可通融的神气。

"你责备我——你后悔你的种种行为——你后悔如果你曾经对我承认过的任何事情!"

"不,尼古拉斯,那我并不后悔,"她和缓然而坚定地反驳他,"但是我认为,你不应该先不问问我就去弄了那个结婚证;我也认为,既然你一直在这里生活,处于目前的地位,你就应该懂得这里的情况如何,就应该作出努力来改善。不管什么来了,我都可以忍受,因为社会堕落并不是个人堕落,甚至也不是个人的耻辱,但是我今天早晨读了一个明智的、新近兴起的诗人的诗,正像他所说的:

> 世界和它的风习自有定规:
> 一成不变,要反对
> 还是等待为佳。①

你一得到我的许诺,尼克,就应该远行——是的——去争个名分,然后回来要求娶我。这是我对我的英雄所怀有的一个女孩儿的痴梦。"

"也许我还能做到这些!难道你真的宁肯为了家庭的缘故远远离开我活着,而不愿意为了感情的缘故冒险来看我吗?啊,这一颗心变得多么冷酷呀!如果我是一个王子,而你是一个挤奶姑娘,我早就面对世人站在你的身边了。"

她摇摇头。"唉——你不懂得社会是什么样子——你不懂。"

"也许是不懂。我在贝鲁斯顿先生家命名宴会上见到的那位大约二十七岁的陌生先生是谁?"

"啊——那是他的侄子詹姆斯。就他的年纪来说,他可是个人物,在这个世界上见过的地方多得不同寻常。他是个大旅行家,你知道。"

"确实如此。"

"事实上是个探险家,他是个非常有意思的人。"

---

① 引自罗伯特·勃朗宁的诗《全身像与半身像》第46—47节。

"毫无疑问。"

尼古拉斯从她说的那些话里面一点也没感到忌妒震惊。他对她非常了解,所以能够懂得,她绝不会去爱贝鲁斯顿。但是他问起,贝鲁斯顿是不是还要继续他的探险。

"如果他成了家就不会了。我设想,否则,他还会。"

"也许我也可以当一个大探险家,如果我努力试过的话。"

"你可以,我敢肯定。"

他们分开坐着,没有坐在一起;两个人都漫无目的地望着远处,不是互相注视对方的眼睛,就这样,秋天这个忧郁的下午慢慢过去了,而那道瀑布则发出挖苦的嘘嘘声,诉说不快是无法避免的。这和他们第一次在那里会面的时候迥然不同。

这个偏僻的角落风景如画;但是现在看起来却平平常常、枯燥无味得可怜。他们的情绪给周围的景物敷上的色调,简直和具体的物质所呈现的一样清晰可见,因为在生活只剩下思虑的地方,情绪就必定会这样。尼古拉斯对姣好的克瑞斯汀依旧一往情深,但不幸的是,他也有他的脾气和性情,于是他们之间的分歧就无法弥合了。

她一回到家里,坐在自己的女红台前,她父亲就进了客厅。她把他的报纸递给他;他一言不发拿过报纸就走过去站在壁炉边的地毯上,把报纸扔在地下。

"克瑞斯汀,这个可怕的传说是什么意思?我刚刚去登记处看了看。"

她看着他,没有说话。

"你嫁给了——尼古拉斯·朗?"

"没有,父亲。"

"没有?面对我掌握的这些事实,你竟然能说没有吗?"

"是的。"

"但是——你给教区长写的那个便条——还有你去教堂的

事呢?"

她简单地解释说,他们的打算落空了。

"啊!那么,这就是那场舞会的意义啦,是不是?根据——它让我——这件事拖了多长啦,我可以问问吗?"

"这件什么事?"

"哼,什么!嘿,把他当做你的情人。现在听我说。结果好就一切都好;从今天起,小姐,从此时此刻起,他对你就毫无关系了。你不要见他。马上和他干干脆脆一刀两断!我只希望他那伙人在我的农场——他们都得滚蛋,要不,我就得知道为什么。不管咋样,你得立刻写封信告诉他这件事。"

"我怎么能和他干干脆脆一刀两断?"

"为什么不能,你必须这么办,我的好姑娘!"

"哼,我虽然没有真地嫁给他,可是我庄严地发过誓,等他从国外回来向我求亲,我就当他的妻子。我要是不履行我的诺言,那就是犯了严重的伪誓罪。另外,一个女人和一个男人到教堂去,经过深思熟虑,庄严宣告一桩婚事,如果后来他并没做什么错事,她是不能拒绝他的。"

她的强烈信念使她这样说。这声音看来在克瑞斯汀心中所唤起的对它整个意义的认识,似乎要比原来只是在她心里隐隐约约感觉到的,更加生动鲜明,她说着说着就跪倒在她父亲面前,捂着脸说:"请你,请你宽恕我,爸爸!我怎么居然能不让你知道就做这种事呢!我不知道,我不知道!"

等她抬起头来一看,她发现她父亲心乱如麻,正在满屋子转。"你差一点儿就毁了你自己,毁了我,毁了我们大家。"他说,"天哪,你简直和你哥哥一样糟糕!"

"也许我是——是的——也许我是!"

"我怎么生出了你们这一窝孩子!"

"这是很不好;可是尼古拉斯——"

"他是个无赖!"

"他并不是个无赖!"她大声喊叫,马上回嘴,"他和你或者我或者任何一个有名有姓的人,或者王国内任何一个高尚的人一样好,一样有价值,如果你认识到那一点的话!只不过——只不过——"她在这方面没法继续争辩下去了,"好了,父亲,听着,"她呜呜地哭了起来,"如果你嘲笑我,那我就走,今天就去和他一起住在他的农场里,明天就和他结婚,这就是我要做的!"

"俺不嘲笑你!"

"我希望避免让你也同样变得脸上无光。"

她走开了。等她过了一刻钟又回来的时候,本来想屋子里会空空的,可是却发现,他还照样站在那儿,显然一动也没动。他的态度大大改变了。他好像对境况采取了一种妥协的、完全不同的看法。

"克瑞斯汀,在报纸上有一段暗指秘密结婚的。我很着急,这是不是指的你。唉,既然要出这种事,我也得忍,而不是抱怨。不管谁都会有发火的事,这就是我发火的一件事,嗯,这就是我所要说的——我觉得,你一定得把嫁给尼古拉斯·朗的打算变成事实。信用,你一定得有!要是你不这样办,那个谣言就会变成一个丑闻——这就是我的看法。我尽力要把这件事情往最好的那一面想。尼古拉斯·朗是个比他那个阶级大多数人都优秀的年轻人,还挺拿得出手。而且他也不穷——至少他叔叔并不穷。我相信,这个老捣蛋鬼哪一天能把我的产业全买光。不过,照我看,你必得当一个农夫的妻子。既然你给自己铺了床,那么你就得躺。父母可以建议,可得由不知恩的孩子去做。你可以嫁给他,而且马上就办。"

克瑞斯汀简直不知道该怎么办才好。"他很愿意等等,而且我也是这样。我们可以等上两三年,等他成为一个值得尊敬的人,就像——"

"你一定得嫁给他,而且如果一定要办的话,那就越早越好……可是,我本来希望你会成为吉姆·贝鲁斯顿的妻子,我确实这样希望过!可是,不成。"

"我也这样希望过,而且从一种观念上说,现在仍然希望。"她缓和地回复说。他的温和稳健把她从对抗的情绪中争取过来,她愿意和他论情说理了。

"你希望?"他感到惊讶。

"我懂得,根据世俗的观念,我和朗先生的所作所为会被大家认为是个错误。"

"嘿——听到这话我很高兴——等我死了,你会看得更加清楚;按我自己的合计,你不会等多久的。"

她突然感到悔恨莫名,深感痛苦地吻他。"别那么说!"她喊道,"告诉我,该怎么办?"

"你让我待一两个钟头好不好,让我想想。你赶车到市场上去看看再回来——马车就在门口——我要好好琢磨琢磨,等你回来咱们再吃饭。"

几分钟之后,她打扮好了,马车就拉着她上了把村子、庄园住宅和小镇市场隔开的那座小山。

五

过了一刻钟,她就进了那条主大街,因为没有更重要的任务,她去了马具店,买一副她需要的狗项圈。

这天刚好有集市,尼古拉斯原本有几个约会要去那儿,可是为了和她在柳岸相会,只好把约会推迟了,于是在下午很晚的时候赶往那儿,想尽可能赴约。因为时间已经很晚,他急匆匆地赶去,所以仍然保留着那野性未驯、水陆兼程的模样,他从草场走到她跟前的时候就有这种痕迹,而这是以前几乎从未有过的例外情况。她从店门出来跨过人行道的时候,店老板一直哈着腰护送她到马车边上,尼古拉斯这时刚好站在运货马车办事处,和一个车老板在谈话。附近站了许多人,紧跟前的人停下来看着她走过去,十月的阳光平射过来,照到他们的帽檐下面,穿过他们的纽扣眼儿。她从人群里听到有人在咕咕噜噜:"尼古拉斯·朗太太。"

这句从未料到的话,声调中并非没有明白无误的讽刺意味,使她大吃一惊,显得狼狈不堪。尼古拉斯迎着太阳走过来,虽然走得更近了却还没有看出她来。她受到她父亲那一番教训的影响,所以对他在这儿造成了这样的尴尬感到气愤,因此她对他打的招呼只是微微地,可能还是屈尊俯就地,一掠而过。她坐到座位上的时候,因为他在这里而感到的懊恼清清楚楚表现在她的脸上。她根本不理睬他那期待的目光,断然扭过头去。

过了一会儿,她又后悔这样对待他了;可是这时他已经走了。

回到家里,发现她的梳妆台上有他父亲留下的一张字条。内容很简单:

> 我已考虑,并得出相同意见。你一定要嫁给他。他可立即离家,根据原来建议外出游历。我已将此意写信告他,我毫无胃口,不要等我吃饭。

尼古拉斯就是那种脑子里缺根弦的人,尽管他也并非不清楚他那位克瑞斯汀蒙羞受辱的来龙去脉,他却根本对这件事视而不见。最近他才预感到可能有这类事。

"我真是活该,"他骑着马一路小跑回家的时候一路想,"我真是荒唐——卑劣,把她弄成这样。这牺牲是太大了——也太残酷了!"虽然他这样为她着想,可是他每次自言自语,说"她因为我而感到丢人!"这时候却又义愤填膺,面红耳赤。

他走到俯视芙仑-埃沃若德的那个山脊的时候,遇到了他一位邻居——一个牲畜贩子——坐在轻便马车上。这个牲畜贩子讲的那些话中,有一部分对尼古拉斯有很大的意义。

"我刚才去拜访埃沃若德乡绅,"牲畜贩子说,"可是他不能见我,因为他听到了某种不好的消息闭门谢客。"

尼古拉斯骑着马朝前走,过了芙仑-埃沃若德到达埃森福德农场,一路都在仔细琢磨。他一回到家里,又有新的而且令他大为震惊的事要他思考了。乡绅的字条已经到了,开头他不能相信它的含义;后来他进了一步,看出了写信人字里行间的轻视,于是懂得,写这封信的人已经被逼得走投无路了。克瑞斯汀挑战似地——侮辱似地——猛捶他的脑袋。他被接受了,因为他是那么让人瞧不起。

然而,他对待她和她的一切又是多么敬重!这时他想起了一个务农的朋友,几年前他见尼古拉斯在克瑞斯汀走过的时候,把两眼直瞪瞪地看着她,像见了天仙一样,就对他说过:"最好只是一把小火让你暖和暖和,而不是一场大火把你烧死。把你的心放在那上头没有好结果。"他走进草场坐下来,问了自己四个问题。

一、她身为他的妻子,甚至在他离家在外的时候,住在她的熟人附近,怎么会不因为他们鄙视的刺激而遭受折磨呢?

二、这会不会让克瑞斯汀也和自己的家完全疏远,并且因此让她陷入悲惨的处境?

三、这种孤立该不至于扼杀她对他的感情吧?

四、假设她父亲愚弄他们到海外殖民地去当移民,把他们打发到了美洲,这种放逐对像她那样一个在文雅教养下长大的人,最终是不是不会有什么影响?

简单一句话,不管他们在一起走哪条路,对她都会是残酷无情的,他的死会是一种解脱。如果她因为他而感到那么羞愧难当,就像她那天表现的那样,那么现在死的确可以在某个方面让她解脱了。如果他死了,同他发生的这个小小插曲就会像一场梦似的烟消云散了。

埃沃若德先生本质上是个心地善良的人，但是要认真看待他在气头上提出的意见，那是不可能的，很显然这是他在听到这件事情的时候，最初痛苦难耐头脑发热作出的决定。尼古拉斯起码能做的事情就是远走他乡，再也不去烦恼她。即使后来可以保证有必需的时间和财力，那么就像他们原先制订的乐观自信的计划那样，出外游历，学习，然后在两年之内回来，这也需要她有一颗坚定可靠的心；然而在他当天亲眼见到她的心已经让她做不到这一点的时候，还要这样设想，那就太愚蠢了。出去游历，然后销声匿迹，多少年也听不到他的消息，这会是一个远为独立自主的举动，而且会让她完全解除束缚。也许他还可以这样和学问渊博、见多识广的贝鲁斯顿先生一决高低，因为他听说他周游列国听得太多了。

他在那儿坐了很久，雾气从河上升起，像绒毛似地裹在他身上；首先是他的脚和膝盖，然后是他的胳臂和身体，最后连他的头也给罩进去了。等到他下了决心，他就转回家宅了。他会是独立自主的，哪怕为此而死，而这样他就可以让克瑞斯汀自由解脱。流亡是惟一的途径。第一步是把自己的决心告诉叔叔。

两天以后，尼古拉斯又来到草场上的同一个地点，几乎是在黄昏的同一个时刻。但是这时没有雾了；秋天的一阵狂风刮走了那金色安宁的白天和雾气迷蒙的黑夜；他充满决心与意志向相反的方向走去，他最后走进草场的时候，还是芙仑河谷的一个居民，四十八小时以后，他就完全斩断了他与河谷的关系，仿佛他从来都不属于它一样。所有属于他的芙仑河谷的东西，现在只限于他手中所提的那个旅行皮包里的了。

他在准备远行的时候，曾经情不自禁地抱有一种渺茫的痴心妄想，觉得她会和他联系，让他们的疏远处于某种温和的女性方式。但是她没有发来任何信号，对他来说，这是十分明显的，足以说明她最近的情绪已逐渐定型而且不会更改，这证明他要让她获得自由，这种冲动很有道理。

他走近柳岸,在黑暗中摸索着走到住宅花园门口,从下面塞进去一张字条,告诉她他要离去,并且解释说,真正的原因是知道她越来越深地感觉,他是一个累赘和耻辱。至于他游历的去向和归来的日期,他只字未提。

他现在根据自己的路线走上大路,朝着东北方向走了几英里,一路上仍然不断地做伤心的推断,并且自己问自己,为什么他要返回呢。黎明时分,他站在俯视绍兹福德镇市场那个小山丘上,等待大约这时要经过这里的一辆公用马车,沿着大路去麦切斯特和伦敦。

六

前面那件事情过后大约十五年,一位在几个遥远国度里居住过、在许多城市观光过的男子,来到罗伊镇,古老的西部税卡大道上一个路边小村,离芙仑-埃沃若德不到五英里,他在那个地方一个独门独院的小店——鹿头客栈住下了。他还是个中年人,不过可以看得出来,他一绺绺头发上已经隐隐约约露出了灰白,脸上也失去了血色和曲线,这好像是因为暴露在有褪色作用的气候中和陌生环境里造成的,或者是因为还害了些偶然的疾病,看来他好像是由于这个地方引发了他种种思绪,所以对身边的事物不大注意。事实上,尼古拉斯·朗现在刚一到达就必然又成了怀有昔日那些希望与恐惧的那个人——而这个人曾经对自己的名字是否会从这个地区抹去不屑一顾。晚间的灯火展现出令人怀旧的思绪,他想用他已经学会摆在脸上的那种庸碌之辈麻木冷漠的假象来把它们抹掉,可怎么也抹不去。

对于他这样一个宁愿选择鹿头而不愿再走四英里到卡斯特桥去找个住处的人来说,鹿头可真是个不同寻常的地方。在他离家以前,它是一个热闹的酒馆,好高骛远的人、报信的使者和快速马车都在这儿的驿站换马,奔往全国各地;但是现在这所房子到处都是窟窿,冷嗖嗖的,马厩的后墙也塌了,店老板患了气喘病,交通繁忙早已成为过去。

他是下午到达的,他打发掉那辆轻便马车,然后去吃他那顿不上不下的饭,这时他摆出那种漫不经心的样子,问那个侍女:

"芙仑-埃沃若德庄园住宅的乡绅埃沃若德已经去世几年了吧,我想?"

她的回答是肯定的。

"那家还留下有什么人吗?"

"啊,天哪,没有,先生!他们几年以前把那地方卖了——埃沃若德乡绅的儿子卖的——后来就都走了。我从来没听说过,他们去哪儿了。他们一无所有了。"

"从来没听说过那位年轻小姐的什么消息吗——那位乡绅的女儿?"

"没有。你知道,那还是我到这一带来以前的事儿。"

等那个侍女离开了那间屋子,他把他那个盘子推到了一边,从窗户望出去。他根本不是为了克瑞斯汀的缘故来到芙仑河谷的,不过她大大鼓舞了他到这条路上来的动机。不管怎样,他现在既然离那儿这么近,他总要去一趟,而且也不要在这里打听什么了,因为容易听到误传。他不敢打听的那个根本问题是:那家人离开以前,克瑞斯汀是否已经结婚。他不敢提问是因为怕得出奇,生怕扼杀了还有希望的猜想。埃沃若德这家人离开了他们的老家,这在这一天里可是个够糟的信息。

他从桌子旁边站起来,戴上帽子就出去了,下山走向那个高地,把这一地区和他自己故乡的那个河谷分开的正是这块高地。他眼睛接触到的第一个熟悉的地形就是遥远天空下的一个小点——一丛树耸立在一座山上,那座山高过更远的一个高地——他在童年的时候相信,人站在那座山上就可以看到美洲。他走到他可以进去的这块高原的那一边。啊,前面就是那个河谷——一条略泛绿色的灰色长带——依然显得平静庄严,仿佛对他远去并没有多少感觉。既然克瑞斯汀已经不在那儿,他何必要在今天晚上在那里停留呢?他叔叔和婶婶已经死了,明天再去打听一些远亲也不迟。因此他不再往前走,转身循原路返回客栈。

在返回的路上,现在他见到一个女人的身影,原来她是一直跟在他后面走着,离他有一段距离;等她走得靠近一些,他不觉一惊。的确,尽管岁月蹉跎,她的外形有些改变,可是大致轮廓不依旧是克瑞斯汀的原貌吗?

尼古拉斯一直满怀柔情,一两天前他一到南安普敦,马上就给克瑞斯汀写了信,碰碰运气把信寄到她原来的住宅,只告诉她,他计划在今天下午到达罗伊村的客栈。埃沃若德家星散的消息,打消了他想听到她的踪影的希望;可是她来到了眼前。

他们就这样相遇了——就在那儿,没有别人,在那开阔高丘的一个水池边,这次相逢竟仿佛是经过精心安排的一般。

她取下面纱,她依然美丽,虽然岁月也留下了雪泥鸿爪;比以往安详沉着了一点——朴实得多;或者那只是因为他现在远不如以往那么朴实——现在是一个饱经沧桑的男子——朴实的意义是相对而言的?她的脸十分显著地变成那种可以称之为引人注意的模样,她的衣着带有娴静稳重的格调,而以前她却是一个惯于穿得非常轻飘、非常活泼的人。岁月也在这方面投下了一点阴影。

"我收到了你的信,"她说,这时他们初次相逢那种短暂的局促不安已经过去了,"今天天气很好,所以我想,我可以翻过这些小山步行过来。我刚刚去过那家客栈,他们说你出去了。我现在是往家里走。"

虽然他聚精会神地盯着她,可是却没怎么听见她的这些话。"克瑞斯汀,"他说,"一句话。你现在是自由身吗?"

"我——我,从某种意义来说,是的。"她满面绯红地说。

这句话产生了奇异的效果。横亘在过去和现在之间的那段时间,对他来说,一下靠紧了。他压抑了十五年的感情冲动起来,他抓住她的两只手,把她拉到自己跟前。

她惊得倒退一步,简直变成只是泛泛之交一般。"我——我得告诉你,"她喘着气说,"我已经——已经结婚了。"

尼古拉斯的粉红色的美梦立刻褪成了带点灰暗的色调。

"你走了以后,过了许多年我才结婚,"她像一个承认有罪的人那样用一种谦卑的声调说,"啊,尼克,"她带着责备的口吻哭诉,"你怎么能远行那么久?"

"你嫁给谁了?"

"贝鲁斯顿先生。"

"我——应当预计到了这一点。"他正要脱口加问一句,"他死了吗?"但是又止住了。她的服装肯定无误地暗示她在孀居,而且她说过她是自由身。

"我现在必须赶快回家。"她说,"我觉得,考虑到多年以前我在我们分手问题上的那些缺点,我欠了你的情,现在得由我走第一步。"

"你一向慷慨大度,你现在这样也是如此。我陪你走吧,如果你同意的话。你现在住在哪儿,克瑞斯汀?"

"还是那所老房子,不过情况却不是老样子了。我租了其中一部分;租用那所房子的农夫发现他用不了那整所房子;房主就让我保留我选用的几间屋子。我现在穷了,你知道,尼古拉斯,而且几乎没有朋友,我哥哥一得到芙仑-埃沃若德那份产业就把它卖了,买主把我们家改成了农场住宅。我丈夫和我在我父亲去世之前,一直和他一起住在那所庄园住宅里,所以我从来没到别处去住过。"

她穷了。这一点又加上她改了姓,足以说明客栈的女仆为什么不知道她还住在她原来那个老家里。

天色越来越暗,他还一直陪着她走。从他们面前的一个斜坡露出了一个女人的头。这个人越走越近,克瑞斯汀就请他回去。"这是和我同住一所房子的那个农夫的妻子,"她说,"只要我出门走得远了,到晚上还没回去,她总是出来接我。现在我到哪里都得走着去了。"

农夫的妻子看见克瑞斯汀不是一个人,就停下没朝前走,于是尼古拉斯说:"亲爱的克瑞斯汀,如果说你是不得已做了这些事情,我可没有,现在我能自由使用的财产,你也可以照样自由使用。人们说,滚动的石头积不起青苔,不过有时候还是可以积些渣滓。我当过金矿的首批淘金人,你知道,在那里我积攒了我想要的足够财产。而且我还把它存下来了。我攒了钱以后,正要回家,可是听说我叔叔死了,于是我改变了计划,游历,做投机事业,更增加了我的财产。好了,在我们分手以前——你还记得吧,你曾经和我一起站在圣坛前面,因此我说话可以不用那么周全地做准备,不然,我是应该准备周全的。所以在我们分手之前,我问你:是不是还有另外什么人挡在我们中间?或者,我们是不是要完成我们曾经开始过的结合?"

她哆嗦起来了——正像他刚才提起而让她回忆起来的那一次和他一起站在教堂里的那个时刻一样。"我不要再进那个地方了,亲爱的尼古拉斯,"她回答,"首先有许多事要谈,要考虑——还有更多要解释,现在就进教堂,那些事会破坏我们这次会见的。"

"是的,是的,可是——"

"今天晚上不要逼我,尼克,要我做出比我刚才第一次的简单回答更进一步的回答。我还保有昔日对你的感情,否则我就不会来找你了。此刻就谈到这里吧。"

"很好,亲爱的。我什么时候过去看你呢?"

"我会写信定一个具体的时间的。那时候我就会把我过去的一切事情告诉你了。"

他们就这样分别了,尼古拉斯觉得,他来这里并不是毫无所得。等到她和她的同伴走得看不见了,他循原路回到罗伊村,他尽可能让自己在他儿童时代的这个古老而现在显得荒凉的小客栈里过得舒服一点。这个晚上他怀念和她的交往,比在这十五年中任何时候都更多;而且仿佛在整个这段时期非但不是和她分离阻隔,而且是和她经常不断地亲切交流。她的声调让他心中的一个小旮旯儿又活跃起来,而自从上一次听到它以来一直是停滞不动的。这种声调让他回忆起他曾经把她当做仙女一样仰望的那个女子。她说她曾经属于别人,这对他来说有点震惊,他现在抬眼看她和最初抬眼看她,并不是分毫不爽的同样心情。但是他原谅了她嫁给贝鲁斯顿;都过了十五年,他还可以期望什么呢?

他那天夜里睡在罗伊镇,第二天早晨,从她那儿送来了一封短信,信中更着重地重复了她头天傍晚所讲的那番话——说她希望把她的情况清清楚楚地告诉他,和他一起平平静静地考虑她目前的处境。她有把握,星期天下午她会一个人待在家里,他能在那个时候去看她吗?

"尼克,"她接着写道,"你是一个了不起的世界主义者!我本来期望仍然见到我昔日的那个自耕农,但是在这样一个世界公民的面前,我觉得很害怕。我好像是土里土气而且孤陋寡闻的吧?啊,你以前在我看来好像也是这样!"

开着玩笑、充满亲情的话语,昔日的克瑞斯汀就流露在这些话语之中。她说星期天下午,可现在还只是星期六上午。他希望她说的要是今天该多美;她那很快就复活了的形象令人鼓舞,让那几乎一直处于静止状态的感情突然热烈起来。她的处境,管她会要解释些什么呢——毫无疑问,那是手头拮据得不可开交——他不能放弃她。埃沃若德小姐也好,贝鲁斯顿太太也好,那有什么关系?——她还是那同一个克瑞斯汀。

整个星期六他都没有出那个小客栈一步。除了等待即将到来的会见以外,他什么也不想看,什么事也不想做。于是他抽抽烟,看看上个星期的当地报纸,躲在壁炉边上。到了晚上,他觉得再也没法在屋子里待下去了,这时月亮刚要圆了,他从客栈出来,徒步沿着昨天的方向走去,想去仔细看看昔日那个村子和附近的地方,在夜色笼罩下围着她的房子转转。

他手上拿了一根结实的手杖,在相当短的时间里爬过了那五英里山坡高地。尼古拉斯自从上次走过那条小路以来,见过许多陌生的国家,走过许多陌生的道路,可是他现在跋涉的时候,好像又奇妙无比地像他昔日的那个人一样,找起路来没有丝毫困难。下到草场,那些小河倒叫他有点迷惑了,昔日那些步行过河的小桥,有些已经拆掉了;可是他最后还是过了那几条较大的河道,终于走到了那个村子,眼下他先避开她的住处,免得她碰上他,认为他没有遵守她约定的时间。

他去了教堂墓地,首先找他离开家乡时还活着的两个亲戚长眠的地方,然后又见到他原来非常熟悉的其他几个居民的墓碑,直到后来他好像逐渐进入了芙仑-埃沃若德那年龄较长的居民的社会圈子,因为他熟悉这个地方。他以前在这里的日子,他们毗邻而居,如今也是一样。他们大家一起搬家了。

但是没有看见贝鲁斯顿先生的墓,虽然由于他曾经住在那所庄园住宅里,自然应当在这里找到。说真的,和任何别的东西比较起来,尼古拉斯更急于想发现他的墓地,急于想知道他死了多久。教堂里有点亮光透出来,他看出是有人在那里打扫,为星期天做准备,他走进去,尽管仔细在墙壁上查看,但是没有纪念她丈夫的碑铭,不过那位乡绅①却有一块纪念碑。

尼古拉斯对那个正在打扫的年轻人说:"我没有见到已故的

---

① 应指克瑞斯汀的父亲。

贝鲁斯顿先生的任何纪念碑或者坟墓。"

"啊,没有,先生;那你是看不到的。"年轻人生硬地说。

"为什么,请说说?"

"因为他没埋在这儿。就我们所知道的,他没有用基督教的葬礼埋在任何地方。简单说吧,他根本就没给埋起来;咱们俩说句悄悄话吧,也许他还活着。"

尼古拉斯马上缩了一英寸。"啊。"他应了一声。

"那么,你不知道那离奇的景况吧,先生?"

"我在此地是个陌生人——就最近这些年来说。"

"贝鲁斯顿先生是个旅行家——是个探险家——这是他的职业;你可能听说过他这种名气吧?"

"我记得。"尼古拉斯忆起往事,正是贝鲁斯顿先生的这种癖好,刺激他自己出外漫游的。

"嗯,他结了婚,就来这里同他妻子和妻子的父亲住在一起,并且说,他不再出去旅行了。可是过了一段时间,他就对安安静静住在这里感到厌烦,对她也感到厌烦——他无论如何都不是那个年轻太太的好丈夫——他重操旧业继续周游——用的是她的钱。他远走高飞,去到人脚走不到的地方,深入亚洲腹地,从此就再也听不见音讯了。据说他遭人谋害了,可是谁也不知道。这已经是九年前的事了,即使从法人的角度说他还没死,可是从原则上说,他是肯定死了。他的妻子过着很窘迫的日子,因为她丈夫和她哥哥双管齐下,给她留下的牧场也就少得可怜了。"

尼古拉斯并未去她住的地方转转,就径直回了鹿头客栈。那么这就是她要做的解释了。不是死亡,而是失踪。他怎么能够一直期望,对他做出的第一次美好的幸福承诺会保持鲜亮如新呢?她说过她是自由身;而且从法律上讲,她是自由身,这毫无疑问;另外,从她的语调和态度来看,他觉得他完全有理由作出判断:既然她丈夫十之八九已不在人世,她会愿意冒些风险和他结合的。即使他那个丈夫还活着,从他的性格来判断,他也不大可能还会回来。一个为了个人历险而动用自己妻子的钱的人,过了那么长一段时间,是不会急于想过问她的贫困的。

好啦,前景并不是原来看起来那样晴空万里。但是,他能够,甚至到了现在,放弃克瑞斯汀吗?

七

又过了两个月,那一年即将结束了,尼古拉斯已经在离芙仑－埃沃若德最近的市镇租下了一所宽敞的住宅。一个男人,富有资产,性格温和,而且又是个单身,于是就成了他那些左邻右舍和左邻右舍的妻子女儿感到极大兴趣的对象。但是他不予理会,而是郑重其事地每星期两次,不论天气如何,去拜访芙仑－埃沃若德那所现在的农场住宅,其中一翼仍然保留作为克瑞斯汀的栖身之处。他老是步行前往,免得给家中人手有限的主妇增加照料马的麻烦。

这两个人聚在一起商量目前的处境,去请教律师,对比种种可能性,决心冒险一试缔结姻缘。"不入虎穴,焉得虎子。"克瑞斯汀这样说过,她仍然保有一些她往日那种敢作敢为的脾气。

他们表现出几乎是毫无必要的诚挚,让他们的打算变得家喻户晓。一点不假,克瑞斯汀开始相当畏缩,不敢大事宣扬,但是尼古拉斯争辩说,在这件事上大胆行动会有良好的结果。他在朋友面前认为,她除了是个孀居守寡的人以外,没有其他任何可能,而且根据法律要求失踪者表示异议至今未有回应,这就使得他们结婚后可能投向她的任何不快的非议不攻自破了。为此目的,还在威塞克斯的报纸上登了这么一段,宣告他们的婚礼将在十二月份的某日举行。

他定期沿着河谷的南面步行去探望她,成了他有生以来最为幸福的体验。在眼前的景致里,黄叶纷纷在他四周飘落,灌溉良好的草场在他左面展开,他所爱的女人就在这景致后面等待着他,据人们的判断所能预见的,这些都向他许诺了一种十分安宁晴朗的前途。他到了那里,就和她一起坐在她还保留的那一侧的"客厅"里,这是她的总起居室,在这里,她早年生活的遗物就只剩下从住宅另一侧搬过来的那架老钟和她自己的钢琴了。在天色还没完全黑下来以前,他们手牵手地站在那儿眺望窗外,越过平坦的草地直望到暗色的树丛,更远的景色则给树丛挡着看不到了。

"你希望你依然是这里的女主人吗,亲爱的?"他有一次问她。

"根本不希望,"她高高兴兴地说,"我有一间足够好的屋子,和一个足够好的壁炉,和一位足够好的朋友。除此以外,我在这所住宅里当女主人的最后那些日子并不快乐,他们把这个地方给我破坏了。这是对我没有忠于誓言的惩罚。尼克,你真的原谅我吗?你确实真正原谅我吗?"

十二月二十三日,婚礼前夕,经过这样一长串平安无事的日子,终于到来了。尼古拉斯把那天的访问安排得比平时略晚一点,而且为了第二天的婚礼要把一切事情都给她安排好,还要准备接她搬进他的住宅;因为他已经开始照看她的家庭事务了,而且还尽量减轻她的家务负担。

他是要来吃一顿较早的晚餐,她准备这顿晚餐是用来代替第二天的婚礼早餐——她目前的处境要准备那顿早餐不大方便。天黑以后大约一个钟头,住在这所住宅另一部分的那个农夫的妻子,进到克瑞斯汀的客厅里来要铺桌布。

"给火腿去皮,再给血肠加热,"她说,"要花掉他到来以前我整个这段时间,哪怕我现在立刻就开始干。"

"我自己来铺桌布,"克瑞斯汀立刻跳起来说,"请你就管做饭吧。"

"谢谢你,夫人。看到你这是最后一个晚上干这种活,也许这也不算啥。我早知道,这种日子你不会过得很长的,你生下来就是过好日子的。"

"这已经过得很长啦,威克太太,而且要是他没有找到我,那我就得这样过一辈子了。"

"可他硬是找到你了。"

"他是找到了。还是我马上来铺这桌布吧。"

威克太太回厨房去了,于是克瑞斯汀忙碌起来。她亲手为尼古拉斯和她自己摆桌子,觉得非常高兴。她把每一件东西调整到合适的位置,仿佛错了半英寸都事关重大。她从其中获得了艺术的享受。最后她把两根蜡烛摆在它们应该摆放的地方,然后在壁炉旁边坐下来。

威克太太这时又走进来了,观看陈设的效果。"干吗不再摆一两根蜡烛,夫人?"她说,"那可以显得更有生气。比如说摆四根。"

"很好,"克瑞斯汀说,于是四根蜡烛点燃了,"的确是好,"她一边观察一边又接着说,"我现在已经有好久了,一直习惯种种小小的节约,所以这些看起来很有点铺张浪费。"

"嘿,在他那所堂皇的新住宅里,很快你就会觉得点上四十根也不算啥!他一来我就把晚餐送上来吗,夫人?"

"不,等半个钟头;而且,威克太太,你和贝特西在厨房里都很忙,这我知道;所以他敲门的时候,就不用惊动你们啦;我可以去领他进来。"

又只剩下她一个人了,因为离尼古拉斯来赴约还有一些时间,所以她站在壁炉旁边,对着壁炉架上的镜子照照自己。她若有所思地撩起了她鬓角略上一点的一绺头发,露出了一个小小的伤疤,那个伤疤还有一段故事。她死去的丈夫坏极了的脾气——那种突然发作的坏脾气甚至让他友好的激动看起来也像是在发火——引起他有一次用他戴的戒指上的宝石托给她留下了那个记号。他说那整个事情不过是出于偶然。她是个女人,而且保留她自己的看法。

克瑞斯汀然后转过身来后背对着镜子,扫视桌子和蜡烛,这些蜡烛每一根都在一个角上照亮着,就像是四个福音传教士的形象,心想他们看起来显得过分傲慢——过分自信。她对那座钟看了一眼,因为过道里地方有限放不下,所以也摆在这间屋子里。现在快到七点了,她等待的尼古拉斯在七点半到。她喜欢这件古老的家什在孤单的生活中和她作伴。它嘀嘀嗒嗒和叮叮当当的响声,就像和人谈话一样。它现在开始敲响报时了,它报完时间,有点什么东西轻微地嘎嘎响了一下。然后没有丝毫预告,这架钟慢慢向前倾斜,一下整个扑倒在地板上。

农夫的妻子听到撞击的声音急忙冲进屋子里来,克瑞斯汀吓得跳了起来,差点儿把鞋都弄掉了。威克太太问发生了什么事,可是眼前的景象就做了回答。

"咋弄的?"她问。

"我也说不清;我猜想,是固定得不结实。哎哟,多么可惜呀!我亲爱的父亲的门厅钟啊!得了,我想它是给毁了。"

她让威克太太帮着,抬起了这座钟。当然每一小块玻璃都给砸碎了,除此以外,好像只有极其轻微的损坏。虽然它不会再走了,他们还是暂时把它撑了起来。

克瑞斯汀很快恢复了镇定的神色,但是她看到,威克太太满面愁容。"这是什么兆头,威克太太?"她问,"是不吉利吧?"

"这是一种暗示,家里要有人暴死。"

"别说了,我不相信这种事儿;朗先生来了,别对他提这件事儿。他现在还不是这个家里的人呢,你知道的。"

"啊,不,这指的可能不是他。"威克太太一边暗想一边说。

"也许是哪个远房侄子吧。"克瑞斯汀说,想驱除这件突然发生的事在自己心里引起的无名的恐惧,同样也想迎合威克太太一下,"那么——晚餐差不多准备好了吧,威克太太?"

"还要三刻钟。"

威克太太离开了屋子,克瑞斯汀还是坐在那儿。虽然离尼古拉斯答应要到达的时间还差一刻钟,她开始变得不耐烦了。她所习惯的那种嘀嘀嗒嗒现在没有了,那死一般的沉寂闷得人难受。但是她还没等到她原来以为要等的那么长时间,就听见脚步声靠近了门口,传来一阵敲门声。

克瑞斯汀已经到那里去开门了。门道里没有灯,可是门外面倒不是特别暗。她可以看出一个男人的轮廓,于是高兴地喊了起来,"你来得早,你真太好了。"

"请原谅。这不是贝鲁斯顿先生本人,——只是送信人送来他的旅行包和大衣。不过他很快就到。"

这声音不是尼古拉斯的声音,而且这个消息也很奇怪。"我——我不明白。贝鲁斯顿先生?"她有气无力地回答。

"是的,夫人。一位绅士——我不认识他——在卡斯特桥车站把这些东西交给我带到这儿来,并且告诉我来转告,贝鲁斯顿先生已经到了那儿,有事要耽搁半个钟头,不过一定要在今天傍晚到达这里。"

她一下跌坐进一把椅子里。送东西的搬运工把一个用旧了的小旅行包放在地板上,把大衣放在椅子上,对屋子里摆好了的桌子看了一下,说:"如果你感到失望,夫人,觉得你丈夫(我猜想他是)还没来,那么我可以向你保证,他马上就到。他停下来是要刮刮胡子,我这么想,是因为看到他确实需要刮刮。他说了,我可以告诉你,他在爱尔兰听到那个消息,要不是有人逼他摊牌,他本来是会早一点回来的;但是后来他坐帆船渡海的时候,气候又让他耽搁了。他说的消息指的是什么,我不清楚。"

"啊,是的。"她支支吾吾。事情很明白,来人根本不知道她打算再婚的事。

她勉勉强强站了起来,给了他一个先令,应了他一声"晚安",

那人就走了。他的脚步声在远处逐渐消逝了。她独自一个人；只是孤零零地待着。

克瑞斯汀站在过厅中间，正像来人离开她那时候的样子，隔壁屋子里那座钟不走了；现在是令人郁闷的一片沉寂，后来她打起精神，转向那个旅行包和大衣，把他们放在烛光下，仔细查看。旅行包上有用白色油漆写上去的姓名的第一个字母。"J. B."——人人都知道的她丈夫名和姓的第一个字母。

她查看那件大衣。在前胸口袋里有一个装烈酒的空瓶子，她肯定相信，她认得出来，这就是他和她一起住在家里的时候，她曾多次为他灌过酒的那个瓶子。

她漫无目的地东转西转，直到后来她又听到外面的脚步声，接着门那边又传来第二次敲门声。她没有反应，这时尼古拉斯——因为这次果然是他——心想，她聚精会神想着明天的事情，所以没有听见他敲门，于是就轻轻开了门，来到她那间屋子的门口，门开着，正和刚才卡斯特桥那个搬运工离开时的情况一样。

尼古拉斯欢快地问候了她一声，对客厅整个看了一遍，客厅和那高大的蜡烛，熊熊的炉火，雪白的桌布，摆设整洁的桌子，构成了一幅喜气洋洋的景象，足够让一个在黑夜里走了一个小时的人兴高采烈的。

"我的新娘——总算是了，最后！"他叫了起来，用双臂搂着她。

她没有响应，身子反而变得无力、僵硬、沉重；她的头向后垂着，这时他发现，她晕过去了。

这是很自然的，他心想。她有许多小小的令人烦恼的事情要她去处理，却没有得到多少帮助。他本应该更加有效地帮助照顾她那些事情的。那件大事近在眼前让她过于激动。尼古拉斯吻着她那失去知觉的脸——不止一次，根本想不到有什么消息让事情改观了。他不愿意叫威克太太，自己把克瑞斯汀抱到一个长沙发上,让她躺下,这就起了让她苏醒的作用。尼古拉斯弯下身对着她耳朵轻声说:"静静地躺着,最亲爱的,不要着忙。做梦,做梦,梦想幸福的日子。现在只有我,你马上就会好起来的。"他握住她的手。

"不,不,不!"她吓了一跳,连声说,"啊,怎么能这样呢?"

尼古拉斯感到惊慌,感到困惑,但是没拖多久,真相就透露出来。等她坐起来,把那令人目瞪口呆的事情一点一点告诉给他,他好像都吓呆了。

"哎呀——是这样吗?"他说,这时候他显得有些听天由命的样子,"那么他为什么要那么冷酷无情,一定要——要拖到现在才回来呢?"

她原原本本把她丈夫让送东西来的人转告她的那番解释复述了一遍;但是她讲这件事情的那种勉勉强强的态度,表明她对它的真实性有多么怀疑。他在这样一个引人注目的时刻回来,要说这不是挖空心思要让人大吃一惊,那是太不可能了,这和他以前对她的一些做法如出一辙。

"但是或者这也许是真的——他现在也可能变得善良了——不像他一向那样,"她支支吾吾地说,"是的,尼古拉斯,也许他这个人变了样啦——我们希望他是变了。我想,我不应该听我的法律顾问的意见,认为他的死是确切无疑的!无论如何,我又给生拉硬拽回去——回到正路上了!"

尼古拉斯痛心疾首:"啊,我们都是过分、过分老实的傻瓜!——在报纸上登那些启事,把我们的打算暴露在光天化日之下!我们为什么不能私下结婚,然后远走高飞,那样一来,哪怕他回来了,也决不会知道你究竟怎么样了……克瑞斯汀,他之所以这样做,是要……但是,我再没有什么可说的了。当然,我们——现在还可以一走了之。"

"不,不;我们不能。"她急匆匆说。

"那很好。可是,这真叫人难以忍受!'我寻求善的时候,恶闯进了我的心中,而我等待光明的时候,却又来了黑暗。'在咱们这国土上一个独自受过审判的人曾经这样说过,而我现在也这样说!……我在琢磨,他此时此刻是不是差不多就在这儿啦?"

她告诉他,她猜想,贝鲁斯顿步行的时候不需要穿大衣,他把大衣打发掉以后,现在正沿着小路穿过旷野往这里走过来。

"那么这顿饭是为他准备的,还是为我?"

"它是为你准备的。"

"可是要让他吃掉吗?"

"是的。"

"克瑞斯汀,你很有把握,他在回来,或者你是在壁炉边做梦,梦见他在回来?"

她又重新指着写有"J. B."两个字母的旅行包和旁边的那件上衣。

"好吧,再见——再见!十五年以前那个神父不肯为我们举行婚礼,诅咒他吧!"

不必再详细叙述那次分别了。出现了一些场景,其中那两位演员所说的话连接近他们之间心理交流的水平都谈不到。说到他们确实分开了,而且很快,也就足够了;尼古拉斯那模样,与其说他活着,还不如说他死了。他走出那所住宅回家去了。

贝鲁斯顿为什么要回来呢?他离乡在外的时候,并没有像现在这样想着克瑞斯汀。尼古拉斯要是年轻一些,他可能就会情不自禁地下到河边那些草地中间去,而不是沿着草地的边缘走。芙仑河就在那下边,他知道那条河里的一些水静流深的潭,淹死人是很容易的。但是他年纪已经太大,不会为了爱情这类理由而结束自己的生命;而另外的想法也使他不至于考虑任何不顾死活的行动。他对她的感情带有强烈的保护性质,她在将来一旦遇到麻烦需要朋友的支持,在这个世界上除了他以外,没有任何人可以提供。所以他继续向前走去。

与此同时,克瑞斯汀已经向环境妥协了。她决心不愧于自己的历史和自己的家庭,这使她产生了英勇气概和尊严。她叫来威克太太,把刚才发生的一切就自己认为必需的尽可能向这位令人敬重的女人作了解释。威克太太都惊奇得无言以对了。她慢慢地退了下去,嘴唇大张着;一直走到门边才干巴巴地说了一句:"那顿美妙的晚餐呢,夫人?"

"他来了就端上来。"

"等贝鲁斯顿——是的,夫人,我会。"她仍然站在那儿发愣,仿佛她接受不了这个命令似的。

"那就行了,威克太太。我非常感谢你所有这些好意。"克瑞斯汀于是又剩下一个人了,这时她哭了。

她坐下来等着。那座钟停下不走造成的可怕沉寂又开始袭来,但是她现在并不注意它了。她处在一种紧张的心理状态下谛听着脚步声,这种紧张简直让她失去了活动的力量。她仿佛觉得,在那儿等她丈夫走回来的自然期限应该已经过去了;可是她没有把握,就继续等着。

威克太太又进来了。"你没打铃要上晚餐吧——"

"他还没来,威克太太。如果你要去睡觉,就把晚餐送过来,摆在桌上。一会儿就会相当冷的。门关着不用上闩了。"

威克太太按她说的办,添上火就走了。过了不久,克瑞斯汀听到她回自己的屋子了。但是克瑞斯汀依然继续坐着,她丈夫依然迟迟没有进门。

她自己起来了一两次,添了添火,可是也弄不清楚夜晚已经到了什么时候。她的表在楼上,可她并没有费力上去看看时间。她继续坐在位子上;晚餐依然等在那儿,而他依然没有来。

最后她简直要相信,他这些东西的到来一定是个梦了,所以她又走到它们跟前,把它们摸一摸,仔细检查一下,这些东西毫无疑问的确是他的，它们由搬运工送来也是很自然的。她叹了一口气，又重新坐下。

这时候她打了一会儿瞌睡，等她醒过来，发现那四根蜡烛已经烧到烛台的烛窝里，都灭了。壁炉还在闪着微弱的火光。克瑞斯汀没有找那个麻烦再去拿几根蜡烛，不过把炉火拨了拨，又继续坐着。

过了很长一段时间，她听到住宅那头一个屋子的地板和楼梯一阵嘎吱的响声，她知道农夫家里的人起床了。不一会儿威克太太手里拿着一根蜡烛走进屋子里来，按她早晨的老样子砰地一声把门推开，显然没有料到还有个人在那里。

"老天保佑！怎么，又坐到这儿来了，夫人？"

"是的，我仍然一直坐在这儿。"

"你从昨儿个晚上一直在这儿坐到现在？"

"是。"

"那么——"

"他没来。"

"得啦，他不会在大清早这个时候来的，"农夫的妻子说，"你还是上床睡去吧，夫人，你准保冷得要死！"

克瑞斯汀现在想，很可能她丈夫原来想，最好在透露他还活着以后一个小时之内就把自己强加给她，后来又决定在第二天对她来一个更加正式的访问。因此她就接受威克太太的建议告退了。

八

尼古拉斯直接回了家，既没看见谁也没和谁讲话。从那个时刻起，他好像发生了某种变化。他以前老是觉得不好意思；他的自尊心很容易受到伤害，表现出特别害怕弄得个人突出。但是现在他的自我意识,作为一种独特的令人心烦的评判,看来好像已经没有了。因此他闭门不出过了一两天,随后又出来了,他在那个小镇上结识的几个熟人对发生的事情向他表示慰问,对他那憔悴的样子表示同情,他并不像往日那样对他们的关心畏缩不前,而是像小孩子那样接受他们的同情。

贝鲁斯顿到达的那天晚上没有在小镇上或者附近的任何旅店出现,也根本没进他妻子的住宅,这事儿传到了他的耳朵里。"这是他残酷做法的一个部分。"尼古拉斯心想。又过了两三天,仍然没有接到贝鲁斯顿和她会合的消息,所以他就大着胆子去芙仑-埃沃若德。

克瑞斯汀受到震撼心绪不宁,不得不躺在沙发上来接待他,这个沙发就放在准备用来摆设那次晚宴的方桌旁边。克瑞斯汀愁眉不展地盯着他,还露出了一丝苦笑。

"他一直还没来?"他压低声音问。

"他还没。"

于是尼古拉斯坐在她身边,他们仅仅谈了些一般的话题,就像悲伤的老朋友一样。但是他们还是排除不了贝鲁斯顿这件事,它挤进来的时候,他们都压低声音。克瑞斯汀不亚于尼古拉斯,深知她丈夫的为人,她猜想,他打断了她的这场游戏,他用的会是这样一个词儿,现在他就会从容不迫地行事了,而且他觉得她现在这种窘迫的生活模式,也没有什么很大的吸引力,所以只有在没有什么更好的事情可干的时候,才会有意回来找她。

这次闪电似地一击打破了他们的希望,这一击还是刚刚打下来,让他们在谈到那一天的时候,还难以面对面地相互正视。但是等到过了一两个星期,贝鲁斯顿还像以前一样到处都没露面,尼古拉斯和她就可以平心静气带着好奇的心情来谈论这件事情了。为什么他像这样来了又走了呢?

于是就降临了一个放弃猜测的时期,在这个时期——

日复一日，那么相像，那么一模一样！①

　　也就是说谈到其中一天就代表了全部。尼古拉斯常常是下午三点到四点钟之间到达，他快走到她的门口的时候战栗不已，都影响到他走路了。他会敲敲门；她从窗户里望见他了，也总是亲自应声开门。然后他会悄声问道：

　　"他一直还没来？"

　　"他还没。"她会这样回答。

　　尼古拉斯然后走进来，她戴好帽子，他们就一起散步走到柳岸，一直走到他们在年轻的岁月常常约会的地方。贝鲁斯顿过去和她住在这个庄园住宅的时候建议安装在河上的那座木板桥，现在已经拆掉了，一切完全和尼古拉斯的时代一样，那时他一向是在瀑布上边涉水过河，像一个人鱼一样从深水里来到她的身边。那根倒下的树干，仍然躺在原地慢慢腐烂，现在他们常常坐在那儿，凝视那一片由高处泻下的河水，河水发出永不停息的嘘嘘声，嘲笑他们想结为连理而遭到挫折的努力。回到宅子以后，他们坐下一起喝茶，边喝茶边进行那推心置腹的谈话，然后他借着那越来越暗的光线步行回家，这个过程像天文现象一样周而复始。他每星期来两次——整个冬天，接踵而来的整个春天，整个夏天，整个秋天，又下一个冬天，下一年，又下一年，直到人生相当可观的一个阶段悄然流逝。贝鲁斯顿依然迟迟未到。

　　几年过去又是几年，尼克每三天从他在附近小镇的住宅出发步行这么一趟；每次都是按照习惯重复前面所说的事情的顺序；而且他一到就是这样的对话：

　　"他一直还没来？"

　　"他还没。"

---

① 见英国诗人威廉·华兹华斯（1770—1850）的《哀歌》（第6行），本诗题记为"一八〇五年因画家乔治·博蒙特的《暴风雨中比尔城堡图》而作"。

他们就这样慢慢老了。那第三个人隐隐约约的形象继续站在他们俩中间；他们没法排除这个形象；另一方面，这个形象也没法有效地让他们俩分离。他们密切交往，然而又没有牢不可破地结合在一起；一对情侣，然而爱情又从未得到结果，到尼克的拜访进入了第五年的时候，在他大约第五百次坐在她的茶桌上的时候，他注意到：他自己的头发早已开始一绺绺变白的过程，也在向她的头发扩展了。他把这告诉她，他们俩都笑了。然而，她健康状况很好；长期拖延不决，会送掉一个男人的半条命，可是她却一直忍受着，毫无怨言，甚至是泰然自若。

这种悬而未决的年头拖到了第七年，有一天他们像平常一样散步到了瀑布边上，它那微弱的水声形成了一种呼喊，在那样的情境里也足以指示他们这种懒懒散散的两个人了。他们在那里停下，他望着她的脸说，"我们为什么不再试试，克瑞斯汀？从法律上说，我们现在有那样做的自由。不入虎穴，焉得虎子。"

但是，她不愿意。也许有点古板的观念此时此刻在打消克瑞斯汀天生的勇敢无畏的气概。"他做过一次的事，还可以再做第二次。"她说，"他还没死，如果我们打算结婚，他会说，我们是在'逼他摊牌'，就像他以前说过的那样，而且到时候还会再次出现。"

又过了几年，克瑞斯汀大约五十岁了，尼古拉斯也五十有三，发生了一点小小的新麻烦。他发觉要走他们俩那两所住宅之间的那段路很不方便，特别是在天气潮湿的时候，他那些年在国外闯世界的时候留下了风湿病的根子，因此在酷寒的日子，即使坐在马车里，走这么一趟也很不方便。他把这个新的麻烦告诉她，正像他每件事都告诉她那样。

"如果你能住近一点呢。"她绕着弯子说。

不幸的是近处没有房子。但是尼古拉斯虽然不是个百万富翁，可是也饶有资财：他用租借的办法弄到，而且也只有这个办法才能弄到和她家距离很近的一小块地,它位于芙仑河的对岸,这条河是芙仑-埃沃若德庄园住宅的边界;于是他在那里盖了一所足够他用的小房子。这花了些时间,等他搬进去的时候,他发现这房子的位置对他来说是个很大的安慰。他和她现在相距不过五百码,他觉得,不论是白天还是黑夜,他听到的所有声音也都能传进她的耳朵——一个白嘴鸦的叫声,附近夜莺的歌唱,当地的微风轻呼,草原上的流水潺潺。水流匆匆正是在物质上表现了无尽无休的时光在他们身上冲刷着,消磨他们的生命而没把他们连结在一起。

克瑞斯汀那位无影无踪的丈夫,在附近的居民中间逐渐形成了一个神话;但是克瑞斯汀自己却依然相信他本人近在咫尺,而且尼古拉斯也相信,不过程度较轻。自从他让自己重又出现以来,悠悠岁月在人们不知不觉中莫名其妙地流逝而去,这似乎在这一对伙伴身上也产生了影响。这一段时间里没有任何事情可以作为记载年代的标志,因此她准备晚餐等待他的那个晚上,在他们隐约回忆起来的时候就总会令人惊奇地感到,似乎是近在眼前的事情。

在这抑郁沉闷的第十七个年头,他们向共同的目标比肩并进的时候,有一天一个工人匆匆忙忙来到尼古拉斯的住宅,带来了奇怪的消息。芙仑-埃沃若德目前的所有主——并非那里的住户——一直在采取各式各样的办法改善他的产业的状况,办法之一是疏浚这条河道,因为年深日久,河道通向柳岸的这一段给淤泥和杂草堵塞住了。疏浚的过程中需要改造那道瀑布。为了这个目的把河水抽干的时候,发现在支撑瀑布前缘的木桩中间,夹着一副男人的骷髅架子。他身上所有的肉和衣服都一点一点地让鱼吃掉或者让水冲走了,但是还留下一块金表,表盖内部刻有克瑞斯汀丈夫的钟表商的姓名,这名字她记得很清楚。

尼古拉斯深为激动,赶紧跑到那个地方,细心地查看那些遗物,然后就去到克瑞斯汀那儿,把这件事情告诉了她。她不愿意去观看那具骷髅架子,那时它平摆在草地上,手指上和脚趾上一根骨头都没缺。那儿水里的那些辛勤的手术师干得可真是干净利落!猜测都集中到了这样一个问题上:贝鲁斯顿怎么到了那儿;也只有猜测才能做出解释。

根据推想,他在回来探望她的路上,穿过场地抄了一条近路,那地方他自然是了如指掌的。他沿着那些树下面一直走到瀑布那里,本来想找到那木板桥,他和克瑞斯汀和她父亲一起住在他们家里的时候,曾经在那儿搭了个木板桥,好过河到对岸的草场去,而不必像尼古拉斯那样涉水过河。他十之八九是还没弄清这木板桥已经拆掉了,就失去平衡失足落进瀑布下面,在下泻水流底下的木桩就像干草叉的齿一样把他夹在中间,这样就有效地挡住了尸体让它浮不上来,尸体上随后又长起杂草。这就是关于这次发现的合情合理的推测;但是证据却一直没有找到。

等到遗骨妥善掩埋以后,尼古拉斯又和克瑞斯汀坐在一起——虽然不是在瀑布旁边——"想想看,"他说,"想想看,我们曾经怎样去拜访他!我们怎样坐在他上面,一个又一个小时,凝视着他,悲叹我们的命运,在所有这些时候,他都从他那个地方讽刺奚落我们,用一种谁也不懂的语言说:如果我们愿意,我们可以结婚!"

她对他这种感伤报以一声叹息。

"我有些奇怪的想象,"她说,"我推想,那个回来的人,必定无疑是我丈夫,而不是什么别的人。"

尼古拉斯觉得并没有什么疑问,"除此以外——那副骷髅……"他说。

"是的……如果它不会是另外一个人的——但是,不,当然,那就是他。"

"在我们定好的那一天,你本来可以嫁给我的,而且也没有任何法定婚姻的障碍。那样你现在就当了我妻子当了十七年了,而且我们如今还会有几个很高的儿子和女儿了呢。"

"可能会是这样。"她喃喃说道。

"好了——是不是依然是这样:晚了也比没有强?"

这是这样一个问题,由于他们俩都越来越老,问题就变得复杂了。他们的意志现在消减了,他们的心因为希望迁延过久不得实现而对这亲情缱绻的事业感到厌烦了,对他们的终身大事的考虑拖延下来,直到贝鲁斯顿下葬了一年之后,两个人谁也好像没有以前那样大的兴趣来重提旧事了。

"过了这么多年,这事儿还值得做吗?"她对他说,"我们现在就很幸福——看看我们现在已经成了多么老的老人,那么也许这样倒比我们结成其它任何关系还要更加幸福。我们生命中的重负已经卸掉了;那个阴影也不再来拆开我们了;那么就让我们一起像我们目前处在荣华自负的日子里这样高高兴兴的吧,最亲爱的尼克;而且——

让快乐与欢笑随苍老皱纹同来吧。①"

他在某种程度上同意她这些看法;但是偶尔也大胆敦促她重新考虑这件事儿,虽然他说起话来不再有早年的那种热情。

(1888)

---

① 见莎士比亚《威尼斯商人》第一幕第一场。

德国兵团①郁郁寡欢的轻骑兵

一

这里丘陵草原绵延起伏；地势高朗，微风习习，一派葱绿，经过那动荡的年月以后就再也没有丝毫改变。从来没有一具犁耙翻耕过那儿的草地，当年长在最上层的草现在也依然还在最上层。这里以前有过营房，这里当初为骑兵的坐骑在山坡上开出的道路，现在还清清楚楚，原来堆过马粪的地方也仍然明显可见。夜晚，我独自走过那杳无人迹的地带，在轻风吹过枯草和蓟类植物发出的飒飒声中，总不可避免地要听到昔日的喇叭和军号声，马笼头碰撞的咔哒声，总不禁要看到一排排影影绰绰的帐篷和辎重。从营篷里传出那种喉音很重的外国话的只言片语②，还有那思念祖国的一句半句的歌声，因为他们大多是隶属国王的德国兵团的那些团队，那些士兵当年就睡在帐篷柱子周围。

那是将近九十年前的事。那时候英国军队的制服还佩饰着大得出奇的肩章，怪里怪气的三角帽，还有马裤、绑腿、沉重的子弹匣、带扣的鞋子等等，现在看起来就显得不顺眼而很粗野了。思想观念已经改变，发明一个接着一个。那时候，军人是景仰尊崇的对象。国王无论在何处都还让人奉若神圣；战争则给看做光荣的

---

① 当年英王乔治第三身兼北德意志汉诺威邦的国王，他在该邦征募日耳曼人参军与法国对抗。
② 以德语发音特点暗示军营里讲的德语。

事情。

与世隔绝的庄园住宅和小小村落分布在这些山丘之间的峡谷和低地上,在国王乐于一年一度到南面几英里距离的海滨浴场①洗浴之前,这里很难看到一个陌生人;但是从那以后,一营营的士兵就开始南下,云集在附近的旷野里。那许多各具特色的故事,远从那个独具特色的时代开始,直到如今还多多少少支离破碎地在这一带流传,难道还有必要再加叙说吗?其中有一些我重复讲过,更多的我已经忘记了;可有一个我从未讲过,而且肯定是不会忘怀的。

这个故事是菲莉斯亲口对我讲的。她那时已经是一位七十五岁高龄的老小姐了。听她讲故事的是个十五岁的少年。她叮嘱我,在她"去世,下葬,让人遗忘"之前,对她和这件事的关系要闭口不谈。她讲这个故事以后又活了十二年,到现在她已经去世将近二十年了。她因为腼腆谦卑而总想让人忘掉她,可是这种愿望却并未完全实现,结果不幸使人留下了对她不公正的看法,因为当年流传到国外而且一直保留至今的有关她那些片片断断的故事,显然还是对她的名誉极其不利的那些。

这都是从约克轻骑兵团到达开始的,这个团是上面提到的那些外国团队之一。在那天之前,在她父亲的房子附近一连几个星期都难得见到一个人。门前台阶上传来一阵好像是来客衣裙的窸窣声,结果却是随风飘落的一片树叶;有辆马车仿佛驶近门口了,其实是她父亲在花园里磨石上磨他的镰刀,准备干他喜爱的休闲活儿,修剪地界上的黄杨树篱。一个好像是从车上扔下行李的响声,原来是远在海上的炮声;黄昏时分看上去好像有个大高个子站在大门边,原来是一丛紫杉给修剪成了那种精巧细长的样子。如

---

① 十八世纪开始流行海水浴,海滨纷纷建起类似内陆温泉疗养地的海滨浴场。此处指乔治第三所喜爱的威默斯。

今在乡间再也见不到老辈子那种僻静的处所了。

然而就在那个时候,乔治王和他的朝臣正在他喜欢的那个海滨疗养地,离这里不过五英里。

女儿是与世隔绝得厉害,但是她父亲却与世界隔绝得比女儿更胜一筹。如果说她的社交生活状况是昏暗不明,父亲的则是黢黑一片。然而父亲在他那一片黢黑里还自得其乐,而女儿面对她的昏暗却感到沉闷憋气。这位格若夫大夫曾经开业行医,他爱好独自琢磨玄而又玄的问题,这使他行医减少,最终入不敷出难以为继,此后他放弃了他的医务,在内地这个不起眼儿的角落,以微不足道的租金租下了这座半似农庄半似庄园的破败小房子,用原来在城镇里不足以维持生计的那点微薄进项,也可以保证衣食无虞了。他每天大部分时间都待在花园里,随着时光流逝,加上越来越意识到自己是在追求幻想中浪费了生命,所以变得越来越焦躁激动,访问朋友的次数也越来越少了。菲莉斯变得十分羞怯,甚至在户外短暂漫步的时候,无论在哪里遇见生人留神看她,都会感到害羞,走路也变得不自在,脸红到了脖子根。

不过即使在这里也出了个对她表示爱慕的人,而且完全出乎意料地向她求婚了。

前面说过,国王当时正在附近那个小城镇,驻跸格洛斯特行宫;国王驾幸,自然也将郡里许多人招引而至。在这些闲杂人等中间,许多人自称和宫里还有种种瓜葛并且利害相关。有一位是单身汉,名叫汉弗瑞·古德,不老,也不少;不丑,也不俊;举止稳重,不能说是"花花公子"(当时对那些轻薄放荡的未婚男子都这样称呼):大体上是个不文不火的时髦男子。这位三十岁的单身汉拐弯抹角来到丘陵地带的这个村子,看到了菲莉斯,结识了她的父亲,为的是想结识她。她用某种这样或那样的办法在他心里煽起的火焰足以引得他几乎每天都要朝这个方向走了;终于他和她订了婚。

因为他出自当地一个古老的世家，其中有些成员在这个郡里受人尊敬，菲莉斯让他拜倒在她的裙下，对她这样一个处境窘困的人来说，是支出了通常认为非常漂亮的一招儿。她怎么能支出这样一招的，就连菲莉斯本人也不大清楚。在那个年头，人们认为门不当户不对的婚姻违反自然法则，而不像比较现代的看法，只是违背了传统习俗，因此，出自海滨胜地中产阶级家庭的菲莉斯，让这样一位上等阶级的人选中，就仿佛是要给引进天堂一般，尽管那些孤陋寡闻的人因为上面说到的这位古德只是一个穷措大，从而看不出这对情侣各自的地位有多大的悬殊。

这种经济状况是他推迟结婚的借口，但是十之八九也可能是实情，而且冬天临近，国王因季节的关系起驾离去，汉弗瑞·古德先生也就动身去了巴斯，应许过几个星期再回到菲莉斯这儿来。冬天来了，他应许的日期已经过了，可是古德迟迟未至，他的理由是他不好把他父亲丢在他们逗留的那个城市，因为老人身边没有其他亲人。菲莉斯虽然感到极其孤寂，也只好心甘情愿了。这位向她求婚的男人，从许多方面来说，都可以做她的如意郎君，她父亲非常赞同他求婚；但是他对她这样怠慢，即使不是让菲莉斯感到难过，也是感到别扭。她对我肯定地说，她从来没有像爱这个字的真正含意那样爱过他，不过她是诚心诚意地敬重他；佩服他有时随兴之所至表现出的那种有条不紊紧追不舍的做派；看重他关于宫廷里现在在干什么、过去干了些什么、将来又要干什么的种种知识，他本来可以有所高攀而却选中了她，对此她也不无某种得意之感。

但是他就是没有来；而春天却姗姗而来了。他按时来信，但是写得刻板正经；既然她的地位并不确定，再加上汉弗瑞在她的心里也没有引起多大的激情，因此在菲莉斯·格若夫的心里产生了一种难以描摹的厌倦情绪，也就没有什么值得奇怪的了。春天很快又转成了夏天，而夏天又迎来了国王；可是还是没有汉弗瑞·古德的踪影。在这整个期间，靠信件维持的婚约原封未动。

　　正是在这个时候，一片金色的熠熠光辉照亮了这里人们的生活，在所有年轻人的心里激起了充满激情的兴致。这片光辉就是前面说到的约克轻骑兵。

二

　　现在的这一代人很可能对九十年前那些大名鼎鼎的约克轻骑兵只有一点儿模模糊糊的印象了。他们是隶属于国王陛下的德国兵团的团队之一（虽然他们后来有点儿每况愈下了），可当年他们那华丽耀眼的制服，他们那雄健俊逸的战马，而首先是他们那外国派头和八字胡（当时都是稀罕的物件儿），他们不管走到哪里，都招来一群又一群男男女女崇拜者。因为国王驾幸附近那座小城镇，他们和其他团队就开来驻扎在这些丘陵和牧场上。

　　这里地势高爽，视野开阔，前方可以眺望波特兰——投石人之岛，往东可以遥望圣奥德赫姆海角，而往西则几乎可以看见斯塔特岬。

　　菲莉斯虽然并不是一个地道的乡村姑娘，可是也和大家一样，对这个军事重地很感兴趣。她父亲的家和这个重地多少还有一点距离，坐落在这条小巷斜坡的最高处，因此它和位于教区低处的教堂塔楼尖顶几乎处在同一个高度。她家花园墙外，青草从墙根一直长到很远的地方，一条小路紧靠院墙穿过草地。菲莉斯从小姑娘的时候开始就喜欢爬上这道围墙，坐在墙头——这项本事并不像乍看起来那么困难，因为这个地区的墙都是用小石块砌成，墙面并不涂抹灰浆，所以有很多缝隙让小小的脚趾攀勾。

　　有一天她正坐在那儿，懒洋洋地看着墙外面的牧场，这时一个独自走在小路上的人引起了她的注意。这个人是声名煊赫的德国轻骑兵中的一员。他两眼下垂望着地面向前走着，他那副样子像是故意要避开别人似的。要不是他的领圈又硬又挺,他的头大概也会和他的眼睛一样垂下来了。等他走得更近一些,她才看出来他脸上现出深深的悲伤。他没有注意到她,沿着小路走过来,差不多马上就走到围墙下面了。

菲莉斯看到一个体面高大的兵士竟有这样一种态度,真是吃惊不小。她对军人,特别是对约克轻骑兵的想法(完全是来自道听途说,因为她这一辈子从来没有和当兵的说过话),总是以为他们的心情和他们的军服装备一样轻松欢快。

正在这一瞬间,那个轻骑兵抬起了眼睛,看见她坐在墙头,她身穿一件低领无袖长袍,白纱巾披在肩头和脖子上裸露的地方,衣装也全都是白色的,在夏天灿烂的阳光下,显得晃眼。这种不期而遇让他有点儿脸红,片刻未停就继续迈步走了过去。

那天这个外国人的面孔在菲莉斯的心里萦回不去。他的面貌那么英俊动人,他的眼睛那么湛蓝,而且流露着悲伤迷茫。也许是再自然不过吧,后来有一天就在同样的时刻,她又在那围墙上向外看,一直等到他再次从那里经过。这一次他是在念一封信,他一看到她,显露出的神情正是又像期待又像希望见到她的那种样子。他差不多是停下了脚步,微笑着,还很有礼貌地敬了个礼。这次会面最后两人还交谈了几句。她问他在念什么,他就欣然告诉她,他在重新细读他母亲在德国寄来的几封信;他并不是常常收到母亲的信,他说,所以只好一再重读那些旧信。这次会面的整个情况就是这样,后来几次也是同样的情况。

菲莉斯老是说,他的英语虽然并不好,可是对她来说,都可以理解,所以他们的结交从来没有因为语言方面的困难而受到影响,每当话题对他掌握的那些英语词汇来说显得太微妙、太细腻、太温柔而难以表达的时候,毫无疑问眼睛就帮助舌头解了围,而且嘴唇又帮助了眼睛——这当然是后来的事儿啦。简单说来,这种结交,固然是毫不留神就发生了,对她这方面来说也够冒失的,却发展起来,而且成熟了。她像苔丝狄蒙娜一样,同情他,倾听他的经历①。

他名叫马特豪斯·梯纳,老家在萨尔布吕肯②,他母亲还住在那儿。他二十二岁,虽然入伍不久,可是已经提升为下士班长了。菲莉斯总爱说,在纯粹英国团队的普通士兵里,根本找不到像他那样文雅的、受过良好教育的年轻人;这些外国士兵里有些人举止潇洒、风度翩翩,更像是我们本国的军官而不是队列里的士兵。

她从她这位外国朋友那儿逐渐了解到他自己和他的伙伴们的情况,菲莉斯一点儿也没想到约克轻骑兵竟是那种样子。这个团根本不像那身制服一样轻松欢快,而是弥漫着可怕的忧郁症和长年的思乡病,这种病症让许多人情绪低沉,几乎达到无法出操的程度。病情最严重的是那些刚到此地不久比较年轻的士兵。他们厌恶英国和英国的生活:无论是对乔治王还是他的岛国,他们一概毫无兴趣,一心只想离开它,再也见不到它。他们的人在这儿,可是他们的心思情感却永远在远离此地的他们亲爱的祖国,一谈到祖国,这些勇敢而且在许多方面都不以苦乐为意的士兵,莫不热泪盈眶。害这种乡愁③——他用自己的语言这样称呼它——最严重的一个人就是马特豪斯·梯纳,他那耽于冥思梦想的本性,使他感到这种流放生活更加阴沉,特别是想到他把母亲孤零零地抛在家里,无人为她解闷承欢。

虽然菲莉斯对这一切深为感动,对他的经历很感兴趣,并未瞧不起这位大兵的交情,但是有很长一段时间,她一直不肯(至少按她自己所说的)让这个年轻人在纯属友谊这条界线上越雷池一步。的确,只要她还认为自己像是要属于另一个人的时候就一直如此,尽管很有可能在她自己还没有觉察到以前,马特豪斯早已赢

---

① 苔丝狄蒙娜是莎士比亚所著《奥塞罗》中的女主人公,她同情敬重摩尔人大将奥塞罗,不顾父亲的反对,和他秘密结婚。
② 德国西部城市,靠近法国边境。
③ 原文为 home-woe。

得她的心了。那道不可避免的石墙使任何类似亲昵的行为难以逾越；他从未跨越，或者要求跨进花园，所以他们之间所有的谈话都是在这条界线的两边公开进行的。

三

但是菲莉斯的父亲有位朋友，曾经给这个村子传来一条关于她那位冷淡和耐心都非常出奇的未婚夫汉弗瑞·古德先生的消息。人们听说，这位绅士在巴斯说过，他认为他对菲莉斯小姐求婚还只达到半约定的阶段，考虑到他父亲因为重病缠身不能关注他的问题，他不得已而将此事置之度外，他觉得最好目前任何一方都不要做明确的承诺，他的确也不能保证，他不会把自己的目光投向别处。

这种说法固然只是一种传闻，因而不能不折不扣地加以信任，然而它与他的来信日渐稀少和信中缺乏热情却是恰相吻合，所以菲莉斯那时并不怀疑它确是实情；而且从那个时刻起，她就认为自己是自由之身，可以把自己的心托付给自己看中的人了。她父亲可不这样想；他声称这件事完全是凭空捏造。他从童年起就认识古德先生这一家。如果说有什么格言可以很好地表现那一家人在婚姻方面的见解，那就是"爱我淡如水，爱我能久长"。汉弗瑞是个高尚正派的人，他对自己的婚约不会那么轻率。"你就耐心等着吧，"他说，"到时候一定事事顺遂。"

菲莉斯听了他这番话，最先设想，她父亲是和古德先生往来通信的，于是她的心猛地一沉；因为不管她原来有些什么打算，一听说自己的婚约已经告吹，她还是得到了解脱。可是她现在又知道，她父亲所听到的关于汉弗瑞·古德的情况，并不比她本人听到的多；而他也不便就这件事情直接给她的未婚夫写信，否则就会被看做诋毁那位单身汉的名誉。

"你想找借口,逗引这个或者那个外国佬用无聊的献殷勤来讨好你,"她父亲对她大嚷大叫,以近来常常对她的那种很坏的态度说,"我看到的比我说出来的还多。没有得到我的允许,你不得走出这座园子的围墙一步。你要是想看看兵营,等个星期天下午,我亲自带你去。"

菲莉斯丝毫不想采取什么行动来违抗她父亲,但是她认为,她在自己的感情这方面是独立自主的。她不再压制她对这个轻骑兵的好感,固然她根本不是按照严肃认真的意思把他当做自己的情人,像对一个英国男人那样。这个年轻的外国兵差不多成了一个她想象中的人物,完全摆脱了居家过日子那种普通人啰啰嗦嗦的事情;一个来了她不知道是从哪里来,走了也不知道是去到何处的人,一个让人魂牵梦萦的对象,仅此而已。

他们现在经常不断地见面,大多数是在黄昏时分,是在太阳落山和最后一遍军号召他返回营帐那中间的短暂时刻。也许近来她的举止不像以前那样拘束了,无论如何,反正这个轻骑兵就是这个样儿了;他一天一天变得越来越温情脉脉,在这种匆匆会面后分手的时候,她把手从墙头伸下来,让他可以握住。有一天傍晚,他紧握着她的手,时间长了一点,她就叫了起来。"墙是白的,地里有人可能会看见白墙衬出你的影子来的!"

那天晚上他逗留了那么久,好不容易费了最大的劲儿才跑过中间那块地,按时进了营地。他下一次等她的时候,她没有在常来的时间在常到的那个地点出现。他失望已极,简直无法形容。他一直瞪着眼睛茫然盯着那个地点,像丢了魂儿似的。归营号吹了,归营鼓也敲了,他仍然不走。

她纯粹是因为一件偶然的事情给耽搁了。她到那儿的时候,心里很焦急,因为时间晚了,她和他一样也听到了表示兵营关门的鼓号声。她恳求他立刻离开。

"不,"他心情沮丧地说,"我现在还不走——你才刚刚到呢——我整天都在想着你要来。"

"但是你回营的时间过了会受处分吧?"

"我才不在乎呢,要不是为了两个人——我挚爱的人,在这儿,还有我母亲,在萨尔布吕肯,那我以前什么时候早就离开这个世界了。我痛恨这个军队。我觉得和你待上一分钟,也比所有那些提升都强。"

就这样他留下没走,和她谈话,告诉她他老家一些有趣的事情和他童年的故事,直到最后她因为他不顾一切硬是不走,越来越担心了。只是因为她坚持要和他道晚安告别,要他离开那道围墙,他这才返回他的兵营。

她下一次见到他的时候,他原先佩戴在袖子上表示军衔的条纹就没有了。他因为那天晚上回营迟到被降为列兵;菲莉斯认为是自己害他受了处分,所以感到十分难受,现在情况翻转过来,轮到他来安慰她了。

"别难过,我亲爱的①,"他说,"我已经想出了一种补救的办法,不管将来发生什么事情。首先想想看,哪怕我重新赢得了我那些条纹,你父亲会让你嫁给约克轻骑兵团一个没有军官头衔的军士吗?"

她脸红了。在她脑海里从来没有想过,和他这样一个并非现实的人去走这样一种实实在在的一步;而这也只要稍微想一下就行了。"我父亲不会——肯定不会的,"她毫不通融地回答,"这连想都不能想!我亲爱的朋友,就请忘掉我吧,我恐怕我在毁掉你和你的前途!"

"根本不行!"他说,"是你,才让我对你的这个国家有了足够的兴趣,愿意在这里活下去。如果我亲爱的故乡也在这里,而且我年迈的母亲和你都在一起,那么我就会快快活活,尽我最大的努力

---

① 原文为德文。

好好当兵了,可是情况不是这样。现在听我说吧。我的计划是这样。你和我一起回我老家,在那儿做我的妻子,和我母亲和我一起在那儿生活。我不是汉诺威人①,这你知道,固然我是作为汉诺威人参军的;我的家乡靠近萨尔,和法国和平相处。只要我一回到那儿,我就自由了。"

"可是怎么到得了那儿呢?"她问他。菲莉斯对他的这个主张不是感到震惊,而是觉得惊奇。她在父亲家里的处境,越来越让她感到厌倦和痛苦到了极点;他的父爱好像完全枯竭了。她和她周围那些快快活活的姑娘不一样,不是在本村土生土长的;所以马特豪斯·梯纳对自己故乡,对母亲和家那种情真意切的怀念,对她起了某种感染的作用。

"可是怎样去呢?"她见他没有回答,于是又问了一句,"你要买一张退役证吗?"

"啊,不,"他说,"在当前这是不可能的。不;我不是自愿到这儿来的。我为什么就不应该开小差呢?现在正是时候,因为我们马上就要收拾营房准备开拔,我可能再也见不到你了。这就是我的计划。我要请求你在两英里那边的大路上和我会合,时间可以约好在下星期哪个寂静的夜晚。这件事没有什么不体面,或者让你丢脸的;你不会只是和我一个人一起逃跑,因为我还要带上我那位年轻的忠实好友克里斯托夫,他是阿尔萨斯人②,不久前才参加我们这个团。他同意帮助我实现这个计划。我和他要先去那边那个港口,在那儿把那些船查看一下,找一条适于我们用的船,然后我们就从那个港口过来。克里斯托夫已经有了一张海峡的航海图。到时候我们就去那个港口,在午夜时分从泊船的地方把船开

---

① 此处指梯纳本人不属于英国乔治王当时领有的德意志汉诺威王国的子民之列。
② 阿尔萨斯在法德边界,历史上多次变更所属。哈代小说中所写时期,当属德国,第一次和第二次世界大战后又两次归属法国。

出来,沿着小岬把船开到别人看不见的地方;到第二天早晨,我们就到法国海岸靠近瑟堡的地方了。其余的事就很容易了,因为我已经攒了一些钱作陆地上旅行用,还可以换掉衣服。我再给母亲写封信,她会到路上来接我们。"

他回答她的一些问题时,又补充了一些详情,这让菲莉斯心里一点也不怀疑这次行动是可以实现的了。不过这次行动是那么重大,简直让她胆战心惊;要不是她那天晚上一进家门她父亲就冲着她讲了那一番事关重大的话,她是否会进一步卷进这次莽撞的冒险,还是很成问题的。

"那伙约克轻骑兵怎么样啦?"他问。

"他们还待在营房里;但是我相信,他们很快就要开走了。"

"你想用这种办法来掩盖你的所作所为,那是白费力气。你一直在和那伙人里面的一个经常会面;有人看见你和他一起散步,这伙外国蛮子,比那些法国佬好不到哪里去!我已经下定决心了——我还没讲完,请别插嘴——我已经下了决心;他们还驻扎在此地的时候,你就别待在这里了。你得去你姑姑家。"

她抗辩说,在这个世界上除了他以外,她没和任何一个当兵的或男人一起散过步,她这样说毫无效果。她的抗辩也是软弱无力的,因为他说的那番话固然不是句句正确,实际上也不过只有一半不对。

她父亲姐姐的家对菲莉斯来说就是一座监狱。她不久前在那里住过,领教过那种死气沉沉的气氛;接着她父亲就吩咐她怎样收拾要携带的用品,她简直觉得生不如死了。在后来的岁月里,她从来没想为她在这忐忑焦虑的一个星期中的行为作任何辩解;不过她当年暗自思忖的结果是:她决心参加她的情人和他的朋友的共同计划,逃往那个在她想象中他描绘得如此美妙动人的国家。她总是说,他的建议中有一点独特之处打消了她当时的犹豫不决,那就是他结婚的意图显然是纯洁和直率的。他显得那么勇敢善良和温柔宽厚;他对她那份尊重,是她以前从来没有受到过的。出于对他的信任,所以她才鼓起勇气面向这次显然危险重重的旅行。

四

在随后那个星期的一个温和黢黑的晚上,他们实行这场冒险了。梯纳原定在大路上的一个地点和她会合,那儿有条岔路通往村里。克里斯托夫要在他们之前去到停船的港口,划船绕过诺斯——也就是当时大家称呼的了望山——然后在海角的另一边接他们上船;他们则要徒步走过港口大桥,再翻过了望山到达那里。

她一等到父亲上了楼回到自己的屋子,就立刻离开了家,手里提着一个行李卷,沿着那条小道一路小跑。在那种时刻,村子里哪里也看不到一个人影,她走到小道和大路的交叉口上,谁也没有看见她。她找了围栏犄角上一个阴暗的地方,在那里可以看清沿着大路走过来的每一个人,却可以不让别人看见她。

她就这样在那里等候她的情人,不大一会儿——由于她神经紧张,甚至这很短的时间也让她觉得难熬——她没等到她期待的脚步声,却听见了驿站马车驶下山坡的声音。她知道梯纳不等到大路上静无一人,是不会露面的,所以只好很不耐烦地等着马车过去。马车来到她所在的犄角就放慢了速度,并不像通常那样开走,而是在离她几码的地方停下来了。车上走下一位乘客,她听见了他说的话,那是汉弗瑞·古德的声音。

他带来了一位朋友,还有一件行李,行李搁在草地上,马车就继续上路,去了皇家海滨浴场。

"我不知道,那个人和那匹马还有轻便马车现在在什么地方?"从前向她求过婚的那个人对他的同伴说,"我希望我们在这里不必等得太久,我告诉过他,九点半准时到。"

"你给她带的礼物完好无损吧?"

"给菲莉斯的？噢,是的。就在这个箱子里。我希望这可以让她高兴。"

"当然可以。哪个女人收到这种道歉讲和的漂亮礼物,还会觉得不高兴呢？"

"嗯——她理应得到这个礼物。我这一阵子对她不大好。可是最近这两天,我心里一直惦记着她,我都不好意思对别人承认了。唉,好了,我也不再多说这件事了。她根本不可能像他们理解的那么坏。我可以肯定,一个像她这样头脑清楚的姑娘,会懂得最好不去和任何一个汉诺威当兵的纠缠在一起。我不相信她会那样。现在这件事儿就了结啦。"

那两个人等在那儿,不时还漏出几句这类的话;这些话好像一下子让她看明白了,她自己的所作所为简直是罪大恶极。那个人终于赶着车来了,谈话于是中断。行李放进车里,他们上了车,朝着她刚刚走来的那个方向赶车走了。

菲莉斯感到非常内疚,开头她很想跟着他们走了;但是经过一番考虑,她又觉得,只有等马特豪斯来了,老老实实对他解释,她改主意了,这才勉勉强强算得上是公平的——尽管她和他面对面地努力解说会是很困难的。现在她听到汉弗瑞亲口说出的那些话,从中判断出,他一直对她完全信任,于是满怀痛苦地责怪自己,不该听信那些说汉弗瑞·古德对婚约不忠诚的种种传言;不过她也完全清楚地懂得,是谁博得了她的爱情,少了他,她未来的生活看来就会枯燥乏味。然而她越是仔细思考他的建议,就越是不敢接受它了——它是那么鲁莽,那么模糊,那么冒险。她早已经答应了汉弗瑞·古德,只是因为他看来像是不守信用,才让她把原先的诺言看做废纸。他关怀备至地给她带来礼物,让她受到感动,她必须遵守自己的诺言。她得保持自尊。她得留在家里,和他结婚,而且逆来顺受。

菲莉斯就这样鼓起劲头,变得从来都没有过的刚毅果敢。几分钟之后,马特豪斯·梯纳的身影在篱门后面出现了,她向前走了几步,他就轻快地一跃而上。再没有躲躲闪闪了,他把她紧抱在胸前。

"这是第一次也是最后一次!"她让他拥抱着站在那儿,心乱如麻地想着。

菲莉斯那天夜晚如何通过了那场极其严峻的考验,她永远也无法清楚地回想起来。她老是把她的决心得以实现,归功于她那位情人的高尚正直,因为她用微弱无力的话语明白告诉他,她已经改变了主意,觉得自己不能也不敢和他私奔,尽管她这样决定使他感到痛苦,他还是立刻就不再勉强她了。知道她是那么浪漫多情地眷恋着自己,他只要不顾一切地施加压力,无疑一定可以使事情转为对自己有利。但是他并没有采取任何不正当或者不正派的手段来引诱她。

在她这方面,由于害怕他不安全,她恳求他留下不走。他说,他不能那样做。"我不能对我的朋友失信。"他说。如果他只是独自一人,他就会放弃自己的计划。可是克里斯托夫准备好了船,还带着罗盘和航海图在海岸边等着呢;很快就要退潮了;他已经告诉母亲他就要回家了;他一定得走。

他欲行又止,难舍难分,许多宝贵的时间都流逝了,菲莉斯则坚持自己的决心,尽管这让她悲痛欲绝。他们终于分手了,他走下山坡,在他的脚步声就要消失的时候,她心里升起一种渴望,想至少再看一次他的身影,于是悄无声息地跟在他后面跑过去,又对他逐渐消失的形象看了最后一眼。有那么一会儿工夫,她十分激动,简直马上就要跑上去,把自己的命运和他的命运联系在一起。但是她做不到。在关键时刻埃及的克莉奥帕特拉丧失的勇气①,也

---

① 埃及女王克莉奥帕特拉与罗马三执政之一安东尼联姻对抗恺撒,女王率领的舰队临阵逃跑,使安东尼大军惨败。故事可参阅莎士比亚著《安东尼与克莉奥帕特拉》第三幕。

很难期望能在菲莉斯·格若夫身上出现。

和马特豪斯同样的一道黑影,在大路上和他会合了。这是他的朋友克里斯托夫。她再也看不见什么了;他们俩匆匆赶往四英里之外的市镇和海港那个方向。她怀着类似绝望的心情,转过身来缓慢地走上回家的路。

营地里响起了归队的号声;但是现在对她来说没有什么营地了。那里一片死寂,就像摧毁一切的使者经过以后,亚述人的营地里的情景一样①。

她悄无声息地进了家门,没有见到任何人,就上床睡觉了。悲伤,起先让她难以入睡,到后来倒让她沉沉大睡了一场。第二天早上,他父亲在楼梯脚口叫她。

"古德先生到了!"他得意扬扬地对她说。

汉弗瑞住在旅馆里,已经登门来问候过她了。他给她带来一件礼物,是一面漂亮的镜子,镶着刻有浮雕的银镜框,他父亲正把这面镜子拿在手里。他答应一小时之内再来拜访,邀请菲莉斯一起去散步。

那时候不像现在,漂亮的镜子在乡下人家里是稀罕物件,所以眼前这面镜子得到了菲莉斯的赞赏。她照了照镜子,看见自己的眼神那么阴沉,于是努力想使它们显得高兴一点。她当时心情凄楚,这种情况会使一个女人沿着她自以为是命中注定的道路,不知不觉地一直向前走下去。汉弗瑞先生以他那种谨慎克制的态度坚守原先的约定;她呢,也得同样行事,矢口不提自己那段行为失检。她戴上帽子,披上披肩;他在原定时间来访的时候,她就在门口等他了。

---

① 此处作者引述《圣经·旧约·列王纪下》第 19 章关于耶和华使者血洗亚述王营地的故事。

五

菲莉斯感谢他送来那件漂亮礼物；不过他们继续散步的时候，就完全是由汉弗瑞一个人在说话了。他对她谈到上流社会最近的风尚——她很愿意谈论这个话题，而不触及任何较多属于个人方面的事情——他那些经过仔细斟酌的话语，帮她把那忐忑不安的心情和思想平静下来。要不是她自己正暗自悲伤，那她一定早就看出了他那种左右为难的窘态了。他终于突然转换了话题。

"我很高兴你喜欢我那件菲薄的礼物，"他说，"说实话，我带它来是向你谢罪的，而且还要请你帮助我从一个巨大的困境中解脱出来。"

对菲莉斯来说，她难以想象，这个无拘无束的单身汉——在某些方面她还钦羡他呢——还会有什么困难。

"菲莉斯——我现在立刻告诉你我的秘密；我有一个非常大的秘密要告诉你，然后才能向你讨主意。事情是，是这样的，我结婚了；是的，我已经偷偷地和一个年轻可爱的美人儿结了婚；而且要是你认识她——我也希望你认识她，你会用各种言词夸奖她的。可是她却不是我父亲要给我挑选的那种人——你和我一样都知道父亲的想法——所以我一直保守着秘密。毫无疑问，将来会有一场了不得的吵闹；但是我想，我要是有了你的帮助，就可以跨过这道难关。只要你愿意帮我这个忙——我的意思是，我告诉了我父亲以后——说你绝不会与我结婚，你是懂得的，或者和这类似的什么话——我起誓这一定会大大地帮助我扫清道路。我十分迫切地希望争取他顺着我的观点，使我和他的关系不至于疏远。"

菲莉斯简直不知道她是怎么答话的，她对他那意想不到的处境，又是怎么提出忠告的。然而他宣布的这件事减轻了她的痛苦，却是可以觉察到的。她痛苦的心灵渴望把自己的痛楚作为回报吐露给他;如果汉弗瑞是个女人,她会立刻把自己的故事向他和盘托出。可是对他,她又害怕坦白相告;而且还确有实际的理由保持缄默:需要等待足够的时间,好让她的情人和他的朋友逃出危险重重的地方。

她一回到家里,又立刻找了一个寂静无人的地方待了很长时间,一方面悔恨自己没有出走,一方面又如梦似幻地回味和马特豪斯·梯纳的那些会见,从刚开始一直到最后结束。他回到自己的国家,处在自己的同乡女人中间,可能很快就忘了她,甚至忘了她的姓名。

她心灰意懒得一连几天都没有出过家门。一天清晨雾霭涨漫,透过雾霭,晨曦仅仅显露出一片灰绿;帐篷的轮廓,连同拴在绳索上的一排排马匹,也显现出灰绿色。营房厨灶的炊烟沉重地低悬着。

花园尽头有块地方,她以往常常从那里爬上墙头会晤马特豪斯,现在这成了她在英国国土上惟一感到兴趣的一寸土地,尽管那天令人感到不快的雾霭遮天盖地,她还是走出门外,一直走到那个熟悉的犄角。每一片草叶上都沉甸甸地缀着小水珠,蛞蝓和蜗牛都爬出地面。她可以听到从营地经常传来的那种隐隐约约的嘈杂声,在另一个方向则是农夫沿着大路进城的细碎脚步声,因为那天是赶集的日子。她注意到她常常来的这个犄角靠墙有一小块地上面的草都踩平了,而且在她爬上墙头向外眺望时踩过的踏脚石上留下了园中泥土的痕迹。她不到黄昏很少到那里去,所以一直没考虑到,在白天可以看出她的脚印。也许正是这些向她父亲泄露了她的约会。

她站在那里郁郁不乐地看着,觉得营帐那边一向传过来的声音性质有些变化。菲莉斯现在对军营里的事情漠不关心了,可是她还是踏着那些石头磴爬上了那个老地方。她看到的情况开头让她感到恐惧和惶惑,然后她直挺挺地站在那儿,手指头抠着园墙,眼睛使劲努着,面孔死板得像石头一般。

在她面前那片开阔的绿地上,军营中所有的团队都成行排列,在队伍前面居中的地方,摆着两口空棺材。她听到的那种不同寻常的声音,是从一列行进的队伍中发出的。它由轻骑兵团的军乐队组成,边走边奏着葬礼进行曲。接着是一辆出殡车,车里有这个团的两个兵士,两边有卫队,还有两个牧师陪同。后面一群乡下人,是让这一事件吸引来的。这一队垂头丧气的行列沿着队列的前排走过去,又折回到队列的中间,然后在棺材旁边打住,两个判了死刑的士兵在那里给蒙上了眼睛,跪在自己的棺材上;然后稍停留了几分钟,好让他们祷告。

一支二十四个兵士组成的行刑队准备停当站在那里,马枪平端着。指挥官早已拔剑出鞘,挥舞起来做了几个劈刺的动作,最后剑头向下一点,这时行刑队一齐开枪。两个受刑人倒了下去,一个面朝下扑在棺材上,另一个仰面朝天。

就在枪声齐发的时候,格若夫大夫花园的墙头传出了一声尖叫,有人跌倒在墙里面了;但是当时在外面看热闹的人,谁也没有注意到。那两个处了死刑的是马特豪斯·梯纳和他的朋友克里斯托夫。守卫的士兵几乎立刻就把尸体装进了棺材;但是那个团的上校,一个英国人,骑马赶了过来,态度严峻地大喊大叫:"把他们拖出来——示众!"

棺材给竖立起来,两个死去的德国兵脸朝下倒在草地上。然后所有团队都一小队一小队地迈着缓慢的步伐围绕那个地点走了一圈。检阅完毕,尸体又装进棺材,然后运走了。

正在这段时间,格若夫大夫听到齐射的枪声,就疾步跑到花园里,他看见他可怜的女儿一动不动地躺在墙边。她被抱进了屋里,可是过了很长时间才恢复知觉,而且有几个星期,大家对她能恢复正常的神智都丧失了信心。

根据透露出来的情况说,来自约克轻骑兵团的这两个倒霉的逃兵，按照他们原定的计划从邻近海港碇泊处放开了那条船，与另外两个受到上校不公平待遇因而愤愤不平的伙伴，一起驾船平安地渡过了海峡。但是他们迷失了方向，把船开到了泽西①，以为那个岛就是法国海岸。在那里，他们被人发现是逃兵，于是交给了政府。马特豪斯和克里斯托夫在军事法庭上为另外两个人求情，说完全是由于他们两个人的主张，那两个人才受引诱一起逃走的。因此那两个人相应地判了鞭刑，而领头的两个人则判了死刑。

游客到著名的古老乔治海滨浴场去游览，要是愿意漫步到附近小山下的村子里去，看看殡葬登录表，还可以找到如下的两项：

> 马特·梯纳（下士）曾在国王陛下约克轻骑兵团服役，因逃跑被处决，葬于一八〇一年六月三十日，年二十二岁，生于德国萨尔布吕肯城。

> 克里斯托夫·布顿斯，隶属国王陛下约克轻骑兵团，因逃跑被枪决，葬于一八〇一年四月三十日，年二十二岁，生于阿尔萨斯的洛瑟尔根。

他们的坟墓位于小教堂背后，靠近墙边。没有任何纪念物做那个地方的标志。但是菲莉斯给我指出了那个地点。她活着的时候，老是去把那两个坟头打扫得干干净净。但是现在上面长满了荨麻，而且陷下去几乎成了平地。不过年纪大些的村民，从父母那里听到过这个故事，还能想起那两个兵士长眠的地方。菲莉斯就安葬在旁边。

（1889）

---

① 泽西为英属海峡群岛中的一个岛屿，位于英吉利海峡南部，靠近法国海岸。

格瑞布府上的巴巴拉

阿普兰道尔斯勋爵决定娶她,若说是受一种感情的驱使,还不如说是受一个主意差遣,这是明摆着的。谁也不知道他是什么时候起意的,也不知道凭她对他那种形之于色的讨厌劲儿,他怎么居然就断定自己能成功。很可能那是在她一生中第一个重大行动以后,这件事我下面就要提到。十九岁,还是感情冲动胜过老谋深算的时期,他那已经定型、藐视一切的顽固劲儿就非常明显了,而且就像归功于他家传的脾气一样,也得归功于他从小就继承的那份伯爵爵位以及随之而来在当地的声望;可以说,这样的擢升使他还没有经历青春期就一下子跨进了成年。他父亲,那位第四代伯爵,在巴思做了一个疗程的温泉浴后死去的时候,他刚满二十岁。

不过,这种家传的脾气可与他大有关系呢。决心,在佩戴那种纹章的人身上是世代相传的;有时候是决心行善,有时候是决心作恶。

这两家的地点大约相隔十英里,他们之间的那条路,就是把哈温堡·渥伯恩和麦彻斯特城连接起来的那条税卡大道①。这条大道当年很新,如今也老了。它虽然不过只是大家称之为西方大道②的分支,可是很可能直到眼下还像它在过去百年当中一样,是在英国找得出来的碎石铺砌税卡车道当中最好的样板之一。

这位伯爵的宅邸,还有他邻居巴巴拉父亲的那所,距大道大约

---

① 当时英国乡间大道有些设有专收过路税的税卡。
② 中古时代罗马人征服占领不列颠,在全国修筑了许多道路,此西方大道即指西部的干路。

一英里，每家各有一条普普通通的马车道和下房，与大道相连。就是沿着所说的这条大道，年轻的伯爵在上个世纪①结束以前大约二十年的一个圣诞节期间②的一天晚上，驱车到巴巴拉和她父母约翰爵士和格瑞布夫人的漆恩庄园去参加舞会。约翰爵士家是内战③爆发前不几年才受封的从男爵，他的田产甚至比阿普兰道尔斯勋爵本人的还广，其中包括这座漆恩庄园，另一处在附近海边的庄园，占考克汀分区④的一半，还有在渥伯恩和邻近一带教区圈得很好的田产。此时，巴巴拉刚刚十七岁，这次舞会，我们听说是阿普兰道尔斯勋爵第一次想要和她亲近的场合；天知道，这可够早的。

一个好朋友——准克哈德家的一位——据说那天和他一起吃的饭。说来奇怪，阿普兰道尔斯勋爵竟向他的客人透露了他心中的这个密谋。

"你绝不会得到她——肯定的；你绝不会得到她！"这个朋友分手的时候说，"她不会出于爱情投入你勋爵老爷的怀抱；至于考虑这是一门好亲事，唉，她脑子里盘算的一点儿也不比一只呆鸟多。"

"咱们等着瞧。"阿普兰道尔斯勋爵不动声色地说。

他坐在轻便马车里沿着大道往前走，毫无疑问心里想着他朋友的预告。但是，在渐渐消失的阳光映衬之下，他的身影像木雕般一动不动的样子，却好像向他的朋友表明，伯爵的平静心情并未给扰乱。他走到路边一个僻静的客栈，那个叫做洛恩屯的客栈，这是很多胆大妄为的偷猎者为在邻近树林里行事而聚会的地方；他要

---

① 指十八世纪。
② 指十二月二十四日至次年一月六日。
③ 指一六四〇至一六四二年英国资产阶级革命发生后进行的战争。约翰家在英国资产阶级革命前不久受封，说明他们是新贵族。
④ 按英国行政区划，郡下设分区。

是劳神,就会注意到,客栈前面停车处停着一辆陌生的驿站马车。他早早地赶到了它前边,并且在半小时以后穿过了渥伯恩的小镇子,往前再走一英里,就是款待他的主人家。

在那个时期,那可算得上是一所富丽堂皇的建筑物——或者,不如说是建筑群——占地像伯爵本人的住处一样广,不过,那可远没有这么齐整。一翼显得特别古旧,有很多大烟囱,它们的基础结构伸出到外墙之上,像一些塔楼;还有一个面积很大的厨房,(据说),过去一直是在那里给高恩特的约翰①做早餐。伯爵尚在前院,就已经能听到法国号和单簧管的节奏,这是那年月这种招待会上最受欢迎的乐器。

他进入长长的客厅,格瑞布夫人刚刚带头以小步舞开场——照一贯的规矩,那时是七点钟——伯爵受到了恰合他身份的迎接,于是他就四下打量寻找巴巴拉。她没有跳舞,看上去心事重重——几乎确实像是在等他。巴巴拉在这个时候,是一个贤淑俊美的姑娘,从来不说任何人的坏话,简直就不会忌恨别的漂亮女人。她没有拒绝和他跳接下来的乡村舞,而且不久以后在下一场又做了他的舞伴。

晚上的时间渐渐过去,法国号和单簧管轻松欢快地嘟嘟响着。巴巴拉对她的情人既没表示明显的偏爱,也没表示讨厌;但是老练的眼睛会看得出来,她在盘算着什么事。不过,晚饭过后,她声称头疼,然后就不见了。为了消磨她不在的这段时间,阿普兰道尔斯勋爵走进和回廊相连的小屋子,一些年长的人正坐在壁炉边;因为他出于自己粘液质②的本性,原本就不喜欢跳舞,他于是拉起窗帘,从窗户里往外看那座园囿和树林,这时那里黑得像个大山洞。虽然这时还很早,有几个客人看上去好像正要离去,两盏灯一路照

---

① 高恩特的约翰(1340—1399)为英王爱德华第三的王子,封为兰开斯特公爵。
② 欧亚古生物学认为人类有四种体液,具有粘液质体液者,性格迟钝、冷淡。

着他们从门口走开,在远处消失不见了。

女主人探头到这间屋子里来为女士们找舞伴,于是阿普兰道尔斯走了出来。格瑞布夫人告诉他,巴巴拉一直没回舞厅:她出于绝对必要,早已上床去了。

"她为了这次舞会,整天都那么兴奋,"她母亲接着说,"我恐怕她早就累坏了……不过,阿普兰道尔斯勋爵,你肯定还不会就走吧?"

他说已经快十二点了,而且有些人已经走了。

"我敢保还没有人走。"格瑞布夫人说。

为了迎合她,他一直待到午夜,然后才动身。他求婚没取得任何进展;不过他自己让自己放心,巴巴拉没有对任何其他客人表示更加垂青,而邻近一带差不多每个人都来了。

"这仅仅是个时间问题。"这位年轻冷静不动感情的人说。

第二天早晨他一直躺到将近十点钟,等他出来走到楼梯口,就听见外边有马蹄子踏在石子路上的声音;几分钟的工夫,门就已经打开,随后,他的脚刚一踏到最下一级楼梯,约翰·格瑞布爵士就在大厅里和他碰上了。

"我的勋爵——我女儿——巴巴拉在哪儿?"

即使是阿普兰道尔斯伯爵也无法抑制惊讶。"怎么回事,我亲爱的约翰爵士?"他问。

这个消息确实让人一怔。根据从男爵前言不搭后语的解释,阿普兰道尔斯勋爵得知,他本人和其他客人走后,约翰爵士和格瑞布夫人再也没见巴巴拉就去休息了。据他们所知,她捎出口信说她不能再参加跳舞的时候,她已经上床去睡了。在这之前,她已经告诉她的使女,这一夜她不会再让她侍候了;而有证据说明,这位年轻小姐根本就没有躺过,床上一直没有压过的痕迹。种种迹象似乎都证明,这个骗人的姑娘是装着不舒服而找了一个离开舞厅的借口,而且在十分钟之内就离开了家,很可能是在晚饭后第一轮舞的那段时间。

"我看见她走的。"阿普兰道尔斯勋爵说。

"你真看见了吗?"约翰爵士问。

"正是。"于是他说起那两盏逐渐远去的马车灯,以及格瑞布夫人怎样让他相信,那时候还没有客人离去。

"肯定就是这么回事!"这位当父亲的说,"可是她不是独自走的,你知道不是!"

"噢——那个年轻人是谁?"

"我只能猜。我最害怕的是我觉得可能性最大的那种揣测。我不想多说。我原来想——不过我还不愿意相信——你会是那个罪人。要是你,那就好了! 不过,那是另一个人,上帝呀,是另一个人! 我一定要算账,去追他们。"

"你疑心谁呢?"

约翰爵士不肯说出姓名,而且阿普兰道尔斯勋爵如果说是给弄得心急如焚,还不如说是给弄得莫名其妙,于是他伴送约翰爵士回漆恩。他又问起从男爵怀疑的目标是谁;而容易冲动的约翰究竟抵挡不住阿普兰道尔斯的追问。

他终于说出了:"恐怕是爱德蒙·威娄斯。"

"他是个什么人?"

"绍茨福德·芙仑的一个年轻人,一个寡妇的儿子。"那一位告诉他,并向他解释说,威娄斯的父亲或祖父是那地方最后一个画玻璃画的,在那儿(你可能知道),这种艺术一直延续到英格兰其它地方都失传了的时候。

"上帝啊,这可糟了——太糟了!"阿普兰道尔斯勋爵一边说,一边带着心都凉透了的神态,一下子靠回马车坐椅的靠背上。

他们向四面八方派出探子,一个朝麦彻斯特大道去;一个朝邵茨弗德·弗若姆去;另一个朝海边去。

但是这对恋人早走了十个小时;而且,这是明摆着的,他们是按照稳妥的估算行事,选定了那个特定的夜晚出逃,乘着来往车辆川流不息的时候,这辆陌生马车的行动既不会在园囿内,也不会在附近的大路上引起注意。有人看到在洛恩屯客栈等候的那辆轻便马车,无疑就是他们坐着逃跑的那辆;而把计划安排得如此巧妙的那一对脑袋,很可能在这以前就已经谋划着结婚了。

父母所害怕的种种事情都变成了事实。那天晚上,从巴巴拉那儿派了专门的信差送来一封信,简短地通知他们,她情人和她本人正在往伦敦走,而且在这封信到她家以前,他们就结为夫妇了。她之所以要走这非同寻常的一步,是因为她爱她那亲爱的爱德蒙,胜过其他任何人,还因为她已经看到,和阿普兰道尔斯勋爵结婚的那种厄运,正在渐渐向她进逼,除非用她现在已经采取的步骤来使这种可怕的命运再也不可能实现。她已经事先反复考虑了这一步骤,如果她父亲以她的行为为耻,她就准备像任何其他乡镇人的妻子那样生活。

"她活该!"阿普兰道尔斯勋爵那天晚上驱车回府时说,"凭她那股蠢劲儿,就是活该!"——这就表明他对她怀的是一种什么样的爱情了。

再说,约翰爵士出于一种责任,已经出发去追他们了,他像个疯了似地赶车到麦彻斯特,然后又从那里沿着直通京都的大路赶。但是他不久就看出来,他的行动毫无意义;渐渐地,他发现婚礼确实已经举行,他打消了要从伦敦城里把他们搜出来的一切念头,于是回到家里,坐下来和他夫人一起尽力琢磨这件事情。

可能他们有力量以这个威娄斯劫持了我们这位女继承人而对他起诉,不过,等他们考虑了这些目前已经无可更改的事实,他们就克制了强烈的报复心。大约过了一个半月,在此期间,巴巴拉的父母虽然痛感失去了女儿,却也没有和这个小逃兵通过任何信,既不去责备,也不去宽恕;他们不断想着她使自己丢了人;因为,虽然那个青年是个正派人,他父亲也是个正派人,可是他那么早就去世了,他的遗孀不得不那样苦熬苦守,才让那儿子只受了点儿不完全的教育,还不仅如此,他的血统,至少就他们所知,无论如何也算不得高贵,然而她的血统,由于她母亲的缘故,却是一系列古代从男爵种种精萃最佳的混合体,①包含有毛德维,还有莫汉,还有塞沃德,还有波沃瑞,还有卡里弗德,还有塔伯特,还有普兰泰吉尼特,还有约克,还有兰开斯特,此外还有上帝才知道的其它种种特质②,把这种血统丢开,可真是千万重遗憾。

这对父母坐在壁炉边,壁炉上方跨着四心连拱,两旁的拱架上还饰有家族的盾徽,他们就在那儿大声哼哼,夫人呻吟的声音比约翰爵士的还要大。

"真没想到咱们晚年会遇上这种事!"爵士说。

"那是指你自己!"她突然止住抽泣厉声说,"我才只四十一岁呢!……你当时干吗不骑快点追上他们!"

与此同时,这对视自己血统如污水的已婚年轻恋人,却正处在无边幸福之中——我们都知道,那是一种程度递减的幸福,上天以它的智慧早就为这类顾头不顾尾的事情做好了安排,这就是说,第一个星期,他们在七重天③,第二个星期在第六重,第三个星期冷热适中,第四个星期余热反射,如此这般;一个恋人的心在着魔了之后,就可以拿来和地球的几个地质阶段相比了,正如我们可尊敬的主席有时对我们描述的那样;最初是一块赤热的煤,然后是一块温热的煤,然后是一团凉下来的煤渣,最后冰凉了——就不用再往下比喻了。总而言之,有一天,一封用他们女儿自己的小印章封盖的信,到了约翰爵士和格瑞布夫人手里;一打开信,他们就看出,这一对年轻夫妇的意思是恳求约翰爵士原谅他们的所作所为,他们

---

① 作者设想讲故事者为医生,故常用医科术语,下文也有类似情况。
② 讲故事者以"还有……还有"表示历数历代显赫皇室和贵族。
③ 按基督教之说,天堂分为七重,第七重最高,为上帝和天使所居,后被引喻为极乐世界。

要裸膝下跪,永远做最孝顺的子女。

于是约翰爵士和他的夫人再次坐在带四心拱架的壁炉旁边,又是商量,又是读信。要是透露真情的话,约翰·格瑞布爵士爱惜他女儿的幸福,可怜的人啊,远胜过了他爱惜他自己的名誉和门第;他回忆起她所有的细枝末节之处,发出一声叹息;到这时候,就适应了结婚这种想法,说已经做过的事情就没法变成没做过的了,而且他想,他们不应该对她太严厉。很可能巴巴拉和她丈夫眼前已处在困窘之中;而他们怎么能让自己的独生女儿挨饿呢?

一种意想不到的小小安慰出现在他们眼前。他们得到可靠的消息说,平民威娄斯家有个祖先,通过和一个已经没落的贵族苗裔联姻而一度受到册封。简短截说,这就是显贵父母愚蠢的地方,有时候别的父母也是如此。就在当天,他们照巴巴拉给他们的地址写了回信,告知她可以回家,并带她丈夫一起来;他们不会拒绝见他,不会责备她,而且竭诚欢迎他们俩,并且要和他们商量,怎样尽可能妥善地安排他们的将来。

过了三四天,一辆相当寒酸的驿车停在了漆恩庄园大厦的门口,这位软心肠的从男爵和他妻子应声跑出来,仿佛欢迎一对世袭的王子和公主。他们看到他们娇生惯养的孩子平安返里,真是喜出望外——虽然她仅仅是威娄斯太太,无家无业的爱德蒙·威娄斯的妻子。巴巴拉悔恨的眼泪犹如泉涌,而且想到他们没有一个畿尼可以称做是自己的,夫妻两人都是要多窘就有多窘。

等四个人都平静下来,而且也没说一句责备这一对儿的话,他们冷静地讨论了这种处境,年轻的威娄斯毕恭毕敬地坐在后面,直到格瑞布夫人用一点也不冷淡的口气请他走上前来。

"他真漂亮!"她自言自语道,"我一点儿也不奇怪,巴巴拉为什么为他发疯。"

他确实属于那种曾经把嘴唇放在姑娘嘴唇上的最漂亮的男子之一。一件蓝上衣,桑葚色背心,黄褐色灯笼短裤,衬托出一副几乎无与伦比的身材。他长了一对深色的大眼睛,这时看看巴巴拉又看看她父母,然后又温情脉脉地回眸巴巴拉,显得很焦急;而她此时虽然处于惊慌不安之中,只要看看她也就会明白,为什么阿普兰道尔斯勋爵的冷血①也会上升到了微温以上。她那细腻娇嫩的脸蛋儿(按照老奶奶们世代相传的故事的说法),在一顶装饰着驼鸟毛的灰色圆锥形帽子下探出来,她那小小的脚尖在紫色长袍里边穿破了的米色衬裙下面微微露出来。她的面貌尚未定型,几乎还处于幼儿期,就像你可以从这个家庭收藏的袖珍画像上看到的那样,她的嘴部表现出十分机敏的样子,而且我们可以肯定,除非有急切的事情,否则,她也没有脾气不好的毛病。

噢,他们讨论了符合他们的情况;而这对年轻夫妇又极力想获得他们确实事事仰赖的这两位的好感,这就促使他们同意了任何不致太使人厌烦的妥协措施。因此,他们虽然新婚还不到两个月,还是没有反对约翰爵士的建议:他给爱德蒙·威娄斯提供经费,让他由一位导师陪同到大陆②去旅行一年,而这位年轻人则答应按照导师的教导尽力勤奋学习,直到他从外表到内心都有完善的修养,达到能做像巴巴拉这样一位贵族小姐的丈夫的要求。他得专心致志地学各种语言、礼貌、历史、社会、古迹和他亲眼所见的各种东西,直到他学成归来可以毫无赧颜地和巴巴拉比翼齐飞。

"到了那时候,"可尊敬的约翰爵士说,"我要把我在尤绍特的那一小块地方准备好,让你回来和巴巴拉去住。那所房子很小,地方偏僻,但是供年轻夫妇住段时间还行。"

"只要不是只比一座凉亭大点就行!"巴巴拉说。

"只要不是只比一乘轿子大点!"威娄斯说,"而且越偏僻越好!"

---

① 原文为法文。
② 指欧洲大陆。当时英国上流社会青年男女必须到欧洲大陆游学,以完善其教育。

"我们能甘于寂寞,"巴巴拉说,热切劲儿稍差了一点儿,"有些朋友会来的,毫无疑问。"

所有这些事情都安排好了,一位陪同旅行的导师也请来了,这是一位多才多艺而又阅历宏富的人。于是在一个晴朗的早晨,导师和学生走了。竭力阻止巴巴拉不陪她年轻丈夫去的一个重大理由是,他对她献殷勤自然会发生一些事情,诸如妨碍他把他的每一小时都如饥似渴地投入学习和观光——这是一个有先见之明而又无可辩驳的理由。定期写信的时间也安排好了。巴巴拉和她丈夫最后在门前相互亲吻,于是轻便马车飞快驰过拱门走上车道。

他一到勒阿弗尔①就从那个港口给她写信,由于逆风的缘故,那不是原来所说的七天;他从鲁昂②写,还从巴黎写,向她描述他在凡尔赛看到国王和接受晋觐③的情景,以及王宫中那些精彩的大理石工艺品和镜子;下一次是从里昂写的;然后,隔了比较长的一段时间,从都灵,叙述他骑驴跨过塞尼山峡的惊险奇遇,还有他怎样遭遇到吓人的雪崩,险些结果了他和他的导师还有他那几个向导的性命。然后他又兴高采烈地写意大利;巴巴拉能够看出,在一个月又一个月的信中,反映出了她丈夫心智的发展,于是十分敬佩他父亲为爱德蒙提出这番教育有先见之明。她丈夫显然再也不用为了她选他为配偶而要坚定她的信念了,然而,她有时还是唉声叹气,而且还战战兢兢,担心由于这种门不当户不对的婚姻而可能给她带来何种羞辱。她很少出门;因为有一两个场合,她在过去的朋友当中露面时,她注意到他们的态度明显地不同了,似乎他们在说,"啊,你这个走了红运的乡下小子的老婆,你可给人家抓着了!"

爱德蒙的那些信一如既往地热情洋溢;过了一个时期,甚至比

---

① ② 均为法国城市名。
③ 当时法国国王每星期日到凡尔赛宫接受大臣和百姓晋觐,届时还举行盛大的游艺活动。

她给他的信更为热情洋溢。巴巴拉注意到了她自己内心逐渐冷淡,而且像一个贤淑忠贞的贵族女子那样害怕和发愁了,因为她的惟一愿望就是行得正,立得直。这种情形让她那么担忧,因此她祷告乞求,希望有一颗更热烈的心,而且她终于给她丈夫写信,说既然他当时正在那个"艺术的国度",所以求他送给她一幅他的画像,多么小都行,让她能整天看着,天天看着,好片刻也不忘记他的容颜。

威娄斯欣然同意,还回信说,他会做得比她希望的更多;他已经在比萨和一位雕刻家交上朋友,他对他本人和他的身世颇感兴趣,他已经托这位艺术家为他雕一座他的大理石半身像,等到雕刻完了,他就会送给她;巴巴拉本来想要的东西是立刻就会得到的,可是她表示并不反对这种耽搁。爱德蒙下一封信中告诉她,那位雕刻家是那样急于刻出一个显示他技艺的样品,好引起英国贵族的注意;所以根据他自己的抉择,已经决定把那座半身像扩大为全身像。工作正在顺利进行,并且进展很快。

与此同时,巴巴拉在家里开始把注意力集中于尤绍特了,就是她好心的爸爸准备等她丈夫回来时给她住的那所房子。它是根据一幢大宅院计划修建的一小块地方——按照庄园形式建造的一所小房子,中间有一个大厅,周围有个木头回廊,房间都不比私室大,用来支撑这种结构。这所房子那么孤零零地兀立在一面斜坡上,周围的树又那么稠密,以致栖息枝头的鸟儿在不该唱歌的时候也唱,仿佛他们很难分清白天和黑夜。

在修理这处村舍的过程中,巴巴拉常常到这里来。这所房子虽然因为茂密的植物而显得那么与世隔绝,但是却靠近大道。有一天,她正从篱墙里面向外张望的时候,看见阿普兰道尔斯勋爵骑马经过。他很客气地向她行礼,不过很是机械生硬,而且没有停下。巴巴拉回到家里,继续做祷告,希望自己永远不会不爱自己的丈夫。在这之后,她病了一场,很长时间再也没有出门。

这为期一年的教育延长到了十四个月,那所房子也已经准备就绪,等着爱德蒙回来和巴巴拉一起在那儿居住。这时候,惯常给她的信没有来,来的却是上面说到的那位导师给格瑞布爵士的一封手书,告知他,他们在威尼斯遭到了一场可怕的灾难。威娄斯先生和他本人在上一个星期的狂欢节中,有一天晚上到戏院去见识意大利喜剧,一个剪烛花的人工作疏忽,戏院失火了,而且全都着起来。几乎没人丧命,因为有些观众以非凡的努力把失去知觉的受难者都抢救出来了;而在所有这些人当中,冒着自己生命危险的那个最勇敢的人就是威娄斯先生。在他第五次又进去救他的同类时,几根着得很厉害的横梁落到他身上,大家都认为他没有救了。不过,老天保佑,他活过来了,并没有丧命,不过他已经严重烧伤;而且几乎是靠了一种奇迹,他看来像是死里逃生了,因为他的体格好得出奇。当然,他还不能写信,但是他受到几位医道高明的外科大夫的照顾。进一步的报告会随下一班邮车或自己雇的人送上。

　　可怜的威娄斯所受的那些痛苦,这位导师一点也没有详谈,但是巴巴拉一知道这个消息,就立刻认识到那必定是很剧烈的,而且她立刻不由自主地想冲到他身边去,不过仔细一想,这样的行程在她几乎是不可能的。她的身体不像一向那样健康,而且在一年中间那个季节①坐驿车走过欧洲,或是坐帆船通过比斯开湾,从后果来看都是一桩难以让人信服的事。但她急于要去,可是读到信的末尾,她看到她丈夫的导师已经暗示,如果打算采取这个步骤,他强烈反对,而且这也是那些外科大夫的意见,这才作罢。威娄斯的亲密同伴,虽然没有说出他的种种理由,但是后来这些理由自己就摆得够明显的了。

　　真实的情况是,烧伤最严重的部位是头部和脸部——就是从她这儿把她的心夺走了的那副漂亮面孔——而且导师和那些大夫

---

① 意大利狂欢节在初春。

都知道,对一个敏感的年轻女子来说,如果在他的烧伤没有平复之前就看见他,那么由于震惊而给她带来的不幸,会胜过由于她的服侍而给他带来的幸福。

格瑞布夫人脱口道破了约翰爵士和巴巴拉都想到,只不过因为过分审慎而没有表达出来的事。

"确实,这对你是太残酷了,可怜的巴巴拉,他原来有的那件说明你冒险选择他确有道理的小小礼品——他那特别好看的面貌——竟然会像这样就给夺走了,在世人眼里,你也就完全没有任何口实来说明你的所作所为了……唉,我倒希望你嫁的是那另一个——我真希望那样!"夫人连连叹息。

"他很快又会好过来的。"她父亲安慰她说。

上述这些话并不常提,不过也足以使巴巴拉产生一种觉得自己很愚蠢的不安之感。她决心再也不去听这些话;而尤绍特的房子已经准备好,摆设好了,她带着她的几个使女隐退到那儿;等她丈夫归来,她在那儿就会第一次感觉到,在她和她丈夫专有的这个家庭里,她是女主人了。

过了好几个星期,威娄斯已经充分康复,能够自己写信了,于是就慢慢地、小心地向她透露了他整个受伤的程度。他说,真是侥幸,他的视力并没有完全受到损害;而且说起来他还是感到庆幸,他的一只眼睛似乎保有完全的视力,虽然另一只却永远失明了。他说出具体情况所采取的那种吝惜笔墨的态度告诉巴巴拉,他的遭遇多么可怕。她向他保证什么事也不会让她变心,他对此表示感激;但是他恐怕她还没有充分认识到,他是那么糟糕地破了相,如果她认出那是他,那种保证就会成问题了。不过,不管所有这一切,他的心一如既往,对她忠贞不贰。

巴巴拉从他的焦虑看得出来,那留下没说的话有多么多。她回信说,她甘心服从命运之神的法令,一等到他能回来,就欢迎他回来,不管他是什么模样。她告诉他,还没等到他们两个一同在那处漂亮的隐居所居住,她自己就先住进去了,不过没有透露,她曾怎样因为他所有那俊美容貌都一去不复返而叹息不止。她更没有说,在等待他当中有了某种生疏之感,因为他们一起生活的几个星期和他离开的时期相比是那么短暂。

时间慢慢过去,威娄斯觉得他已经康复,可以回家去了。他在南安普敦上岸,然后从此地乘驿车去尤绍特。巴巴拉做好安排到洛恩屯客栈那么远去迎接他——在弗瑞斯特和柴斯之间的这个地方,他们私奔的那天傍晚时分,他曾在那儿等待黑夜降临。她坐了一辆小马拉的轻便马车按指定时间赶往那里。那辆车是她父亲在她过生日那天送给她,以备她在新居派特殊用场的,她抵达客栈就把这辆车打发回去了,按照商定的计划,她要和她丈夫一起坐他雇的马车走回程。

在这种路边客栈里,没有多少招待夫人小姐的设备;但是那是一个晴和的初夏之夜,所以她并不在乎——就在外边散步,沿着大路望眼欲穿地盼着那一位。远处每一阵尘土越来越大,越来越近,但是最后发现都不是他坐的驿车。巴巴拉一直等到预定的时间过了两个小时,于是开始担心,是不是由于海峡①起了什么逆风,他这天夜晚来不了。

她一边等着,一边感到莫名其妙的惊慌,这不完全是寂寞,也还没有达到害怕的地步。她这种疑惑不定的紧张状态介于失望和解脱之间。她过去和一位没受过完全教育却又漂亮的丈夫生活了六七个星期,她现在已经一年零五个月没见过他,而且因为那场事故他肉体上的变化又是那么大,她肯定她差不多会不认识他了。我们怎么能对她内心的复杂状况感到奇怪呢?

不过,她眼前的困难是怎样离开洛恩屯客栈,因为她的处境越来越尴尬了,正像巴巴拉的许许多多行为一样,她来这一趟也没有

---

① 指英吉利海峡,为英国与法国和欧洲之间海路交通要道。

很好考虑。她本来估计,等不了几分钟她丈夫就会坐驿车到达,然后就和他一起坐他的车,她于是毫不犹豫,把自己的小马车打发回去,自己一个人等着。这时她发现,因为这一带的人都很熟悉她,她这样出来走一段路迎接她久别的丈夫,引起了人们很大的注意。她感觉到,从客栈那些窗户口打量她的人,比她的眼睛看到的还多。巴巴拉决定,客栈有什么车,便雇什么车回家。正在这时候,她最后一次努力睁着眼睛,朝渐渐黑下来的大路那边看,发现又有一股尘土飞扬,越来越近。她停下来,一辆轻便马车上坡朝客栈赶过来,坐车的人如果不是看见她怀着期待的神情站在那儿,就会赶过去了。几匹马立刻给勒住了。

"你在这儿——还是一个人,我亲爱的威娄斯太太?"阿普兰道尔斯勋爵说。这辆马车就是他的。

她说明了使她陷入这种孤零零境地的原因;由于他走的正是往她自己家去的方向,她接受了他的邀请,坐上他身旁的一个座位。

他们的谈话起初别别扭扭,断断续续;可是等他们乘车走了一二英里,她惊奇地发现,她自己在很真诚、很亲切地和他谈话了,她这样动感情实际上不过是她最近处境的自然结果——这种多少有些孤寂的处境,是由她自己铸成那桩莫名其妙的婚姻造成的;一个女子长期以来一直采取自我克制的方针,出乎意料地和别人谈起话来,再谨慎得体也不过如此了。因此,她回答他那些诱导性的问题,或者更确切地说是一些暗示的时候,她让她的一些苦恼透露出来了,那颗天真的心怦然一动,让她自己吓了一跳。阿普兰道尔斯勋爵把她一直送到她家门口,虽然这样做他得多走三英里路;而且在搀她下车的时候,她听见他悄悄地厉声责备她说:"你当初要是听我的话,就不会弄得这样了!"

她没有回答,就走进门去。就这样,随着晚上的时间慢慢过去,她越来越后悔她不该对阿普兰道尔斯勋爵那么友好。但是他那么出其不意地闯到了她面前;假如她事先料到会碰见他,她会划出一条多么谨慎的界线啊!巴巴拉想到自己这样没有节制,急得浑身冒汗,而且为了自责,决定一直守到午夜,等候爱德蒙回来的一线可能,还吩咐把晚饭给他摆好,因为他不大可能明天才到。

一小时一小时地过去了,尤绍特寓所里里外外死一样地安静,只有树木飒飒作响。直到将近午夜的时候,她听到马蹄和车轮的声音朝门前走来。她知道这只能是她丈夫,立即去到大厅里迎接他。但是她站在那儿不无一种怯懦之感,自从他们分别以来变化多么大啊!而且由于和阿普兰道尔斯勋爵不期而遇,他的音容笑貌此刻仍在她心中,将她丈夫爱德蒙从她内心的感觉世界中排除出去了。

但是她还是去到门口,紧接着,一个人影迈步进来,她熟悉这个人影的轮廓,但是除此以外就什么也不熟悉了。她丈夫身穿敞怀黑斗篷,头戴帽檐低垂的帽子,整个显得像个外国人,而不像以前离开她的那个年轻的英国自由民。他往前来到灯光下面,她看到他戴着面罩,不禁感到惊讶,而且几乎是感到恐惧。最初她还没注意到这一点——那颜色没有什么特别,一点儿也不会使一个偶然看见的人认为,她看见的不是真正的面目,而是别的什么东西。

他想必看到了她因为他这样地不期而至吃惊地一愣,因为他急忙说:"我并没打算像这样进到你这儿来——我想你可能睡了。你多好哇,亲爱的巴巴拉!"他用手搂着她,但是他并没有打算吻她。

"哎,爱德蒙——是你吗?——必定是吗?"她双手紧扣在一起说,因为虽然他的形体和动作差不多都足以证明那是他,而且那声音腔调也并非不像原来的样子,可是他吐字那么清晰,与以前大不相同,好像一个生人一样。

"我像这样蒙着自己,是为了不让客栈仆人和别人用那种好奇的眼光看我,"他低声说,"我这就去打发马车回去,一会儿就来和你在一起。"

"你真是单独一个人吗?"

"真是。我的同伴在南安普敦停下了。"

她走进饭厅的时候,驿车车轮滚滚而去了,饭厅里晚饭已经准备好,在这里他立刻又和她在一起了。他已经脱掉斗篷和帽子,可是面罩还戴着;而且这时她能看见,它是特制的,用的是某种像丝一样的软料子,颜色就像肉的颜色;这个面罩很自然地和前额上的头发连在一起,而且其他地方也都做得恰到好处。

"巴巴拉——你气色不好。"他一边说,一边摘手套握住她的手。

"是的,我一直有病。"她说。

"这所漂亮的小房儿是咱们的吗?"

"噢——是。"她几乎没意识到自己说的话,因为他为了握她的手而摘掉手套的那只手是弯曲的,上面还缺了一两个手指头,同时透过面罩她还看到,只有一只眼睛在一眨一眨的。

"此刻我多么想不顾一切给你一吻啊!"他又难过又深情地接着说,"可是戴着这么一副面罩——我不能。仆人都睡了吧,我想?"

"嗯,"她说,"可是我能叫他们吗?你想用点晚餐吧?"

他说他想用点,不过没有必要在这种钟点儿叫谁。他们随即走近餐桌,面对面坐下。

尽管巴巴拉心里害怕,可是她还是不得不注意到,她丈夫浑身发抖,仿佛他和她一样害怕,甚至更加害怕他正在造成的,或者就要造成的印象。他靠近一点,又握住她的手。

"我这副面罩是在威尼斯做的,"他显然很窘迫地说起话来,"我心爱的巴巴拉——我最亲爱的妻子——你想,我摘下这东西来,你——会在意吗?你不会讨厌我吧——是吗?"

"噢,爱德蒙,我当然不会在意,"她说,"你碰到这种事,都是我们命不好;不过,我对这有准备。"

"你肯定你有准备?"

"噢,有!你是我丈夫。"

"你真觉得很有信心,任何外表上的东西都不能影响你吗?"他又说了一句,由于焦急,声音显得没有把握。

"我想,我——很有信心。"她有气无力地答道。

他低下头。"我希望,我希望你是这样的。"他轻声说。

在随后那阵间歇时间,大厅里钟的嘀答声似乎更响了;他略微转过一点身子去摘面罩。她屏住呼吸等着他这么做,这是有点让人厌烦的事,他先是看着她,过了一会儿又转过脸去;而等到摘完了,她就闭上眼睛,不敢看那揭开了的可怕形象;她吓得浑身急速抽搐了一下;不过,她虽然胆怯,还是竭力抑制住会自然而然从她灰白色的嘴唇边溜出来的喊叫,强使自己又重新睁眼去看他。巴巴拉再也不能多瞧他了,她蒙起眼睛,滑溜到自己椅子旁边的地上。

"你没法儿看着我!"他毫无希望地呻吟道,"我是一个太可怕的东西,连你都无法忍受!我以前就明白这个;不过我又希望不是这样。唉,真是命苦——威尼斯那些外科大夫把我救活了,他们的高明技术真该死!……抬头看,巴巴拉,"他继续恳求着,"整个看看我,说你厌恶我吧,如果你真地厌恶我的话,那么就让咱们之间这桩事永远了结吧!"

他那不幸的妻子打迭起全部精神拼命挣扎。他是她的爱德蒙;他没亏待她,他已经受了很多苦。对他一时的忠心帮助了她,于是她遵命抬起眼睛,第二次注视这具人的残骸,这个剥了皮的人面模型①。但是这景象太过分了。她又不由自主地往旁边看,直打哆嗦。

---

① 原文为法文。

"你觉得你能看惯这个吗?"他说,"能,或是不能? 你能忍受这样一具尸骸停在你旁边吗? 你自己判断吧,巴巴拉。你的阿都尼斯①,你那举世无双的人,已经变成这样儿了!"

这位可怜的夫人站在他旁边一动不动,只有眼睛不停地在眨。她所有那些天生的怜爱情绪都给一种恐怖之情赶得精光。她惊悚恐惧,正像她遇到幽灵出现一样。她无论如何也想象不出,这就是她选中的那位——她爱过的那个人;他变成了另外一个种类的怪人。"我并不厌恶你,"她哆哆嗦嗦地说,"可是我那么害怕——吓坏了! 让我缓一缓,你现在吃晚饭吧? 你吃的时候,我可以回我屋去——重新恢复我过去对你的感情吗? 我愿意试试。我可以离开你一会儿吗? 是的,我愿意试试。"

这个吓坏了的女人没有等他回答,而且一直小心地把自己的目光躲着他,蹑手蹑脚地走到门口,溜出了屋子。她听见他对着桌子坐下,好像是开始吃饭;不过,天知道,在这番接待肯定了他最坏的预想之后,他的食欲已经打消得差不多了。巴巴拉上了楼,走进她的卧室,一下溜到地上,把脸埋在床单里。

她这样待了一会儿。这间卧室就在饭厅上头。现在她跪在那儿,忽然听到威娄斯把椅子往后推开,并起身走进大厅,五分钟之内,这个人影可能就要上楼来,再次和她面面相对了;它——这个陌生而又可怕的形体,那并非她丈夫的形体。她在这孤寂的深夜里独自一人,身边既没有一个使女,也没有一个朋友,她完全失去了自制,所以她一听到他踏上楼梯的脚步声,就冲出屋子,连一件外衣之类都没有披上,沿回廊跑到后楼梯,沿着那儿下去,并且打开了后门的锁,放自己到外边去了。她几乎没意识到她干了什么,后来才发现自己在花房里,蜷缩在一个花架子上。

---

① 阿都尼斯为希腊神话中著名的美少年,曾为司爱与美的女神维纳斯所热烈追求而未得。

她就待在这儿,她那双胆怯的大眼睛透过玻璃使劲儿瞪着外边的花园。她怕田鼠,还把裙子裹了起来,因为田鼠有时到这里来。每时每刻她都害怕听到脚步声,而这脚步按法律说她本来应该是一直渴望来临的,而且这种声音对她心灵来说本来应该一直是音乐之声的。但是爱德蒙没有往这条路上来。在这个季节,夜越来越短,很快就出现了黎明,还有旭日初现的光辉。到了白天,她就不像在黑夜那么害怕了。她想她能见他,并使自己看惯那种情景。

　　于是这个疲乏不堪的年轻女人打开温室门,沿着几小时以前来的那条路走回去。她可怜的丈夫很可能还没起床,正睡着呢,因为他经过长途跋涉;于是她进去的时候尽可能地少出声。这所房子还和她离开的时候一样,她在大厅里四下打量,找他的斗篷和帽子,可是全都看不见;她也没有找到他的小箱子,那是他随身携带的全部东西,他比较笨重的行李都留在南安普敦,由行李车运送。她鼓起全部勇气上楼;卧室的门像她离开那儿的时候一样开着。她胆战心惊地四处偷看;床上没有躺过的痕迹。也许他躺在餐厅的沙发上吧。她下了楼走进去;他不在那儿。桌子上在他没有用过的盘子旁边放着一张便条,是匆匆忙忙在小笔记本的一页纸上写的。它大致是这样的:

　　　　我永远钟爱的妻子:我令人生畏的外表给你的印象,是我预料可能有的。我原来希望不是这样。但这是愚蠢的。我明白,任何人的爱情都不能经过这样一场灾难而不熄灭。我承认,我原来以为你的爱情是神圣的;但是经过这样长久的离别,不可能还留有那么多的热情,足以克服那极其自然的刚一见面的反感。这是一次实验,可是失败了。我不责怪你;很可能,这样甚至更好。再见。我要离开英国一年,如果我还活着,在一年期满的时候你会再见到我。那时我会弄清你的真实感情;如果它拒绝我,就永远离去。

　　　　　　　　　　　　　　　　　　　　　爱·威

巴巴拉从惊讶中清醒过来,她深深悔恨,觉得自己是绝对不可饶恕的。她应该把他看做一个受苦受难的活生生的人,她也不应该成为仅仅视觉的奴隶,像个小孩子一样。她的第一个想法是去追他,并恳求他回来。可是经过多方打听,她发现谁也没有看见过他:他是不声不响地消失的。

还有一层,要挽回昨夜的情景是不可能的。她的恐惧太明显了,而他又是那样一种男子汉,靠她努力尽自己的义务,大概是不能把他劝说回来的。她到她父母那里,坦白说出了发生的一切;这些事,说真的,很快就让她家庭以外更多的人知道了。

这一年过去了,他没有回来;而且他是否活着也很可疑。巴巴拉对当初自己怀着那种不可克服的反感深为懊悔,于是她就盼望修建一个教堂侧廊或立一块纪念碑,并在她有生之年献身慈善事业。她为此询问那位优秀的牧师,她每礼拜天都去听他站在十二英尺高的地方讲道。但是他只能正一正他的假发,轻轻磕打他的鼻烟壶,因为这就是那年月对宗教的那种毫不热衷的状况。在那种年月,附近任何地方都根本不需要一个心绪不宁的人自愿捐献一道侧廊、一个尖顶、一座门廊、一个东窗①、一块十诫牌②、一幅雄狮与独角兽徽③或一支铜烛台——上一个世纪在这个方面与我们生活的这个幸福时代有天壤之别,在我们这个时代,每天早晨都有驿车源源不断地送来一批批急切的要求,希望把这些东西贡献出来,而几乎所有教堂都装修一新,让人看起来像是新硬币一样。由于这位可怜的夫人不能以这种方式安慰自己的良心,她决定至少要慈悲为怀,不久她就看到她的门廊每天早晨都挤满基督教世

---

① 基督教堂建筑为东西向,大门多开在西侧,东部开窗。
② 基督教有十条戒律,多书于巨牌上陈列在教堂里。
③ 为捧有王室纹章的动物,此处应指教堂内刻有此二兽捧英国王室纹章之浮雕或彩画。

界最褴褛、最懒惰、醉醺醺、会骗人和毫无价值的流浪汉①,于是感到心满意足。

但是,人心就像爬墙的藤蔓植物叶子一样易变,随着时光流逝,巴巴拉没有听到她丈夫的消息,而她母亲和朋友们又常常在她耳边说着这种话:"得啦,已经发生的事得算是最好的了。"于是巴巴拉也坐不住了。她自己也开始这样想了,因为即使如今她也无法提起那个坑坑洼洼、残缺不全的模样而不浑身发抖,虽然每当她的思想飞回她新婚的那些日子还有那个当年和她并肩而立的男子的时候②,一股柔情又使她动心。这种感情,如果他能活生生地出现在她面前,是会变得更加强烈的。她年轻而又没有经验,在他后来回家的时候,她几乎还没有成长起来,脱离少女时代那种想入非非。

但是他没有再来,她想起,他说过如果活着还要再回来一次,而且他是不大可能食言的,所以她以为他死了而不再抱希望。她父母也这样想;这样想的还有一个人——一个一声不响,一个无法瞒过地洞悉一切而又喜怒不形于色的人。此人似乎就像他家族纪念碑③上那些人像一样,已经沉沉入睡的时候,也警醒得好像是七个卫士一般,阿普兰道尔斯勋爵虽然年纪还不上三十,听到巴巴拉见她丈夫回来吓得那样魂不附体并且飞速逃走以及她丈夫立即离去的事儿,却像个年高六旬的刻薄佬那样抿着嘴笑。不过他觉得相当有把握,威娄斯虽然感情上受到伤害,如果在十二个月结束的时候他还活着,他还会重新露面,来要求得到他那笔明眸皓齿的财产④。

因为没有丈夫和她一起住,巴巴拉放弃了她父亲给他们预备

---

① 指巴巴拉在自家门口施舍。
② 指她和威娄斯举行婚礼的时刻。
③ 贵族府邸多有家庭纪念碑,上面刻有已故家族成员的像。
④ 指他的妻子巴巴拉。

的房子，重新回到漆恩庄园去住，就像她当姑娘的时候那样。渐渐地，和威娄斯的这段往事成了只是头脑发烧时做的一场梦，而且月复一月，年复一年，阿普兰道尔斯勋爵和漆恩这家人的友情又大大恢复了，而在巴巴拉私奔以后，这种友情本来是多少有些冷淡的。于是他又成为那儿的常客。在他住的诺灵斯伍德大厦每有一点微不足道的改变或改进，他都得骑马去和他朋友、漆恩庄园约翰爵士商量；而这样就把他自己经常放在了她的眼皮底下，巴巴拉也就渐渐对他习惯了，并像对亲兄弟一样和他随意说话，她甚至把他当做一个有权威，有决断又很精明的人而开始看重他；尽管他在法庭上①对那些偷猎的、走私的、偷萝卜的严厉刻薄，尽人皆知，留下骂名，她却相信那些说法许多都是误传。

她丈夫走后，他们就这样过了几年，而且再也没有人怀疑他确是死了。重新不带感情地求婚，在阿普兰道尔斯勋爵已经不再是不合时宜的了。巴巴拉并不爱他，不过她本质上是那种香豌豆或是旋花藤，需要一根比她自己更坚实的枝条，好在上边缠绕，开花。再说，此时她年纪也大些了，而且自己承认，一个男子，他的祖先一次又一次在夺取圣墓所在地的战斗中曾经刺杀过数十名撒拉逊人②，比起一个只能肯定声称确知自己父亲和祖父是体面自由民的人，从社会地位考虑，当然是一个更加合意的丈夫。

约翰爵士找到机会告知她，她可以从法律上认定自己是寡妇了；而且简短截说，阿普兰道尔斯勋爵说服她同意了自己的看法，于是她嫁给了他，固然他永远也不能使她承认，她像过去爱威娄斯一样爱他。我小时候认识一位老夫人，她妈妈就见过这场婚礼，她还说，阿普兰道尔斯勋爵和夫人那天晚上从她父亲的家坐车走的

---

① 当时贵族多以兼职法界执事而参与地方行政管理事务，阿普兰道尔斯可能为当地治安推事或陪审团成员。
② 圣墓所在地指耶路撒冷。英国中古时贵族曾多次参加十字军东征争夺圣地。撒拉逊人为当时希腊人、罗马人对阿拉伯人和伊斯兰教徒的称呼。

时候,坐的是一辆四驾马车,而且我们这位夫人穿的是绿色和银色的衣服,戴着从没见过那么鲜艳的帽子①,还插着羽毛;不过究竟是因为这绿色不适合她的肤色,还是别的什么原因,这位伯爵夫人看上去面色苍白、红颜大改。他们结婚后,她丈夫带她到伦敦去,她在那儿见识了旅游季节最美好的东西,然后他们回到诺灵伍德大厦,这样一年就过去了。

他们结婚前,她丈夫似乎并不怎么在乎她不能热烈爱他。"只要让我得到你,"他那时这样说过,"我就愿意容忍一切。"可是如今她缺乏热情,却似乎惹恼了他,于是他对她表示愤懑,以致使她和他在一起感到难受,几小时都一言不发。那位假定的爵位继承人②是一个远亲,阿普兰道尔斯勋爵并没有把此人从自己所不喜欢的那些人和事当中排除出去,于是开始下决心要一个直系亲属继承人。他频频抱怨她,说原来并没有答应过这一点,而且责问,她究竟有什么用。

在她这种愁闷生活中,有一天来了一封信,是写给威娄斯太太的,从一个意想不到的地方到了阿普兰道尔斯夫人手里。比萨的一位雕刻家,一点儿也不知道她再婚,所以通知她:她丈夫离开那个城市的时候,曾嘱咐把威娄斯先生的一座全身雕像存放在他那儿,将来再取;这座像一直放在他的工作室里。因为给他的费用还没有全部付齐,而那座像又很占地方,他几乎无法周转,他很愿意把这笔账了结,并希望知道,这座像应该送往何处。伯爵夫人因为和她丈夫渐渐生分而开始对他保有一点儿小小的秘密(那确实也是一种无甚害处的秘密),既然已经到了这种时候,她对阿普兰道尔斯勋爵于是只字未提就回了信,同时送去了欠雕刻家的那笔钱,并告诉他要刻不容缓地把雕像发送给她。

---

① 当时尚未形成婚礼上新娘穿白礼服和戴婚纱的风习。
② 此种继承权在以后如有血统更近的继承人出生时即可废除。

隔了几个星期,雕像到达诺灵伍德大厦,而完全出于偶合,就在当中这个时候,她第一次收到绝对确切的消息,说她的爱德蒙去世了。这事是几年前在外国发生的,大约是他们分别以后六个月,死因是由他过去所受的痛苦引起的,又加上极度的精神沮丧,致使他死于轻度的身体失调。这消息是威娄斯住在英国其它地区的某个亲戚在一封简短而又正式的信中传来的。

　　她的悲哀具体表现为深切同情他的不幸,同时谴责自己因为总是牢记"大自然"当初赋予他的形象而始终未能克服对他后来形象的反感。对她来说,那个已经从尘世消失的惨相,根本从来就不是她的爱德蒙。噢,她多么想看见他像他当初的那个样子啊!巴巴拉这样想。那以后不过几天,巴巴拉和她丈夫正在吃早饭,有人看到一辆两匹马拉的货车载着一口大包装箱,绕到了屋子后身,一会儿就有人来通报他们,封口贴着"雕刻"标签,送给夫人的箱子已经到了。

　　"那能是什么呢?"阿普兰道尔斯勋爵问。

　　"那是已故的爱德蒙的雕像,那是我的,可是直到现在才送来。"她答道。

　　"你要把它放在哪儿?"他问。

　　"我还没想好,"她说,"随便放在哪儿,只要它不惹你生气就行。"

　　"嗯,它不会惹我生气的。"他说。

　　在这所房子后身一间屋里把箱子打开了,他们就去察看。这座雕像是一个全身的人像,是最纯的卡拉拉大理石①雕成的。这座像再现了爱德蒙·威娄斯当初的全部美貌,就像他正要出发旅行的时候站着和她分手一样;这是每一个线条和轮廓几乎都完美无缺的男子模型。这件作品是绝对忠于原型创作出来的。

---

　　① 卡拉拉为意大利中北部城市,城郊盛产大理石。

"太阳神阿波罗,千真万确。"阿普兰道尔斯勋爵说,在这以前,他从未见过威娄斯,真人也罢,图像也罢。

巴巴拉没听见他的话。她正有点发呆地站在头一个丈夫面前,仿佛根本没觉得她旁边还有另一个丈夫。威娄斯那个残缺不全的面目,在她心里无影无踪了;这个完美无缺的人,才真正是她爱过的那个男子;而后来那个可怜的人影则不是;对这个男子,柔情和真诚本应该永远顾盼着的正是这个形象,可是事实却并非如此。

阿普兰道尔斯粗声粗气地说了一句:"难道你整个上午都要待在这儿对他顶礼膜拜?"这时候她才猛醒过来。

她丈夫在这以前几乎一点儿也没猜想到爱德蒙·威娄斯当初是这个样子,而且他感觉到,如果那时候他就认识威娄斯,那么他的嫉妒心几年前会有多么重。他下午回到大厅里,看见他妻子在回廊上,那座像已经搬到那儿去了。

她在它面前做梦似地出神儿,就像上午那样。

"你在干吗?"他问。

她吓了一跳,回转身来。"我在看我的丈——我的雕像,看它雕刻的好不好,"她结结巴巴地说,"我为什么不该呢?"

"没理由说不该,"他说,"你要把那个怪物怎么办?它也不能永远站在这儿。"

"我并不打算那样,"她说,"我要找一个地方。"

在她的闺房里有一个很深的壁龛,下一个星期伯爵有几天不在家,她在村里雇了几个细木工,由她指挥给壁龛做了一个镶板门。在这样做成的神龛里,她把那雕像安放起来,把门锁上锁,那钥匙她装在衣袋里。

她丈夫回来看见走廊里没有雕像了,认为这是出于尊重他的感情放到一边去了,就什么也没有说。不过他有时也看到,他夫人脸上有某种他以前从未见过的东西。他无法把它解释清楚,那是内心一种无言的狂喜,一种深藏不露的极大享受。他无法猜测那雕像怎么样了,而且越来越好奇,于是四处寻找,最后想到了她的私室,他就往那个地方去了。敲过门后,他听到有关门和钥匙咔哒的响声;可是他走进去的时候,她妻子正坐着做活儿,在那个时代叫编织。阿普兰道尔斯勋爵的眼睛落在新油漆的门上,那儿以前是壁龛。

"巴巴拉,这么说我不在的时候你做木工活儿来着。"他漫不经心地说。

"是的,阿普兰道尔斯。"

"你为什么要安上那样一个不雅观的遮栏——破坏那个凹室的拱顶呢?"

"我想添一间壁橱,而且我想,因为这是我自己的屋子——"

"当然啦。"他答道。阿普兰道尔斯勋爵这时候知道,年轻的威娄斯的雕像现在在哪儿了。

一天夜里,或者说在子夜过后不久的时候,他发现伯爵夫人不在自己的身边。他不是一个神经质好想象的人,没怎么想这件事,又睡着了,第二天早晨就把这件事忘了。可是过了几晚上,同样的情形又发生了。这一次他让自己完全清醒过来;可是他还没起来去找她以前,她就穿着睡衣回到卧室里来了,手里还拿着一支蜡烛,她以为他还睡着,走近的时候就把它灭了。从她的呼吸,他觉得出来,她激动得非常奇怪;可是这时他一点儿也没露出他已经看见了她。于是,在她躺下的时候,他假装醒了,问了她几句不关痛痒的话。"是的,爱德蒙。"她漫不经心地答道。

阿普兰道尔斯勋爵确信,她惯于这样奇怪地离开卧室,次数比他看到的多,于是他决定盯着。第二天半夜,他假装睡得很熟,一会儿之后,发现她偷偷起床,自己摸着黑儿走出了屋子。他急忙披上点儿衣服跟上去。在走廊的那一头,卧室里的人听不见火石和火镰打火声音的地方,她打着了一个亮。他闪进一间空屋,等她点着一支细蜡,并朝她的闺房走过去。不过一两分钟,他就跟了过去。来到闺房门口,他看到那个私用壁龛的门开着,巴巴拉在里边,双臂紧紧抱着她那爱德蒙的脖子站在那儿,她的嘴唇也贴在他的嘴唇上。她刚才披在睡衣外面的披肩已经从她肩上溜到了地上,她那白色的长袍和苍白的脸,使她白得就像是抱着那头一座雕像的第二座雕像。她那频频的亲吻,不时还夹着她那充满柔情蜜意的喁喁情话:

"我惟一爱的人——我怎么能对你那么狠心——我的十全十美的人儿——那么善良诚实——我还是永远忠于你的,尽管看起来好像不忠!我永远都想着你——梦见你——在漫长的白天,在那些不眠之夜!噢,爱德蒙,我永远是你的!"

这样一些话,中间夹杂着抽泣,还有涌泉似的眼泪,再加上那蓬松散乱的头发,证明了他妻子身上那种强烈的感情,这是阿普兰道尔斯勋爵做梦也没想到她会有的。

"哈,哈!"他自言自语说,"这就是我们落空的原因——这就是我想有个爵位继承人的希望化为泡影的原因——哈!哈!这可真是要小心了!"

阿普兰道尔斯勋爵一旦耍起计谋来,可是个阴险狡猾的人;不过在眼前这一会儿,他可连照常表达柔情蜜意这样一个简单计谋也没有想到。他也没有进到屋里,像一个容易犯错误的人那样让他妻子猛吃一惊,而只是像刚才离开他卧室一样,又悄悄地退回去。等伯爵夫人由于哭泣叹息弄得精疲力竭而哆哆嗦嗦地回到卧室,他显得像平时一样睡得很香。第二天,他开始采取对付手段,比如打听跟他妻子前夫去旅行的那位导师的行踪;他发现,这位先生此时在离诺灵伍德不远的一所文法学校①当教师,阿普兰道尔斯勋爵一等到有个适当的时机就去那里,会见了刚才说到的那位

---

① 指当时英国的普通中学。

先生。那位学校教师因为这样一位有权有势的邻居来访而十分高兴,并乐于奉告勋爵老爷意欲知道的任何事情。

这位来访者先谈了一阵有关学校和它发展的事,觉得他完全可以相信,这位教师曾和倒霉的威娄斯一起旅行过很多地方,而且那场事故发生时他也在场。他,阿普兰道尔斯勋爵,很有兴趣了解那时候实际发生的事情,而且一直就老想打听。于是,这位勋爵就不仅从口头上听到他希望知道的东西,而且因为他们的闲谈变得越来越投机,这位教师还在纸上画了一幅速写,勾勒出那个破了相的头部,一边画还一边屏住气息解释这张图像的种种细部。

"这真是又特别又可怕!"阿普兰道尔斯勋爵把速写拿在手上说,"既没有鼻子,也没有耳朵,还几乎没有嘴唇!"

就在那个星期里,有一天伯爵夫人到她父母那儿去小住,阿普兰道尔斯勋爵打发人把离诺灵伍德大厦最近的镇子上一个穷人叫来,他是兼作广告画艺术和精巧机器活儿的。他的雇主让他明白,要求他来协助干的这桩事,得当做一桩私事,而且付给他的钱保证他会遵守这一要求。那个壁橱的锁给撬开了,于是这位精巧机械师兼画师有学校教师那张速写的帮助(阿普兰道尔斯勋爵原来把它装在衣袋里),开始在勋爵老爷指挥下对这座雕像的天神般面貌加起工来。原来由火毁坏的地方,都由凿子照样破坏了。这是一桩残忍的毁容,进行得很粗暴,而且由于着上了活人的颜色,就像遇难后还活着,因而可以使人更加心惊胆战。

六小时以后,等干活儿的人走了,阿普兰道尔斯勋爵狞笑着察看效果,并且说:

"一座雕像应该把一个人表现得像他活着一样,而这就像是他那个样子。哈!哈! 不过这做得很成功,并没有白费。"

他用一把万能钥匙把壁橱的门锁上,然后上路去接伯爵夫人回家。

那天夜里她睡着了,可他一直醒着。据传说,她梦中轻声细语;他知道她正在梦幻中和一个他仅仅在名义上取而代之的人进行充满柔情蜜意的谈话。梦到最后,阿普兰道尔斯伯爵夫人醒了,她起身,然后重演以往在夜里做过的事。她丈夫仍然一动不动地谛听。外面三角饰①里的钟打了两下,这时,她让卧室的门半掩着,然后沿着走廊走到了那一头,在那儿,像往常那样,她点了个灯亮。深夜万籁俱寂,他在床上甚至都可以听到她打火镰之后轻吹火绒的声音。她走进那间闺房,于是他听见,或者是想象着听见壁橱门上钥匙转动。紧接着,从那个方向传来一声又高又长的尖叫,震荡到这所屋子最远的那些角落。这声音又重复了一遍,随后是重重摔倒的声音。

阿普兰道尔斯勋爵从床上跳下来,沿着漆黑的走廊赶到闺房门口,门半掩着,借着里边的烛光,看到他那位可怜的年轻伯爵夫人,穿着睡衣在壁橱的地上瘫作一团。他走近她身边,发现她已经昏过去了。他原来担心事情更糟,这一下倒使他大为放心了。他很快把那个惹出事来的可恨人像关起来,并且上了锁,然后抱起他妻子。她在他怀里睁了一下眼睛。他把脸贴在她脸上,一句话也没说,把她抱回她的屋子,他一边走一边竭力给她耳朵里送进一串笑声,来驱散她的恐惧,这声音那么奇怪地混杂着刻薄的讥讽,怪癖的嗜好和兽性的暴虐。

"嘀——嘀——嘀!"他说,"吓坏了吧,亲爱的,哎!简直是个小孩儿!不过是个玩笑,真的,巴巴拉——一个了不起的玩笑!可是,一个小小孩儿不应该深更半夜到壁橱里去找那亲爱的亡人的鬼魂呀!她要是这么干,那她必定会让他那副尊容吓得心惊肉跳——嘀——嘀——嘀!"

等她回到她自己的卧室里,虽然她的神经受到刺激还是哆嗦得厉害,却差不多完全苏醒过来了,他又更加声色俱厉地对她说:

---

① 多为位于门顶或壁炉顶上之建筑结构。

"唠,我的夫人,回答我:你爱他吗——嗯?"

"不——不!"她结结巴巴,哆哆嗦嗦,睁大了眼睛死盯住她丈夫,"他太可怕了——不,不!"

"你能肯定?"

"完全肯定!"这位已经吓得魂飞魄散的伯爵夫人回答。

但是她那种自然的弹性起作用了。第二天早晨他又问她:"你现在爱他吗?"她在他的注视下很胆怯,但是没有回答。

"上帝做证,这就是说你仍然爱他!"他接着说。

"这就是说我不愿意说假话,而且也不希望惹勋爵老爷生气。"她态度尊严地回答。

"那就让咱们去再看看他,如何?"他一边说着,突然抓住她的手腕,转过身来,仿佛要领她朝那个阴森可怕的壁橱走。

"不——不! 噢——不!"她喊道,她拼命从他手里挣脱,这表明头天夜里的恐怖景象在她那脆弱的心灵上留下的印象,比表面上显出来的更深。

"再来上一两剂,她就会治好了。"他自言自语。

这时候伯爵和伯爵夫人不和,已经闹得满城风雨,所以他不费吹灰之力就把他做这件事的蛛丝马迹掩盖过去了,就在这天,他命令四个人带着绳子和滚轴到闺房去听他使唤。他们到达的时候,那壁橱已经打开,那座雕像的上半部分用粗帆布捆着。他把它弄到睡觉的屋子里去。后来的事多少有点是臆测的了。这故事,据人家告诉我,是这样接着说的,等阿普兰道尔斯夫人那天晚上和他回到屋子里,她看见,面对那个结实的橡木四柱床脚头,有一口深色的大立柜,以前它并没摆在那儿;但是她没问,它放在那儿是什么意思。

"我有个小小的怪想头。"他们还没点上灯的时候,他解释说。

"你有?"她说。

"立一个小神龛,可以这样叫吧。"

"一个小神龛?"她问。

"是的;献给一个咱们俩都同样崇拜的人——呃?我这就给你看,那里边装的什么。"

他把床帐遮着的一根吊着的绳子一拉,那口立柜的两扇门就慢慢打开了,可以看到其中一格一格的架子都已拆走,内部改装过用来盛放那个阴森可怖的人形了,它站在里边,像它原来站在闺房里那样,可是他的每一边都点着一支蜡烛,好使那残缺和毁坏了的面貌看得更加鲜明。她抓住他,低声尖叫了一下,把头埋在了床单里。"啊,把它搬开——请把它搬开!"她央求着。

"真正到时候就搬;就是说,等到你最爱我的时候,"他镇定自若地回答说,"你还不怎么爱呢——呃?"

"我不知道——我觉得——噢,阿普兰道尔斯,慈悲慈悲吧——我受不了这个——噢,可怜可怜吧,把它搬开!"

"胡说!人对任何东西都会慢慢习惯的。再看一眼。"

总之,他一直让两扇门在床脚头开着,让细蜡烛点着,而这个狰狞的展览就这样具有一种奇怪的吸引力,使这位伯爵夫人躺在那儿,完全给一种病态的好奇心迷住了,随着他一再要求,她又从床单下面往外看,吓得直哆嗦,把眼睛挡起来,然后又看了一下,而在整个这段时间里,都在求他把它搬开,否则它就会把她逼疯了。但他还是不肯这么办,而那口立柜直到拂晓也没锁上。

这情景第二天夜里又重演了一番。他毫不动摇地强行他那凶狠残忍的矫正办法,继续这样办,她的勋爵老爷施行德行高尚的折磨,要让她那颗离他远遁的心重新返回,对他忠贞不贰,直到可怜的夫人每一根神经都痛苦地颤抖。

第三夜,那情景又像以前那样开场,她躺在那儿睁着神情狂乱的眼睛,惊恐地看着那可怕而又迷人的东西,突然发出一阵不自然的笑声;她盯着那个形象越笑越厉害;后来一边笑一边狂叫,然后安静下来,这时他发现她已经失去了知觉。他想她是虚脱昏过去了,可是立刻就看出,事情比这还要糟;她是在发癫痫。他让这情景吓了一跳,不禁惊愕地感到,他像其他许多机伶的人物一样,为了自己的利益而逼得太狠了。像他所能有的那种爱心,这一刻也煽动得活跃起来了,尽管这种爱是一种自私的贪欲,而不是那种爱护的关怀。他拉滑轮把柜门关上,把她紧抱在自己怀里,轻轻把她抱到窗口,想尽一切办法使她苏醒过来。

过了很长时间,这位伯爵夫人才苏醒,而且她苏醒以后,情绪上似乎发生了相当大的变化。她猛然张开双臂抱着他,害怕得倒抽了几口冷气,可怜巴巴地吻了他好多次,最后突然泪如泉涌。以前在这种情景中她从没哭过。

"你得把它搬走,最亲爱的——你得搬!"她哭哭啼啼地求他。

"只要你爱我。"

"我爱——嗯,我爱!"

"而且恨他,还有你记得的他那个样子?"

"是——是的!"

"毫不含糊的?"

"我一想到他就受不了!"可怜的伯爵夫人百依百顺地说,"它让我感到充满耻辱——我怎么能那样堕落呢! 我再也不会行为不端了,阿普兰道尔斯,而且你也永远不会再把那个可恨的雕像放到我眼前来了吧?"

他觉得他能够完全有把握地答应了。"永远不。"他说。

"那么,我就爱你,"她急切地回答,仿佛惟恐又会重新受到那种折磨,"而且我永远,永远连做梦也不会再有那种想法,哪怕这仅仅看起来好像是不忠于我结婚的誓言。"

此时的事情也真怪:这种以恐吓手段从她这儿强求来的爱情,尽管不过是一种照例行事的习惯,却具有了某种真实的性质。在她身上明显地看得出来对勋爵的驯服依恋,同时又真正讨厌她自己记得的已故丈夫的样子。那雕像搬走了以后,这种依恋的状态继续增长。在她身上一种永久存在的反感在起作用,而且随着时间推移越来越强烈。恐吓怎么能引起这样一种特异反应的变化,只有那些有学问的医生才能说清;不过我相信,这种逆反本能的实例,并不是不为人所知晓的。

结果就是,那治疗效果变得那么持久,以致它本身又变成一种新的疾病了,她把他缠得那么紧,一时一刻都不愿意不在他的眼前。她不愿意单有自己的起居室和他分开,不过在他突然进来走到她跟前的时候,她又不禁要猛地一惊。她的眼睛几乎老是盯着他。他要是坐车出去,她希望跟他去;他对别的女人略事寒暄,就会引起她疯狂的嫉妒;直到最后,她对他一往情深,忠贞不贰,反倒变成了他的一种累赘,占去了他的时间,剥夺了他的自由,惹得他指天划地地咒骂。这时候他如果对她说话严厉,她也并不报复,逃到自己那个内心世界中去;所有对另一个人的情感,那些使她足以自娱的情感,如今成了一块冷却了的黑炭渣。

从那时候起,这位吓破了胆,软弱无力的夫人的生活只是对一个乖戾刚愎,残忍暴虐的男人谄媚讨好,卖弄风情而已;如果不是因为她父母卑鄙的野心和那个时代的陈规陋习,她生活的目的本来是有可能发展到更加崇高得多的。接着她很快发生了一些小小的个人事件——六七件、八件、九件、十件这样的事件——简短截说,在接着这九年当中,她给他生了不下十一个孩子,可是其中一半早产,或者活了几天就死了;只有一个,一个姑娘长大成人,她后来成了可尊敬的白顿莱先生的妻子,大家记得,他后来成了德梅恩勋爵。

没有儿子和继承人活下来。最后由于身心交瘁,阿普兰道尔斯夫人让她丈夫带到了国外,去试试看更温和宜人的气候对她那亏损的身体有没有好处。但是没有什么能使她强壮起来,她到意大利以后不几个月,就死在了佛罗伦萨。

和大家预料的相反,阿普兰道尔斯勋爵没有再婚。像他具有的那种感情——虽然它乖戾无常,严峻冷酷,又野蛮暴虐——看来却是不可转移的,于是那爵位,大家知道,在他死后传给了他侄子。有件事可能还不是那么尽人皆知的,那就是在第六代伯爵扩充那个大厦期间,为了打新地基挖地,挖出来一座大理石雕像的碎片。它们被送到各式各样古物收藏家那里,他们说,如果他们可以就这些碎块儿形成一种看法,那么这雕像似乎是一个残缺不全的罗马的萨提洛斯①;或者,如果不是的话,就是一个死神的比喻形象。只有一两个老住户猜到,这些碎片是什么人的雕像。

我还应该加上几句,就在伯爵夫人死后几天,梅切斯特教长宣讲了一篇精彩的布道词,虽然没有提到那些人的姓名,它的主题毫无疑问是由前述事件引起的。他详细阐明:沉醉于仅有漂亮形体的感官之爱而不能自拔是很愚蠢的;并且表明那种情感惟一合乎理性和道德的成长,就是那种植根于内在价值的成长。我已经谈过这位温柔但多少有些浅薄的夫人的身世,在她这件事上,毫无疑问,对年轻的威娄斯其人的迷恋,是促使她嫁给他的主要感情;这件事更加可悲之处就在于:根据所有的传说,他的美貌只是他最不足取之处,因为每一种说法都证明这样的推断:他原来一定是个性格坚定,天资聪明,前途远大的人。

(1890)

---

① 萨提洛斯为希腊神话中的森林之神,其早期的艺术形象畸形丑陋。

悬石坛侯爵夫人

那么我愿意告诉你们,有一座我很熟悉的古典庄园,离麦彻斯特市还不到一百英里。庄园里住着一位贵族小姐,生得妩媚动人,无出其右,因此在威塞克斯那一带地方,几乎所有的青年贵族和上等人物都追求她,讨好她,奉承她。大家这样向她献殷勤,有一段时期她很高兴。于是,用善良的罗伯特·骚思①的话来说(过去大家读他的那些布道词,可能比现在多得多),哪怕是最热衷于打猎的人,如果他生活中每一天都同追鹰猎狗拴在一起,也会觉得打猎是最大的痛苦和灾难,而会逃到矿坑去采矿或者当奴隶去划船,作为消遣。同样,这位高傲美丽的小姐,对那些经常反复出现的一套,原来由于新鲜而觉得赏心悦目,过了一阵也觉得有些腻烦了,而且几乎是出于自然而然的转变,把她的热情厚意完全转向从社会角度来说的下层,执拗而又激动地把她的感情集中在一个外表平平而且出身微贱又根本没有地位的年轻人身上,固然说真的,他的性格温柔细腻,谈吐流利,心地坦诚。一句话,他是教区执事的儿子,充当她父亲埃文伯爵的土地经管人的助手,可望有朝一日自己成为土地经管人。村子里有个年轻的姑娘已经没头没脑地爱上这个年轻人了,而且他对她也献过一些殷勤,虽然这只是偶一为之,而且是出于好心,但是卡若琳小姐(大家这样称呼她)发现了这件事,应该说,这也许对她那种热情起了一点点刺激作用。

他做的那种工作使他经常去到那座府第和附近的地方,所以

---

① 罗伯特·骚思(1634—1716),英国教士,主张消极服从和主权神授。

卡若琳小姐就可以有许多机会见到他,同他说话。她的手指尖上具有乔叟所说的"优美爱情的一切手腕策略",而这个年轻人则心似干柴,一点即燃,很快就注意到她眼角眉梢和莺声燕语中的蜜意柔情。开头他还无法相信他的这一天赐良机,因为不知道她对那些比较矫揉造作的男人已经感到厌倦;但是总有一天,愚蠢透顶的人也会一眼就看出他那位阔小姐的含情顾盼,于是他的这一天终于来了,而他却又不是一只呆鸟。他有了信心,于是邂逅相逢就发展成有意相会,直到最后,他们俩单独在一起的时候,这种事情就没有什么保留了。他们也像其他情侣一样软语绵绵,并且就像人们经常看到的那样,成了忠贞不渝的一对,不过从未允许这种爱慕之情向外人透露过一分一毫或是端倪征兆。

嗯,在感情支配下,她对他越来越不那么顾虑重重了,而他也在自己的感情支配下,越来越恭敬虔诚。他们一同正视他们的境遇,觉得这种境遇毫无希望,看来无法容忍。她或者提出要求,希望得到允许嫁给他,或者噤口不言,默默地把他扔在脑袋后面,这两种办法同样都是无法考虑的。于是他们决心采取可以避免这两种办法的第三种办法:秘密结婚,然后照常生活,表面上则装做同以前完全一样。在这一点上,他们同我朋友讲的故事里的那些情侣截然不同。

卡若琳小姐出去拜访了她的姨妈,然后有一天若无其事地回到家里,这时她父母的府第中没有一个人猜想到,在她去做客这段时间里,她和她的情人已经找到机会结为伉俪,至死不离。然而,这毕竟是事实,这位骑着骏马、驾着轻车、人人致敬的年轻女人,和那位徒步跋涉、指挥伐木、在园子里布置鱼池的年轻小伙子,已经成了夫妻。

他们是这样计划的,他们也不折不扣地这样做,有一个多月的时间,只要时间和地点能够容许就暗中幽会,两个人感到的幸福和满足都好到无以复加了。自然,到了那个月稍后的时候,卡若琳小姐爱情的第一阵狂热已经逐渐过去,所以有时自己寻思:她本来可以选择一个能够进入上院的贵族、准男爵、爵士,或者如果一本正经地,也可以选择一个主教或法官这一类更加威武堂皇的人物,他们是很喜好年轻太太的,可是怎么竟然这样鲁莽从事,结了这样一门亲事,特别是在他们偷偷会晤的时候,她觉察到,她那位年轻的丈夫虽然主意很多,相当博学,可是他们之间没有一点相同的社会经历。他通常如果在其他地方找不到机会会晤,就总是在夜晚到她家里去看她。为了帮他这样做,她总是故意把一楼俯临草坪的一个窗户不上闩,进了这个窗口就可以靠近后楼梯,这样他就可以上到他妻子的那套房间,夜深人静的时候在府第里与她会晤。

有一天他白天没能见到她,于是就在午夜利用这个秘密的办法,他以前曾经这样干过多次。他们在一起待了大约一个钟头,他说,已经到了时候,他得下去了。

他本来可以多待一会儿的,可是这次会晤多少有些痛苦。那天晚上她对他说了一些话,使他很激动,非常恼怒,因为这些话表明她变了,他那高傲的妻子恢复了冷静的理性,她开始对自己的地位和前途更加忧虑,而不大考虑对他的热情了。不知是不是由于觉察到这一点而引起激动,他发作了一阵痉挛,气喘吁吁,站起身来,走向窗口,想吸点新鲜空气,这时他唔哩唔噜简短轻声地说了一句:"啊,我的心脏!"

他用手摸着自己的胸口,还没有来得及再迈步就倒在地上了。本来为了避免对面地上有人看见他出去,已经把蜡烛弄灭了,她又把它重新点上,这时她突然发现,他那可怜的心脏已经停止跳动。于是他那些庄户朋友告诉过她的一些话,一下涌上了她的心头,他们说,他常常犯心力衰竭,医生曾经告诉他们,这种病发作,可能有一天会送了他的命。

她一向给教区的其他教民治病,可是她用那种办法对他起不了任何作用。他身体僵直,手脚越来越凉,这个惊恐不安的年轻女人完全可以肯定,她丈夫确实死了。然而,她没有放弃努力,花了一个多钟头,想让他苏醒,等她完全弄清楚,他成了一具尸体,这时她俯身对着他,心神不安,心乱如麻,不知道下一步该怎么办。

毫无疑问,她最初的感觉是由于失去他而感到凄楚苦痛,接踵而来的就是对自己这个伯爵女儿的地位感到担心。"唉,为什么,为什么,我不幸的丈夫,你在这种时刻死在我的屋子里呢!"她凄惨地对着那具尸体说,"如果你要死,为什么你不死在你自己的那所小农舍里呢!那样就不会有人知道我们这件没有慎重考虑的婚事,就不会有一句闲话,说我因为爱你而使自己的婚姻不门当户对了!"

院子里的钟敲了孤零零的一点,钟声使卡若琳小姐从茫然若失的状态中惊醒过来,她站起来,向房门走过去,想去把她妈妈叫醒,把事情告诉她,看来这是她摆脱这种可怕局面的惟一办法,然而等她把手抓住钥匙准备开门的时候,她又退了回来。甚至去请她妈妈帮助,都不可能不冒风险:仆人会向大家透露隐情。可是她如果能不要别人帮助而把尸体搬出一段距离,那么她甚至现在也可以避免大家猜疑他们结了婚。想到要避免她草率行动引起的社会影响,想到重新获得自由,对她来说无疑是一种解脱,因为前面说过,卡若琳小姐的神经已经感觉受到压抑和冒着风险了。

她打起精神干起来,匆匆忙忙给自己穿好衣服,然后又给他穿好衣服,她用一块手绢把他那双完全冰凉毫无知觉的手捆起来,把他的胳膊套在自己的肩上,把他拖到楼梯口,拖下窄窄的楼梯。到了窗户下面,她让他的尸体慢慢滑过窗棂,一直到他躺在窗外地面上。然后,她自己爬出窗外,让窗户开着,继续把他拖到草地上去,那摩擦的声音也不过轻得像扫帚扫地一般。在那里,她把他抓得更牢一些,仍然拖着他那捆着的双手,把他拖到了树下。

离开了房子附近,她可以更加使劲地干了,即使像她那样健壮有力,这件工作对她来说也是够重的。等她到达隔开府第和村庄的山毛榉人造林地边上的时候,劳累和惊吓都开始发挥作用。在这儿她已经快要精疲力竭,简直担心不得不把他就地扔下了。但是停了一会儿,她又拖着沉重的步子往前挪,她抓住一切机会尽量在草地上走,最后她到了那个已故年轻人的院门对面,他和他父亲、那个教区执事,就住在那儿。卡若琳小姐怎么样完成了她这项任务,她自己也不清楚。但是为了不在路上留下任何痕迹,她把他背起来走过那块铺了砂石的地,然后把他放在了屋门前面。她完全知道他进进出出的办法,于是在百叶窗后面摸索,找到开小屋门的钥匙,她把钥匙放在他冰凉的手心里。然后又最后一次吻了他的脸,轻轻哽咽着和他告别了。

卡若琳小姐沿着她来的路回去,没有遇到任何麻烦就到了府第,她看到窗户开着,和她离开的时候一样,感到大大松了一口气。她爬进去以后,先细心听了一下,然后关紧窗户,没出一点响声就悄悄上了楼,回到自己的屋子,把所有的东西都归置停当,又上床睡觉了。

第二天早晨,消息迅速传开,说是人家发现,那个待人和气、举止文静的年轻村民死在他父亲的门口,好像是正在开门的时候倒下的。由于情况十分异常,有理由要验尸,验尸结果确切无疑断定,心脏病引起的昏厥是致死的原因,当时对这件事情并没有其它议论。但是葬礼以后,传闻有个男人,从远处一个马市回来得很晚,在夜色朦胧中看见一个人,外表上像一个女人,拖着一个什么很重的东西,向那个院门走去,事后看来,那就是这个年轻人的尸体。因此对死者的衣服做了比原先更细致的检查,检查结果说明,在这里或者那里看得见一些摩擦的痕迹,完全像是在地上拖过留下的痕迹。

我们那位又美丽又有心计的卡若琳小姐,此时不禁惊慌失措,她开始觉得,坦白承认事实,也许毕竟更好一些。可是因为到目前这个阶段还没有被人发现或者受到怀疑,她又决心再做一番努力来加以掩饰。她心里闪过一个绝妙的主意,而且觉得有把握做到这一点。我想我说过,她的眼睛还没盯上管家的那个倒霉助理员的时候,村子里有一个大姑娘爱上他了,那就是他的邻居伐木工的女儿,他对她献过一些殷勤,很可能她现在还爱着他呢。无论如何,卡若琳在他父亲的庄园很有势力,因此她决定要去见见那个年轻姑娘,推行保全她自己名誉的计划。现在她对自己的名誉感到特别心焦,因为到了这个时候,原来的那股劲头已经过去,她开始对自己当初发疯似地爱恋已故丈夫的这股热劲儿感到羞愧难当,甚至到了悔不当初,但愿没有见过他的地步。

她在教区内访贫问苦的时候,轻而易举地就和她不期而遇了。她发现这个姑娘脸色苍白,而且面带愁容,身穿简朴的黑色长袍,她这身穿着,是为了纪念她曾温情爱恋过的那位年轻人,虽然那位年轻人并没有真正爱过她。

"哦,米丽,你失去你的情人啦。"卡若琳小姐说。

这个年轻姑娘抑制不住自己的眼泪。"我的小姐,他并不真是我的情人,"她说,"可是,我确实是他的情人——现在他死了,我也不想再活了!"

"你能保守关于他的秘密吗?"小姐问道,"这件秘密牵涉到他的名誉——只有我一个人知道,可是你是应该知道的,你能保密吗?"

这个姑娘痛痛快快地答应了,说实在的,既然她对她悼念的那个青年有那么深的感情,在这种事情上是完全信得过的。

"那么,今天晚上太阳落山以后半个钟头,你到他的坟前来见我,我把事情告诉你。"另一位说。

那是个春天的傍晚,薄暮时分两个年轻女人模糊的身影汇聚在那个管家助手新铺上草皮的坟丘前。这位门第高贵、丽质天生的小姐,在她故意选择的这个庄严地点和时刻,逐步说开了她的故事:她怎样爱上了他,并且同他秘密结婚;他怎样死在她的卧室里;

为了保密,她又怎样把他拖回他自己的门口。

"嫁他啦,我的小姐!"这个乡下闺女大吃一惊。

"我不是说过了嘛,"卡若琳小姐回答说,"可是这是一件发了疯的事儿,是一条走错了的路。他本来应该娶你的。米丽,你才真正是他的。可是你失掉了他。"

"是呀,"可怜的姑娘说,"就正因为这个,他们还笑话我。'哈哈,米丽,你尽管爱他,'他们说,'他可不爱你呀!'"

"压倒那些恶意讥笑你的人,赢了他们,那才美呢,"卡若琳说,"你在他活着的时候失去了他;可是你可以在他死了的时候得到他,就好像你在他活着的时候得到了他一样,这样就转败为胜啦。"

"那怎样办呢?"姑娘屏住气说。

那位年轻小姐于是逐渐展露了她的计划,这就是:米丽应该公开站出来,并且宣告那位年轻人已经结了婚(他确实结了婚),而且是同她,他的心上人米丽结的婚,他死的那天晚上,他在她的小房子里会她来着,到发现他已经死挺挺的了,她就把他拖回他自己的家去,好不让她父母发现这件事。她本来想把整个这件事瞒起来,可是那些风言风语逼得她非说出来不可了。

"可是我怎么证明这一点呢?"伐木工的女儿问道,这个大胆设想让她大吃一惊。

"可以十分充分地证明。如果需要,你可以说,你是在巴斯市的圣·某某教堂同他结婚的,为了不让别人察觉,灵机一动,就用了我的名字。他就是在那儿娶我的。我可以在这方面支持你。"

"噢,我不大喜欢——"

"如果你这么干,"小姐态度专横地说,"我就永远是你的父亲和你本人的朋友;如果你不干,那可就是另一码事了。而且我还可以把我的结婚戒指给你,你可以把它当做自己的戴上。"

"你戴过它吗,我的小姐?"

"只在晚上戴过。"

这件事没有多少可选择的余地,米丽同意了。这位高贵的小姐于是从她胸前拿出那枚她从来不能公开示人的戒指,把姑娘的手抓起来,就站在她情人的墓前,把戒指套在了她的手指上。

米丽身上哆哆嗦嗦,低下头来,说:"我觉得,我好像成了一具死尸的新娘!"

可是从这一时刻起,这个姑娘就开始全心全意李代桃僵了。她精神上感到美满幸福和安宁。她觉得,她好像在他死了以后得到了他,而在他活着的时候,她把他当做神灵崇拜,但却可望而不可及,她现在几乎得到满足了。在这之后,这位小姐又把年轻人送给她的所有小纪念品和小装饰品都交给了他的新妇,甚至还有一只装着他头发的胸针。

第二天,这个姑娘就做了她的所谓的坦白,她早就穿上了的那身简单丧服,原来并没指明是为谁,现在似乎可以用来做证了。这个小小的风流韵事不久就传遍了全村和全乡,甚至传到了麦彻斯特。米丽这样一招认,好像对自己这种地位就心醉神迷了,这可真是一种不可思议的心理现象。她用卡若琳小姐供给她的一大笔钱,买了寡妇穿的衣服,并且穿着丧服按时出现在教堂里,她那张质朴的脸,经黑纱花边一衬托,显得那样妩媚动人,和她年龄相仿的其他乡村姑娘,见到她这种状态,简直都要嫉妒她了。一个女人失去心上人那份忧伤可以损害她年轻的生命,这是显而易见的事,对米丽来说也是一样,因此实际上对这种情况也用不着找什么托词去开脱。她的解释同她的情人临死前的行动(他常常令人莫名其妙地不见了,然后又突然返回,有时让他的一些朋友感到迷惑难解)完全吻合,简直是天衣无缝,因此没有谁会认为,秘密婚姻中除她以外还有另一个当事人。由于卡若琳小姐行为高尚,再加上那位已故村民态度谦虚,抛开这个表面上合情合理的情节,和盘托出货真价实的真相,反倒显得好像荒谬绝伦。当地并没有追根刨底的传统,所以谁也没有找那个麻烦,跑到四十英里以外的市教堂去查阅登记本,看看结婚登记的签名,来证明这样一件微不足道的风流韵事。

不久,米丽让人在她名义丈夫的坟上立了一块合适的墓碑,上面刻写的文字说,墓碑是由他那个心碎肠断的未亡人立在那儿的。鉴于立碑的费用来自卡若琳小姐,悲伤来自米丽,这种铭文同通常的铭文一样也是真实的,而惟一缺少的只是一个复数,如果用的是两个人的名义,就可以使它更加符合实情了。

米丽是容易任人左右和喜欢向人讨好的,她担当了寡妇的角色,很高兴每天到他坟上去,沉浸在哀伤悼亡之中,对她来说实在是一种享受。她把鲜花放在他的坟上,她感情真挚而又富于想象,穿着丧服来回步行的时候,几乎竟真以为她自己确是他的妻子。一天下午,米丽正在坟上忙于从事这项爱情劳作的时候,卡若琳小姐同前来拜会她的几个朋友,从教堂墓地的墙外路过,他们看到米丽在那儿,就很感兴趣地观察她的一举一动,议论这凄楚动人的景象,还说到那个年轻人对米丽这样一个温柔的姑娘一定是感情诚挚的。这时从卡若琳小姐的眼睛里流露出了一股像是出于痛苦的奇异目光,仿佛她第一次嫉妒起这个年轻姑娘的地位来了,而这种地位还是她忍着那样的痛苦转让给她的,这表明在卡若琳小姐内心深处,对她丈夫的感情还没有死,而只是蛰伏不醒,让社会的成见压得像枯木死灰一般。

一天,米丽又到教堂墓地,照例去执行她奉献鲜花的任务,卡若琳小姐突然在那里出现,她们那种顺顺当当的安排于是告终了。在这之前,卡若琳小姐一直在圣坛后面焦虑不安地等着她,脸色显得苍白而又激动。

"米丽!"她说,"到这儿来!我有话要对你说,可不知道怎么说。我都急得半死啦!"

"我真为尊贵的小姐你难过。"米丽感到莫名其妙。

"把那个戒指给我！"小姐一边说,一边抓住姑娘的左手。

米丽马上把手抽回来。

"我告诉你,把它给我！"卡若琳又重说了一遍,几乎是恶狠狠的样子。"哦——不过你不知道是为什么吧？我没有料到,我现在处在悲哀和烦恼之中！"卡若琳小姐于是对这位姑娘小声说了几句。

"啊,我尊贵的小姐！"米丽好像遭到雷轰电击一般,"你要干什么呢？"

"你必须说,你以前说的全是无耻的谎言,是凭空捏造,是恶意诽谤,是不可饶恕的罪过——是我告诉你要你这样干来掩护我的！他在巴斯教堂是和我结的婚。一句话,我们必须讲出真情,要不然,我就毁了——身体、精神和名誉——永远毁了！"

但是,即使性情柔顺的女人,她的随和劲儿也有一个限度。米丽到现在已经完全形成了一种想法,觉得她和那个年轻人情同骨肉,有权利像现在这样姓他的姓,而且已经不折不扣地把他当做自己的丈夫来看待,当做自己的丈夫来梦想,当做自己的丈夫来谈论了,她不能因为突然专横地打来个招呼就把他放弃。

"不行,不行,"她不顾死活地说,"我不能,我决不撒手放弃他！你尊贵的小姐把他活生生地从我手上抢走,等他死了,你才把他还给我。现在我要保住他！我实实在在是他的寡妻。尊贵的小姐,我比你更实在！因为我爱他,悼念他,也姓他那亲爱的姓,可是你,尊贵的小姐,一样也没干！"

"我实实在在地爱他！"卡若琳小姐两眼冒火,大声叫道,"我守着他,决不让他到你这种人那儿去！我就要生孩子了,他就是这可怜孩子的父亲,我怎么能让他去呢？我一定得让他回来！米丽,米丽,你是个脾气执拗的姑娘,可我现在处在这种悲惨的困境,你不能够可怜我,理解我吗？哎呀,这种草率从事——对女人来说就是毁灭堕落！我为什么没有想一想,等一等呢！来吧,把我给你的一切都还给我,向我保证,你支持我,供认真情!"

"决不,决不!"米丽寸步不让。她满腹愁肠,急躁不安,"看看这块墓碑!看看我这缀有黑纱的长袍和帽子——这个戒指!听听人们怎么称呼我!你的名誉对你很宝贵,我的名誉对我也一样宝贵!我已经宣布我的情人属于我,我属于他,我姓了他的姓,把他去世当做我自己个人独有的哀伤,我怎么又能说不是这样的呢?不要让我这样丢人现眼吧!我尊贵的小姐,我赌咒发誓也会压过你,大家会相信我的。我讲的事情像是真情,像得多,大家会认为你说的是假话。可是,哎呀,我尊贵的小姐,请不要逼我走这条路!发发慈悲,让我留着他吧!"

这个可怜的名义上的寡妇,对这样一个确实会使她遭受奇耻大辱的建议,表现得那样悲痛欲绝,使得卡若琳小姐也顾不得自己的处境,热起心肠来表示同情了。

"是呀,我看到了你的处境,"她回答说,"可是想想我的处境吧!我能怎么办?得不到你的支持,要想不让我名誉扫地,那简直是异想天开。即使我举出结婚登记本来,世界上对于丑闻的爱好也会弄成那样,人多势众可以无视事实,还会说那是捏造,相信你讲的那些事。我不知道,谁当时在场亲眼目睹,也不知道教堂的名字,什么也不知道!"

还没过几分钟,这两个可怜的年轻女人感觉到,和以前许许多多处于进退两难困境中的女人一样感觉到,即使是到现在这种时候,联合起来她们就有最大的力量。于是她们心平气和地在一起商量起来。研究的结果,米丽照常回家,卡若琳小姐也回家去,当晚就向她母亲伯爵夫人承认了那桩婚事,但是对别人则谁也没说。然后过了一些时候,卡若琳小姐和她母亲到伦敦去了,又过了不久,米丽去和她们相会,大家以为她是为了身体健康的缘故,离开村子到北方某个温泉休养去了,那座府第的太太和小姐一直非常关心她孤苦伶仃、无依无靠的寡居生活,为她出了这笔费用。

第二年年初,冒名顶替的寡妇米丽,怀里抱着一个婴儿回家来了。这时住在府第的那一家则到国外去了,直到那年秋天,他们才旅行归来。那时米丽和那个孩子已经离开了她父亲伐木工的小房子,因为米丽这时过得比较体面,住到她原来住的村子东面好多英里以外她自己的那所小房子里去了。而且依靠卡若琳小姐和她母亲的帮助,她和她的孩子还得到了一笔小小的终身津贴,保证他们能过安适的生活。

过了两三年,卡若琳小姐嫁了一个贵族——悬石坛侯爵,他比她年纪大得多,向她求爱的时候,拖拖拉拉,黏黏糊糊的。他并不富有,但是她和他过了多年平平和和的日子,只是婚后并没有孩子。这时那个孩子,大家都把他称为米丽的男孩儿,米丽也把他当做自己的孩子,已经长大成人,而且身强体壮。他爱米丽,这是她理所应得的,因为她一心一意扑在他身上,她一天比一天更清楚地在他身上看出了那个男人的面貌轮廓。那个人当年曾经赢得了她那颗少女的心,而且甚至在坟墓里都还拥有那颗心。

她尽她手头上那点有限的钱财教育他,因为那份津贴从来没有增加过。卡若琳小姐,或者说现在的悬石坛侯爵夫人,对于他们目前的境遇,逐渐变得好像不怎么在意了。米丽对这个孩子怀有极大的雄心壮志。她尽量节俭持家,把他送到他们迁出来的那个小镇上的中学去念书,二十岁的时候,他参加了骑兵团,他入伍是经过深思熟虑的,他想以军人作为职业,丝毫不是出于闲得无聊一时心血来潮。他那不同凡响的才识,堂堂男儿的气概,稳重果断的行止,使他很快得到擢升,而本国当时正在进行重大战争,又使他进一步得到提拔。缔结和平以后他回到英格兰的时候,已经升为骑术教官,不久又提升一级,成了军需官,而当时他还不过是个年轻人。

他的母亲——他那个实实在在的生母,也就是那位悬石坛侯爵夫人——听到了这种并无后台而青云直上的消息,激发了她那做母亲的本能,使她充满了自豪。她对她那个一帆风顺的军人儿子,密切关注起来了。等到她年纪越来越大,她就越发希望重新见到他,特别是在侯爵死后,她成了一个孤单寂寞、无儿无女的寡妇的时候。我没法儿说,她是否会由于自己的感情冲动而去见他。可是有一天,她坐了一辆敞篷马车在邻近一个市镇的郊区行驶,附近兵营里的军人列队行军经过她的身边。她仔细观看他们,而且认出来,骑兵中最优秀的那个就是她的儿子,因为他长得像她那头一个丈夫。

这样见他一面,使许多年来蛰伏在她内心的那种母爱的感情加倍地增强了,她疯狂地自思自问,她怎么能这样一直对他不闻不问呢?如果她当年在感情上真有勇气,她就会承认她的第一次婚姻,那不就可以把他当做自己的孩子抚养起来了吗!就算她从来没有得到这个镶着珍珠金叶的贵人冠,那比起得到这样一个高贵、优秀的儿子的爱护来,又算得了什么呢?这些以及其它一些思考,使这位郁郁寡欢、孤独寂寞的夫人伤心至极。她曾经悔恨自己让迷恋冲昏头脑和她第一个丈夫结了婚,而今她却更加痛苦地悔恨自己由于自尊而否认了他,抛弃了他。

她渴望得那么强烈,最后似乎都觉得不亲自向他宣布她是他母亲,她就没法儿活了。无论如何,这件事儿她得干,尽管已经晚了,但是她一定要让他离开那个女人,因为他本来是她的独子,可是那个女人却占了她做母亲的地位,于是她开始以一种遭到遗弃的心情所产生的狂热来仇恨她。她感到完全有把握;她的儿子会十分高兴有王国贵妇这样的母亲,来取代一个村妇母亲。她现在已经寡居,无论选择去哪里都有自由,不会有任何人来过问,所以第二天悬石坛侯爵夫人就动身去米丽现在居住的那个小镇,她现在仍然穿着她为悼念年轻时丧失的情人而穿的丧服。

"他是我的儿子,"侯爵夫人等屋里只剩下她和米丽两个人的时候立刻说,"你必须把他还给我,我现在处在这样一种地位,我可以不管世界上任何人的意见。我想,他不断来看你吧?"

"我的夫人,他打完仗回国以后,每个月都回来看我。有时候他住上两三天,还带着我到处去看看风景名胜呢!"她十分得意地说。

"好啦,你得放弃他啦,"侯爵夫人不动声色地说,"这对你并没有什么不好——你愿意的时候,你还可以去看他。我要承认我的第一次婚事,要让他和我在一起。"

"你忘了,我的夫人,这事儿要考虑到两个人,不仅有我,还有他本人。"

"那可以安排。你别以为,他会不——"可是她不希望对比她们两个人的地位来侮辱米丽,所以接着说,"他是我自己的亲骨肉,不是你的。"

"亲骨肉又算什么!"米丽说着,眼睛里闪出一个小小的村妇居然可以向一位贵族夫人表示出来的那么大的轻蔑藐视,在这种情况下,它可不像人们想象的那么简单,"不过我可以同意把问题交给他,由他自己决定。"

"我要求的也就是这一点,"悬石坛侯爵夫人说,"你可以让他回来,我就在这里见他。"

于是给那位军人写了信,他们会了面。向他吐露他父母亲的事儿,并没有像悬石坛侯爵夫人预期的那样让他吃惊,因为多少年来他就知道,他的身世有点神秘难解。他对侯爵夫人的态度虽然恭恭敬敬,可是并不像她希望的那样热烈。在两个人当中由他来选择一个母亲,这个问题提出来让他考虑。他的答复使她大惊失色,目瞪口呆。

"不行,我的夫人,"军需官说,"非常感谢你,可是我宁愿事情还是一如既往。不管是哪种情况,我都是姓我父亲的姓。我的夫人,你想想看,我幼弱无助孤苦伶仃的时候,你对我并没有怎么关心。现在我健壮有力的时候,为什么要到你那儿去呢?她,这个疼我爱我的人〔指着米丽〕,从我一出世就照顾我,看管我,我病的时候侍候我,为了推动我努力前进,她自己不惜含辛茹苦,我不能够像爱她那样去爱另一个母亲,她是我的母亲,我也永远是她的儿子!"他一边说着,一边用他那强壮有力的胳臂抱住米丽的脖子,满怀无限柔情地吻她。

不幸的侯爵夫人的痛苦既可怜又可鄙。"你杀了我吧!"她浑身哆哆嗦嗦地抽泣着说,"难道——你——不能——也——爱——我?"

"不能,我的夫人。如果我一定要把话说出来,那么我就要说,我那已故的父亲是个老实忠厚的人,可是你却曾经为他感到羞耻,因此,我现在也为你感到羞耻。"

没有什么能够打动他。这个感到苦恼的女人最后倒吸着凉气说:"唉——难道——你不能吻我一下——就像你吻她那样?这并不多——这是我的全部要求——全部!"

"当然可以。"他回答说。

他吻了她一下,可是与刚才那一吻不同——冷冰冰的,于是这个痛苦的场面结束了。那一天是这位不幸的悬石坛侯爵夫人死亡的开始。她那人性感情的麻烦糟糕之处,就在于她渴望得到他的爱,而他不认她,就给她这种感情火上浇油了。在这以后她活了多久,我并不知道得很确切,不过她没有活很长的时间。那种痛苦比毒蛇的牙齿更厉害,①很快就使她形销骨立。她完全不考虑世界和世事习俗以及他人意见,把她这件事弄得尽人皆知,而那可喜的结局终于到来了(我深感痛心不得不说,她不肯求得宗教的安慰来减轻自己心灵上的负担),这时候,追根究底,最真切的说法就是心碎肠断。

(1890)

---

① 引文出自莎士比亚《李尔王》第一幕第四场。

儿子的否决权

一

用眼睛从一个人后面看上去,那头栗色的头发就是个奇观,令人不可思议。在上面饰有一丛黑色羽毛的黑色水狸帽下面,一绺绺长长的鬈发编成辫子,弯弯曲曲,盘来盘去,仿佛是一篮花草在怒放,构成那种别具心裁艺术的一件稀有却多少带点粗野的样品。谁都懂得,这种精心制作出来的编结、盘绕的作品,可以保持完好长达一年或者至少一月之久,可是仅仅经过一天的时间却照常在上床就寝的时刻就拆卸一空,看来确实是把这一成功制造出来的作品漫不经心地浪费掉了。

而且所有这些都是她自己干的,可怜的人儿。她没有使女,这差不多是她可以夸口的惟一成就。因此这也就是无穷无尽的痛苦。

她是一位有残疾的年轻太太——并不是残废得很严重——坐在一把轮椅里,被推到紧靠音乐坛圈出来的草地的前部,在六月一个温暖的下午,那儿正在举行一场音乐会。在伦敦郊区的某个小公园或者私人花园里总可以找到这样的场所,地方上的某个团体就在那儿举行活动筹集慈善事业资金。在这个大城市,大千世界里又有小千世界,尽管紧邻的另一个地区谁也没听说过这项慈善事业,或者这个乐队,或者这个花园,而这个地块里挤满了兴趣盎然的听众,可以得到这里的充分信息。

乐曲一首接着一首,同时听音乐的人都注意到了那位坐着轮椅的太太,她后面的头发,由于她坐的地方突出,特别引人注目。她的脸却不大容易让人看清;不过前面提到过的那些巧妙编结的长发,那白皙的耳朵和颈背,面颊的轮廓既不松弛又不灰黄,这种种形象让人满心期待,前面是个大美人。这种期待常常是等到一显露真容,就往往令人失望;而目前这一次是在这位太太好不容易扭转头来的时候暴露了自己,她并不像在她后面的人原来推断的,甚至是希望的那样优雅俊美——他们都不知道原因何在。

从一方面来看(哎呀,大家异口同声叫屈),她不像他们原先想象的那么年轻。然而她的面孔毫无疑问还是娇媚迷人的,也根本没有病恹恹的样子。每当她转身和站在她身边的一个男孩儿说话的时候,她面容的种种细节就暴露出来;这个男孩儿约摸十二三岁,他的帽子和短上衣的款式让人领会到,他属于一个著名的公学。靠近他们站着的人可以听见,他叫她"母亲"。

等到独奏快要结束的时候,听众纷纷退席,许多人都故意择路经过她的身边。大家几乎全都掉转头来,对这个有趣的女人全面而且就近地仔细观看。这时她坐在轮椅上一动不动,一直到路上的人走得差不多了,可以不受阻挡地出去。她仿佛期待着众人的注目,而且乐于满足他们的好奇心。她还抬起眼睛迎接几个观看她的人的目光,显露出她那眼珠是温柔的、褐色的而且是充满感情的,它们凝视时露出一点点儿哀伤。

她被领出了花园,沿着人行道走过去,最后从视线中消失了,那个男学生一直走在她的身边。有几个看着她离去的人问了些问题,得到的回答是,她是附近一个教区牧师的续弦妻子,是个瘸子。一般人认为她这个女人过去有点故事——是一种清白无瑕的故事,不过是这种或那种故事而已。

男孩儿挨着她的胳臂往回家的路上走着,跟她说话的时候说,他希望父亲不会挂念他们。

"他刚才这几个钟头舒服极了,所以我有把握,他没得可能挂念着我们。"她答道。

"没有,亲爱的母亲——不是没得!"那个上公学的男孩儿叫了起来,他那不耐烦的挑剔态度几乎可以说是生硬刺耳。"你现在一定懂得了吧!"

他母亲赶忙接受了他的纠正,对他这样的说法并没有生气,也没有反击,她本来完全可以那样做,命令他把沾在嘴上的点心渣儿擦干净,因为这男孩儿兜里藏着一块点心,他不肯把它拿出来,总是在里面偷偷掰一点儿一点儿地吃,这样就在嘴上沾了渣儿。在这之后,那位漂亮的女人和那个男孩儿就闷声不响地继续往前走。

刚才那个语法问题①从整个来看和她那可悲的身世很有关系,于是她陷入沉思冥想之中,可以想象,她一直是在捉摸:她当年安排她自己的生活,造成了现在这样的情况;她那时这种安排是否做得很明智呢。

在北威塞克斯有个遥远偏僻的角落,离伦敦有四十英里,靠近繁荣的郡城阿德布瑞肯,那里有个可爱的村子,还有自己的教堂和牧师住宅,她对这些都了如指掌,不过她儿子却从没见过。这就是她的老家芳草地,对她目前的处境产生影响的第一件事情就发生在那儿,她那时还不过是一个十九岁的姑娘。

她记得多么清楚,在她小小的悲喜剧中的第一幕,就是她尊敬的丈夫的第一任妻子之死。这事发生在春天的一个傍晚,她那时是牧师家的客厅女仆,从那时起直到现在多少年来她一直她就填补了那位第一任妻子的地位。

等到每一件能做的事情都做完了,逝世的消息也宣布了,她才在黄昏时分出门去看望她父母,告诉他们这个不幸的消息;他们也

---

① 原文母亲说 He have been so comfortable… that… ,按英文语法,have 用于第三人称应为 has。在未受过教育的人中,常犯此类语法错误,为英国上层社会所鄙视。

住在那同一个村子里。她推开那白色的摇摆门,向长在西面的一排树望去,它们挡住了黄昏时天上映过来的微弱光线,她看出了在树篱边站着的一个男子的身影,虽然她并没感觉到多么惊讶,可是为了摆摆样子还是撒娇地喊了一声:"啊,萨姆,你可把我吓坏了!"

他是她熟识的一个花匠。她告诉他刚才发生的那件事情的具体情况,他们,这两个年轻人,默默无言地站在那里,怀着一种严肃、平静、遇事都能想得开的心情,每逢近在身边发生某种悲剧,而它又未落在这种达观的人自己身上的时候,就会产生这种心情。不过,这件事对他们两人的关系却产生了影响。

"你现在还会照样留在牧师公馆吗?"他问道。

她还没有怎么想过这件事。"噢,是的——我料想是这样!"她说,"什么事都会和往常一样吧,我想?"

他走在她身边,去她母亲那儿。现在他用胳臂偷偷地搂着她的腰。她轻轻地把它推开了,可是他又把它放在那儿,她也就让步了。"你听我说,亲爱的苏菲,你不知道,你是不是还要继续干下去;你也许需要一个家,我会准备好,有一天会给你提供一个家的,尽管我眼下还没准备好。"

"嗐,萨姆,你怎么能这样着急呀!我甚至从来没说过我喜欢你;这全都是你自己造的,跑来跟着我!"

"可是,要说我不能像别人一样在你这儿试一试,那不是胡说吗。"他俯下身来想吻她一下道别,因为他们已经走到她母亲的门口了。

"不行,萨姆;我可不让你这样!"她喊了起来,把自己的手挡在他嘴上,"在这样一个夜晚,你应该比较严肃一点儿!"她和他告别,没让他吻她或是让他进屋去。

刚刚成了鳏夫的那位牧师那时大约四十岁,出自良好的家庭,还没有孩子。他在牧师生涯中过的是一种与世隔绝的生活,部分原因是村子里没有住在当地的土地拥有者,现在失去妻子又加强了他不与外界交往的习惯。他比以往更少露面,使自己和各种动向与节奏,也就是人们称为外面世界的进步,更加不合拍了。他妻子故去以后过了好几个月,他家里的秩序还保持着原来的样子;厨子、女仆、客厅女仆、户外男仆继续干他们的活儿,或者无所事事,一切听其自然——牧师对这些一概不知,这时有人告诉他,他的这几个仆人在他这个独自一人的小家庭里看来无事可做。这个说法真实可信,他大吃一惊,于是决定裁减他这个机构。可是那个客厅女仆苏菲却抢先了一步。有一天傍晚她说,她希望离开他。

"为什么?"牧师问。

"萨姆·哈布森要我嫁给他呀,先生。"

"啊——你想要出嫁吗?"

"不大想。不过它可以让我有个家呀。而且我们都听说,我们当中有一个得走。"

过了一两天,她说:"我现在还不想走,先生,如果你不希望我走的话。萨姆和我吵架了。"

他抬头望着她。他以前几乎没有观察过她,虽然他经常模模糊糊地感觉到她在屋子里。她多么像只小猫咪,是个低着头干活儿的、柔弱的小东西!她是这些仆人中惟一一个和他建立了直接和连续不断的关系的人。如果苏菲走了,他怎么办呢?

牧师退柯特先生生病的时候,苏菲把每顿饭都给他送上去。有一天她刚刚离开他那间屋子,他就听到楼梯上传来一阵嘈杂。她端着托盘滑倒了,脚扭伤得很厉害,都站不起来了。村里的外科医生请来了;牧师的病见好了,可是苏菲却残废了好长一段时期;医生告诉她,她不得再多走路,或者从事任何需要用脚站立很长时间的职业。等她病情比较好了一些,她就独自去找他谈话。因为不让她走路和忙忙碌碌干活儿,而且确实她也干不了,所以她应当离开。她还可以很好地干些能够坐着干的活,而且她有个姨妈是干裁缝活儿的。

牧师想到她是因为他而受害的,心里受到的感动非常之大,于是大声叫道:"不行,苏菲;不管你瘸不瘸,我都不能让你走。你绝不能再离开我了!"

他走到她跟前,虽然她从来都说不出来事情是怎么发生的,她感觉到他的嘴唇挨上她的脸颊了。他于是求她嫁给他。苏菲并不是确实爱他,但是她尊重他,这几乎达到敬重的地步。即使她原来希望离开他,她也不大敢拒绝在她心目中受到如此尊崇和敬畏的一位人物,于是她立刻同意做他的妻子。

就这样刚好在一个晴天的清晨,教堂的门都打开自然地换新鲜空气,鸣禽飞进去栖息在屋顶的系梁上,在圣栏边举行了一个几乎没有人知道的婚礼。牧师和邻近教区的一个副牧师从一个门进去,苏菲则进的是另一个门,另外还有两个必需的人,然后经过很短的时间,就出来了一对新结婚的夫妇。

退柯特先生完全知道,他走这一步就自绝于社会了,尽管苏菲的品格是无懈可击的,而且他还采取了相应的举措。他和一位在伦敦南部一座教堂担任教区牧师的熟人相互交换了职位和供奉,夫妇俩尽快搬到了那里,放弃了他们那可爱的家,连同那些大树和灌木以及那份因圣职而领耕的地块,搬到一条直直的长街上一所狭窄的灰仆仆的房子里。他们那优美洪亮的钟声换成了那种只有一个钟舌,让人听着刺耳的丁当声。这一切都是因为她的缘故。然而这样他们就避开了所有了解她以前底细的人,他们也就不再像以前在乡村教区那样,可以较少受到外界的注意了。

苏菲这个女人得算是男人所能得到的很是娇媚动人的一个伴侣,尽管苏菲这位夫人自有她的不足之处。她表现出来在具体事物和风俗习惯方面有一种出之天然的能力,会把小小的家庭生活弄得精美雅致,但是在人们称为文化教养的方面则较少直觉。她现在已经结婚十四年多了,而她丈夫则一直不辞劳苦关心她的教育,但是她还是弄不清如何使用语法上的多数和单数,这在她结交的区区几位熟识者中间也使她得不到尊重。她在这件事情上的巨大悲哀在于,她的独子虽然受教育并没有也不用花什么钱,现在也长得够大了,能够觉察到他母亲的这些不足,不仅能够看出它们的存在,而且对此感到恼怒。

这样她就在城市里住下了,每天花上几个小时来编结她那头美发,一直到她曾经苹果一般的面颊衰谢成极其惨淡的粉红色。她那只脚在摔伤后从来没恢复它天生的力量,她绝大多数时间总是不得不完全避免步行。她丈夫变得喜欢伦敦了,因为在这里有自由而且有家庭隐私,但是他比他的苏菲年长二十岁,近来又染上了严重的疾病。然而就是在那一天,他好像身体够好的,认为她可以陪她的儿子伦道夫去听音乐会。

二

下一次我们瞥见她,是在她作为寡妇穿着丧服出现的时候。

退柯特先生一直未曾病愈恢复,现在长眠在这座大城市南部一个拥挤的墓地里,如果那个墓地里所有死者都复活,站立起来,也没有一个人会认识他,或者记得他的姓名。那个男孩毕恭毕敬地陪送她到墓地,现在又去上学了。

在所有这些变故中,她都被当做一个孩子看待,她本性就是个孩子,当然不是从岁数上说。她丈夫所有的一切东西,除了她那份微薄的个人定期所得外,都没有留给她来掌管。他担心她的不谙世事会有增无减,早就把一切尽可能交托别人代管。男孩儿完成公学的学业,然后按时升入牛津和受任圣职,一切都是预先做好了准备和安排。实际上她完全不必为任何事情操劳,只管自己吃喝,做点无关紧要的小事,编结盘绕她那头栗色的头发,仅仅保持一个家,让儿子在假期中可以随时到她这儿来。

她丈夫活着的时候就预见到自己大概会比她早逝许多年,所以在那同一条笔直的长街上为她买了一套住宅,只有一个侧面和邻家相连,对面是教堂和牧师住宅,只要她愿意住在里面,那套住宅就是她的。现在她就住在那儿,可以眺望前面那片草地的一角,穿过栏杆可以看见川流不息的车马,探身向前趴在二楼的窗台上极目远望,可以见到煤烟熏黑的树木、烟雾弥漫的空气、以及一路回荡着郊区通衢大道所常有种种喧嚣嘈杂的那些单调的楼房前脸儿。

不知道为什么,她的那个男孩儿,有了贵族学校得来的知识、语法技能和种种逆反性,正在丧失未成年人那种远及日月的广博同情心,这本是他,像其他孩子一样,与生俱来的;这也正是他母亲本人,这个自然之女原先所喜欢的他身上的东西。他正在把这种同情心减少到只剩那些广有财富和拥有头衔的区区几千人的范围,而这不过是他根本不感兴趣的那数以十亿计的人口中薄薄的一个表层而已。他游离得距她越来越远。既然苏菲的社会圈子①是郊区一些小商人和低级职员,而且她的伴侣也差不多只有她自己家里的两个仆人,所以毫不奇怪,在她丈夫去世以后,她很快就丧失了从他那里得到的一点点人为的爱好,而且变成了——在她儿子的心目中——这样一个母亲,他作为一位绅士不幸命中注定要为她犯的错误和她的出身而脸红。直到现在,他还没有充分长大成人——要是他可以长大成人的话——不会判断她这些罪过的真正微不足道的价值分量,这只有等到将来由他,或者其他什么人或事,把它和在她心中涌现出来并且一直铭刻保留在她心中的强烈宠爱放在一起做一对比,从而使他比较充分地接受理解这种分量的时候才能做到。如果他是住在家里和她在一起,他就会对这一点全部理解了;可是他在目前的情况下,好像并不需要,于是就

---

① 原文为法文。

留待将来了。

她的生活变得冷冷清清,让人无法忍受:她无法散步,对乘车外出又毫无兴趣,确实也不愿到任何地方去旅行。几乎过了两年都没有任何活动,而她仍然一面观看那条郊区的大路,一面想着她出生的那个村子,她要是能回到那里去——噢,该多么高兴呀!——哪怕是在地里干活儿。

不做运动她常常无法入睡,于是就在半夜或者凌晨起床,守望着那条渺无人迹的通衢大道,路灯站在那儿就像是一列哨兵在等待哪个游行队伍经过。的确,每天凌晨大约一点钟的时候,乡村的大车满载着蔬菜经过那里送往考文特园蔬菜花卉市场,总有近似游行队伍的一队人马从那儿经过。她常常看着他们在这种寂静和幽暗的时刻向前爬行着——一辆车接着另一辆车,车上的青菜堆得像一座座堡垒,摇来晃去几乎要倒下去,然而却从来没有倒过,装着大量菜豆和豌豆的篮子摆得像城墙一样,雪白的萝卜堆得像一座座金字塔,混装着各种产品的木条箱摇摇晃晃——夜里干活儿的老马拉着这一辆辆车,在它们一声声沉重的咳嗽声中,好像总是在耐心地捉摸着:在这种寂静的时刻,所有其他一切具有感觉的生物都有权利休息,为什么它们却总是要干活儿呢。每当抑郁和不安搅得长夜无眠的时候,身上裹着大氅,守望着这些牲口,并且对它们表示同情,看见那新鲜的绿色菜蔬走过路灯的对面时怎样显得鲜活光亮,那些大汗淋漓的牲口经过长途跋涉而怎样喷着水汽,全身闪亮,就令人平静下来。

他们这些半属农村的乡下人和他们的车辆,在一种城市的气氛中行进,过的是一种和白天在这同一条大路上劳动的苦力很不相同的生活,这让苏菲感到有趣,差不多让她着迷。一天早晨,一个赶着装有土豆的大车的男人经过的时候,死命盯着这所房子的前脸儿,她怀着一种奇异的感情想起来,他那副身影她是很熟悉的。她期待着再看他一次。他赶的是老式的运输车,前脸是黄色的,很容易认出来。第三天夜里,她第二次又望见了他。就像她先前想到的那样,那个人就是萨姆·哈布森,以前是芳草地的一个花匠,有一段时间,他还可能娶她来的。

她以前曾经不时想起他来,并且琢磨过,和他一起在乡下小农舍里生活,是否会比她所接受的现在这种生活要幸福一些。她并没有很动感情地想念过他,但是她现在这种凄凉的景况让她对他重新出现产生了某种兴趣——说是一种带有温情的兴趣,这绝不可能是夸大其词。她回到她的卧榻,开始思考起来。这些给市场供应蔬菜花果的人,总是在清晨一两点钟的时候往城里去,他们什么时候返回呢?她模模糊糊地记得见过他们的空车,可是没有注意在白天正常的交通时刻,它们是在中午以前什么钟点经过这里往乡下走的。

这还只是四月份,可是那天早晨用过早餐后,她就打开了窗户,坐在那儿向外眺望,微弱的阳光照到她的身上。她假装在缝纫,可是她那对眼睛却从未离开过那条街。在十点到十一点中间,那辆想望中的大车已经卸空了货物,重新出现在它回程的路上。但是萨姆这时并没有四处张望,他一面赶着车,一面还沉思默想。

"萨姆!"她大叫了一声。

他猛地一惊转过头来一看,变得满面春风。他叫过来一个小男孩儿,让他管住马,自己跳下车,走过来站在窗户下面。

"我没法很自如地下楼,萨姆,要不,我就会下去啦!"她说,"你知道我住在这儿吗?"

"嗯,退柯特太太,我知道你住在这一溜什么地方,我常常四处找你呢。"

他简单地解释了他自己怎么到了这个地方。他早已放弃了他在阿德布里肯附近那个村子里的园艺工作,现在是伦敦南部一个市场园艺家的经理,他的一部分工作是每周两三次把一车车的产品送到考文特园去。回答她刨根问底的问题时,他承认他来到这一个教区,是因为他一两年前在阿德布里肯报纸上看到过以前在芳草地任过职的教区牧师逝世的讣告。这使他那对她住处难以熄灭的关心复燃了,于是他就在这一带到处奔走,直到后来得到了他目前的这个工作。

他们谈起在北威塞克斯那个可爱的老家的村子,他们还是孩子的时候一起玩过的一些地方。她竭力感觉自己现在是个尊贵人物,因此就务必不能和萨姆太亲密。但是她却把持不住,眼睛里饱含热泪,这在她说话的声音里就表示出来了。

"恐怕你并不幸福吧,退柯特太太?"

"啊,当然不,我前年刚没了丈夫。"

"嗨,我说的是另外的意思。你愿意再回家吧?"

"这就是我的家——一辈子都是。这所房子是属我所有的。不过我懂得"——这时候她还是说出来了。"是,萨姆,我渴望有个家——我们的家!我真的喜欢去那儿,而且永远不离开,而且死在那儿。"但是,她又想到了自己的处境,"那不过是偶尔产生的感情。我有一个儿子,你知道,一个亲爱的男孩儿。他现在上学呢。"

"就在附近什么地方吧,我想?沿着这条大路,我看见很多很多这样的孩子。"

"噢,不是!不是在这种鬼地方的任何一处!是在一所公学——英国最出名的学校中的一所。"

"当然是最棒的!我都忘了,太太,你当夫人都有那么多年啦。"

"不,我不是一位夫人,"她悲伤地说,"我永远也当不成。但是他是一位绅士,而且那——就造成了——啊,对我多么困难呀!"

三

以这种奇特方式重叙的旧谊,迅速向前发展。她常常寻找机会在夜晚或者白天和他谈上几句。她感到悲哀的是,她无法陪伴她的一个老朋友步行走一小段路,比他停在她的房子前面的那会儿更自由地谈谈话。一天晚上,在六月初,她在歇了几天没待在窗口以后又在那里守望的时候,他进了院门温和地问她:"吸点新鲜空气难道不会对你有些好处吗?我今天上午只装了半车货。干吗不和我一起坐车到考文特园去?在卷心菜上有个很好的座位,我在上面铺了个麻袋。不等任何人到来以前,你就可以坐上一辆马车又回到家里来啦。"

她最初拒绝了,后来她兴奋得浑身发抖,匆匆忙忙穿好衣服,裹上大氅,戴上面纱,最后侧着身子,扶着楼梯扶手,用那种在紧急情况下她能够采取的方式,下到楼下来。她打开大门的时候,发现萨姆站在台阶上。他用一只强有力的胳臂把她的身子抱起来,穿过前院,把她放进他的大车里。在那无穷无尽、又平又直的大路上,看不见也听不到一个人,只有那些常备不懈的路灯,汇聚在指示每个方向的那些点上。在这样一个时刻,空气像乡间的空气一样新鲜,星星闪耀着,只有东北面有一片淡白的光亮,那是黎明。萨姆把她放在座位上,赶着大车往前走。

他们像在往日谈话时那样谈着。萨姆时不时觉得自己过分亲近了,就让自己打住。她不止一次怀着忧虑不安的心情说,她不知道她是不是应该沉溺在这种奇思怪想之中。"但是我待在自己的屋子里感到那么孤独,"接着又添了一句,"而这却让我觉得那么快乐!"

"你一定得再来,退柯特太太,一天里面没有时间能吸到像这样的空气。"

天色越来越亮。麻雀在大街上变得忙碌起来。城市里他们周围的人越来越稠密。他们快到河①边时,已经是白天了,他们在桥上看到圣保罗教堂那个方向早晨的太阳满目辉煌,河水对着它闪闪发光,没有一条船来搅扰。

在考文特园附近,他把她送进一辆马车里,他们分别的时候互相紧紧地盯着对方的脸,就像他们是非常老的朋友一样。路上没有发生任何事情,她到家了,瘸着走近门口,用她的弹簧锁钥匙没让别人看见就进去了。

新鲜空气再加上萨姆的出现,让她复活了:她的双颊泛起了粉红——简直很美了。让她现在活着的除了为她的儿子以外,还有别的东西了。她这个具有单纯本能的女人,知道在这次旅途上没有任何事情是真正错误的,可是按陈规旧习来看又的确是非常错误的。

然而很快她就向诱惑让步,又和他一起出了门,这一次他们的谈话很明显地带有亲切的感情了,萨姆说,尽管她有一段时间对他挺不好,可是他绝不应该忘记她。他经过再三踌躇以后,把一个计划说给她听了,这个计划他是有力量实现的,而且因为他不喜欢伦敦的这份工作,他愿意尝试一下,这就是回到他们的故乡,在郡城阿德布里肯开一个出售蔬菜花果的大商店。他知道有个空位置——有个老人开了个商店,现在想退休。

"那么你又为什么没干呢,萨姆?"她问道,心情有点儿沉闷。

"因为我还没有把握,不知道是否——你愿意和我一起干。我知道你不愿意——不能!你当了那么长的太太,不能当像我这样一个人的妻子。"

"我难以设想我能!"她表示同意他的看法,同时对这个主意也觉得害怕。

---

① 指泰晤士河。

"如果你能,"他急切地说,"你只需要坐在后屋里,透过玻璃隔栅关照一下,有时我出去了,注意看着就行。你腿脚不方便并不碍事……我愿尽我的可能让你保持上流,亲爱的苏菲——如果我能想得到的话。"他恳求她说。

"萨姆,我要实话实说,"她把自己的手放在他手上说,"如果这只是我自己一个人的事,我愿意做,而且很乐意,尽管我再嫁就会失去属于我的一切东西。"

"我并不在乎那个!这样倒更加独立。"

"你真好,亲爱又亲爱的萨姆。可是还有另外的事情。我有个儿子……有时候我觉得伤心的时候,我几乎都认为他并不真正是我的儿子了。从他个人来说,他没有多少是属于我的,简直完全是他那死去的父亲的。他受了那么多教育,我却受得那么少,所以我觉得我不够格当他的母亲……好吧,这事还得告诉他。"

"是的,毫无问题。"萨姆懂得她的想法和她的担心,"但是,你还是可以按你喜欢的去做,苏菲,退柯特太太。"他又添了一句,"你并不是个孩子,他才是。"

"噢,你不知道! 萨姆,如果我能够,我愿意嫁给你,总有那么一天。可是你得等等,让我想想。"

这对他来说已经足够了,他们分开的时候,他很高兴。她可不是那样。告诉伦道夫,看来简直不可能。她可以等他上了牛津再说,那时候她的所作所为对他的生活就不会有多大的影响了。不过,他会容忍这个主意吗?如果他不愿意,她能公然反抗他吗?

公学之间一年一度的板球赛在伦敦大板球场开始了,虽然这时候萨姆已经回阿德布里肯去了,可是她对儿子还是只字未提。退柯特太太觉得身体比以往更健壮了一些;她和伦道夫一起去看比赛,有时还能离开轮椅在周围走走。她在观众中间走动的时候突然灵机一动,想到当时这孩子的兴趣集中于球赛,兴致很高,和当天取得的胜利相比,家务事情就显得轻如鸿毛了。母子俩在火红的七月份阳光下散步,这一对相隔是那么遥远,可是关系又是这么亲近,苏菲看到像她自己的儿子一样的大部分男孩儿,系着宽大的白领,戴着低矮的帽子,全都围在一排排大马车周围,车下面乱七八糟地堆着奢侈午餐的残余:骨头、糕饼渣、香槟酒瓶、酒杯、盘子、餐巾和家庭特制的银器;而在马车上则坐着那些觉得自豪的父母;可是没有一个像她那样可怜的母亲。如果伦道夫不属于这圈子,不把他的全部注意力集中在这些东西上面,不把他的心思完完全全放在他们所属的那个班级上,那该是多么快活呀!忽然,为了给某个小小的击球表演大声喝彩,在众多亲属中爆出叫喊,伦道夫拼命地向上跳,想看看发生了什么事情。苏菲想起了早已确定了的那句话;可是她就是说不出口。也许那是一个不合时宜的场合。她的那个故事和伦道夫已经渐渐认为自己与之血肉相连的这种时尚展示之间的反差是命定无法改变的。她等待一个更好的时机。

他们回到他们在郊区的那个简单的住所,只剩下他们俩,那里的生活不是天蓝色,而是暗淡阴沉的。一天黄昏,她终于打破了沉默,宣布她或许要第二次结婚,同时还对他做出保证,这事情要过很长一段时间才会实现,要等他离开她完全独立生活以后。

这个男孩儿认为这个想法是非常合理的,并且问她,是否选好了哪个人?她显得支支吾吾;他似乎有些担心。他希望他的继父会是一个绅士吧?他这样说。

"不是你所称呼的绅士,"她畏畏缩缩地回答,"他会和我过去那会儿很相像,那是在我认识你父亲以前。"于是她逐渐把整个事情让他知道。这青年人的面容有一会儿僵滞着没有任何变化;然后脸红了,靠在桌子上,突然感情激动地痛哭起来。

他母亲走到他跟前,在他脸上她能够到的地方全都吻了一遍,并且拍着他的脊背,好像他仍然是过去那个婴儿那样,这时她自己也哭了。等他发作过后稍微恢复了一些,他就匆忙跑回自己的屋子,还把门闩插上了。

她在门外匙孔旁边等着,听着,想通过匙孔和他说话。过了很久他才回话,而且回话的时候是在屋子里粗暴地对她说:"我为你感到丢脸!你这样会毁了我!一个可怜的乡巴佬!一个粗人!一个笨蛋!这会在英格兰所有绅士眼睛里贬低我!"

"别再说啦——也许我错了!我要努力改过!"她哭得很可怜。

那年夏天伦道夫离开她以前,萨姆来了一封信告诉他,他喜出望外,有幸买到了那家铺子;它是城里最大的,经营蔬菜,还有果品,他还觉得,将来有一天它甚至可以值得为她成个家。难道他不可以到镇上来看看她吗?

她偷偷地和他见了面,说他还必须等待她最后的答复。秋天挨过去了,等伦道夫圣诞节回家度假,她又说起这件事,但是这个年轻的绅士却毫不通融。

这件事拖了几个月;又重新提出来;遭到他的反对又放下了;又做试探;就这样,这位温和的女人又摆道理,又恳求,足足过了四五年。这时忠心耿耿的萨姆又毅然决然地再次提出求婚。苏菲的儿子现在已经是大学生了,复活节的时候从牛津回家,她再次提起这个话题。她规劝他说,他一接受圣职任命,就可以有自己的家,而她由于文理不通,知识贫乏,势必成为他的一个累赘,他最好尽可能地把她忘掉。

他现在表现出一种更加带有男子汉气概的忿怒,但是就是不同意。她这方面更加坚持,而他则怀疑,他不在家的时候,她是否可以受到信任。但是出于对她的口味愤恨和蔑视,他一直采取霸道的架势,最后把她拉到他屋子里他为个人祈祷而设的十字架和圣坛前,要她在那里跪下,发誓不得到他的同意就不和萨缪勒·哈布森结婚。"我这样是向我父亲做交待。"他说。

这个可怜的女人发了誓,心想等他被授予了圣职,就要积极从事宗教活动,他马上就会心软的。可是他并没有。他所接受的教育这时已经充分地排除了他的人性,让他坚定不移;哪怕他母亲本来可以和那位忠心耿耿的蔬菜水果商一起过上一种田园式的生活,而且世界上谁也不会有任何事情变得更糟。

随着时光流逝,她的残疾变得更加不可救药了,她很少甚至从来没有离开过位于南郊那条很长大道上的家,她在那里越来越显得心神憔悴。"为什么我不可以对萨姆说,我要嫁给他?为什么我不可以?"每当没有人在近旁的时候,她会如泣如诉地自言自语。

在这以后大约四年的光景,一位中年男人站在阿德布里肯一家最大的水果店门口。他是这个店的老板,但是今天他没穿他通常做生意的衣服,而是穿了一身整洁的黑色服装。他的窗口只有一半关上了百叶窗。可以看到有一队送葬的行列从火车站向这边走过来:它走过他的门口,出城走向芳草地村。在灵车走过的时候,那个男人眼里含着泪水,礼帽握在手里;而在灵车里,有一个胡子刮得光光的年轻牧师穿着齐腰马甲,像一片乌云似的盯着站在那儿的店老板。

(1891)

瑞乐舞琴师

"谈到什么展览会呀,世界博览会呀,诸如此类的事儿,"那位老先生说,"哪怕拐过街角就可以看它十个八个的,可现今我也不会去了。要在我这个脑袋瓜里留下一点儿印象,从过去到将来,也就惟有那破天荒第一遭儿,那是它们所有展览的老祖宗,眼下说,也就是老一辈时候的事儿啦——伦敦海德公园一八五一年的大展览。年轻的一辈人,谁也没法儿理解,它在我们大伙心里搅起的那股新鲜劲儿,那时候,我们个个都年富力强。一个正儿八经的字眼儿,居然都成了纪念那个场合的一个形容词儿啦。那时候有了什么'展览'帽呀,'展览'荡剃刀布呀,'展览'表呀;不光这一些,甚至于还有'展览'天气,'展览'美酒、爱人、婴儿、老婆。

"说起南威塞克斯,那一年在好多方面都成了历史上了不起的分界线,或者飞跃线,那时候发生了许多事情,大家都可以把它们叫做时代的高峰。就像地质上的'断层'一样,在我们眼面前,古代的和现代的都突然实打实地连在一起,在咱们国家这块地方,自从'征服'①以来,大概从来没有哪一年发生过这样的事儿。"

老者的这一番话引起我们谈到各种不同的人物,那个时代在我们这些狭小、和平的土地上生活过,行动过的一些上上下下,高低贵贱的人。其中有三个人,他们那些稀奇古怪的小小故事,有些地方同大展览零零散散有些关系,可是比起住在那些穷乡僻壤斯蒂克福、麦斯托克和爱敦的其他任何人,那关系就要多得多啦。这

---

① 指一〇六六年诺曼底公爵威廉征服英国。

三个人里面最突出的要数瓦特·欧拉摩尔——这是不是他的真名,姑且不论——咱们这伙人里面那些年岁大的,对他是很熟悉的。

据说,他是一个在外表上很能讨女人欢心的男人——在这方面简直无与伦比,别的不大明显。对于男人,他没有什么吸引力,有时候甚至还有点儿拒人于千里之外。他实际上是个乐师、花花公子和社交帮闲。他是个只说不干的兽医,在麦斯托克村住过一段时间,究竟从哪儿来,谁也说不上;然而有些人说,他第一次在这附近露面,是在绿山集市的一次表演会上拉提琴。

很多体面村民妒忌他,因为他对天真烂漫的少女有一种魅力——这种魅力有时候似乎有那么一点点不可思议和令人着魔的味道。从个人来说,他并不引人不快,可是相当缺乏英国味儿。他的皮肤是很深的橄榄色,满头浓密深暗的头发,黏糊糊的——擦上一种谁也不知道的油膏,就更加黏糊糊的了,他刚刚来到一个舞会上的时候,这种油膏让他身上闻起来有"童心爱"(青蒿)浸在灯油里的气味。他偶尔也有鬈发,两层鬈发几乎完全横着绕在他的头上。可是这种鬈发有时又看不见了,所以可以肯定,那根本不是天生的。有些女孩子原来爱他,后来一下变得恨他了,就给他取了一个绰号:"墩布",因为他的头发密密麻麻,长得很长,全都披到肩膀上,时间一久,这个绰号就慢慢一点点地传开了。

他拉提琴,这可能和他具有迷人的本领大有关系,说句公道话,他拉琴很有属于他个人绝无仅有的特色,就像巡回传教士那样的。他拉出来的音调让人马上就能相信:"墩布"之所以没有成为第二个帕格尼尼,原因完全在于疏懒成性,不愿勤学苦练。

他拉琴的时候老是闭着眼睛,根本不看乐谱,好像是在随心所欲让琴自由地奏出乡下人从来没有听见过的如诉如泣的乐段。他创造种种方式表达央告乞求的感情,其中具有某种婉转如簧的特色,仿佛门柱也几乎为之心痛欲绝。他能让本教区任何一个敏于感受音乐的小儿,听到他拉的一支古老舞曲,几分钟之内就突然痛哭起来,他拉这些曲子的时候差不多完全沉醉其中,这些古老舞曲有上个世纪的乡村捷格舞曲①、瑞乐舞曲②和"心爱的快步舞曲"。它们的一些残缺不全的片断流传下来,甚至直到现在都还在新式的方舞③和飞旋舞④中影影绰绰地出现,不过没有名字而已,能够把它们辨认出来的,只有那些喜欢刨根问底的人,或者早年曾经和瓦特·欧拉摩尔这号人搅在一起的那些老古板和长期难得一见的人物。

他出名的时候稍稍晚于老麦斯托克合唱乐队,这个乐队是由杜威兄弟、梅鲁和其他一些人组成的,事实上,在那些威名远播的音乐家解散而且不再承担教职以前,他还没有崭露头角。他们衷心热爱谨严精确的作风,所以看不起这位新派人物的风格。提奥菲利斯·杜威(车马行卢本的弟弟)总是说,那种演奏缺乏"精华"——没有弓法,没有完整性——完全是异想天开。大概真是这样。然而十分明显,"墩布"有生以来从来没有拉过教堂音乐的一个曲子。他从来没有在麦斯托克教堂的楼座上坐过一次,其他的人则在那里协同演奏赞美诗达成百上千次之多,而且他完全可能从来没有进过教堂。他演奏的节目全都是魔鬼的调门。"他不会演奏《老曲第一百》⑤,就像他不会演奏那种黄铜蛇形管一样,"那个车马行老板常常会这样说。(在麦斯托克,人家认为黄铜蛇

---

① 捷格舞为一种古老的三拍子舞,轻松快速,曾广泛流行于英格兰、苏格兰和爱尔兰,在爱尔兰流行最久。
② 瑞乐舞为苏格兰与爱尔兰的一种三拍子的民族舞蹈,节奏很快,音乐流畅,而爱尔兰的节奏更快。通常由两对舞伴对舞,有时多对参加。十八世纪末在英国舞厅颇为流行。
③ 方舞最初盛行于法国拿破仑第一的宫廷,一八一六年传入英国后立即流行,舞者如醉如狂,作曲家甚至据以写成歌剧。
④ 飞旋舞为活泼快速的二拍子圆舞,源出日耳曼,十九世纪中叶传入英法等国。后不再单独跳这种舞,而是作为方舞中的一段。
⑤ 为《圣约·旧约·诗篇第一百首》谱的曲子,曲成于十七世纪中叶。

形管是特别难以吹奏的乐器。)

"墩布"偶尔也能对一些成年人产生上面说过的那种使人感动的效果,特别是对那些脆弱敏感的年轻女人。卡琳·埃斯彭特就是这样一个人。虽然她遇见"墩布"·欧拉摩尔以前就已经订婚了,可在她们中间她却是受影响最大的,他那不知不觉使人丧魂失魄的旋律,使她感到不安,不,使她确实感到痛苦,终于受到伤害。她是一个漂亮姑娘,一副惹人见怜的模样,拙于言词,她同女伴们在一起,主要的缺点就是常常喜欢闹点别扭。那时她还没有住在"墩布"所住的麦斯托克教区,而是住在几英里之外的斯蒂克福,那在河的下游。

她是如何认识他,如何听到他拉琴,而且究竟是在什么地方,说真的,谁也不知道,但是大家的说法是这样的:事情要不是在那年春天开始的,就是在那年春天发展的,那是一天傍晚,她经过下麦斯托克,偶然在他家附近的桥上停下来休息,无精打采地靠在桥栏杆上。"墩布"这时正照例站在门口的台阶上,在他那把提琴的E弦上用三十二分音符和六十四分音符为来往过路的人编织出神不知鬼不觉的罗网,看着围在他身边的小孩子们泪流满面则哈哈大笑。卡琳假装在聚精会神地欣赏桥下流水的涟漪,而实际上她却是在侧耳倾听,这一点他是知道的。不久她心上的痛苦同时又加上了狂热的希望,想在无穷无尽的舞蹈迷阵中轻盈起舞。为了摆脱这种令人神魂颠倒的魅力,她决心继续朝前走,虽然这就必须在他拉琴的时候从他前面走过去。她偷偷地对那个拉琴的看了一眼,觉得放下心来,因为他双眼紧闭,一心一意在拉琴,于是她放心大胆地迈步走去。但是靠近一点儿之后,她的脚步就畏缩起来了,她每走一步都踏着节拍越来越颤颤巍巍,后来几乎就像是一路在跳舞了。她走到他正对面的时候,又朝他看了一眼,忽然看到他有一只眼睛睁着,嘲弄地盯着她,仿佛在笑她那种动情的样子。她离开那所房子已经很远,脚步才不再不由自主地跳跶;一连几个小时,卡琳都挣脱不了这种奇怪的着迷劲儿。

从那天以后,附近不论什么时候举行舞会,若是"墩布"·欧拉摩尔去当琴师伴奏,卡琳只要能够弄到请帖,她都想方设法去参加,虽然这样有时要步行几英里;因为在斯蒂克福,他并不像在别处那样经常演奏。

证明他对她具有影响的其它一些证据,也是非常奇特的,这得要一位神经病医生才能充分说明。她常常在晚上天黑以后安安静静地坐在她父亲——教区执事——的房子里,这所房子位于斯蒂克福村街道中部,在下麦斯托克与摩尔福之间一段东西向的大道上,两地相距五英里。在这里,她父亲、姐姐与前面实际已经提过的那个年轻人正闲聊。这个年轻人一心一意讨好她,并不知道她已经着了魔的事。突然她从壁炉边的座位上跳起来,仿佛受到了电击,疯癫一般朝着天花板往上跳,然后大哭起来,泪流满面。大概要过半个钟头,她才像平常一样恢复平静。她父亲知道她这种歇斯底里的毛病,对他这个小女儿的怪脾气,总是特别担心,害怕是一种癫痫病发作的症候。她姐姐朱莉亚则不然。朱莉亚已经发现了这种情况的原因。在卡琳往上跳的前一刹那,外面有一个男子沿着大道走过去,他的脚步声从烟道传来,只有特别精细敏感的耳朵,在壁炉旁边僻静的地方才能听见。卡琳一直在等待那脚步声,而正是那阵脚步声,才是她情不自禁跳跃的原由。这位姑娘知道,过路人就是"墩布"·欧拉摩尔,可是他走这条路并不是来拜访她;他去看的是另一个女人,他提到过那是他的未婚妻,她住在摩尔福,还要朝前走两英里。有一次,而且仅仅只有那一次,卡琳怎么也憋不住,终于开口了;那时刚好只有她姐姐一个人在场。"哦—哎—哟!"她大叫起来。"他是去看她,而不是来看我!"

为琴师说句公道话,他开头对这个性格易感的姑娘并没有想得很多,或者和她谈得很多。但是不久他就发现了她的秘密,忍禁不住要和她那太容易受到伤害的心来一段穿插演出,作为他在摩尔福那边比较认真求爱的正戏中的插曲。这两个人变得熟极了,虽然都是偷偷摸摸的。在斯蒂克福,他们的恋情,除了她姐姐和她情人内德·希普克若夫特知道以外,几乎没有任何一个人知道。她父亲不赞成她对内德冷淡,她姐姐也希望她能打消这种神经过敏的热情,不要迷恋几乎谁都对他一无所知的那个男人。可是最终的结果却是:那位果断纯朴的求婚者爱德华①明白了他的追求实际上越来越没有希望,他是一个体体面面的技工,地位比那个挂名兽医"墩布"牢靠得多。在他离开她之前,他直截了当对她提出了最后一个问题:她是否愿意说到做到嫁给他,要么马上结婚,要么从此分手。这件事儿,除了她给他一个否定的答复以外,不会有任何别的指望。虽然她父亲站在他这边,她姐姐也站在他这边,可是他拉不了琴,没法儿像"墩布"那样把你的灵魂像蜘蛛丝一样从你的身体里抽出来,最后让你觉得仿佛旋花草一样软弱无力,渴望找到什么东西可以攀附在上面得到支持。的确,希普克若夫特根本没有一只音乐的耳朵,唱两个音都唱不准,更不用说演奏了。

他本来就等着而且确实也从她那儿得到了那个答复:不行(尽管起初还有点希望)。这就使内德的生活开始了一个新起点。他用一种哀痛恳求的声调对她说,他决心不再缠着她让她为难,她再也不用因为远远在街道上或小巷里看到他的形影而感到苦恼。他离开了那个地方,他的路很自然是通向伦敦。

那时通往南威塞克斯的铁路还正在修建之中,没有通车运行,希普克若夫特同以前许多比他地位优裕的人一样,步行六天到达首都。手艺人用步行的办法走到雇用劳动力的巨大中心去,从记不清的时候起直到那时,大家都习以为常;而现在却成为历史陈迹了,他就是那种手艺人中最后的一批。

在伦敦,他依靠他这个行当循规蹈矩地过日子,干活儿。他比

---

① 即上面提到的内德,内德为爱德华的爱称。

许多人都更走运,由于他不图私利,乐于助人,从一开头就受到欢迎。以后接连四年,他从来没有找不到活儿干。按照现代意识来说,他既没有上升,也没有下降;作为一个工人,他有所改善,但是他的社会地位,却丝毫没有变动。他对卡琳的爱情,他硬是保持噤口不谈。毫无疑问,他常常想念她,可他老是忙着,而且在斯蒂克福也没有什么亲戚,所以与那个地区不打任何交道,也没有表示过要回去的愿望。在兰贝斯①他那个安静的住处,干完了活儿以后,他以女人那种灵巧麻利劲儿,自己做饭,补袜子后跟,逐渐使自己显出像是要打一辈子光棍的样子。由于这种行为,人们当然就有正当理由说,时间并没能把小卡琳·埃斯彭特的形象从他的心里抹去,而这种理由可能有一部分是对的,但也有一种猜想,认为他的性格本身就是不大看重从异性的侍候中求得安慰。

他住在伦敦当技工,到了第四年正好是前面说到的海德公园博览会的那一年。他每天都在当时世界上还无与伦比的那个巨大玻璃房子②的建筑工地上干活儿,那是在各国之间和各行各业之间怀有伟大希望和展开巨大活动的一个时代。希普克若夫特虽然是以一种微不足道的方式成了这场运动中的一个中心人物,他还是勤勤恳恳,外表显得很平静。然而对他来说,这一年也注定要出现种种惊人的事情,因为那座建筑已经准备就绪,开幕前的忙碌也成为过去,开幕仪式大家也都亲眼见着了,人们从世界各地蜂拥而来。这时,他收到了卡琳的一封信,在这之前,他同斯蒂克福之间连续四年一直音讯杳然。

她告诉她过去的情人,为了弄清他的地址而碰到的困难,然后提到了促使她写信的事情。她的字迹模糊不清,说明她的手发抖。她用她擅长的最为巧妙的办法说出来,她四年前拒绝他,该是多么

---

① 兰贝斯,当时伦敦的一个穷人区。
② 指一八五一年在伦敦海德公园内为世界博览会建"水晶宫"。

愚蠢。她头脑糊涂顽固不化,从此以后就多次给她带来悲伤,而最近更是如此。至于欧拉摩尔先生,则早已离开此地远走他乡,几乎同内德一样久,而她根本不知道他在哪里。如果内德再向她求婚,她会高兴嫁给他,而且要做他温柔娇小的妻子,一直到她离开人世。

如果我们可以从结果来判断,得知这个消息一定会有一股温情流过他的全身。毫无疑问,他依然爱她,即使还不到把其它任何幸福都置之度外的程度。这是从他的卡琳那儿来的,正是她,这些年来对他宛如死去一般,而现在又像从前一样复活了。这本身就是一件令人愉快、令人心满意足的事。内德已经逐渐屈从于,或者说满足于他自己那孤独的命运,所以他对任何事情都表示不出多少的欢欣。然而,某种专心致志的热情透露出:她承认对他满怀信心,这件事多么深刻地激动着他。他按照他那深思熟虑、有条不紊的方式,在当天、第二天、第三天都没回信。他得"好好想一想"。等到他真正回信了,他的回答里有大量严谨周密的推理,又夹杂着明确无误的脉脉温情;不过那种脉脉温情本身就足以透露出,他对她那种直言不讳的坦诚很为高兴;她以前曾经在他心中得到的安全碇泊所,即使不是一贯都很牢靠,也是可以恢复如初的。

他的信中夹杂着不多的几个略带挖苦的字眼儿,他写的时候嘴唇诙谐地抽动起来。他告诉她,她要是这个时候来,一切都是很好的。他想要她,那么她为什么不来得到他呢?她毫无疑问已经了解到,他还没有结婚,但是假定他的感情已经寄托在另外一个人身上了呢?她应当请求他宽恕,然而,他并不是那种能够对她忘怀的人,但是想想他一直受到怎样的对待,他受了多大的痛苦,她就不可能指望他到斯蒂克福去接她了。可是如果她愿意来找他,说她觉得对不起他,那才公平合理;那么,好吧,他知道从本质上看,她还是个多么善良可爱的小女人,他会娶她的。他还添了一句,说请她来找他,比起他第一次离开斯蒂克福,或者比起几个月以前,都要容易多了；因为新修的通向南威塞克斯的铁路，现在已经通车，而且为了博览会，还刚刚开始运行设计精巧、令人惊叹的特别列车，叫做游览列车；所以她一个人不必费力就可以到这里来。

她回信说，她对他热了一阵又冷了下来，而他对她却那么慷慨大度，他真是太好了；说她虽然对这么远的旅行感到害怕，她还从来没有坐过火车，只是远远看见过一列火车驶过，可还是衷心接受他的提议；而且确实对他感到歉疚，并且请求他宽恕，要努力永远做一个好妻子，补偿已经失去的时间。

剩下的关于何时何地等等细节很快就说定了，卡琳通知他，为了便于他在人群中认出她来，她要穿上"我那件绣花紫丁香色的新棉布长袍"，而内德则愉快地回答说，她到达以后第二天早晨结完婚，他就花一天时间带她去博览会。就在那年夏季的一天，中午刚过不久，他就按照约定从他干活儿的地方出来，匆匆忙忙赶到滑铁卢车站去接她。那天就像英国六月天偶尔会有的那样，又湿又冷，可是他在蒙蒙细雨中等在月台上的时候，他身体内部灼热起来，好像又有了某种东西，可以为之生活了。

"游览列车"在旅行历史上是一个崭新的起点，当时在威塞克斯线上，而且很可能在任何地方，都还是一种新鲜事儿。一群群的人涌到沿线所有的车站，来看那么长的一列火车驶过去，甚至在那些享受不到它所提供的便利条件的地方，人们也是如此。在早期蒸汽火车处于实验阶段的时代，低等乘客的座位是在敞篷车皮里，没有任何遮风挡雨的防护措施；下午潮湿的天气渐渐开始，停在伦敦终点站的那列火车上，坐在这种车皮里的可怜乘客，由于长途旅行而处于可怜巴巴的境地，个个脸色发青，脖子僵直，打着喷嚏，浑身被雨淋透，冷彻骨髓，许多男人连帽子也没戴；事实上，他们正像整夜颠簸在波涛汹涌的大海上坐在敞篷小船里的乘客，而不是在内陆寻求乐趣的旅游者。女人们多少还可以掀起长袍的裙子包在头上，可是这样一来屁股又没有了遮拦，他们或多或少全都处于狼狈不堪的困境。

火车开进车站之后,男男女女忙着下车,吵吵嚷嚷,推推搡搡,内德·希普克若夫特的眼睛立刻就搜寻到了那个小巧苗条的身影,和原来说的一样,穿着绣花紫丁香花色的衣服。她露出担惊害怕的微笑,走到他跟前来——虽然因为长时间的风吹雨打而全身潮湿,面容憔悴,直打哆嗦,可是依然俊俏可爱。

"哦,内德!"她激动地说,"我——我——"他把她抱在怀里,吻了她,而她这时却突然哭了起来,泪如雨下。

"你身上都湿了,我亲爱的小可怜儿!我希望你不要着凉。"他说。他看看她身边各式各样的包裹,注意到她用手牵着一个刚刚学步的孩子——约摸三岁大小的一个女孩儿——她的头巾同别的旅客一样粘糊糊的,柔嫩的脸蛋也同别的旅客一样发青。

"这是谁——是你认识的什么人?"内德好奇地问。

"是的,内德,她是我的。"

"你的?"

"是的——我自己的。"

"你自己的孩子?"

"是的!"

"可是,谁是她父亲?"

"你向我求婚过后我找的那个年轻人。"

"嗯——上帝——"

"内德,我在信里没有提,因为,你知道,多不好解释呀!我想,等我们见了面,我可以告诉你,她是怎么生下来的,比写信好得多!内德,我希望你原谅这一次吧,不要责骂我,你看,我走了多么、多么远才到呀!"

"我断定,这指的是'墩布'·欧拉摩尔先生!"希普克若夫特说,他因为吃惊倒退了一两码,隔着这段距离,他脸色苍白地盯着她们俩。

卡琳喘着气。"可是他已经走了好几年啦!"她恳求说,"而且我以前从来没有找过哪个年轻人!我该多么倒霉呀,他第一次诱骗我,我就上当了,可是话又说回来了,咱们那儿有些女孩子还不是什么事都继续照样干吗!"

内德仍然沉默不语,心里在琢磨。

"亲爱的内德,你会宽恕我吧?"她又说了一句,干脆就呜呜哭起来了,"我毕竟还没有骗上你,因为——因为如果你愿意,你还可以再把我们打发回去;不过这有好几百英里,又这么湿,马上就要天黑了,而且我一文钱也没有!"

"见鬼啦!我可怎么办?"希普克若夫特苦恼地呻吟道。

再也没有比这一对无依无靠的母女俩更可怜的景象了。阴雨天她们站在这个高大、凄凉、满是泥泞的月台上,不时有一阵细雨吹到屋顶下面淋到她们身上。她们大清早动身离开斯蒂克福的时候身上穿的漂亮衣服,现在都弄得一塌糊涂,完全湿透了,她们脸上显得疲惫不堪,眼睛里充满怕他的神情;看上去孩子也像是在想,她也做了什么错事儿,吓得一声不吭,后来眼泪汪汪,泪水沿着她胖乎乎的脸蛋流下来。

"怎么回事?我的小姑娘?"内德死死板板地问她。

"我要回家!"她说话的声音好像是心里再也憋不住的样子,"我的脚指头冷,我再也吃不到黄油面包啦!"

"真不知道,面对这一切,我该说些什么!"内德说,他转过身子,低着头走了几步,自己的眼睛里也是潮乎乎的;然后又直瞪瞪地望着她们。孩子困难地喘着粗气,一声不响地流着眼泪。

"想要点儿黄油面包吗,你?"他装出一副生硬无情的样子问道。

"是——是——的!"

"好吧,俺敢说,俺能给你弄一点儿!自然,你一定是想要一点儿的。你呢,卡琳,也想要一点儿吧?"

"我确实觉得有点儿饿,不过我可以忍过去。"她小声说。

"谁都不应该那么干,"然后他粗声粗气地说,"好啦,走吧!"他一边抱起那个孩子,一边又说下去,"无论如何,我想,你们今天晚上得住在这儿!不然,你们怎么办?俺给你们弄点儿茶和吃的;至于这件事情,我相信我不知道要说些什么!这是出站的路。"

他们什么也没说,一起来到内德的住处。那地方并不远,到了家他把她们的衣服烤干,让她们舒服一点儿,并且把茶准备好了,她们满怀感激地坐下。他突然发现自己成了这现成的一家之长,而这个现成的家使他这间小屋平添了一种温暖安适之感,使他自己成了父辈。过了一会儿,他就转向孩子,吻了她现在已经红喷喷的脸蛋儿,然后带着沉思渴望的眼睛看了看卡琳,也吻了她。

"你跑了这一大段路来这儿,就是要和我团聚,"他声音低沉地说,"我不明白,我怎么能这么老远又把你打发回去。可是你必须信任我,卡琳,并且表现出你对我真正相信。好啦,你现在觉得好一点儿了吗,我亲爱的小女子?"

孩子兴高采烈地点了点头,可是她的嘴却一直没有停过。

"内德,我来,就是真正相信你,而且我要永远如此!"

就这样,他虽然没有肯定同意宽恕她,还是勉勉强强地默默接受了上天给他安排的命运。在他们结婚的那一天(婚礼并没有像他原来打算的那样快,因为在教堂预告结婚后要等一段时间),他们从教堂回来以后,他就像他原来答应过的那样,带她去博览会。在一个家具陈列馆里,他们站在一面大镜子旁边,卡琳吓了一跳,因为镜子里照出一个人的身影,和"墩布"·欧拉摩尔一模一样——一模一样到了那种地步,除去是那个艺术家本人照在镜子里之外,简直不可能相信是另外什么人。可是等到内德、卡琳和孩子绕过挡住他们没法直接看到他本人的种种东西之后,却根本看不到"墩布"。他当时是不是真的在伦敦,一直都是个不解之谜,而且卡琳总是竭力否认这种说法:她之所以乐于到这个城市里来会内德,是由于有一种流言,说是"墩布"也到那里去了。要怀疑她的这种否认,也没有任何合理的根据。

那一年飞逝而过,博览会闭幕了,成了往事。公园里遮了六个月的树木,又显露出来,受风吹雨打,草地也重现绿茵了。内德看得出来,卡琳成了非常好的妻子和伴侣,虽然她已经使自己在他眼里所谓的贱了。可是在这方面,她也像另外的家庭用品,一把贱茶壶一样,常常能比一把贵茶壶沏出更好的茶来。一年秋天,希普克若夫特觉得他自己没有多少活儿可干了,而且到冬天景况会更差。他们两个都是在农村里土生土长的,所以都以为,他们会乐意重返他们那自然的环境中去生活。两个人就这样决定了:离开在伦敦那个幽禁他们的住所,到内德的老家附近去找活儿干,他的妻子和她的女儿,则在他寻找工作和住房的时候,暂时和卡琳的父亲住在一起。

卡琳和内德一起旅行,回到她两三年前在沉默和阴暗中离开的那块地方,一路上她那容易激动的娇小身躯洋溢着阵阵得意的情绪。一位满面春风的伦敦主妇,带着清清楚楚的伦敦口音,回到她曾经遭人白眼的地方,这本身就是这个世界上并非天天得见的一种凯旋荣归。

火车不在离斯蒂克福最近的那个路边小站停车,这三口儿坐车坐到了卡斯特桥。在这座郡城里,大家原来都知道内德,所以他想,这是一次好机会,可以在这里的一些作坊里初步打听一下是否有活儿可干。卡琳和她小女儿由于长途旅行觉得很冷,又看到地上是干的,而且天色还只刚刚接近黄昏,月亮正要升起,所以就步行往斯蒂克福去,留下内德让他随后快步赶上来,到中途某一所房子,就是谁都知道的那个旅店去接她。

女人和孩子沿着那条记得很熟的路十分轻快地走着,可是越走越乏。在三英里长的这段路上,她们走过了粗心威廉池塘,花区尽头儿旁边那个熟悉的路标,快要走到爱敦荒原山麓路边那家孤零零的静女客店了,从那以后这家客店已经废弃了许多年。卡琳正往上走的时候,忽然听到一些声音,原来那天下午在那个地点附近举行育肥食用家畜拍卖,她想,孩子和她都一样最好休息一下,于是就进去了。

客人和顾客很多,一直挤到过道里来了,刚进大门,她以前见过的一个男人正走过来,手里拿着一个喝酒的杯子和一个盛酒的缸子,朝倚在墙上的一个朋友走去,可是看见她了,就走过来大献殷勤,要请她喝一杯酒,这是热乎乎的金酒和啤酒混合酒,他倒了满满一杯,接着说:"一点儿不错,这就是原来那个小卡琳·埃斯彭特呀——到斯蒂克福去?"

她答复说是的,虽然她并不是恰好需要这种饮料,不过既然已经端上来,她还是把它喝了,于是请她喝酒的那个人又请她再进里边去坐坐。她一进了屋子,就发觉所有在场的人都紧靠墙边坐着,只有一把椅子空着,她也照样坐下了。接着就是说明他们的情况。"墩布"站在对面墙角里,用松香擦他的提琴弓,看上去和以前完全一样。大家把屋子中间的人请走了,准备跳舞,他们就要重新开始跳了。她戴了一块面纱挡风,所以以为他认不出她来,也不可能猜出孩子是谁;她发觉自己在他面前能够十分平静——以她在伦敦的生活教给她的庄重态度自制自持,感到又惊讶,又高兴。她还没喝完杯中的酒,跳舞就开始了。跳舞的人分成两行,音乐响起来,舞步开始了。

对卡琳来说,事情起了变化。她内心的战栗又复活了,手抖得很厉害,简直没法儿把酒杯放下。让这个伦敦主妇战栗的不是这场舞,也不是跳舞的人,而是那把提琴拉出的音调,这些音调依然具有她往昔那么熟悉的全部魅力,而在这种魅力的驱使下,她一向没有力量保持独立的意志。怎么这一切又同样发生了呢!又是那个靠着墙拉琴的形象;他那个擦了油、像墩布一样的大脑袋,还有在墩布下面双眼紧闭的脸孔。

开头那一阵,她陷入奇想,动弹不得,随后那用熟悉的手法演奏出来的那种熟悉的曲调,使她哈哈大笑,同时又泪流满面。后来跳舞队形的尾部,有一个男人的舞伴走了,那个男人就伸出手来,招呼她去接替空下来的位子。她不想跳舞;她用手示意,恳求让她就那样待着,可是她不是在向那个跳舞的男人恳求,而是在向那个曲调和演奏那个曲调的人恳求。这个琴师和他那狡猾的手段,以前一向都能够挑起卡琳跳舞的意愿,现在又和多年以前一样把她紧紧抓住了,可能热乎乎的金酒和啤酒混合酒也起了促进的作用。她固然很累,还是用手抓住她的小女儿,一头扎进跳舞队形的尾部,和其余的人一起旋转起来。她发现,和她一起跳舞的大多是附近小村庄和农场的人,比如花区尽头儿、麦斯托克、柳盖特和其它等地的人。她不停地拼命跳,逐渐就给大家认出来了,她希望"墩布"停下来,好让她的心脏还有她的脚能休息一下,他让她两只脚都跳疼了。

过了长长的许多分钟之后,这场舞停下来了,这时大家劝她再喝些金酒和啤酒混合酒来提提神;她喝了,感到浑身发软,被歇斯底里的激情压倒了。她强忍着不揭开面纱,如果可能,好让"墩布"不知道她在场。有几个客人已经走了,卡琳匆匆擦了擦嘴唇,也转身要走;可是,据几个留下没走的人说,就在这个当口,有人建议来一场五人跳的瑞乐舞,其中有两三个人邀请她参加。

她借口累了而且还要步行去斯蒂克福,不肯参加,这时"墩布"开始挑逗似地拉起 D 大调《我的情郎》,大家踏着这个曲调的节拍跳起瑞乐舞来。虽然她还不知道,他一定是早就认出她来了,因为她最无力抗拒的就是这个曲调——他们初次认识的那天,当她倚靠在桥上的时候,他拉的就是这个曲子。卡琳感到绝望似地和其他四个人一起走到了屋子的中间。

附近这一带,精力充沛的人,在此刻都采用瑞乐舞来消减过剩的精力,因为普通的花样舞蹈用力还不够大,不足以把它全部耗尽。每个人都知道,跳这种瑞乐舞的五个人站成一个十字形,每行都是三个人,两行交替舞蹈,跳舞的人一个接一个走到中心的位置,和两个方向的人一起跳起舞。卡琳很快就发现自己站在这个位置,也就是整个表演的轴心,而且没法走出来,因为曲子不给她机会就又回到开头那一部分去了。现在她开始怀疑"墩布"真是看出她来了,所以故意这么做,虽然她每次偷偷看他的时候,他那双紧闭着的眼睛总像在表示,除了他自己的脑子以外,对一切都茫然无知。她跳的路线形成了一个"8"字,她就沿着这个"8"字继续不断地跳。这时拉琴的人在他的音调中加进了一种过于精细入微、惟妙惟肖的声音,其中饱含着那种粗野狂暴而又令人痛苦的甜蜜温馨;它凄楚哀婉,忽高忽低,变化无穷,刺激她的神经,激起令人痛楚的痉挛,虽然饱受痛苦的折磨而又觉得无上幸福。屋子里天旋地转,乐曲无尽无休,大约一刻钟的工夫,舞蹈队中的另一个女人精疲力竭退场了,跌坐在一只板凳上气喘吁吁。

  瑞乐舞即刻变成了四人跳的。卡琳本来可以不顾一切一走了之,但在"墩布"演奏这样一些曲子的时候,她没有——或者说她自以为没有——力量这样做。就这样又过了十分钟,现在尘土飞扬,缭绕在蜡烛周围,石铺的地上撒上了细砂。又一个跳舞的人掉了队,这是一个男人,他走到过道上找酒喝去了。转眼的工夫,队形就变成三人瑞乐舞了,"墩布"在这同时把曲子转成了《仙女舞》,这样就更加适合缩减了的动作,而且这支曲子由他的弓拉出来,同样也是一种爱情滋补剂,总是一向让她心醉神迷。

  跳三个人的瑞乐舞,根本就不可能休息,跳上四五分钟,她那剩下的两个舞伴就累得上气不接下气了,他们跳完最后那一小节,就像前面那些人一样,一瘸一拐地到隔壁房间去找点儿什么喝喝了。卡琳戴着面纱憋得半死,现在只剩下她一个人在跳,屋子里现在除了她自己、"墩布"和他们的那个小女儿以外,已经没有任何人了。

她摘掉面纱,用眼睛看着他,好像是在恳求他,让他把他自己和他那具有磁力的音响从周围撤走。"墩布"张开了他的一只眼珠子,好像还是第一次似地,死死盯着她,而且梦幻似地微笑着,他刚才没舍得把全部感情浪费在规模很大、吵吵嚷嚷的舞蹈上,现在把留下的那一部分没有流露出来的感情,全都倾注到他的乐曲里去了。大量细小的半音阶纤巧变化,足以使石人落泪,而今都立刻从他那把古老的提琴里抒发出来,似乎它在意大利或德国某个城市里制作成形,发出音响,然后离开那里以后,感情一直幽禁在里面,因而几乎压抑得快要绝命似的。"墩布"那一只阴沉沉的眼睛,表现出来的就是这种神情,仿佛在说:"亲爱的,你走不掉,不论你愿意还是不愿意!"而这却反而使她突然拼命挣扎起来,坚决不让他把自己累得精疲力竭。

她继续一个人跳着,自以为这是在抗拒他,可事实上却奴颜婢膝百依百顺地完全随着旋律的一起一伏而跳动,而蛊惑她的人那只睁开的眼睛就像一把锥子一样锐利地盯着她察看,同时脸上还一直挂着微笑,仿佛故意认为,依然是她自己乐意继续跳着。如果她要走掉,那么对他说些什么呢——这个极其为难的问题,起了难以察觉的作用,使她滞留不去,这种奇怪的情势,开始让那个小女孩儿觉得难受了,她走上前去,哭哭啼啼地说:"站住吧,妈妈,站住吧,我们回家吧!"一边抓住卡琳的手。

突然,卡琳摇摇晃晃地倒在地上,她翻滚过来把脸朝下,平平地躺在地上。"墩布"的小提琴这时像一个淘气精一样发出了最后一声尖叫;他迅速从他的演奏台——那个装九加仑啤酒的大桶上跳下来,走到小女孩儿身边,她当时正弯下身去伤心地看着她妈妈。

那些到后面房间去找酒喝和换空气的客人,听见发生了什么不同寻常的事情,都蜂拥着跑回这里来,他们竭力要让可怜衰弱的卡琳醒过来,朝着她放声大喊,并且打开窗子。她丈夫内德,前面已经说过,在卡斯特桥耽搁了一下,这时候正沿着大路走过来。他从打开的窗子听到人们激动的声音,而且感到非常吃惊的是他们提到他妻子的名字,于是他走进来,与别人一起来到出事的地点。卡琳这时正在抽搐,大声哭泣,有很长一段时间,对她没有一点儿办法。希普克若夫特一边请人找大车,好把她送回斯蒂克福,一边焦急地打听是怎么会弄成这样的。在场的人告诉他,以前在这一带很出名的一个提琴师,最近回来访问他过去经常出没的地方,今天晚上他不请自来,到这个小客店拉琴,组织了一场舞会。

内德问到这个提琴师的名字,他们说是欧拉摩尔。

"哎呀!"内德大喊了一声,四下打量,"他在哪儿?我的小姑娘——她又在哪儿?"

欧拉摩尔已经消失得无影无踪,那个孩子也是一样。希普克若夫特平日是个不声不响、温驯善良的人,可是现在他脸上现出使大家担心的一种毅然决然的神情。"该死的东西!"他大声叫嚷,"我要把他的脑瓜凿个粉碎,哪怕明天为这件事上绞架,我也不在乎!"

他冲到火炉旁边,拿起拨火棍,急忙跑过过道,大家都跟在他身后。屋外大路的那一边,黑压压的一片荒原阴沉沉地向上隆起,通向人迹难以接近的深处,那是一片豁谷纵横的高原,直刺天空。几英里以外的地方,约伯瑞的灌木林紧接着米斯托弗的枞树林,此刻,那里正是但丁描绘的那种阴森处所,一个炮队都可以在那里藏得严严实实,更何况一个男人和一个孩子呢。

有几个人和他一起向那里冲去,更多的人则沿着大路往前走。他们走了大约二十分钟,就毫无结果地回到小客店去了。内德坐在高背长靠椅上,双手捧着自己的前额。

"唉,要是这个男人以为那个孩子是他的,像是看着那样,那么他该多愚蠢,这些年来一直都是!"大家小声嘟囔着,"可谁都知道,不是那么回事!"

"不,我知道这个孩子不是我的!"内德从自己的手上抬起头来粗声粗气地说,"可她是我的!我没有抚养她吗?我没有养活她,教育她?我没有跟她一起玩?啊,小凯瑞——跟那个流氓走了——走了!"

"毕竟你还没有丢了老婆呀,"大家安慰他说,"她把酒吐出来,这会儿好些了。那个孩子又不是你的,她总比一个小孩子更要紧吧。"

"她才不呢!她对我可并不那样了不起,特别是现在她又把那个小姑娘弄丢了!凯瑞才是我的心肝宝贝!"

"噢,很可能,你明天会找到她的。"

"啊——可是,我能找到吗?不过他是没法儿伤害她的——肯定他没法儿!嗯,卡琳现在怎么样啦?我准备好了,大车来了吗?"

大家把她抬上了车,他们垂头丧气地赶着车向斯蒂克福走去。第二天,她安静一点儿了,但有时还是发作;并且她的意志几乎完全消沉了。对于那个孩子,她好像并不感到特别焦心,可内德却因为对那个并非他亲生的孩子满怀强烈的父爱被弄得心烦意乱,几乎发疯。尽管如此,大家还是期望,那个专爱捣鬼的"墩布"只是出于异想天开,过一两天之后就会把孩子送回来。时间一天一天的过去了,既没有听到他的消息,也没有听到孩子的消息。希普克若夫特小声嘟囔,猜测着也许他也在对孩子施加某种邪恶的音乐魔力,就像他曾经对卡琳本人施加过的那样。过了一个星期又一个星期,他们一点儿也没得到提琴师或是那个女孩子究竟在哪里的消息。"墩布"怎么能够诱骗她跟着他走,这始终是一个不解之谜。

内德在这一带只能找到一些临时性的零活儿干干,于是对这片故土他突然产生了仇恨。一天,他从警察那里听到一种传闻,说是在伦敦附近一个集市上看见过类似的一个男人和一个孩子,男人拉提琴,女孩子踩着高跷跳舞,这使得希普克若夫特又对首都产生了新的兴趣,强烈到几乎来不及收拾行装就动身了。然而,他并没有找到那个失去的孩子,尽管他干完活儿以后全部的工作就是在僻静的小街上到处游逛,希望能找到她。他时常在晚上突然惊醒,说"那个流氓靠折磨她来养活他!"他妻子总是懊恼地回答他说,"别老是这样苦恼自己,内德!你都不让俺休息一会儿!他不会害她的!"然后又睡着了。

　　大家的意见是,那个凯瑞和她父亲移民到美国去了;毫无疑问,"墩布"已经把她训练出来,用她跳舞赚来的钱养活他。他们现在可能还在那里以某种身份演出,虽然他这个老流氓已经七十靠边,而她也是一个四十四岁的女人了。

(1893)

耽于幻想的女人

威廉·马奇米鲁去威塞克斯的著名海滨胜地打听了租赁住房的情况,然后又回到旅馆去找他妻子,她和几个孩子沿着海边散步去了,马奇米鲁于是朝着一副军人模样的门厅侍者指出的方向找去。

"哎哟,你们走了这么远!我都喘不过气来啦。"马奇米鲁追上妻子,有点儿不耐烦地说。他妻子在一边走一边看书,那三个孩子则和保姆一起走在前面相当远的地方。

马奇米鲁太太本来看书看得正出神儿,这时猛然一下醒了过来。"是呀,"她说,"你去了那么长的时间。我在那个乏味的旅馆里都待烦了。不过,你要是在找我,那就对不起了,威鲁①?"

"想找个中意的地方,我可费了大劲啦。你听说有些房间空气好,挺舒畅,可你一看却发现又闷气又不舒服。你是不是去看看我定下的那个地方,看行不行?屋子恐怕不是很宽敞。但是我真碰不上更好的了。镇上都给住得挺满了。"

夫妇俩让孩子和保姆继续散步,他们就一起回去了。

他们俩年龄相当,外貌般配,居家度日种种条件称心如意,性情气质各不相同,尽管如此,他们也并不是常起冲突,因为他生性如果说不是有些迟钝,也是平和;而她则显然神经过敏,感情强烈。正是由于他们的情趣和爱好上这些可说是最小也是最大的特点,所以就没法执行一种共同的标准。马奇米鲁认为妻子的爱好与意愿有点儿犯傻;而她则认为丈夫贪婪和俗气。丈

---

① 威鲁是威廉的一种爱称。

夫是在北方一个兴旺发达的城市做枪支制造的生意,他总是一心一意钻在他的生意里;而那位太太呢,用已经过时的高雅词汇"缪斯崇拜者"①来表示她的特点,则是最为合适的了。埃拉是个神神叨叨、战战兢兢的人儿,一想到他制造的每一件东西,都是为了达到毁灭生命的目的,她出于人道就会缩做一团,不肯对她丈夫的那个行业详做了解,只有她能让自己肯定了,他制造的那些武器当中至少有一些迟早会用来消灭那些吓人的虫鸟动物,她才重新感到心安理得;这些东西对待比自己低等的族类,和人类差不多是同样地残忍。

她以前从来没有觉得,他的这种职业会妨碍她挑选他做丈夫。的确,所有善良的母亲都教导说:必须不惜任何代价许配终身,是一种天经地义的美德。而正是这一点让她直到和威廉木已成舟,度过了蜜月,而且到了反思的阶段,才开始想到这个问题。直到那时,她才像一个在黑暗中给什么东西绊了一跤的人,琢磨起她究竟碰到了什么,内心里反复盘算,估量这是件稀世之宝,还是普通物件;内含是黄金、白银,还是铅;是个捕兽夹子还是个受人尊崇的座位;对她来说是生死攸关,还是无足轻重。

她终于得出了某些模模糊糊的结论,从此以后,她的内心就一直怦然躁动,可惜自己的夫君愚钝不灵、粗俗少文,也可惜自己,以幻想消闲,白日做梦,黑夜长叹排解自己那些精妙空灵的情思,这种种情况威廉即使真正有所觉察,大概也不会感到多么不安。

她身材娇小玲珑,体态轻盈,行动矫捷,或者可以说是跳跃式的。她的眼珠是黑色的,而那一对明亮且又晶莹闪烁的瞳仁,简直令人难以捉摸。这反映了像埃拉这种人所属心理类型的特征,这也常常害得这种人的男性朋友伤心,最终有时也弄得她自己伤心。她丈夫是个高个儿、长脸汉子,留着棕色胡子,看人时心里总在算

---

① 引自布朗宁诗《两个克若伊斯克诗人》第三十一段第二行。

计着什么;而且还得再附上一句,通常对她是和善宽容的。他说起话来句句四平八稳,对现实世界上武器绝不可缺的态势满意至极。

夫妻两人一直走到他们寻找的那所房子。它建在面对大海的台地上,房前有座小花园,里面种有既防风又耐盐碱的种种常青植物,一道石阶通向门廊。它和同一排的房子都有统一的门牌号数,但是它比其它的房子都大一些,女房东硬是额外标上"柯伯格公寓"来表示它不同一般,不过别人都还是叫它"新散步场十三号"。这一带现在阳光明媚,生机盎然;但是到了冬天就得用沙袋顶住大门,堵住锁眼,阻挡风雨。由于风雨的侵蚀,油漆已变得很薄,连底漆和节疤都露出来了。

一直在等着这位先生回来的房东,在过道里迎接他们,领着他们去看房间。她告诉他们,自己是一位专业人士①的寡妻,她丈夫去世相当突然,使她陷入了贫困的窘境,她还急不可耐地谈到这所房子的种种便利之处。

马奇米鲁太太说,她喜欢这里的环境和这所房子,不过地方嫌小,不够他们住,除非她能包租所有的房间。

房东太太带着失望的神情默默想了一会儿。她显然是诚心诚意地说,她十分急切地想要来访的人成为她的房客。可是不幸的是有两个房间是一位单身的先生永久租用的。他不是按旅游旺季的价钱付房租,这是实话;可是他一年到头全都租用这些房间,而且是个极其有教养又有趣的青年男子,从不惹什么麻烦,她不愿意为了一个月的"租金",即使是数目很大,就把他赶走。"不过,"她又加了一句,"他也许会自己愿意腾出一段时间。"

他们不愿考虑这一点,便回到旅馆,打算去找租房代理人进一步打听一下。他们刚刚坐下来要用茶点,房东太太就来拜访了。她那位房客先生,她说,那样乐于提供方便,把他那两个房间让出

---

① 当时在英国特指从事牧师、律师、医生等有学识行业的人。

三四个星期,而不愿意把新来的房客赶走。

"这是一番好意,不过我们不愿意让他那样不方便。"马奇米鲁夫妇说。

"噢,不会让他不方便,我向你们担保!"房东太太振振有词地说道,"你知道,他是和大多数人完全不同的另一类年轻人——喜欢空想,独处,甚至有些郁郁不乐,他更愿意在西南方来的狂风拍打门窗,海水冲刷散步场,这里空无一人的时候,而不喜欢在现在这个季节住在此地。他宁愿很快就到别处去,事实上,他马上就要暂时变换一下,去到对面海岛上一座小农舍里暂住。"因此她希望他们能搬过去。

马奇米鲁一家就这样在第二天搬进了这所房子,看来这房子对他们非常合适。吃过午饭,马奇米鲁先生迈开大步去了码头那边,马奇米鲁太太把孩子们打发到沙滩上去做户外游乐,让自己更彻底地宁静下来,看看这看看那,还对着衣柜门上的镜子试了试,看它照得怎么样。

后面那间小起居室,一直是那个年轻的单身汉在用,她发现里面的家具比其它屋子里的更有个人特色。一些破旧的校订本而非善本书,以一种古怪的保存方式堆放在几个犄角里,仿佛先前那位占用者并没有想到,在旅游旺季新来的人有可能会喜欢看里边的内容。房东太太在门道进进出出,如果马奇米鲁太太觉得有什么不满意的地方,她好重做安排。

"我要把这用做我自己的小屋子,"马奇米鲁太太说,"因为许多书在这儿。顺便问问,那位让房的客人好像有很多书。我要是看看其中一些书,我希望,胡珀太太,他不会不乐意吧?"

"啊,哪里话,不会的,太太。不错,他有很多书。你知道,他本人多少还是个文学那一行的人。他是个诗人——是的,真地是个诗人——他本人有笔小小的收入,足够让他把诗写下去,但是要崭露头角,即使他愿意那也还不够。"

"是个诗人!噢,我还不知道呢。"

马奇米鲁太太翻开一本书,看见扉页上写着书主的姓名。"啊,天哪!"她继续说,"我对他的名字非常熟悉——罗伯特·垂——我当然熟悉这个名字;还熟悉他的作品呢!而且我们租下的居然是他的房间,我们从这里赶走的是他呀?"

过了几分钟,埃拉·马奇米鲁独自一人坐下,又觉惊奇又感兴趣地想到罗伯特·垂。她自己近来的经历会对这种兴趣做出最好的解说。她本人就是一个竭力拼搏的文人的独生女,她在最近一两年开始写起诗来,是想努力探寻一条合适的渠道,宣泄自己那些忍痛压抑着的感情。她原有的恬适和活力,因为千篇一律地操持繁琐家务和郁闷忧烦地给平庸的丈夫生儿育女,似乎都转而凝滞僵化了。她那些署有男性笔名的诗作,都是在各种名不见经传的杂志上发表,只有两次是在比较显赫的刊物上:其中的第二次,是用小号字体将她的抒写刊登在一页的下端,而在这一页的上端,用大号字体,登的就是罗伯特·垂这个人同样主题的几节诗。其实,他们俩都是被一些日报报道的一桩悲惨事件所打动,从中捕捉了灵感。编辑在按语中指出了这种不谋而合,并且说两首诗都精彩,这促使他把它们组在了一起。

这件事之后,埃拉,也就是"约翰·埃韦",一直非常注意在任何地方印刷出版、署有罗伯特·垂名字的诗作。他是个男子,对性别问题并不敏感,从未想过要让自己冒充女人;而马奇米鲁太太以她那种情况,当然有某种理由对自己这种相反的做法感到满意。因为,如果他们发现这种情怀来自一个干劲十足的生意人之妻、来自和一个讲求实际的轻武器制造商生了三个孩子的母亲,那么就没有人会相信她会有这种灵感了。

垂的诗和晚近那些平常小诗人的截然不同:豪情奔放而非机巧别致;丰赡华美而非精致剔透。他既不是象征派①,也不是颓废

---

① 原文为法文。

派①,如果说一个人关注人类状况中可能发生的坏事像关注好事一样,就称之为悲观论者,那么他也就得算是个悲观论者了。他对于脱离内容而专注于形式与韵律之美没有兴趣,所以有时他在感情把他的艺术抛在后面的时候,也涂抹些格律不大严整的伊丽莎白式的十四行诗;而每个持论公平的评论家都说,他不该如此行事。

马奇米鲁太太常常怀着悲观失望的羡慕抑扬顿挫地吟诵她这位对手诗人的作品,它们总是远比她自己那些疲疲沓沓的字句铿锵有力。她模仿过他,而他那水平让她望尘莫及,这又往往使她陷入心灰意冷。这样过了几个月,她又从出版商的书目中发现,垂把自己的一些即兴之作收集成册,及时出版了。这本诗集由于恰逢其时,有人大加赞扬,有人简略提及,它的销量也足够支付印行的费用。

这样向前迈出一步,又让约翰·埃韦想到,也把自己的作品收集起来,或者无论如何要拿出已经问世的区区几首,再加上许多仍为手稿的诗篇凑合成一部诗集,因为她得以发表的作品寥寥无几。出版费用高得惊人;仅有少数几篇论述注意到她这部可怜巴巴的小集子;但是无人议论,也无人购买,不过两个星期,它便声息全无,如果说它还曾经有点声息的话。

这位作者的思想又转移到另外一个地方去了,因为正在此时她发现她怀了第三胎。如果她在家务方面无牵无挂,出版诗集一败涂地,对她思想上的影响大概也就不会像当时这样轻微了。她丈夫支付了出版商还有医生的账单,这样一来事情也就暂告结束。但是,埃拉固然算不上她那个时代的诗人,可也绝不仅仅是个繁衍儿女的庸碌之辈。而到最近,她又开始感觉到昔日灵感今又重来。现在,由于一个奇特的机会,她发觉自己竟然来到罗伯特·垂的屋

---

① 原文为法文。

子里。

她若有所思地从椅子上站起来,怀着某种同道同业的兴趣搜索这套房子。果然不错,藏书中也有他自己的诗集。她对诗集的内容一清二楚,可是在这个地方念起来却仿佛它在高声和她谈话,于是她把房东胡珀太太叫来,让她干一点小小的事情,然后再问那位年轻诗人的情况。

"嘿,我相信,要是你能见到他,你会对他感兴趣的,只不过他这个人羞羞答答,不愿见人,所以我想,你见不着他。"胡珀太太看来很乐意满足她这位房客对前一位房客的好奇心。"在这儿住了很久?是的,将近两年了。哪怕他不在这儿的时候,他也继续租这套房子;这地方比较湿润的空气对他的肺很适合,他喜欢在任何时候想回来就可以回来。他大多数时间都在写东西或者看书,所以会见客人不是很多,他是个友好、和善的年轻人,只要是认识他的人,谁都非常愿意和他和睦相处。你并不是每天都碰得到心地和善的人呀。"

"啊,他心地和善……而且友好。"

"是的,无论我求他什么事,他总会乐意听从。'垂先生,'我有时候对他说,'你有点情绪不佳。''嗯,是这样的,胡珀太太,'他会这么说,'不过我不知道,你怎么看得出来呢。''干吗不来点小小的调剂?'我问他。过那么一两天,他就会说,他要出去旅行,去巴黎,或者去挪威,或者去别的什么地方;而且我可以向你担保,他回来的时候总会因此更好一些。"

"啊,真的!毫无疑问,他是个天性敏感的人。"

"是的。不过,他有些事情也挺古怪。有一次,他自己在深夜里写好了一首诗,就在屋子里来来回回地走,一边走一边朗诵;地板又很薄——偷工减料的豆腐渣房子嘛,你知道吧,我自己也这么说——我在他的楼上,他闹得我一直睡不着,到后来我真希望他再也……不过,我们相处得非常融洽。"

日子一天天过下去,这不过是关于这位冉冉升起的诗人一连串谈话的开头罢了。有一次谈话的时候,胡珀太太让埃拉注意她以前从没注意过的事情:在床头幔帐后面的壁纸上用铅笔胡乱涂写的字句。

"噢!让我看看。"马奇米鲁太太说,她低下她漂亮的脸蛋靠近墙壁的时候,无法掩藏那突然出现的带有温情的好奇心。

"这些,"胡珀太太摆出一副见多识广的女人常有的那种模样说,"都是他那些诗最初的萌芽和刚刚闪出的念头。他一直想把其中的许多擦掉,但是你还是看得出来。我相信是这样的:他在夜里醒来,你知道,脑子里有些诗句,于是就匆匆记在那边墙上,免得到了早上把它们忘了。你在这儿看到的这些行诗,有些我后来看到在一些杂志上印出来了。有些还是新写上去的,的确。以前我还没见过。那一定是前几天刚刚写的。"

"啊,正是!⋯⋯"

埃拉·马奇米鲁不知道为什么,一下子就满脸通红了。她既然已经了解了这些情况,突然间倒希望她这位伙伴赶快走开。一种与其说是对文学感兴趣还不如说是对个人感兴趣的难以言传的意识,使她急欲独自一人来阅读;于是她一边等待着这种机会到来,一边心里捉摸着读的时候会愉快感受到的那些丰富情感。

或许是因为岛外面的海浪起伏不定,埃拉的丈夫觉得,乘帆船和汽船出海游荡,不带他那个晕船的妻子比带上她更加痛快得多。他就这样独自一人登上那些便宜的游船,那上面有月光舞会,那一对对舞伴有时还由于船身突然倾斜而互相抱在一起,但他对这些并不轻蔑;不过他却不动声色地对她说,那种场合鱼龙混杂,不宜带她参加。就这样,这位生意兴隆的兵器制造商在此地盘桓期间,得到大量调剂和海上的新鲜空气。而埃拉的生活,至少从外表上看来,则十分单调,主要也就是每天花几个小时洗洗海水浴,来来回回在海边散散步。但是她那冲动的诗情却又猛烈高涨。她内心充满炽烈的激情,烧得她简直都意识不到她周围正在做些什么了。

她再三阅读垂最新出版的那本小小的诗集,最后完全默记在心,而且花了大量时间写诗,想和诗集中的某些诗一比高低,但却落得个徒劳无功,于是放声痛哭起来。她那位环绕在她周围却让她无法企及的大师,像磁铁一般吸引着她,其中的个人因素比智力和抽象因素强大得多,让她根本无法理解。确实,白天黑夜她都笼罩在他平素的环境之中,这种环境几乎是时时刻刻都在低声细语,向她讲述他的事情;但是他是个她从未见过的男人,更何况所有打动她的不过是一种本能——特别专注于对第一次遇到合心合意事物的期待之情,这一点埃拉并没有觉察到。

文明为了显示自己的成果而将感情的自然方式置于过分讲求实际的种种情况之下,以这样的感情自然方式,她丈夫对她的爱,除了以某种形式出现的时有时无的友谊之外,其余已经没有比她对他的爱更多,甚至像她对他的爱一样多了,而且她又是一个鲜活炽烈的女人,需要某种东西来支撑这种感情,于是它们就开始依靠这种偶然碰到的原料,而这一次和通常遇到的那种偶然比较起来,在质量上确实要优越得多。

有一天,孩子们在衣橱里玩捉迷藏,他们兴高采烈,从里面拽出来一件衣服。胡珀太太解释说,那是垂先生的,又把它挂回衣橱里。埃拉完全受自己的幻想驱使,等到下午晚些时候屋子里那个地方没有人,就去那儿打开衣橱,从衣钩上取下了那件东西,是件胶布雨衣,她把它穿上,还戴上了和它配在一起的防水帽。

"以利亚的罩衣①呀!"她说,"希望它激励我和他棋逢对手,成为一个像他那样光辉灿烂的天才!"

每逢她那样想的时候,她的眼睛就不由得潮乎乎的,于是她转

---

① 据《圣经·旧约·列王纪上》第 19 章,先知以利亚把自己的罩衣披在以利沙身上,选他作为自己的继承人。

身去照照镜子。他的心曾经就在那件雨衣里跳动过,他的大脑曾经就在那顶帽子下面,在她绝不能企及的思想层次上工作过。她和他相比自愧不如,因而感到情绪沮丧。她还没来得及脱下衣帽,门就打开了,她丈夫走了进来。

"这究竟是——"

她满面通红,脱下了衣帽。

"我发现它们就在这个衣橱里,"她说,"忽然心血来潮就把它们穿上了。除了这种事,我又能做些什么呢?你老是不落家!"

"老是不落家?嗯……"

那天晚上,她又和房东太太闲聊起来,房东太太本人好像对那位诗人也有点儿温情脉脉,所以也很乐意同她热烈地谈他。

"你对垂先生感兴趣,这我知道,太太,"她说,"他刚刚传过来的消息说,他明天下午要来一趟,要是我在家的话。他想找几本他要用的书,他可以到你的屋子里去找吧?"

"噢,可以呀!"

"要是你愿意在场,那么你就可以很自然地和垂先生见见面啦!"

她心中暗自高兴地答应了,上床的时候还默默地想着他。

第二天早晨,她丈夫说:"埃鲁①,我一直在考虑你说的那句话:我常常一个人出去,丢下你也没有什么好消遣的。也许真是这样。今天海上没有什么风浪,我带你一起上游艇玩玩。"

埃拉这还是生平第一次对这样一种提议感到不悦。但是她暂且接受了。出发的时间快到了,她去做些准备。她站在那儿暗自思量,她现在清清楚楚地爱上了那位诗人,她一心想见见他的渴望压倒了她的一切其它考虑。

"我不想去,"她自言自语,"我可舍不得离开!我不去。"

---

① 埃拉的爱称。

她告诉她丈夫,她原来想出海去看看,现在改变主意不去了。他并不在乎,自己走了。

在这天的其余时间,屋子里安安静静,因为孩子们都到沙滩上去了。窗帘在阳光下对着墙外不断起伏的轻柔海浪迎风飞舞。为旅游季节助兴而雇来的一个全部由外国男乐师组成的绿色西里西亚管乐队,用自己的乐曲几乎把柯伯格公寓附近的居民和散步的人全都吸引走了。可以听见门口有敲门声。

马奇米鲁太太没听见有仆人应声去开门,她等得不耐烦了。那些书就在她现在坐等的这间屋子里;可就是没有一个人进来。她摇了摇铃。

"门口有人等着呢。"她说。

"啊,没有啦,太太!他早走了。是我去开的门。"仆人回答说。这时胡珀太太本人也进来了。

"多么叫人失望呀!"她说,"垂先生最后又不来啦!"

"可是,我想我听见他敲门了呀!"

"不,那是个打听住房的人找错门啦。我忘了告诉你,垂先生午饭前来了一个便条,告诉我不要为他准备茶点,因为他不需要那些书,也就不来挑选了。"

埃拉真是可怜,有很长一段时间,她甚至连再读他那篇描写"离愁"的令人心碎的歌谣也读不下去了。她那颗小小的朝三暮四的心十分痛苦,泪水充满了眼睛。孩子们穿着打湿的长袜跑回来,向她讲述他们的奇险游乐,她平日对他们的关爱,现在连一半都感觉不到了。

"胡珀太太,你有没有一张照片——是住在这儿的那位先生的?"她一说到他的名字,就变得莫名其妙地羞怯。

"噢,有呀。它就在你卧室里壁炉架上那个装潢别致的镜框里,太太。"

"没有呀。那里面是皇室里公爵和公爵夫人的照片。"

"是的,它们是在那儿;可是它们背后就是他的照片。正是他的照片挂在那个镜框里,镜框是我特意买的;可是他临走的时候告诉我:'请把我的照片遮住,别让新来的陌生人看见,千万拜托。我不想要他们盯着我瞧,我相信,他们也不想要我盯着他们瞧。'所以我把公爵和公爵夫人的照片塞进去暂时挡在他前面,因为他们这张照片原来并没有镶镜框,另外,用皇亲国戚来装饰屋子,总比一个普通年轻人的照片更加合适。你要是把他们那张拿出来,就会看见他在下面了。哎哟,太太,他要是知道了,也不会见怪的!他没有想到,接下来的房客竟是这么一位漂亮迷人的太太,要不然,他也许就不会想到把他自己掩藏起来啦。"

"他漂亮吗?"她怯生生地问道。

"我想他是漂亮的;也许有人不这么想。"

"我会这么想吗?"她热切地问。

"我想你会,虽然有人会说,要说他漂亮,不如说他让人动心;他生就一双大眼睛,很能体贴别人。你知道,他迅速环顾周围的时候,目光炯炯有神,像闪电一般。一个人写诗又不靠它谋生,你可以料想到,他就是这样一个诗人。"

"他有多大的年纪?"

"比你要大几岁,太太,我想,大概是三十一二岁吧。"

埃拉实际上已经是三十岁还过了几个月,可是看起来她不像有那么大。虽然她的天性还那样不成熟,可是她现在正处在进入人生另一个阶段的时期,到了那个阶段,容易动情的女人开始琢磨,最后的爱情是不是比初恋更加强烈;而且她不久就会,哎哟,进入一个更加令人感伤的阶段,那时候,那些虚荣心较重的女人,除了背对窗户或者半开半掩的窗帘以外,接待男性客人起码也要畏缩不前了。她仔细琢磨了一下胡珀太太的那番话,就再也没提年龄的事了。

正在这个时候,来了一封电报。这是她丈夫打来的,他和几个朋友已经乘坐游艇沿英吉利海峡行驶到了蓓口,要到第二天才能回来。

吃过简单的晚饭以后,她带着那几个孩子在海边闲逛,一直逛到黄昏时分,心里惦记着她卧室里那张还没揭出来的照片,因为某种令人欣喜若狂的事即将来临而心境泰然。由于这位年轻女人善做精细微妙、海阔天空的幻想,得知她丈夫那天晚上不会回家,她也就没有迫不及待地冲上楼去,打开镜框,而是宁愿避开下午那耀眼的阳光,把观瞻推迟到她一人独处的时分,那时的寂静、灯烛和户外幽深的大海和星空,可以给这一场合增添更为罗曼蒂克的情调。

虽然还不到十点钟,孩子们就都给打发上床睡觉去了,紧接着埃拉也去睡觉。为了满足自己充满激情的好奇心,她现在就做起准备来,首先脱掉过多不需要的衣物,换上浴衣,然后在桌子前面摆了一把椅子,读了几页垂最为温情脉脉的诗篇。下一步她就把镜框取下放在灯光下面,打开后盖,把那张相片取出来,摆在自己面前。

那是一张引人注目的面孔,上唇上边留着浓密的黑胡子,下巴上还有一小撮胡子,头戴一顶帽檐宽阔下垂的帽子,遮住了前额。房东太太所形容的又大又黑的那双眼睛,表明能承受无尽的哀愁。它们从那对匀称的眉毛下面向外观看,仿佛要从他面前这个人脸上的微观世界中看透宏观的奥秘,而对眼前景象所给与的预示却并没有欣喜若狂。

埃拉以她最轻微、最圆润、最温柔的声调喃喃说道:"原来就是你呀,长久以来这么多次冷酷无情地把我遮得黯淡无光!"

她久久地注视着这张相片,不觉陷入沉思,到后来竟泪眼汪汪,并且用自己的双唇轻吻相片。然后她心情激动地嫣然一笑,抹去了眼泪。

她心想,她自己该是多么地卑鄙恶劣呀,一个有了三个孩子的有夫之妇,竟然这样丝毫不受良心约束,让自己胡思乱想,迷上了一个素昧生平的人!不,她和他并不是素昧生平!她懂得他的思想感情,正像她懂得自己的一样;他的思想感情事实上和她的是同声相应,同气相求,而这正是她丈夫明显欠缺的;考虑到他得提供家庭开销,也许有这种缺陷对他自己来说倒是幸运。

"毕竟我还从未见过他;尽管如此,他和我的自我还是更接近,他和真正的我比威鲁更加亲密无间。"她说。

她把他的书和相片搁在床边的桌子上,斜靠在枕头上的时候,又把以前她随时标明是罗伯特·垂最为真实动人的那些诗篇重读了一遍。她把这些诗篇放在一边,把相片支在床单上,然后躺下凝神注视着那张相片。接着她又借着烛光,仔细查阅她的头旁边那块壁纸上用铅笔草成,已经有一部分模糊不清的字迹,它们就在那儿——那些短语、对句和韵脚,那些诗行的开头和中间部分,没有经过提炼的想象,就像雪莱的残章断句①一样,其中有一小部分那样热情奔放,那样美妙动人,那样惊心动魄,因而仿佛他本人的呼吸、热情和爱心都从那几面墙上,那些曾经时时刻刻围绕在他的头旁边,就像而今围绕在她自己的头旁边的那几面墙上,向她迎面扑来。他一定是常常这样举起他的手来——铅笔握在手上。是的,笔迹是向一边倾斜着的,一个人如果这样伸出胳臂来,写的字就会是这样的。

这些题诗勾画出诗人世界的轮廓,

> 形态比活生生的人更真实,
> 这些永恒的娇儿,②

毫无疑问都是他在夜阑人静的时候涌向他心头的思想活动和精神

---

① 雪莱去世时遗留下大量笔记本,其中记有他计划中的、尚未完稿的残章断句,后由其遗孀玛丽·雪莱整理出版。
② 引自雪莱《解放了的普罗米修斯》第一幕。

向往,在这种时刻,他可以自由驰骋,而不用害怕批评的冷言冷语。毫无疑问,它们常常都是就着月色、灯光、晨曦匆匆挥就,或许从来没有在光天化日之下草成。现在,她满头秀发正铺散在他写下他那些联翩的奇思妙想时搁放胳臂的地方。她因一位诗人的喁喁款语而情思昏然,在他的精华极要之中沉湎陶醉,为他的精神气概所充盈,犹如在空间的以太之中。

就这样时间在她的梦魂中一分钟一分钟地流逝,这时楼梯上传来一阵脚步声,过了一会儿,她就听见她丈夫沉重的脚步来到了门外楼梯口上。

"埃鲁,你在哪儿?"

她无法描述是什么让她心迷意乱,但是出于不愿让她丈夫知道她究竟在干什么的那种本能,在他以饱餐过后的男人那种神气把门猛地推开的当口,她立即就把那张相片悄悄塞进枕头下面去了。

"噢,请原谅,"威廉·马奇米鲁说,"你头疼吗?我恐怕是打扰你了吧。"

"不,我没有头疼,"她说,"你怎么又回来了?"

"嗯,我们终于发觉,我们还是可以及时赶回来,另外我也不想再那么玩一天,因为明天我还要到别处去。"

"我要再下去吗?"

"啊,不要了,我累得精疲力竭。我已经美美地吃了一顿,我马上就睡觉。如果我起得来,我想明天早上六点钟就走……我起床的时候不会打扰你;要过很久你才会睡醒的。"说着他就走进屋里来了。

埃拉一边盯着他那些动作,一边又轻轻把相片往里推了推,好让他看不见。

"你的确没生病吗?"他一边问,一边向她俯身过去。

"没有,只是不痛快!"

"别放在心上好了。"他弯下身来亲了她一下,"我早就想要今天夜晚和你在一起。"

第二天早晨,马奇米鲁在六点钟就给叫醒了;她一边醒过来,打着呵欠,一边听着他喃喃自语:"究竟是什么东西,在我身子底下老是那么沙沙地响?"他以为她还没醒,就在自己身边找起来,接着搜出了什么东西,她眼睛半睁半闭,看得出是垂先生的相片。

"唉,真该死!"她丈夫喊叫起来。

"怎么啦,亲爱的?"她问他。

"噢,你醒了?哈!哈!"

"你这是什么意思?"

"什么家伙的相片——我想,是咱们房东太太的朋友吧,真奇怪,它怎么弄到这儿来啦;也许是他们铺床的时候,偶然从壁炉台上带下来的。"

"我昨天还看过,一定是掉下来的。"

"嗷,他是你的一个朋友?哎哟,我的天哪!"

埃拉对自己钦佩的人忠心耿耿,不忍心听任他遭受嘲弄。"他可是个聪明人!"她说,温和的声音有些颤抖,连她自己也觉得有些荒唐地多此一举,"他是个前程远大的诗人——是在我们搬进来之前租住这些房间的那位先生,虽然我并没有见过他。"

"那你怎么知道呢,如果你没见过他?"

"胡珀太太让我看这张相片的时候告诉我的。"

"哦,得了,我得起床动身啦。我会很早回来的。很抱歉,我今天不能带你去,亲爱的。当心点儿,可别让孩子们淹着。"

那天,马奇米鲁太太打听,垂先生是否可能在别的什么时候来访。

"有可能,"胡珀太太说,"再过一个星期他要来这儿附近,住在他一个朋友家里,一直住到你们离开。他一定会来看看的。"

马奇米鲁真的很早就在下午回来了;他拆开他不在的时候来

的几封信,突然说,他和全家人都得比原先打算的提前一个星期离开这儿——一句话,三天之内离开。

"真的,我们可以多待一个星期吧?"她恳求说,"我喜欢在这儿。"

"我可不喜欢。在这儿生活越来越沉闷。"

"那么,你把我和孩子们留下好了。"

"你脾气怎么这样别扭,埃鲁!这有什么好处呢?我还得再来接你们!不行,我们大家一起回去,而且我们还可以抽出些时间来,过些时候去北威尔士或者布赖顿度假去。再说,你还有三天时间呢。"

对这位竞争对手的诗才,她现在是自愧不如,衷心赞赏;对他本人,她又是一心一意地深情爱慕,然而天公不作美,看来她是无缘得见了。可她还是下定决心要做一次最后的努力:她从房东太太那儿打听到,垂住在隔海相望的小岛上离这个现代化小镇不太远的一个孤寂处所,于是第二天下午就从附近的码头乘班船渡海前往。

这是多么徒劳无益的一趟行程啊!埃拉只是隐隐约约地了解到,那所房子位于什么地方,等她自以为她找到了它,并且贸然向一位行人打听,他是否住在那儿,那个人的答复却是,他不知道。而且如果他真地住在那儿,她又怎么好去拜望他呢?有些女人也许会厚着脸皮这么去干,可是她却不行。他会觉得她是多么痴心。她也许可以请他去拜访她,可是她也没有勇气这样做。她心情沮丧地在风景优美的海滨高地上留连徘徊,一直到不得不去赶班船返回那个小镇。她重新过海,回到家里吃晚饭,并没有怎么误事。

到了最后的时刻,她丈夫却完全出人意料地说,既然她希望留下,如果她觉得不用他来接,自己可以回家,那么他也不反对让她和孩子们一直待到周末。时间延长了,让她感到高兴,而她并没有流露出来。马奇米鲁第二天早晨一个人走了。

但是这个星期过去了,垂先生并没有来访。

星期六早晨,马奇米鲁这一家留下的人,离开了这个让她心中燃起了那么多激情的地方。那死气沉沉的火车,那穿过尘埃照在灼人的座垫上的一束束阳光,那一成不变的灰仆仆路轨,那单调乏味的一根根电线——就是这些东西一路上伴随着她;而在窗外,那深蓝色的海平面从她视野里消失了,她那位诗人的家也一起消失了。她心情沉重,本想看看书,可是却成了个泪人。

马奇米鲁先生正在生意兴隆火爆之际,他和一家人住在一幢很大的新房子里。有一片相当宽广的场地,在他做生意的城区以外几英里的地方。埃拉在这儿的生活孤单寂寞,郊区的生活是很容易这样的,特别是在某些季节。她有大量的时间沉迷在自己写作抒情诗和哀怨诗的爱好里。她几乎是刚一回到家里,就看见她喜爱的那份杂志最近一期上刊登了罗伯特·垂的一首诗,这一定是他在她刚要到索伦西度假之前不久写的,因为其中就有她在床头壁纸上见到用铅笔草成的那两行诗,而且胡珀太太也说过那是新写上去的。埃拉再也忍耐不住,情不自禁地拿起笔来,作为一个同行诗友,以约翰·埃韦的化名,给他写了一封信,祝贺他在运用格律音韵等等技巧表达自己有所感而发的思想方面取得的成功,又说到自己相形之下,在这个动情伤怀的行业中则是步履维艰。

没过几天就按这个地址来了一封回信,一封客气而又简短的信,而这封短信也是她原先未敢奢望的。那位年轻诗人在信中说,他虽然对埃韦先生的诗并不大熟悉,可还是想得起这个名字,是和某些很有希望的诗作联系在一起的;他很高兴通过书信结识了埃韦先生,而且一定要怀着巨大兴趣,期待他今后发表新作。

她自言自语,她冒充一个男子给他写的那封信里,一定有些幼稚或者胆怯的地方,因为垂在他的复信里很有点长者和前辈的口吻。但是这又有什么关系呢?他已经回信了,他已经从她那么熟悉的那间屋子里亲手给她写回信了,因为他现在又回到他原来的住处了。

这种信件往来,持续了两个月或者更长。埃拉·马奇米鲁不时把她自认为最好的诗篇寄给他,他都诚挚地收下了,虽然并没说他是否仔细阅读过,也没把他自己的诗作回赠给她。如果埃拉不知道,他是以为她和他是同一性别的人,那么对于他的这种做法,她就会觉得受到更大的伤害了。

然而这种情况毕竟是不能令人满意的。这时一阵轻轻的、顺耳的声音告诉她,如果他能见她一面,情况就会改观了。毫无疑问,她本来是可以采用这个办法,坦白直陈自己的女性身份,可是这时让她高兴的是,发生了一件事情,使她没有必要走这一步。原来她丈夫有一位朋友,是他们这个市和这个郡里那家最重要的报纸的主编,有一天他和他们一起吃饭。聊天的时候谈到这位诗人,他说他的(这位主编的)弟弟,那位风景画家,就是垂先生的朋友,并且说,这两个人此时正好一起都在威尔士。

埃拉和主编的弟弟略微相识。第二天早晨她就坐下写信,邀请他在回家的时候顺路来她家稍做逗留,如果情况允许,也请他把他的伙伴垂先生一起带来,她急切希望和他结识。过了几天来了一封回信,写信的人和他的朋友垂非常乐意接受她的邀请,在他们南下途中来访,时间将在下周某天。

埃拉欢欣雀跃,她的计谋成功了;她那位尚未谋面的意中人就要到来了。"看哪,他就站在我们的墙外面,从窗户往里看,他自己的身影就透过格子窗显露出来。"她欣喜若狂地寻思着,"因为冬天已经过去了,雨已经停止了,地上百花开放,百鸟鸣叫的时候已经来临,斑鸠的声音在我们境内也听得见了。"①

但是还有款待他食宿的种种琐事。她把这件事做得十分细心关切,一心等待着这个意味深长的日期和时刻。

---

① 参见《圣经·旧约·雅歌》第 2 章第 9、11、12 节。

大约在下午五点钟,她听到门口的铃声,然后是那位主编的弟弟在大厅里的声音。她是位女诗人,或者说她自认是位女诗人,所以她那天着装并未刻意显示过分雍容华贵,并未费尽心思去追求时髦款式、贵重质地的长袍,而是穿了一件略微近似希腊人那种长可及膝、飘洒隽逸的外衣,这种式样刚刚在具有艺术和浪漫气质的上流女士中流行,是她上次去伦敦时在她邦德街①的女裁缝那儿买来的。她那位客人进了客厅,她眼巴巴盯着他的身后,没有任何人跟进门来。天哪,罗伯特·垂究竟在哪儿呀?

"噢,我很抱歉,"在相互寒暄几句以后那位画家说,"马奇米鲁太太,你知道,垂是个古怪的家伙。他原来说他要来;后来又说他不来。他风尘仆仆。你知道,我们背着背包走了几英里路;他要赶快回家。"

"他——他不来啦?"

"他不来;他请我代他表示歉意。"

"你什么时候和他分——分手的?"她问道,她的下唇不停地颤抖起来,好像是风琴上的颤音器在她说话时发动起来了。她真想逃出这种可怕的窘境,放声痛哭一场。

"就是刚才在那边税卡大道上。"

"什么!他真是从我的大门口走过去的吗?"

"是的。我们走到大门口——那座大门真漂亮,是我见到过的最精制的新式熟铁制品——我们走到大门口,就在那儿停下,聊了一小会儿,然后他向我告别,又径自往前走了。事实是这样的,他现在有一点儿情绪不佳,不愿意见任何人。他是个很好的人,一个热情的朋友,可是有时候有点儿容易变卦,有点儿意气消沉。他对事情总是想得太多。他的诗对于某些人来说,你知道,有点儿过分多情,激情过多;而且他刚刚受到昨天出版的《××评论》的猛烈

---

① 著名的高档服饰街。

抨击;他偶然在火车站见到了这本杂志。也许你也读过了吧?"

"没有。"

"那就更好。嘿,那根本不值得考虑,不过是那种遵命之作,完全是为了取悦撑持发行量的那些心胸狭窄的订户才写的。可是他却给搅得心绪不宁。他说是那种颠倒黑白使他受到伤害;他说他可以受得住公正的攻击,却受不了那种他自己无法反驳又无法阻止散布的谎言。这正是垂的弱点。他总是独自生活,所以这种事情对他影响很大,如果他是生活在社交界或商务界的熙熙攘攘之中,影响就不会这么大了。因此他不愿意到这儿来,找了一个借口,说这里一切都显得那么摩登,那么阔绰——望你原谅——"

"可是——他应该早就知道——在这里对他有同情呀!他难道没有提起过,他曾经收到从这个地址寄给他的信件吗?"

"他提过,提过,他收到过约翰·埃韦的信,他认为,他大概是你的一个亲戚,当时刚好在这里做客吧?"

"他是不是——喜欢埃韦,他说过吗?"

"嗯,我不知道,他对埃韦有多大的兴趣。"

"或者说,对他的诗呢?"

"对他的诗嘛——就我所知道的,也是如此。"

罗伯特·垂对她的房子,对她的诗,或者对诗的作者,都没有兴趣。她一等到能够走开,就马上去到育儿室,而且完全不起作用地试图以亲吻那几个孩子来发泄情感,直到后来她想起,他们都像父亲一样相貌平庸,于是又突然产生了一阵厌恶之情。

那位冥顽不灵、头脑简单的风景画家,一点儿也未曾从她的谈话中觉察出,她想要邀请的只是垂,而不是他本人。他充分享受了这次做客的机会,看来和埃拉的丈夫交游也很痛快,而他对这位画家也很喜欢,并且带他到周围各处看了看。他们俩谁也没注意到埃拉的情绪。

那位画家走了之后一两天,埃拉早晨独自坐在楼上,她在浏览

刚到的那份伦敦报纸的时候,读到下面一条消息:

一位诗人自杀

近年来为人们所熟知并赞誉为声誉鹊起的抒情诗人罗伯特·垂先生,上星期六晚间在索伦西寓所以左轮手枪击中自己的右太阳穴自杀身亡。读者当能忆及,垂先生最近出版的新诗集,吸引了较以往远为广大的公众注意,诗集名为《致一位陌生女人的抒情诗》,其中多为感情奔放的诗篇,本报文学栏目曾以数页篇幅对诗集中所经历的大量非同凡响的感情予以赞赏,而在《××评论》中却对这种主题发表了严厉批评,如果不说是猛烈批评的话。目前虽尚未肯定,但据推测,这篇文章可能是导致这一悲惨事件的部分原因,因为在他的写字台上发现了上述《××评论》一本,人们也注意到,该评论文章刊出以后,诗人心境颇为低沉。

随后刊出调查报告,其中附有下述信件,是写给远方一位朋友的。

亲爱的——,在这几行文字到达你手中之前,我将要解脱种种烦恼,不再看见、听到、知道我身边的各种事情了。我不愿告诉你我采取这一步行动的种种理由,以免对你产生烦扰,尽管我可以向你保证,它们是充分合理的。也许,如果我幸而有位母亲、或者有位姐妹,或者有另外一种女朋友,对我温情关爱,我也可能觉得,我目前这种生活还值得继续。正如你所知道的,我一直梦想着这样一位无法企及的女子;而且她,这一位无法发现、捉摸不定的女子,给了我灵感写出最近那本诗集;也惟有这个想象中的女人而已。固然有些人士中间有些传闻,但是在这个书名背后并没有一个真实的女人。她一直到最后都是我从未发现、从未会面、从未得到的。我想最合意的办法就是说出这件事,以免有人指责任何一个实际存在的女人,把我的死亡归咎于她对我冷酷无情或是满不在乎。请告诉我的房东太太,我很抱歉给她招来这种不快;不过我租用这几间屋子的事,人们很快就会忘记。我在银行里有充足的存款来支付一切费用。

罗·垂

埃拉好像呆了一样坐了一会儿,然后冲进隔壁的卧室,猛然脸朝下扑在床上。

悲痛烦乱使她震颤得浑身瘫痪散架了。她在这种痛苦得发疯似的状态之下躺了一个多钟头。她那颤抖不已的嘴唇时不时吐出一些支离破碎的字句:"啊,他要是认识我该多好呀——认识我——我!……啊,要是我哪怕只遇见他一次该多好呀——哪怕只有一次;把我的手抚在他滚烫的额头——吻他——让他知道我多么爱他——让他知道我宁愿为了他蒙受羞辱和鄙视,宁愿为他而生,为他而死! 也许要是那样就可以救下了他宝贵的生命! ……但是,不——不容许呀! 上帝是一个忌妒成性的上帝;既不肯把幸福赐予他,也不肯赐予我!"

一切可能都已成泡影,会见也是痴人说梦。然而,即使到了此时,会见已经绝无实现的可能,在她的幻觉中,她几乎还隐约可见——

> 男人和女人的心都想望和预期
> 那种时刻本可来到却也未必,
> 生活于是就成了一片不毛之地。①

她用第三者的身份,以尽量压抑着的语气给索伦西的房东太太写了一封信,附上一个金镑的邮政汇票,告诉胡珀太太:马奇米鲁太太已经在报纸上看到了诗人自杀的悲惨报导,并且正如胡珀

---

① 见 D. G. 罗塞蒂的十四行诗第二十八首《流产的爱》。

太太所知道的,她在柯伯格公寓居留期间对垂先生非常关注,如果胡珀太太能在他的棺木合盖之前得到他的一小绺头发,把它同在镜框里的那张相片一起寄给她留作纪念,她将不胜感谢。

返回的邮车带来了一封信,还附有她要的东西。埃拉对着相片大哭了一场,然后把它锁在她的私人抽屉里;那绺头发她则用白丝带束起来,放在自己怀里,在没有人注意的角落里时不时取出来亲吻一下。

"怎么回事?"她丈夫有一次看报的时候一抬头看到她这般模样便问道,"为什么事情哭啦?一绺头发?是谁的?"

"他已经死啦!"她低声说。

"是谁?"

"我不愿意告诉你,威鲁,现在不,除非你一定要我说!"她说着,呜呜抽泣起来。

"噢,那好吧。"

"我没回答你,你不在乎吧?总有一天我会告诉你的。"

"当然,没有一点儿关系。"

他吹起口哨走开了,也并不是吹哪个具体的曲调。等他来到他在市里的工厂,他脑子里又翻腾起这件事来。

他也知道了,他们在索伦西住过的那所房子里,最近发生了一起自杀事件。他看到过最近他妻子手里有那本诗集,他们租住胡珀太太房子的时候又听到过她一些零零星星的谈话,这时灵机一动,自言自语起来:"啊,当然就是他!……她究竟怎样会认识上他的呢?女人都是些狡猾透顶的东西!"

这时他又冷静下来,把这件事放在一边,继续办他的日常事务。就在这个时候,埃拉则在家里下了决心。胡珀太太给她寄送头发和相片,同时也告诉过她葬礼的日期。随着上午和中午这段时光逐渐流逝,这个满怀同情的女人心中产生了一股不可抗拒的强烈愿望,想知道他们要把他葬在哪里。她现在几乎毫不在意她丈夫或者其他任何人对她这种荒唐古怪的行径怎么想,于是给马奇米鲁写了一张便条,说她当天下午和晚上有事需要离家,第二天上午就会回来。她把便条放在他的桌子上,对仆人做了同样的交待以后,自己徒步走出了家门。

马奇米鲁先生下午回家很早,那些仆人个个都焦急不安。保姆暗地里把他请到一边,给他一点儿口风,说女主人最近这几天十分悲伤,她害怕她会是投水自尽了。马奇米鲁考虑了一会儿,觉得总的看来,她并没有那样干。他自己也起身走了,没有说出去向,只是告诉他们不要熬夜等候他。他开车到火车站,买了去索伦西的车票。

他坐的是快车,可是到达的时候天已经黑下来了。他知道,如果妻子在他之前到达,那只能坐慢车,也不过先到不大一会儿的工夫。索伦西的旅游旺季现在已经结束,散步场上已是一片昏暗,轻便马车少了,价钱也便宜了。他打听去墓地的路,很快就到了。大门上着锁,但是看门人还是让他进去了,不过对他说,院子里已经没有人啦。时间固然还不太晚,可是秋天夜色已经很浓,他相当困难地沿着那条弯弯曲曲的小路向一个坟场走去,看门人告诉过他,白天在那里举行过一两起葬礼。他踏在草上,有些木桩绊得他跟跟跄跄,时不时弯下身来,好借助天空的映衬,来辨认出是否有人。他什么人也没看见;但是在一处地面有人踩过的地方,他划根火柴一照,却看见在一座新坟旁边有个什么东西蹲在那儿。她听见他的响动,一下跳了起来。

"埃鲁,怎么这样糊涂!"他气愤地说,"从家里逃走——我还从来没听说过这种事!当然,我并不忌妒这个不幸的人;但是像你这样一个女人,结了婚,生了三个孩子,马上还要生第四个,却为了一个死了的情人,干出这种没有头脑的事来,真是荒唐透顶啦!……你知道吗,你给锁在里面啦?你可能整个夜晚都出不去。"

她没有回答。

"我希望,为了你自己的缘故,你和他之间没有走得太远。"

"别侮辱我啦,威鲁。"

"当心,我再也容不下这种事情啦;你听见了吗?"

"很清楚。"

他用自己的手臂挽住她的手臂,领着她走出墓地。当天夜晚不可能回家了,他不希望让别人看出他们目前这种很不体面的情况,就带她到火车站附近一家简陋的小咖啡馆去,第二天一大清早就从那儿动身。一路上几乎谁也没说话,双方都感觉到,这是他们婚后生活中出现的沉闷凄凉的场面之一,用语言是无法弥补的。中午时分他们回到了自己的家门口。

几个月过去了,两个人谁也不敢大胆地重提这次事件。埃拉好像总是处于悲戚沮丧的情绪之中,几乎可以说是日渐憔悴了。她不得不承受的第四次分娩的紧张时刻一天天临近了,这显然也没能让她打起精神来。

"我想,这次我是过不了这一关啦!"有一天她这样说。

"呸!多么孩子气的预感呀!这一次为什么不会和以前一样顺利呢?"

她摇摇头。"我觉得差不多可以肯定,我就要死了;要不是有奈利和弗朗克,还有蒂尼,我死了也是高兴的。"

"还有我呀!"

"你很快就会找个什么人来填补我的位置,"她苦笑着低声说,"而且你有充分的权利这样做;我向你保证这一点。"

"埃鲁,你现在没有再想那个——你那个诗人朋友吧?"

她对这个指责,既没承认,也没否认。"这次,我这场病再也闯不过去啦,"她又这么说,"有些预兆告诉我,我闯不过去啦。"

对事情这样的看法,是一个相当不妙的开端,情况通常也总是这样。事实上,六个星期之后,就在五月份,她躺在自己的卧室里,毫无生气,面无血色,虚弱无力得简直是上气不接下气。她身边有个又胖乎又结实的婴儿,她为了这个完全没有必要的生命,却在慢慢地与自己的生命诀别。就在她逝去之前,她对马奇米鲁轻声说:

"威鲁,我想把那件事——你知道是什么事——我们在索伦西度假那段时间的情况,原原本本坦白告诉你。我不知道是什么迷住我的心窍了——我怎么会把你,我的丈夫,完全忘在脑后呢!但是我陷入了一种可怕的病态:我那时心想,你一向对我不好,你一直都不关心我,你够不上我的智力水平,而他却达到了,并且比我高得多。也许,我需要的是一个能更充分地赏识我的人,倒不是一个情人——"

她这时已经精疲力竭,再也说不下去了;几个小时以后,她就突然虚脱了,对她丈夫再也谈不了她对那位诗人的爱情问题了。威廉·马奇米鲁确实像许多结婚多年的丈夫一样,并没有回首往昔萌生醋意而表现出任何不安,而且从来没有表示出一点点焦急的心情,来促使她坦白她和一个已经长眠地下,再也没有任何力量来干扰他的那个男人之间的关系。

但是在她下葬了几年之后,有一天他翻阅某些早已忘在一边的文件信函,想在他那位续弦的妻子进门之前,把它们销毁,却偶然发现一个信封中有一绺头发,还有一张已经去世的那位诗人的相片,背面有他亡妻亲手写下的日期。时间刚好是他们在索伦西度过的那天。

马奇米鲁盯着那头发和相片看了许久,思绪万千,突然间想起了什么。当初那个母亲的催命鬼,如今已经长成蹒跚学步、吵吵闹闹的小男孩儿了,他把这孩子抱在膝上,用那绺头发在男孩儿的头上比,再把那张照片放在孩子背后的桌子上,这样他就能仔细比较两张脸上的每一种表情。由于大自然玩弄的那种人所共知莫名其妙的恶作剧,孩子和埃拉从未见过一面的那个男人,确实存在一些十分相像的痕迹。诗人脸上那股梦幻一般的独特表情,就像遗传学所说的那样,也留在孩子的脸上,头发也是同样的颜色。

"我那时要是没有这样想,那真是该死啦!"马奇米鲁低声自言自语,"那时候她真是和那个家伙在公寓里弄虚作假欺骗了我!让我算算:这两个日期——八月的第二个星期……五月的第三个星期……对了……对了……滚蛋,你这个小崽子!你对我什么也不是!"

(1893)

路标边的坟墓

在恰克—纽顿的一个地方有条小路,横穿那条孤寂笔直的大道,把这个教区和下一个教区隔开,我每次路过那儿,总不免要转身看看紧邻的那片高地。这儿的景物总是让人回想起从前在那里发生过的那件事;尽管现今对乡村的陈年旧事过分地刨根问底,似乎显得啰嗦,可是人们私下里对那个地点的一些传说,却可能值得保存。

据梅尔斯多克的威廉·杜威、麦克·梅尔和其他一些人的说法,那是在圣诞节期间一个天色阴暗,但却气候温和而且空气非常干燥的黄昏时分,位于埃维尔和卡斯特桥那两个市镇中间的一个很大的教区恰克—纽顿(如今成了火车站所在地)那个地方的合唱队员在午夜之前纷纷离开自己的家,要再去当地各家各户窗前举行他们一年一度的优美演奏。这支由奏乐的和唱歌的人组成的乐队是郡里最大的乐队之一;恰克—纽顿合唱队和那个队员少而精,却只有几把小提琴的梅尔斯多克弦乐队不同,在星期天全面盛大的演奏会①上,它有吹铜管和簧管的,而且一直把西边的楼座都占满了。

那天晚上有两三把小提琴、两把大提琴、一把次中音六弦提琴、一把低音提琴、一支双簧管、几支单簧管、一支蛇形管和七个唱歌的。然而参加这种节庆,也并不是合唱队的任务,不过是队员们偶一为之罢了。

---

① 这种演奏多在教堂内举行。

多年来他们一直这样巡回演奏,从没有遇见过什么不同寻常的事件,但是今天晚上,按照几个人的说法,却有些特别,首先是在合唱队里两三个最老的队员中间弥漫着一种分外庄严和若有所思的情绪,仿佛他们在寻思,早年也曾是他们合唱队成员的一些亡友的幽灵也加入了他们的乐队。这些亡友本来是默默地躺在教堂墓地里那些越来越矮的坟丘下面,而且对当年那优美的曲调比对现在的曲调更热衷;要不就是觉得,哪个虚无缥缈的人影,而不是一个熟悉的活生生的邻居,从哪个卧室窗口颤颤巍巍地说出他们那种答谢之词。不管这是事实还是幻想,合唱队里那些比较年轻的队员集合起来仍然像平常一样无忧无虑,轻快活跃。他们在村子中间十字路口那根半截石头桩子边上聚齐,这儿靠近白马旅店,是他们原定的出发地点;这时有人注意到,他们全都来早了,时间还不到十二点呢。在那个时代,当地圣诞合唱队的歌手和乐手大都憋着劲儿,在圣诞早晨按照天文规律准时到来之前,决不肯弄响一个音符,他们也不愿再返回喝啤酒去,于是决定去希林奇巷从那几户农舍开始,那几户农家都没有钟,不会知道那时是午夜还是凌晨。他们就这样朝那个方向走去;他们爬上较高一点儿地方的时候,在房屋那边小巷尽头有一个灯亮引起了他们的注意。

  从恰克—纽顿到大希林奇的那条路长约两英里,走了一半路程,就到了把两个村庄分隔开的那个坡顶,它就和刚才说过的那条孤寂单调的古道——大家熟知的长槐路迎面相交,恰成十字。长槐路是沿着一条古罗马大道的路基开出来的,它笔直笔直的就像测量员画出来的一条直线,从这里通向南北都有许多英里,本文里常常要提到。这条路现在固然荒废了,而且杂草丛生,可是在本世纪初①,道路还保养良好,车水马龙。那闪闪烁烁的灯光看来正好是从两条路交叉的地点发出来的。

---

① 指十九世纪初。

"我想,我知道那大概是啥意思!"一个队员说。

他们站了一会儿,议论着那灯光很可能是由他们已经听到流传的那桩事件引起的,于是决定爬到那座小山上去。

等他们靠近高坡,原来的猜想就更加确定了。长槐路横在他们眼前,分成左右两边;这时他们看到,在东南西北四股道交结的路口,就在路标下面,有人在掘墓坑;合唱队员走到跟前一看,原来特意雇来的四个希林奇男子刚刚把一具尸体扔进墓坑里。运尸体来这儿的那套车马,无声无息地停在一边。

从恰克—纽顿来的歌手和乐手打住脚步,看着挖坑人把土铲进去,踩结实,直到墓坑填满,他们把铁锹扔进车里,准备动身。

"你们在那儿埋的是谁?"洛特·斯温希提高嗓门问道,"该不是那位中士吧?"

刚才那几个希林奇的人一直都在专心致志地干自己的活儿,根本没有注意到恰克—纽顿合唱队的灯笼。

"什么——你们是纽顿合唱队唱歌儿的吗?"希林奇来的几个人问。

"是呀,没错。你们埋在那儿的,是不是老霍威中士?"

"就是。这么说,你们已经听说这件事儿啦?"

合唱队并不知道详情细节——只知道他上星期天在自己的苹果储藏室开枪自杀了。"好像谁也弄不清,俺觉得,他为啥要那么干?起码,俺们在恰克—纽顿弄不清。"洛特接着说。

"啊,是呀。把尸体一验查就全弄清啦。"

歌手们都凑了过来,希林奇的那几个人辛苦完了也想抽空休息一下,就讲开了这个故事。"可怜的老头儿,这都是因为他的那个儿子。他伤了他的心。"

"可这个儿子也是个当兵的,没错;现在还跟他那个团一起在东印度群岛吧?"

"嗯,可近来他在那边部队里弄得不大好。真糟糕,是他父亲劝他去的。可是路加也不该为这事儿责怪中士呀,因为他那是为他好嘛。"

简单说来,情况是这样的:落得这般悲惨下场的中士,就是那个年轻士兵的父亲,他曾经跟自己的团队一起到过东方,他当兵的经历是出奇地舒心痛快,他这种经历早在和法国打的那场大战①爆发以前很长时间就结束了。他服完兵役之后按时复员,回到他故乡的这个村子,结了婚,自然而然地过上了有家有口的日子。但是在下一次把英国也卷入的那场战争时期,却让他一次次地焦躁烦恼,他抱怨自己年老体衰无法再投入一支参战的部队。等到他的独子长大成人,就发生了他如何进入社会生活的问题。这个少年表示,希望当一名技工。可是他父亲却极力劝他去投军。

"在这种年月,手艺行就要变得一文不值了,"他说,"要是和法国人打的这场仗接着打下去,看样子像是要打下去,那么手艺行就会更糟啦。投军吧,路加,这才是你干的事儿。当兵造就了我,当兵也会造就你。在这种光辉灿烂热火朝天的年头,你会有多好的运气呀,我可连你的一半好运都没有过。"

路加犹犹豫豫拿不定主意,因为他是个安分恋家爱好和平的年轻人。不过出于对父亲的判断由敬而生的信任,他最后还是让了步,被列入了第某步兵团服役,过了几个星期,就给派到在印度他的那个团队去,这个由韦斯利将军②率领的团在东方早已赫赫有名了。

但是路加并不走运。辗转传回家里的消息说,他在那里病倒了,后来不久有一天他父亲出门散步的时候,这位老人得到消息,说有一封信在卡斯特桥等他去领取。中士于是特意请了一个信差到整整九英里之外去取信,信差付了信款,把信取回家;但是,虽然

---

① 指一七九三年初英国加入普奥等国的反法联盟并参战。
② 韦斯利将军(1760—1842)曾任英国的印度总督,是大破拿破仑法军于滑铁卢的英军统帅阿瑟·惠灵顿的哥哥。

中士猜出了信是路加寄来的,信的内容却出乎他的意料。

那封信是在路加意气消沉的时候写的。他说他自己的生活是一种负担,是一种苦役,而且狠狠埋怨他父亲不该劝他去操这种他觉得并不适合他的生涯。他发觉自己疲惫劳累,疾病缠身,根本没有什么光辉前程,只是在从事他既不理解又没兴趣的一种事业。要不是他父亲给他出的馊主意,他路加早就在村子里痛痛快快地干着他决不舍得抛开的行业了。

中士念完信就向前面走了一小段;直到谁也看不见他才站住,然后在路边的斜坡上坐下。

过了半个钟头他站起身来,显得面容憔悴,精神委顿,从此以后,他就失去了原来的精气神儿。

他儿子的这种挖苦讥刺让他痛彻骨髓,他于是越来越经常地借酒浇愁。他妻子在这时期几年以前就去世了,中士独自住在原本属于她的那所房子里。十二月一天清晨,一些邻居注意到,在他的住所里传出了枪声,进屋里一看,发现他已气息奄奄。他用一把他用来吓唬鸟雀的老式火枪打死了自己;从他前一天所说的话以及他为他的死事先所做的一些安排来看,毫无疑问,他这个结局是精心计划的,这是他儿子的信让他陷入万念俱灰后的结果。验尸陪审团做出的裁决是:自杀①。

"他儿子的信在这儿,"希林奇的一个人说,"这是在他父亲的口袋里找到的。从这封信的模样,你就可以看出他念了多少遍了。无论咋说,这是上帝的意思,不管咋办都必得这样。"

墓坑填满取平了,也没有堆个坟头②。希林奇的人于是和恰克—纽顿合唱队道了别,赶着他们运中士的尸体来山上的那辆马车走了。他们的脚步声越来越远听不见了,风一如既往,冷漠地像

---

① 原文为拉丁文。
② 按基督教教义,自杀者未经临终忏悔,不应葬于教区墓地,而且按习俗对尸体还要做残忍而又迷信的处理,见下文。

吹哨子似地扫过那座孤坟。这时洛特·斯温希转过身来,对吹双簧管的里查德·托勒说:

"这样对待一个人,可也太冷酷啦,再说他还是个老兵呢,里查德,就甭说中士还打过一场大仗,比闯进一个半英亩的围场还要大,这可是老实话。别管咋说,反正他的灵魂也得和别的人一样,应该走点儿好运吧,对不对?"

里查德回答说,他也有同感。"在他的坟头上给他来段颂歌,你说咋样?反正现在是圣诞节,也不用匆匆忙忙在教区开演,而且也用不了十分钟,在这儿谁也不会对咱们说不成,而且谁也不会知道这件事儿。"

洛特点头赞成。"这个人也该有他的运气。"他又重说了一遍。

"你们同样也可以对他坟头啐唾沫,咱们要尽咱们所能,以好心待他,这会儿他已经走老远啦,"诺顿说,他是在合唱队吹单簧管的,而且自称不信教,"可是大伙儿说咋办,咱都赞成。"

于是他们在刚刚动过土的地方围成半个圆圈,用尽人皆知是他们保留节目中的第十六号,打破了凝重的空气,洛特挑出这支曲子,是因为他认为这首最适合当时的场合和气氛。

> 他来打碎恶魔的枷锁,
> 释放这些囚徒。

"真见鬼——咱们以前还从来没给一个死人演唱过。"埃茨拉·凯兹多克说。这时他们把最后一段歌词唱完了,站在那儿静默了一会儿。"不过,咱们这样做,比起别的人那样把他扔下,甩手就走,的确还是更仁慈一些。"

"现在回纽顿去吧,等到咱们面对面朝着牧师的时候,就该到十二点半了。"合唱队队长说。

然而,他们刚刚收拾好乐器,一阵风刮过来,引起他们注意,从掘墓人刚才返回希林奇的那条路上,一辆马车轰隆轰隆迅速飞奔过来。不管这黑夜赶路的来人是谁,为了避免车一路过来的时候给撞上,他们都站在十字路口较宽敞的地方等着,先让他过去。

还不到半分钟,那几盏灯笼的光亮就照见了一辆出租小马车,拉车的马浑身冒着热气,已经疲惫不堪。就在马车奔到路标旁边的这个时候,从车内传出一声喊叫:"在这儿停下!"车夫勒紧缰绳。车门从里面打开了,一个身穿正规团队军服的大兵跳下车来。他向周围一瞧,看到站在那儿的那些歌手、乐手,明显地感到惊讶。

"你们在这儿埋了个人吗?"他问道。

"没有,谢天谢地,俺们都不是希林奇的人;俺们是纽顿合唱队的。不过确实也不错,这儿是刚刚埋了一个人;俺们给这可怜的亡人的遗体唱了一支颂歌。怎么——难道站在咱眼面前的是年轻的小伙路加·霍威吗?他不是跟他那个团开到东印度群岛去了吗?要不,咱看到他的鬼魂儿直接从战场上回来啦?你就是写了那封信的那个儿子吗——"

"别,别——别问我。那么,葬礼已经完啦?"

"按基督教的说法,根本没有什么葬礼。不过是给埋了,一点儿不错。你应该遇见了坐在空车里回去的那几个人呀。"

"像是死在沟里的一条狗。这都是因为我。"

他沉默起来,眼看着那坟墓,大家对他不禁心生怜悯。"朋友们,"过了一会儿他又说,"我现在更明白了。我想,你们是看在邻里的分上,发了慈悲,给他唱了安魂曲吧?我从内心里感谢你们善意的同情。不错,我就是霍威中士的那个不肖的儿子——我就是导致自己父亲丧命的那个儿子,真真切切就像我亲手要了他的命一样呀!"

"别,别,你可别这么想,小伙子。他有好一阵子自然而然地消沉起来啦,一时好,一时坏,俺们听说的就是这样。"

"我写信给他的时候,我们还在东方。那时候我什么事情都不对劲儿,我的信刚刚发走了,我们就接到命令回家。你们现在在这儿看到我,就是这个道理。我们一回到卡斯特桥住进军营,我就听到这个……。我真该死!我会有胆量去追随我父亲的,我也要结束我这条命。这是惟一剩下来要做的事情啦。"

"你可别这样冒冒失失的,路加·霍威,我再说一遍;你得想方设法将来用你这条命去补偿。或许你父亲因为这个还会从天上向下看着你微笑呢。"

他摇摇头,满腹辛酸地回答说:"这我就不知道啦。"

"努力干,要配得上你父亲最大的优点。时间还并不太晚。"

"你认为不晚吗?我以为太晚了!……好吧,我要好好再考虑一下。谢谢你这番好言忠告。不论如何,我得活着办一件事。我要把父亲的遗体移葬到一个合适的教堂墓地里去,如果我可以亲手这样做的话。我没法救他的命,但是我能够给他修造一个体体面面的坟墓。我决不让他躺在这个招人骂的地方!"

"嘻,就像咱们教区的牧师说的:'他们在希林奇遵守的是一种野蛮的风俗,应该把它改掉了,'另外,他又是个老兵。你瞧,我们的牧师可不像你们希林奇的那样。"

"他说,那是野蛮的,他是这样说的吗?就是野蛮!"这个当兵的大叫起来,"现在,朋友们,请听我说。"于是他就接着往下问,他们是否愿意私下把这位自杀者的尸体迁走,葬进一个教堂墓地,不是他现在痛恨的希林奇教区的教堂墓地,而是恰克—纽顿的,他因此会更加对他们感激不尽,他会倾囊酬劳他们办这件事。

洛特问埃茨拉·凯兹多克,他觉得这件事怎么样。

凯兹多克这位大提琴手,当时也是教堂的司事,不大同意而迟迟疑疑,建议这位年轻的士兵先生先去探听一下教区长对这件事的意见。"也许他会反对,可也许不会。希林奇的教区牧师这人有点儿生硬,这咱承认,他说,要是一些人活生生地把自个儿宰了,那他们就得对后果负责。可咱们的事就一点儿也不像那样,也许会允许那么办。"

"他姓什么?"

"尊敬的奥达姆大师先生,威塞克斯勋爵的兄弟。可是你也别因为这一点就对他害怕。他会像一个普普通通的人一样和你谈话,只要你没有灌上一肚子黄汤,让他闻到你满嘴酒气。"

"噢,照以前的那样,我要去问问他。谢谢你们。这件事完了以后——"

"那还有什么?"

"现在正在西班牙打仗①。我听说,我们下一步就在那儿。我要努力让自己表现得像我父亲希望的那样。我并不设想我一定会做到——但是我要用我微薄的力量努力去做。我发誓要那样——在这里对着他的遗体发誓。愿上帝帮助我那样做。"

路加朝那白色的路标猛击了一掌,把它打得都摇晃了一下。"是的,正在西班牙打仗;这是我的又一次机会,要配得上父亲。"

这件事当天夜晚就这样了结了。这位士兵发了誓要办的一件事情不久就清楚了,因为就在圣诞节那一周假期中,教区长来到教堂墓地,凯兹多克当时正在那里,教区长让他为那样的一次迁葬找一块合适的地方,还说,他对那位去世的中士略知一二,说他不知道有哪一种法律条款,上面列有这种明文规定,禁止他同意这种迁葬。但是他不希望看起来好像是他要反对那位希林奇的近邻,所以他规定好,这件善举应当在夜晚进行,还要尽量保守秘密;而且那座坟要修在墓地里不显眼的地方。"你最好立刻去找那个年轻人谈谈这件事。"教区长又添了这么一句。

但是埃茨拉还没有来得及办任何事情,路加就到他家里来了。

---

① 指在西班牙对拿破仑的战争。

原来他的休假缩短了,原因是半岛①上的战事有了新的发展,他不得不立刻回到他那个团队去,所以只好把挖出遗体和迁葬的事情托付给他这几位朋友。他支付了每一项费用,并且恳请他们大家随即负责办理。

这位士兵就这样走了。第二天,埃茨拉把这事考虑了一番,突然觉得忐忑不安,于是又去见教区长。他记得中士并没有装在棺材里下葬,他没有把握,是否有根木桩插进了尸体。这事儿比他们原先设想的要更加麻烦。

"是呀,的确如此!"教区长嘟囔着,"我怕这件事到头来还是行不通。"

下一件事就是一个送货人从最近的镇子上送来了一块墓碑,把它卸在埃茨拉·凯兹多克家;款项都付清了。教堂司事和送货人把墓碑放在司事的外屋里;埃茨拉等送货人一走,就自己戴上眼镜,念起刻在碑上的简要碑文:

吾王陛下步兵某团已故中士撒木尔·霍威之墓,卒于一八〇×年十二月二十日。路·霍敬立

"我不配称为你的儿子。"②

埃茨拉又去了教区长在河边的住宅。"墓碑已经运来了,先生。可是咱恐怕,无论咋样,咱们都办不成。"

"我本来愿意为他效劳,"这位有绅士风度的老牧师说,"而且我还乐意免收全部费用。然而,如果你和其他几个人都认为你们办不成,我也不知道该说什么了。"

"嗯,先生,我打问过希林奇一个女人,是咋样把他下葬的,看来俺想的是真的。他们从北尤利斯的羊圈里,取来一根支撑栏杆

---

① 指西班牙所在的伊比利亚半岛。
② 此处路加·霍威引用《圣经·新约》以自责,原文见《路加福音》第 15 章第 21 节。

的六英尺长的新木桩,插在他的尸体里,①可他们现在就不肯承认了。问题是,想想这桩事的别扭劲儿,迁坟是不是还值得办?"

"你还听说过那个年轻人更多的情况吗?"

埃茨拉只听说,他已经在那个星期和他那个团的人一起开拔去了西班牙。"他要是真像他那副神气,豁出命来干,咱们在咱英国这儿就一定再也见不到他啦。"

"这可是一桩别扭事。"

埃茨拉同合唱队的人商量这桩事,队里有个人建议,就把墓碑树在那个十字路口。大家觉得这个主意行不通。另一个人说,不用挪动尸体,只把墓碑树在教堂墓地里就得了;但是这样做又有失信义。所以就什么事也没做成。

那块墓碑就这样搁在埃茨拉的外屋里,直到后来他见它待在那儿觉得心烦,就把它搬走,放在他家花园尽头的灌木丛里面。有时候他们又谈起这个话题,可是谈论的结果总是:"想想那是咋样下葬的,咱们一点儿事也没法办。"

他们一直认为,路加再也不会回来了,而且一再谣传在西班牙的部队遭到了种种灾难,这又加深了大家的这种印象。于是他们那种无所作为就永远保持不改了。那块墓碑碑面朝上躺在埃茨拉那片灌木丛下面,慢慢长满了绿苔;后来河边一棵树让风刮倒,砸在石碑上,把它分成了三截。最后这几块残碑就埋在树叶和土里了。

路加并不是恰克一纽顿生人,他在希林奇也没剩下任何亲属,所以在整个战争期间这两个村子都没有得到他的任何消息。但是在滑铁卢大战和拿破仑倒台之后,有一天希林奇来了一个陆军少校,军服上戴着军阶条纹,而且正像它所表明的,还有赫赫战功。

---

① 按基督教迷信说法,在未经忏悔而死去的罪人尸体上插木桩,应是为防止它变成僵尸为害。

在国外服役让路加·霍威从头到脚都变了样,直到他说出自己的姓名,村民才认出来,他就是霍威中士的独生子。

在半岛上整个作战期间,他一直都在惠灵顿①麾下效命,作战顽强;他曾在巴萨柯、芬特斯·多诺尔、罗德里戈城、巴达霍斯、萨拉曼卡、维多利亚、加特·布拉和滑铁卢②作战,现在复员,得到一笔比普通退休金更高的年金,在故乡一带安居。

他到了希林奇,吃了一顿饭,没再多留,当天傍晚,就徒步出发,翻过山头去恰克—纽顿,经过十字路口的路标时,朝那个地方看了一眼,还说:"谢谢上帝,他不在那儿了!"他到了恰克—纽顿那个村子的时候,夜幕刚好降临;但是他径直走向教堂墓地。进到那里的时候,还有足够的光亮让他辨认眼前那些墓碑,他一一仔细审读。但是尽管他搜寻了靠近大道的前面一部分和滨河的后面一部分,却并没找到他要找的——霍威中士的墓和具有纪念意义的碑文:"我不配称为你的儿子。"

他离开教堂墓地,四处打听。那位受人尊敬、年高德劭的教区长大师已经去世,合唱队的许多人也同样去世了;但是这位少校还是一步一步地了解到,他父亲依然躺在长槐路那个十字路口。

路加垂头丧气地往家里走去,要走正路,他就得再经过那个地方,因为两个村子之间没有其它的道路。但是现在他不能再经过那个地方,那里仿佛有他父亲的声音在高声斥责,于是他越过树篱,远离大路,在翻耕过的田地里乱穿,好避开那个地点。路加多年来经历了许许多多的战斗和劳顿,他一直是受这样一种思想支撑着,这就是他是在恢复家族的荣誉,是在进行高尚的赎罪。然而现在他父亲依然躺在屈辱之中。他觉得他父亲的遗体一直是因为

---

① 指阿瑟·惠灵顿(1769—1852)著名英国将军与政治家,一八一五年率军大破拿破仑统率的法军于滑铁卢。
② 以上为西班牙、法国和比利时境内的各个战场。

他这个儿子的不肖而在受苦受难,如果说这是事实,还不如说是伤感。但是由于他的神经过敏,情况看来好像是,他恢复自己名誉和抚慰受害者亡灵的种种努力,都以失败告终了。

然而,他还是努力摆脱自己的沮丧情绪,而且因为讨厌与希林奇的种种联系,索性在恰克—纽顿租了一所长期无人居住的小房子。他一个人住在那里,简直成了隐士,也不让任何女人进这所房子。

他定居在这里的那一个圣诞节,自己独自坐在壁炉边,这时他听到从远方传来的微弱音调,不久一支乐曲紧挨着他自己的窗口外面演奏起来了。和往常一样,这是颂歌歌手在演唱;尽管许多老手,包括埃茨拉和洛特在内,都已经得到永久的安息,那同样一些古老的颂歌现在却依然按照那些同样古老的乐谱演奏出来,透过少校的百叶窗,那些已经去世的合唱队员曾经在他父亲的坟头演唱过的那些熟悉的歌词,又高唱起来:

　　他来打碎恶魔的枷锁,
　　释放这些囚徒。

他们演唱完毕,就走向另一所房舍,又把他留在寂静和孤独之中。

蜡烛需要剪剪灯花了,可是他并没有去剪,还是枯坐在那儿,后来它烧融了,流进烛台的烛孔里,在天花板上撒上了一阵又一阵阴影。

第二天早晨圣诞节的欢快情绪,在早餐时分给一个悲惨的消息打乱了;这消息像一阵风似的传遍了全村。人们发现在长槐路十字路口,霍威少校自己动手射穿了自己的头颅,那里正是埋葬他父亲的地方。

他在那所小房的桌子上留下了一张纸条,上面写下了自己的愿望:把他埋葬在十字路口,紧靠他父亲身旁。但是,事出偶然,那张纸条被吹落到地上,无人知晓,直到他的葬礼以通常的方式在教堂墓地里举行了以后,才让人发现。

(1897)

浪子回头

一

除了那些当事人本人以外,对他们的事情了解得最多的人,刚好就是他。他住在"市镇顶头"(大家都这样称呼那个地方)下面一所盖得很结实的老房子里。这所房子与周围建筑有一点儿颇为不同,它的二层楼上有一个凸肚窗,从那里可以俯瞰主大街,从西到东一览无遗。西头有劳拉住的房子,紧接着是市府街的尽头(下面就要提到在那条街上玩出来的一些稀奇古怪的鬼把戏),还有往西去布瑞迪港的那条渐走渐高的大路,和拐往骑兵营房的那个岔路口,上尉就住在那座营房里。从这个地势有利的高处往东朝市镇的下部望过去,鳞次栉比的房屋越远越低,越远越小,最后接上横贯荒原的那条大路就走到了头儿。大路像一条白色的带子,到了距离四分之一英里远的那座灰桥,就看不见了,然后它就转入乡间,千回百转,穿过幽隐僻静的林荫,孤零零地随着起伏的地形时而升上山坡,时而降落谷底,经过一百二十英里,最后在海德公园角①出现,路面平滑柔和,终于和繁华、时髦的世界交接了。

前面提到的那座营房,最近驻进了第×轻骑兵团,它在这个地方还是初来乍到。当地老百姓同骑兵团的人员几乎还没有任何交道,就传开了某种消息,说是他们由"精锐"人员组成,还带来了一

---

① 表明通往伦敦,到了著名的海德公园。

个棒极了的军乐队。由于某种原因,这个市镇多年来一直没有当做正规骑兵部队司令部的所在地,驻扎在那里的不过是由一些临时分遣队组成的部队,因此每一个人——甚至那位给部队里带家眷的官兵出租桌椅板凳的小家具商也在内——听到他们素质精良的消息,都有无尚荣幸之感。

在那个时候,轻骑兵团在左肩上仍然披挂那种引人注目的附件,那种有褶皱饰边的半上衣,松散地吊在后面,像一只大鸟受了伤的翅膀,大家管它叫做骑兵上衣,而军人自己则把它叫做"吊衣"。在女人的眼睛里,它给他们增添了绚丽的光彩。说真的,在男人的眼睛里也是一样。

那位住房带有凸肚窗的市民,白天在那个凸出的地方一坐就是好几个小时,因为他是一个残疾人,他对外面的事情要是不去保持经常不断的注意,他手头的时间就会使他的头脑感到沉重不堪。轻骑兵来了还不到一个星期,下面街上小学生互相叫喊的声音就冲进了他的耳朵。

"你听见这件关于轻骑兵的事儿了吗?有个东西老缠着他们!真的——一个鬼老跟他们找麻烦。多少年了,它一直跟着他们在世界上到处转。"

一个被鬼缠着的轻骑兵团:不论对一个残疾人,还是一个健康人,这总是一个新概念。坐在凸肚窗里听外面说话的这个人,于是得出了结论:在第×轻骑兵团里,有些活跃人物。

一天下午吃茶点的时候,他在一次聚会上随便认识了孟布瑞上尉,他是坐着轮椅去的,因为健康状况,他这种外出是极为稀罕的事情。孟布瑞看上去是个二十八九或者三十岁的漂亮男子,他的举止透着一点儿调皮的意味,这肯定会使一些年轻的佳人淑女崇拜他。他苍白的脸上闪着一对又大又黑的眼睛,把他这种调皮劲儿强烈地表现出来,虽然这是由他那眼神随机应变表现出来的。人们可以这么想,如果他觉得需要,这对眼睛也可以表现出悲伤凄楚或是严肃认真的神情。

一位又老又聋的太太也出席了茶话会,她干干脆脆地问孟布瑞上尉:"我们听到的那件事儿到底是怎么回事儿?据说你们团让鬼缠着了。"

上尉的脸色表现出一种严肃的、甚至是悲伤、关切的神气。"是那样,"他答道,"这件事完全是真的。"

有几位年轻的小姐太太微笑起来,等到看见他显得那么严肃,她们也同样显得严肃了。

"真的吗?"那位老太太又问。

"真的。我们当然希望不去多谈这件事。"

"是的,是的,当然不希望。不过,究竟是怎么缠着的?"

"嗯,这个——东西,我就这么叫它吧,老跟着我们。不论是在乡间住所还是在城镇里,不论是在国外还是在国内,全都一样。"

"你怎么解释这件事儿?"

"哼,"孟布瑞放低声音说,"我们团里某些人在过去一些年月犯了某种罪,我们推想。"

"我的天哪,……多么可怕,多么奇怪呀!"

"可是,我说过,我们不多谈这件事。"

"是呀……是不。"

等这个轻骑兵走了,一位年轻太太本来把对这件事的兴趣一直按捺了好久,终于憋不住了,她问,本市是否有谁见过那个鬼。

律师的儿子总有郡里最新的消息,他说,虽然除了轻骑兵他们自己以外,别的人很难见到它,可是本市不止一个男人和女人,已经瞅见过它,吓得魂不附体。那个鬼多半在深夜出来,在市府街上靠营房最近的那片密麻麻的树下面现形儿。它大约有十英尺高,牙齿咔哒咔哒发出刺耳的声音,就像是一具骷髅似的,还可以听见它的坐骨在骨槽里磨得嘎嘎直响。

在冬天那几个最阴暗的星期里,和大家兴致勃勃地描绘的差不离的那个东西,还真把几个胆小的人吓着了,警察于是开始调查这件事情。在这以后,鬼魂出现就不那么经常了,而且轻骑兵团里有些骑兵还感激不尽地说,自从他们来到卡斯特桥以后,就自由自在没有鬼魂来找了,这是多年没有的事。

一些出类拔萃的年轻人物,住在市镇顶头上那座长满青苔的红砖房里,房上标着"W. D."①,墙边隅石上都标有宽大的箭头②,他们最热衷的玩笑耍乐中,最单纯无害的就是装神弄鬼了。也常常有人谈起比这严重得多的越轨行为——与爱情、酗酒、玩牌、赌博有关的轻率行动,不过毫无疑问,多少有些夸大其词。大家谈到,那些轻骑兵,孟布瑞上尉也包括在内,是引起市镇和乡村里几个年轻女人伤心痛哭的根源,这种话毫无疑问是真有其事,固然这些年轻军人在这个老派地方寻欢作乐,比起他们在现代化大城市里所作的,也真是具有更多令人吃惊的色彩。

二

每星期一次,他们照例不误排成行军队列骑马外出。

有一次他们在这种场合列队归来,那有些浪漫气息的骑兵上衣,随着柔和的西南风在每个人的肩后飘荡,孟布瑞上尉抬头向那个凸肚窗望了一眼。他和坐在那里看书的那个人相互点了点头。看书的这个人和当时同在房间里的一位朋友,目送他们走过大街,直到这些士兵走到劳拉住的那所房子对面,可以看得出来那位小姐在阳台上的身影。

"我听说,他们订了婚,就要结婚了。"那位朋友说。

---

① 指陆军部。
② 英国政府财产的标志。

"谁——孟布瑞和劳拉?绝不会——那么快?"

"是的。"

"他绝不会结婚。有人提到,有几个女孩子已经和他的名字牵扯到一起。我真为劳拉难过。"

"唉,你大可不必。他们真是天设地造的一对儿。"

"她不过是又多加的一个。"

"她是多加的一个,还会加更多。她是正经八摆地抓住他的。她天生是一个玩弄别人的心的高手,她是懂得怎样以其人之道还治其人之身的。如果说这个城市里有哪一个女人居然自己能够把握得住自己,而且和他结得成婚,那么,这就是她了。"

这倒是真的,而且到头来也果真如此,由于天生的性格,劳拉从一开始就一心一意地扎进军人的风流韵事里面去了,就像她注意到的那些干这种事儿的活榜样在种种情节和角色中表现出来的那样。自从她刚刚成长为一个年轻的女人以来,普通老百姓,不管前途多么不可限量,只要她目光所及哪怕还有一个卑贱低微达到极点的武夫,那他们就毫无机会得到她的青睐。这可能是因为她伯父的房子(也是她的家)位于西街拐角,离营房最近,每天有军队经过,军号经常在离她家窗户还不到八分之一英里的地方吹,再加上她对军事生活内部的现实情况一无所知,因而把它理想化,这一切也就帮她形成了她头脑里最初的偏见,以为只有军人才值得一个女人倾心爱慕。

孟布瑞上尉是一个值得抓到手的典型人物:他这个人,引得附近一带的少女无不相思渴望,谁都勾引传情,可谁又都悲伤叹息,而由于劳拉手腕高明,他却在她的意志面前变得服服帖帖。并且劳拉除了因为嫁了个她喜欢的人而感到快乐以外,还由于感觉到周围所有年已及笄、待字闺中的姑娘的母亲对她切齿痛恨而兴高采烈。

凸肚窗里那个男子去参加了婚礼,倒不是去做客,因为到这个时候他还不过略微认识双方而已,主要是因为教堂离他的房子很近。另外一部分原因当然也是驱使别的许多人去参观婚礼的原因:一种潜意识,认为虽然这一对在他们的经历中可能幸福,但是也有充分的可能不幸福,这就以一种令人愉快的、臆想中的凄恻来使旁观者的沉思更有滋味。在那段时间,他偶尔也能写几句小诗,于是用铅笔在祈祷书的空白页上写下了几行,来消磨他等待的时间,这在当时是保密的,而现在却可以转录在这里了:

在一次匆匆的婚礼上

(双韵脚八行诗)①

钟头若能顶年头,这一对儿就走运了,
  因为他们急切的情欲今已得抚慰。
终身的绳索已把他们拴紧了
  钟头若能顶年头,这一对儿可就走运了
东边的太阳若能不西落,
  火烧过了也不剩死灰。
钟头若能顶年头,这一对儿可就走运了,
  因为他们急切的情欲,今已得抚慰。

然而,仿佛是要让所有的预言落空,这对新人似乎从婚姻中找到了奥秘,能把谈情说爱那种如醉如痴的情绪变得天长地久,而在孟布瑞这一方,至少刚开始谈情说爱的时候并没有严肃认真的想法。在随后到来的那个冬季,他们在卡斯特桥市内和周围——不,在整个南威塞克斯——都成了最受欢迎的一对。在这个郡内,凡是赶车能够到达的距离之内,任何比较年轻、比较快活的家庭在乡间府第举行时髦宴会,如果没有他们的高高兴兴的身影出现,就算

---

① 原文一、三、四、五、七行同韵;二、六、八行同韵。

不上圆满。不仅在郡城盛大的舞会上,孟布瑞太太是令人眼花缭乱的人物中最欢快活泼的,即使在驻军城市生活中必然出现的事情——业余戏剧演出活动中,情况也是一样。演出是给某种慈善事业做义演——谁也不管是为什么义演,只要演出戏剧就行——孟布瑞上尉和他妻子全都参加了,事实上双方相互同意,都是演出的创议人。于是大家说说笑笑,无忧无虑,搔首弄姿,一切都进行得高高兴兴。这一对在付款方面略微有点拖延。但要是对他们公道的话,还必须添一句:所有欠赔迟早都已还清。

三

有一个星期天,在军队参加礼拜的那个边远教区小教堂的讲道坛上,出现了一个生面孔。这是一个新来的教区牧师的面孔。他放在桌上的不是大家熟悉的传道书,而仅仅是一部《圣经》。讲出这些事情来的那个人,并没有参加那次礼拜,但是他不久就知道了,那位年轻牧师使他那伙听众大吃一惊,他们一向是军民混杂的,因为虽然轻骑兵占了这所房子的主要部分,但是角落旮旯的地方到处都挤满了平民百姓,直到现在,即使是最慈悲为怀的人也会说,这些平民不是因为做礼拜,而是因为有军人,才被吸引到那里去的。

而且还有第二个理由,说明为什么大家要拼命挤进那个已经水泄不通的教堂里去。森维先生口若悬河,讲起道来娓娓动听,令人信服,这对于一向仅仅习惯于高深而又枯燥的演讲方式的听众来说,具有醉人的魅力,因此市镇上其它一些教堂有一段时期就门庭冷落了。

十九世纪的那段时期,很多信教的人到教堂去的惟一理由就是去听讲道。礼拜仪式不过像一个开场白,和巡回法庭宣读皇家公告一样,得先有开场白,然后才落到饶有兴趣的正文。回到家里以后,问题却变得十分简单;谁讲道了,他怎样处理他定下的题目?甚至大主教主持特定礼拜仪式的时候,也没有人会关心讲了些什么,或者唱了些什么。原先在早晨去做礼拜的人,逐渐开始只是去做晚间的祈祷,甚至只是在下午去做特别的礼拜了。

有一天,孟布瑞上尉走进他妻子那间摆满租来的家具的客厅,她觉得他好像变了另一个人似的,因为他上楼的时候并没有哼着音乐圈儿里流行的那种引人着迷的小曲儿,也不是他一向那种满不在乎的神气。

"有什么事儿吗,杰克?"她问道,仍然低着头写一张字条,并没有抬头看他。

"嗯——就我所知道,没有什么了不起的。"

"嗷,可是一定有点儿什么。"她一边写一边小声说。

"哼——那个该死的穿了身裹尸布的瘦高个儿——我指的是那个新牧师!他要我们星期天下午乐队不再演奏。"

劳拉不觉一惊,抬起头来。

"哎呀,从星期六到星期一,我们这一带几个通情达理的人能保持高高兴兴,靠的就是这一点呀!"

"他说,全市的人都涌来听声乐,而不去做礼拜啦。而且说,演奏的又都是那些渎神的、世俗的、愚蠢的或者那些不应该在星期天演奏的作品。当然,这些事情该由劳特曼去解决。"

劳特曼是军乐队队长。

军营的草地到星期天下午的确成了很多喜欢热闹的市民散步的场所,甚至有许多人在早晨还参加了森维先生的礼拜,而且有些小男孩本该去听牧师下午讲道的,可却老是到草地上来打滚,在一些比较庄重的听众背后做鬼脸。

以后两三个星期里,劳拉再也没有听说这件事情,直到后来她突然又想起来,问她丈夫是否还有人提出反对。

"嗷——森维先生,我忘了告诉你。我已经认识他了。他并不是那种坏人。"

劳拉问起,是不是孟布瑞或是其他一些军官,因为那个自以为是的牧师干涉他们而把他训了一顿。

"嘿——那事儿我们早忘了。他们告诉我,他是一个了不起的传教士。"

他们的交情显然加深了,因为孟布瑞上尉过了不久就对她说:"森维认为星期天下午乐队不应当演奏,是很有道理的。演奏离他的教堂毕竟太近了,可是他并没有一个劲儿地拼命反对。"

"你都为他辩护了,真叫我吃惊!"

"我不过是偶然想到罢了,我们当然不愿意冒犯市镇上的居民,如果他们不喜欢演奏的话。"

"可是他们就是喜欢。"

坐在凸肚窗里的那个残疾人,对于教会和非教会之间关于这件事意见冲突的详情,一直都没弄清楚,可是事情的结局是,在卡斯特桥军营广场上,军乐队星期天下午不再演奏了,这使那些乐师感到失望,外出散步的对对情侣感到伤心,城镇和附近乡村的年轻人感到惋惜。

孟布瑞夫妇在这段时间经常去听那位如果说是思想狭隘、却又是温文有礼的牧师讲道。因为那些无拘无束、漫无目的、寻欢作乐的人,也和其他人一样,到教堂去不过是为了体面。没有谁像那些地道的大俗人一样一本正经。一件值得注意的事情倒是,坐在凸窗里的那个人,看见了孟布瑞上尉同森维先生一边热烈地谈论着,一边沿着主大街走过去。他对一位客人提到这件事,客人告诉他,他们老在一起,是大家时常谈论的话题。

即使客人不告诉他,他很快也会亲眼见到的。他们差不多每天都一起从这里走过。在这以前,一向都是孟布瑞太太穿着散步的服装陪着她丈夫,可是现在这种情况却越来越少见了。那两个男子之间密切而且特别的友谊继续了将近一年,后来森维先生就被派到中部地区①一个人口稠密的市镇去了。他怀着恋恋不舍的心情和他这个老教区的教民道别,然后就离开了。他在那个场合发表了一篇感人肺腑的讲道词,当地印刷厂还把它印了出来。没有了他,每个人都感到惋惜。他在后来那个地方担任教区牧师不久,就在某个气候恶劣的季节染上了严重的肺炎,终于因此一病不起,他在卡斯特桥的那一大批教民听到这个消息,确实感到深切悲痛。

我们现在来看看事物表面下的现象。那位故世的牧师当初刚一来,孟布瑞上尉就叫他"穿了一身裹尸布的瘦高个儿",可是在认识那位牧师的一切人当中,谁也没有像他这样一个男人那样伤心。孟布瑞太太对这位给人深刻印象的牧师,从来没有深深同情过,说句老实话,她暗地里还曾经为他高飞远走感到高兴。她是这样一个女人,对于尘世欢乐和良朋庆聚十分珍视,而他却曾经大扫她的兴致。她对她丈夫失去了一位朋友感到惋惜,虽然这位朋友从来都不是她自己的朋友,她对于这种结果并没有什么精神准备。

"亲爱的,有件事最近我一直想告诉你,"一天早晨吃早餐的时候,他犹犹豫豫地说,"你猜得到是什么事情吗?"

她什么也猜不出来。

"就是我想退伍。"

"什么!"

"自从森维去世以后,我想到他的时候越来越多,想到他一向那么热烈诚恳地对我讲的话。于是我感到很肯定,我应当服从我内心的呼唤,放弃这打仗的事情,到教堂去担任圣职。"

"什么——去当一个牧师?"

"是的。"

"那么,我怎么办呢?"

---

① 指英格兰中部。

"当牧师的妻子。"

"决不当!"她斩钉截铁地说。

"可是你能怎么办?"

"我宁愿逃走!"她恨恨地说。

"不,你一定不要逃走,"孟布瑞说,他下了决心的时候,用的就是这种声调,"你会习惯这种想法的,因为我不得不这样干下去,虽然这样做妨碍我世俗的利益。在我身外有一种力量,强迫我踏着森维的脚步前进。"

"杰克,"她脸色苍白、双眼圆睁问道,"你当真是说,你在进行安排,要去当牧师而不当兵了?"

"我可以说,一个牧师就是一个兵——富有战斗精神的教会里的兵;可是我不愿意用教义来惹你生气。我明明白白地说:是在安排。"

过了不久,一天晚上他发现她很晚还坐在她屋子里那暗淡的炉火旁边。她不知道他进来了,他发现她在哭。"你在哭什么,我最亲爱的小可怜儿?"

她猛地一惊。"为你告诉我的那件事!"

上尉变得很不愉快;可是他并未就此罢手。

过了一段时间,市镇上的人听说,孟布瑞上尉已经从第×骑兵团退伍,并且进了芳托神学院,准备担任牧师职务,不禁惊讶之至。

四

"唉,真可惜! 那样一个雄赳赳的军人——那样受人欢迎——这个市镇不可多得的人物——本地社会生活的中心人物!可是现在都完了!……人不应当说死者的坏话,可是那个讨厌的森维先生——他真是太残酷了!"

约翰·孟布瑞这位前任上尉、现任牧师,由于命运的安排,如愿以偿,以新教牧师的资格重返以前军事生涯的旧地,上面种种就是大家对他评说的大要。本市下头有个区,当时住满了贫穷困苦的村民,迫切需要一个牧师,于是孟布瑞先生自告奋勇,提出自己愿意去承担那种肯定产生不了什么结果,也得不到感谢、声誉和薪金的辛苦工作。

让我们说说他当圣职人员的真实情况吧,事实证明他根本没有什么光辉的成就。谁都看得出来,他勤勤恳恳,一心一意,诚挚热情,可是他讲道十分吃力,他的宣讲听起来枯燥无味,而且又太长。甚至坐在白鹿客店酒吧间里的那些公正无私的法官,也在实质上同意西边那些年轻小姐的意见,她们的意见多少总还是表达得比较简洁的:"说真格的,老天爷把孟不(布)瑞上委(尉)调了去穿白法衣,那可真是把好好一个当兵的糟蹋掉,造出来一个不成模样的牧师了!"而这家白鹿客店坐落在穷人居住区和孟布瑞以前春风得意时期所住的时髦住宅区的分界线上,因此提供了一个严守中立、不偏不倚的地位。

那位穿白法衣的人知道这些议论他的事情,可是他还是泰然自若,不以为然,每天在那些简陋的棚户中进进出出,忙忙碌碌。

大约就在这个时候,凸肚窗里的那个残疾人同孟布瑞太太的交往已经超过点头之交了。她同她丈夫早已回到这个市镇,一起住在他履行牧师职务地区中心的一所小房子里,因为某种关系她成了那些去访问他的客人中的一个。她和一个与他们两人都是朋友的人一起坐在他屋子里闲谈,后来忽然扯到了那件仍然埋在她心灵深处令她激动的事情。她的脸色顿时显得比以往更加苍白、更加瘦削,甚至显得更加楚楚动人,她的神态本来一度显得有点儿轻佻,而现在失意沮丧倒给她加上了温顺柔和、颇富思想的韵味。这两位女士来此访问,是想得到允许利用那个窗户来观看轻骑兵离开本市,因为他们正要出发,调到离伦敦近得多的那些营房去。

军人们转过营房路的那个犄角,拐到主大街上头,走在队伍前面的是军乐队,正在演奏《我留在身后的姑娘》(过去在这种场合总是演奏这个曲子,如今则几乎不用了)。他们走过来,经过这个凸肚窗,有一两个军官抬起头来,看见孟布瑞太太,向她致敬礼,乐队的曲调越走越远逐渐消失了。孟布瑞太太的眼里充满了泪水,这种情景容易使人想入非非。还没等这一小伙人从这种情绪中苏醒过来,孟布瑞先生就沿着人行道走过来了,他大概是在街上为他以前的战友送行去了,因为他是从那个方向走过来的。他身穿相当寒酸的教士服装,胳膊上挎着一只篮子,里面像是装着给那些穷苦教民买的东西。和那些士兵不一样,他一路走来,对自己的外表或者周围的情景不大注意。

这种对照对劳拉来说是太强烈了。她这时嘴唇哆嗦着问那个残疾人,对她遭到的变故他是怎么想的。

这个问题很难回答,可是她内心生出一种过于强烈的顽固劲儿,所以又把问题重说了一遍。

"你认为,"她还加了一句,"一个女人的丈夫有权利做这样一种事情吗?即便他真的感觉到有一种呼唤要他这样做?"

听话的这个人,对他们俩都太同情了,所以无论如何也无法做出令她满意的答复来。劳拉从窗口望过去,满怀渴望地凝视着轻骑兵走过而掀起的那一路薄薄的尘土,他们现在越来越小,直奔麦斯托克山脊了。"我呀,"她说,"本来应当坐在他们的大马车里,走在去伦敦的路上,可是命中注定却要在杜诺沃区的一个小洞里溃烂!"

从她告辞的那天,到这个残疾人再见到她的时候,已经发生过许多事情,流传过许多关于她的风言风语了。

五

卡斯特桥有过许多文的和武的事件;有许多好年头,也有些不那么好的年头;现在则是它遭到天罚的时候了。霍乱病一直在受苦受难的乡村流行,而这个古老的郡里那个地势低洼的贫民窟,在这场瘟疫中遭灾就更加惨重。杜诺沃区的米克森巷,位于孟布瑞的教区之内,则是遭受打击最为严重的地方。然而在选择日子方面,终究还有一点慈悲,因为孟布瑞正是在这样一个时刻挺身而出的人物。

疫病传染扩散极其迅速,许多人都离开市镇,到乡村和农场去栖身。孟布瑞的房子靠近传染最重的街道,他本人不论白天和夜晚都忙个不停,想努力扑灭瘟疫,减轻受害者的痛苦。因此,作为一般的预防措施,他决定把自己和妻子隔离开来,让她离开他到什么地方去待一段时间。

她提出到蓓口湾附近海边的一个村子去,于是他给她在克瑞斯顿找到了一个住处。那地方与卡斯特桥河谷隔着一道高高的山梁,因此虽然相去不到六英里,却完全是另一种气氛。

她到那里去了,在那个安全的地方稳度乡村生活,她丈夫则在贫民窟中辛勤劳作。就在这个时候,她与第×步兵团的某个中尉范尼柯克先生邂逅相逢,开始交往。这位先生同他们那个团驻扎在蓓口步兵营房里。劳拉经常坐在一溜斜坡的海滩上,看着那平缓的海浪向她溜过来,听着——但是听而不闻——海水退回去的时候磕碰卵石的声音,因此他也常常往那个方向去散步。

交情越来越深,逐渐成熟了。她的处境,她过去的情况,她的美貌,她的年龄——比他略大一两岁——全都在这个年轻男子的心上造成了深刻的印象。于是在那个寂静无人的海边,很快就发生了不顾后果的调情作乐。

那些贬低她的人后来说,她是有意把她的住所挑在靠近那位先生的地方,但是却也有理由相信,她到达那里之前从来没有见过他。此时卡斯特桥正一心一意忙于处理它自己那些悲惨的事情——每天都要掩埋死者和销毁受到污染的衣服卧具——因此无意于传播听到的关于那对男女的一些闲言碎语。大家都在这片凄惨的阴云笼罩之下,谁也没有多去考虑劳拉的事情。

与此同时,在山那边的蓓口,人们的心情可完全不同。那里的天灾很轻,而且降临得早得多,已经恢复了正常的业务和娱乐活动。孟布瑞先生做好了安排,每星期两次去看劳拉,都是在户外,免得她从他那里受到传染,他根本没有听到一点点谣传。一天下午虽然天气干燥,刮着风,他还是照常到那个分开两地的小山顶上去同她会面,那里离城镇不远,通往城镇去的大路和那道古老的山梁在这儿垂直相交。

她走上来的时候,他向她挥手微笑,高声叫道:"亲爱的,让这道墙隔在我们中间。"(这里筑了一道墙作为地界的围篱。)"一定不能让你有危险。上天保佑,不会太久了!"

"杰克,你要我怎么办,我就怎么办。可是你自己冒的危险太大了,是不是? 我没听到你什么消息? 可是我想你是那样的。"

"并不比别人大。"

他们就这样多少有点拘板地谈着话,风在那堵横陈他们中间像磨坊堤坝似的墙上吹打着,不时地打断他们的谈话。

"你想问我点什么事吗?"他加上一句。

"是的,你知道,我们正在蓓口筹募一点儿钱去救济你那些遭灾的人? 我们想到的办法就是演戏。他们想让我演一个角色。"

他的脸色变得阴郁起来了。"我对这类事情,以及跟着来的那一切事情,懂得太多了! 我希望,你们想到的是别的什么办法。"

她淡淡地说,恐怕事情全都定下了。"那么,你是反对我扮演一个角色吧? 当然——"

他告诉她,他不愿意说他根本反对。他希望他们选择的是清唱剧,或者演讲,或者某种更适于减轻危难的办法。

"但是,"她不耐烦地说,"大家不愿意来听清唱剧或者演讲!

他们却会一拥而来观看喜剧和滑稽剧。"

"好吧,我不能对蓓口发号施令,告诉它该怎样挣钱给我们。谁在组织这次演出?"

"第×团的士兵。"

"噢,对了;我知道那套老把戏!"孟布瑞先生应声说道,"卡斯特桥的悲痛成了他们寻欢作乐的借口。坦白地说,亲爱的劳拉,我希望你不要参加演出。可是我并不禁止你。我让你自己对整个事情做出判断。"

这次会面结束了,于是他们各人走各人的路,一个朝南,一个往北。过了一段时间,一切有关的人都知道了,孟布瑞太太在那个喜剧中演了女主角,情人的角色是由范尼柯克先生担任的。

六

这两个相互吸引着的情侣,一段时期以来一直在以自己的所作所为来推动的事情,终于就这样促成了。

没有必要详谈细节。第×步兵团要开往布里斯托尔,这件事一下子促成了他们采取行动。经过一个星期的犹豫不决,她终于同意离开她在克瑞斯顿的家,到附近一个山梁去同范尼柯克会合,然后陪他一起去巴思,他已经在那里为她找好了一个住处,这样,她离他的营房就只有十来英里了。

在选定的那天傍晚,她就这件事在自己的梳妆台上留了一纸短简给她丈夫,上面写道:

> 亲爱的杰克——我再也不能忍受这种生活了,所以我下了决心要结束它。我告诉过你,如果你坚持一定要做个教职人员,我就会逃走,我现在就在这样做。一个人的性格是没法办的。我已经决心同范尼柯克先生命运与共,我期待,毋宁说是希望,你会宽恕我——劳。

然后,她带上那么一小卷行李就走了,在黄昏薄暮中爬上了那座山梁,范尼柯克的轮廓,几乎就出现在她和她丈夫最后一次会面的地方。他是径直从布里斯托尔来这儿接她的。

"我不喜欢在这儿会面——这儿太不吉利了!"她对他大声说道,"看在上帝的分上,我们再找个地方吧。退回里程碑那儿去,我再往前走。"

他退到里程碑旁边,这块碑立在山梁的北坡,老路和新路就在那儿分开,于是她走到那里同他会合。

他问她,为什么她不愿意在山顶上和他会合,她一言不发,满怀忧郁。最后她问他,他们怎样走。

他对她说,他建议步行到卡斯特桥另一边的麦斯托克山,有一辆轻便马车在那里等着,从那条通伊维勒大道的近路,把他们送到那个市镇去。去布里斯托尔的铁路可以通伊维勒。

他们就照这个计划行事,在苍茫夜色中步履轻捷地走着,快到卡斯特桥了,因为要避开它,他们在古罗马圆形露天剧场那儿就向右拐,绕到杜诺沃交叉路口。从那里开始,路变得荒凉空旷,穿过沼泽便可以到达那座小山,去伊维勒的轻便马车正在那儿等他们。

"我已经注意好一会儿了,"她说,"在卡斯特桥杜诺沃那头有一片刺目的火光。看起来好像是从米克森巷附近烧起来的。"

"是灯光吧。"他说。

"那条巷子里,连一盏像灯心草蜡烛那样亮的灯都没有。那是霍乱闹得最厉害的地方。"

过了交叉路口不远,在斯坦法斯特拐角,他们突然从巷子的一头看到了巷子的另一头。几堆大火在路中间烧着,为的是要净化空气。巷子两边破烂不堪的大杂院里,人们正在往外拿被褥和衣服,有一些扔进了火堆里,其余的则放在手推车上,沿着这两个私奔者走的路直接推到荒地里去。

他们继续朝前走。走到一个地方,露天里架起了一个大锅,衣服被单都在这儿煮沸消毒。劳拉借着灯笼的亮光,看出她丈夫正站在大锅旁边,是他卸下了手推车上的东西,把它们浸泡在水里。那天夜晚十分安静,而且十分闷热,大锅旁边人们的谈话传到了她的耳边:

"今天晚上还有好多车东西吗?"

"先生,还有今天下午死的那些人的衣服。可那些可以等到明天再干,因为你一定累得够呛了。"

"我们现在就干,因为我不能请任何别的人来干。把这一车倒在草地上,再去把剩下的推来。"

那个人照他说的办,然后推车走了。孟布瑞待了一会儿,擦了擦脸,然后又在那个肮脏不堪、臭气熏天的地方,继续干起他那简单而又费劲的苦活儿来,用一根像是旧擀面杖似的东西在大锅里搅拌。从锅里冒上来的携带着死亡的蒸汽,形成低悬的雾瘴弥漫在草原上。

劳拉突然说话了:"我今天晚上无论如何不走了。他那么累,我得帮帮他。我原来并不知道,事情居然糟糕到这步田地!"

他们走过来的时候,范尼柯克的胳膊一直扶在她的腰上,这时放了下来。"你走吗?"她问他。

"如果你说我得走,那么我就走。不过我也愿意帮帮忙。"他的语调中毫无劝阻的意思。

劳拉已经走上前去了。"杰克,"她说,"我来帮忙啦!"

那位又困又累的牧师转过身来,举起了灯笼。"嗷——怎么,是你吗,劳拉?"他惊讶地问道,"你干嘛闯进这地方来?你最好回去——这儿太危险了。"

"可是我想帮帮你,杰克。请让我帮帮忙吧!我不是自己一个人来的——范尼柯克陪着我。他要是还没有继续往前走,他也会让他自己派上点儿用场的。范尼柯克先生!"

那位年轻的中尉有些勉强地走上前来。孟布瑞先生出于礼貌和他说了说话,接下去又干起活儿来,"我以为,第×步兵团已经调到布里斯托尔去了呢。"

"我们是调去了。只是我又转回来办点儿事情。"

新来的这两个人开始帮忙,范尼柯克原来一直拿着装有劳拉的梳洗用品的小提包,这时把它放在地上。推车人不久又推来一车东西,大家接着干活儿,过了将近半个钟头,一个马车夫从北面暗影里走出来。

"先生,请原谅,"他悄悄对范尼柯克说,"不过我在麦斯托克小山上等了那么久,最后我把车赶到税卡大道上来,看见这里有火光,就跑了过来,看看发生了什么事儿。"

范尼柯克中尉告诉他再等几分钟,这时最后一车东西已经处理完了。孟布瑞先生伸直身子,喘着粗气说:"好啦,我们再也干不动啦。"

他看起来好像是干完了活儿轻松下来后才突然感觉到剧烈的疼痛。他把双手按在肋下,把身子向前弯下去。

"唉,我想,最后我还是给传染上了,"他费力地说,"我一定得尽力走回家去。劳拉,让范尼柯克先生送你回去吧。"

他们扶着他,他只走了几步就走不动,瘫倒在草地上了。

"我——恐怕——你们得打发人去弄一副担架,或者一块护窗板,或者别的什么东西,"他有气无力地说,"或者想办法把我放进手推车里边去。"

但是范尼柯克已经叫了那辆轻便马车的车夫,他们等着马车从附近的税卡大道上赶来。孟布瑞先生被安放在马车里。劳拉上了马车与他待在一起,他们把马车赶到交叉路口附近他那个简陋的住所,把他抬到楼上。

范尼柯克站在外面空马车旁边等了一会儿,但是劳拉没有再出来。于是他上了车,告诉车夫把他送回伊维勒。

七

孟布瑞先生为了拯救那些遭受苦难的贫民,自己操劳过度,也染上了这种流行病。这场疫病要了那么多人的命,他是最后的一位。两天以后,他就躺在棺材里了。

劳拉在下面的屋子里。一个仆人送进来几封信,她浏览了一下,其中一封是她本人写给孟布瑞的信,告诉他,她再也无法忍受和他一起生活,马上就要同范尼柯克出走了。她看完了这封信,就把它送到楼上去,死者现在躺在那儿,她把信偷偷放进他的棺材里。第二天,她把他埋葬了。

她现在自由了。

她锁上他在杜诺沃交叉路口的房子,又回到她在克瑞斯顿的住处去。不久她收到范尼柯克的一封信。在她丈夫死后六个星期,她的情人来看她了。

"那天晚上——我忘了把这交还给你。"他说,同时把那个小提包交给她,这是她那天离开的时候随身携带的全部行李。

劳拉接过来,心不在焉地把它抖落开来。于是她的牙刷、梳子、拖鞋、睡衣和旅行所用的其它简单用品,从里面落在地毯上。这些东西现在显得特别难堪,令人无法忍受,她尽量把它们盖起来。

"现在我可以,"他说,"合法地请求你属于我了——等过了一段合适的时间以后,而不是像我们原来打算的那样。"

他说话有点无精打采的样子,暗示出这话是敷敷衍衍地说出来的。劳拉一边把她那些东西收拾起来,一边回答说,他的确可以那样请求她——她是自由的。然而,她的表情并不能说成是热烈的反应。这时她越来越快地眨着眼睛,把手绢捂在自己的脸上。她哭得很厉害。

他一动不动，没有采取任何方法来安慰她。谁夹在中间妨碍他们呢？没有一个活人。他们曾经是情人爱侣。现在没有任何实际的障碍可以阻止他们缔结丝萝。但是总有一个毫不知情的人咄咄逼人的阴影，他那瘦削的身影，在杜诺沃荒野的暗夜里在那个可怕的火炉前面来来回回地走动。

后来，范尼柯克到附近的地方来的时候，总是来造访劳拉。当然这种时候并不经常。但是过了不到两年，第×步兵团又调回蓓口湾了，仿佛是要促成人人都在期待的这桩婚事似的。

这样，两个人就不免要常常相互碰面了。但是不知道障碍究竟是出于他们爱情的根源，还是来自犯了错误的感觉，而且由于孟布瑞太太成了寡妇后，以往那种吸引人的风采大为减少了，他们的感情从以前那种炽烈的白热状态降低到仅仅是出于不冷不热的礼貌了。至于范尼柯克以后生活中家庭情况如何，在凸肚窗里的那个人就不得而知了；但是孟布瑞太太一直活到死的时候都还是寡妇。

（1900）